신라 · 고려 한문학의 비평과 재인식

신라·고려 한문학의 비평과 재인식

漢文學

●●● 김건곤

역락

머리말

내가 환갑이 되던 해부터 제자들은 매년 사우회(師友會)를 열었다. 나는 뜻하지 않게 동료교수들의 부러움을 받으며 과분한 호사를 누려왔다. 이번에 정년퇴임을 맞아 제자들이 또 "정년퇴임 기념논총 운운"하기에 단번에 물리치고, 대신 나의 공부를 정리하는 의미에서 그간 썼던 졸고(拙稿) 몇 편을 묶어 단행본으로 간행하기로 하였다. 학회지에 투고한 논문들을 정리하다보니, "다시 보기 싫은 것이 자기 원고"라는 말이 새삼 실감이 났다. 더구나 나는 익재 이제현(李齊賢)의 문학을 연구하여 박사학위를 받았는데, 익재가 ＜역옹패설서(櫟翁稗說序)＞에서 말한 '패설'에 다름 아니라는 생각마저 들었다.

나는 박사학위 논문을 책으로 출판하면서 그 서문에 "지금껏 나의 공부는 백지 위에 점 하나를 찍은 것에 불과하고, 이후 백지를 점으로 채워나가도록 정진하겠다."고 다짐한 바 있다. 그러나 워낙 천학비재(淺學菲才)인지라 변변한 연구업적을 내지 못하였다. 직장에서 봉급을 받는 대가로 수행해야 하는 의무과제의 책임을 감당하기에 급급해하는 가운데, 2~3년에 1편의 논문을 쓰더라도 '학계에서 읽히는 글'을 쓰고자 마음먹었다. 그러나 학계에 어떤 기여를 했는지 묻는다면 대답하기가 무척 쑥스럽다. 그래도 굳이 꼽자면 『신라수이전』의 작자, 식영암의 정체, 김극기 유고, '수필'의 성격, 한시작가 비정(批正) 등 일련의 원전 비평적 연구, 그리고 제자들과 공동으로 작업한 『해동문헌총록』 역주사업(2년)과 『동시총화』 역주사업(3년)에 대해서는 나름의 자부심을 느낀다.

아무튼 40여 년의 연구생활을 마무리하는 시점에 내 공부의 자취를 돌아보니 부끄럽기 짝이 없지만, 이 졸저가 고려시대 한문학을 연구하는 동학들에게 보정(補正)의 재료가 되고 시금석이 된다면 퍽 다행이겠다. 증자(曾子)가 부모에게 물려받은 신체를 항상 조심하고 경계하여 훼상한 것이 없음을 확인한 뒤에야 비로소 근심을 면하게 되었다고 안도한 것처럼, 나도 이제 이 책을 마지막으로 학문의 두려움에서 벗어나 홀가분한 마음으로 한적(閑適)을 즐기고 싶다.

끝으로 흔쾌히 출판을 맡아준 도서출판 역락의 이대현 사장과 원고를 정리하고 교정하는 데 힘써준 제자들, 특히 어강석 교수(충북대), 이태희 박사(한중연), 김동건 박사(한중연), 안이슬 양(박사과정 수료)에게 고마운 마음을 전한다.

신축년(2021) 맹춘

김건곤 삼가 씀

차례

제2장 고려시대의 제고(制誥) _ 325

제3장 고려시대의 시문선집 _ 365

제4장 고려시대 잡록의 성격 _ 411
— '수필'의 개념과 관련하여

일러두기

1. 이 책은 필자가 학술지에 투고한 논문들 중에서 선별하여 단행본으로 간행한 것이다. 편집과정에서 체제를 통일하고 제목과 내용을 부분적으로 수정하였다.

2. 인접 주제, 연속연구와 관련하여 논문의 체제나 논지 전개상 일부 논문들 간에 중복되는 내용이 있음을 밝혀둔다.

3. 각 장의 제목과 원 논문의 제목 및 게재지는 다음과 같다.

장 제목	원 논문 (게재지)
1.1 『신라수이전』의 작자와 저작배경	좌동 (『정신문화연구』 34, 1988)
1.2 『신라수이전』의 최치원 저작설 보론	좌동 (『대동한문학』 53, 2017)
1.3 김극기의 '유고' 문제	노봉 김극기와 지월당 김극기의 '유고' 귀속문제 (『한국한시연구』 6, 1998)
1.4 석 식영암의 정체 재론	좌동 (『대동한문학』 19, 2006)
1.5 이제현 연보의 실상	고려시대 문인연보 연구(1) (『장서각』 5, 2001)
1.6 고려시대의 부전(不傳) 문집	『해동문헌총록』 소재 고려 문집 연구 (『장서각』 18, 2007)
1.7 고려시대의 일실(逸失) 시화집	고려시대의 일실 시화·시평집 고찰 (『정신문화연구』 94, 2004)
1.8 고려시대 한시작가 비정(批正)	역대 시선집 소재 한시작가 비정 (『한문학연구』 19, 계명한문학회, 2005)
2.1 고려시대의 변려문과 고문	고려시대의 고문 연구 (『한문학연구』 17, 계명한문학회, 2003)
2.2 고려시대의 제고(制誥)	좌동 (『정신문화연구』 42, 1991)
2.3 고려시대의 시문선집	좌동 (『정신문화연구』 68, 1997)
2.4 고려시대 잡록의 성격	한문학에서 '수필'의 개념과 성격 (『정신문화연구』 36, 1989)
2.5 고려시대의 기로회(耆老會)	고려시대 기로회 연구 (『대동한문학』 30, 2009)
2.6 고려시대의 팔경문학	고려 문인들의 팔경문학 향유에 대하여 (『장서각』 34, 2015)
2.7 고려 후기 한문학의 기점	유경의 삶과 학술사상에 대한 소고 (『돈암어문학』 26, 2013)

제1부

•

나려(羅麗) 한문학 원전비평

제 1 장

『신라수이전』의 작자와 저작배경

1. 서언

종래 우리나라의 古代小說 내지 傳奇文學은 조선 초 金時習의 『金鰲新話』에서부터 시작되었다는 것이 거의 定說처럼 되어 왔으나, 근래 『三國遺事』 소재의 설화 및 『新羅殊異傳』 혹은 『殊異傳』의 逸文 등 일련의 문학작품에서 傳奇性이 究明됨으로써,[1] 그 발생 시기가 羅末麗初로 소급되고 또 학계의 인정을 받고 있다.[2]

그러나 이 시대 傳奇文學의 대표작인 『신라수이전』 혹은 『수이전』의 作者, 著作過程 및 背景 등에 대해서는 異說이 분분하거나 논의가 미진

---

1) 지준모, 「傳奇小說의 효시는 신라에 있다」, 『어문학』 32, 한국어문학회, 1975.
임형택, 「나말여초의 傳奇文學」, 『한국한문학연구』 5, 한국한문학연구회, 1981.
이헌홍, 「최치원전의 傳奇小說的 구조」, 『수련어문논집』 9, 부산여대, 1982.
정준민, 「최치원전의 傳奇小說性 연구」, 성신여대 석사논문, 1985.
2) 정학성, 「傳奇小說의 문제」, 『한국문학연구입문』, 지식산업사, 1982.
조동일, 『한국문학통사』 1, 지식산업사, 1982.

한 점이 없지 않다. 즉 高麗 高宗 때의 僧 覺訓의 『海東高僧傳』에 "若按朴寅亮殊異傳云 ……"이라 하고, 한편 朝鮮 明宗 때의 학자 權文海의 『大東韻府群玉』에서는 "新羅殊異傳 崔致遠"이라 작자를 명기함으로써, 그간의 연구는 『신라수이전』과 『수이전』의 同一書 여부에 따른 작자 관계, 原名稱 등을 중심으로 이루어져 왔고, 지금까지도 崔致遠說,[3] 朴寅亮說,[4] 金陟明說,[5] 作者未知說,[6] 改作 · 補完說,[7] 異本說[8] 등으로 하나의 결론을 맺지 못하고 있는 실정이다.

이와 같이 작자가 문제시되고, 또 그에 따른 여러 가지 논란이 있게 된 것은 조선 초기 학자 成任의 『太平通載』에 출처를 『신라수이전』이라고 밝힌 傳奇 <崔致遠>이 수록되어 있기 때문이다. 곧 권문해의 기록대로 『신라수이전』을 최치원이 지었다고 한다면, 과연 그가 자신을 모델로 한 傳奇 <崔致遠>을 지었겠는가 하는 의문이 생기며, 더욱이 <崔致遠>의 말미에 실재 인물 최치원의 만년 생애가 포함되어 있어서 『신라수이전』의 작자는 최치원이 아닐 것이라는 판단을 쉽게 할 수가 있다. 따라서 최치원 死後의 문인에서 작자를 찾다보니 『해동고승전』의 "若按朴寅亮殊異傳云 ……"이라는 기록에 의거하여 그 작자를 박인량으로 보고, 나아가 『신라수이전』과 『수이전』을 同一書로 간주하기에 이른 것이다. 이에 따라 오늘날 학계에서는 『신라수이전』 혹은 『수이전』의 작자를 박인량으로 보거나,[9] 아니면 原作 崔致遠, 補完 朴寅亮, 改作 金陟明

3) 최남선, 김사엽, 서수생, 김태준(논문 및 서명 : 참고문헌 참조).
4) 이인영, 김갑복, 조윤제, 장덕순, 김동욱, 이경우, 정준민.
5) 최강현.
6) 今西龍, 신기형.
7) 지준모, 조동일.
8) 이가원, 최강현.
9) 주 4) 참조.

으로 절충하고[10] 있는 형편이다.

한편 기존의 諸學說은 그 나름대로 논리를 갖추고자 하였지만, 몇 가지 면에서 그 논거와 설득력이 희박하다. 특히 『신라수이전』 혹은 『수이전』이 어떤 경과로 왜 지어졌는지의 그 저작배경에 대해서는 거의 언급이 없고, 뿐만 아니라 『新羅殊異傳』의 경우 '新羅'라는 시대 혹은 국명이 왜 붙여졌는지에 대한 납득할 만한 논증이 없다. 단지 그것이 신라시대의 설화를 정리·보존하고자 하는 작자의 문화애호의식에서 지어졌고, 또 거기에 수록된 이야기가 신라시대의 것이기 때문이라든지[11] 박인량의 『수이전』과 구별하기 위해서라고[12] 막연히 推斷한다면 그 설득력은 약할 뿐더러 공감하기가 어렵다. 만약 『신라수이전』類의 傳奇·說話集을 고려시대에 박인량이 지었다고 한다면, 여기서 우리는 그가 굳이 그 대상을 신라의 것으로 한정하지는 않았을 것이라는 추측을 쉽게 해볼 수가 있다. 그것은 백제나 고구려에도 <都彌>, <溫達>, <王子好童>과 같은 說話·奇異談이 있어서 마땅히 같이 취급했을 것이기 때문이다.

이에 본고에서는 이와 같은 몇 가지 의문, 즉 『신라수이전』이 왜 지어졌는지, '新羅'라는 국명이 왜 명기되었는지, 그리고 『신라수이전』과 『수이전』의 逸文이 과연 같은 성격의 글인지 등에 주목하면서 傳奇 <崔致遠>의 문면 검토를 통해 『신라수이전』의 작자 및 저작배경을 새로이 究明해 보고자 한다. 그러나 『신라수이전』 혹은 『수이전』의 원본 및 기타 관계 자료들이 더 발견되지 않는 이상, 이 문제는 계속 미해결의 과제로

10) 주 7) 참조.
11) 이인영, 「태평통재 잔권 소고」, 『진단학보』 12, 진단학회, 1940.
신기형, 「수이전 소고」, 『문경』 2, 중앙대, 1956.
12) 이가원, 『한국한문학사』, 민중서관, 1961.

남을 것이며, 또한 이와 관련한 논의 자체도 억측과 추론에 지나지 않을 것이다. 현재로선 관련 문헌들의 기록과 逸文을 통해 가장 설득력 있는 해석을 이끌어낼 수밖에 없다.

2. 문헌상의 명칭과 작자 문제

문헌상에 『신라수이전』, 『수이전』 및 이와 유사한 書名이 언급된 대목을 해당 문헌의 편찬·간행 순서 혹은 편저자의 생몰연대 순으로 들면 다음과 같다.

1) 覺訓, 『海東高僧傳』(1215년)
  ○ 若按朴寅亮殊異傳云 …… (권1, <釋阿道>)
  ○ 今按國史及殊異傳 分立二傳 諸好古者 詳檢焉. (권1, <釋法空>)
2) 一然, 『三國遺事』(1284년)
  ○ 又東京安逸戶長貞孝家在古本殊異傳 …… (권4, <圓光西學>)
  ○ 後人改作新羅異傳 …… (권4, <寶壤梨木>)
3) 成任(1417~1480년), 『太平通載』
  ○ <寶開> …… 出新羅殊異傳 (권20)
  ○ <崔致遠> …… 出新羅殊異傳 (권68)
4) 徐居正(1420~1488년), 『筆苑雜記』
  ○ 但新羅殊異傳云 東海濱有人 夫曰迎烏 妻曰細烏 …… (권2)
5) 徐居正·盧思愼(1417~1498년) 等, 『三國史節要』
  ○ 殊異傳 龍城國王妃生大卵 …… (권2, 漢中元二年)
  ○ 殊異傳 唐太宗以牧丹子 …… (권8, 唐貞觀六年)
6) 權文海, 『大東韻府群玉』(1589년)
  ○ 新羅殊異傳 崔致遠 (<纂輯書籍目錄>)

○ <首挿石枏> …… 殊異傳 (권8)
○ <竹筒美女> …… 殊異傳 (권9)
○ <老翁化狗> …… 殊異傳 (권12)
○ <虎願> …… 殊異傳 (권15)
○ <仙女紅袋> …… 新羅殊異傳 (권15)
○ <心火繞塔> …… 殊異傳 (권20)

7) 金烋, 『海東文獻總錄』 (1637년)
○ 新羅殊異傳 崔致遠所撰 (<史記類>2)

8) 朴容大(1849~?) 等, 『增補文獻備考』
○ 新羅殊異傳 文昌侯崔致遠撰 (권246, 藝文考5, <雜纂類>)

이상에서 보면 책의 명칭이 『新羅殊異傳』, 『殊異傳』, 『新羅異傳』, 『古本殊異傳』 등으로 다르고 작자 또한 崔致遠, 朴寅亮 양자로 나타난다. 여기에서 문제가 되는 것은 상기 문헌 중에서 가장 오래된 『海東高僧傳』에서 말하는 박인량의 『수이전』과 권문해가 편찬한 『大東韻府群玉』의 <纂輯書籍目錄>에 기록되어 있는 최치원의 『신라수이전』 간의 관계이다. 즉 서론에서 언급한 바와 같이, 『太平通載』 권68에 출처를 『신라수이전』이라고 한 傳奇 <崔致遠>이 수록되어 있어서 최치원이 『신라수이전』의 작자일 수 없다는 막연한 추론에서 양자 간의 관계, 곧 이것들이 같은 서적인지 아니면 각기 다른 서적인지, 혹은 두 사람 중 어느 한 사람의 작자가 잘못 표기되었는지에 대한 의문이 제기될 수 있는 것이다.

우선 문헌상의 명칭을 살펴보면 『삼국유사』에서 말하는 『고본수이전』과 『신라이전』은 『신라수이전』을 지칭하는 것으로 보아 틀림이 없다. 『신라이전』은 『신라수이전』을 줄여 쓴 것이다. 이는 一然이 『삼국유사』에서 書名이나 篇名을 즐겨 줄여 쓴 것에서, 특히 『圓光法師傳』을 『光師傳』으로[13] 줄여 쓴 것에서 알 수가 있다. 그리고 『고본수이전』에서 '고본'

이라 함은 오래된 책, 낡은 책의 의미보다도[14] '신본'에 대한 대응적인 개념의 책으로 보아야 할 것이다. 즉 일연이 『삼국유사』를 편찬할 당시에 고본과 신본의 양종이 전하고 있었던 것이다. 따라서 후술하겠지만 양종은 그 성격에 있어서 차이가 나며, 고본은 최치원의 『신라수이전』을 가리키는 것이며, 신본은 그 후 일연과 가까운 시대에 나온 『수이전』, 곧 박인량의 『수이전』으로 볼 수가 있는 것이다.

그리고 『삼국사절요』에 나오는 『수이전』은 박인량의 『수이전』이 아니라, 최치원의 『신라수이전』을 가리키는 것으로 보인다. 『삼국사절요』에는 『三國遺事』를 『遺事』로 전부 줄여 쓰고 있다. 마찬가지로 『신라수이전』도 『수이전』으로 줄여 쓴 것이 분명하다. 뿐만 아니라 『삼국사절요』의 편찬에 참여한 서거정의 『필원잡기』에 『신라수이전』을 인용하고 있는 것으로 보아, 한 사람이 같은 책을 상고하였기에 더욱 그렇다고 할 것이다.

한편 권문해의 『해동운부군옥』에는 <선녀홍대>만 출처를 『신라수이전』이라 하고 나머지 5편의 작품에 대해서는 출처를 그냥 『수이전』이라고 하였는데, 이 역시 <찬집서적목록>의 "新羅殊異傳 崔致遠"이라는 기록으로 미루어 『신라수이전』을 줄여 쓴 것임을 알 수가 있다. 더욱이 <찬집서적목록>에 박인량의 『수이전』이 들어있지 않는 점에서 『신라수이전』을 가리키는 것이 분명하다고 하겠다.

그런데 여기서 주목되는 것은 『대동운부군옥』에서 처음으로 『신라수이전』의 작자로 최치원을 밝히고 있다는 점이다. 종전의 역사서나 문헌

---

13) 一然, 『三國遺事』 卷4, <圓光西學>.

14) 이인영, 신기형, 앞의 논문.
최강현, 「신라수이전 소고(1)」, 『국어국문학』 25, 국어국문학회, 1962.

에는 『신라수이전』의 작자, 특히 최치원이라 언급된 대목은 발견되지 않는다. 그렇다면 과연 권문해가 '崔致遠'이라고 작자가 명기된 『신라수이전』을 직접 보고서 <찬집서적목록>에 기록했겠는가 하는 의문이 생긴다.[15]

『대동운부군옥』은 권문해가 단군 이래 조선조까지의 地理, 國號, 姓氏, 孝子, 烈女, 守令, 仙名, 木名, 禽名 등을 韻字의 차례로 類目을 나누어 배열한 20권으로 된 책이다. 1589년에 완성한 후 金誠一이 一本을 宣祖에게 올려 출판키로 하였으나 壬辰倭亂으로 인하여 간행되지 못하다가, 후에 권문해의 7代孫 進洛에 의해 1798년(정조 22)에 초판이 간행되었다.[16] 이 책이 임진왜란 전에 완성된 것으로 보아 권문해가 『신라수이전』을 직접 보았을 가능성을 일단 인정할 수가 있다. 이는 현전하는 『신라수이전』 혹은 『수이전』의 逸文 중에서 가장 많은 6종이 『대동운부군옥』에 수록되어 있는 것으로도 증명이 된다. 즉 『대동운부군옥』을 편찬하는 과정에서 『신라수이전』을 직접 참고하여 거기에서 6가지의 이야기를 인용해 온 것이다. 이러할 경우 『신라수이전』은 임진왜란 전까지는 전해졌고 임진왜란으로 인하여 소실되었을 것으로 짐작할 수가 있다.

현재로선 『신라수이전』의 작자에 대한 새로운 기록이 나오지 않는 한, 최치원이 지었다는 권문해의 기록을 믿을 도리밖에 없다고 하겠다. 특히 그가 『대동운부군옥』을 편찬하면서 24개 條의 <凡例>를 둔 것으로 보아 纂輯書籍들은 그가 직접 수집하여 참고한 것들이고, 그 기록 또한 정확하다고 볼 수밖에 없다. 최치원이 지었다는 기록도 그가 임의로

15) 최강현, 앞의 논문에서는 권문해가 『신라수이전』을 한 번 읽은 후 그 속에 傳奇 <최치원>이 들어 있음으로 해서 최치원이 직접 쓴 自敍傳으로 착각, 속단을 내려 최치원을 저자로 잘못 인정하였을 것이라고 권문해의 실수로 추측하였다.

16) 서울대 도서관, 「대동운부군옥해제」, 『규장각 한국본 도서해제』 경·자부, 1978, 34면.

써넣은 것은 아닌 것으로 보인다. 『대동운부군옥』의 <범례> 제14조에

> 三國以上文籍鮮少 多有脫略 故考史記及前後漢以下諸書東夷傳 凡干土地 風俗等事 未載於東史者 悉拈出書之 或有與東史相左者 不敢輕改 依本書書之.

라 하였는데, 이러한 그의 편찬태도로 미루어볼 때 '崔致遠'이라는 작자 표기도 "감히 경솔하게 고치지 않고 원래 책의 내용대로 기록한[不敢輕改 依本書書之]" 것임을 알 수가 있다.

金烋의 『海東文獻總錄』과 朴容大의 『增補文獻備考』에 있는 『신라수이전』의 최치원 저작에 관한 기록은 본인들이 직접 『신라수이전』을 확인하지 않고, 다른 문헌 특히 권문해의 『대동운부군옥』에서 書目만을 인용해 왔을 가능성이 큰 것으로 짐작된다. 그것이 임진왜란 중에 소실되었을 가능성은 앞서 살펴본 바와 같고, 또 『해동문헌총록』에 기재된 書目 중에는 당시에 전하지 않았을 것으로 보이는 여러 書名이 포함되어 있는 데서[17] 그런 유추가 가능하다.

이상 문헌상의 명칭으로 보아서는 최치원의 『신라수이전』과 박인량의 『수이전』 두 가지가 있은 듯한데, 그것이 같은 것인지 다른 것인지, 후자가 전자의 증보인지, 어느 한 작가가 잘못 표기되었는지에 대해서는 분명하게 드러나지 않는다. 그러나 여러 문헌에 나타나는 기록으로 미루어 통상 『수이전』이라고 하면 『신라수이전』을 가리키는 것임을 알 수가 있다. 이는 박인량의 『수이전』에 대한 기록이 『해동고승전』 한 군데에만 나오고 다른 문헌에서는 전혀 언급되지 않고 있다는 점에서도 그랬을 가능성이 크다. 그런데 문제는 『신라수이전』의 작자로 최치원을

---

17) 예컨대 고구려의 역사서 『留記』 등을 들 수 있다.

처음으로 언급한 권문해의 기록에 대한 신빙성 여부인데, 그의 편찬태도 즉 "不敢輕改 依本書書之"한 것으로 미루어 『신라수이전』은 최치원이 지었을 가능성이 상당히 높은 것으로 보인다. 따라서 박인량의 것과 최치원의 것은 서로 다른 것이었을 것으로 일단 짐작할 수가 있다.

3. <최치원>의 작자 추정

『신라수이전』을 최치원이 지었다는 권문해의 기록을 인정할 경우, 成任의 『太平通載』 권68에 실려 있는 『신라수이전』 출처의 傳奇 <崔致遠>을 어떻게 이해할 것인가가 문제가 된다. 다시 말하면 최치원이 자신을 모델로 한 것도 문제려니와, <崔致遠> 말미에 있는 주인공의 종반 생애가 실재 인물 최치원의 그것과 일치한다는 점에서 최치원 死後의 어떤 문인이 최치원과 관련된 설화를 윤색한 것이라 쉽게 짐작할 수가 있다. 따라서 『신라수이전』은 최치원이 지은 것이 아니며 권문해의 『대동운부군옥』 기록은 믿을 수 없다는 결론을 얻을 수가 있는 것이다. 지금까지의 연구는 이러한 착안에서 시작되었기에, 결과적으로 최치원이 『신라수이전』의 작자가 될 수 없다고 하고, 각훈이 『해동고승전』에서 말한 박인량을 『수이전』의 작자, 나아가 『신라수이전』의 작자로 추정하는 한편, 『신라수이전』과 『수이전』을 같은 책 혹은 『수이전』이 『신라수이전』의 증보일 것이라는 등의 주장이 있어 왔다.

그러나 傳奇 <崔致遠>의 문면을 세밀히 검토해 보면 사정이 그렇지 않음을 알 수가 있다. <崔致遠>은 한 사람의 손에 의해서 써진 것이 아니며, 후인의 加筆이 있었던 것으로 보인다. 결론부터 먼저 말하면 실재 인물 최치원이 傳奇 <崔致遠>의 원작을 쓰고, 후인이 그 말미에 실재 인물 최치원의 종반 생애를 추기한 것이다.

<崔致遠>은 그 구성으로 볼 때 작중 인물 최치원이 溧水縣尉가 되어 招賢館 앞의 雙女墳으로 놀러갔다가 石門에 題詩한 것을 계기로 쌍녀와 만나 酬酌하다가 하룻밤을 보내고 새벽에 닭이 울자 쌍녀와 헤어져 스스로 위로하며 詩를 읊는 데서 끝이 난다. 그런데 그 뒤에 있는 주인공의 만년 생애는 이 작품의 중심 줄거리와 어떤 상관성이나 긴밀성을 가지지 못할 뿐만 아니라, 다른 문헌에도 비슷한 내용이 보이고 있어 후인이 가필한 흔적을 발견할 수가 있다.

> 小頃 月落鷄鳴 二女皆驚謂公曰 …… 二女各贈詩曰 …… 致遠見詩 不覺垂淚 二女謂致遠曰 倘或他時 重經此處 修掃荒塚 言訖卽滅 明旦 致遠歸塚邊 彷徨嘯咏 感嘆尤甚 作長歌自慰曰 ……
>
> 後致遠擢第東還 路上歌詩云 浮世榮華夢中夢 白雲深處好安身 乃退而長往 尋僧於山林江海 結小齋 尋石臺 耽玩文書 嘯咏風月 逍遙偃仰於其間 南山 淸涼寺 合浦縣月影臺 智異山雙溪寺 石南寺 墨泉石臺 種牧丹 只今猶存 皆其遊歷也 最後隱於伽倻山海印寺 與兄大德賢俊 南岳師定玄 探賾經論 遊心沖漠 以終老焉.

위 인용문은 쌍녀와 헤어지는 장면과 만년의 逍遙談이다. 이 글 자체를 두고 보면 이 두 부분을 연결하는 고리는 귀국 길에 읊은 시이다. 그러나 시 중의 '浮世榮華'라는 말은 쌍녀와 하룻밤을 즐겼던 것을 말한 것이라고 볼 수는 없을 것 같다. 즉 쌍녀와 하룻밤 즐긴 것을 두고 浮世榮華라고 할 수 없으며, 또 헤어진 것 때문에 세상이 싫어져서 白雲深處에 몸을 숨기기로 했다는 것은 전후의 인과관계 설정이 긴밀하지 못하다고 하겠다. 오히려 이 시구는 실재 인물 최치원이 당나라에서 문명을 떨치고 귀국하였으나, 당시 신라가 난세였으므로 뜻을 펴기가 어렵게 되자 불우한 처지를 한탄하며 지은 入山脫俗의 辯으로 이해된다. 곧 이는 최치원의 逸詩로서 후대의 어떤 문인이 원작 <崔致遠>의 말미에 주인공의 종반 생애를 추기하면서 인용해 온 것으로 짐작된다.

그리고 그 다음에 나오는 逍遙談과 隱居에 관한 이야기는 傳奇로서는 별로 재미도 없고 긴장감도 주지 못하는 평면적 기술에 머물러 있다. 특히 이와 거의 같은 내용이 『三國史記』 권46, <崔致遠列傳>에 실려 있어서 주목된다.

> 致遠自西事大唐 東歸故國 皆遭亂世 屯邅蹇連 動輒得咎 自傷不遇 無復仕進意 逍遙自放 山林之下 江海之濱 營臺榭植松竹 枕藉書史 嘯詠風月 若慶州南山 剛州氷山 陝州淸涼寺 智異山雙溪寺 合浦縣別墅 此皆遊焉之所 最後帶家隱伽倻山海印寺 與母兄浮圖賢俊及定玄師 結爲道友 棲遲偃仰 以終老焉.

여기에서 보는 바와 같이 傳奇 <崔致遠>과 <崔致遠列傳>의 소요·은거담이 그 내용과 표현에 있어서 매우 유사하다. 그것이 우연이라고 할 수는 없을 것 같다. 어느 한 쪽에서 다른 한 쪽을 참고한 것이 분명하다. 『삼국사기』의 것이 <최치원>에서보다 <최치원>의 것이 『삼국사기』에서 인용해 왔을 가능성이 큰 것으로 보인다. 즉 최치원이 놀았던 곳을 비교해 보면 『삼국사기』의 "慶州南山 剛州氷山 陝州淸涼寺"가 <최치원>에서는 "南山 淸涼寺"로, "智異山雙溪寺"가 "智異山雙溪寺 石南寺 墨泉石臺"로, "合浦縣別墅"가 "合浦縣月影臺"로 표현에 약간의 변화가 있는데, 잘 알려지지 않은 것[剛州氷山]은 줄이고 중요한 것은 부연하거나 구체화하였으며, 또 "種牧丹 只今猶存"과 같이 후인이 가필할 당시의 사실을 덧붙이고 있는 데서 알 수가 있다. 거꾸로 김부식이 『삼국사기』를 쓰면서 <최치원>에서 인용해 왔을 가능성은 거의 없는 것으로 보인다. 그것은 <최치원> 앞부분의 쌍녀와의 일이 사실이 아니라서 믿을 것이 못되는데, 이 말년의 생애 부분 또한 역사적 사실로서의 신빙성을 의심하지 않을 수 없을 것이기 때문이다.

그런데 만약 <최치원>을 최치원 사후의 어떤 문인이 작품 전체를 다 썼다면, 본 작품의 말미에 있는 주인공의 말년 생애 즉 그리 奇異하지도 않은 내용보다도, 최치원이 대단한 문장실력으로 <檄黃巢書>를 지어서 황소의 기운을 殂傷케 했다는 이야기를 좀 더 허구적으로 꾸민다든지, 아니면 최치원이 가야산에 숨어살 때 어느 날 아침에 갓과 신을 숲 사이에 버려두고 仙化했다는[18] 보다 재미있고 神異한 소재를 취했을 법하다. 그러나 본 작품의 후반부는 전반부와는 달리, 『삼국사기』의 <최치원열전>에서 보는 바와 같은 史傳體의 敍事的 기술로서 그 내용이나 표현 또한 傳奇的이라고 할 수가 없다.

한편 이상과 같은 구성상의 문제점 외에도 후인이 가필한 것으로 짐작되는 말미의 내용 중에는 앞부분의 내용과 중복되는 것이 있고, 또 같은 상황의 기술에서도 표기상의 차이를 발견할 수가 있다. 서두에 "건부 갑오년에 학사 배찬이 과거를 관장할 때 한 번에 괴과에 올라 율수현의 현위가 되었다[乾符甲午 學士裴瓚掌試 一擧登魁科 調授溧水縣尉]."고 하였는데, 말미에 가서 또 "후에 치원은 과거에 급제하고 동쪽으로 돌아왔다[後 致遠擢第東還]."는 기록이 있다. 서두와 말미에서 중복되는 내용은 '一擧登魁科'와 '擢第'이다. 실제 최치원은 과거에 두 번 합격한 일이 없는 것으로 확인된다. 賓貢科에 합격하여 溧水縣尉가 되었고, 후에 博學宏詞科에 응시하

18) 『新增東國輿地勝覽』 卷30, 陝川郡, 古跡, <讀書堂>.

고자 준비를 하다가 高駢에게 自薦의 글을 올려 그의 從事官으로 있다가 귀국했을 뿐이다. 따라서 <崔致遠>이 한 사람의 손에 의해 써졌다면 과거에 급제한 사실을 두 번이나 쓰는 어리석음은 범하지 않았을 것이다. 앞부분과 말미에 거듭 나오는 '嘯詠'도 그러한 예에 속한다.

또한 그 표기에 있어서 차이가 나는 것은 앞부분에서는 詩를 짓거나 읊는 것을 표기하기를 '曰'이라고 하였는데, 말미에서는 '云'이라 하였다. 즉 최치원의 원작으로 보이는 부분에서는 "題詩石門曰 ……", "其詞曰 ……", "乃作詩付翠襟曰 ……", "作詩曰 ……", "答爲詩曰 ……", "作長歌自慰曰 ……" 등과 같이 曰로 표기하였고,[19] 말미에는 "路上歌詩云 ……"이라 하여 云으로 표기되어 있다. 曰과 云의 쓰임이 엄격히 구분되지는 않지만, 통상 曰은 직접표현, 云은 간접표현이나 인용에 쓰이는 점을 고려할 때, 이 역시 한 사람의 손에서 나온 것이 아님을 짐작할 수가 있다.

따라서 <崔致遠>의 말미 부분은 작품의 제목이 <崔致遠>으로 되어 있어서 후대의 어떤 문인이 최치원을 모델로 한 傳奇가 아닌 傳記로 생각하고 최치원의 실제 말년 생애를 가필한 것으로 짐작된다. 당시 문인들 사이에 傳記와 傳奇에 대한 구별, 특히 실재 인물을 모델로 한 傳奇의 경우 그 구분이 엄하지 않았을 것이며, 최치원의 쌍녀분 이야기가 민간에 전승되고 있었던 당시의 상황에서는 그것을 허구보다 사실에 가까운 쪽으로 받아들이기 쉽고 그럴 경우 가필의 가능성은 더욱 커진다고 하겠다. 곧 말미 부분은 『신라수이전』이 儒者의 입장에서 보면 奇怪荒誕한 내용이기에 정식으로 판각되지 못하고 필사본으로 유전되었을 것이

19) 서두 부분에도 "繼書末幅云 ……"이라 한 것이 있으나, 이것은 作詩나 題詩의 내용보다도 기록했다는 데 중점을 둔 표현이다.

며, 그 과정에서 후대의 문인이 『삼국사기』, <최치원열전>에서 말년 생애를 인용하여 가필한 것으로 보인다.

이상과 같은 논지가 타당하다면 <최치원>의 앞부분에 있는 쌍녀와 화답하는 시도 실제 최치원의 작이어야 한다. 즉 <최치원> 중의 시가 실제 최치원의 시와 어떤 공통된 특징을 가지며, 또 최치원의 작시 경향과 일치하는가가 입증되어야 할 것이다. 통상 한 시인에게는 즐겨 쓰는 표현이나 辭語, 그리고 韻字가 있기 마련이며, 이는 그 시인의 시에 대한 風格을 결정하는 요소가 된다. 물론, <최치원> 중의 시는 특정한 분위기에서 특정한 상대를 대상으로 하여 읊은 것이기에, 최치원의 전체 시 경향과 비교하는 데는 한계가 있다.

먼저 시의 풍격을 보면 <최치원> 중의 시는 여성을 상대로 사랑을 읊조린 것이기도 하지만 流麗하고 濃艶하며 辭語도 華麗하다. 그러면 최치원의 작시 경향은 어떠한가? 그는 <獻詩啓>에서 "비록 儒宮(太學)에서 善을 사모하여 매양 顔淵과 冉伯牛의 담장을 엿보았으나, 筆陣의 자웅을 다툼은 曹植과 劉楨의 진터를 점유하기 못했습니다."[20]라고 하여 문필로는 조식과 유정의 영역에 미치지 못했음을 말하고 있다. 여기서 文學으로 魏의 建安七子를 들었다는 것은 그들의 詩風을 따르고자 했음을 말해준다. 또 그가 <初投獻太尉啓>에서 沈約과 謝朓를 들어 말하고 있는 것을 보면,[21] 그가 흠모하고 본받고자 한 것이 魏晋南北朝時代의 綺麗風의 詩文이었음을 알 수가 있다. 따라서 <최치원> 중의 시는 최치원의 시풍과 綺麗한 점에서 상당히 부합한다고 할 것이다.

20) 崔致遠, 『桂苑筆耕』 卷17, <獻詩啓> : "雖儒宮慕善 每嘗窺顔冉之牆 而筆陣爭雄 未得摩曹劉之壘."

21) 같은 곳, <初投獻太尉啓> : "於儒則沈謝呈才."

다음으로 韻字의 쓰임을 보면 <최치원>에는 單句를 포함하여 14首의 시가 수록되어 있는데, 그 중에서 7首의 韻字가 眞韻이다. 최치원이 石門에 써 붙인 시, 雙女가 각기 보내온 시와 그 末幅에 쓴 시, 최치원이 다시 화답하여 보낸 시, 두 여인을 만났을 때 최치원이 지은 시, 그리고 앞서 최치원의 逸詩로 추정한 入山詩의 聯句가 그것이다. 물론 서로 화답한 시가 있어서 운이 동일한 것이 많기도 하지만, 眞韻을 내어 즐겨 쓰고 있다는 점이 주목된다. 이는 『동문선』에 전하는 최치원의 시 29수 중에서[22] 眞韻으로 지은 시가 6수로[23] 가장 많은 것과 우연의 일치라고 할 수는 없을 것 같다. 『동문선』에 뽑힌 29수 중 6수가 眞韻이라는 것은 최치원이 眞韻을 즐겨 썼으며 그러할 때 名篇이 많이 나왔음을 말해준다. 그런데 眞韻에 해당하는 여러 글자 중에서 양쪽 모두에 春, 塵, 人, 神으로 가장 많이 韻字를 놓고 있다.[24] <최치원> 중에서 최치원이 석문에 써 붙인 시, 두 낭자가 각기 보내온 시, 그리고 최치원이 다시 화답한 시의 韻字는 春, 塵, 人, 神인데, 『동문선』에 있는 <登潤州慈和寺上房>의 운자는 塵, 新, 人, 春, 神이고 또 <陳情上太尉>의 운자는 人, 津, 身, 春, 塵이며, <山陽與鄕友話別>의 운자는 春, 巾, 人, <春日邀知友不至因寄絶句>의 운자는 辛, 春, 人이다. 곧 양쪽에 쓰인 운자를 두고 볼 때 전기 <최치원> 중의 시는 최치원이 지었을 가능성이 큰 것으로 짐

22) 현전하는 『崔文昌侯全集』 소재 시들은 후대의 여러 문헌에서 收拾한 것으로서 대표성을 인정하기 어려운 면이 있다.

23) <長安旅舍與于愼微長官接鄰有寄>(『東文選』 卷9), <登潤州慈和寺上房>(卷12), <陳情上太尉>(卷12), <途中作>(卷19), <山陽與鄕友話別>(卷19), <春日邀知友不至因寄絶句>(卷19).

24) 『동문선』에 뽑힌 諸家의 시에서 眞韻을 조사한 결과, 이들 글자가 운자로 많이 사용되고 있는 것으로 나타났다. 그러나 최치원이 이들 글자로 거듭 운자를 썼다는 점에 주목할 필요가 있다.

작된다.[25]

그리고 辭語 면에서 그것이 綺麗하다는 공통점 외에도, 같은 표현이 나 유사한 語句들이 많이 발견되고 있다. 앞의 시구는 <최치원>, 뒤의 시구는 『동문선』에 뽑힌 최치원의 작품이다.

○ 形影空留溪畔月---白雲溪畔刱仁祠 (卷19, <贈金川寺主>)
○ 千思萬憶損精神---千山分掌上 萬事豁胸中 (卷9, <題雲峯寺>)
---長教詩客爽精神 (卷12, <登潤州慈和寺上房>)
○ 巧裁文字惱詩人---只催詩景惱人來 (卷12, <春曉偶書>)
○ 暫時相憶淚雙流---與爾淚雙垂 (卷9, <旅遊唐城有先王樂官 ……>)
○ 千里愁心處處同---燈前萬里心 (卷19, <秋夜雨中>)
○ 圓輝漸皎三更外---窓外三更雨 (同上)
○ 離思偏傷一望中---萬古江山一望中 (卷19, <饒州鄱陽亭>)
○ 人間遠別腸堪斷---人間離別始應休 (卷19, <題芋江驛亭>)
○ 芳心莫怪親狂客---莫怪臨風偏悵望 (卷19, <山陽與鄉友話別>)
○ 幽懽未已離愁至---客路離愁江上雨 (卷12, <陳情上太尉>)
○ 始聞達路又迷津---問津何處是通津 (同上)
○ 是知風雨無常主---亂世風光無主者 (卷12, <春曉偶書>)
○ 白雲深處好安身---結茅深倚白雲根 (卷19, <贈梓谷蘭若獨居僧>)

이와 같이 <최치원> 소재 14수와 『동문선』 소재 29수의 제한된 시를 비교하더라도 동일한 표현들이 상당히 많은 것을 알 수가 있다. 물론

25) 다른 시인에서도 眞韻으로 쓴 시가 많다면 韻字를 비교하는 의미가 없다. 그러나 『동문선』 소재 시(21권) 중 眞韻으로 쓴 시는 130여 수밖에 안 되는데, 그 중에서 최치원 6수(29수 중), 이규보 5수(97수), 이제현 5수(92수), 이인로 4수(93수), 정포 4수(45수), 이색 3수(89수), 진화 3수(49수) 등으로 최치원의 것이 가장 많을 뿐만 아니라 뽑힌 시와의 백분율에서도 가장 높다. 곧 최치원이 眞韻을 즐겨 쓴 것은 그의 作詩 경향이라고 할 수가 있다.

이것들 중에는 作詩에서 흔히 쓰이는 상투어도 있지만, 제한된 시에서 상투어로서 이렇게까지 많이 합치한다고 할 수는 없다. 곧 한 작가의 손에서 나온 것으로 보아야 할 것이다.

이상에서 본 바와 같이 <최치원> 중의 시는 風格, 韻字, 詩語 면에서 최치원의 시와 상당히 부합하고 있다. 따라서 앞서 살펴본 <최치원>의 구성상의 모순점, 만년 생애의 傳奇的 기술로서의 미흡함과 『삼국사기』에서 인용해왔을 가능성, 그리고 <최치원> 중의 시와 『동문선』 소재 최치원 시와의 상관성 등으로 미루어, 쌍녀와 헤어지고 自慰하는 시를 읊은 부분까지는 최치원의 작, 그 뒷부분인 만년의 생애는 후인의 가필로 생각된다.

4. 최치원의 『신라수이전』 저작배경

그러면 최치원이 언제, 어디서, 왜, <최치원>과 『신라수이전』을 지었는가가 해명될 필요가 있다. 이 문제는 그의 상관이었던 高駢과의 관계에서 해답을 찾을 수가 있겠다. 唐代에는 사람들이 이른바 溫卷[26]을 만들어 이것으로써 자신의 문장실력을 과시하고 또 上司의 비위에 영합시킴으로써 출세의 수단으로 삼던 일이 종종 있었다. 최치원이 당나라에 있을 때에도 高駢의 幕客으로 있던 裴鉶이라는 사람이 『傳奇』라는 이름의 3권으로 된 溫卷을 지어 高駢에게 바쳐 환심을 사고자 한 일이 있었다.[27] 즉 裴鉶은 高駢이 神仙을 좋아하는 것을 이용하여 이것으로써 유

26) 溫卷은 일정한 형식이 없이 산문으로 기술하되, 그 내용은 주로 異聞奇談을 傳述해 놓은 것이다.

혹하고자 했던 것이다.[28] 곧 唐代에 傳奇가 유행 · 발전하게 된 것은 그것이 求官 · 升官의 도구로 이용되었던 것과도 관계가 있었다.

마찬가지로 최치원도 高駢의 從事官으로 들어가기 위해서 자신의 문장력을 과시하고 또 그의 환심을 사고자 『신라수이전』을 지어 바쳤던 것으로 보인다. 그는 21세 때 율수현위 직을 그만두고 博學宏詞科에 응시하고자 산에 들어가 詩作과 학업에 몰두했지만, 궁핍한 생활 때문에 당시의 淮南 실력자였던 高駢에게 자신을 받아줄 것을 간청하는 글을[29] 여러 번 올린 끝에 발탁된 바 있다. 특히 그 과정에서 自薦의 글뿐만 아니라 高駢의 관심을 끌만한 詩와 文을 지어 함께 바쳤다.

> 1) 孔子의 堂 가운데 또한 타향의 제자들이 있었을 것이요, 孟嘗君의 문하에 어찌 먼 땅의 사람이 없었겠습니까? 조그마한 착함이라도 일컬을 수 있는 것은 前賢도 사양하지 않았거늘, 오래 大邦의 정사를 잡았으니 어찌 小國의 손님을 버리겠습니까? 이 때문에 감히 微衷을 써서 밝게 보시는 데 올립니다. …… 저는 감히 肝膽을 헤치어 글월을 올리려고 붓을 뽑아 엄한 꾸중을 피하지 않고 문득 평소의 정성을 적고, 지은 바 雜篇章 5軸과 陳情七言長句詩 100篇[30]을 삼가 기록하여 목욕재계하고 바칩니다.[31]

27) 胡應麟, 『小室山房筆叢』 : "裴晚唐人 高駢幕客 以駢好神仙 故撰此以惑之."(정범진, 『당대소설연구』, 대동문화연구원, 1982, 7면에서 재인용).

28) 『新唐書』 卷224, <高駢列傳> : "鬱鬱無聊 乃篤意求神仙."

29) 崔致遠, 같은 책 卷17, <初投獻太尉啓>, <再獻啓>, <獻詩啓>.

30) 『東文選』 卷45에는 "陳情七言長句詩一首"로 되어 있다. 이 시는 또한 卷12에 뽑혀 있어 1수가 옳은 것으로 보인다.

31) 崔致遠, 같은 곳, <初投獻太尉啓> : "尼父堂中 亦有他鄕之子 孟嘗門下 寧無遠地之人 片善可稱 前賢不讓 永能執大邦之政 豈欲遺小國之賓 是以敢寫微衷 輕投朗鑑 …… 某固敢隳肝瀝膽 進牘抽毫 不避嚴誅 輒申素懇 謹錄所業雜篇章五軸 兼陳情七言長句詩一百篇 齋沐上獻."

2) 모는 아룁니다. 모두 가만히 同年 顧雲 校書의 獻相公長啓 1수와 短歌 10편을 보니, 學派는 고래가 바다물결을 내뿜는 듯하고 詞鋒은 칼이 雲漢에 기댄 듯하여, 贊頌이 되어 길이 流傳될 것입니다. 저와 같은 이는 外邦으로부터 와서 재주가 下品입니다. …… 다만 다행스럽게 樂國에 놀아 仁風을 얻어 보고 오랫동안 懇誠을 간직하여 歌詠 펴기를 바랐더니, 문득 紀德絶句詩 30수를 바치고자 별도와 같이 謹封합니다.[32]

최치원은 高騈에게 세 번 自薦의 글을 올렸는데 1)은 처음으로 올린 <初投獻太尉啓>, 2)는 세 번째 올린 <獻詩啓>이다. 위 인용문에서 주목되는 것은 <雜篇章> 5軸과 <紀德絶句詩> 30首를 함께 올렸다는 점이다. 그런데 <紀德詩> 30수는 현재 『계원필경』 권17에 전하고 있지만, <雜篇章> 5축은 전하지도 않거니와 어떤 내용인지도 알 수가 없다. 그러나 <紀德詩>를 지어 바친 것이 顧雲의 <短歌> 10편이 계기가 된 것으로 미루어 보면 <雜篇章>은 앞서 살펴본 바와 같이 裴鉶이 『傳奇』 3권을 지어 高騈에게 바친 것과의 관계에서 이루어졌음을 알 수가 있다. 따라서 <雜篇章>은 傳奇이고 또 그것은 『新羅殊異傳』이었을 것으로 추측된다. 이것은 『신라수이전』이 高騈의 기호에 맞아 환심을 사기에 충분한 說話 내지는 傳奇라는 점에서도 입증이 된다. 그리고 裴鉶이 『傳奇』 3권, 顧雲이 <短歌> 10편을 지어 바쳤던 데 비해 최치원은 <잡편장> 5축과 <기덕시> 30수, 즉 더 많은 양의 詩文을 지어 바쳤던 점이 흥미롭다. 곧 그들보다도 뛰어나다는 것을 과시하고자 한 것이다.

여기서 <잡편장>이 『신라수이전』이고 보면, 『신라수이전』의 '신라'

32) 같은 곳, <獻詩啓> : "某啓 某竊覽同年顧雲校書 獻相公長啓一首短歌十篇 學派則鯨噴海濤 詞鋒則劍倚雲漢 備爲贊頌 永可流傳 如某者 跡自外方 藝唯下品 …… 但以幸遊樂國 獲覩仁風 久貯懇誠 冀伸歌詠 輒獻紀德絶句詩三十首 謹封如別."

라는 국명도 高駢과의 관계 때문에 붙여진 것임을 알 수가 있다. 즉 신라 사람 최치원이 당나라 사람 高駢에게 보이기 위해 지었기 때문에 國外用이라는 의미에서 붙여진 것이다. 이는 오늘날 우리가 외국을 염두에 두고 '韓國'이라는 나라 이름을 『國文學史』 앞에 붙여 『韓國文學史』라 題名하는 경우와 같다. 따라서 『신라수이전』에 수록된 이야기가 신라시대의 것이라고 해서 '신라'라는 국명이 앞에 붙여졌다는 것은 설득력이 약하다고 하겠다.

한편 최치원이 자신을 모델로 하여 傳奇 <崔致遠>을 지은 것은 高駢에게 自薦하는 과정에서 문장으로 자신의 文才를 과시하는 동시에 그 인물도 비범하다는 것을 보여주기 위해서라고 생각된다. 귀신과 통하는, 그것도 하나가 아닌 두 여자 귀신과 交歡하는 사람은 凡常한 인물이 아니며 神異한 능력을 지닌 인물임에 틀림이 없다. 곧 高駢에게 『신라수이전』으로 신라에 대한 관심을 불러일으켜 재미를 느끼게 하는 한편, 또 그 속에 자신을 모델로 한 傳奇를 포함시킴으로써, 자신을 대단한 인물로 여기게 하여 발탁해 주기를 바라는 마음에서 <최치원>을 지었던 것이다. 따라서 高駢이 최치원의 文才를 인정하여 발탁하는 데 결정적인 역할을 한 것은 『신라수이전』과 그 속의 <최치원>이었을 것으로 짐작된다. 사실 최치원은 文才가 있었지만, 외국인이라는 한계 때문에 내국인을 밀어내고 高駢의 幕下에 들어간다는 것은 여간 어려운 일이 아니었을 것이기 때문이다.

그렇다면 최치원이 12세 때 渡唐했는데 과연 『신라수이전』에 나오는 그러한 설화를 다 알고 있었겠으며, 또 실제 그린 類의 글을 지었겠는가를 검토해 볼 필요가 있다. 현재 남아있는 逸文 중 박인량 『수이전』 소재의 <釋阿道>와 <釋法空>을 제외한 모든 작품이 최치원 이전의 인물과 관련된 이야기들로 확인된다. 물론 박인량 『수이전』의 逸文도 최치원 이전의 이야기이다.[33] 여기서 『신라수이전』 출처의 逸文에 나타나는 연대를 살펴보면 다음과 같다.

○ <圓光法師傳> : 圓光法師 代 (542~640년)
○ <寶開> : 景德王 代 (742~765년)
○ <迎烏細烏> : 阿達羅王 代 (154~184년)
○ <脫解> : 南海王 代 (4~20년)
○ <善德女王> : 善德女王 代 (632~647년)
○ <首插石枏> : 崔伉 (?)
○ <竹筒美女> : 金庾信 代 (595~673년)
○ <老翁化狗> : 同上
○ <虎願> : 元聖王 代 (785~798년)
○ <心火繞塔> : 善德女王 代 (632~647년)
○ <仙女紅袋>, <崔致遠> : 當代 (857~?)

여기에서 보는 바와 같이 <首插石枏> 1편만 그 연대가 확실하지 않을 뿐,[34] 나머지 모두는 최치원 이전의 이야기들로서, 渡唐하기 전의 12세 된 최치원으로서는 민간에 전승되던 관련 설화를 거의 다 알고 있었을 것으로 추측된다. 어린이들이 할아버지 할머니로부터 옛날이야기를 전해 듣듯이 최치원도 그의 조부모나 부모로부터 전해 들었을 수 있음을 짐작해 볼 수가 있다. 더욱이 그가 어려서부터 精敏하여 배우기를 좋아했다[35]고 하는 점에서 더욱 그렇다. 그 전해들은 것이 정확하지 않았

---

33) 味鄒王 代 및 法興王 代의 일이다.

34) 崔伉에 대한 기록이 전혀 없어 확실한 연대는 알 수 없으나, 서두에 "新羅崔伉"이라고 명기하고 있고, 또 최치원이 신라 말기에 살았던 점을 감안할 때 신라시대의 일로서 최치원 이전의 이야기임을 짐작할 수가 있다.

기에 『신라수이전』을 더욱 虛構的인 것으로 꾸미고 윤색하기에 좋았는지도 모를 일이며, 또한 고유명사에 誤記를 내었을 것이다. 그가 誤記를 내었음은 一然의 『삼국유사』에 『신라수이전』으로부터 인용해 왔을 것으로 보이는 說話나 傳奇에 間注를 달아 고증하고 있는 데에서도[36] 알 수가 있다. 곧 『신라수이전』에 원래 수록된 많은 이야기 중에서 현재 남아 전하는 것이 우연히 최치원 이전의 것에 한정되는 것은 아닐진대, 이는 『신라수이전』의 작자가 최치원이라는 방증이 되기도 한다고 하겠다.

그리고 최치원이 과연 『신라수이전』과 같은 類의 글들을 지어겠는가 하는 의문을 가져봄직하다. 현전히는 그의 文을 두고 볼 때, 그는 表, 狀, 啓, 檄, 別紙 등 정치에 소용되는 실용적인 글을 주로 지었고, 또 그런 면에 능했던 것도 사실이다. 그러나 한편으로 <浮石尊者傳>, <賢首傳>,[37] <釋利貞傳>, <釋順應傳>과 같은 승려의 傳記를 짓기도 했는데, 다음의 <釋利貞傳>과 <釋順應傳>에서 우리는 『신라수이전』을 지을 수 있었던 그의 作文態度를 엿볼 수가 있다.

> 최치원의 <釋利貞傳>을 살펴보면, 伽倻山神 正見母主는 곧 天神 夷毗訶에 감응한 바 되어 大伽倻王 惱窒朱日과 金官國王 惱窒青裔 두 사람을 낳았는데, 뇌질주일은 伊珍阿豉王의 별칭이고 뇌질청예는 首露王의 별칭이라고 하였다. 그러나 가락국 옛 기록의 여섯 알의 전설과 더불어 모두 허황된 것으로서 믿을 수가 없다. 또 <釋順應傳>에는 대가야국의 月光太子는 正見의 10世孫이요, 그의 아버지는 異腦王인데 신라에 청혼하여 夷

35) 『三國史記』 卷46, <崔致遠列傳> : "少精敏好學."

36) 예컨대 『三國遺事』 卷3, <調信>은 傳奇로 볼 수 있는 작품으로서 一然이 『新羅殊異傳』에서 인용해 왔을 가능성이 큰 것으로 보인다. 그는 "㮈李郡이 地理誌에는 없는데, 㮈生郡인지 已郡인지 모르겠다."고 하여 세밀히 고증하고자 하는 태도를 보이고 있다.

37) 이 두 편에 관한 기록은 大覺國師의 『新編諸宗教藏總錄』에 보인다.

粲比枝輩의 딸을 맞이하여 태자를 낳았으니, 이뇌왕은 뇌질주일의 8世孫이라 하였다. 그러나 또한 참고할 것이 못된다.[38]

이 기록으로 미루어 보면 <釋利貞傳>과 <釋順應傳>은 작자인 최치원이 사실을 직접 확인하고 쓴 것이 아니라, 傳聞을 토대로 하여 쓴 것임을 알 수가 있다. 그 결과 『동국여지승람』의 편자들이 그것이 荒誕하여 믿을 만한 것이 못된다고 하였다. 곧 최치원의 이러한 傳記 記述態度와 내용은 『신라수이전』의 그것과 상당히 부합하고 있다. 따라서 최치원이 說話·傳奇類에 가까운 글들을 지었던 저간의 사정으로 보아 『신라수이전』도 그러한 작문태도에서 이루어진 것임을 알 수가 있다.

한편 『신라수이전』과 <최치원>은 당시 중국에 流傳되거나 민간에 널리 流布되었던 것으로 보인다. 특히 <최치원>이 당시 好事者들의 입에 오르내렸음은 다음의 중국 측의 문헌기록으로 짐작할 수가 있다.

雙女墳記曰 有雞林人崔致遠者 唐乾符中 補溧水尉 嘗憩于招賢館 前岡有塚 號曰雙女墳 詢其事迹 莫有知者 因爲詩以弔之 是夜感二女至 稱謝曰 兒本宣城郡開化縣馬陽鄉張氏二女 少親筆硯 長負才情 不意爲父母匹于鹽商小豎 以此憤恚而終 天寶六年 同葬于此 宴語至曉而別 在溧水縣南一百一十里.[39]

<쌍녀분기>가 누구에 의해 언제 지어졌는지는 확실하지 않으나, <최

38) 『新增東國輿地勝覽』 卷29, 高靈縣, <建置沿革> : "按崔致遠釋利貞傳云 伽倻山神正見母主 乃爲天神夷毗訶之所感 生大伽倻王惱窒朱日金官國王惱窒青裔二人 則惱窒朱日爲伊珍阿豉王之別稱 青裔爲首露王之別稱 然與駕洛國古記六卵之說 俱荒誕不可信 又釋順應傳 大伽倻國月光太子 乃正見之十世孫 父曰異腦王 求婚于新羅 迎夷粲比枝輩之女 而生太子 則異腦王 乃惱窒朱日之八世孫也 然亦不可考."

39) 張敦頤, 『六朝事迹編類』 卷下, <雙女墓>.

치원> 혹은 민간에 전승되던 쌍녀분 이야기를 소재로 취해서 지어진 것으로 짐작된다. 기존의 연구에서는 고려시대의 어떤 문인이 이 <쌍녀분기>를 윤색한 것이 <최치원>이라고 하였다.[40] 그러나 필자의 생각으로는 앞서 논의한 바와 같이 <최치원>이 먼저 지어졌고, 그것이 중국에 유전되면서 <쌍녀분기>에 수용된 것으로 보인다.[41] 이는 중국 땅에서 이방인인 최치원과 관련한 기록이 있지 않고서는, 이와 같이 <쌍녀분기>에 인용될 가능성이 적은 점에서도 그러하다. <쌍녀분기>는 <최치원>과 그 기본 줄거리가 같다. 단지 다른 것은 二女의 출신지뿐이다. <최치원>에서는 "溧水縣 楚城鄕張氏二女"라 하였고, <쌍녀분기>에서는 "宣城郡開化縣馬陽鄕張氏二女"라 하였다. <쌍녀분기>가 지어질 무렵의 그곳 지명을 따랐거나 혹은 구비 전승되는 중의 와전 때문에 다소의 차이가 있는 것으로 보인다. 그러나 二女가 張氏의 딸이라는 점에서 같고, 또 溧水가 宣州(宣城)에 속했던 縣이었던 점에서 별 문제가 안 된다고 하겠다.

이와 같이 『신라수이전』과 <최치원>은 최치원이 율수현위를 그만두고 高駢에게 자천할 무렵에 지어져 중국에 유전되었고, 그것이 우리나라에 들어온 것은 최치원이 還國할 때 가지고 온 것으로 짐작된다. 최치원이 귀국하여 憲康王에게 上進한 書目에 『中山覆簣集』 一部 五卷이 있는데, 이는 율수현위로 있을 때 지은 것이다.[42] 『신라수이전』도 그 저작

40) 임형택, 앞의 논문, 91면 ; 정준민, 앞의 논문, 10~13면.

41) 당초(1988) 필자는 최치원이 당나라에 있을 때 <최치원>을 먼저 지어 高駢에게 바쳤고 그것이 중국에 유전되면서 후대(송)에 <쌍녀분기>에 수용되었을 것으로 보았으나, 후속 연구 「신라수이전의 최치원 저작설에 대한 보론」(2017)에서 최치원이 <쌍녀분기>를 먼저 지었고 조선 초기에 成任이 『太平通載』를 편찬하면서 <쌍녀분기>를 가필하여 <최치원>으로 변개하였음을 밝혔다.

42) 崔致遠, 『桂苑筆耕』, <桂苑筆耕自序>.

시기로 보아 여기에 포함되었거나 아니면 별도의 필사본이었을 것으로 추측된다. 한편 『신라수이전』은 합리적 儒家의 입장에서 보면 그 내용이 荒誕奇怪하여 믿을 만한 것이 못된다. 儒家에서는 怪力亂神을 말하지 않았다.[43] 김부식이 『舊三國史』에서 황탄기괴한 것을 제외시키고 『삼국사기』를 새로 편찬한 것도 이와 같은 이유 때문이다.[44] 『신라수이전』의 書名이 『삼국사기』를 비롯한 역사서에 기록되지 않는 것도 바로 그런 이유와 관련이 있을 것이다. 따라서 그것은 野史的 성격을 띠며 유전되고 또 필사본으로 전승되었을 가능성이 큰 것으로 짐작된다.

5. 『신라수이전』과 박인량 『수이전』의 관계

覺訓의 『海東高僧傳』에 의하면 朴寅亮에게 『신라수이전』과 같은 類의 것이든 다른 것이든 『수이전』이 있었음이 틀림없다. 그러나 傳奇 <최치원> 때문에 『신라수이전』과 박인량 『수이전』 간에 혼란이 오고 또 작자 시비가 있어 왔다. 그 결과 오늘날까지 『신라수이전』은 최치원의 작이 될 수 없다고 하는 한편, 박인량 『수이전』과 같은 책일 것으로 추측해 왔다. 그러나 필자의 견해로는 앞서 논의한 바와 같이 박인량의 『수이전』은 『신라수이전』과 다른 것이었을 것으로 생각된다. 그것은 양자간의 逸文을 비교해 보면 편찬방법, 기술태도, 성격 등에 있어서 차이가 나고 있기 때문이다.

박인량 『수이전』의 逸文으로는 현재 『해동고승전』에 두 편이 전한다.

43) 『論語』, <述而> : "子不語怪力亂神."

44) 『東文選』 卷44, 金富軾, <進三國史表>.

<釋阿道>와 <釋法空>이다. <釋阿道>의 경우 一然의 『三國遺事』[45]에 출처를 <我道本碑>라 하고 그 구성이나 내용이 거의 같은 이야기가 실려 있어서 주목된다. 이 <我道本碑>는 신라시대에 韓奈麻 金用行이 지은 <我道和尙碑文>이다.[46] 곧 박인량 『수이전』 소재의 <釋阿道>와 『삼국유사』 소재의 <我道本碑>를 비교해 보면 몇 군데의 상이한 文句를 제외하고는 그 차이를 찾을 수가 없다. 신라 때 지은 <아도화상비문>이 구전되어 오다가 박인량에 의해 『수이전』에 기록되었다고는 할 수가 없다. 박인량이 『수이전』을 편찬하면서 김용행의 <아도화상비문>을 거의 그대로 인용해 온 것이 분명하다.

한편 <釋阿道>는 道寧의 예언과 그것의 실현 관계로 구성되어 있고, 阿道가 중심인물이긴 하지만, 永興寺와 興輪寺의 창건, 道寧과 毛禮(毛祿)에 대한 기술이 강하기 때문에 歷史的 記述態度에 더 접근되어 있다.[47] 이것이 본디 碑文으로 지어졌기 때문이다. 문체 또한 質朴하기는 하지만, 『신라수이전』의 逸文과 같이 流麗하지 못하고 다소 粗雜스러운 면이 있다. 神異的 요소나 劇的 긴장감 역시 『신라수이전』의 逸文만 못하다. <釋阿道>에서 신이적인 면을 찾는다면 成國宮主의 병을 치료했다는 이야기와 신라에서 불교를 폐지하려 하자 아도가 스스로 무덤을 만들고 그 속에 들어가 문을 닫고 죽었는데 뒤에 法興王이 불교를 다시 일으켰다는 내용 정도인데, 어떤 신이적인 행위로 인해서 그랬다는 극적 요소가 배제되어 있다. 예컨대 성국궁주의 병을 고쳤다는 것도 어떤

45) 『三國遺事』 卷3, <阿道基羅>.

46) 『三國史記』 卷4, 法興王 15년 : “此據金大問雞林雜傳所記書之 與韓奈麻金用行所撰我道和尙碑所錄 殊異.”

47) 이경우, 「형성기 산문 시고」, 『한국고전산문연구』, 장덕순선생회갑기념논총간행위원회, 1981, 367면.

신비로운 조치, 즉 주문을 외운다든가 손으로 만진다든가 하여 그 효험으로 고쳤다는 것이 아니라 그냥 고쳤다는 얘기뿐이다.[48] 傳奇에서 神異的인 요소는 작품 구성의 기본이면서 현실적으로 해결 불가능한 문제를 푸는 장치로서의 역할을 한다.[49] 그러나 <釋阿道>에서는 가급적 奇異한 요소를 배제하고 합리적으로 사건을 전개하려는 노력을 보이고 있다. 이런 점에서 <釋阿道>는 假構라기보다 傳述의 태도에 머물러 있다고 하겠다. <釋法空>도 <釋阿道>와 마찬가지의 특성을 지니고 있다.

따라서 <釋阿道>(<我道和尙碑文>, <我道本碑>)의 성격과 기술태도도 그러하거니와, 金用行의 글을 거의 그대로 인용해 온 박인량의 『수이전』 저술태도 또한 述而不作이라고 할 수가 있다. 즉 『수이전』은 傳述의 입장에서 기존의 글이나 책에서 인용하거나 초록한 것으로 짐작된다. 반면 『신라수이전』은 기존의 설화를 윤색하고 文飾을 가했다는 점에서 『수이전』과 성격을 달리한다. 바꾸어 말하면 박인량의 『수이전』은 傳記에, 『신라수이전』은 說話 내지는 傳奇에 가깝다고 하겠다. 『수이전』의 내용이 『해동고승전』에 인용된 것도 그것이 傳記라는 측면 때문인 것이다. 따라서 『수이전』과 『신라수이전』을 같은 類로 보거나 『수이전』이 후대에 이루어졌다고 해서 『신라수이전』의 보완이라고 막연히 추단할 수는 없는 일이다. 곧 『신라수이전』과 『수이전』은 별도로 취급해야 할 것이다.

그런데 박인량의 『수이전』은 그렇게 유통되지 않은 듯하다. 일연이 『삼국유사』에서 <阿道基羅>를 쓰면서 박인량의 『수이전』에서 인용해 오지 않고 김용행의 <我道本碑>에서 인용해 온 것이나 『해동고승전』 한

48) 覺訓, 『海東高僧傳』 卷1, <釋阿道> : "成國宮主 病疾不愈 遣使四方 求能治者 師應募赴闕 爲療其患."

49) 임형택, 앞의 논문, 94면.

군데를 제외한 다른 어떤 문헌에도 전혀 언급되지 않고 있다는 점에서 그렇게 짐작된다. 그것이 유통되었다면 역시 필사본으로 유전되었을 것이고, 혹 확실한 근거는 없으나 앞서 살펴본 『수이전』의 傳述的 성격으로 미루어 『古今錄』에 수록되었을 수도 있을 것이다.

6. 『신라수이전』의 개작설에 대한 이견

최강현 교수는 『신라수이전』을 珍本과 異本으로 나누고 珍本의 작자는 알 수 없으나 異本은 金陟明이 지었다고 하였고,[50] 지준모씨는 『신라수이전』을 김척명이 한 차례 改作했다고 하였다.[51] 그러나 이는 관련 대목을 지나치게 확대 해석한 데서 비롯된 주장으로 생각된다. 즉 『삼국유사』 권4, <圓光西學>과 <寶壤梨木>에 대한 해석상의 문제이다.

> 1) 唐傳(唐續高僧傳)과 鄕傳(古本殊異傳)의 두 傳記의 글에 의하면 姓氏가 朴과 薛로 된 것과 出家를 東西로 하여 마치 두 사람의 일 같으나 감히 詳定하지 못하겠기에 두 가지 傳記를 모두 적어둔다. 그러나 저들 傳記에는 鵲岬, 璃目, 雲門의 사실이 모두 없는데, 鄕人 金陟明이 그릇되게 街巷의 說로써 글을 윤색하여 圓光法師傳을 지으면서 함부로 雲門開山祖 寶壤스님의 사적을 합쳐 기록하여 하나의 전기를 만들었다. 뒤에 海東僧傳의 편찬자도 그 잘못을 이어 기록하여 당시 사람들이 많이 미혹하게 되었다.[52]

---

50) 최강현, 앞의 논문, 160면.

51) 지준모, 「신라수이전 연구」, 『어문학』 35, 한국어문학회, 1976, 221면.

52) 『三國遺事』 卷4, <圓光西學> : "據如上唐鄕二傳之文 但姓氏之朴薛 出家之東西 如二人焉 不敢詳定 故兩存之 然彼諸傳記 皆無鵲岬璃目與雲門之事 而鄕人金陟明 謬以街巷之說潤文 作光師傳 濫記雲門開山祖寶壤師之事迹 合爲一傳 後撰海東僧傳者 承誤而錄

2) 뒷사람이 新羅異傳을 改作하여 鵠塔과 璃目의 일을 圓光法師傳에 함부로 기록하고 犬城의 사실을 毘盧傳에 끼워 넣었는데 잘못된 것이다. 또 海東僧傳을 지은 이도 이를 좇아 글을 윤색하여 寶壤스님의 傳記를 따로 마련하지 않았는데 後人을 의혹되게 하였으니 얼마나 터무니없는 일인가?[53)]

두 인용문은 金陟明이 寶壤스님의 事迹을 <圓光法師傳>과 <毘盧傳>에 잘못 끼워 넣었음을 말한 것이다. 2)에서의 뒷사람은 1)에 있는 鄕人 金陟明이다. 그런데 2)에서 김척명이 『新羅異傳』을 개작했다[爾後人改作新羅異傳]는 것은 『신라수이전』 전체를 개작했다고 볼 수는 없을 것 같다. 앞뒤의 문맥으로 볼 때 『신라수이전』 중의 <원광법사전>을 개작했다[爾後人改作新羅異傳之圓光法師傳]는 의미로 제한해서 보아야 할 것이다. 즉 김척명이 『신라수이전』에 있는 <원광법사전>을 참고하여 별도의 <원광법사전>을 지으면서 보양스님의 사적을 끌어다 넣어 『唐續高僧傳』이나 『新羅殊異傳』에 없던 일을 잘못 기술했다는 말로 이해된다. 만약 김척명이 개작을 했다고 하더라도 <원광법사전>이나 <비허전> 등으로 미루어 승려와 관계된 일부의 傳記를 다시 쓰면서 보완한 정도에 그쳤을 것으로 보인다. 짐작컨대 김척명은 그리 대단한 인물을 아니었던 것 같다. 『삼국사기』 권4, <圓光西學> 조 이외에는 전혀 언급된 자료를 찾을 수가 없다. 高僧들의 傳記를 쓴 것으로 보아 불교와 깊은 관련을 맺었던 인물로 짐작할 수 있을 뿐이다. 그리고 김척명을 '鄕人'이라고 하였는데, 이 말은 단지 우리나라 사람이라는 의미이다. 草野隱逸의 布衣나[54)] 一然과

之 故時人多惑之."

53) 같은 곳, <寶壤梨木> : "爾後人改作新羅異傳 濫記鵠塔璃目之事于圓光傳中 系犬城事於毘盧傳 旣謬矣 又作海東僧傳者 從而潤文 使寶壤無傳 而疑誤後人 誣妄幾何."

54) 최강현, 앞의 논문, 161면.

同鄕의 사람이라는[55] 제한된 의미로 굳이 해석할 필요가 없을 것으로 보인다. 一然은 <圓光西學> 조에서 『唐續高僧傳』과 『古本殊異傳』(=『신라수이전』)에 실린 <원광법사전>의 내용을 각기 기록하고 있는데, 『당속고승전』을 인용해 왔기 때문에 唐人과 구별하기 위하여 우리나라 사람을 鄕人이라고 밝힌 것이다. 이는 『당속고승전』을 『唐傳』, 『고본수이전』을 『鄕傳』이라고 한 것에서도 알 수가 있다.

이상에서 살펴본 바와 같이 김척명이 『신라수이전』을 개작했다거나 『신라수이전』의 이본을 저술했다는 학설은 지나친 확대 해석이라 하겠으며, 『신라수이전』 혹은 『수이전』이 原著 최치원, 增補 박인량, 改撰 김척명의 과정을 거쳐 이루어졌다는 주장[56] 역시 문제의 호도에 그쳐 설득력이 없다고 할 것이다.

7. 결언

지금까지 『신라수이전』의 작자, 명칭, 저작동기 및 배경에 대하여 기존의 여러 학설을 비판·수용하면서 새로운 각도에서 고찰해 보았다. 특히 『신라수이전』에서 '신라'라는 국명이 붙여지게 된 경위에 주목하면서 그 작자가 최치원일 가능성을 傳奇 <崔致遠>의 문면 검토를 통해 입증하고자 하였으며, 또 『신라수이전』과 박인량 『수이전』의 逸文을 비교하여 그 성격상의 차이를 찾고자 하였다. 논의한 결과를 요약·정리하면 다음과 같다.

---

55) 지준모, 앞의 논문, 221면.

56) 같은 곳.

1) 『신라수이전』은 최치원이 唐에 있을 때 高駢에게 自薦하는 과정에서, 高駢이 신선과 기이한 것을 좋아했으므로 자신의 文才를 과시하는 한편 그의 환심을 사서 관직을 얻고자 지은 것이며, 책 제목의 '신라'라는 국명도 高駢과의 관계 즉 韓·中 관계에서 붙여진 것이다.

2) 최치원을 모델로 한 傳奇 <崔致遠>도 최치원 자신이 지은 것이며, 高駢에게 자신이 두 여자 귀신과 交歡하는 대단한 인물임을 보이기 위해서였다.

3) <崔致遠>에서 雙女와 화답하면서 하룻밤을 즐기다 헤어지고 自慰詩를 읊는 부분까지는 최치원이 지었으나, 末尾의 은거·소요담과 만년의 생애 부분은 後人이 加筆한 것이다.

4) 朴寅亮의 『수이전』은 崔致遠의 『신라수이전』과 별개의 것으로서, 述而不作의 傳記的 성격을 띠며 최치원의 것을 증보한 것이 아니다.

5) 金陟明의 『신라수이전』 개작, 이본 『신라수이전』 저작설은 문면의 지나친 확대 해석으로 논거가 정확하지 않을 뿐만 아니라 그 설득력을 인정하기가 어렵다.

▪제 2 장▪

『신라수이전』의 최치원 저작설 보론

— 傳奇 〈崔致遠〉의 加筆과 관련하여 —

1. 서언

崔致遠(857~?)은 한국 한문학사에서 開山祖, 東國文宗으로 일컬어진다. 그가 신라 육두품 출신으로서 당나라에 유학했음을 잘 알려진 사실이다. 그의 在唐 생애는 渡唐遊學, 賓貢科 及第, 高騈(淮南節度使) 從事官, <檄黃巢書> 등으로 요약할 수가 있다.[1] 이러한 당나라에서의 활동과 관련하여 中國 江蘇省 揚州市는 한국 慶州崔氏 門中과 부산광역시 海雲臺區의 후원으로 2007년 10월 崔致遠紀念館을 건립하여 개관한 바 있다. 양주시가 기념관을 세운 것은 최치원이 양주 인근의 溧水에서 縣尉를 역임했고 또 雙女墳 설화와 관련이 있기 때문이다. 현재 쌍녀분은 중국학자들의 고증에 의해 南京 교외의 高淳縣에 복원되어 있다.

이 쌍녀분 이야기는 成任(1421~1484)의 『太平通載』 권68에 <崔致遠>

1) 김중렬, 「최치원 문학연구」, 고려대 박사논문, 1983 ; 이구의, 『최고운의 삶과 문학』, 국학자료원, 1995.

이라는 이름으로 수록되어 있다. 그동안 <최치원>의 傳奇性 내지 文學性, 서사구조, 장르문제 등에 대한 연구가 거듭 이루어짐으로써, 우리나라 傳奇文學 혹은 古典小說의 始原이 羅末麗初로 소급되는 한편, 설화에서 소설로 이행하는 단계에서 생산된 가장 빼어난 작품으로 평가를 받아왔다. 그러나 작자 문제에 대해서는 여전히 미해결의 상태로 남아있다. 傳奇 <최치원>이 1940년 이인영[2]에 의해 처음으로 학계에 소개된 이래 崔致遠說, 朴寅亮說, 金陟明說, 作者未知說 등으로 의견이 분분하였다.[3]

이와 같이 작자가 문제시된 것은 관련 기록 간의 모순 때문이다. 즉 『태평통재』에 <최치원>의 출전이 『新羅殊異傳』으로 기록되어 있는데, 權文海(1534~1591)의 『大東韻府群玉』 <纂輯書籍目錄>에 의하면 『신라수이전』을 최치원이 지은 것으로 되어 있어서, 짐짓 최치원을 <최치원>의 작자로 쉽게 생각할 수가 있다. 그러나 <최치원>의 말미에 실재 인물 최치원의 만년 생애가 포함되어 있어서 그 작자일 수 없다는 추론을 할 수가 있다. 따라서 최치원이 <최치원>을 지을 수가 없으며, 나아가 『신라수이전』을 최치원이 지었다는 권문해의 『대동운부군옥』 기록도 믿을 수 없다는 데 이르게 된다.

이에 연구자들이 최치원 死後의 문인에서 작자를 찾기 시작하면서부터 문제가 꼬이고 복잡해지게 되었다. 마침 고려 고종 때의 승려 覺訓이 편찬한 『海東高僧傳』 권1, <釋阿道>에 "若按朴寅亮殊異傳云 ……"이라

2) 李仁榮, 「太平通載 殘卷 小攷-特히 新羅殊異傳 逸文에 對하야」, 『진단학보』 12, 진단학회, 1940.

3) 諸學說에 대해서는 김혜숙(「수이전의 작자」, 『한국문학사의 쟁점』, 집문당, 1986), 이구의(앞의 책), 李劍國 · 崔桓(『新羅殊異傳 考論』, 중문출판사, 2000) 등이 거듭 정리하였다.

는 기록이 있으므로, 연구자들은 이에 의거하여 그 작자를 朴寅亮(?~1096)으로 보거나 原作 崔致遠, 補完 朴寅亮으로 절충하는 형편에 이르게 된 것이다. 또한 『신라수이전』과 (박인량)『수이전』의 동일서 여부와 명칭 문제도 지속적으로 논의의 대상이 되어 왔다.

이러한 지루한 논의에 물꼬를 튼 것은 필자가 1988년에 발표한 「新羅殊異傳의 作者와 著作背景」이라는 논문인 것으로 보인다.[4] 필자는 이 논문에서 『대동운부군옥』의 기록을 존중하여 작자를 최치원으로 전제하고 『신라수이전』이 왜 지어졌는지, '신라'라는 국명이 왜 명기되었는지, 그리고 『신라수이전』과 (박인량)『수이전』의 逸文이 같은 성격의 글인지 등에 주목하면서 <최치원>의 문면을 세밀히 검토하였다. 그 결과 <최치원> 말미의 隱居 · 逍遙談과 晩年 生涯 부분에 대해 후인이 加筆했을 가능성을 처음으로 제기하였다.

이후 필자의 논지는 학계에 상당 부분 수용되어 관련 전공자들에 의해 후속 연구가 진행되면서 수정 · 보완과 함께 비판이 이루어졌다. 필자의 加筆說에 대하여 이헌홍, 이구의, 소인호, 문흥구, 이검국 · 최환, 이혜순 등이 지지하는 입장을 보인 반면,[5] 이동환은 "도저히 납득할 수 없는 주장"이라고 신랄하게 비판하였다. 특히 이동환은 기존의 여러 작자설을 부정하고 <雙女墳記>(=〈崔致遠〉)의 작자가 崔匡裕라는 새로운 주

4) 김건곤, 「신라수이전의 작자와 저작배경」, 『정신문화연구』 34, 한국정신문화연구원, 1988. 이검국 · 최환, 앞의 책, 19면에서 주요 연구자로 "60년대의 최강현, 70년대의 지준모, 80년대의 김건곤, 90년대의 김일렬"이라 언급한 바 있다.

5) 필자가 후인의 가필 가능성을 제기한 데 대해 이헌홍(「최치원전의 구조와 소설사적 의의」, 『고전소설의 이해』, 문학과 비평사, 1991), 이구의(앞의 책), 소인호(「<수이전>의 저자와 문헌 성격에 관한 반성적 고찰」, 『고소설연구』 3, 한국고소설학회, 1997), 문흥구(「『수이전』 일문 <최치원>의 재고찰」, 『고소설연구』 6, 한국고소설학회, 1998), 이검국 · 최환(앞의 책)과 이혜순(『고려 전기 한문학사』, 이화여대 출판부, 2004) 등이 동조하는 한편, 필자의 논지를 부연하거나 일부 수정하였다.

장을 폈다.[6] 최광유의 현전하는 한시 10수와 <최치원> 소재 한시의 詩風이 흡사하다는 점을 그 근거로 들었다.

그러나 崔匡裕說은 최광유와 <쌍녀분기> 혹은 『신라수이전』의 관계가 언급된 한 줄의 문헌기록도 없다는 점, 자료가 부족하여 최광유의 생애조차 불분명한 상황에서 최치원과의 관계를 추론한 점, 『대동운부군옥』에 작자가 "崔致遠"으로 명시되어 있는 기록을 편찬자의 '오류' 내지 '착각'으로 돌린 점 등은 무리한 논지라고 할 것이다. 이 논문 발표회에서(2000. 06. 17. 한국고전문학회) 토론을 맡았던 이혜순은 "이 논문의 성과에 대해서는 앞으로 학계의 평가가 나올 것이겠지만, 필자 개인의 입장에서는 작가 문제, 저작 시기, 결미 부분의 논의가 여전히 회의적이다."라고 동의하지 않는다는 입장을 밝힌 바 있다.[7]

한편 작자문제와 관련한 근년의 논의로 오춘택과 곽승훈의 연구를 들 수가 있다. 오춘택은[8] <쌍녀분기>와 <최치원>을 각기 별개의 성격을 지닌 두 개의 글로 전제하고, <쌍녀분기>는 최치원이 지었고 <최치원>은 박인량이 지었을 것으로 추정하였다. 최치원의 중국 행적과 박인량의 南宋 使行路가 상당한 지역에서 겹치고 있는 점에 주목하여, 문장력을 구비한 박인량이 최치원에 관심을 가지고 <쌍녀분기>를 <최치원>으로 형상화시켰을 것으로 보았다. 그러나 두 작품을 별개로 본 것은 새로운 시각이지만, 기존에 제시된 작자설에 대한 절충적인 입장으로 문제가 해소되었다고 보기가 어렵다. 곽승훈은[9] 『수이전』은 신라 때

6) 이동환, 「쌍녀분기의 작자와 그 창작배경」, 『민족문화연구』 37, 고려대 민족문화연구원, 2002.
7) 이혜순, 앞의 책, 492~495면.
8) 오춘택, 「<쌍녀분기>와 <최치원>의 작자」, 『국어국문학』 139, 국어국문학회, 2005.
9) 곽승훈, 「『殊異傳』의 撰述本과 傳承 硏究」, 『진단학보』 111, 진단학회, 2011.

편찬되어 一然이 본 『고본수이전』과 覺訓이 본 『수이전』 두 가지가 있었으며, 박인량이 『고본수이전』을 증보하였고 『古今錄』의 한 부분이었을 것으로 추측하였다. 그러나 전승과 인용에 주목한 나머지 박인량 증보설을 지지하고, 『고본수이전』의 원작자나 <최치원>의 작자 문제에 대해서는 구체적으로 논의하지 않았다.

이상과 같이 <최치원>의 작자문제는 최광유설이 추가된 데 이어, 다시 박인량설로 회귀하는 등의 답보상태를 보이고 있다. 이에 본고에서는 필자가 30년 전에 거칠게 전개한 논지를 보충하는 한편, 비판에 대하여 반론을 펴고자 한다. 당시 미처 고려하지 못한 부분에 대해 추가적인 견해를 밝히는 동시에, 그간 학계의 연구 성과를 바탕으로 필자가 기왕에 일부 오해한 부분도 바로잡을 것이다. 특히 <최치원>의 가필자, 변개과정과 양상을 새로 구명함으로써, 오랜 기간 지속되어 온 작자 문제를 해결하는 데 일조가 되기를 기대한다.

2. <최치원>의 구성과 표현상의 문제점

앞서 언급한 바와 같이, 傳奇 <최치원>이 최치원의 저작이 되기 위해서는 말미의 은거·소요담과 만년 생애 부분이 해명되어야 한다. 최치원이 자신을 모델로 삼은 것도 문제가 될 수 있지만, 말미에 "以終老焉"이라 죽음까지 기술하고 있어서 자신이 썼다고 볼 수가 없기 때문이다. 즉 말미의 만년 생애 부분이 실재 인물 최치원의 그것과 일치한다는 점에서 최치원 사후의 어떤 문인이 최치원과 관련된 이야기를 윤색한 것이라 짐작할 수가 있는 것이다.

기존 연구는 이러한 관점에서 시작되었기에, 작자가 논란거리가 되었다. 그러나 <최치원>의 문면을 분석해 보면 그 구성과 표현에 몇 가지 문제점이 있음을 볼 수가 있다.[10] 논의의 편의를 위해 <최치원>의 기본 줄거리를 중심으로 3부분으로 나누어 인용하기로 한다.

<崔致遠>

가) 최치원은 자가 고운이다. 나이 12살에 서쪽으로 당나라에 유학하여 건부 갑오년에 학사 배찬이 관장한 시험에서 한 번에 괴과에 합격해 율수현위에 임명되었다.

崔致遠, 字孤雲. 年十二, 西學於唐, 乾符甲午, 學士裵瓚掌試, 一擧登魁科, 調授溧水縣尉.

나) 일찍이 현 남쪽 경계에 있는 초현관에 놀러간 적이 있었다. 초현관 앞 언덕에 옛 무덤이 있어 쌍녀분이라 일컬었는데 고금의 명현들이 유람하던 곳이다. 치원이 그 무덤의 석문에 다음과 같이 시를 부쳤다. …… 잠시 후, 달이 지고 닭이 울자, 두 여자가 모두 놀라며 공에게 다음과 같이 말하였다. …… 두 여자가 각각 시를 지어 주었다. …… 치원은 시를 보고 자신도 모르게 눈물을 흘렸다. 두 여자가 치원에게 말하기를, "혹시 다른 날 이곳을 다시 지나가게 되면 황폐한 무덤을 다듬어 주십시오."라 하고 말을 마치자 곧 사라졌다. 다음 날 아침 최치원은 무덤가에 가서 방황하며 읊조리다가 더욱 감탄하여 다음과 같이 장가를 지어 스스로 위로하였다. ……

嘗遊縣南界招賢舘. 舘前岡有古塚,, 號雙女墳 古今名賢遊覽之所. 致遠題詩石門曰 …… 小頃, 月落鷄鳴, 二女皆驚謂公曰 …… 二女各贈詩曰 ……

10) 김건곤, 앞의 논문, 264~268면에서 구성, 표현, 시어, 운자 등을 분석한 바 있다. 여기서는 논지의 연속성과 이해의 편의를 위해 기존 논지를 인용하며 부분적으로 보완하기로 한다.

致遠見詩, 不覺垂淚. 二女謂致遠曰 "倘或他時, 重經此處, 修歸荒塚." 言訖卽滅. 明旦, 致遠歸塚邊, 彷徨嘯詠, 感歎尤甚, 作長歌自慰曰 ……

다) 후에 치원은 과거에 급제하고 고국으로 돌아오다 길에서 시를 읊기를, "뜬세상 영화는 꿈속의 꿈이니, 흰 구름 깊은 곳에 이 몸을 맡기리라." 하고, 이에 물러나 은거하였다. 산림과 강해에서 중을 찾고, 작은 집을 짓고 석대를 쌓았으며 문서를 탐독하고 풍월을 읊조리며 그 사이에서 소요 자적하였다. 남산, 청량사, 합포현 월영대, 지리산 쌍계사, 석남사, 그리고 묵천석대에 모란을 심은 것이 지금도 남아 있는데, 모두 그가 놀았던 곳이다. 최후에 가야산 해인사에 은거하여 형인 고승 현준과 남악의 정현법사와 함께 경전의 이론을 탐구하였으며, 맑고 조용한 데 마음을 두고 노닐다가 늙어 죽었다.

後, 致遠擢第東還, 路上歌詩云; "浮世榮華夢中夢, 白雲深處好安身." 乃退而長往. 尋僧於山林江海, 結小齋, 尋石臺, 耽翫文書, 嘯詠風月, 逍遙偃仰於其間. 南山, 淸凉寺, 合浦縣月影臺, 智異山雙溪寺, 石南寺, 墨泉石臺, 種牧丹, 至今猶存, 皆其遊歷也. 最後, 隱於伽倻山海印寺, 與兄大德賢俊南岳師定玄, 探賾經論, 遊心冲漠, 以終老焉.

가)는 서두, 나)는 본문, 다)는 결미라고 할 수가 있다. 나) 본문은 작중인물 최치원이 招賢館 앞의 雙女墳으로 놀러갔다가 石門에 題詩한 것을 계기로 쌍녀와 만나 시로써 酬酌하다가 하룻밤을 보내고 새벽에 닭이 울자 쌍녀와 헤어져 스스로 위로하며 長歌를 읊었다는 내용이다. 그런데 다)의 최치원이 귀국 길에 읊은 시구(浮世榮華夢中夢 白雲深處好安身)는 雙女와의 交歡과 만년의 은거・소요담을 연결하는 고리 역할을 해야 하는데, 시구 중의 '浮世榮華'라는 말은 쌍녀와 하룻밤을 즐겼던 일을 가리키는 것이라고 볼 수가 없다. 즉 쌍녀와 하룻밤 즐긴 것을 두고 浮世榮華라고 할 수 없으며, 또 헤어진 것 때문에 세상이 싫어져서 白雲深處에 몸을 숨기기로 했다는 것은 전후의 인과관계 설정이 긴밀하지 못하다고 하겠다. 오히려 이 시구는 실재 인물 최치원이 당나라에서 문명을 떨치고 귀국하였으나, 당시 신라가 난세였으므로 뜻을 펴기가 어렵게 되자 불우한 처지를 한탄하며 지은 入山脫俗의 辯으로 이해된다.[11] 곧 이 시구는 최치원과 쌍녀의 관계로 볼 때 매우 부적절하여 작품의 중심 줄거리와 어떤 상관성이나 긴밀성을 가지지 못한다.

그리고 다) 결미부분의 소요담과 은거에 관한 이야기가 傳奇로서는 별로 재미도 없고 긴장감도 주지 못하는 평면적 기술에 머물러 있다. 이에 대해 이혜순은 "최치원과 두 여인의 대화는 화려한 駢文인 데 비해 이 부분은 소박한 서술이다. 귀국 이후의 결미부분에 와서는 앞부분의 서술과 또 다른 차이를 보여준다. 이와 함께 빠르게 서사를 종결시키는 요약적 서술도 앞에서 보여준 섬세한 내용 서술과는 거리가 있어 보인다."라고 지적한 바 있다.[12] 즉 문체 측면에서 볼 때 본문과 결미의 문장이 다른 것이다. 이런 점에서 한 사람이 쓰지 않았을 것으로 의심해 볼 수 있다.

한편 <최치원>의 서사구조를 분석할 때, 서두의 人定記述과 결미의 晩年 生涯는 실재 인물 최치원의 傳記的 사실과 밀접한 관련이 있고, 본문은 허구적 인물의 형상화를 중심으로 한 傳奇的 서사구조를 보여준다. 이는 서사전개 내에서 서두와 결미에 실재 인물 최치원이 개입하거나 등장해야 할 필연적인 이유가 되지 못함을 드러내는 것이다. 특히 결미의 만년 생애에 대한 서술은 작품의 중심 내용이라 할 수 있는 쌍녀와의 만남과 아무런 연계성이 없이 따로 놀고 있다. 곧 결미는 본문의 내

11) 김건곤, 앞의 논문, 265면.
12) 이혜순, 앞의 책, 493면, 496면.

용과 서로 이질적인 특성을 보이고 있어 하나의 서사적 맥락으로 파악하기에는 어색하다. 이는 <최치원>의 소설성 문제와도 관련이 있다. 즉 본문이 가지고 있는 허구적 진실로 인하여 그 소설성을 엿볼 수 있지만, 서두와 결미가 보여주는 구체적인 인물, 역사적인 인물의 등장으로 인하여, 고소설적 구성 완비, 작가의식의 반영이라는 점을 퇴색시키고 있다는 점에서 비소설성을 드러내고 있는 것이다.[13]

그리고 <최치원>의 가) 서두와 다) 결미 부분에 중복되는 구절이 있어 표현상의 문제점으로 지적할 수가 있다. 가)에서 "건부 갑오년에 학사 배찬이 관장한 시험에서 한 번에 괴과에 올라 율수현위에 임명되었다[乾符甲午 學士裵瓚掌試 一擧登魁科 調授溧水縣尉]."고 하였는데, 다)에 또 "후에 치원은 과거에 급제하고 동쪽으로 돌아왔다[後 致遠擢第東還]."고 서술하고 있다. 서두와 결미에서 중복되는 구절은 '一擧登魁科'와 '擢第'이다. 실제 최치원은 과거에 두 번 합격한 일이 없는 것으로 확인된다. 賓貢科에 합격하여 율수현위가 되었고, 후에 博學宏詞科에 응시하고자 준비를 하다가 高駢에게 자천의 글을 올려 그의 종사관으로 있다가 귀국하였다. 따라서 <최치원>이 한 사람의 손에 의해 이루어졌다면 과거에 급제한 사실을 두 번이나 쓰는 실수는 저지르지 않았을 것이다. 이 또한 후인이 가필한 흔적이라고 할 수가 있다.[14] 이에 대해 이동환은 '一擧登魁科'와 '擢第'가 모순에 해당한다고 인정하면서도 '擢第'는 필사본으로 流傳하는 과정에서 생겨난 衍文으로 치부하고, 당나라에서 고국으로 돌아올 때는 돌아오는 자체가 중요한 것이 아니라 과거 급제 여부가 중요한 관심사이므로 '擢第東還'이 입에 익은 하나의 熟語로 자리 잡게 된 것이라고

13) 문흥구, 앞의 논문, 86면.

14) 김건곤, 앞의 논문, 266면.

주장하였다.[15] 그런데 『삼국사기』, <최치원열전>에서는 그의 귀국과 관련하여 擢第에 대한 언급 없이 '東歸故國'이라 표현하고 있어 설득력을 인정하기 어렵다.

3. <쌍녀분기>의 저작과 주인공

앞서의 논지대로 <崔致遠>이 후인에 의해 가필과 윤색이 이루어졌다면, 그 원작이 있어야 할 것이다. 이는 <雙女墳記>에서 답을 구할 수가 있다. 그간 학계의 연구 성과에 따르면, <쌍녀분기>가 <최치원>의 原題目이고, 제명이 바뀐 것은 조선 초기 成任의 『太平通載』에 수록되면서부터라는 것이 일반적인 견해이다.[16] <雙女墳記>는 송나라 張敦頤가 편찬한 『六朝事迹編類』 卷下, <雙女墓>에서 확인할 수가 있다.

<雙女墳記>

<쌍녀분기>에 다음과 같이 말하였다. ; 계림 사람 최치원이 당나라 건부 연간에 율수현위에 보임되었다. 일찍이 초현관에서 쉬고 있었는데, 앞 언덕에 쌍녀분이라는 무덤이 있었다. 그 내력을 물어보았으나 아는 사람이 아무도 없었다. 그래서 시를 지어 조문하였다. 이날 밤 감동한 두 여자가 이르러 사의를 표하며 말하기를, "저희들은 본래 宣城郡 開化縣 馬陽鄕에 사는 張氏의 두 딸입니다. 어려서부터 붓과 먹을 가까이하고 자라서

15) 이동환, 앞의 논문, 34~36면.

16) 이검국 · 최환이 "<최치원>의 원제는 '雙女墳記'이다."라 논증한 바 있고(앞의 책, 38~43면), 이혜순도 동일한 입장임을 밝혔다(앞의 책, 491면). 이동환은 <崔致遠>을 아예 <雙女墳記>로 지칭하고 논지를 전개하였다(앞의 논문). 필자는 아래에서 논술하겠지만, 엄밀한 의미에서 <쌍녀분기>=<최치원>에 동의하지 않는다.

는 재주 있다고 자부하였습니다. 뜻밖에 부모님이 소금장수 같은 하찮은 이를 배필로 정하시기에 이 때문에 분하여 죽고 말았습니다. 천보 6년에 이곳에 함께 묻혔습니다."라고 하였다. 술 마시고 이야기하다가 새벽이 되어 헤어졌다. 율수현 남쪽 110리에 있다.

雙女墳記曰; 有雞林人崔致遠者, 唐乾符中, 補溧水尉. 嘗憩于招賢館, 前岡有塚, 號曰雙女墳. 詢其事迹, 莫有知者. 因爲詩以弔之. 是夜, 感二女至, 稱謝曰; "兒本宣城郡開化縣馬陽鄉張氏二女. 少親筆硯, 長負才情. 不意爲父母匹于鹽商小豎, 以此憤恚而終. 天寶六年, 同葬于此." 宴語至曉而別. 在溧水縣南一百一十里.

장돈이가 기록한 <쌍녀분기>는 그 原型이 아닌 抄錄이다. <최치원>과 그 기본 줄거리가 같다. 수작한 시들이 생략되고 쌍녀의 출신, 재능, 결혼, 죽음을 중심으로 기술되어 있다. <쌍녀분기>의 "宣城郡 開化縣 馬陽鄉 張氏 二女"는 <최치원>에 "溧水縣 楚城鄉 張氏 二女"로 되어 있고, "少親筆硯, 長負才情"과 "天寶六年, 同葬于此"는 <최치원>에 없는 내용이다.[17] 이는 장돈이가 『육조사적편류』를 편찬할 당시의 그곳의 지명으로 고쳤거나, 초록하는 과정에서 부분적으로 윤색함에 따라 다소 차이가 있는 것으로 보인다. 물론 <쌍녀분기>(초록)와 <최치원>이 각기 윤색되었는지, 어느 것이 원형에 가까운지는 확인할 수 없다.[18] 그러나

17) 필자는 앞의 논문에서 <최치원>에 없는 내용, 특히 '天寶六年'이라는 연대의 구체성과 중요성을 의식하여 <최치원>이 먼저 지어졌고, 그것이 중국에 유전되면서 <쌍녀분기>(초록)에 수용되었을 것으로 이해하였으나(김건곤, 앞의 논문, 272~273면), 학계의 일반적인 견해에 따라 이를 수정한다. 이하에서는 <최치원>의 원제가 <쌍녀분기>라는 그간의 연구 성과를 수용하여 논지를 전개하기로 한다.

18) <쌍녀분기>의 원작(원형)이 있고, 그것이 개명 가필되어 <최치원>으로 변개되는 한편, 장돈이에 의해 <쌍녀분기>로 초록된 것으로 보는 것이 타당하다. 이런 점에서 <쌍녀분기>(초록)의 "少親筆硯, 長負才情"과 "天寶六年, 同葬于此"는 <쌍녀분기> 원작에 있었던 내용으로 보인다.

二女가 張氏의 딸이라는 점에서 같고, 또 溧水가 宣州(宣城)에 속했던 縣이었던 점에서 문제가 되지 않는다.[19] 쌍녀분의 위치를 기술한 "율수현 남쪽 110리에 있다."는 마지막 부분의 기사는 『육조사적편류』의 편찬자인 장돈이가 써 넣은 것이다.

여기서 우리는 <쌍녀분기>와 <최치원>의 주인공에 유의하면서, <쌍녀분기>의 중심 이야기가 끝나는 지점에 주목해 볼 필요가 있다. 즉 <최치원> 말미의 만년 생애가 <쌍녀분기>에서도 유효한가를 점검해 보려는 것이다. <쌍녀분기>의 주인공은 당연히 쌍녀이다. 즉 두 여인과 관련된 이야기가 중심 모티프이기 때문에 작품의 제목을 그렇게 붙인 것이다. 작품 중의 최치원은 쌍녀와 수작하는 상대로서 주요 인물이지만, 엄격한 의미에서 주인공이라고 할 수가 없다. 따라서 우선 작품의 원제목이 <쌍녀분기>이지 '<최치원기>'가 아니라는 점을 염두에 두고, 작품의 모티프와 구성을 따져보게 되면 <쌍녀분기>에 최치원의 만년 생애가 들어갈 이유가 없는 것이다. 현전하는 <쌍녀분기>가 초록이기는 하지만, 뒷부분에 최치원의 만년과 관련하여 어떤 언급이나 요약이 없이 "술 마시고 이야기하다가 새벽이 되어 헤어졌다[宴語至曉而別]."에서 끝난다. 위에서 살펴본 대로 서사구조상 최치원과 쌍녀의 이별에서 끝나는 것이 보다 타당하다는 점을 보여준다. 곧 <최치원>의 만년 생애 부분을 후인이 가필했을 가능성은 작품의 원제목인 <쌍녀분기>에서도 유추할 수가 있다. 또 <최치원>을 초록한 『大東韻府群玉』 소재 <仙女紅袋>도[20] 주인공이 仙女인 바, 두 여인이 시를 화답하다가 갑자기 사라져서 "마침내 간 곳을 알 수가 없다[竟不知所去]."에서 끝을 맺고 있

19) 이검국 · 최환, 앞의 책, 40~41면에서 자세히 검토하였다.

20) 權文海, 『大東韻府群玉』 卷15.

다. <선녀홍대>를 통해서도 당초 <쌍녀분기>의 원작에 최치원의 만년 생애가 없었을 것임을 엿볼 수 있다.

『태평통재』 편찬과정에서 당초의 제목인 <쌍녀분기>가 <최치원>으로 고쳐짐에 따라, 독자는 원제목에 유념하지 않으면 고쳐진 이름으로 인하여 착시를 일으키기 십상이다. 즉 작품의 제목에 따라 주인공이 최치원으로 바뀌어 보이는 것이다. 따라서 최치원의 渡唐遊學으로부터 죽음까지 서술되는 것이 상식에 맞는다고 생각할 수 있다. 이동환은 <최치원>의 가) 서두와 다) 결미에 대하여 "敍事構造上 처음부터 결미 부분이 없고서는 온전한 작품이 되지 않는다. 작자는 최치원의 청년시절과 만년의 史傳을 서두와 결미에 서술하여 하나의 額子 틀을 만듦으로써 최치원의 一生에 대응시키고 있다."라고 설명하였다.[21] 그러나 이 주장은 앞서 언급한 바와 같이, 작품의 원제목이 '<최치원기>'라면 그럴 수 있겠으나, <쌍녀분기>라는 점에서 설득력이 없다.

최치원이 <쌍녀분기>를 지었다고 한다면, 언제 지었는가? 저작 시점은 작자를 누구로 보느냐의 문제와도 관계된다. <쌍녀분기>(초록)와 <최치원>에는 최치원이 율수현위로 있을 때의 일로 설정되어 있다. 즉 저작 시점은 최치원이 율수현위 직을 그만두고 博學宏詞科를 준비하며 구직하던 때이다. 이는 <최치원>에 그의 생애에서 중요한 변환점이 된 高駢의 종사관 및 <檄黃巢書> 저작과 관련한 언급이 전혀 없는 데서 짐작할 수가 있다. 이 두 가지 일은 『三國史記』, <崔致遠列傳>[22]과 『東國李相國集』,[23] 그리고 『筆苑雜記』[24] 등에서 최치원의 중요 행적으로

21) 이동환, 앞의 논문, 36면.

22) 金富軾, 『三國史記』 卷44, <崔致遠列傳> : "時黃巢叛, 高駢爲諸道行營兵馬都統以討之, 辟致遠爲從事."

23) 李奎報, 『東國李相國集』 卷22, <唐書不立崔致遠列傳議> : "崔孤雲, 年十二, 渡海入中

취급해 왔다. 특히 황소가 격문을 읽다가 두려운 나머지 자기도 모르는 사이 침상에서 떨어진 것 때문에 최치원의 이름이 천하에 알려졌다고 전하는 바, 후대의 어떤 문인이 작품 전체를 다 썼다면 <최치원>의 만년 생애 앞에 <격황소서> 이야기를 배치하고 좀 더 허구적으로 꾸몄을 것이다. 따라서 <격황소서> 이야기가 <최치원>에 없다는 점에서 고병의 종사관으로 들어가기 전에 어떤 목적을 가지고[25] <쌍녀분기>를 지은 것으로 추측할 수가 있다.

저작 시기와 관련하여 이검국 · 최환은 고병의 막료 시절에 <쌍녀분기> 1편만 짓고, 귀국 후에 『신라수이전』을 완성했을 것으로 보았다.[26] 한편 이동환은 "<쌍녀분기>가 고병의 막료가 되기 위하여, 또는 막료 시절에 지어진 것이라면 『桂苑筆耕』에 편집해 두지 않은 것이 심히 이상한 일이므로, 이것이 <쌍녀분기>의 작자가 최치원일 수 없는 이유의 첫째다."라고 하여[27] 그 시절의 저작 자체를 부정하였다. 그러나 작품에

華游學, 一擧甲科及第. 遂爲高駢從事, 檄黃巢, 巢頗沮氣."

24) 徐居正, 『筆苑雜記』 卷1 : "崔文昌侯致遠, 入唐登第, 從高駢, 伐黃巢, 其檄巢曰; '非特天下之人, 皆思顯戮, 抑亦地中之鬼, 已議陰誅.' 巢讀至於此, 不覺下牀, 因此名聞天下."

25) 김건곤, 앞의 논문, 269~270면. 최치원과 고병의 관계를 고려하여 소위 溫卷說을 편 바 있다. 온권은 일정한 형식 없이 異聞奇談을 傳述한 산문으로, 行卷 또는 投卷이라 부르기도 한다. 唐代에는 사람들이 온권을 만들어 자신의 문장력을 과시하는 한편 윗사람의 비위에 영합하여 출세의 수단으로 삼던 일이 종종 있었다. 최치원이 고병에게 올린 <初投獻太尉啓>와 <再獻啓>는 내용적으로도 그렇지만, 글의 제목에서 보는 바와 같이 '投獻(나아가서 바침)'한 것이 분명하다. 또 <獻詩啓>도 고병에게 자천하며 올린 글이다. 최치원은 初投獻 때 <雜篇章> 5軸과 <陳情七言長句詩> 1백편을 올렸고, 再獻 때는 앞서 <雜篇章> 다섯 通을 올린 것을 상기시키며 거듭 거두어 주기를 부탁하였으나 별도의 글은 바치지는 않았다. <獻詩啓>를 쓸 때는 그의 同年인 顧雲이 고병에게 <長啓> 1수와 <短歌> 10편을 바친 것을 거론하며 <紀德絶句詩> 30수를 올렸다. 이러한 사정을 온권의 정황으로 본다면, <雜篇章> 5軸에 <쌍녀분기>가 포함되었을 것이다.

26) 이검국 · 최환, 앞의 책, 44~53면.

서 溧水縣尉 때의 일이라고 한 溧水의 옛 이름이 中山이었으므로, 최치원이 그곳에서 벼슬할 때의 저작인 『中山覆簣集』 5권(失傳)에 <쌍녀분기> 혹은 『신라수이전』이 수록되었을 것으로 짐작할 수가 있다.

4. 성임의 『태평통재』 편찬과 원전 변개

필자의 加筆·潤色說이 성립하려면, 成任이 『太平通載』를 편찬하는 과정에서 제목을 <쌍녀분기>에서 <최치원>으로 바꾼 데 그치는 것이 아니라, 작품의 내용까지도 변개한 점이 밝혀져야 한다. 이와 관련하여 이검국·최환은 김척명이 『신라수이전』을 개작하는 과정에서 가필하고,[28] 성임이 『태평통재』를 편찬하면서 제목을 <쌍녀분기>에서 <최치원>으로 바꾸었을 것으로 추측하였다.[29] 필자는 전자는 아무런 근거를 제시하지 않은 억측이고, 후자는 『태평통재』 편찬과정의 여러 정황상 타당성이 있다고 생각한다. 이에 본 장에서는 성임의 『태평통재』 편찬 태도를 살펴봄으로써 <쌍녀분기>를 <최치원>으로 변개했을 가능성을 찾아보고자 한다.

『태평통재』는 성임이 15세기 이전까지의 중국과 우리나라의 일화나

27) 이동환, 앞의 논문, 15~16면.

28) 이검국·최환, 앞의 책, 17면, 60면 및 83면. 김척명의 『신라수이전』 개작은 의심할 바 아니라고 단정하였으나, 관련 문장을 거두절미하여 확대 해석한 것이다. 기사의 취지와 행간의 의미로 볼 때 김척명이 『신라수이전』 중의 <원광법사전>을 개작한 것으로 제한하여 이해해야 하며(김건곤, 앞의 논문, 275~276면 ; 소인호, 앞의 논문, 142면), 더구나 김척명이 <최치원>의 말미까지 고쳤다고 볼 아무런 근거가 없다. 필자는 김척명이 『신라수이전』 전체를 개작했다고 보지 않는다.

29) 이검국·최환, 앞의 책, 43면.

시화를 광범위하게 수록해 놓은 類書이다. 성임은 송나라 李昉(925~996)의 『太平廣記』 500권을 약 1/10로 축약하여 『太平廣記詳節』 50권으로 간행한 바 있으며, 그리고 『태평광기상절』에 새로운 내용을 추가하여 『태평통재』를 편찬하였다. 『태평통재』는 『태평광기』나 『태평광기상절』의 篇目 체제를 일방적으로 답습하지 않고, 새로운 내용을 추가하면서 『태평광기』의 편목과 맞지 않는 것은 별도로 새로운 편목을 설정하였다.[30]

성임은 편목을 추가로 설정하는 한편, 제목을 인명 위주로 바꾸고 내용을 첨삭한 것으로 보인다. 『태평통재』 권7의 <鐵冠道人>은 『剪燈新話』의 <牡丹燈記>를 제목만 바꾸이 전재해 놓은 것이고, 권67의 <馮大異>는 <太虛司法傳>을, <滕木>은 <滕木醉遊聚景園記>를, <夏顏>은 <修文舍人傳>을, <金賈二子>는 <華亭逢故人記>를 제목만 바꾸어 옮겨놓은 것이다.[31] 마찬가지로 <쌍녀분기>도 제목이 <최치원>으로 바뀌었을 정황을 충분히 짐작할 수가 있다.

한편 이래종의 조사에 의하면, 『태평통재』 잔권에 보이는 인용서목 78종 중 한국서는 『신라수이전』, 『삼국유사』, 『파한집』, 『동국이상국집』(연보), 『고려사』 등 5종이다. 『태평통재』 권29, 器量, <趙云仡>은 그 출전을 『高麗史』라고 밝히고 있는데, 이를 『고려사』 권112, <조운흘열전>과 대조해 볼 필요가 있다. 즉 『고려사』 <조운흘열전>을 『태평통

---

30) 이래종, 「『태평통재』 일고」, 『대동한문학』 6, 대동한문학회, 1994. 이래종은 『태평통재』의 현전 상황에 대해 다음과 같이 보고하였다. "필자가 寡聞한 바 이인영이 해방 전에 보았다는 『태평통재』의 잔권 8권(권68~70 및 권96~100)은 현재 그 행방을 알 수가 없다. 대신 高麗大 晩松文庫에 3권과 江陵 船橋莊에 5권 도합 8권의 다른 책이 남아있음을 확인하였다. 고려대 소장본은 권7~9이고 선교장 소장본은 권28~29 및 권65~67이다. 우연한 일이지만 전에 있었던 8권은 숨어버리고 그 대신 다른 8권의 책이 새로 나타난 것이다."

31) 같은 논문, 139면.

재』 <조운흘>에 그대로 전재하였는지, 아니면 변개하여 수록하였는지를 검토하면 의미 있는 해석을 끌어낼 수 있을 것으로 생각한다.

『고려사』 권112, <조운흘열전>을 바탕으로 『태평통재』 권29, <조운흘>을 대비하면 다음과 같다. ~~[ ]~~으로 처리한 부분은 성임이 <조운흘열전> 중에서 삭제한 것이고, **[고딕]**으로 처리한 부분은 조운흘과 관련한 시화나 잡기 등을 참조하거나 자신이 알고 있는 일화를 삽입한 것이다.

趙云仡, 漢陽府豊壤縣人. 恭愍六年登第, ①~~[調安東書記, 累轉閤門舍人. 十年, 授刑部員外郞, 紅賊之 亂, 從王南幸, 錄功爲二等. 明年, 遷國子直講, 歷全羅・西海・楊廣三道按廉使. 其在全羅, 評理廉之范妾兄與其黨, 盜太山人金彦龍馬. 云仡按驗, 具服徵布, 殺爲首者. 會金允琯代云仡, 聽之范屬, 反徵彦龍布五百匹還之. 令吏將獄辭, 押彦龍及盜, 詣法司辨之, 盜中路竊獄辭亡匿之范家. 彦龍跡而得之, 告憲司, 憲司劾之范以宰相庇盜捕之. 之范逃, 杖允琯除名.]~~ ②~~[二十三年,]~~ 以典法摠郞辭職, 居尙州露陰山下, 自號石磵棲霞翁, 佯狂自晦. 出入必騎牛, 著騎牛圖贊・石磵歌, 以見意. 與慈恩僧宗林, 爲方外交, 超然有世外之想. 辛禑三年, 起授左諫議大夫, ③~~[與同列上疏曰, "自古人君, 未有不由學而能治天下國家者也. 爲學之要無他, 讀書窮理, 誠意正心而已. 是以, 先考聖王, 置講官侍學, 使之講明道學, 蒙以養正, 其慮深矣. 近來, 書筵講學, 或作或輟, 臣等竊爲殿下惜也. 願奉先考之遺訓, 復設書筵, 俾正直之士, 日近左右, 萬機之暇, 講習經史. 樂聞善道, 涵養德性, 以臻至理." 再轉判典校寺事.]~~ ④**[時方旱暵, 有敎禁酒, 云仡大醉, 爲憲官所劾, 以詩答之曰, "一杯酒一杯酒, 大諫醉倒春風前. 不願富不願貴, 但願無事終天年."]** 六年, 乞退居廣州古垣江村, 重營板橋・沙平兩院, 自稱院主. 敝衣草履, 與役徒同其勞, 過者不知爲達官也. 十四年, 復起爲典理判書, ⑤~~[遷密直提學]~~. 時議按廉秩卑, 不能擧職, 選兩府有威望者, 爲都觀察⑥~~[黜陟]~~使, 授敎書鈇鉞以遣, 云仡爲西海道都觀察使. ⑦~~[將行上書曰, "臣聞芳餌之下, 必有巨魚, 重賞之下, 必有良將. 又曰行虛惠而受實福, 斯言至矣. 凡爲國者, 當家給人足, 內外無患之時, 猶且思危. 況我本朝, 水近倭島, 陸連胡地, 不可不虞. 國界自~~

~~西海至楊廣·全羅至慶尙海道, 幾二千餘里, 有水中可居之洲曰大青·小青·喬桐·江華·珍島·絶影·南海·巨濟等大島二十, 小島不可勝數. 皆有沃壤魚鹽之利, 今廢而不資, 爲可嘆已. 宜於五軍將帥·八道軍官, 各給虎符金牌, 其千戶·百戶, 授以牌面, 仍以大小海島爲其食邑, 傳諸子孫, 則不惟將帥一身之富, 子孫萬世衣食有餘矣, 人人誰不各自爲戰乎? 人人各自爲戰, 則戰艦自備, 兵糧自賫而爲遊兵, 因出其不意擊之, 則賊不敢窺覦, 民得以富庶, 烟火相望, 雞犬相聞, 民獲魚鹽之利, 國無漕轉之虞, 祖宗土地, 復全於今日矣. 願與大臣咨議施行." 禑下其書都堂.]~~ ⑧[~~云仡觀察~~]⑨[巡行]州郡, 頓綱振紀, 抑强扶弱, 有犯法者, 毫髮不貸, 部內大治. ⑩~~[辛昌元年, 召拜簽書密直司事, 俄陞同知. 恭讓二年, 出爲雞林府尹]~~, 入本朝, 授江陵大都護府使, ⑪[茂著聲績.] ⑫[嘗坐府中, 群妓在前, 一妓私語其輩曰, "夢與府官同寢." 云仡聞之, 戲作詩曰, "心似靈犀意已通, 不須良野錦衾同. 莫言太守風情薄, 先入佳兒吉夢中." / 時朴信爲按廉使, 惑愛本府妓, 云仡紿言妓死, 信悼念不已. 云仡一日, 請信遊鏡浦臺, 令妓盛服靚粧, 擇一老官人, 尨眉皓鬚, 容體奇偉者, 褒衣博帶, 飾大舟爲龍文, 揭額其中, 書詩一絶云, "新羅昔日老安常, 千古風流尙未忘. 聞說使華遊鏡浦, 蘭舟不忍載紅粧." 屛於洲渚間, 俟信酒酣, 乃擧帆向浦, 信望見訝之. 漸近始意其異人也, 逼視之乃亡妓也, 又見帶來者, 非常人, 信驚愕如見死者. 相携盡飮, 極歡而罷. 後信憶舊遊, 有詩云, "少年持節按關東, 鏡浦淸遊入夢中. 臺下蘭舟思又泛, 却嫌紅粉笑衰翁." 蓋信未忘于懷, 不得不感傷於斯也.] ⑬[云仡]尋以病辭, 歸于廣州別墅. ⑭[一日見朝士被謫過廣津, 有詩云, "柴門日午喚人開, 步出林亭坐石苔. 昨夜山中風雨惡, 滿溪流水泛花來." / 晩年不喜仕進, 時宰訪其家, 欲强起之, 云仡對坐談笑移時, 及言當仕, 則閉目不答, 念佛而已. / 僞盲三年, 平居對事, 可驚可笑者, 日接于目, 而云仡不爲之變, 以故家人無有知之者, 蓋欲沈晦以避世也. 有妾子無狀, 嘗與云仡對坐, 挑其妾. 云仡佯若不見, 子遂烝之. 云仡僞遊江邊, 與其子乘舟, 至中流, 數其罪, 沈于江, 卒無子.] ⑮~~[又拜檢校政堂文學, 檢校例受祿, 云仡辭不受.]~~ ⑯[云仡]爲人, 立志奇古, 跌宕瑰偉. 徑情直行, 不肯隨時俯仰. 將終, 自述墓誌曰, "趙云仡本豐壤人, 高麗太祖臣平章事趙孟三十代孫. 恭愍代, 興安君李仁復門下登科, 歷仕中外, 佩印五州, 觀風四道, 雖大無聲績, 亦無塵陋. 年七十三, 病終廣州古垣城, 無後. 以日月爲珠璣, 以清風明月爲奠, 而葬于古楊州莪嵯山南摩訶耶. 孔子杏壇上, 釋迦雙樹下, 古今聖賢, 豈有獨存者? 咄咄, 人生事畢."[出高麗史][32]

『태평통재』 소재 <조운흘>의 출전을 『고려사』로 밝히고 있지만, 원전에서 거의 절반에 가까운 변개가 이뤄졌음을 볼 수가 있다. 변개의 방법은 삭제, 삽입, 문맥 조정으로 나눌 수 있다. 『태평통재』에서는 열전에 보이는 관직의 이동, 상소문 등을 삭제한 반면, 열전에 없는 시화나 일화를 삽입하고 전후 문맥이 통하게 문장을 보완하고 있다. 이를 정리하면 다음과 같다.

① 삭제---관직, 사건	② 삭제---연대
③ 삭제---상소문	**④ 삽입---[但願無事]**[33]
⑤ 삭제---관직	⑥ 삭제---관직
⑦ 삭제---상서문	⑧ 삭제---관직
⑨ 문장 보완 (동사)	⑩ 삭제---관직
⑪ 문장 보완 (치적)	**⑫ 삽입---[妓夢同寢], [請信遊浦]**
⑬ 문장 보완 (주어)	**⑭ 삽입---[朝士被謫], [不喜仕進] [僞盲三年]**
⑮ 삭제---관직	⑯ 문장 보완 (주어)

위에서 보는 바와 같이 16곳을 가감하였는데, 9곳을 삭제하고, 4곳의 문장을 보완하는 한편, 3곳에 6가지 이야기를 삽입하였다. ④ [但願無事]는[34] 가뭄에 금주령이 내려졌음에도 만취하여 시속에 얽매이지 않는 일

32) 이래종·박재연 편, 『太平通載』, 학고방, 2009. 영인본의 576면(49a)과 577면(49b)이 바뀌어 있다.

33) 제목은 기사의 내용이 잘 드러나는 구절로 필자가 임의로 붙인 것이다.

화로, 『필원잡기』 권2에 비슷한 내용이 보인다. ⑫ [妓夢同寢]은[35] 기생에게 장난삼아 시를 지어준 이야기로, 『신증동국여지승람』 권44, 강릉대도호부, <名宦>에도 실려 있다. [請信遊浦]는[36] 강릉기생 紅粧을 좋아한 朴信을 경포대에서 뱃놀이하며 놀려준 일화로, 『동인시화』 권하에 유사한 시화가 실려 있다.[37] ⑭ [朝士被謫]은[38] 귀양 가는 사람을 보

34) 당시에 가뭄이 들어 금주령이 내렸는데, 조운흘이 크게 취하여 헌관에게 심문을 당하자 시를 지어 답하기를, "한 잔 술 마시고 또 한 잔 술 마시다가, 대간이 취하여 봄바람 앞에 쓰러졌도다. 부유함도 바라지 않고 귀함도 바라지 않으니, 다만 무사히 타고난 명 누리길 바랄뿐이네."라 하였다.

35) 일찍이 부 중에 앉았을 때 여리 기생들이 앞에 있었는데 한 기생이 그 무리들에게 "꿈에 부의 관원과 동침했다."고 사사로이 말하므로, 조운흘이 듣고서 장난삼아 시를 짓기를, "마음이 신령스런 무소뿔 같아 뜻이 이미 통했으니, 좋은 밤 비단금침을 함께 할 것까지도 없네. 태수의 풍정이 박하다 말아라, 먼저 가인의 꿈속에 들었다네."라 하였다.

36) 당시에 박신이 안렴사로 있으면서 도호부 기생을 매우 사랑하였는데, 조운흘이 그 기생이 죽었다고 거짓말을 하자 박신이 그리워하여 슬픈 마음을 금하지 못하였다. 조운흘이 하루는 박신에게 경포대로 놀러갈 것을 청하는 한편, 기생으로 하여금 옷을 화려하게 차려 입고 예쁘게 단장하게 하였다. 그리고 눈썹이 짙고 수염이 하얀데다 풍채가 뛰어난 한 늙은 관원을 뽑아 포의박대의 선비 차림을 만들고, 큰 배를 용무늬로 장식하게 하고 그 가운데 편액을 걸고는 다음과 같은 시 한 수를 썼다. "신라 옛적의 늙은 안상이, 천년토록 그 풍류를 아직 잊지 못하네. 사신이 경포대에 놀이한다는 말 들었으나, 꽃다운 배에 차마 홍장을 태우지 못했네." 모래섬 사이에 숨어서 박신이 술에 취하기를 기다렸다가 곧 돛을 들어 포구를 향해 가니 박신이 바라보고는 의아해 하였다. 점점 가까이 오자 처음에는 신선으로 생각했으나 가까이에서 보니 죽은 기생이었고, 또 데리고 온 자들을 보니 비상한 사람들이었으므로 박신은 죽은 사람을 본 것 같이 매우 놀랐다. 서로 손을 맞잡고 술을 진창 마시며 마음껏 즐긴 다음에 놀이를 마쳤다. 뒷날 박신이 지난 적 놀이하던 일을 떠올리며 시를 짓기를, "젊은 시절 부절을 잡고 관동을 살폈으니, 경포대에서 하던 맑은 놀이 꿈속에 들어오네. 경포대 아래에 목란 배를 또 띄우고 싶은 생각이나, 도리어 예쁜 아가씨가 늙은이를 비웃을까 혐의하네."라 하였다. 대개 박신이 마음속에 잊지 못하여 부득불 여기에 감상에 젖은 것이다.

37) 『新增東國輿地勝覽』 卷44, 江陵大都護府, 樓亭, <鏡浦臺>의 관련 기사는 『東人詩話』의 것을 전재한 것이다.

38) 하루는 조정의 선비가 유배되어 광진을 지나는 것을 보고 시를 짓기를, "점심때나

고 풍자시를 읊은 이야기, [不喜仕進]은[39] 만년에 벼슬에 나가기 싫어한 일화, [僞盲三年]은[40] 청맹과니 짓을 한 것과 관련한 일화로, 모두 『용재총화』 권3에 유사한 이야기가 전한다. 조선 초기 문인과 호사자들 사이에 널리 알려진 조운흘과 관련된 일화들로, 성임이 조운흘의 삶의 궤적에 맞춰 재미를 위하여 삽입한 것이다.

『태평통재』의 <조운흘>에 대해 이래종은 현전 『고려사』 열전에서 전재한 글이 아니라, 아마 鄭麟趾 등이 개수하기 이전의 『고려사』나 『고려사』 史草 등에서 옮겼을 가능성이 있다고 보았다.[41] 그러나 성임이 추가로 삽입한 6가지 기사가 조운흘의 奇行과 관련한 일화와 시화여서 『고려사』와 같은 官撰史書에서의 역사적 가치가 희소한 반면 가볍게 웃고 넘길 수 있는 이야깃거리라는 점에서 성임이 재미를 위하여 작위적으로 삽입하여 변개했을 가능성이 더 크다고 할 것이다.

성임이 이와 같이 원전을 작위적으로 변개한 예는 <조운흘> 외에도 더 찾아볼 수가 있다. 『태평통재』 권7의 <密本>과 <老居士>는 원래 『三

되어 사람 불러 사립문을 열게 하고, 임정으로 걸어 나와 이끼 낀 돌에 앉았네. 어젯밤 산중에 비바람이 사납더니, 시냇물 가득히 낙화가 떠내려 오네."라 하였다.

39) 만년에는 벼슬에 나아가기를 좋아하지 않았는데, 당시 재상이 그의 집을 방문하여 억지로 나오게 하려 하였으나 조운흘은 마주앉아 담소하며 시간을 보냈고, 재상이 벼슬 이야기를 꺼내자 그는 눈을 감고 대답하지 않고 염불만 할 따름이었다.

40) 거짓으로 청맹과니 짓을 3년이나 하여 평소 일을 처리할 때 놀랄 만하거나 우스운 일을 날마다 눈으로 봐도 조운흘은 낯빛을 변하지 않았기 때문에 집안사람들이 그런 사실을 아무도 몰랐으니, 대개 자신을 드러내지 않음으로써 세상의 화를 피하고자 한 것이다. 그의 첩과 아들이 행실이 나빴는데, 일찍이 조운흘과 마주앉아 있으면서 아들이 그 첩을 꼬드기자 조운흘이 거짓으로 보지 못한 체하였더니 아들이 드디어 간음을 하였다. 조운흘은 거짓으로 강가로 놀러가서 그 아들과 함께 배를 타고 중류에 이르러 그 죄를 지적하고 강에 빠뜨려 죽게 하니 마침내 자식이 없게 되었다.

41) 이래종, 앞의 논문, 142면.

國遺事』 권5의 <密本摧邪>를 나눈 것이고, 권8의 <青鶴洞>은 『破閑集』 권상에서 전재하면서 뒷부분 120여 자를 삭제한 것이다.

5. <최치원>의 가필 양상

위에서 『태평통재』 <조운흘>의 예를 통하여 <최치원>의 가필 가능성을 짐작해볼 수가 있었다. 그럼 성임이 <쌍녀분기>를 <최치원>으로 제목을 바꾸고, 그 앞부분(서두)과 뒷부분(결미)에 어떻게 가필했는지를 검토하기로 한다. 서두와 결미의 표현이 『삼국사기』 권46, <최치원열전>과 비슷하여, 참조 혹은 인용의 영향관계를 확인할 수가 있다. <쌍녀분기>(초록), <최치원열전>, <최치원>을 차례로 인용하면 다음과 같다.

> (쌍녀) 有雞林人崔致遠者, 唐乾符中, 補溧水尉. 嘗憩于招賢館, 前岡有塚, 號曰雙女墳.

> (열전) 崔致遠, 字孤雲, 王京沙梁部人也. 史傳泯滅, 不知其世系. 致遠少精敏好學. 至年十二, 將隨海舶, 入唐求學, 其父謂曰; "十年不第, 卽非吾子也. 行矣勉之." 致遠至唐, 追師學問無怠, 乾符元年甲午, 禮部侍郎裴瓚下, 一舉及第, 調授宣州溧水縣尉.[42]

---

42) 최치원은 자가 고운으로, 왕경 사량부 사람이다. 그러나 史傳이 인멸되어 世系를 알지 못한다. 최치원은 어려서부터 정민하여 학문을 좋아하였다. 그는 12세 때 배를 타고 당나라에 들어가서 학문을 배우려 하므로, 그 부친이 그에게 말하기를, "10년 안으로 과거에 급제하지 못하면 나의 아들이 아니다. 가서 힘써 공부하여라."고 하였다. 치원은 당나라에 도착해서 스승을 따라 학문을 게을리 하지 않았으므로, 건부 원년 갑오에 예부시랑 배찬이 주관하는 과거에 한 번에 급제하여 선주율수현위에 임명되었다.

(최치) 崔致遠, 字孤雲. 年十二, 西學於唐, 乾符甲午, 學士裵瓚掌試, 一擧登魁科, 調授溧水縣尉. 嘗遊縣南界招賢舘, 舘前岡有古塚, 號雙女墳.

세 기록의 서두를 비교한 것이다. <쌍녀분기>가 張敦頤에 의해서 초록된 것이지만, 그 서두는 원형에 가까운 것으로 보아도 무방할 듯하다. 여기에 <최치원열전>에 기록되어 있는 字, 渡唐할 때의 나이, 과거급제 사실이 삽입되어 <최치원>의 서두로 변개되었음을 볼 수가 있다. <최치원> 자체만 두고 볼 때 서두는 人定記述이라고 할 수가 있다. 이와 관련하여 이동환은 "字가 '孤雲'임을 소개하고 '단번에 魁科에 올랐다'고 표현한 것은 최치원이 쓰지 않았다는 명백한 증거다."라고 주장하였다.[43] 최치원 저작설을 부정할 수 있는 증거이자 합당한 비판으로 보이지만, 이 부분에 가필이 이뤄졌다면 사정은 달라진다. 또 <최치원>의 '西學於唐'은 <최치원열전>의 '入唐求學'을 변형한 것인데, 그 기준점이 되는 동쪽, 즉 우리나라에서 봤을 때 서쪽으로 유학 간 것이 된다. 이는 우리나라에서 후대(조선 초기)에 가필했기에 이렇게 표현한 것이다.

(열전) 致遠自西事大唐, 東歸故國, 皆遭亂世, 屯邅蹇連, 動輒得咎, 自傷不遇, 無復仕進意. 逍遙自放, 山林之下, 江海之濱, 營臺榭, 植松竹, 枕藉書史, 嘯詠風月. 若慶州南山, 剛州氷山, 陜州淸涼寺, 智異山雙溪寺, 合浦縣別墅, 此皆遊焉之所. 最後, 帶家隱伽耶山海印寺, 與母兄浮圖賢俊及定玄師, 結爲道友, 棲遲偃仰, 以終老焉.[44]

---

43) 이동환, 앞의 논문, 17면. "一擧登魁科"의 "魁科"를 賓貢科에서 壯元한 것을 말한 것 같다고 하여 '과장'으로 보았다. 魁科는 壯元, 製述科의 甲科라는 뜻이지만, 여기서는 賓貢科로 이해된다.

44) 치원이 서쪽으로 당나라에 벼슬할 때부터 동쪽 고국으로 돌아올 때까지, 모두 어지러운 세상을 만나 행세하기가 자못 곤란하고 걸핏하면 문득 허물을 얻게 되었으므로 스스로 때를 만나지 못함을 슬퍼하며 다시 벼슬에 나갈 뜻이 없었다. 그는 유유

> (최치) 後, 致遠擢第東還, 路上歌詩云; "浮世榮華夢中夢, 白雲深處好安身." 乃退而長往, 尋僧於山林江海, 結小齋, 尋石臺, 耽翫文書, 嘯詠風月, 逍遙偃仰於其間, 南山, 淸凉寺, 合浦縣月影臺, 智異山雙溪寺, 石南寺, 墨泉石臺, 種牧丹, 至今猶存, 皆其遊歷也. 最後, 隱於伽倻山海印寺, 與兄大德賢俊南岳師定玄, 探賾經論, 遊心冲漠, 以終老焉.

위는 <최치원열전>과 <최치원>의 결미 부분을 비교한 것이다. 밑줄 친 부분만 보더라도 그 내용과 표현이 상당 부분 합치되고 있음을 확인할 수가 있다. 어느 한 쪽에서 다른 한 쪽을 참고했다고 볼 수가 있다. <최치원열전>의 것이 <최치원>에서보다, <최치원>의 것이 <최치원열전>에서 부분적으로 인용하고 참조했을 가능성이 큰 것으로 보인다.[45] 일반적으로 『삼국사기』가 역사서로서 유통이 보다 광범위했던 반면, <최치원>은 사적 저술이라 그러하지 못했다는 점에서도 그렇다. 최치원이 놀았던 곳과 인물 등을 비교해 보면 南山, 淸凉寺, 智異山 雙溪寺, 合浦縣, 伽倻山 海印寺, 賢俊, 定玄 등이 일치하고 있다. 표현에 약간의 변화가 있는데, 잘 알려지지 않은 것은 줄이고 중요한 것은 부연하거나 구체화하였다. 특히 "모란을 심었는데 지금도 남아있다[種牡丹 只今猶存]."와 같이 후인이 살고 있던 당시의 사실을 덧붙이고 있는데, 이는 과

히 마음대로 생활하며, 산림의 아래와 강해의 물가에 누각과 정자를 짓고 소나무와 대를 심고, 책 속에 파묻혀 풍월을 읊었으니, 경주 남산, 강주 빙산, 합주 청량사, 지리산 쌍계사, 합포현 별서가 모두 그가 놀았던 곳이다. 최후에는 가족을 거느리고 가야산 해인사에 은거하였는데, 형인 중 현준 및 정현법사와 도우를 맺고 유유자적 한가히 지내다가 늙어서 죽었다.

45) 이동환은 『삼국사기』 <최치원열전>이 <최치원>을 참조하고 인용했을 것이라고 주장하였다(이동환, 앞의 논문, 37~43면). 이러한 입장 차이는 두 가지 중 어느 것이 먼저 지어졌느냐, <최치원>이 언제 지어졌고 누구를 작자로 보느냐에 따라 시각을 달리한 것이다.

거와 현재의 두 시점이 나타나고 있어 가필의 증거로 보기에 충분하다. 또 <최치원>의 '東還'은 <최치원열전>의 '東歸故國'과 같은 표현인데, 이 역시 기준점이 동쪽인 우리나라이다. 따라서 성임이 『삼국사기』 <최치원열전>을 참조하여 <최치원>의 결미를 윤색했을 것으로 보는 것이 타당하다고 할 것이다.

한편 <최치원>에는 첫머리에 '崔致遠 字孤雲'이라 언급한 이후 '致遠'이 18회, '公'이 8회 표기되어 있는데, 이와 같은 자술 혹은 3인칭 표현을 어떻게 이해할 것인가? 이동환은 이 역시 서술 형식상 실재 인물 최치원이 작자가 도저히 될 수가 없는 근거라고 주장하였다.[46] 그러나 沈亞之의 <異夢錄>와 <秦夢記>에 3인칭 자술의 예가 있다. 自述體를 사용하여 작자의 기이한 경력을 서술하는 형식은 唐人의 관용적인 수법으로, 최치원도 이 방법을 따른 것이다. 또 『태평광기』에서는 작품의 제명을 주인공의 이름으로 바꾸고, 독자가 읽기 편하도록 문장을 인용하면서 자주 1인칭을 3인칭으로 바꾸었다.[47] 이혜순은 이와 관련하여 한 사람의 일관된 저작, 특히 후학의 선배에 대한 묘사로 보기에는 자연스럽지 못해 보이지만, 1인칭을 3인칭으로 바꾸는 과정에서 나온 혼란일 수 있다고 해석한 바 있다.[48] <쌍녀분기>에 '致遠'이라 되어 있는 것을 성임이 <최치원>으로 변개하는 과정에서 '致遠'과 '公'을 병기한 것으로 이해할 수가 있는 것이다. 이는 『대동운부군옥』의 편찬자가 <최치원>을 대본으로 <선녀홍대>로 초록하는 과정을 통해서도 짐작할 수 있다. 즉 <최치원>에서 미처 바꾸지 못한 '致遠乃作詩', '致遠獨立哀

46) 이동환, 앞의 논문, 16면.
47) 이검국 · 최환, 앞의 책, 34~35면.
48) 이혜순, 앞의 책, 495~496면.

吟', '致遠驚喜如夢拜云', '致遠作起聯' 4구절의 '致遠'을 <선녀홍대>에서는 '公'으로 모두 바꿔놓고 있다. 편찬자 혹은 초록자에 의해 지속적으로 가필, 윤색되었던 것이다.

결국 실재 인물 최치원이 <쌍녀분기>를 지었는데, 성임이 이를 『태평통재』에 수록하는 과정에서, 제목을 <최치원>으로 바꾸고 서두와 결미를 가필, 윤색하여 하나의 다른 작품으로 만들었다고 할 수가 있다.[49] 따라서 傳奇가 傳記 형태의 작품으로 변개되는 한편, <최치원>에 최치원의 만년 생애가 들어감으로써 『신라수이전』 및 <최치원>의 작자와 관련된 기록, 즉 『대동운부군옥』의 "新羅殊異傳 崔致遠 著作"이라는 사실이 불신되고 작자에 대한 혼란을 초래하게 된 것이다. 이상의 논거로써 작자 문제는 어느 정도 해명되었다고 할 수 있다. 이에 우리는 가필 이전과 이후를 고려하고 또 수록처의 기록을 존중하여 <쌍녀분기>와 <최치원>을 구분하여 이해할 필요가 있다. <쌍녀분기>=<최치원>이라고 할 수는 없다.

6. 결언

『新羅殊異傳』은 작자 문제로 오랫동안 논란이 지속되어 왔다. 『大東韻府群玉』에 『신라수이전』의 작자가 '崔致遠'으로 기록되어 있음에도

49) 박일용은 <최치원>을 조선 초기 문인이 기존의 최치원 전설을 바탕으로 소설화한 것으로 보았으며(박일용, 「소설 발생과 <수이전> 일문의 장르적 성격」, 『조선시대 애정소설』, 집문당, 1993), 이혜순은 현존본 <최치원>을 최치원 자신으로부터 시작해서 첨가 · 수정을 거친 '적층 문학 작품'의 형태로 파악하고자 하였다(이혜순, 앞의 책, 493면).

불구하고, 『신라수이전』에 수록된 傳奇 <崔致遠>의 만년 생애 때문에 작자가 문제시된 것이다. 즉 최치원이 자신을 모델로 한 것도 문제이지만 <최치원> 말미의 만년 생애가 실재 인물 최치원의 그것과 일치한다는 점에서 그 작가가 될 수 없다고 추론하고, 따라서 최치원 사후의 어떤 문인에서 작자를 찾고자 한 것이다. 이에 최치원설, 박인량설, 김척명 개작설, 최광유설 등으로 의견이 분분하였다. 필자는 일찍이 문헌기록을 존중하여 작자를 최치원으로 전제하고, 말미에 대해 후인이 가필했을 가능성을 제기한 바 있다. 본고는 이와 관련한 보완연구이다.

<최치원>은 서두의 인물 소개, 본문의 두 여자귀신과의 수작, 결미의 만년 생애로 구성되어 있다. 서두와 결미는 傳記的인 사실이고, 본문은 虛構的인 내용이다. 이는 서사구조상 서두와 결미에 실재 인물 최치원이 개입함으로써 이질적인 성격을 드러내어 매우 어색하다. 특히 결미의 만년 생애는 작품의 중심 내용인 두 여자귀신과의 만남과 긴밀한 인과관계를 맺지 못하고 있다. 또한 서두와 결미에 중복되는 표현이 있고, 문체와 서술도 본문과 다른 양상을 보인다. 곧 <최치원>의 문면 검토를 통해서 후인의 가필을 의심해 볼 수가 있다.

<최치원>은 조선 초기에 成任이 편찬한 『太平通載』 권68에 수록되어 전하는데, 원래의 제목은 <雙女墳記>이다. 성임이 『태평통재』를 편찬하는 과정에서 <쌍녀분기>를 <최치원>으로 제목을 바꾸고, 작품의 내용까지 고친 것으로 보인다. 『태평통재』에 함께 실려 있는 <趙云仡>의 경우를 보면, 그 출전을 『高麗史』로 밝히고 있지만 그대로 轉載한 것이 아니라 관직의 이동이나 상소문 같이 건조한 기사는 삭제하고, 대신 조운흘의 기이한 행적과 관련한 일화나 재미있는 시화를 삽입하는 방법으로 많은 부분을 고쳐서 수록했음을 확인할 수가 있다.

따라서 『태평통재』의 편찬방법을 미루어 볼 때, <최치원> 역시 성임에 의해 가필되었을 가능성이 매우 높다고 할 수가 있다. 더욱이 『三國史記』 <崔致遠列傳>에 <최치원>의 서두 및 결미와 흡사한 구절과 내용이 보이고 있어 이를 참조하여 가필했을 것으로 보기에 충분하다. 요컨대 실재 인물 최치원이 당나라에 있을 때 <쌍녀분기>를 지었는데, 성임이 『태평통재』를 편찬하면서 <최치원>이라 제목을 바꾸고, 그 서두와 말미에 <최치원열전>의 해당 부분을 일부 고쳐서 작품을 변개한 것이다. 다만 작품의 구성과 일부 내용, 표현까지 고친 것으로 보이나, 그 정도는 확정할 수가 없다.

이상과 같이 <최치원>이 가필되었음을 해명함에 따라, 1940년 이인영이 학계에 <최치원>을 소개한 이래 연구자들 사이에 작자 오해를 불러일으키게 된 경위가 밝혀진 셈이다. 따라서 『신라수이전』과 <최치원>의 작자를 『대동운부군옥』의 기록대로 실재 인물 최치원으로 확정할 필요가 있다. 그러나 엄밀히 말하면, <쌍녀분기> 원작과 <최치원>을 별개의 작품으로 보아야 할 것이므로, 과연 변개된 <최치원>을 최치원의 몫으로 다뤄야 할지는 학계의 추가적인 논의가 필요할 것으로 생각한다.

제 3 장

김극기의 '유고' 문제

1. 서언

文獻硏究에서 가장 선행되어야 할 과제는 原典을 확정하는 일이다. 여기에는 기본적으로 作者問題를 비롯하여 著作時期의 변증, 異本의 대비·교감과 善本의 결정, 序跋 등 刊記의 검토를 통한 간행경위 및 연도의 확인, 板本에 대한 書誌的 고찰 등이 포함된다. 이러한 일련의 기초적인 작업을 소홀히 하면 애써 한 연구 결과가 徒勞에 그칠 것임은 두말할 나위가 없다.

작자문제의 경우, 우리는 현전하는 고려시대의 문집이 많지 않다 보니, 부득이 『東文選』에서 자료를 인용하고, 또 해독의 편의성 때문에 민족문화추진회에서 번역·간행한 국역본을 자주 이용한다. 그런데 종전에 나온 국역본[1]의 작자 표기가 매우 엉망인 것을 아는 사람은 그렇게

1) 최근 민족문화추진회에서 『국역 동문선』 수정본을 펴냈다.

많지가 않다. 식자공의 실수로 한 작자의 이름이 빠짐으로 해서 그 작품이 앞 작자의 작품이 되고 만 경우가 허다하다. 예컨대 金克己의 <黃山江>, <醉時歌> 등이 李仁老의 작품으로 되어 있고, 또 李奎報의 <七夕雨>와 <興王寺>도 이인로의 것으로 되어 있다. <취시가>를 이인로의 젊은 시절의 정신세계와 관련지어 云謂하거나, 학계 일부에서 이인로와 이규보를 대비하여 이해하는 마당에 이규보의 작품을 이인로의 것으로 인용한다면 얼마나 엉뚱한 논지가 되고 말 것인가? 이런 점에서 볼 때 원전비평의 필요성은 아무리 강조해도 지나치지 않다고 할 것이다.[2]

필자는 연전에 역대의 시문선집과 『新增東國輿地勝覽』, 그리고 각종 시화집 등에 산재해 있는 金克己의 詩文 · 逸話 · 評語 등을 수습하여 『金克己遺稿』를 펴낸 바 있다.[3] 그 과정에서 대상 시인으로 고려 무신집권시대에 활동했던 老峯 金克己를 의심 없이 염두에 두었던 것이 사실이다. 그런데 근래 同名異人의 金克己와 그의 遺稿를 접하고 적잖이 당황하게 되었다. 즉 필자가 老峯 金克己의 遺稿로 편찬한 자료집과 麗末鮮初에 살았던 池月堂 金克己의 『池月堂遺稿』[4]에 수록된 자료의 내용이 거의 같았다. 그럴 수밖에 없었던 것은 필자가 편한 老峯의 유고는 『補閑集』, 『東人之文』, 『三韓詩龜鑑』, 『東文選』, 『新增東國輿地勝覽』, 『大東韻府群玉』 등에서 수습한 것인데, 한시의 경우 『신증동국여지승람』 소재의 것이 위주가 되었고, 『지월당유고』 역시 『신증동국여지승람』에서 전부 뽑은 것이기 때문이다.

따라서 문제는 『신증동국여지승람』 소재의 '金克己' 한시를 노봉의

---

2) 원전비평의 중요성과 의의에 대해서는 丁奎福, 『韓國 古典文學의 原典批評』, 새문사, 1990, 11~45면을 참고할 수 있다.

3) 金乾坤 編, 『金克己遺稿』, 한국정신문화연구원, 1997.

4) 金克己, 『池月堂遺稿』, 韓國歷代文集叢書 575, 景仁文化社, 1993.

것으로 볼 것인가? 지월당의 것으로 볼 것인가? 아니면 두 사람의 시가 섞여 있는 것으로 볼 것인가이다. 이와 관련하여 禹現植은 『신증동국여지승람』 소재 '김극기'의 시는 두 사람의 것이 섞여 있을 가능성을 제기한 바 있다.[5] 물론 지금까지 노봉 김극기에 대한 10여 편의 논문이 발표되었지만, 이 문제와 관련하여서는 전혀 언급된 바 없다.

이에 본고에서는 두 사람의 행적과 작품 저작의 배경, 그리고 『지월당유고』에 드러나는 몇 가지 문제점을 통하여 '金克己'의 正體와 '遺稿'의 歸屬問題를 따져보고자 한다. 이를 위해 일단 『신증동국여지승람』 소재의 '金克己' 시가 누구의 것이라고 단정하기 어렵다고 전제하고, 이를 가급적 증빙의 자료로 이용하지 않으면서, 분명히 노봉 혹은 지월당의 것으로 판단되는 자료를 통하여 '遺稿'의 是非를 논증하기로 한다. 가장 확실한 방법은 일실된 노봉 김극기의 문집(『金居士集』)을 찾아내어 양자를 비교하는 것이지만, 현재로선 한정된 자료 속에서 설득력 있는 해석을 끌어낼 수밖에 없다.

2. 노봉 김극기와 『김거사집』

老峯 金克己는 고려 무신집권 초기에 활동한 작가이다. 『東文選』의 작가 배열이 林椿 → 李仁老 → 金克己 → 李奎報 → 陳澕의 순으로 편제되어 있는 것에서 그 생존 시기를 알 수가 있다. 그는 '一時宗匠'(『補閑集』 卷中), '尤其傑然者'(『東人詩話』 卷下), '麗朝十二家'(『小華詩評』 卷上) 등으로

5) 禹現植, 「高麗詩人 金克己에 대한 再考」, 한국학대학원 박사과정 <국문학작가론> 세미나 발표문, 1998. 4. 9, 8면.

李仁老 · 李奎報 · 李齊賢 · 李穡 등과 함께 고려시대의 대표적인 시인으로 평가를 받아왔으며, 그의 시는 崔瀣 · 趙云仡 · 成俔 · 金宗直 · 魚叔權 · 許筠 · 南容翼 · 李睟光 · 張志淵 등 역대의 選文家와 批評家들에 의해 시선집에 多採되고 시화집에서 好評되어 왔다.[6)]

이와 같이 노봉이 이인로나 이규보에 비견할 만한 작가였음에도 불구하고 일찍 잊혀지고 또 뒤늦게 우리 문학사에서 주목을 받게 된 것은[7)] 우선 현달하지 못하여 『高麗史』나 『高麗史節要』와 같은 正史에 일체 언급되지 않고, 한편으로 그의 문집이 전하지 않고 있기 때문이다.

따라서 그의 생애는 年譜나 墓誌銘 · 行狀 등이 진하지 않아 그 변모를 온전히 파악하기가 힘들다. 다만 兪升旦이 쓴 <金居士集序>[8)]를 통하여 生平의 대강을 살필 수가 있을 따름이다. 그의 본관은 慶州이며, 老峯은 그의 호이다. 생년은 미상이고 몰년은 天頙의 『湖山錄』에 의해 1209년(熙宗 5년)으로 확인된다.[9)] 그러나 그는 慶州金氏 族譜에 世系조차 나타나 있지 않다.[10)]

그는 어릴 때부터 영리하여 입을 열면 문장이 곧 이루어져 사람을 놀라게 하는 語句가 있었고, 장년에 이르러서는 관직에 진출하는 것에 급

---

6) 역대 시선집에 뽑힌 노봉 김극기의 시문 현황과 시화·비평은 金乾坤 編, 앞의 책, 19~22면과 157~166면에 정리되어 있다.

7) 金甲起, 「金克己 研究」, 『한국문학연구』 6 · 7, 동국대 한국문화연구소, 1984에서 고려시대 漢詩史에서의 김극기의 위상을 환기시킨 이래 10여 편의 연구 성과가 있었으며, 崔利子, 「金克己 詩의 研究」, 고려대 박사논문, 1985가 대표적인 업적이다.

8) 兪升旦, <金居士集序>(『東文選』 卷83).

9) 天頙, 『湖山錄』 卷下, <答芸臺亞監閔昊書>. 우선 許興植, 『眞靜國師와 湖山錄』, 民族社, 1995, 286면을 따랐으나, 해당 부분인 '及自己巳化於九泉'의 '己巳'는 문리상 己巳로 보는 것이 타당한 듯하며, 再考의 여지가 있다.

10) 呂運弼, 「金克己 研究」, 『韓國漢詩作家研究』 1, 한국한시학회, 1995에서 그의 생애와 현전 작품의 시세계를 자세히 다루었다.

급해하지 않았다. 明宗 代에 進士試에 급제하였지만 머리를 서울로 가는 길로 돌리지 않았고, 公卿의 집에 세력을 빌리려 하지 않았으며, 오직 隱士와 詩人들과 더불어 山林에서 詩를 읊는 것으로 인생의 대부분을 보냈다. 따라서 그는 글에 대한 명성은 더욱 높아졌지만 官路는 더욱 막혔다고 한다.[11] 科擧에 급제한 후 관직에 나아가지 않고 산림에서 隱逸한 것은 당시 무신란으로 인한 문신의 살육과도 관계가 있는 것으로 보인다. 그는 원래 儒者로서 관직에 나아가 儒道를 실천하고자 하는 雄志를 가지고 있었으나 무신집권에 의해 그 氣慨가 꺾이고 말았다. <醉時歌>[12]는 그의 반평생을 돌아보며 儒者로서의 포부와 불우·좌절이 교차하는 심사를 읊은 시이다. 이와 같이 선비로서의 奇節과 雄圖를 무신집권으로 펼 수가 없었기에 은거와 유랑으로 山林處士의 생활을 시작했던 것이다. 따라서 그는 전국을 周遊하며 逸士韻客으로서 이르는 명승고적마다에 풍부한 詩情을 부칠 수가 있었던 것으로 보인다.

그러던 중 과거에 오른 지 오래되었으므로 임용의 차례에 따라 50세의 나이가 다 되어 비로소 義州防禦判官에 보직되었다. 높은 문명에도 불구하고 변방의 軍務를 맡아보게 되었던 그로서는 늦게 시작한 첫 벼슬살이가 만족스럽지는 않았다. "백년의 뜬 인생 쉰 살에 가까워도, 기구한 세상살이 통하는 나루가 적구나. 삼 년 동안 서울 떠나 무슨 일 이루었나, 만 리 돌아오는 길에 다만 이 몸뿐이로세."라고 읊은 <高原驛> 시는[13] 의주에서 임기를 마치고 집으로 돌아올 때의 허탈한 심사를 노래한 것이다.

---

11) 兪升旦, 앞의 글.

12) 『東文選』 卷6.

13) 같은 책 卷13, <高原驛> : "百歲浮生逼五旬 奇區世路少通津 三年去國成何事 萬里歸家只此身."

임기가 차서 開京으로 돌아오자 明宗은 그의 文名을 듣고 翰林院에 入直하게 하였는데, 이 시절에는 주로 국가의 공적인 글들을 지은 것으로 보인다. 즉 『東人之文 四六』에 전하는 祝文·靑詞·表箋·狀 등은 이때의 작품들이다.

한편 개경에서 內職에 근무하면서부터는 당대의 일류 문사들과 어울릴 수가 있었다. 1199년(神宗 2년)에는 당시 실력자이던 崔瑀의 千葉榴花會에 참석하여 李仁老·李奎報·咸淳·李湛之 등과 함께 시를 짓기도 하였다.[14] 그는 한림원에 여러 해 동안 재직하면서 科擧의 試官을 맡아 보고, 또 刑曹員外郎으로 3년 간 근무하기도 하였으며, 1203년에는 李延壽를 수행하여 金나라에 사신으로 다녀오기도 하였다.[15] 그 후 얼마 되지 않아 死去한 것으로 보이는데, 후배들은 그의 운명이 재주와 부합되지 못하여 六品의 푸른 소매로 관 속에 들어갔다고 애도하였다. 그는 죽은 후에 禮曹에 추증되었으며, 슬하에는 딸밖에 없었다.

이상으로 볼 때 노봉은 毅宗·明宗·神宗·熙宗 初에 걸쳐 살았으며,[16] 인생의 전반기는 무신란으로 실의하여 전국의 명산·대천·고적·사찰로 유랑하며 자유롭지만 불우하게 살았고, 의주방어판관으로 벼슬길에 들어선 후 개경으로 돌아와서는 文才를 인정받아 한림원·형조의 벼슬과 금나라 사신을 역임하였으나, 그의 인생은 전반적으로 不遇·不羈했다고 할 수가 있겠다.

한편 老峯의 문집은 『金翰林集』,[17] 『金居士集』,[18] 『金員外集』,[19] 『金

14) 李奎報, 『東國李相國集』 卷9, <己未五月日 知奏事崔公宅 千葉榴花盛開 ……>.
15) 『東文選』 卷35, <癸亥年入北朝賀一使修製本國朝辭日謝表>.
16) 『靑丘風雅』, 『箕雅』, 『大東詩選』 등에서는 老峯이 高宗 때에 翰林이 되었다고 하였으나 잘못이다.
17) 崔滋, 『補閑集』 卷中.

克己集』[20] 등으로 불렸으며, 그 분량은 135권,[21] 137권,[22] 혹은 150권[23]이 있었다고 전한다. 관련 자료를 종합하고 가장 오래된 기사인 유승단의 서문을 우선적으로 인정하면 당초의 문집명은 『金居士集』이고 권수는 135권이었을 것으로 추정된다. 그 분량으로 볼 때 고려시대의 대문호인 李奎報의 『東國李相國集』이 53권(本集 41권, 後集 12권), 李穡의 『牧隱集』이 55권(詩藁 35권, 文藁 20권)인 것에 비하면 대단한 多作이 아닐 수 없다.

『金居士集』은 원래 그의 사후에 100여 권 분량의 手錄이 있었지만, 後嗣가 없고 知己가 적어 인멸될 처지에 있었는데, 당시의 실력자 崔瑀가 "선배 중에서 문장으로 세상에 이름을 날리고 불우하게 살다가 죽은 자는 비록 片言隻字라도 모두 주워 모아 썩지 않게 하라."는 命을 내림에 따라 문신 회유책의 일환으로 가장 먼저 편찬·간행된 것이다.[24] 그 시기는 최우가 1219년에 집권했고, 같은 연유로 두 번째 편찬된 林椿의 『西河集』이 1222년에 간행된 것으로 미루어 1220년경일 것으로 짐작된다.[25] 최우의 명에 따라 古體·律詩·四六文·雜文 등을 135권으로 엮고, 빨리 간행하기 위하여 여러 고을에 원고를 나누어 보내 工人을 구하

18) 李齊賢, 『櫟翁稗說』 後集2 ; 兪升旦, 앞의 곳 ; 成俔, 『慵齋叢話』 卷8 ; 洪萬宗, 『旬五志』 卷下 ; 『增補文獻備考』 卷247.

19) 趙云仡, 『三韓詩龜鑑』 卷上 ; 權文海, 『大東韻府群玉』, <纂輯書籍目錄>.

20) 『新增東國輿地勝覽』 卷45, 通川郡, 郡名 ; 洪錫謨, 『東國歲時記』 ; 李安訥, 『東岳集』 卷11, 「月城錄」.

21) 天頙, 앞의 곳 ; 兪升旦, 앞의 곳.

22) 『增補文獻備考』, 앞의 곳.

23) 趙云仡, 앞의 곳.

24) 兪升旦, 앞의 곳 : "故先代之以文名世 生不遇以隕沒者 雖片言隻字 皆欲捃拾以傳不朽 而先生遺藁 首被搜訪."

25) 呂運弼, 앞의 글.

여 板에 새겼다고 한다. 문집의 서문은 최우의 명에 의해 당대의 문장가인 兪升旦이 썼으며,[26] 그는 노봉이 시로써 세상에 이름을 날려 참으로 '人中鸞鳳'이라고 극찬하였다.

『김거사집』의 수준에 대해서는 앞서 언급한 그의 文名에 대한 평가로 미루어서도 짐작할 수 있는 바이지만, 崔滋의 다음 평을 통하여 단적으로 확인할 수가 있다.

> 나는 우연히 『金翰林集』의 제1권을 얻어 보게 되었는데, 권 첫머리에 있는 <宮詞八詠>은 옛사람이 이미 말한 뜻이었고, 게다가 말이 얕고 좁아서 마음속으로 잠깐 얕잡아 봤는데, 차츰 두세 폭 넘기다가 <醉時歌>와 <河陽山莊用劇韻敍舊> 등 장편은 그 말뜻이 맑고 훤한 것에 탄복하였다. 그 뒤 8 · 9권을 다시 보았더니, 청아한 말이 넓고 넓어 아무리 퍼내어도 끝이 없을 것 같았다. 그는 참으로 풍부한 詩才이다.[27]

최자는 『김거사집』을 처음에는 얕잡아 봤다가 책장을 넘길수록 辭意가 淸曠한 데 감탄을 하고, 그것이 淸辭가 浩汗無窮한 富贍之才의 結晶이라고 칭찬을 아끼지 않고 있다. 그는 이어서 김극기의 <道中卽事> · <漁翁> · <洞仙驛晨興> · <東郊値雨> · <贈彌勒寺住老> · <秋晩月夜> · <興海道上> 등 소위 山野絶句 7수를 인용한 뒤, "辭意가 淸熟해서 자못 風騷의 기풍을 띠었다. 이러한 長篇 · 巨韻이 많고 궁중이나 부귀에 관계된 것은 드물다. …… 그의 문집을 보면 他山의 돌이 玉 속에

26) <翰林別曲>에 "元淳文 仁老詩"라 한 것으로 보아 兪升旦(元淳은 初名)이 당대의 최고 문장가였음을 알 수가 있다.

27) 崔滋, 앞의 곳 : "予偶得金翰林集第一卷觀之 卷首編宮詞八詠 皆古人已陳之意 且復辭語淺局 私心竊薄之 漸披至兩三幅 見醉時歌及河陽山莊用劇韻敍舊等長篇 服其辭意淸曠 後復見八九卷 淸辭浩汗 酌而不窮 誠富贍之才華也."

섞인 듯한 것이 있음을 의심하게 되는데, 이는 아마 편집자의 졸렬함에서 연유했을 것이다."라고[28] 하여 칭찬과 함께 시의 흠에 대해서도 옹호적인 태도를 보여주고 있다. 이와 같은 최자의 『김거사집』에 대한 평가를 통하여 그 규모・내용・풍격・경향 등 시의 外形的 內質的 특징을 대강 엿볼 수가 있겠다.

그런데 『김거사집』은 조선 중기에 逸失되었던 듯하다. 成俔(1439~1504)이 『慵齋叢話』에서 『김거사집』의 분량을 '幾十卷'으로[29] 기록하고 있는 것으로 보아 조선 초기에 散失되었을 가능성도 있지만, 『大東韻府群玉』(1589, 宣祖 22년)의 <纂輯書籍目錄>과 『東岳集』의 기록으로 미루어 壬辰倭亂 이후에 없어졌을 가능성이 커 보인다. 조선 중기 李安訥(1571~1637)의 『東岳集』, 「月城錄」에 『김거사집』을 참고했다는 언급이[30] 보이기 때문이다. 그러나 조선 후기에 와서는 全集이 완전히 인멸되었던 것 같다. 李瀷(1681~1763)이 『星湖僿說』에서 김극기의 시 <皇龍寺>와 <黃山院>을 극찬하고 "그의 全集을 얻어 볼 수 없는 것이 애석하다."[31]고 한 것에서 저간의 사정을 헤아릴 수가 있다.

---

28) 같은 곳 : "辭意淸熟 頗帶風騷 類多長篇巨韻 或鮮有宮禁富貴之作 …… 觀其集 疑有他山石來介於群玉崗 是由編摭者無似耳."

29) 成俔, 앞의 곳.

30) 李安訥, 앞의 곳, <六月十五日> 注 : "高麗金克己集云 東都遺俗 六月望 浴東流水 因爲禊飮 謂之流頭宴 蓋以河朔避暑之飮 誤爲禊飮耳 金克己有蛟川祓禊詩."

31) 李瀷, 『星湖僿說』 卷28, 詩文門, <金克己詩> : "惜不得見其全集."

3. 지월당 김극기와『지월당유고』

池月堂 金克己는 麗末鮮初에 살았던 인물이다. 본관은 光山, 자는 禮謹이고 池月堂은 그의 호이다.『東國文鑑』의 편자인 快軒 金台鉉(1261~1330)의 9世孫으로 고려 禑王 5년(1379) 光州 平章洞에서 태어나 조선 世祖 9년(1463)에 졸하였다. 85세의 壽를 누리고 문집『池月堂遺稿』가 전하고 있지만, 학자·문인으로서 잘 알려져 있지는 않다. 그의 世系는 다음과 같다.[32]

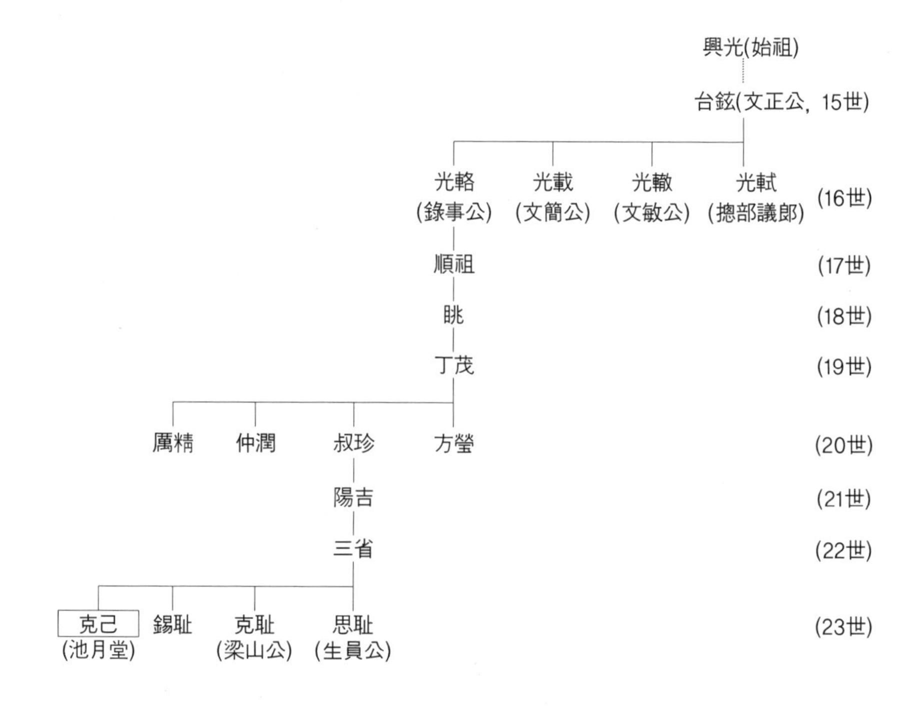

32)『光山金氏族譜』卷2~3, 文正公第四房嘉安府錄事諱光輅派.

그의 生平은 正祖 代의 문인 金壽祖가 지은 行狀・墓碣銘을 통하여 대략적으로 살필 수가 있다. 그는 어려서부터 용모가 빼어나고 지혜가 뛰어나 스승에게 나아가기 전에 이미 문장을 이루었고, 10세 때 지은 시를 李崇仁(1347~1392)이 보고 칭찬해 마지않았다고 한다. 고려가 망하고 조선이 들어서자, 비록 나이가 어렸으나(14세) 遺世의 뜻을 지니고 科業을 포기하는 한편, 實地에 힘써 經典과 性命의 道를 밝히고 修身에 진력하였으며, 때로 山水間에 놀아 전국의 명승고적을 周遊하며 매번 詩情을 부쳤는데, 그것이 『신증동국여지승람』에 실려 있다고 한다.[33]

또한 18세 되던 丁丑年(1397) 봄에는 權興 등 여러 선비들과 瑞石山(무등산)에 유람하여 證心寺, 圭峯寺, 錦石庵을 소재로 시를 지었으며, 文名이 더욱 알려진 후로는 朝野의 선비들이 輩行을 꺾어가며 사귀고 만나기를 원했다고 한다. 太宗 때에는 別洞 尹祥(1373~1455)이 전라도 御史로 왔다가 그의 지조가 굳은 것을 기려 조정에 천거, 南臺 벼슬을 내렸으나 나아가지 않았고, 태종 5년(1405) 27세의 나이에 친지들의 강권에 마지못해 과거에 응시하여 급제하였지만 그의 본뜻은 아니었다. 世宗 때에 또 校理 벼슬을 내렸으나 세 번 상소하여 나아가지 않자 임금이 노하여 北道虞侯로 貶謫함에 부득이 부임하였다. 부임길 千里長程의 山川과 樓亭・驛站에 역시 題詠하였다. 얼마 후에 濟州牧使로 특별 승진되자 여러 번 상소하여 또 고사하였으며, 임금은 그의 뜻이 다른 데 있어 마음을 돌리기가 어려운 줄 알고 休退를 허락하였다.

이에 고향으로 돌아온 지월당은 平章洞의 幽閒之處에 卜居하고 月峯

33) 이하 池月堂의 생애와 관련된 내용은 金壽祖가 지은 <池月堂金先生行狀>과 <池月堂金先生墓碣銘>을 요약한 것이므로 세세히 註를 붙이지 않는다(『池月堂遺稿』 附錄). 또한 내용의 眞僞에 대해서는 뒷장에서 구체적으로 검토하기로 한다.

仙滄의 山水를 사랑하여 집을 짓고 못을 파서, 朱子의 詩句 "秋月照寒水"에서 뜻을 취하여 '池月'이라 편액하였다. 이후로는 杜門屛跡하며 다만 거문고와 독서로써 自娛하였는데, 세상 사람들은 "陶淵明이 천 년 뒤에 다시 나왔다."고 칭송하였다고 한다. 한편으로 그는 조실부모하여 늙도록 봉양하지 못하였음을 항상 恨으로 여기며 날마다 일찍 일어나 가묘에 拜謁하고 忌日에는 哀慕號哭을 지극히 하여 듣는 자들이 눈물을 흘리지 않은 이가 없었으며, 또 자손들에게 功名을 좇지 말고 修身으로 근본을 삼을 것을 훈계하였다. 이와 같이 자취는 감췄지만 명성은 더욱 드러나서 고을 사람들이 그의 행실을 사모하고 의리에 감복하였으며, 벗들도 그 절개를 흠모하고 그의 뜻을 중히 여겼는바, 梅月堂 金時習은 慶州 金鰲山 茸長寺에 있을 때 그의 이름을 듣고 그 志節을 歎賞하여 '池月堂' 세 글자를 써서 보내왔다고 한다.

이상 행장과 묘갈명을 통해서 볼 때, 池月堂은 충효와 수신을 중시하여 고려인으로서 절개를 지킨 潔身之士이며, 한편으로 전국을 周遊하며 만나는 명승고적마다에 托物寓情한 詩人이라 하겠다.

한편 그에게는 文集 약간 卷과 孤狂 朴權(燕山君 때의 문인)이 찬한 行狀이 집에 보관되어 있었지만 화재로 인하여 잃어버리고 隻字도 전하지 않았다. 그러던 중 그의 13世孫 景鉉이 『新增東國輿地勝覽』에서 遺文을 발췌하여 3권 1책으로 엮고 金壽祖의 序文을 붙여 목판본으로 純祖 4년(1804)에 펴냈는데, 이것이 바로 『池月堂遺稿』이다. 현재 전주대학교 도서관에 소장되어 있다.

『지월당유고』의 卷上 · 中 · 下에는 詩 220餘首, 詞 1闋, 序 2篇이 수록되어 있으며, 거의 『신증동국여지승람』에서 뽑은 것이다. 附錄에는 지월당과 그의 손자 炭巖(得宗) · 暮溪堂(孝宗)의 행적을 적은 <三賢事蹟>,

<建祠年紀>, <禮成時執事>, <禮成祝文>, 지월당의 <行狀>과 <墓碣銘>, 탄암과 모계당의 <行狀>, 通文 6편, 上樑文, 笏記 등이 수록되어 있다. 『지월당유고』의 시는 『신증동국여지승람』에서 발췌한 순서대로 싣지 않고 시형별로 재분류해서 5언고시-7언고시-5언절구-7언절구-5언율시-7언율시-6언시-사(詞)의 순서로 수록하였으며, 詩題는 『신증동국여지승람』에서 대상으로 읊은 명승 · 고적 · 사찰 · 역참 · 산천 · 누정 등으로 假題하였다. 또한 詩題에는 『신증동국여지승람』을 참조하여, 대상으로 읊은 고적 · 사찰 · 누정 등의 소재지와 위치, 관련사항들을 註로써 밝혀 시 이해에 도움이 되도록 배려하였다.

그런데 『지월당유고』에는 필자가 老峯의 유고로 편찬한 『金克己遺稿』의 『신증동국여지승람』 소재 작품과 비교해 보면, 七言聯句 1聯(<求禮>)과 詞 2闋(<憶江南>, <錦堂春>)이 빠져 있어, 『신증동국여지승람』에서 샅샅이 뽑지는 못한 것 같다. 그리고 지월당이든 노봉이든 김극기의 시가 아닌 작품도 1수 뽑혀 있는데, 5언율시 <越松亭>[34]은 成俔의 시이다. 이 시는 『신증동국여지승람』 권47, 平康縣, 題詠에 성현의 시로 수록되어 있고 『虛白堂詩集』 卷9에서 <憩玉洞驛>이라는 原詩를 확인할 수가 있다. 그 외에 글자의 誤脫, 郡名 · 縣名 · 驛名 · 樓亭名 등에서 誤記도 상당수 발견된다. 특히 5언절구 <靈巖郡題詠>은 『신증동국여지승람』 권36, 珍原縣, 題詠을 잘못 假題하였고, 7언절구 <泰仁縣題詠>은 『신증동국여지승람』 권39, 南原都護府, 題詠을 잘못 假題한 것이다.

한편 『지월당유고』의 시는 『신증동국여지승람』에서 뽑았다고 하지만, 거기에 없는 시가 3수 있다. 5언절구로 분류한 <田家> 詩의 聯句(喚雨鳩

34) 金克己, 『池月堂遺稿』 卷中, <越松亭> : "洞壑繚而曲 茅茨夾澗皐 山危臨水斷 巖峻抱松高 倏忽斜陽暮 艱難去路遙 每懷心靡監 不惜一身勞."

飛屋 含泥燕入樑)는 5언율시 <田家四時>의 4수 중 첫 시의 頸聯을 뽑은 것이고, 7언절구 <書情>은 2수 중 두 번째 시를 뽑은 것이며, <讀林太學詩卷>은 5수 중 첫 수만 뽑은 것이다. 곧 이 시들의 전편이 『東文選』 卷9와 卷19에 전하는데도 불구하고, 시의 原主人에 대한 논의는 차치하더라도, 連作詩의 전체를 다 수록하지 않고 부분만 취한 것은 編者가 『동문선』을 참조하지 않았다는 증거이며, 조선 후기의 어떤 시화·시평집에서 발췌한 것으로 보인다.

4. 『지월당유고』의 신빙성 문제

『新增東國輿地勝覽』 소재의 '金克己' 시만을 두고 본다면 老峯과 池月堂이 경위야 어떻든 전국을 周遊하며 똑같이 명승·고적에 題詠했다고 한 점으로 미루어 두 사람 모두가 시의 주인이 될 수 있을 것으로 보인다. 특히 『지월당유고』의 서문과 행장·묘갈명을 지었던 金壽祖[35]는 『신증동국여지승람』에 지월당의 시가 많이 수록되어 있는데 그를 '高麗人'이라고 일컫는 것을 의심하여, 지월당이 태어난 것은 고려 때이지만 벼슬한 것은 조선에서이므로 고려인으로 칭하는 것은 잘못이라고 전제하고, 나름대로 해석하기를 그가 고려 말에 비록 어리고 현달하지는 못했으나 집안이 대대로 고려의 祿俸을 받아왔음을 알았으므로 실제 행적뿐만 아니라 마음까지도 고려로 쏠려 있었으며, 또한 그가 吉再처럼 자처하지는 않았지만 元天錫의 마음과 같은 줄 세상 사람들이 모두 알고 있

35) 金壽祖 : 正祖 代의 文人. 본관은 蔚山, 河西 金麟厚의 후손으로 地方 太守와 持平, 通訓大夫를 역임했다.

었으므로 『신증동국여지승람』에서 주선하여 시를 수록하는 한편, '高麗人'이라 밝혔을 것이라고 하였다.[36] 나아가 그는 지월당이 끝끝내 조선에서 벼슬하려 하지 않은 것이 우연이 아니었다고 그의 행적을 합리화하고 志節을 기렸다.[37]

그리고 金壽祖는 高敬命의 『遊瑞石錄』 기사로 『신증동국여지승람』 소재의 '金克己' 시를 池月堂의 것으로 보는 결정적 단서로 삼은 것 같다. 즉 지월당이 18세 되던 丁丑年(1397) 봄에 權興 등 諸公과 瑞石山에 유람하여 <證心寺>・<圭峯寺> 시를 지었는 바, 그것이 『신증동국여지승람』에 실려 있고, 그 후에 고경명이 이 산에 놀러왔다가 유람기를 지었는데, 그 속의 내용이 이를 증명한다는 것이다.[38] 고경명의 『遊瑞石錄』 기사는 다음과 같다.

> 드디어 翠栢樓에 올라 난간에 의지하여 잠깐 쉬었는데 취백루라 이름 지은 것은 "잣나무가 뜰 앞에 푸르다[栢樹庭前翠]" 라는 시구에서 취한 것이 어찌 아니겠는가? 벽상에는 權興 등 제공의 詩板이 걸려 있는데 대개 洪武 연간에 지은 것이다. 그러나 金公 克己의 작품만이 유독 빠졌으니 이 어찌 후인들이 유감으로 여길 바 아니겠는가?[39]

36) 金壽祖, <池月堂遺稿序> : "余嘗觀輿地誌 有公之詩多 而稱高麗人 疑於心曰 公之生是麗 而公之仕乃本朝 則何以麗人稱也 更思之 蓋稱麗實跡也 公之心則麗乎 公在麗末 雖幼而未及顯 已知麗之世祿也 …… 始知當時 雖不自處以吉冶隱 而人皆知其元耘谷之心 故誌以是旌之."

37) 같은 이, <池月堂金先生墓碣銘> : "先生之顯 乃我朝 而誌稱高麗人 始知先生之不仕非偶然也 先生之家 麗之世祿 時雖未顯 義則麗 後雖顯 心則麗 時勢旣異 終身不樂仕者在當時 已知其本心 故書于誌 以旌來世 先生之義 庶可不泯矣."

38) 같은 이, <池月堂金先生行狀> : "丁丑春 與權興諸公 遊瑞石山 至證心寺 有詩曰 栢樹庭前翠 桃花陌上紅 何須搜券外 只要覓寰中 滯境心終塞 忘言道始通 何人名此寺 妙蘊獨深窮 至圭峯 有詩曰 …… 此外多有吟詠 而載於輿地 其後 霽峯高先生遊此山時 遇其奇絶處 則輒以先生詩爲證 而載於遊山錄中 印行於世."

39) 高敬命, 『遊瑞石錄』 : "遂登翠佰樓 倚欄少憩 豈名樓者有取於栢樹庭前翠之句否 壁上有

이 인용문을 언뜻 보면 지월당 김극기는 권홍과 함께 서석산(무등산)에 함께 놀러와 시를 지었으며 마찬가지로 그의 詩板 또한 벽상에 걸려 있었어야 했는데 그의 것만이 일실되어서 유감이라는 맥락으로 이해할 수 있다. 더욱이 洪武 연간이 1368~1398이고 보면 丁丑年(1397)과도 맞아 떨어져 신빙성이 있어 보인다. 그러나 '金克己'의 시가 걸려 있지 않다는 데 초점을 맞춰 행간의 의미를 새겨보면, 여기서의 '金克己'는 池月堂이 아니라 고려 무신집권기의 老峯임을 읽어낼 수가 있다. 즉 노봉이 일찍이(고려 중기) 證心寺에 왔다가 느낌이 있어 <證心寺> 시를[40] 지었고, 그 후에 證心寺 가까이에 翠栢樓를 세움에 따라 樓名을 노봉의 <證心寺> 詩 첫 구 "栢樹庭前翠"에서 취하여 붙였는데, 홍무 연간에 權興 등 여러 선비들이 취백루에 유람 왔다가 시를 지어 벽상에 걸었지만, 高敬命이 훗날 이 樓를 찾아왔을 때 樓名의 유래가 된 노봉의 原詩가 함께 걸려 있지 않아 유감스럽다는 뜻으로 해석해야 할 것이다. 곧 김수조와 지월당 후손들에 의한 『지월당유고』의 편찬이 이에 대한 착각에서 시작되었다고 할 수가 있다.

『지월당유고』에는 『신증동국여지승람』 소재의 '김극기' 시가 池月堂(1379~1463)의 것일 수 없는 여러 가지 증거들이 발견된다. 우선 김수조가 <행장>과 <묘갈명>에서 언급한 바, 10세 때 지어 李崇仁의 칭찬을 받았다고 하는 "鳥散楊花落屋除 樓頭一榻黑甛餘" 시구는 『東人之文 五七』에 <書情>이라는 제목으로 뽑혀 있고, 또 北幕에서 벼슬살이 할 때 지었다고 하는 "文章向老可相娛 一劍遊邊尚五車" 시구는 『三韓詩龜鑑』에 <慢成>이라는 제목으로 뽑혀 있다. 즉 그가 태어나기 전이거나 어릴

權興諸公詩板 盖洪武間所題 而金公克己之作 獨逸 斯非後人之憾歟."

40) 『新增東國輿地勝覽』 卷35, 光山縣, 佛宇, <證心寺> : "栢樹庭前翠 桃花陌上紅 何須搜券外 只要覔環中 滯境心終塞 忘言道始通 何人名此寺 妙蘊獨深窮."

때의 선배 文人인 崔瀣(1287~1340)와 趙云仡(1332~1404)이 편찬한 詩選集에 그의 시가 뽑힐 수가 없는 것이다. 또한 <讀林太學詩卷>과 <通達驛>이 『동인지문 오칠』에, <黃山江>·<仍弗驛>·<田家>(5율)·<叢石亭>·<開城府東郊>·<統軍驛>·<大同江>이 『삼한시귀감』에 실려 있어 지월당의 작품이 아님이 분명하다.

한편 李堣(1469~1517)의 <楊口雨留金翰林克己韻>과 <鐵嶺次金翰林克己韻>이라는 詩를[41] 통하여도 『신증동국여지승람』 소재의 '김극기' 시가 지월당의 것이 아님이 증명된다. 앞 차운시 <楊口雨留>의 '김극기' 原詩는 『신증동국여지승람』 권47, 楊口縣, 題詠에 실려 있는데, 『지월당유고』에도 <楊口縣題詠>이라는 제목으로 발췌되어 있다. 원시와 차운시를 보이면 다음과 같다.

金克己, <楊口縣題詠>		李堣, <楊口雨留金翰林克己韻>	
紅暾未出海	白霧猶沉山	東來駕颷輪	欲抵鰲頭山
晨炊欻東騖	道里尤險難	九十九曲嶺	三千劍路難
嶺棧穿崔屼	溪矼透潺湲	鯨濤蹙半空	溪壑少潺湲
崎嶇來翠麓	洞口漸寬閑	淸賞不賞勞	十忙偸一閑
角聲與旆影	遙出喬林間	今登都里峴	線路回磬間
始知邑中吏	迎我方過關	麟蹄與楊麓	中隔東西關
瞥見雲水縣	岡巒半回環	雪澌漲嵌竇	澗碧千層環
桑麻四三里	接屋喬木灣	寬平開洞口	十里村連灣
跨空起客館	金碧光爛斒	握蘭逼三三	蠮蠋紅爛斒
瑤林簇北苑	縹渺靑烟鬟	翠壁擁一縣	四綰烟中鬟
玉薾倚南砌	輕盈紅雪顔	午酒乘氣劣	易令紅出顔
松風颯滌暑	竹日工明姦	牒訴判牘尾	肘下多藏姦

41) 李堣, 『松齋集』 卷1.

却疑是洞府　誰識非塵寰
使君青雲彦　玄首尙未鬆
尙憐柳壁客　霜鬢成枯菅
瞭然回淸眄　相視不我頑
東巖喚謝妓　四座羅妖嫺
圓謌送嫋嫋　妙舞回彎彎
初筵巳畏我　發軔行班班
稱觴忽報導　末禮還可刪
安能學兒女　別淚空自潸

山靈欲慰我　雲霧霾區寰
朝來雪襍雨　翠岫漸成鬆
櫟屋半露椽　野畝樓菸菅
留連愧縣守　篘荳煩愚頑
桑顚訪園客　助繭無仙嫺
咄咄但書空　坐對山月彎
白雲忽起思　遠遊衣不斑
邇來春夢婆　茫慌眞可刪
親年當喜懼　南望霑雙潸

두 시는 42句 21韻(山, 難, 湲, 閑, 間 ……)으로 韻이 동일한 5언고시로 확인된다. 차운시의 詩題(楊口雨留金翰林克己韻)에서 보듯이 翰林을 지낸 이는 老峯이다. 고려 문단에서 무신집권기에 활동한 노봉 김극기는 통상 그의 관직명을 붙여 金翰林이나 金內翰으로 일컬어져 왔다.[42] 차운시의 原詩도『신증동국여지승람』권47, 淮陽都護府, 山川, <鐵嶺>에 실려 있고『지월당유고』에도 <鐵嶺>이라는 제목으로 수록되어 있지만, 原詩의 작가는 老峯임이 분명하다.

그렇다면 혹 老峯과 池月堂의 시가『신증동국여지승람』에 '金克己'의 시로 함께 섞여서 수록되었을 가능성은 없는가?『신증동국여지승람』에서는 고려 시인과 조선 시인을 구분하여 고려 시인의 경우에만 처음 나올 때 이름 앞에 '高麗'라고 밝혀 놓고 있으며, 편제상 고려 시인을 앞에 조선 시인을 뒤에 수록하였는데, 적어도 鄭道傳 뒤에 '金克己'의 시가 실린 예는 찾을 수가 없다. 따라서 지월당의 작품은『신증동국여지승람』에 뽑힌 것이 없다고 보아도 무방할 듯하다. 두 사람의 文名을 두고 보

42)『東國李相國集』卷9 ;『補閑集』卷中 · 下 ;『東人詩話』卷下.

더라도 老峯의 경우 역대의 시화·비평집에서 그의 이름 앞에 內翰·翰林·居士·員外·老峯 등의 직명이나 호를 붙여 고려시대의 대표적인 시인들과 함께 불려 왔지만, 池月堂의 경우는 『지월당유고』와 『光山金氏族譜』 외에는 그의 字號를 찾아보기 힘들다. 시인으로서 지월당은 『신증동국여지승람』이나 역대의 시선집에 시가 뽑힐 만한 위치에 있지 않았다고 하겠다.

이상의 여러 정황으로 미루어 『신증동국여지승람』에서 '김극기'의 시를 발췌하여 편찬한 『지월당유고』는 池月堂 金克己의 작품으로 볼 수 없다는 결론에 도달하며, 따라서 그의 행적과 관련한 <행장>과 <묘갈명>의 내용에 대해서도 의구심을 떨쳐버릴 수가 없다. 특히 別洞 尹祥이 全羅道御史로 왔다가 그를 천거하고 또 參贊이 되었을 때 글을 보내어 만나기를 구했다는 내용, 지월당이 10세 때 지은 <書情> 시를 陶隱 李崇仁이 보고서 찬탄했다는 기사, 27세 때인 太宗 5년(1405)에 登科했다는 사실, 벼슬살이할 때 지었다고 하는 <慢成> 시, 梅月堂 金時習이 경주 용장사에 있으면서 그의 절개를 흠모하여 "池月堂" 세 글자를 써 보냈다는 이야기 등은 그대로 믿기가 어려울 뿐만 아니라 허위로 판명되고 있다. 윤상은 예천사람으로 경상도로 외직에 나간 바는 있으나 전라도에서 근무한 적이 없고 주로 성균관의 교육에 종사하여 참찬의 벼슬을 하지 않았으며,[43] <書情> 시와 <慢成> 시는 老峯의 것이 분명하고, 태종 5년의 文科榜目에 지월당 김극기의 이름이 등재되어 있지 않으며, 김시습이 용장사에 있을 때는 31세~37세(1465~1471) 사이로 지월당이 세상을 떠난(1463) 뒤이기 때문이다. 『광산김씨족보』에 그의 7代祖 光軫 이하 자기 당대에 이르기까지 유독 그에게만 급제 기록 등 행적이 기술되

43) 尹祥, 『別洞集』 卷3, <年譜>.

어 있지 않은 것도 이와 무관하지 않은 듯하다.

5. 결언

『池月堂遺稿』는 실제 手稿가 있었는지의 여부가 확실하지 않지만, 그것이 간행되기 전에 소실되어 片言隻字도 전해지는 것이 없는 상황에서 그것도 지월당 김극기가 죽은 지 430여 년 뒤에 나왔다. 그 내용은 『신증동국여지승람』 소재 同名異人 老峯 金克己의 시를 발췌한 것이다. 지월당의 생존 시기, 『신증동국여지승람』의 편찬 시기, 『遊瑞石錄』 기사에 대한 오해, 전대 유명시인 老峯과의 同名, 후손들의 爲先事業慾 등이 복합적으로 어우러진 결과라고 할 수가 있다. 특히 19세기 이후에 편찬된 일부 文集이나 實記는 자신들의 선조를 지나치게 미화한 폐단도 없지 않아 신뢰에 문제가 있는 바, 『지월당유고』(1804년 편찬)도 그러한 예로 볼 수가 있다. 아무튼 『池月堂遺稿』라는 이름으로 지월당 김극기의 '문집'이 세상에 나온 이상, 그 경위가 밝혀져야 하며 오류는 바로잡혀야 한다. 한국학중앙연구원에서 편찬한 『한국민족문화대백과사전』 권21의 <지월당유고>의 항목도 반드시 수정되어야 할 것이다. 老峯의 삶과 문학을 池月堂의 것이라고 할 수는 없는 일이다.

한편 池月堂의 행적 또한 철저한 고증이 요구된다. 관련 자료가 없는데도 시대상황을 견주고 유명인을 이끌어 불확실한 것을 사실화할 수는 없다. 『禮記』에 "先祖 無美而稱之 是誣也."라고 한 말이 『지월당유고』의 경우에 해당할 것이다. 서두에서도 언급했듯이 原典批評을 하지 않은 연구는 헛수고에 그칠 것임을 우리 연구자는 명심해야 한다.

■제 4 장■

석 식영암의 정체 재론

— 南原梁氏, 法名 淵鑑 —

1. 서언

고려시대에는 불교를 국교로 삼았기 때문에 여느 시대보다도 많은 승려 문인들이 활동하였고, 그에 따라 우리 문학사에서 불교문학의 전성기를 구가하였다. 역대 시문선집에 1편 이상의 작품이 뽑힌 고려시대의 韻釋만 하더라도 30명이 넘는다.[1] 戒膺, 宏演, 懶翁, 達全, 無己, 無名, 普愚, 禪坦, 息影庵, 信如, 了圓, 寥一, 云鑑, 圓鑑, 月窓, 益莊, 一然, 丁近, 靜明, 正思, 定志, 祖英, 祖異, 宗聆, 眞覺, 眞靜, 天因, 坦然, 混修, 惠文 등이 대표적인 인물이다.

그런데 승려와 관련한 연구의 최대 난점은 그들의 행적을 온전히 파악하기가 힘들다는 데 있다. 물론 연구 자료와 연구자의 노력이 부족한 탓이긴 하지만, 속세 및 출가 이후의 행적을 제대로 알기도 어렵거니와,

1) 金乾坤, 『新羅・高麗時代의 名詩』, 이회, 2005에 역대 시선집에 뽑힌 승려들의 한시 목록을 정리해 두었다.

심지어 法名 · 法號 · 謚號 등을 편의에 따라 섞어 씀으로써 자칫 동일 인물인데도 다른 사람으로 오해하거나 헛갈리는 경우도 있다.[2] 더욱이 저술을 많이 남겼거나 유명한 高僧은 그래도 나은 편이지만, 자료가 별로 남아있지 않은 승려의 경우는 그 정체를 거의 파악할 수가 없다.

위에 열거한 승려 중 息影庵은 가전 ＜丁侍者傳＞의 작자로서 일찍부터 학계의 주목을 받아 왔다.[3] ＜정시자전＞의 의인화 대상에 대한 논의에 이어 그의 正體에 대한 논문이 보고됨으로써 다시 한 번 관심을 끌었다. 특히 그의 정체와 관련하여 金鉉龍 교수는 李齊賢과 식영암의 교유시를 精緻하게 분석하여 그가 忠宣王의 셋째 아들인 德興君 譓라고 지목하였다.[4] 이 견해는 사실로 받아들여져 作家考證의 훌륭한 사례로 평가받는 한편,[5] 문학사에 수용되기도 하였다.[6] 반면에 李鍾文 교수는 덕흥군의 부정적인 행적에 주목하여 高僧으로서의 식영암과 附元輩로서의 덕흥군이 일치할 수 없는 별개의 인물이라고 주장하고 김 교수의 견해에 이의를 제기하였다.[7] 그러나 누구인지는 밝히지 못하였다.

이에 필자는 김 교수의 논증상의 오류를 지적하고, 새로운 자료를 통하여 식영암의 실체를 제시할 것이다. 즉 식영암의 정체를 밝혀줄 결정적인 증거를 제시함으로써 논란에 종지부를 찍고자 한다. 아울러 식영

---

2) 위에 나열한 승려의 이름은 주로 『東文選』에 표기된 호칭을 따른 것인데, 법명 · 법호 · 시호가 뒤섞여 있다. 예컨대 懶翁의 경우, 법명인 惠勤과 시호인 禪覺을 숙지하지 않고는 동일 인물임을 알기까지 상당한 수고가 요구된다.

3) 申基亨, 「假傳體文學 論考(上) · (下)」, 『국어국문학』 15, 17, 국어국문학회, 1956.

4) 金鉉龍, 「釋 息影庵의 正體와 그의 文學」, 『국어국문학』 89, 국어국문학회, 1983.

5) 이 글은 丁奎福 편, 『韓國古典文學의 原典批評』, 새문사, 1990에 재수록되었다.

6) 조동일, 『한국문학통사』 2, 지식산업사, 1992, 122면.

7) 李鍾文, 「'息影庵=德興君' 說에 대한 再檢討」, 『한문교육연구』 19, 한국한문교육학회, 2002.

암이 지은 <정시자전>의 의인화 대상을 보다 구체화해 보고자 한다. 일반적으로 알려져 있는 바와 같이 그것이 범범하게는 지팡이라고 할 수가 있겠지만, 작품의 문맥과 정시자에 대한 묘사를 세밀하게 따져볼 때 단순히 지팡이라고 하기에는 미진한 점이 많기 때문이다.

2. 교유시 분석과 기존 논의 검토

식영암은 고려 후기의 대표적인 승려 문인으로서 益齋 李齊賢(1287~1367), 及庵 閔思平(1292~1359), 杏村 李嵒(1297~1364) 등과 교유하였을 뿐만 아니라, 『東文選』에 13편의 산문 작품[8]이 뽑힐 정도로 문학적 재능도 뛰어나 『息影庵集』을 남기기도 하였다.[9] 본 장에서는 이들 문인들이 식영암과 관련하여 지은 시들을 분석하여 기왕에 논의된 식영암의 정체에 대하여 반론을 제기하고자 한다.

익재는 식영암과 관련하여 送詩와 呈詩 각각 1편씩을 지었다. 먼저 두 사람이 헤어질 때 익재가 식영암에게 써 준 <送息影庵>을 살펴보기로 한다.

8) 『東文選』에 뽑힌 息影庵의 작품은 다음과 같다. <禪源寺毘盧殿丹青記>, <公州東亭記>, <月燈寺竹樓竹記>(이상 卷65), <劒說>, <菊坡說>, <木苽木杖說>(이상 卷97>, <丁侍者傳>(卷101), <聞大駕還國祝上疏>, <誕生元子祝上疏>, <星變消除疏>, <復禪源寺疏>, <元子上朝祝壽齋疏>, <聞化平院君承詔上都祝疏>(이상 卷111).

9) 成俔, 『慵齋叢話』 卷8 : "息影庵一帙 僧人所著 不知名氏." 이 기록은 金烋의 『海東文獻總錄』(學文閣, 1969)에도 보인다.

<送息影庵>[10)]

同道相從古亦稀	같은 도로 상종함은 옛날에도 드물었는데
中年遠別忍霑衣	중년에 멀리 이별하니 눈물이 옷깃을 적시네.
空江目盡思無盡	빈 강에 눈길 다하나 생각은 끝이 없는데
一片風帆去似飛	한 조각 돛단배는 나는 듯이 떠나가네.

이 시는 익재와 식영암이 개경에서 여러 해 동안 상종하다가, 식영암이 강이나 바다 건너의 어떤 곳으로 배를 타고 떠날 때,[11)] 익재가 이별의 아쉬움을 토로한 것이다. 시구마다 두 사람 간의 교분의 정이 느껴지며, 특히 '同道相從', '忍霑衣', '思無盡'에 진하게 묻어나고 있다. 유자와 불자로서 만나 서로 추구하는 것이 道라는 측면에서 부합했으므로 혹은 意氣가 서로 맞았으므로 상종하였던 바, 예로부터 이러한 儒佛相從이 드문 일이었듯이 그 사귐이 남달랐는데, 이제 와서 멀리 떠난다니 눈물이 옷깃을 적실 정도로 아쉽고, 또 그간의 사귐에 대해 만감이 교차한다는 심사가 역력히 나타나 있다.

김현룡 교수는 이 시를 식영암의 정체를 파악하는 단서로 삼았다. 즉 '同道相從'과 '中年遠別'에 주목하여 이들의 이별하는 상황을 식영암이 승려가 되기 위하여 출가하며 서로 헤어지는 것으로 해석하였다. '同道相從'에 대하여 익재와 식영암이 같은 계통의 학문인 儒學을 하며 서로 좇았음을 의미한다고 풀이하고, '中年遠別'을 이전까지 유학을 하던 식영암이 中年, 즉 20세가 지난 후에 비로소 승려가 되어 떠났음을 나타낸

10) 李齊賢, 『益齋亂藁』 卷3.

11) 息影庵, <禪源寺毗盧殿丹青記>(『東文選』 卷65)에 의하면, 그가 강화도의 龍藏寺와 禪源寺의 승려로 있었음을 확인할 수 있는데, 이 시는 아마 강화도로 떠날 때 지어준 것으로 보인다.

것이라고 파악하였다. 또한 '相從'으로써 식영암이 익재의 제자뻘이며 10세 이상의 연하일 것이라고 추론하는 한편, 『益齋亂藁』의 편차로 미루어[12] 익재가 <送息影庵>을 지은 37세 무렵인 1323년경에 식영암이 속세와 인연을 끊고 승려가 되었을 것이라고 부연하였다.

그러나 김 교수의 논증에는 무리한 면이 적지 않다. 제1구 '同道相從古亦稀'의 경우 述部에 해당하는 '古亦稀'에 주목해 보면, 김 교수의 해석대로 유자끼리의 상종이 옛날에도 드물었다는 말은 語弊가 있다. '同道'는 유자인 익재와 불자인 식영암이 어떤 일에 뜻이 맞는 것으로 이해해야 하며, 따라서 儒·佛의 사귐이 옛날에도 드문 일이었다고 해야 文理에 맞을 것이다. 다시 말하면 '同道'는 사상의 동질성이 아니라, 意氣相合 혹은 思考의 親緣性으로 보아야 타당할 듯하다. 그리고 '中年遠別'을 20세 이후에 승려가 되어 떠나가는 상황으로 파악한 것이나, '相從'에서 식영암이 익재보다 10세 이상 연하라고 도출한 것 역시 설득력이 약하다. 결국 이 시에 대한 김 교수의 논지는 문면의 지나친 확대 해석과 추론의 비약이라고밖에 할 수가 없다.

다음 시는 익재가 병이 났을 때 식영암이 마침 서울(개경)에 왔다가 侍者를 보내어 문병한 데 대해 희롱하여 써 준 것이다.

<息影庵入京遣侍者問疾戲呈一絶>[13]

向來飛錫肯相過　　지난 날 석장 짚고 기꺼이 찾아주신 것은
只爲知音世未多　　다만 세상에 알아주는 이 적었기 때문이죠.
見說王公爭結軌　　듣자니 왕공들의 수레 다투어 오간다던데

12) 『益齋亂藁』에 수록된 한시는 대체로 저작연대 순으로 편차되어 있다.
13) 李齊賢, 같은 책 卷4.

枉煩侍者問沈痾　　　번거롭게 시자를 보내 문병해 주셨네요.

이 시에서도 두 사람 간의 交遊가 격의 없었음을 읽을 수가 있다. 지난날엔 세상에 알고 지내는 벗이 없어서였든지 스님께서 기꺼이 몸소 나를 찾아주더니, 이번에 서울에 와서는 시자를 보내어 대신 문병하게 하는 것을 두고, 익재가 이젠 스님의 명성이 높아져서 부귀한 사람들과 바쁘게 지내느라 직접 오지 않고 시자를 대신 보내어 문병을 하는 것이 아닌가 하고 격의 없는 농담을 식영암에게 보낸 것이다. 그렇기에 시 제목에서도 '戲呈'이라 하였다.

그런데 김현룡 교수는 위 시의 내용을 잘못 파악함으로써 논지의 오류를 초래하고 말았다. 김 교수는 "지난 날 떠나갈 때 서로 이별하였더니, 오직 소식을 들은 것도 많지가 않구나. 왕공께서 방향을 바꾸기로 했다는 소문을 들었는데, 번거롭게 시자를 보내어 병문안을 하구려."라고 부분적으로 잘못 해석하였을 뿐만 아니라, 王公을 식영암으로 보고 그의 俗姓을 王氏로, 나아가 고려 왕실의 왕자로 단정하였다. 김 교수의 德興君說의 오류는 바로 여기에서 비롯되었으며, 식영암이 德興君일 수 없는 결정적인 이유가 되기도 한다. 王公은 金公 · 李公 類가 아니고, 왕실 귀족과 고관대작 등 식영암과 어울리거나 설법을 들으러 오는 王公大人을 가리키며, 식영암 자신은 더욱 아니다. 또한 김 교수는 '爭'을 '결정하다', '結軌'를 '진행하고 수행하던 방향을 뒤로 돌이키다'는 뜻이라고 풀이하고, 이는 식영암의 還俗을 의미하는 것이라고 설명하였다. 寡聞한 필자로서는 그 전거를 어디에서 찾았는지 모르겠으나 쉽게 이해가 되지 않는다. 제3구의 시어를 풀이해 보면, '見說'은 '聞說'과 같은 말로 '듣다'의 뜻이고, '王公'은 식영암을 찾아오는 '王公大人'이며, '爭'

은 '다투어 · 경쟁적으로', '結軌'는 '車軌相連' 즉 바퀴자국이 교차될 정도로 수레의 왕래가 빈번하다는 말이다. 그리고 김 교수는 시 제목의 '入京'을 식영암이 단순히 서울(송도)에 나들이한 것이 아니라 1348년경 송도에 환속하여 다시 정착한 것이라고 특별히 의미를 부여하였는데, 이것도 논지의 가설을 염두에 둔 문면의 지나친 확대 해석이다. 시 제목의 '戲呈' 역시 익재가 식영암의 환속을 비꼬아 나타낸 것이라기보다는 식영암이 예전처럼 직접 오지 않고 시자를 대신 보낸 데 대하여 농담조로 희롱한 것이다. 특히 김 교수는 <送息影庵>을 분석하면서 식영암이 익재보다 10세쯤 연하일 것으로 추정하였으나, 이 시 제목의 '呈'의 의미로 보아, 물론 스님에 대한 예우적인 표현이라고 할 수도 있겠으나, 오히려 동년배 혹은 연장자로 이해하는 것이 보다 타당할 것으로 생각된다.

한편 杏村 李嵒(1297~1364)은 만년에 식영암과 方外의 벗으로서 교유하였다. 牧隱 李穡(1328~1396)은 행촌의 墓誌銘에서 두 사람 간의 交友를 다음과 같이 서술하였다.

> 禪源寺의 息影老人과 더불어 方外友가 되어 절 가운데 집을 지어 海雲이라 편액하고 조각배로 왕래하며 거기에 가면 문득 돌아오는 것을 잊곤 하였다.[14]

행촌과 식영암은 方外友, 즉 유자와 불자의 만남으로 두 사람의 교유는 각별한 데가 있었다. 교유를 위하여 절 가운데 海雲堂을 특별히 지은 것도 그렇거니와, 행촌이 식영암을 찾아가면 서로의 情誼에 끌려 돌아올 줄을 몰랐으니, 그 사귐의 정도를 넉넉히 짐작할 수가 있겠다.

---

14) 李穡, 『牧隱文藁』 卷17, <鐵城府院君李文貞公墓誌銘幷序> : "與禪源息影老人 爲方外友 築堂寺中 扁曰海雲 扁舟往還 至輒忘歸."

행촌은 식영암에게 다음과 같은 시를 지어 부친 바 있다.

<寄息影庵禪老>[15]

浮世虛名是政丞	뜬세상 헛된 이름은 정승이 좇고요
小窓閑味卽山僧	작은 창 한가한 맛은 산승이 즐기죠.
箇中亦有風流處	그 가운데 또한 풍류처가 있으니
一朶梅花照佛燈	한 떨기 매화가 불등에 비쳐지네.

행촌이 식영암과 본격적으로 교유한 것은 정승에서 물러난 만년의 일로,[16] 이 시도 제1구의 내용으로 미루어 이때 지은 것으로 보인다. 행촌 자신은 속세에서 분주하게 살며 功名을 좇아 정승에까지 올랐지만, 물러나 되돌아보니 헛된 이름만 남았을 뿐이고, 반면에 산 속에서 閑味와 그 나름의 風流를 즐기는 식영암이 부럽다고 하였다. 따라서 행촌은 山僧의 風流를 동경하여 식영암과 方外友가 되었던 것이다. 서거정은 이 시에 대해 "풍류가 고상하고 운치 있다[風流高致]."고 호평한 바 있다.[17]

김현룡 교수는 이 시에 식영암의 불심이 깊지 못하여 속세의 연을 끊지 못하고 환속한 사정이 암시되어 있다고 하고, 禪師에게 이런 시를 주는 것은 커다란 모욕이라고 설명하였다. 암시와 모욕의 구체적인 내용을 제시하지 않았는데, '환속'에 집착한 나머지 시의 내용을 잘못 파악한 것으로 보인다. 또한 김 교수는 두 사람이 方外友로 사귀어 가까운 사이였으므로, 식영암은 행촌과 동년배 정도로 1300년경에 태어났을 것

15) 『東文選』 卷21.

16) 徐居正, 『東人詩話』 卷下 : "杏村李文貞公嵒 再入台鼎 晩年乞骸 與息影庵禪老 爲方外友 扁舟往還 至輒忘返 嘗有詩曰 浮世功名是政丞 小窓閑味卽山僧 箇中亦有風流處 一朶梅花照佛燈." 이종문 교수가 앞의 논문에서 자세히 고찰하였다.

17) 같은 곳.

이라고 추정하였다. 그러나 이 시의 제목에 행촌이 식영암을 '禪老'라 하여 老和尙으로 예우하고 있는 것으로 보아 행촌보다 연장자임이 분명하고, 환속했다면 禪老라고 일컬을 이유가 없을 것이다. 또한 '方外友'라고 함은 자신의 종교적인 영역·분야 밖의 사람과 사귀는 것을 의미하는 바, 행촌은 유자로 식염암은 불자로서 교유하였던 것이지, 환속한 식영암과의 사귐이 방외우가 될 수는 없는 것이다.

及庵 閔思平(1292~1359)도 식영암과 교유하였는데, 다음 시는 급암이 杏村의 禪室에 들렀다가 식영암이 행촌의 伽它(偈頌)에 화답한 시를 보고 그 韻에 따라 지은 것이다. 급암은 식영암이 오래도록 시를 짓지 않더니,[18] 행촌의 伽它를 보고는 자신도 모르게 화답시를 지음으로써 시를 짓지 않기로 한 계율을 어겼지만, 아마도 식영암이 행촌을 기꺼이 여긴 때문일 것이라고 생각하였다. 이에 자신도 시를 짓고 짓지 않기를 마음대로 할 수 있는 방법에 마음을 두고 있지만, 단지 노력을 기울일 곳을 알지 못하고 있으므로 그 운에 따라 시를 지어 식영암에게 가르침을 구하고자 하였다.

<昨諧杏村禪室 蒙示近所作伽它一首 息影庵大和尙和之矣 此老久不作詩見此不覺破戒 豈深肯之耶 予近稍留心此法 但未知用功夫處 玆用賡韻 錄呈左右 幸乞指南>[19]

周妻亦可當疑丞　　주옹은 아내를 두었어도 또한 나아감이 있는 듯 하였고

何肉何妨有髮僧　　하윤은 고기 먹었어도 두발 있는 승려됨에 방해

18) 식영암은 시를 짓지 않기로 다짐을 했던 모양이다. 『東文選』에 그의 산문작품은 13편이 전하지만, 한시가 한 수도 전하지 않는 것은 이와 무관하지 않은 것으로 보인다.

19) 閔思平, 『及庵詩集』 卷4.

	되지 않았네.
此法若言非分事	이 심법을 만약 내 분에 맞는 일이 아니라고 말한다면
祖師無處可傳燈	조사께서는 도를 전할 곳이 없으리라.

南齊 때의 周顒은 청빈하여 채식만 하면서 아내가 있어도 홀로 山寺에서 살았고, 何胤은 佛法을 독실하게 믿어 아내를 두지 않았다. 주옹과 하윤에게 불법의 수도행진에 누가 되는 것이 아내와 고기라면, 식영암에겐 시 짓는 일일 것이다. 그런데 급암은 아내와 고기가 주옹과 하윤의 수행징진에 결코 큰 누가 되지 않았던 것으로 단정하고, 마찬가지로 식영암에게도 시 짓기가 그러한 것이라고 생각하였다. 따라서 식영암은 본래 시를 짓지 않았지만 간혹 짓는 일이 있더라도 결코 불법의 수행에 누가 되지 않을 만큼 계율의 굴레를 뛰어넘은 분이니, 급암 자신도 식영암에게서 역시 시를 짓고 안 짓는 것이 수행정진에 누가 되지 않는 경지에 이를 수 있는 공부의 가르침을 구하고자 하였다. 이 시에서 보듯이 급암은 식영암을 大和尙 · 祖師로 예우하고 가르침을 구하는 입장에 있는데, 식영암은 이미 高僧의 위치에 올라 있었음을 알 수가 있다.

한편 김현룡 교수는 익재와 행촌의 시 분석을 통하여 식영암의 출가와 환속을 관련지어 논지를 전개하는 한편, 식영암 자신의 글을 통하여 그의 속세에서의 신분을 밝히고자 하였다. 이에 김 교수는 식영암이 고려 왕실과 관련하여 지은 疏文에서 자신을 지칭한 '弟子之微軀'(제자의 미천한 몸)와[20] '祖門之棄物'(祖師 문하의 버려진 물건)에[21] 주목하였다. 김 교수는 여기에서의 '弟子'는 佛弟子로만 볼 수 없고 상대방에 대한 겸양의

20) 息影庵, <聞大駕還國祝上疏>(『東文選』 卷111).

21) 같은 이, <元子上朝祝壽齋疏>(같은 곳).

自稱으로서 '어린 것'이라 쓴 것이며, 이는 식영암이 고려 왕족으로서 충숙왕의 손 아래로 매우 가까운 사이임을 나타낸 것이라고 주장하였다. 또 '祖門之棄物'에 대해서도 고려의 왕자들이 세자를 피하여 승려가 되곤 했던 사실과 연관 지어 식영암도 억지로 승려가 되었거나 무슨 곡절이 있어서 왕실에 대한 서러움을 노골적으로 표현한 것이라고 해석하였다. 그러나 이는 앞서 언급한 바와 같이 김 교수가 시 분석에서 '王公'을 王氏 姓의 고려 왕족으로 잘못 이해한 연장선상에서 나온 확대 해석이다. 두 구절은 불제자로서 식영암 자신을 겸칭한 것에 불과할 따름이다.

김 교수는 이상과 같은 논지에 따라 고려 왕족으로서 출가했다가 환속한 사람 중에서 식영암의 실재 인물을 추정하였다. 당시의 高麗王系를 분석하여, 그러한 인물은 충선왕의 셋째 아들 충숙왕의 이복동생인 德興君 譓이며, 그가 바로 식영암과 동일 인물이라고 결론지었다. 덕흥군과 관련하여 "今有塔思帖木兒 自謂忠宣王孼子 亦嘗剃髮 及長還俗 奔于京師"[22]를 그 근거자료로 제시하고, 덕흥군은 충선왕의 아기를 밴 宮女가 白文擧에게 下嫁하여 낳은 아기로,[23] 왕의 서자로 취급받았다고 덧붙였다. 그러나 일찍이 머리를 깎고 중이 되었다가 장성함에 미쳐 환속하였다는 이 짧은 기사가 덕흥군이 식영암과 동일 인물임을 설명하기에는 설득력이 부족하며, 또 젊은 시절(及長)에 환속하여 승려가 아닌데도 息影禪老, 息影庵大和尙, 息影老人이라 불린 사실을 어떻게 이해해야 할지도 난망하다. 결국 김 교수의 시 분석과 문구 해석은 덕흥군의 불행한 출생, 출가 및 환속을 염두에 두고 이루어졌음을 알 수가 있다.

김현룡 교수의 德興君說에 대하여 일찍이 필자가 고려 한문학 연구의

22) 『高麗史』 卷39, 恭愍王 5年 10月. 塔思帖木兒는 덕흥군의 몽고식 이름이다.
23) 같은 책 卷40, 恭愍王 12年 7月 : "德興君塔思帖木兒 是忠宣王出宮人嫁白文擧所產者也."

현황과 쟁점을 개괄적으로 점검하면서 김 교수의 시 해석상의 문제점을 들어 재론의 여지가 있다고 지적한 바 있고,[24] 이어 이종문 교수가 본격적으로 이의를 제기하였다.[25] 이 교수는 먼저 덕흥군이 전형적인 부원배로서 원나라에서도 백관들의 미움을 받은 데다 부정이 탄로 나서 君의 호칭을 빼앗기고 귀양을 가기도 하였으며, 공민왕 때 고려를 침입하려다 실패하고 끝내 귀국하지 못한 채 원나라에서 비극적인 삶을 마감했던 바,[26] 민족의 죄인이자 용서할 수 없는 반역자인 그의 개인사가 식영암의 글에서 풍기는 고승적 이미지와 큰 괴리를 보이고 있다고 지적하였다. 이어서 덕흥군이 식영암이라면, 陽村 權近(1352~1409)이 왕명으로 <普覺國師碑銘>을 지으면서[27] 보각국사의 스승이 극도의 부정적 인물인 덕흥군이라는 사실을 기록할 리 없었을 것이라는 점, 牧隱이 杏村 李嵓의 묘지명에[28] 공민왕과 적대세력인 덕흥군과의 方外友를 다룰 리 없었을 것이라는 점 등을 들었다. 또 행촌이 식영암과 교유한 시기가 정승에서 사임한 1362~1364년 사이인데, 이 무렵 덕흥군은 고려왕이 되려는 야심을 품고 원나라의 군사를 동원하여 고려를 침입하다 실패하는 등 처연하고 참담한 나날을 보내고 있었으므로, 두 사람이 방외우로서 풍류를 즐길 수 없었다는 점을 들었다. 따라서 이 교수는 식영암이 누구인지 알 수 없지만, 적어도 식영암과 덕흥군은 아무런 관련이 없는 별개의 인물이 될 수밖에 없다는 결론을 내렸다. 필자는 기본적으로 이 교수

24) 김건곤, 「고려 한문학 연구의 현황과 쟁점」, 『한국 인문과학의 현황과 쟁점』, 한국정신문화연구원, 1998, 197면.

25) 이종문, 앞의 논문.

26) 『高麗史』 卷91, <德興君塔思帖木兒列傳>.

27) 權近, 『陽村集』 卷37, <有明朝鮮國普覺國師碑銘幷序>.

28) 李穡, 『牧隱文藁』 卷17, <鐵城府院君李文貞公墓誌銘幷序>.

의 견해에 동의하는 입장이다.

3. 식영암의 정체

김현룡 교수는 덕흥군이 곧 식영암이라 주장하였고, 이종문 교수는 두 사람이 별개의 인물이라고 이의를 제기하였다. 그렇다면 식영암의 정체는 과연 어떻게 되는가? 고려 왕족인가? 출가했다가 다시 환속했는가? 아니면 승려로 일생을 보냈는가? 등이 여기에서 해결해야 할 과제가 될 수밖에 없다.

지금까지 식영암이 누구라고 적시된 자료가 학계에 보고된 적은 없었다. 成俔도 그가 『息影庵集』을 남겼지만 名氏를 알 수가 없다고 하였다.[29] 따라서 그의 정체에 대한 논란도 지속되고 있다. 필자는 식영암과 관련된 연구를 진행하며 자료의 한계를 느끼던 중, 高麗寫經에서 그의 정체를 부분적으로 확인할 수 있는 단서를 발견하였다.

<發願偈>[30]

妙法蓮華勝經典	묘법연화경은 경전 중에서도 빼어나
金泥寫成願不淺	금니로 옮겨 쓰려는 바람이 깊었네.
願此一部七大卷	원컨대, 이제 옮겨 쓴 이 1부 7권이
諸佛會中隨佛現	제불이 모인 가운데 부처 따라 나타나

29) 주 9) 참조.

30) 權熹耕, 『高麗寫經의 硏究』, 미진사, 1986, 78면 사진 39-8 및 425~426면에서 재인용. 필자가 한국학대학원 강의에서 식영암의 정체에 대한 문제를 언급한 후 禹現植 군(박사과정 수료)이 해당 자료를 찾는 데 도움을 주었기에 지면을 빌어 고마움을 표한다.

證明諸佛無礙辯	제불의 자재로운 말씀임을 증명하도록
開示衆生佛知見	중생에게 부처의 지혜를 열어보여 주소서.
發願 息影沙門 淵鑑	발원 식영사문 연감
施財 重大匡 劉成吉	시재 중대광 유성길
掌合 朱暉	장합 주휘
監門衛錄事 朴中漸	감문위녹사 박중점
幹事 道者 戒禪 師惲 亮倫	간사 도자 계선, 사운, 양윤
至元六年庚辰六月 日 柏巖 聰古	지원 6년 경진 6월 일 백암 총고

이 寫經은 『妙法蓮華經』 七卷本으로 至元 6년(충혜왕 원년, 1340)에 필사된 것이다. 1340년대는 익재와 식영암이 살던 시대로 그 당시의 자료임에 틀림이 없다. 發願文은 『妙法蓮華經』을 1질 7권으로 金泥로 寫成하고 그 효험으로 佛의 지혜가 중생에게 나타나기를 바라는 내용이다. 하단에는 좀 작은 글씨로 발원자, 시주자, 간사의 직책과 성명 · 법명 그리고 지은 시기 등을 기록해 놓았다. 우리의 관심을 끄는 부분은 發願者인 '息影沙門 淵鑑'이라는 대목이다. 息影沙門은 息影이라는 寺刹 혹은 庵子의 승려라는 뜻이고,[31] 淵鑑은 그의 法名으로 일단 이해할 수가 있다. 따라서 우리는 息影沙門=淵鑑=息影庵이 성립하는가를 증명할 필요가 있다.

『東文選』 卷65에 息影庵이 지은 記文 <公州東亭記>가 실려 있다. 閔祥伯이 공주목사로 부임하여 관사 · 창고 · 학교 · 서원 등을 중수한 후 빈객을 맞이하고 전별하기 위하여 세운 정자에 식영암이 그 건축의 전말을 기록한 것이다. 그런데 이 글은 『新增東國輿地勝覽』 卷17, 公州牧,

31) 식영암이 龍藏寺의 승려로 있을 때 <禪源寺毘盧殿丹青記>(『東文選』 卷65)를 짓고, 그 말미에 찬자인 자신을 밝혀 '龍藏沙門 某記'라 기록한 바 있다.

驛院 條에도 실려 있는데, 제목은 <迎春亭記>(迎春亭은 훗날 普通院으로 이름이 바뀌었다.)이고 지은이가 淵鑑으로 되어 있다. 곧 息影庵과 淵鑑이 각각 號와 法名으로서 동일한 인물이며, 公州 東亭과 迎春亭이 같은 건물임을 알 수가 있다. 또 당초 淵鑑의 이름으로 <迎春亭記>를 지었는데, 조선 초기에 『東文選』의 편찬자가 당시에 통용되던 息影庵의 이름으로 <公州東亭記>라고 고쳐 수록했음도 짐작할 수 있다. 한편 『新增東國輿地勝覽』 卷44, 三陟都護府, 佛宇 條에 실려 있는 <三和寺記>는 지은이가 息影庵으로 되어 있어 『新增東國輿地勝覽』의 편찬자는 息影庵과 淵鑑이 같은 사람인 줄 알지 못했던 것으로 보인다.

한편 息影庵이라는 庵子는 眞覺國師 慧諶(1178~1234)의 제자인 雲其라는 老僧이 八巓山 萬行社의 동쪽에 지은 것으로 확인된다. 八巓山은[32] 오늘날 전남 고흥군에 있는 八影山이고, 萬行社에 대하여는 관련 자료를 찾을 수가 없다. 혜심이 쓴 <息影庵銘幷序>에[33] 의하면 雲其는 浮雲을 몸으로 삼고 流水를 道로 삼아 마음 내키는 대로 소요하며 한가로이 道를 즐기는 승려였는데, 늙마에 심신이 피로하고 기력이 쇠미해지자 만행사의 동쪽에 터를 잡아 암자를 세우고 息影이라고 이름을 지었다고 한다. 그곳은 궁벽지면서도 깊숙하였지만 평탄하고 넓은 자리가 있었으

32) 『新增東國輿地勝覽』 卷40, 興陽縣, 山川.

33) 慧諶, 『無衣子詩集』 卷下, <息影庵銘幷序> : "吾社有一老衲 雲其其名者 無心其字也 蓋浮雲其身 流水其道 隨緣放曠 任性逍遙 自西自東 無適無莫 汎如也 浩如也 初無一星許事介於胸次 可謂閑道人也 近覺身心疲憊 氣力衰微 倦鳥知還 老龜巧縮 乃卜地於八巓山萬行社之東 愛其僻而奧 夷而曠 仙島簇於前 奇巖屛於後 夜則漁火星桃水面 晝則商帆鴈點江心 於是乎刱庵而居之 意欲影不出山 迹不越閫 亦不受坐馳之誚 名其庵曰息影 伊來乞銘 因爲之銘曰 身動而行 人見其迹 心動而行 鬼見其迹 身心俱不動 人鬼俱不覓 況本無身心 何曾有動靜 若了如是 是眞息影." 김현룡 교수와 이종문 교수는 생몰연대로 볼 때 식영암이 혜심의 제자가 될 수는 없으나, 식영암의 문학 활동에 혜심의 영향이 컸을 것이라고 언급한 바 있다.

며, 앞에는 아름다운 섬들이 빽빽이 놓여 있고 뒤에는 기암괴석이 병풍처럼 둘러 있었다. 또 밤에는 고기 잡는 횃불과 별들이 바닷물에 비치고 낮에는 장사배와 바닷새들의 오가는 모습이 보였다. 암자의 이름을 息影이라 한 것은 그림자가 산 밖으로 나가지 않고 자취가 담장 밖을 넘지 않으며, 또 坐禪한다고 앉았으나 마음이 딴 곳에 가 있다는 꾸지람을 듣지 않기 위해서라고 하였다. 雲其가 세운 이 息影庵이라는 암자에 淵鑑이 거처했음은 혜심과 운기의 관계, 혜심과 식영암(연감)의 관계[34]로 미루어 충분히 짐작된다. 더욱이 앞서 살펴본 <發願偈>에서 '息影沙門 淵鑑'이라 한 점에서 분명하다. 따라서 淵鑑이 거처하는 암자의 이름을 사신의 號로 삼았을 개연성을 쉽게 짐작할 수가 있다.

여기에 한 가지 덧붙일 것은 息影庵을 息影鑑으로 표기한 데 대한 해명이다. 陽村은 <普覺國師碑銘>에 混脩가 禪源寺에서 息影鑑和尙을 뵙고 능엄경을 배워 그 진수를 깊이 터득하였다고[35] 기록한 바 있다. 기존 연구에서는 이 구절의 息影鑑에 대해 분명하게 설명하지 못하고, 위의 기사가 다른 자료와[36] 문맥상 동일한 내용이므로 막연히 같은 사람으로 보아도 무방하다고 얼버무려 왔다. 息影鑑은 息影庵과 淵鑑을 합쳐서 표기한 것으로 설명할 수가 있을 것이다. 승려의 경우 法名의 뒷글자만 지칭하여 義旋을 旋公이라 부르고 禪坦을 坦師라 약칭한 것과 같이, 淵鑑

34) 이종문 교수는 혜심이 입적한 月燈寺의 <竹樓竹記>를 식영암이 지었는데 혜심의 가전 <竹尊者傳>과 부분적으로 흡사하고, 또 식영암의 <丁侍者傳>도 그 내용으로 미루어 월등사에서 지었을 가능성이 크다고 언급하여, 월등사를 중심으로 한 두 사람 간의 영향 관계를 지적한 바 있다.

35) 權近, 같은 곳 : "師諱混脩 字無作 號幻菴 …… 謁息影鑑和尙于禪源 學楞嚴 深得其髓."

36) 成俔, 같은 책 卷6 : "釋混修 號幻庵 …… 後師事息影庵 習楞伽經 衆皆粗得其皮 師獨深味骨髓."

의 鑑字를 號인 息影에 붙여서 표기한 것으로 이해할 수 있다.

그러면 식영암이 王氏 姓을 가진 고려 왕실의 왕족인가를 따져보기로 하자. 다음은 익재의 제자인 鄭誧(1309~1345)가 妙瓊上人에게 써 준 시의 서문이다.

> 내가 젊은 시절 南原에서 놀 때 그 고을의 수재 梁大學을 만난 적이 있는데, 당시에 내가 비록 그를 정성스레 대하지는 않았으나 그윽이 그의 사람됨을 좋아하였다. 그 후 月南長老(淵鑑이다.)를 찾아가서 뵙고 또 그의 아우 雲師와 더불어 종유하였는데, 모두 梁氏의 백씨요 숙씨인지라 뛰어난 재주가 한 집안에 모인 것을 더욱 감탄하였다. 曹溪 妙瓊上人은 곧 梁大學의 아들로 月南長老에게 수학한 자이다. …… 내가 비록 妙瓊을 알지 못하나 이미 그의 부친을 보고 또 그 伯·叔 두 스님을 알건대, 대개 그 학문이 반드시 연원이 있으리니, 어찌 저 평범한 머리를 깎은 무리가 헛된 명예에 혹하고 조그만 성공을 편안히 여기는 자에 비하랴?[37]

위 인용문에 따라 가족관계를 정리하면 月南長老, 梁大學, 雲師는 3형제간이며, 梁大學의 아들이 妙瓊上人인데, 큰아버지인 月南長老에게 배운 것으로 요약할 수가 있다. 그런데 인용문의 原文에 月南長老에 대하여 淵鑑이라고 細註를 달아 놓고 있어 주목된다. 梁大學의 伯氏인 月南長老가 淵鑑이면 그가 곧 息影庵이고, 그의 俗性은 梁氏임을 확인할 수가 있다. 또한 息影庵은 고향이 南原이며[38] 당시에 전라남도 강진 月出

37) 鄭誧, 『雪谷集』 卷下, <贈妙瓊上人詩序> : "予少日游南原 見其郡之秀梁大學 時予雖不款接 竊喜其爲人也 後參月南長老(淵鑑) 又與其弟雲師遊 皆梁之伯叔也 益嘆奇才萃於一門也 有曹溪妙瓊上人 乃大學之子 學於月南者 …… 予雖不識瓊 旣見其父 又知伯叔二師 蓋其學必有淵源 豈比夫尋常髡輩 惑於虛譽而安於小成者乎."

38) 南原梁氏의 내력은 金坵, <梁宅椿墓誌銘>(金龍善, 『高麗墓誌銘集成』, 한림대 아시아문제연구소, 1997, 385면)을 참고할 수 있다. 원래 慶州金氏였는데, 남원으로 이사하면서 양씨로 고쳤다고 한다. 양택춘의 큰아들이 圓悟國師(天英, 安其, 1215~1286)이

山에 있던 月南寺의 長老(高僧)였음도 알 수가 있다. 식영암의 막내 동생인 雲師는 卓然師로도 불렸으며 雲游子라 自號하였는데 필법이 당대에 으뜸이었다고 한다. 그는 李樂軒, 金百鎰(金坵), 李松縉 등과 교유하였다.[39] 閔思平은 그에게 <送雲上人>이라는 시를 써 주기도 하였다.[40] 이 집안은 2대에 걸쳐 息影庵, 雲師, 妙瓊 등 3명의 승려가 나올 정도로 불교와 인연이 깊었음도 알 수가 있다.

요컨대, 김현룡 교수의 德興君說은 위에서 필자가 새로이 제시한 몇몇 결정적인 자료에 의해 견강부회임이 밝혀졌다고 하겠다. 따라서 息影庵에 대해서는 비록 그의 俗名과 구체적인 행적을 알 수는 없지만, 적어도 한때 잘못 덧씌워졌던 附元輩로서의 부정적인 이미지를 벗겨내고 禪의 세계만큼이나 오묘한 高僧의 위치로 회복시킬 필요가 있다고 할 것이다.

4. <정시자전>의 의인화 대상

<丁侍者傳>은 의인 대상과 형식의 특이성 때문에 일찍부터 학계의 관심의 대상이 되었고, 문학사에서도 비중 있게 다루어졌다. 그 의인 대상으로 초기 연구에서는 올챙이로 잘못 파악하기도 하였으나,[41] 이후 지팡이로 보는 것이 거의 정설처럼 되었다. 따라서 <정시자전>에 대해

고, 국사의 동생(淸裕)과 이복동생(行淵)도 승려가 되었다. 식영암도 이 집안일 가능성이 높아 보이나, 그 관련 자료는 찾지 못하였다.

39) 李齊賢, 같은 책 卷4, <樂軒李侍中在通津山齋 金百鎰李松縉兩學士 偕卓然師往謁 路人見者曰 江都地勢 一日東傾 (然師自號雲游子 筆法爲當時之冠)>.

40) 閔思平, 같은 책 卷4, <送雲上人>.

41) 申基亨, 앞의 논문.

중 · 고등학교 교과서, 백과사전, 문학사는 물론 연구논문에 이르기까지 '고려시대의 승려 식영암이 지팡이를 의인화한 작품'이라고 정의하고 있다. <정시자전>을 본격적으로 연구한 조수학 교수[42]는 '丁字形 短杖'이라고 단정하고, '지팡이 가운데서도 錫杖과 같이 虛飾的인 權威를 象徵하는 것이나 長生不老하고 辟穀露餐하는 誕妄的 神仙術을 象徵하는 青藜杖 類와는 매우 距離가 있는 지팡이'라고 부연 설명하였다.

그런데 과연 이와 같이 그 의인 대상을 단순히 지팡이라고 할 수 있을까? 작품 제목의 '丁'字에 대한 선입견이 강하게 작용한 나머지, 그 의인 대상을 特定하는 데 소홀하지는 않았는지? 가전의 경우 의인 대상에 대한 정확한 이해 없이는 작자의 창작의도와 관련한 작품의 문학적 미감을 올바르게 파악할 수가 없다. 이에 본장에서는 정시자에 대한 묘사를 중심으로 의인 대상을 보다 구체화하고자 한다.[43]

우선 정시자의 형태에 대한 묘사와 그 기능의 특징적인 면을 정리해 보면 다음과 같다.

① 형체가 가늘고 길며, 빛깔이 검으면서 광택이 난다[形纖而長 色默(黑)而光].
② 형상이 위로는 가로지르고 아래로는 수직이다[見子形 上横下竪].
③ 외다리이다[吾聞命 欣躍隻脚以來].
④ 붉은 뿔이 높이 솟아서 마치 치받으며 싸울 듯하다[赤角高撑 若觝鬪].
⑤ 검은 눈동자가 툭 불거져 나와 마치 눈을 부릅뜬 것 같다[玄睛挺露

42) 曺壽鶴, 「釋 息影庵 文學研究」, 『高麗時代의 言語와 文學』, 형설출판사, 1982.
43) 필자가 한국학대학원에서 식영암의 정체에 대하여 강의할 때, 權敬烈 군(박사과정 수료)이 의인 대상의 구체화 필요성을 제기한 바 있다. 본고에서 그의 의견을 부분적으로 수용했음을 밝혀둔다.

若瞋怒].

⑥ 소의 머리를 가진 이(포희)가 아버지이고, 뱀의 몸을 가진 이(여와)가 어머니인데 …… 진나라 때 범씨의 가신이 되어 몸에 옻칠하는 기술을 배웠다[其首牛者曰包犧 吾考也 其身蛇者曰女媧 吾妣也 …… 綿代迄于晋俗 而爲范氏家臣 始學漆身之術].

⑦ 당나라 때에 趙州의 문인이 되어 鐵嘴(쇠 주둥이)라는 호를 얻었는데 …… 철취로써 민첩하게 묻고 답한다[降于唐僧 而爲趙老門人 又加鐵嘴之號 …… 鐵嘴以捷問對].

⑧ 직분이 사람을 부지해 주는 데 있으나 …… 적임자가 아니면 감히 부릴 수가 없기 때문에 부지해 준 사람의 수가 대체로 적다[凡吾職在扶侍人 人使吾 吾賤且勞矣 然非其人 莫敢使 故吾所扶侍 蓋寡].

①, ②, ③은 丁字型의 일반적인 지팡이로 보아도 아무런 문제가 없다. 그러나 ④ 이하는 각 부분의 구체적인 모습, 장식, 기능, 사용자에 대한 설명으로 보다 세밀한 검토가 필요하다. 머리에 해당하는 윗부분(丁字型)에 뿔이 난 소머리 형태의 여러 가지 장식이 달려 있고, 또 둥근 원 모양의 눈에 해당하는 무언가가 붙어 있다. 그리고 쇠로 만든 주둥이가 있어 민첩하게 묻고 답한다고 하였는데, 이는 방울이든 고리이든 지팡이에 부착된 물건이 움직일 때마다 소리를 잘 내는 것을 의미한다.

④, ⑤, ⑥, ⑦의 장식과 기능은 일반적인 지팡이에서 볼 수 있는 것이 아니다. 따라서 ⑧에서 '적임자가 아니면 감히 부릴 수가 없다.'고 하였다. 곧 정시자를 부릴 수 있는 자는 특별한 사람이며, 그 적임자는 식영암 이상의 도력을 지닌 인물일 수밖에 없을 것이다. 식영암이 자신을 스승으로 모시고자 찾아온 정시자에게 굳이 각암이라는 고승에게로 가라고 권한 것도 정시자가 덕행이나 수양을 반영하는 일종의 권위적인 상징물인 것으로 여겼기 때문이다.

한편 식영암은 지팡이를 대상으로 <木莁木杖說>을 지은 바 있는데,[44] 그 지팡이의 모양에 대한 설명은 정시자에 대한 묘사와 사뭇 차이가 난다. 즉 지팡이의 재료가 된 모과나무의 특성에서 기인하는 이상한 무늬, 울툭불툭한 마디 눈에 대한 설명 외에는 특별한 것이 없다. 바꾸어 말하면, 정시자는 木杖과 같이 연로자가 짚고 다니는 평범한 지팡이가 아니라는 반증이기도 하다.

이상을 종합해 보면, 정시자는 고승이 지니고 다니는 錫杖으로 일단 추측해 볼 수가 있다. 『불교용어사전』에서는 석장에 대해 다음과 같이 기술하고 있다.[45]

> 비구가 지니고 다니는 18가지 물건 중 하나로서 긴 막대기의 일종. 장두(杖頭)에는 금속으로 만들어진 여섯 개의 고리가 달려 있으며, 서로 부딪쳐 소리를 낸다. 석장을 짚고 걸어 다닐 때 나는 소리를 듣고 금수나 벌레 등이 먼저 피하기를 바라는 목적과 탁발을 다닐 때 문 앞에 기척을 내는 용도로 사용되었다. 끽기라(喫棄羅), 극기라(隙棄羅), 육환장(六環仗), 성장(聲杖), 명장(鳴杖), 지장(智杖), 덕장(德杖), 석(錫).

위의 석장에 대한 정의는 비록 간략하지만 앞서 정시자의 모습을 묘사한 내용과 거의 일치한다. 다만 그것을 사용하는 사람에 대한 설명이 빠져있다. 머리 부분과 거기에 달린 6개의 금속 고리 그리고 그것이 부딪쳐 소리를 내는 기능에 대해, 식영암은 고사를 인용하여 장황하게 묘

44) 息影庵, <木莁木杖說>(『東文選』 卷97) : 굵기는 엄지손가락만하고 길이는 사람 키의 반쯤 되며, 드문드문 이상한 무늬가 있고 마디 눈이 울툭불툭 구슬을 이은 것 같다. 그 머리를 꾸미어 손에 잡고 끌기에 편하게 하고, 그 끝을 마구리하여 단단하게 하고, 칼로 깎고 숫돌로 갈고 붉은 것을 바르고 칠을 하여 완성하였다.

45) 고려대장경연구소, 『불교용어사전』, <석장>.

사했던 것이다. 특히 정시자의 鐵嘴(쇠 주둥이)는 6개의 금속 고리를 가리키는데, 그것을 주석(錫)으로 만든다는 점에서 정시자가 錫杖임이 분명하다고 하겠다. 정시자가 석장일진대, 식영암이 실제 석장을 사용했음도 익재가 그에게 지어준 시에서[46] "지난 날 석장 짚고 기꺼이 찾아줌은, 다만 세상에 알아주는 이 많지 않았기 때문이죠."라고 읊은 데서 확인할 수가 있다.

따라서 <정시자전>은 식영암이 석장을 의인화한 가전으로 규정하는 것이 타당하며, 범범하게 지팡이를 의인화한 것이라고 하기에는 부족하다. 물론 지팡이와 석장이 비슷한 기능을 한다는 점에서 굳이 구분할 필요가 없다고 할 수도 있겠으나, 林椿의 <孔方傳>이 돈을 의인화한 것이지만 구체적으로는 지폐가 아니라 엽전을 대상으로 했다고 해야 옳듯이, <정시자전>도 단순히 지팡이가 아니라 석장을 의인화한 것이라고 구체화할 필요가 있다. 석장을 염두에 두고 <정시자전>을 읽어야 작품 본연의 맛을 제대로 느낄 수가 있는 것이다.

5. 결언

본 연구는 고려 후기의 대표적인 승려 문인인 息影庵과 그의 문학에 대하여 그동안 일부 잘못 알려졌던 오류들을 바로잡기 위하여 집필한 것이다. 즉 식영암이 과연 德興君 譓인가? 아니라면 누구인가? 그리고 <丁侍者傳>이 단순히 지팡이를 의인화한 것인가? 등에 관한 문제를 다시 짚어보고자 하였다.

---

46) 주 13) 참조.

息影庵은 가전 <丁侍者傳>의 작자로 일찍이 학계의 주목을 받았지만, 근년에 그의 정체가 부원배인 德興君 譓로 알려짐으로써, 그의 문학을 이해하는 데 상당한 왜곡을 초래하여 왔다. 선행연구에서 詩句를 잘못 해석하여 그를 고려 왕족으로 오인하는 한편, 출가했다가 환속한 인물로 전락시켰던 것이다. 이에 필자는 선행연구의 논증상의 오류를 조목조목 비판하는 동시에, 高麗寫經 등 그동안 학계에 보고되지 않았던 새로운 자료를 발굴하여 식영암의 참모습을 재조명하고자 하였다. 그 결과, 그는 고향이 南原이고 南原梁氏이며 法名이 淵鑑으로 밝혀졌다. 그는 慧諶의 제자 雲其가 지은 息影庵이라는 암자에서 승려생활을 한 바, 암자의 이름으로 자신의 號를 삼았을 것으로 추정할 수가 있다. 따라서 息影庵을 부원배가 아니라 고승으로서 본연의 자리로 당연히 회복시킬 필요가 있다고 하겠다.

한편 식영암이 지은 가전 <정시자전>은 그동안 지팡이를 의인화한 작품으로 알려져 왔고, 학계에서도 별 문제의식 없이 받아들이고 있다. 그러나 정시자의 형태에 대한 묘사, 장식, 기능, 사용자 등을 종합적으로 검토해 보면, 그 의인 대상은 일반적인 지팡이가 아니라 고승들이 지니고 다니는 錫杖임을 알 수가 있다. 따라서 지팡이류에 석장이 속하기는 하지만, 의인 대상을 보다 구체화하고 한정할 필요가 있다. 어떤 가전 작품을 올바르게 이해하기 위해서는 그 의인 대상을 정확히 파악해야만 한다. <정시자전> 또한 단순한 지팡이가 아니라 석장을 상정하고 읽을 때 비로소 작자의 의도와 작품세계를 제대로 이해할 수가 있을 것이다.

제 5 장

이제현 연보의 실상

1. 서언

우리가 전혀 모르는 한 作家를 연구할 때 가장 먼저 해야 할 작업은 生涯를 파악하는 일이다. 생애의 개략적인 모습을 알아야만, 이를 바탕으로 사상의 이해와 작품의 해석으로 나아갈 수가 있기 때문이다. 이를 위하여 우리는 그 작가의 著述物과 歷史書 등 관련 자료에서 傳記的 事實들을 추출하게 되고, 이 과정에서 저술에 나타나는 干支는 물론이고 行狀·墓誌銘·列傳 등에 기록되어 있는 行迹과 宦歷을 주목하게 된다. 그러나 이러한 작업이 이미 이루어져 있으면 그 수고를 덜 수가 있다. 곧 한 작가의 역사적 행적들을 年代記的으로 기술해 놓은 것이 年譜이다.

연보는 작가에 대한 이해, 즉 作家論의 기초가 된다. 물론 문학연구의 중심이 作品論에 있지만, 문학작품을 보다 심도 있게 총체적으로 이해하기 위해서는 작가와의 유기적인 관계에서 파악해야 한다. 작가론과 연보는 文學外的 事實들을 광범위하게 다루고 또 포괄하고 있다. 따라서 그것이 작가와 작품에 대한 올바른 이해에 歷史性과 客觀性을 부여해 줄 수 있다는 점에서 그 가치가 크다고 하겠다.

연보는 일반적으로 문집의 앞 혹은 뒤에 수록되어 있으나, 양이 많을 경우에는 別冊으로 간행되기도 하였다.[1] 연보는 그 작가의 門人이나 後孫들에 의해 작성되었는데, 문제는 연보 작성자가 일련의 작업을 진행하면서 얼마나 考訂을 철저히 하고 編次를 정확하게 했느냐에 있다. 연보가 한 작가의 삶에 대한 개괄적이면서도 신속한 이해에 요긴하지만, 잘못된 정보는 사실을 오도하고 해석을 그르치게 한다. 지금까지 우리 연구자들은 문집에 附編되어 있는 연보의 신빙성 문제에 크게 관심을 두지 않고 막연히 맞겠거니 하면서 그냥 지나쳐 왔다. 특히 작가론을 전개하면서 연보에 부분적으로 잘못이 있는데도 불구하고, 그러한 사실을 인식하지 못하거나 확인하지도 않은 채 연보를 중심으로 생애를 기술해 왔음도 부인할 수 없다. 본고의 起筆도 바로 여기에서 비롯되었다.

본고에서는 益齋 李齊賢(1287~1367)의 年譜를 분석해 보고자 한다. 지금까지 익재의 생애를 연구한 대부분의 논문들이 연보에 의존했고,[2] 또 관련 자료들 상호 간의 校勘을 소홀히 함으로써 일률적일 정도로 잘못 기술된 내용들이 다수 발견되고 있다. 이에 익재의 연보를 그의 문집인 『益齋亂藁』, 李穡이 쓴 <墓誌銘>, 『高麗史』의 世家와 列傳, 『高麗史節要』 등과 비교 · 교감하여 연보 작성자의 考訂과 編次의 정확성을 따져 보려는 것이다. 또한 기존의 연보에 빠진 내용들을 追補하고, 문학연구

1) 고려시대 문인의 경우 李奎報의 연보는 문집의 앞, 李齊賢의 연보는 문집의 뒤에 수록되고, 李穡의 연보는 별책으로 간행되었다.

2) 徐鏡普, 「李齊賢論」, 『영남대학교 논문집』 13, 1979와 金時晃, 「益齋硏究」, 계명대 박사논문, 1987이 대표적이다. 金乾坤, 「李齊賢 文學硏究」, 한국학대학원 박사논문, 1994에서는 연보의 오류를 일부 지적한 바 있다.

에서 반드시 필요한 作品의 著作年譜도 가능한 한 함께 작성할 것이다. 특히 저작연보의 경우 언제, 어떠한 상황에서 지어졌는가를 확인하게 되면 해당 작품을 보다 정확하게 해석하고 이해할 수가 있다.

2. 『익재난고』의 간행과 <연보>의 편찬

익재는 『西征錄』·『後西征錄』·『屛居遣悶集』·『櫟翁稗說』 등에서 보는 바와 같이 평소 저술한 글들이 매우 많았지만, 일찍이 "선친 東庵께서도 아직까지 文集이 세상에 행해지지 않는데, 하물며 小子이겠는가?" 라고 하며 詩文을 지었다가 즉시 없애버렸는데도, 사람들이 그의 글을 많이 간직해 두곤 했다고 한다.[3)]

『익재난고』의 初刊本은 恭愍王 12년(癸卯, 1363)에 간행되었다.[4)] 막내아들 彰路와 장손 寶林이 익재의 중국기행 기록인 『서정록』·『후서정록』의 작품과 다른 사람들이 보관하고 있던 贈與詩·和答詩·碑銘·送序·記文 그리고 역사 관련 저술, 국내외 정치 관련 문서 등을 두루 수집하여 10권 4책으로 엮고, 익재의 문생인 牧隱 李穡에게 序文을 청하여 『益齋先生亂藁』라는 이름으로 간행한 것이다.[5)] '亂藁'라고 이름을 붙인 것은 시문을 완벽하게 수습하지 못했기 때문으로 보인다. 공민왕 12년은 익재가 죽기 4년 전으로, 익재는 자신의 문집 편찬에 직·간접적으로

3) 李穡, <益齋先生亂藁序> : "先生 著述甚多 嘗曰 先東庵尙未有文集行於世 況少子乎 故於詩文 旋作旋棄 而人輒藏之."

4) 『익재난고』의 간행경위 및 이본, 판본에 대해서는 金時晃, 앞의 논문과 朴現圭, 「益齋亂藁 板本考」, 『書誌學報』 13, 한국서지학회, 1994에서 자세히 다루었다.

5) 李穡, 같은 곳 : "季子大府少卿彰路 長孫內書舍人寶林 相與裒集 爲若干卷 謀所以壽之梓 命予序 ……"

관여하여 조언을 했을 것으로 짐작된다. 시문의 編次가 거의 지은 연대순으로, 그리고 기행시가 유람의 순서대로 배열되어 있는 데서 그 개연성을 찾을 수가 있다.

이어 약 70년 뒤인 世宗 14년(壬子, 1432)에 왕명으로 舊本을 校正·繕寫하여 강원도 원주에서 다시 간행하였는데,[6] 金鑌이 <跋>을 썼다.[7] 또 宣祖 33년(庚子, 1600)에는 익재의 11代孫 慶州府尹 李時發이 주관하여 『益齋亂藁』 10권, 『櫟翁稗說』 4권, 『孝行錄』 1권을 새로 판각하여 간행하였다. 여기에는 本集에 빠진 시문 數篇을 수습하여 卷末에 <拾遺>로 붙였고,[8] 柳成龍의 <跋>과 李時發의 <識>가 붙어 있다.

한편 肅宗 19년(癸酉, 1693)에 경주부윤 許熲이 다시 중간하였는데, 이때 처음으로 익재의 <年譜>가 만들어졌다. 허경의 <重刊識>에 의하면, 舊本에는 年譜가 없었는데, 선생의 후손 世碩이 家藏을 조사하여 간략히 始末을 기록하여 연보를 작성했다고 한다.[9] 이 癸酉本의 연보는 <文忠公益齋先生年譜>라 이름을 붙이고 各面 10행 4장으로 되어 있다. 또 元나라의 年號를 중심으로 한 글자를 올려 擡頭하였으며, 干支가 바뀔 때마다 白圓으로 구분하여 익재의 나이를 표기하고 挾註 雙行으로 譜記를 기술하였다.

譜記의 내용은 家藏本에서 略記했다고 한 대로 매우 소략하다. 李穡이

---

6) 당초 世宗 13년 5월에 崔瀣의 『東人之文』과 함께 鑄字所에서 간행하라고 명이 내렸다(『世宗實錄』 卷52, 세종 13년 5월 을유).

7) 金鑌의 <跋> 이하 『益齋亂藁』의 간행과 관련한 諸家의 序, 跋, 後敍, 識 등은 『益齋亂藁』의 卷頭와 卷末에 수록되어 있다. 이하에서는 출전을 생략한다.

8) 庚子本의 <拾遺>에 수록된 것은 <拱北樓應制詩>, <上征東省書>, <上都堂書>, <修築京城訪大臣時上書>, <雪谷詩序> 등 5편이다(朴現圭, 앞의 논문, 32면).

9) 許熲, <益齋先生文集重刊識> : "舊本無年譜 先生之後孫世碩 摭家藏 略記始末 以示余 并以刊之左 以傳于後."

지은 익재의 <墓誌銘>을 주 자료로 삼아 거의 그대로 수용하고, 『高麗史』의 世家 및 列傳의 일부 기사와 『益齋亂藁』의 내용을 참고했던 것으로 파악된다.[10] 延祐 元年 甲寅(先生 28세) 程朱學의 전래와 白頤正에게서의 師受 관련 기사는 『高麗史』 卷106, <白頤正列傳>에서, 延祐 七年 庚申(先生 34세) 知貢擧로서 崔龍甲 등 33인의 取才와 學士宴 관련 기사는 『고려사』 권35, 충숙왕 7년 9월 조에서, 至正 十一年 辛卯(先生 65세) 權斷征東省事로서 裵佺·鄭天起 등을 貶黜한 기사는 『고려사』 권38, 공민왕 즉위년 11월 조에서 각각 발췌하여 덧붙인 것이다. 그리고 延祐 六年 己未(先生 33세) 忠宣王의 江南 降香 시 吳壽山이 익재의 肖像을 그리고 湯炳龍이 贊을 지었다는 기사는 『익재난고』 권4의 <延祐己未 予從於忠宣王降香江南之寶陀窟 王召古杭吳壽山 令寫陋容 而北村湯先生爲之贊 北歸爲人借觀 因失其所在 其後三十二年 余奉國表如京師 復得之 驚老壯之異貌感離合之有時 題四十字爲識>라는 詩題와 詩에서, 至元 六年 庚辰(先生 54세) 齊化門 酒樓詩 관련 기사는 『익재난고』 권4의 <庚辰四月將東歸 題齊化門酒樓>라는 詩題에서, 至正 十三年 癸巳(先生 67세) 同知貢擧 洪二相(彦博)에게 준 詩가 있다는 기사는 『익재난고』 권4의 <癸巳五月 掌試棘圍 呈同知貢擧洪二相>이라는 詩題에서, 至正 十八年 戊戌의 <送朴大陽按廉>과 <戊戌正朝> 및 十九年 己亥의 <爲孫寶林呈執政>, 二十五年 乙巳의 <湖海照磨還江南> 등도 『익재난고』 권4의 해당 詩題에서 干支를 확인하여 添記한 것이다. 그리고 익재의 父母喪과 妻父母喪에 관한 기사는 해당 墓誌銘을 참고하여 기록했을 것으로 짐작된다.

그러나 『고려사』와 『익재난고』에는 익재와 관련된 干支를 확인할 수

10) 연보 작성에 참고한 자료 및 그 考訂의 정확성 여부는 다음 章에서 자세히 분석하기로 한다.

있는 자료들이 더 많이 있는데도, 연보 작성자가 샅샅이 섭렵하지 못한 것으로 보인다. 또한 이 연보에는 오류도 더러 발견된다. 至元 二十四年 丁亥[忠烈王 十四年], 至大 三年 庚戌[忠宣王 二年], 皇慶 二年 癸丑[忠肅王 元年], 至正 九年 己丑[忠定王 元年] 등에서 고려왕의 年記를 卽位年稱元法과 踰年稱元法을 섞어 표기하고 있다. 간지를 참조하여 유년칭원법으로 통일하면 충렬왕 14년은 13년으로, 충숙왕 원년은 충선왕 5년으로 표기해야 한다. 또한 익재가 洪武 七年 甲寅에 공민왕 廟庭에 配享되었다고 한 기사도 洪武 九年 丙辰(1376)의[11] 잘못이다. 그리고 泰定 元年 甲子(先生 38세)에 上王을 배알하러 가는 도중에 읊은 시들은 忠憤으로 가득 차 있었다고 하였는데, 익재가 朶思麻로 충선왕을 찾아간 것은 이보다 1년 전인 至治 三年 癸亥(先生 37세, 1323)의 일로 확인된다.[12]

이상과 같은 癸酉本 年譜의 부실과 오류는 純祖 14년(甲戌, 1814)에 경주에서 『익재난고』를 補刻하면서 연보도 함께 增補함으로써 비교적 보완되었다. 金魯應의 <益齋先生年譜後敍>에 의하면, 경주에 사는 선생의 후손들이 우리나라의 역사서에 실려 있는 것 가운데 요점만 뽑아서 事實은 <연보>에 彙補하고 著述은 <습유>에 添錄했다고 한다.[13] 이 甲戌本 年譜는 우선 명칭을 <文忠公益齋先生年譜>에서 <益齋先生年譜>로 고치고, 분량을 4장에서 7장으로 늘여 보다 상세하게 기술하였으며, 체제는 이전의 연보를 따랐다. 追補한 내용은 주로 『고려사』, 『익재난고』, 『역옹패설』의[14] 기사에 의거하였으며, 전후의 행적이나 사건전개가 사

11) 李穡이 쓴 <鷄林府院君謚文忠李公墓誌銘>에 丙辰年으로 되어 있고, 뒤에 증보된 甲戌本 <年譜>에서도 丙辰年으로 고쳐져 있다.

12) 『益齋亂藁』 卷2, <至治癸亥四月二十日發京師>.

13) 金魯應, <益齋先生年譜後敍> : "近先生後孫之居于慶者 始斯役 撮要東史之所載 事實則彙補於年譜 著述則添錄於拾遺."

리에 맞도록 이전의 譜記에 부연한 것이 많다. 예컨대 이전의 연보에는 충선왕이 참소를 입고 귀양 간 기사는 빠지고 익재가 충선왕의 移配地로 배알하러 간 기사만 나와 있는데, 이 연보에서는 충선왕의 被讒, 익재의 <黃土店>·<明夷行> 작시, 撒思結의 귀양지, 柳淸臣·吳潛에게의 呈詩, 이배지 朶思麻로의 拜謁 등을 구체적으로 追補하였다. 또한 앞서 지적한 癸酉本 연보의 오류도 거의 수정되었다. 다만 익재의 출생년도인 至正 二十四年 丁亥[忠烈王 十四年]는 충렬왕 13년으로 바로잡지 못하였다. 대신 고려왕들의 元年을 일률적으로 追記하고, 元 順帝의 연호를 元 世祖의 연호인 至元과 구분하여 後至元으로 표기하는 등 세세한 면도 보이고 있다.

한편 1926년에 안동 魯林齋에서 익재의 19대손 李圭錫이 『益齋亂藁』·『櫟翁稗說』·『孝行錄』을 중간하였는데, 여기에 수록된 연보는 甲戌本 거의 그대로이다. 유독 한 군데만 차이가 나는데, 大德 七年 癸卯(先生 17세)의 "權務奉先庫判官 延慶宮錄事" 기사만 빠져 있다.

3. <익재선생연보>의 교감

오늘날 우리가 흔히 접하는 익재의 연보는 甲戌本(1814)과 魯林齋本(1926)이다. 성균관대 대동문화연구원에서 영인한 『高麗名賢集』 2 所載의 연보는 갑술본이고, 민족문화추진회의 『국역 익재집』 뒤에 附編한 연보는 노림재본이다. 본 장에서는 갑술본을 대본으로 하여 이색의 <益

14) 『櫟翁稗說』에서 옮겨온 대표적인 예는 延祐 元年 甲寅(先生 28歲) 충선왕의 물음에 대답한 經明行修之士·雕蟲篆刻之徒 관련 기사와 至治 三年 癸亥(先生 37歲) 則天陵詩 관련 기사를 들 수 있다.

齋墓誌銘>, 『高麗史』 세가 및 열전, 『高麗史節要』, 『益齋亂藁』 등과 대비 · 교감하고, 연보에 빠진 것을 보충하는 한편, 작품의 저작연보도 함께 작성하고자 한다.

○ 至元 二十四年[忠烈王 十四年] **丁亥** (1287)

十二月 庚辰日 先生生. (12월 경진일에 선생이 탄생하였다.)

【校注】 卽位年稱元法을 쓰면 충렬왕 14년이 맞으나, 이 연보의 이하에서 고려왕들의 年紀를 모두 踰年稱元法으로 표기하고 있어 충렬왕 13년으로 고쳐야 한다. 檢校政丞 文定公 李瑱(1244~1321)과 戴陵直 朴仁育의 딸 辰韓國大夫人 사이에서 次男으로 태어났다. 초명은 之公, 자는 仲思, 호는 益齋 혹은 櫟翁, 본관은 慶州이다.[15]

○ 二十五年 戊子 先生 二歲 (충렬왕 14년, 1288)

○ 二十六年 己丑 先生 三歲 (충렬왕 15년, 1289)

○ 二十七年 庚寅 先生 四歲 (충렬왕 16년, 1290)

○ 二十八年 辛卯 先生 五歲 (충렬왕 17년, 1291)

○ 二十九年 壬辰 先生 六歲 (충렬왕 18년, 1292)

---

15) 李穡, 『牧隱文藁』 卷16, <鷄林府院君諡文忠李公墓誌銘>. 이하에서는 <益齋墓誌銘>으로 줄여 쓰기로 한다.

○ 三十年 癸巳 先生 七歲 (충렬왕 19년, 1293)

○ 三十一年 甲午 先生 八歲 (충렬왕 20년, 1294)

○ 元貞 元年 乙未 先生 九歲 (충렬왕 21년, 1295)

○ 二年 丙申 先生 十歲 (충렬왕 22년, 1296)

○ 大德 元年 丁酉 先生 十一歲 (충렬왕 23년, 1297)

○ 二年 戊戌 先生 十二歲 (충렬왕 24년, 1298)

○ 三年 己亥 先生 十三歲 (충렬왕 25년, 1299)

○ 四年 庚子 先生 十四歲 (충렬왕 26년, 1300)

○ 大德 五年 辛丑 先生 十五歲 (충렬왕 27년, 1301)

先生自幼嶷然如成人 旣知爲文 已有作者氣. (선생은 어릴 때부터 뛰어나게 영리하여 成人과 같았고, 글을 지을 줄 알고부터는 이미 作家의 氣風이 있었다.)

是歲 冠成均試 又中丙科 先生曰 此小技耳 不足以大畜吾德 討論墳典 淹貫精硏 折衷以至當 文定公大喜曰 天其或者益大吾門乎 聘夫人權氏 文正公菊齋溥之女 菊齋以知貢擧 仍有東床之選. (이 해에 成均試에서 장원급제하였고, 또 丙科에 급제하였다. 선생이 말하기를, "과거는

작은 재주이니, 이것으로 나의 德을 크게 기르기에는 부족하다." 하였다. 經書를 토론하는 데 있어서는 널리 알고 정밀하게 연구, 절충하여 지당한 데 이르니, 文定公이 크게 기뻐하여 말하기를, "하늘이 아마도 우리 家門을 크게 번창시키려는 것인가!" 하였다. 부인 權氏를 맞아들였는데, 文正公 菊齋 權溥의 딸이다. 국재가 知貢擧로 있었던 것을 계기로 선발하여 사위로 삼았다.)

【校注】 성균관시에서의 장원[冠成均試]은 이색이 <묘지명>에서 잘못 기술한 것[16]을 인용한 것이다. 충렬왕 27년 4월에 常侍 鄭僐이 성균관시의 試官이 되어 77인을 뽑았는데, 李鳳龍이 장원급제하였다.[17] 『高麗史』 卷110, <李齊賢列傳>에는 성균관시에 급제한 사실만 기록하고 있다. 익재는 이해 5월에 丙科에 급제하였는데, 지공거는 밀직사사 菊齋 權溥(초명은 永), 동지공거는 좌부승지 悅軒 趙簡이었고, 盧承綰이 장원하였다.[18]

○ 六年 壬寅 先生 十六歲 (충렬왕 28년, 1302)

○ 七年 癸卯 先生 十七歲 (충렬왕 29년, 1303)

權務奉先庫判官延慶宮錄事. (봉선고판관과 연경궁녹사를 임시로 맡았다.)

【校注】 이 기사가 이색의 <익재묘지명>에는 있으나, 魯林齋本 年譜

---

16) 같은 곳 : "公年十五 鄭常侍僐試成均 學者負其能相頡頏 聞公所作 消縮莫敢爭先 公果爲魁."

17) 『高麗史』 卷74, 選擧2, 科目2, <國子監試> : "忠烈王二十七年四月 鄭僐取李鳳龍等七十七人."

18) 같은 책 卷73, 선거1, 과목1 : "二十七年五月 密直司事權永知貢擧 左副承旨趙簡同知貢擧 取進士 賜盧承綰等三十三人及第."

(1926)에는 빠져 있다.

○ 八年 甲辰 先生 十八歲 (충렬왕 30년, 1304)

○ 九年 乙巳 先生 十九歲 (충렬왕 31년, 1305)

○ 十年 丙午 先生 二十歲 (충렬왕 32년, 1306)

○ 十一年 丁未 先生 二十一歲 (충렬왕 33년, 1307)

○ 至大 元年 戊申 先生 二十二歲 (충렬왕 34년, 1308)

選入藝文館春秋館 館中人推讓 不敢論文 是冬 遷齊安府直講. (藝文館・春秋館에 선발되어 들어가니, 館中의 사람들이 추대하여 사양하면서 감히 글에 대하여 논하지 못하였다. 이해 겨울에 齊安府直講에 옮겨졌다.)

○ 二年 己酉[忠宣王 元年] 先生 二十三歲 (1309)

擢司憲糾正. (司憲糾正에 발탁되었다.)

○ 三年 庚戌 先生 二十四歲 (충선왕 2년, 1310)

遷選部散郎. (選部散郎에 옮겨졌다.)

○ 四年 辛亥 先生 二十五歲 (충선왕 3년, 1311)

再轉典校寺丞三司判官 所居稱職. (다시 典校寺丞과 三司判官에 전임

되었는데, 있는 곳마다 직무에 적합하였다.)

○ **皇慶 元年 壬子 先生 二十六歲** (충선왕 4년, 1312)

選爲西海道按廉使 有古持斧風 陞成均樂正 冬 提擧豊儲倉事. (西海道按廉使에 선발되었는데 옛날 절도사의 풍도가 있었으며, 成均樂正에 올랐다. 겨울에는 提擧豊儲倉事가 되었다.)

○ **二年 癸丑 先生 二十七歲** (충선왕 5년, 1313)

拜內府副令豊儲監斗斛 內府校錙銖尺寸 先生爲之無難色 人曰先生可謂不器君子矣. (內府副令 · 豊儲監斗斛에 제배되었는데, 內府에서 錙銖와 尺寸을 계산할 적에도 전혀 어려워하는 기색을 보이지 않으니, 사람들이 말하기를, "선생은 器局을 한정할 수 없는 군자이다."라고 하였다.)

○ **延祐 元年 甲寅**[忠肅王 元年] **先生 二十八歲** (1314)

時 程朱之學 始行中國 未及東方 白頤正在元 得而東還 先生首先師受. (이때에 程朱學이 中國에 비로소 행해졌으나 우리나라에는 아직 들어오지 않았는데, 白頤正이 元나라에 있다가 이를 배워 돌아오자, 선생이 제일 먼저 사사하여 전수받았다.)

【校注】 연보 작성자가 『고려사』, <백이정열전>에서[19] 인용하여 끼워 넣은 것이다. 백이정의 귀국과 익재의 師受에 관한 干支가 분명하게 확인되지는 않지만, 백이정이 충렬왕 24년(1298) 8월에 宿衛로서 충선왕을 따라 元都에 가서 10년 간 머물다가 程朱全書를 얻어 돌아왔다고 한

19) 같은 책 卷106, <白頤正列傳> : "時 程朱之學 始行中國 未及東方 頤正在元 得而學之東還 李齊賢朴忠佐 首先師受."

바,[20] 즉 충선왕이 충렬왕 34년(1308, 충선왕 즉위년) 8월에 奔喪하기 위하여 귀국할 때 같이 왔다고 보면 10년의 계산이 정확히 맞다. 한편 충숙왕 원년(1314, 28세) 1월에 익재는 충선왕의 부름으로 元都에 도착하므로,[21] 위의 기사대로라면 실제 백이정으로부터 程朱學을 배울 겨를이 없게 된다. 따라서 백이정이 귀국한 해는 1308년,[22] 익재의 나이 22세의 일로 추정되며, 익재는 이후 萬卷堂에 가기 전 약 6년 간 그의 문하에 출입하며 수학했던 것으로 보인다. 이 기사는 익재의 나이 22세(至大元年 戊申, 1308)로 옮겨야 할 것이다.

初 忠宣王佐仁宗 定內難 迎立武宗 故於兩朝寵遇無對 遂請傳國于忠肅 以太尉留京師邸 構萬卷堂 考究以自娛 因曰 京師文學之士 皆天下之選 吾府中 未有其人 是吾羞也 召先生至都 元學士姚燧閻復元明善趙孟頫 咸遊王門 先生周旋其間 學益進 諸公嘆賞不置. (처음에 忠宣王이 元 仁宗을 도와 內難을 평정하고 武宗을 迎立하였으므로, 兩朝의 寵遇가 비길 데 없이 컸다. 왕이 드디어 忠肅王에게 傳位할 것을 원나라에 청하고, 자신은 太尉로 京師의 王邸에 있으면서 萬卷堂을 짓고 학문 연구하는 것으로 즐거움을 삼았다. 인하여 이르기를, "경사의 文學士는 모두 천하에서 선발한 사람들인데, 나의 府中에는 아직 이런 사람이 없으니, 이것이 나의 수치다."라 하고 선생을 불렀으므로, 경사에 갔었다. 元나라의 학사인 姚燧 · 閻復 · 元明善 · 趙孟頫 등이 모두 王의 문하에 놀았는데, 선생이 그 사이에 周旋하여 그들과 從游하면서 학문이 더욱 진보

20) 『彛齋先生實記』 卷1, 白文寶, <白頤正行狀> : "戊戌 元遣使 冊世子爲王 卽忠宣王也 八月 徵王入朝 王如元 公以宿衛從之 留都下十年 得程朱全書而歸."

21) 李穡, <益齋墓誌銘> : "召至都 實延祐甲寅正月也."

22) 金乾坤, 앞의 논문, 8면, 각주 11)에서 충선왕 즉위년(1308)을 충선왕 원년(1309)으로 잘못 계산하였기에 바로잡는다.

되었으므로 諸公이 칭찬하여 마지않았다.)

【校注】 大德 11년(1307) 1월 원나라 成宗이 황태자도 세우지 못하고 갑자기 죽자, 후계자 다툼 끝에 武宗이 즉위하였는데, 이 과정에서 충선왕은 定策의 功으로 瀋陽王에 봉해졌다.[23] 충선왕은 즉위 후에도 원나라에 가서 5년 간 머물며 귀국하지 않고, 충선왕 5년(1313) 3월에 맏아들 燾(충숙왕)에게 傳位할 것을 원에 요청하여 허락을 얻었다. 그가 太尉王이라 자처한 것은 충숙왕 3년(1316) 3월 瀋陽王의 자리를 養子 暠에게 물려준 뒤부터이다. 이와 같이 1314년(충숙왕 원년)의 기사에 1307, 1313, 1316년의 일이 섞여있는 것은 충선왕의 萬卷堂과 관련한 전후의 사정을 설명한 것이다. '萬卷堂'이라는 명칭은 이색이 <익재묘지명>에서 처음으로 언급했으나, 익재는 '濟美基德堂'이라 하였다.[24]

익재가 京師(元都)의 만권당에 도착한 것은 이 해(1314) 1월이다. 당시 만권당에 드나들며 충선왕과 서로 교유한 원나라의 文士들은 姚燧(1239~1314), 閻復(1236~1312), 元明善(1269~1322), 趙孟頫(1254~1322) 외에 蕭𣂏(1241~1318), 洪革(?), 張養浩(1269~1329), 王構(1245~1307), 虞集(1272~1348) 등이다. 이들은 元나라 武宗이 즉위하고 仁宗이 황태자가 되었을 때(1307~1310) 충선왕이 太子太師가 되면서부터 출입하였다.[25] 따라서 이들의 생몰연대로 볼 때 閻復과 王構는 충선왕과는 교유하였지만 익재와는 만날 수가 없었다. 원나라 문사들과의 교유에 따른 익재의 학문 진전에 대하여,

---

23) 『益齋亂藁』 卷9 상, <忠憲王世家> : "武宗仁宗龍潛 與王同臥起 晝夜不相離 大德十一年 王與丞相達罕等定策 奉仁宗掃內難 以迎武宗 功爲第一 封瀋陽王."

24) 같은 곳 : "王旣謝兩王位 留京師邸 稱病不朝 請所居堂名濟美基德."

25) 같은 곳 : "仁宗爲皇太子 王爲太子太師 一時名士 姚燧蕭𣂏閻復洪革趙孟頫元明善張養浩輩多所推轂 以備宮官." ; 같은 책 卷9 하, <太祖贊> : "忠宣 聰明好古 中原博雅之士 如王構閻復姚燧蕭𣂏趙孟頫虞集 皆遊其門 盖嘗與之尙論也."

이색은 "원나라 조정의 大儒·搢紳들과 교유하여 견문을 넓히고 기질을 변화하여 학문을 연마한 결과 진실로 正大高明한 학문의 경지에 이르게 되었다."고 평가한 바 있다.[26]

上王問於先生曰 我國古稱文物侔於中華 今其學者 皆從釋子 以習章句 雕蟲篆刻之徒寔繁 而經明行修之士絶少 其故何也 先生對畧曰 殿下誠能廣學校謹庠序 尊六藝明五教 以闡先王之道 孰有背眞儒而從釋子 舍實學而習章句者哉 將見雕蟲篆刻之徒 盡爲經明行修之士矣 王嘉納. (上王이 선생에게 묻기를, "우리나라는 예로부터 文物이 중국과 같다고 일컬어왔는데, 지금 學者들은 모두 佛子를 추종하여 章句나 익혀 문장을 꾸미는 무리들이 번성하고 있는 반면, 經書에 밝고 행실을 닦는 선비가 매우 적은데, 그 이유는 무엇인가?" 하니, 이에 대하여 선생이 답한 내용은 대략, "전하께서 진실로 學校를 넓히고 庠序를 근엄하게 하고 六藝를 높이고 五教를 밝혀 先王의 道를 闡明하신다면, 누가 眞儒를 배반하고 佛子를 추종하며 實學을 버리고 章句를 익힐 자가 있겠습니까? 장차 문장을 꾸미기만 하던 무리들이 모두 경서에 밝고 행실을 닦는 선비가 되는 것을 보게 될 것입니다." 하니, 왕이 아름답게 여겨 받아들였다.)

【校注】『櫟翁稗說』前集1에서 抄錄한 것이다. 이외에도 익재와 충선왕 간에는 고려 太祖가 거란이 보낸 낙타를 굶겨 죽인 이유에 대하여 문답한 적이 있으며,[27] 또 충선왕이 만권당에서 원나라 문사들과 교유하며 지은 시 가운데 "닭소리는 흡사 문전의 버들가지 같다[鷄聲恰似門前柳]."라는 시구에 대하여, 원나라 문사들이 그 用事의 출처를 물었을 때

26) 李穡, <益齋先生亂藁序> : "朝之大儒搢紳先生 …… 咸遊王門 先生皆得與之交際 視易聽新 摩厲變化 固已極其正大高明之學."

27) 『櫟翁稗說』前集1.

왕이 미처 대답을 하지 못하고 난처해하자, 익재가 나서서 우리나라 사람의 시에 "지붕 위에 해가 뜨자 금 닭이 울어, 흡사 수양버들 간드러지듯 길구나[屋頭初日金鷄唱 恰似垂楊裊裊長]."라는 시구가 있는데, 닭 울음소리의 가늘고 긴 것을 버들가지에 비유한 것으로 韓愈의 시에도 이러한 시구가 있다고 대답하여, 충선왕의 체모를 살리고 자신의 詩才를 과시한 바도 있다.[28]

【著作】『익재난고』 권1, <鳳州龍湫>,[29] <楊花>.[30]

○ 二年 乙卯 先生 二十九歲 (충숙왕 2년, 1315)

遷選部識郎 秋 兼拜成均祭酒. (選部議郎에 옮겨지고 가을에는 成均祭酒에 겸하여 제배되었다.)

○ 三年 丙辰 先生 三十歲 (충숙왕 3년, 1316)

判典校寺事 四月遷進賢館提學 奉使西蜀 所至題詠 膾炙人口. (判典校寺事가 되었으며, 4월에 進賢館提學에 옮겨져 使命을 받들고 西蜀에 갔었는데, 이르는 곳마다 시를 지었는데 사람들의 입에 회자되고 있다.)

---

28) 徐居正, 『東人詩話』 卷上 : "高麗忠宣王入元朝 開萬卷堂 學士閻復姚燧趙子昂 皆遊王門 一日 王占一聯云 鷄聲恰似門前柳 諸學士問用事來處 王默然 益齋李文忠公從傍卽解曰 吾東人詩 有屋頭初日金鷄唱 恰似垂楊裊裊長 以鷄聲軟 比柳條之輕纖 我殿下之句用是意也 且韓退之琴詩曰 浮雲柳絮無根蔕 則古人之於聲音 亦有以柳絮比之者矣 滿座稱歎."

29) 봉주 용추는 황해도 鳳山의 神龍潭이다(『신증동국여지승람』 권41, 황해도, 봉산군, 산천). 『국역 익재집』에는 중국 陝西省 鳳縣이라고 잘못 註를 달았다. 『익재난고』의 첫번째에 수록되어 있고 네번째 詩부터 西蜀行 때 지은 점을 감안하면 익재가 충선왕의 부름으로 元都에 가면서 지은 것으로 보인다(池榮在, 「益在 西蜀行 詩의 硏究」, 『東洋學』 17, 단국대, 1987).

30) 『益齋亂藁』 卷1의 두번째 시이고, 제7구의 "却憶東皐詩書處"를 고려할 때 元都의 만권당에 있을 때 지은 것으로 보인다.

【校注】 이 해 7월경[31] 峨眉山에 奉祀하기 위하여[32] 元都를 출발하여 九店, 定興, 新樂, 中山府, 井陘, 汾河, 祁縣, 黃河, 華陰, 茂陵, 馬嵬, 大散關, 褒城驛, 棧道, 蜀道, 劍門, 成都, 錦江, 符文鎭, 峨眉山에 이르고, 다시 雷洞平, 靑神, 眉州, 成都, 長安, 華陰, 函谷關, 澠池, 孟津, 元都로 돌아왔다.[33] 이때 지은 시들을 묶은 것이 『西征錄』이고, 그 序文은 楚僧 可茅屋이 썼다.[34]

【著作】 『익재난고』 권1, <楊安普國公宴太尉瀋王于玉淵堂>[35] 및 『익재난고』 권1 소재 <七夕>에서 <比干墓>까지의 漢詩 27題와 권10 소재 木蘭花慢調 <書李將軍家壁>까지의 長短句 18闋이 西蜀行 時의 작품이다(鷓鴣天調의 〈九月八日寄松京故舊〉, 〈飮麥酒〉, 〈揚州平山堂今爲八哈師所居〉, 〈鶴林寺〉 제외).

○ **四年 丁巳 先生 三十一歲** (충숙왕 4년, 1317)

拜選部典書 九月 奉命如元 賀上王誕日. (選部典書에 제배되었고, 9월에는 命을 받들고 元나라에 가서 上王의 誕日을 축하하였다.)

---

31) 『益齋亂藁』 卷1, <八月十七日放舟向峨眉山> 詩題로 미루어, 8월 17일에 成都에서 다시 뱃길로 아미산으로 향한 것으로 보면, 里程上 8월 이전에 元都를 출발한 것으로 추측된다(金庠基, 「李益齋의 在元生涯에 對하여」, 『大東文化硏究』 1, 대동문화연구원, 1963, 233면).

32) 『櫟翁稗說』 後集1 : "延祐丙辰 予奉使祠峨眉山 道趙魏周秦之地 抵岐山之南 踰大散關 過褒城驛 登棧道 入劍門 以至成都 又舟行七日 方到所謂峨眉山者."

33) 池榮在, 앞의 논문에서 旅程과 著作地點을 자세히 분석하였다.

34) 崔瀣, 『拙藁千百』 卷1, <李益齋後西征錄序> : "益齋先生在延祐初 奉使降香峨眉山 有西征錄 楚僧可茅屋序矣."

35) 충선왕이 太尉라 칭한 것이 1316년(충숙왕 3년)이고, 『익재난고』의 編次上 이 시 다음에 <七夕>이 있어 西蜀行 직전에 지은 것으로 보인다.

○ 五年 戊午 先生 三十二歲 (충숙왕 5년, 1318)

○ 六年 己未 先生 三十三歲 (충숙왕 6년, 1319)

從上王降香江南 王於樓臺風物 寓興遣懷 每從容曰 此間 不可無李生也 王召古杭吳壽山 命寫眞像 而北村湯先生爲之贊 後三十二年 先生奉國表如京師 得見其寫眞 有我昔留形影之句. (江南에 降香하러 가는 上王을 호종하였는데, 상왕이 이름난 樓臺와 아름다운 경치를 만나 흥이 일어 회포를 풀 적마다 조용히 말하기를, "이러한 곳에 李生이 없을 수 없다."고 하였다. 상왕이 古杭 吳壽山을 불러 선생의 초상을 그리게 하였는데, 北村 湯先生이 贊을 썼다. 그 뒤 32년 만에 선생이 國表를 받들고 京師에 갔다가 자신의 초상을 얻어 보고, "내가 예전에 그림자를 남겼다."라고 읊은 시구가 있다.)

【校注】 3월에 상왕(충선왕)이 황제에게 御香 내려주기를 청하여 그것을 받들고 江蘇 · 浙江지방을 유람하고 寶陀山에 이르렀다가 돌아왔다. 익재와 權漢功이 호종하였으며, 도중의 山川과 勝景을 기술하여 『行錄』 1권을 지었다.[36] 익재의 초상을 그린 吳壽山은 어떤 판본에는 陳鑑如로 되어 있고, 湯炳龍의 贊은 익재의 "我昔留形影 青青兩鬢春"이라 한 詩와 함께 『익재난고』 권4에 수록되어 있다.[37]

익재는 충목왕 4년(1348) 12월 충목왕이 죽자, 뒤에 충정왕과 공민왕이 된 왕자 중에서 한 사람을 택하여 후왕을 결정해 달라는 내용의 表文을 가지고 원나라에 갔다. 그러나 1319년(己未, 익재 33세)으로부터 32년

36) 『高麗史節要』 卷24, 충숙왕 6년 3월 : "三月 上王請于帝降御香 南遊江浙 至寶陀山而還 權漢功李齊賢等從之 命從臣記所歷山川勝景 爲行錄一卷."

37) 『益齋亂藁』 卷4, <延祐己未 予從於忠宣王 降香江南之寶陀窟 …… 題四十字爲識>.

후는 1351년이어서 햇수 계산의 착오로 보인다. 한편 이색은 익재의 西蜀行과 江南行의 中原遊覽을 평하여, 만 리가 넘는 거리를 오고가는 동안 웅장한 산하와 이상한 풍속, 옛 성현들의 고적 등 宏博하고 絶特한 경관을 남김없이 널리 봄으로써 그의 호탕하고 신기한 기운이 자못 사마천에 뒤지지 않았다고 하였다.[38]

【著作】『익재난고』 권1, <舟中和一齋權宰相漢功>에서 <淮陰漂母墓>까지의 한시 13題가 江南行 時의 작품이다.

○ **七年 庚申 先生 三十四歲** (충숙왕 7년, 1320)

七月 知密直事 賜端誠翊贊功臣號 又賜土田臧獲 以賞燕吳侍從功 奏授高麗王府斷事官. (7월에 知密直司事로 端誠翊贊功臣號를 하사받았고, 또 토지와 臧獲을 하사받았으니, 이는 吳・燕지방에서 侍從한 공 때문이었다. 奏請하여 高麗王府斷事官을 제수하였다.)

九月 知貢擧 取崔龍甲李穀等 王嘉其得人 賜銀瓶五十米百石 令辦學士宴. (9월에는 知貢擧가 되어 崔龍甲・李穀 등을 뽑았는데, 왕이 인재 얻은 것을 가상히 여겨 銀瓶 50개와 쌀 1백石을 주어 學士宴의 비용으로 쓰게 하였다.)

【校注】이때 同知貢擧는 朴孝修였는데, 충숙왕이 은병 50개와 쌀 100석을 하사한 것은 박효수의 청백함을 가상하게 여겼기 때문이다.[39] 따라서 학사연 비용과 관련한 기사는 제외되어야 한다. 대신 익재가 지

---

38) 李穡, <益齋先生亂藁序> : "奉使川蜀 從王吳會 往返萬餘里 山河之壯 風俗之異 古聖賢之遺跡 凡所謂閎博絶特之觀 既已包括而無餘 則其疎蕩奇氣 殆不在子張下矣."

39) 『高麗史節要』 卷24, 충숙왕 7년 9월 : "賜崔龍甲等三十三人及第 李齊賢朴孝修所取也 王嘉孝修淸白 賜銀瓶五十米百石 令辦學士宴." ; 『高麗史』 卷35, 충숙왕 7년 9월 및 같은 책 卷109, <朴孝修列傳>에도 같은 기사가 있다.

공거로서 문생들을 거느리고 아버지의 장수를 축하하였을 때 충선왕이 은병 200개와 쌀 500석을 주어 비용으로 쓰게 하였는데 부모가 다 건강하였으므로 당시 사람들이 영광으로 여겼다는 기사를[40] 넣을 수가 있다.

冬 如元至黃土店 聞上王見讒不能自明 不勝憂憤 作詩三篇 又作明夷行一篇. (겨울에 元나라에 가다가 黃土店에 이르러, 上王이 참소를 받았는데 능히 스스로 변명하지 못하였다는 말을 듣고는 울분을 이기지 못하여 詩 3편을 짓고, 또 <明夷行> 1편을 지었다.)

【校注】 <묘지명>에는 익재가 충숙왕 9년(1322, 36세) 겨울에 원나라에 간 것으로[41] 잘못 기록되어 있다.[42] 충선왕은 충숙왕 7년(1320) 12월에 고려 출신의 환관으로 원나라 황실의 총애를 받고 있던 伯顔禿古思가 충선왕에 대한 舊怨을 품고[43] 왕의 好佛을 구실삼아 元 英宗(이 해에 충선왕과 가깝던 인종이 죽고 영종이 즉위함.)에게 誣告함으로써 원나라 승상 拜住(伯住)의 도움으로 죽음은 면하고 西蕃의 撒思結로 귀양 갔다. 이때 왕을 시종하던 재상 崔誠之 등은 모두 도망가고 오직 直寶文閣 朴仁幹과 前大護軍 張元祉 등이 귀양지까지 따라갔다.[44]

【著作】 『익재난고』 권1, <北上>에서 권2, <明夷行>까지의 12題가 이때 지은 작품이다.

---

40) 『高麗史』 卷109, <李瑱列傳> : “七年 子齊賢掌試 領門生稱壽 忠宣賜銀甁二百米五百石 以供其費 瑱及妻 皆康强無恙 當世榮之.”

41) 李穡, <益齋墓誌銘> : “至治壬戌冬 還京師 未至 忠宣王被讒出西蕃.”

42) 金乾坤, 앞의 논문, 11면. 각주 24)에서도 <益齋墓誌銘>을 따라 잘못 기술했기에 바로잡는다.

43) 『高麗史』 卷122, <任伯顔禿古思列傳> : 백안독고사가 어느 때인가 무례한 행동을 하였으므로 충선왕이 황태후에게 청하여 杖刑을 가하고 남에게서 빼앗을 토지와 노비를 몰수하게 한 바 있다.

44) 같은 책 卷35 및 『高麗史節要』 卷24, 충숙왕 7년 12월.

○ 至治 元年 辛酉 先生 三十五歲 (충숙왕 8년, 1321)

時 上王竄吐蕃撒思結之地 去京師萬五千里 先生守京師邸 作詩呈柳清臣吳潛 以敍憤懣之意. (이때에 상왕이 吐蕃의 撒思結이라는 곳에서 귀양살이를 하고 있었는데, 京師와의 거리가 1만 5천 리였다. 선생이 경사의 王邸를 지키면서 시를 지어 柳淸臣·吳潛에게 보내고 분하고 억울한 마음을 토로하였다.)

【著作】『익재난고』 권2, <烏頭白送朴仁幹>과 <在上都奉呈柳政丞淸臣吳贊成潛>을 지었다.

丁文定公東庵憂. (文定公 東庵의 喪을 당하였다.)

【校注】 익재의 부친 李瑱(1244~1321)은 이 해 9월에 죽었다. 字는 溫古, 號는 東庵이다. 어려서부터 학문을 좋아하여 百家에 두루 능통하였으며, 특히 詩를 잘 짓기로 명성이 있어서 사람들이 혹 强韻으로 시험하더라도 붓을 잡자마자 곧 지어내기를 마치 미리 구상했던 것을 쓰듯 하였으므로, 당시의 尙書 李松縉이 한 번 보고는 기이하게 여겨 大器라고 칭찬하였다고 한다. 安東府使로 나가서는 民弊를 제거하고 學校를 일으키는 것을 주된 업무로 삼았으며,[45] 安珦의 천거로 經史敎授都監使를 역임하였고[46] 檢校政丞으로 致仕하였다. 벼슬에서 물러나서는 한가롭게 지내며 唐나라 白樂天의 洛陽九老會와 고려 중기 崔讜의 海東耆老會를 흠모하여 海東後耆老會를 열고[47] 날마다 宿儒·老僧들과 더불어 詩酒로 세월을 보냈다.[48] 한편 그는 익재의 勢를 믿고 다른 사람의 노비를 많이

45) 『高麗史』 卷109, <李瑱列傳> : "少好學 博通百家 有能詩聲 人或試以强韻 援筆輒賦若宿構然 尙書李松縉 一見奇之曰 大器也 …… 出爲安東府使 以祛民弊興學校爲務."

46) 같은 책 卷105, <安珦列傳>.

47) 崔瀣, 『拙藁千百』 卷1, <海東後耆老會序>.

48) 『高麗史』 같은 곳 : "及解官居閑 日與儒釋 逍遙詩酒間."

탈취하여 원망을 샀으며, 심지어 어떤 이는 그의 문간에 목을 매기까지 하였다.[49)]

○ 二年 壬戌 先生 三十六歲 (충숙왕 9년, 1322)

○ 三年 癸亥 先生 三十七歲 (충숙왕 10년, 1323)

元議置征東省於我東 比內地 先生如元 上書都堂 以中庸九經章綏遠人之義辨之 請國其國人其人 其議遂寢. (元나라가 우리나라에 征東省을 설치하여 중국과 같이할 것을 의논하므로, 선생이 원나라에 가서 都堂에 글을 올려 『中庸』의 「九經章」에 있는 "먼 데 사람을 편안하게 한다."는 뜻으로 辨析하고, 그 나라와 그 사람을 그대로 있게 하여 달라고 청하니, 그 의논이 드디어 중지되었다.)

【校注】 충숙왕 10년 1월에 유청신과 오잠이 도당에 상서하여 고려에도 성을 세워 원나라 본국과 같이해 줄 것을 요청하였다.[50)] 이때 익재의 벼슬은 都僉議司使에 있었다.[51)]

【著作】『익재난고』 권6, <在大都上中書都堂書>가 立省策을 중지시킨 글이다.

時 上王尙在吐蕃 先生上書元郎中及丞相拜住 請賜還 辭旨懇惻 忠憤激切 拜住請于帝 量移于朶思麻之地 先生往謁上王 踰隴抵洮 跋涉鬼蜮之境 謳吟途中 忠憤藹然 是行 道過則天墓 留詩一篇 畧曰 那將周餘分黷我唐日月 又作小序 以譏歐公之失 後得朱子感興詩 如何歐陽子 秉筆

49) 같은 곳 : "瑱嘗倚齊賢勢 多奪人臧獲 哀訴者日踵門 校勘崔沔縊於瑱門 辨違都監決還沔家."
50) 같은 책 卷35, 충숙왕 10년 1월 : "柳淸臣吳潛上書都省 請立省比內地 不從."
51) 같은 곳 및 『高麗史節要』 卷24, 충숙왕 10년 1월.

迷至公之一篇 自驗其識之正. (이때에 상왕이 아직 토번에 있었으므로 선생이 元郎中과 丞相 拜住에게 글을 올려 돌아오게 하여 줄 것을 청하였는데, 말의 뜻이 懇惻하고 忠憤이 激切하였다. 이에 감동한 배주가 황제에게 청하여 朶思麻라는 곳으로 量移되었다. 선생이 상왕을 배알하러 갔었는데, 隴山을 넘고 洮水를 건너는 험한 길을 가면서 도중에 읊은 詩들은 모두 忠憤으로 가득 차 있었다. 이 여행길에서 則天武后의 墓를 지났는데, 시 한 편을 남겼다. 대략 이르기를, "어찌 周나라의 여분으로, 우리 唐나라의 일월을 더럽혔는가?"라 하고, 또 小序를 지어 歐陽脩의 잘못을 기롱하였는데, 뒤에 朱子의 <感興詩>에서 "어찌하여 구양자는 사필잡고 지극히 공정한 사실을 흐리게 했는가?"라고 한 1편을 얻어 보고 스스로 자신의 識見이 정대하였음을 징험하였다.)

【校注】 이 해 1월에 익재는 崔誠之와 함께[52] 元郎中과 拜住에게 글을 올려 충선왕의 放免을 위해 힘써 줄 것을 요청하였으며, 拜住의 도움으로 2월에 충선왕이 朶思麻로 量移되었고,[53] 원나라 晉宗이 즉위하여 9월에 충선왕을 사면함으로써 11월에 元都로 돌아왔다.[54] 익재는 4월에[55] 왕을 拜謁하러 갔는데, 往返間에 지은 시들을 『後西征錄』으로 펴냈다.[56] 則天武后와 관련한 익재의 春秋筆法은 『익재난고』 권3, <則天陵>과 『역옹패설』 후집1에서 볼 수 있다. 歐陽脩는 측천무후가 正統이 아닌 閏統에 해당되는데도 『新唐書』의 <唐紀>에 포함시켰다. 주자의 감흥시는 <齋居感興>으로[57] 3·4句는 "唐經亂周紀 凡例孰此容[唐經에다

52) 같은 곳.

53) 같은 곳, 2월.

54) 같은 곳, 12월 : "上王 寄書宰樞曰 寡人於十一月十日 到大都."

55) 『益齋亂藁』 卷2, <至治癸亥四月二十日發京師>.

56) 崔瀣, 『拙藁千百』 卷1, <李益齋後西征錄序>.

周紀로 어지럽혔으니, 이 범례를 그 누가 용납하리.]"이다.

【著作】『익재난고』 권2, <至治癸亥四月二十日發京師>에서 권3, <朝那>까지의 한시 35제와[58] 권6, <上伯住丞相書> 및 <同崔松坡贈元郎中書>가 이때 지어졌다.

○ **泰定 元年 甲子 先生 三十八歲** (충숙왕 11년, 1324)

加匡靖大夫密直司事. (匡靖大夫 密直司事를 더하였다.)

【校注】 密直司事에 임명된 것은 이 해 2월이다.[59]

○ **二年 乙丑 先生 三十九歲** (충숙왕 12년, 1325)

改賜推誠亮節功臣號 再轉僉議評理政堂文學 封金海君. (推誠亮節로 공신호를 고쳐 하사했으며, 다시 僉議評理·政堂文學으로 轉任되고, 金海君에 봉하였다.)

【校注】 공신호를 받고 정당문학에 임명된 것은 이 해 11월이다.[60] 김해군에 封君된 기사는 干支를 확실하게 밝히지 않은 『고려사』, <이제현열전>에서 잘못 인용한 것으로 보인다. <열전>에서는 여러 해의 宦歷을 묶어서 기술하였는데, 密直司事(충숙왕 11년)와 功臣號·僉議評理·政堂文學(충숙왕 12년)을 함께 기술하고, 이어서 封君 기사를 기술하였다.[61]

57) 朱熹, 『朱子大全』 卷4.

58) 金乾坤, 앞의 논문, 11면에서는 『益齋亂藁』 卷3, <涇州>까지 26題라고 하였으나, 그 다음에 있는 <憶松都八詠>을 朶思麻行 때 송도를 생각하며 지은 것으로 보면 그 다음의 <朝那>까지 포함시킬 수 있다.

59) 『高麗史』 卷35, 충숙왕 11년 2월.

60) 같은 곳, 충숙왕 12년 11월.

61) 같은 책 卷110, <李齊賢列傳> : "加密直司事 賜推誠亮節功臣號 再轉僉議評理政堂文學 又封金海君."

반면 <익재묘지명>에는 "後至元丙子 以三重大匡 封金海君"이라고 干支가 분명히 밝혀져 있다. 곧 충숙왕 후5년(1336, 선생 50세)으로 封君 기사를 옮겨야 할 것이다.

○ 三年 丙寅 先生 四十歲 (충숙왕 13년, 1326)

移三司使. (三司使에 옮겨졌다.)

○ 四年 丁卯 先生 四十一歲 (충숙왕 14년, 1327)

○ 致和 元年 戊辰 先生 四十二歲 (충숙왕 15년, 1328)

○ 二年 己巳 先生 四十三歲 (충숙왕 16년, 1329)

○ 至順 元年 庚午 先生 四十四歲 (충숙왕 17년, 1330)

忠惠王權國 復爲政堂文學 未幾罷. (忠惠王이 다시 왕위에 올라 다시 정당문학을 삼았으나 얼마 안 되어 파하였다.)

【校注】 다시 정당문학이 된 것은 4월이다.[62]

○ 二年 辛未 先生 四十五歲 (충혜왕 1년, 1331)

○ 三年 壬申 忠肅王 後元年 先生 四十六歲 (충숙왕 후1년, 133

【著作】『익재난고』 권4, <壬申十一月晦日>.

---

62) 같은 책 권36, 충숙왕 17년 4월.

○ 元統 元年 癸酉 先生 四十七歲 (충숙왕 후2년, 1333)

○ 二年 甲戌 先生 四十八歲 (충숙왕 후3년, 1334)

○ 後至元 元年 乙亥 先生 四十九歲 (충숙왕 후4년, 1335)

○ 二年 丙子 先生 五十歲 (충숙왕 후5년, 1336)

以三重大匡 領藝文館事. (三重大匡으로 領藝文館事가 되었다.)

【校注】 泰定 二年 乙丑(충숙왕 12년, 1325, 39세)의 金海君에 被封된 기사를 옮겨와야 한다.

【著作】『익재난고』 권4, <中庵掌試後賀宴席上>.[63]

○ 三年 丁丑 先生 五十一歲 (충숙왕 후6년, 1337)

○ 四年 戊寅 先生 五十二歲 (충숙왕 후7년, 1338)

○ 五年 己卯 先生 五十三歲 (충숙왕 후8년, 1339)

二月 忠肅王薨 政丞曹頔 脅百官 屯兵永安宮 宣言逐去君側惡小 陰爲瀋王地 忠惠王 率輕騎擊殺之 其黨之在都者甚衆 必欲抵王罪 元遣使召王 人心危疑 禍且不測 先生憤不顧曰 吾知吾君之子而已 從之如京師代舌以筆 事得辨析. (2월에 忠肅王이 薨하자 政丞 曹頔이 百官을 위협하여 군대를 永安宮에 주둔시키고, 임금 곁의 나쁜 소인들을 쫓아내기 위해서라고 宣言하면서, 몰래 瀋王의 地盤을 만들었다. 忠惠王이 정예기병을 거느리고 가서 쳐 죽였으나, 그 黨與로서 京都에 있는 자가 매우

63) 蔡洪哲이 지공거를 맡은 것은 충숙왕 후5년(1336) 1월이다.

많아 왕을 기필코 죄에 얽어 넣으려 하였다. 이리하여 元나라가 사신을 보내어 왕을 소환하니 人心이 두려워하고 의아해하였으며, 화를 예측할 수 없게 되자 선생은 격분하여 몸을 돌보지 않고 말하기를, "나는 내가 우리 임금의 신하인 것만 알 뿐이다."라 하고, 왕을 따라 경도에 가서 말 대신 글을 올리니 일이 순리대로 辨別되었다.)

【校注】 충숙왕의 薨去는 이 해 3월이다.[64] 조적이 8월에 난을 일으켜 그 무리들이 원나라 조정에 호소함으로써 11월에 頭麟 등이 와서 왕을 잡아갔다. 이때 金倫 등이 왕을 따라 元都에 갔으며,[65] 익재는 이듬해 충혜왕 후1년(1340, 선생 54세) 3월에 李兆年과 함께 왕의 放還을 위해 애썼다. 伯顏이 宿憾을 가지고 왕과 조적의 무리로 하여금 대질하여 따지게 했는데, 이조년이 격분하여 익재에게 말하기를, "내가 승상 앞에 나아가서 직접 하소연하면 그 뜻을 가히 돌이킬 수 있을 것이며, 문지기가 무기를 들고 막고 있기 때문에 들어가서 호소할 수가 없으나, 다행히 그가 성남으로 사냥을 나가게 되면 내가 길 옆에서 글을 올리고 그 말굽 아래에서 머리를 깨어 죽음으로써 우리 임금을 발명할 터이니, 그대는 붓을 잡아 나의 글을 써 주시오."라 하고 밤에 일어나 목욕하고 닭이 울자 장차 떠나려 하였는데, 마침 이 날 백안이 실각함으로써 글을 올리지 못하였다.[66] 따라서 "從之如京師 代舌以筆 事得辨析"은 이듬해의 일이며, 다소 과장된 기술이다.[67]

---

64) 『高麗史』 卷35, 충숙왕 후8년 3월.

65) 『高麗史節要』 卷35, 충숙왕 후8년 11월 : "冬 十一月丙寅 頭麟等執前王及洪彬 …… 裵成景等以歸 盖因頔黨之訴也 前王在途 召金倫偕行."

66) 같은 곳, 충혜왕 후1년 3월 : "是歲 伯顏蓄宿憾 使王與頔黨辨 李兆年慷慨發憤 謂李齊賢曰 吾欲面訴丞相前 其意可回 列戟守門 莫叫其閽 幸其出田城南 吾當上書道左 碎首馬蹄之下 死明吾君 吾子其把筆書吾書 夜起沐浴 雞鳴將行 伯顏適以是日敗 書不果上."

67) 『高麗史』 卷110, <李齊賢列傳>에도 "從之如京師 事得辨析"이라고 기술하고 있으나,

○ 六年 庚辰[忠惠王 後元年] 先生 五十四歲 (1340)

四月 東歸 有題齊化門酒樓詩 旣還 羣小益煽 先生屛跡不出. (4월에 우리나라로 돌아오다가 齊化門 酒樓에서 읊은 시가 있다. 이미 돌아와서는 뭇 소인이 더욱 날뛰므로, 선생은 자취를 감추고 나아가지 않았다.

【著作】『익재난고』 권4, <庚辰四月將東歸題齊化門酒樓>.

○ 至正 元年 辛巳 先生 五十五歲 (충혜왕 후2년, 1341)

○ 二年 壬午 先生 五十六歲 (충혜왕 후3년, 1342)

夏 著櫟翁稗說. (여름에 『櫟翁稗說』을 저술하였다.)

【校注】 조적의 난이 평정되자, 익재는 이 해 6월에 1등 공신이 되어 화상이 벽상에 그려지고[68] 鐵券을 하사받았다.[69]

○ 三年 癸未 先生 五十七歲 (충혜왕 후4년, 1343)

十一月 元使臣朶赤等來 頒郊天赦詔 王出迎城外 朶赤因露刃執王 上馬回去 事出倉卒 羣臣遑遑 罔知所措 先生上書請赦. (11월에 원나라 사신 朶赤 등이 와서 郊天赦詔를 반포한다 하므로 왕이 성 밖에 나아가 영접하니, 타적 등이 칼을 들이대고 왕을 잡아 말에 태우고 돌아갔다. 창졸간에 일어난 일이라서 群臣이 정신이 없어 어떻게 조처해야 할 줄을 몰랐는데, 선생이 글을 올려 赦免하여 줄 것을 청하였다.)

결국 글을 올리지 못하고 백안의 실각으로 일이 해결되었다.

68) 같은 책 卷36, 충혜왕 후3년 6월 : "六月庚子朔 下教曰 …… 金海君李齊賢 …… 林成等 爲一等功臣 圖形壁上 父母妻超三等封爵 一子除七品 無子代姪甥 女婿除八品 給田百結 奴婢十口."

69) 같은 책 卷110, <李齊賢列傳> : "功在一等 賜鐵券."

【校注】 당초 충혜왕은 병을 핑계하고 元使를 마중 나가지 않았다.[70] 12월에 金倫·蔡河中 등 재상과 국가의 원로들이 旻天寺에 모여, 정동성에 글을 올려 왕의 죄를 용서해 주기를 청할 것을 의논, 익재에게 그 글을 草하게 하였다.[71] 이듬해(충혜왕 후5년, 1344) 1월 그 글에 서명을 하여 정동성에 보내려 하였으나 원로들이 많이 불참함으로써 일을 성취하지 못하였고, 충혜왕 또한 揭陽으로 귀양 가던 중 岳陽에서 죽자 사면 요청이 중단되었다.[72] 따라서 익재가 글을 짓기는 했지만 시행하지 못하였다.

【著作】『익재난고』 습유, <上征東省書>.

○ 四年 甲申 先生 五十八歲 (충혜왕 후5년, 1344)

冬 忠穆王卽位 年八歲 拜先生判三司事 進府院君領孝思觀事 置書筵以先生爲師 先生進言 玉之有瑕者 必待良工雕琢 然後成其寶器 人君豈皆無失 必待良臣啓沃 然後能成其聖德 因曰 臣等不參侍講之時 宜令元松壽常在左右 講磨道義. (겨울에 忠穆王이 나이 8세로 즉위하여 선생을 判三司事에 제배하고, 府院君에 승진시켜 領孝思觀事를 삼았다. 書筵을 설치하고 선생을 스승으로 삼았는데, 선생이 진언하기를, "玉에 흠집이 있는 것은 반드시 良工이 다듬기를 기다린 뒤에라야 寶器가 되는 것입니다. 임금인들 어찌 모든 일에 대하여 잘못이 없겠습니까? 반드시 良臣의 諫言이 있은 뒤에라야 聖德을 이룰 수 있는 것입니다."라 하였으며, 인하여 아뢰기를, "신 등이 侍講에 참여하지 못할 적에는 마땅히 元松壽

70) 같은 책 卷36, 충혜왕 후4년 11월.
71) 『高麗史節要』 卷25, 충혜왕 후4년 12월.
72) 같은 곳, 충혜왕 후5년 1월.

를 늘 좌우에 두시어 道義를 講磨하소서."라고 하였다.)

【校注】 충목왕이 2월에 즉위하여 4월에 익재를 判三司事에 임명하였다.[73] 그러나 <익재묘지명>에는 충목왕 4년(1348, 선생 62세)에 판삼사사가 된 것으로 잘못 기록하고 있다.[74] 書筵을 설치한 것은 6월로 48명의 서연관이 4교대로 侍講하게 하였다.[75]

先生又上書都堂 請更擇賢儒二人 講孝經語孟大學中庸 以習格物致知誠意正心之道 又選正直謹厚好學愛禮者十輩 左右輔導 親宰相斥褻狎聲色翫好 不使接于耳目 習與性成 德造罔覺 革政房以絶請謁 標功過以杜僥倖 禁金銀錦繡以昭儉德 蠲逋欠貢賦以安民生 後謂錦城君羅益禧曰吾前以二三策 曉執政者 未見施行 常愧不能勇去 遂上書乞退. (선생은 또 都堂에 글을 올려, "다시 어진 선비 2인을 가려서 『孝經』·『論語』·『孟子』·『大學』·『中庸』을 강하게 하여, 格物·致知·誠意·正心의 道를 익히게 하고, 또 정직하고 謹厚하고 배우기를 좋아하고 禮를 사랑하는 자 10명쯤을 선발하여 좌우에서 輔導하게 하고, 재상을 친하게 하고 褻狎하는 무리를 내칠 것이며, 聲色과 翫好物을 耳目에 접하지 못하게 하여야 합니다. 이리하여 습관이 성품과 함께 완성되면 德으로 나아감을 스스로도 깨닫지 못하게 될 것입니다. 政房을 혁파하여 請謁을 근절시키고 功過를 드러내어 요행을 막을 것이며, 金銀·錦繡의 사용을 금지시켜 검소한 덕을 밝힐 것이며, 받아들이지 못한 貢賦를 蠲免하여 줌으로써 民生을 편안하게 하소서."라고 하였다. 뒤에 錦城君 羅益禧에게 말하기를, "내가 전에 두세 가지 계책으로 執政者들을 깨우쳤으나 시행되는

---

73) 『高麗史』 卷37, 충목왕 즉위년 4월 및 『高麗史節要』 卷25, 충혜왕 후5년 4월.
74) 李穡, <益齋墓誌銘> : "戊子 判三司事." 癸酉本 年譜도 <묘지명>을 따랐다.
75) 『高麗史』 卷37, 충목왕 즉위년 6월.

것을 보지 못하였으므로, 늘 과감하게 물러가지 못하는 것을 부끄럽게 여겼었다."라 하고, 드디어 글을 올려 물러가기를 빌었다.)

【校注】 익재는 이 해 5월에[76] 都堂에 글을 올려 학문의 次序, 政房의 폐지, 국가 재정의 확보, 민생의 안정 등 현실문제의 해결방안을 건의하였다. 羅益禧와의 대화는 익재가 쓴 <羅益禧墓誌銘>에서 인용해 온 것이다. 8월에 聘母의 喪을 당하였다.

【著作】『익재난고』 권7, <羅公墓誌銘>[77] ; 권8, <卞韓國大夫人柳氏墓誌銘>[78] ; 습유, <上都堂書>.

○ 五年 乙酉 先生 五十九歲 (충목왕 원년, 1345)

【著作】『익재난고』 권7, <春軒先生崔良敬公墓誌銘>[79] ; 권8, <乞免書筵講說擧贊成事安軸密直副使李穀自代箋>.

○ 六年 丙戌 先生 六十歲 (충목왕 2년, 1346)

上箋乞免書筵講說 擧贊成事安軸 密直副使李穀自代. (箋을 올려 書筵講說의 職을 면하여 주기를 빌면서, 贊成事 安軸・密直副使 李穀을 천거하여 자신의 직을 대신하게 하였다.)

【校注】 이 기사와 관련한 정확한 干支는 확인되지 않는다. 그러나 원나라에서 귀국한 이곡이 충목왕 원년(1345) 12월에 密直使에 승진되고,[80] 충목왕 2년(1346)에는 政堂文學・藝文館大提學・知春秋館事・韓山

76) 『高麗史節要』 卷25, 충혜왕 후5년 5월.

77) 『高麗史』 같은 곳, 9월 : "己丑 僉議參理羅益禧卒." 익재가 지은 <羅益禧墓誌銘>에는 8월에 죽은 것으로 기록되어 있다.

78) 卞韓國大夫人은 權溥의 부인으로 익재의 장모이다.

79) 崔文度는 이 해 6월에 죽어 8월에 장사지냈다.

君 등을 역임한 것으로 미루어, 이 기사는 1년 전인 충목왕 원년(59세)의 일로 봐야 할 것이다.

五月 撰孝行錄六十二孝贊 又作序以弁卷. (5월에 『孝行錄』의 62孝贊을 짓고, 또 序를 지어 책의 첫머리에 실었다.)

【校注】『효행록』은 權溥가 그의 아들 準과 함께 역대의 효자 64인의 행적을 抄하여 편찬한 책이다. 익재는 24孝圖가 앞서 완성되었으므로 일찍이 그 贊을 지은 바 있으며, 이 해 5월에는 38孝圖의 贊과 序文을 지었다.[81]

十一月 王以閔漬所修本朝編年綱目多闕漏 命先生重撰 又命修忠烈忠宣忠肅三朝實錄. (11월에 王이 閔漬가 撰修한 『本朝編年綱目』에 빠진 것이 많았으므로 선생에게 명하여 다시 찬수하게 하였으며, 또 명하여 忠烈王 · 忠宣王 · 忠肅王 3朝의 實錄을 찬수하게 하였다.)

【校注】충목왕이 『본조편년강목』의 重撰과 三朝實錄의 修撰을 命한 것은 11월이 아니라 10월이며, 이 일에는 贊成事 安軸 · 韓山君 李穀 · 安山君 安震 · 提學 李仁復 등이 함께 참여하였다.[82]

哭文正公菊齋. (文正公 菊齋의 喪에 조문하였다.)

【校注】권보는 이 해 10월에 죽었으며, 익재의 丙科 급제 시 지공거이자 장인이다. 그는 安珦의 門人으로 號가 菊齋, 本貫은 安東이며, 자신을 포함하여 아들 · 사위까지 1家 9封君으로 유명하다. 성품이 충성스럽고 효성스러웠으며 글 읽기를 좋아하여 늙어서도 그만두지 않았고, 일찍이 朱子의 『四書集註』를 간행할 것을 조정에 건의하여 실행함으로써

80) 『高麗史』 卷37, 충목왕 원년 12월 : "乙丑 王煦罷 以金永煦爲右政丞 印承旦爲左政丞 李穀爲密直使."

81) 『益齋亂藁』 습유, <孝行錄序>.

82) 『高麗史節要』 卷25, 충목왕 2년 10월.

東方性理學이 그로부터 倡始되었다는 평을 받았으며, 또 『효행록』 외에 李仁老의 문집인 『銀臺集』 20권에 註를 달기도 하였다.[83)]

【著作】 『익재난고』 권4, <菊齋權文正公挽詞> ; 권7, <文正公權公墓誌銘> ; 습유, <孝行錄序>.

○ **七年 丁亥 先生 六十一歲** (충목왕 3년, 1347)

○ **八年 戊子 先生 六十二歲** (충목왕 4년, 1348)

三月 拜提調經史都監. (3월에 經史都監提調에 제배되었다.)

【校注】 익재는 1월에 金倫·朴忠佐 등 원로와 함께 康允忠의 비행을 밝히고 전왕(충혜왕)의 죄를 바로잡아 고쳐 줄 것을 요청하는 글을 원나라에 올렸다.[84)]

十二月 忠穆王薨 先生奉表如元 請立忠定王. (12월에 忠穆王이 薨하였으므로, 선생이 表를 받들고 元나라에 가서 忠定王 세우기를 청하였다.)

【校注】 정승 王煦 등이 익재를 원나라에 보내, "王祺(19세, 普塔失理王의 동복동생)과 王眡(11세, 보탑실리왕의 庶子) 중에서 백성들이 바라는 바대로 왕을 결정해 달라."는 내용의 表文을 올렸다.[85)] 고려에서는 王祺(뒤에 공민왕이 됨.)를 왕으로 세우길 원하였으나, 元에서는 王眡(충정왕)로 왕위를 계승하게 하였다. <익재묘지명>에는 "오직 충정왕 때에 3년 간 벼슬에 참여하지 않았는데, 이는 공이 일찍이 表를 올려 공민왕 세우기를 청하였기 때문이었다."라 하였다.[86)]

83) 『高麗史』 卷107, <權溥列傳>.

84) 『高麗史節要』 卷25, 충목왕 4년 1월~3월.

85) 같은 곳, 12월.

86) 李穡, <益齋墓誌銘> : "唯忠定三年 不與焉 以公嘗奉表請立玄陵故也."

【著作】『익재난고』 권4, <悼安謹齋當之軸>, <悼龜峯金政丞永旽>, <悼竹軒金政丞倫>.[87)]

○ 九年 己丑[忠定王 元年] 先生 六十三歲 (1349)

【著作】『익재난고』 권4, <悼王政丞煦>, <悼恥菴朴判事忠佐>, <悼一齋權政丞漢功>.[88)]

○ 十年 庚寅 先生 六十四歲 (충정왕 2년, 1350)

○ 十一年 辛卯 先生 六十五歲 (충정왕 3년, 1351)

冬 恭愍卽位 未至國 拜先生右政丞權斷征東省事 先生上書固辭 王不允 又拜都僉議政丞 先生令法司考覈諸道存撫按廉功過 遣洪元哲巡問平壤道 金鏞備倭賊 以許猷爲西北面察訪 下裵佺朴守明于行省獄 流盧英瑞尹時遇 貶韓大淳鄭天起 時王在元 數月國空虛 先生措處得宜 人賴以安. (겨울에 恭愍王이 즉위하여 아직 우리나라에 도착하기 전에 선생을 右政丞 · 權斷征東省事에 임명하였는데, 선생이 글을 올려 굳게 사양하였으나 왕이 윤허하지 않았다. 또 都僉議政丞을 임명하였는데, 선생이 法司로 하여금 각 도의 存撫使 · 按廉使의 功過를 考覈하게 하고, 洪元哲을 平壤道巡問使로 보내고, 金鏞으로 왜적을 방비하게 하고, 許猷를 西北面察訪으로 삼고, 裵佺 · 朴守明을 行省의 옥에 가두고, 盧英瑞 · 尹時遇를 流配보내고, 韓大淳 · 鄭天起를 貶職하였다. 이 때 왕이 원나라에 있어서 두어 달 동안 나라가 비어 있었으나, 선생이 잘 조처하였으므로 나라 사람들이 이를 힘입어 안정되었다.)

87) 충목왕 4년(1348) 2월에 金倫, 6월에 安軸, 7월에 金永旽이 죽었다.
88) 충정왕 원년(1349) 7월에 王煦, 윤7월에 朴忠佐, 9월에 權漢功이 죽었다.

【校注】 10월에 공민왕이 즉위하여 익재를 攝政丞權斷征東省事에 임명함에 따라, 道殿과 神祠를 수축하는 한편 존무사·안렴사를 고핵하고 홍원철·김용·허유 등에게 외직을 맡겼으며, 11월에는 都僉議政丞이 되어 배전·박수명·노영서·윤시우·한대순·정천기 등의 죄과를 물었다.[89] 위 기사의 '右政丞'은 攝政丞의 잘못이며, 10월과 11월의 행적이 뒤섞여 있다. 한편 익재는 이때 王의 儀衛를 그대로 시행하여 사람들로부터 기롱을 받기도 하였다.[90]

【著作】『익재난고』 습유, <讓右政丞權斷征東省事書>.

○ 十二年 壬辰[恭愍王 元年] 先生 六十六歲 (1352)

開書筵 復命先生侍講. (書筵을 열고 다시 선생을 侍講에 임명하였다.)

【校注】 8월에 공민왕이 書筵을 열고 교지를 내려 "원로·대신·사대부들은 번갈아 입시하여 經史의 法言을 진강하라."고 하였다.[91]

趙日新挾負絏之功 暴橫驕恣 以先生居右忌之 先生知之 白王曰 臣不敢居具瞻之地 固辭 不允 又因墜馬傷足 上箋辭 王不允 加賜推誠亮節同德協義贊化功臣號 先生又上箋固辭 王特遣左副代言柳淑鷹揚上將軍金鏞 就賜教旨 不允其請 先生又再上箋 牢讓不已 遂致仕. (趙日新이 왕을 侍從한 공을 믿고 교만하고 방자하게 횡포를 부렸었는데, 선생이 자기보다 윗자리에 있게 됨을 시기한 것이다. 선생은 이 사실을 알고 왕에게 아뢰기를, "신은 감히 정승의 자리에 있을 수 없습니다."라 하고, 굳게 사양하였으나 윤허하지 않았다. 또 말에서 떨어져 발을 다친 것으로

89) 『高麗史』 卷38, 공민왕 즉위년 10월·11월 및 『高麗史節要』 卷26, 충정왕 3년 10월·11월.

90) 『高麗史』 卷110, <李齊賢列傳> : "嘗於拜表陞陛上 行禮儀衛與王無異 人譏之."

91) 『高麗史節要』 卷26, 공민왕 원년 8월.

인하여 箋을 올려 사양하였으나, 왕이 윤허하지 않고 推誠亮節同德協義贊化의 공신호를 더 내렸다. 선생이 또 전을 올려 굳게 사양하니, 왕이 특별히 左副代言 柳淑과 鷹揚上將軍 金鏞을 보내어 敎旨를 내리고 사직하려는 청을 윤허하지 않았다. 선생이 또 전을 올려 기필코 사양하여 마지않으니 드디어 致仕하게 하였다.)

【校注】 3월에 익재가 사직을 청하였으나[92] 허락을 얻지 못하다가 4번의 乞退箋을 올린 끝에 치사하였다.

【著作】『익재난고』 권8, <乞退箋>, <臣頃以足疾乞退 ……>, <臣某病旣彌留 ……>, <臣再上箋乞退未蒙兪允 ……>.

其冬 日新聚羣不逞 夜入宮害所忌 縱兵誅殺 先生以辭位得免 日新伏誅 起先生爲右政丞 賜純誠直節同德贊化功臣號. (그 해 겨울 趙日新이 不逞輩를 모아 밤에 궁중으로 들어가 평소에 자기가 시기하던 사람들을 닥치는 대로 베어 죽였는데, 선생은 爵位를 사퇴하였으므로 禍를 면하였다. 趙日新이 伏誅되자 선생을 기용하여 右政丞으로 삼고 純誠直節同德贊化의 공신호를 내렸다.)

【校注】 10월에 趙日新이 난을 일으켰고, 익재가 우정승이 되었다.[93]

○ **十三年 癸巳 先生 六十七歲** (공민왕 2년, 1353)

正月 辭政丞 五月 以府院君知貢擧 取李穡等 有呈同知貢擧洪二相詩二首. (정월에 정승을 사임하였고, 5월에 府院君으로 知貢擧가 되어 李穡 등을 뽑았으며, 同知貢擧 洪二相에게 준 詩 2首가 있다.)

【校注】 府院君은 金海君의 잘못이다. 익재가 김해부원군이 된 것은

92) 같은 곳, 3월.

93) 같은 곳, 10월 및 『高麗史』 卷38, 공민왕 원년 10월.

공민왕 4년(1355, 69세) 5월이다.[94] 익재가 지공거가 되고 찬성사 洪彦博이 동지공거가 되어, 을과 李穡 등 3인, 병과 7인, 동진사 2인, 명경과 2인을 뽑았다.[95]

【著作】『익재난고』 권4, <癸巳五月掌試棘圍呈同知貢擧洪二相>.

○ **十四年 甲午 先生 六十八歲** (공민왕 3년, 1354)

十二月 復爲右政丞. (12월에 다시 우정승이 되었다.)

○ **十五年 乙未 先生 六十九歲** (공민왕 4년, 1355)

辭政丞. (우정승 직을 사임하였다.)

【校注】 5월에 金海府院君이 되었다.

○ **十六年 丙申 先生 七十歲** (공민왕 5년, 1356)

逆臣奇轍等伏誅 王以轍等財產賜兩府 先生辭以無功不受 十二月 爲門下侍中. (逆臣 奇轍 등이 伏誅되자, 王이 기철 등의 財産을 兩府에 하사하였으나, 선생은 공이 없다는 것으로 사양하고 받지 않았다. 12월에 門下侍中이 되었다.)

【校注】 기철이 5월에 복주되고,[96] 왕이 그의 의복과 綵帛을 兩府에 하사한 것은 이듬해 1월이었다.[97] 따라서 익재가 기철의 재산을 사양한 것과 관련한 기사는 공민왕 6년(1357)으로 옮겨야 한다. 익재는 이 해에 金海侯에 봉해지고,[98] 11월에 문하시중이 되었다.[99]

---

94) 『高麗史』 卷38, 공민왕 4년 5월.

95) 같은 책 卷73, 선거1, 과목1.

96) 같은 책 卷39, 공민왕 5년 5월.

97) 『高麗史節要』 卷26, 공민왕 6년 1월.

○ 十年 丁酉 先生 七十一歲 (공민왕 6년, 1357)

五月 乞以本職致仕 許之 國制 封君致仕 頒祿有差 旣老而猶受厚祿 於義未安 故有是請 朝論以爲本職致仕 非所以敬大臣也. (5월에 本職으로 치사할 것을 청하니, 윤허하였다. 나라의 제도에 封君으로 치사하면 頒賜하는 祿에 차등이 있었는데, 이미 늙었으면서 후한 녹을 받는 것이 義에 있어 편안하지 않았기 때문에 이렇게 청하였던 것이다. 그러나 朝廷의 의논은 본직으로 치사하게 하는 것은 大臣을 공경하는 도리가 아니라 하였다.)

【校注】 1월에 익재가 한양으로의 천도와 관련하여 占을 쳐서 動자를 얻자 왕이 기뻐하고, 2월에 익재에게 명하여 한양에 궁궐터를 보고 궁궐을 축조하게 하였다.[100] 위 기사 중 "朝論以爲本識致仕 非所以敬大臣也"는 공민왕 11년(1362)의 마지막 기사 "復封雞林府院君"에 연결되어야 한다.

先生旣釋位閑居 對客置酒 商搉古今 亹亹不倦 國有大政 王必使人咨決 或時引見 講論經史 訪問治道 先生引喩敷陳 責難懇懇 王益敬重焉. (선생은 지위를 버리고 한가히 지내게 되자, 손을 맞이하여 술자리를 베풀고 古今의 일을 비교하고 토론하기를 게을리하지 않았는데, 나라에 큰 일이 있으면 왕이 반드시 사람을 시켜 자문하였다. 혹 수시로 引見하여 經史를 강론하면서 治道를 묻기도 하였는데, 선생은 비유를 끌어다 진달하면서 하기 어려운 일을 하도록 간절히 勸勉하니, 왕이 더욱 공경하고 중히 여겼다.)

98) 李穡, <益齋墓誌銘> : "公年七十 封金海侯."

99) 『高麗史』 卷39 및 『高麗史節要』 卷26, 공민왕 5년 11월.

100) 『高麗史』 卷39, 공민왕 6년 1월・2월.

撰國史於家 史官及三館皆會焉 後 國史逸于兵燹 又撰金鏡錄 又病國史不備 撰紀年傳志 後 散失于紅賊之亂 惟自太祖至肅宗紀年在 八月 王命先生 定宗廟昭穆之次 先生上議. (집에서 『國史』를 撰修할 적에는 史官 및 三館이 다 모였었는데, 뒤에 『국사』는 兵火에 逸失되었다. 또 『金鏡錄』을 撰하였다. 또 국사가 미비함을 병통으로 여겨 紀年·傳·志를 찬수하였는데, 뒤에 紅巾賊 난리에 흩어져 잃어버리고 오직 太祖에서 肅宗에 이르기까지의 紀年만이 남아 있다. 8월에 왕이 선생에게 명하여 宗廟의 昭穆位次를 정하게 하니, 선생이 이에 대한 議를 올렸다.)

【校注】『금경록』은 이전부터 있어 온 책으로, 익재가 撰한 것이 아니라 選한 것이다. 魯林齋本에는 '選'으로 바로잡혀져 있다. 이 일에는 李仁復이 함께 참여하였다.[101] 紀年·傳·志는 白文寶·李達衷과 함께 찬수하기로 하고, 익재는 태조~숙종까지, 백문보와 이달충은 예종 이하의 편찬을 담당하였다. 그러나 백문보는 겨우 예종·인종 두 왕조의 원고만 끝내고 이달충은 착수하지도 못하였다.[102]

【著述】『익재난고』 권9 하, <史贊>(太祖~肅王), <宗室傳序>, <諸妃傳序> ; 습유, <宗廟昭穆位次議>.

○ 十八年 戊戌 先生 七十二歲 (공민왕 7년, 1358)

王以修築京城 訪大臣耆老 先生上書 畧曰 三代而上 不可知 三代而下 立都而無城郭 未之聞也 我太祖 東征西討 削平僭亂 統三爲一之後 七年而薨 用瘡痍之民 起土木之役 所不忍也 故不城松京 非不爲也 勢不可也. (王이 京城을 수축하는 문제로 耆老·大臣들에게 묻자 선생이

101) 같은 책 卷112, <李仁復列傳>.
102) 같은 책 卷110, <李齊賢列傳>.

글을 올렸는데, 그 대략은 "三代 이상은 알 수 없지만 삼대 이하로는 도읍을 세우고서 城郭을 쌓지 않았다는 말은 듣지 못했습니다. 우리 태조께서 동쪽을 정벌하고 서쪽을 쳐서 참람한 무리를 평정하여 三國을 통일시킨 뒤 7년 만에 薨하셨습니다. 그때 피폐한 백성을 동원하여 土木의 役事를 일으키는 것은 차마 못할 일이었으니, 松京에 城을 쌓지 않은 것은 하지 못해서가 아니라 형세가 할 수 없었기 때문이었습니다."라고 하였다.)

【校注】 익재가 1월에 글을 올렸고,[103] 3월에 서울의 외성 수축을 명하였다.[104]

【著作】『익재난고』 습유, <修築京城訪大臣時上書>.

有送朴大陽按廉詩 又有正朝詩. (按廉使 朴大陽을 전송한 詩가 있고, 또 正朝에 대한 시가 있다.)

【著作】『익재난고』 권4, <戊戌正朝>, <送朴大陽按廉>.

○ 十九年 己亥 先生 七十三歲 (공민왕 8년, 1359)

有爲孫寶林呈執政詩. (손자 寶林을 위하여 執政에게 보낸 시가 있다.)

【校注】 4월에 딸을 공민왕의 妃로 시집보냈다.[105] 이가 惠妃이며 뒤에 비구니가 되었다.[106]

【著作】『익재난고』 권4, <爲孫寶林呈執政> ;『及庵詩集』 卷頭, <及菴挽詞>[107]

---

103)『高麗史節要』 卷27, 공민왕 7년 1월.
104)『高麗史』 卷39, 공민왕 7년 3월.
105) 같은 곳, 8년 4월.
106) 李穡, <益齋墓誌銘>.
107) 閔思平은 공민왕 8년(1359) 7월에 죽었다.

○ 二十年 庚子 先生 七十四歲 (공민왕 9년, 1360)

○ 二十一年 辛丑 先生 七十五歲 (공민왕 10년, 1361)

二月 王命先生講書無逸. (2월에 왕이 선생에게 명하여『書經』「無逸篇」을 강하게 하였다.)

【著作】『익재난고』 습유, <雪谷詩序>[108] ; 권4, <送田祿生司諫按全羅道>.

○ 二十二年 壬寅 先生 七十六歲 (공민왕 11년, 1362)

紅巾賊陷沒京城 御駕南遷 先生奔謁於尙州 揮涕歎曰 今日播遷 何異玄宗祿山之亂 又謂洪彦博曰 古人稱 壯哉山河 魏國之寶也 初若設險守隘 制勝可必 恨不早圖也 賊若野戰 則我軍必敗 但因雨雪 乘賊不虞 故勝之 此賴宗社山河之祐也 因扈駕 至淸州 登拱北樓 先生應製和板上詩以進. (紅巾賊이 서울을 함락시켜 御駕가 남쪽지방으로 播遷하자 선생이 달려가 尙州에서 배알하고, 눈물을 흘리면서 탄식하기를, "오늘의 파천이, 唐 玄宗이 安祿山의 亂 때문에 西蜀으로 파천하였던 것과 무엇이 다르랴!"고 하였다. 또 洪彦博에게 말하기를, "옛사람이 일컫기를 '웅장하구나 山河여! 이는 魏나라의 보배다.'라 하였으니, 애초에 險地에 진지를 구축하고 狹隘한 목을 지켰다면 승리를 기필할 수 있었을 것인데, 일찍 도모하지 못한 것이 유감스럽소. 만약 적과 들에서 싸웠다면 반드시 我軍이 패배하였을 것이나, 다만 눈비로 인하여 적이 생각하지도 않은 틈을 타서 공격하였으므로 이겼으니, 이는 宗廟와 山河의 도움이오."라 하였다. 인하여 御駕를 호종하고 淸州에 이르러 拱北樓에 올라 선생이 임

108) <雪谷詩序>의 말미에 "至正辛丑月日"이라는 干支가 있다.

금의 명에 응하여 板上의 詩韻에 따라 시를 지어 올렸다.)

【校注】 홍건적이 공민왕 10년(1361) 11월에 서울을 함락시키자 왕은 남으로 파천하여 공민왕 11년(1362) 2월부터 상주에 머물다가 8월에 청주에 이르렀다.[109]

【著作】 『익재난고』 권4, <忠宣王眞容移安于海安寺>[110] ; 습유, <拱北樓應製詩> ; <題元巖驛>.[111]

復封雞林府院君. (다시 鷄林府院君에 봉하여졌다.)

【校注】 공민왕 6년(1357, 71세) 익재의 致仕와 관련하여, 본직으로 치사하게 하는 것이 대신을 공경하는 도리가 아니라고 조정에서 의논하여, 이 해에 계림부원군으로 봉한 것이다.[112]

○ 二十三年 癸卯 先生 七十七歲 (공민왕 12년, 1363)

王在淸州 久不還都 先生率諸宰 進言曰 松都 宗廟所在 國家根本 宜速還駕 以慰民望 書雲觀以陰陽拘忌奏 宜先駐駕城南興王寺 俟修康安殿 王從之. (王이 청주에 있으면서 오랫동안 還都하지 않았으므로, 선생이 여러 宰相들을 인솔하고 가서 進言하기를, "松都는 宗廟가 있는 곳이요 국가의 근본이니, 속히 환가하셔서 백성의 바라는 마음을 위로하소서. 書雲觀에서 陰陽의 拘忌로 아뢰었으니, 마땅히 먼저 城南의 興王寺에 駐駕하였다가, 康安殿이 수리되기를 기다리소서."라고 하니, 왕이 따

109) 『高麗史』 卷39, 공민왕 10년 11월~권40, 공민왕 11년 8월.

110) 공민왕 11년 10월에 홍건적이 재침입할 조짐이 있자 宰樞들이 太廟의 神主와 先王의 影幀을 옮길 것을 청하였는데, 이때 충선왕의 眞容을 옮기면서 지은 것으로 보인다.

111) 『新增東國輿地勝覽』 卷16, 報恩縣, 驛院, <元巖驛>. 공민왕 11년 8월에 왕의 御駕가 원암역에 머무를 때 지은 것으로 보인다.

112) 李穡, <益齋墓誌銘>.

랐다.)

【校注】 1월에 왕이 兩府와 전 시중 尹桓·李齊賢·李嵒·廉悌臣 등을 불러 還都문제를 의논하였다.[113)]

○ 二十四年 甲辰 先生 七十八歲 (공민왕 13년, 1364)

○ 二十五年 乙巳 先生 七十九歲 (공민왕 14년, 1365)

王寵昵辛旽 先生白王曰 臣嘗一見旽 其骨法類古之凶人 必貽後患 請上勿近 旽深銜之 毁之百端 以其老不得加害 乃謂王曰 儒者稱座主門生 布列中外 互相干請 恣其所欲 如李齊賢 門生門下見門生 遂爲滿國之盜 儒者之爲害如此 及旽之敗 王曰 益齋先見之明 不可及已 自少儕輩 不敢斥名 必稱益齋 及爲宰相 人無貴賤 皆稱益齋 其見重於世如此. (王이 辛旽을 총애하므로, 선생이 왕에게 아뢰기를, "신이 일찍이 한 번 旽을 만났었는데, 그의 骨相이 옛날 凶人과 비슷하여 반드시 後患을 끼칠 것이니, 상께서는 가까이하지 마소서."라 하였는데, 신돈이 깊은 원심을 품고 온갖 방법으로 헐뜯었으나, 선생이 늙었기 때문에 加害하지 못하였다. 신돈이 왕에게 아뢰기를, "儒者들은 座主니 門生이니 일컬으면서 中外에 布列하여, 서로 干請함으로써 하고 싶은 짓을 멋대로 하고 있습니다. 李齊賢 같은 사람은 그의 門生의 문하에 또 문생이 있어 드디어 나라에 가득 찬 도둑이 되었으니, 유자의 害가 이와 같습니다."라 하였는데, 신돈이 실각함에 미쳐, 왕이 "益齋의 先見之明은 따를 수 없다."고 하였다. 선생은 젊어서부터 동료들이 감히 이름을 부르지 않고 반드시 '익재'라고 불렀으며, 재상이 되고 나서도 귀한 사람이나 천한 사람을

113) 『高麗史』 卷40, 공민왕 12년 1월 및 『高麗史節要』 卷27, 공민왕 12년 1월.

막론하고 모두 '익재'라 불렀으니, 선생이 세상 사람들에게 존대 받음이 이러하였다.)

【校注】 신돈과의 일화는 꼭 이 해의 일이라고는 할 수 없다. 『고려사절요』에는 공민왕 17년(1368, 익재 사후 1년) 4월에 附記되어 있다. 신돈은 공민왕 14년(1365) 12월에 守正履順論道燮理保世功臣 壁上三韓三重大匡 領都僉議使司事 判監察司事 鷲城府院君 提調僧錄司事 兼判書雲觀事에 임명되어 공민왕의 지극한 총애를 받았다. 그는 공민왕 20년(1371년) 7월에 실각하여 수원으로 귀양 가서 처단되었다.

六月 照磨胡若海 以明州司徒方國珍使 來獻方物 及歸 請詩于先生 時 先生以老憚於賦詠 以請之勤 乃作五言一篇遺之 自後不復有所述. (6월에 照磨 胡若海가 明州司徒 方國珍의 사신으로 와서 方物을 바치고 돌아갈 적에 선생에게 詩를 청하였는데, 이때 선생은 노쇠하였으므로 글 짓는 것을 꺼렸으나 너무 정성스럽게 청하므로, 이에 五言詩 1篇을 지어 주었다. 이후로는 다시 著述하지 않았다.)

【校注】 호약해는 공민왕 13년(1364) 6월에 田祿生과 함께 와서 침향 · 활 · 화살 · 『玉海』 · 『通志』 등을 바쳤던 바,[114] 이 기사는 1년 앞(78세)으로 옮겨야 한다.

○ 二十六年 丙午 先生 八十歲 (공민왕 15년, 1366)

○ 二十七年 丁未 先生 八十一歲 (공민왕 16년1367)

秋七月 以病卒于第 太常諡文忠公 冬十月 有司具儀衛 葬于牛峯縣桃李村先塋. (가을 7월에 병으로 私第에서 卒하였는데, 太常에서 文忠公이

114) 『高麗史』 卷40, 공민왕 13년 6월 및 『高麗史節要』 卷28, 공민왕 13년 6월.

라는 謚號를 내렸다. 겨울 10월에 有司가 儀衛를 갖추어 牛峯縣 桃李村 先塋에 장사하였다.)

洪武九年 丙辰 配享恭愍王廟庭. (洪武 9년 병진에 恭愍王 廟庭에 配享하였다.)

【校注】 禑王 2년(1376) 10월에 배향하였다. 癸酉本 연보에는 '洪武七年 甲寅'으로 잘못 기록되어 있다.

4. 결언

우리가 年譜를 이용하면 한 작가의 생애를 비교적 용이하게 파악할 수가 있다. 그러나 여기에는 연보 작성과정에서의 철저한 考訂과 정확한 編次가 전제되어야 한다. 이 두 가지가 결핍되면 연보를 통한 작가의 이해에 歷史性과 客觀性을 확보할 수가 없게 된다.

本稿에서는 <益齋先生年譜>의 考訂과 編次의 문제점을 짚어보고자 하였다. 이에 연보와 문집 및 역사서 등 관련 자료를 비교·교감·분석한 결과, 연보 작성자의 고증이 철저하지 못하고 편차가 부정확한 것으로 드러났다. 과거에서의 급제를 장원급제라고 하는 것과 같이 내용을 미화하고, 다른 사람의 행적을 끌어다가 유리하게 기술하는가 하면, 干支를 정확하게 考究하지 않은 채 編次함으로써 사실의 착란을 초래하였다. 또 연보에 추가할 수 있는 내용들이 문집과 역사서에 더 있는데도 불구하고 일일이 섭렵하지 못한 아쉬움도 지적할 수가 있다.

이러한 문제점이 유독 <益齋先生年譜>에서만 나타나는 것은 아니다. 일반적으로 연보의 작성자가 문인이거나 후손인 점에서 비롯된 연보 자체의 태생적 한계이기도 하다. 따라서 우리 연구자들은 편의상 연보를 중심으로 한 작가론 및 생애의 기술에 보다 유의할 필요가 있다. 생애를 파악하고 논문을 작성함에 있어서 연보를 그대로 신빙할 것이 아니라, 참조는 하되 원 자료를 철저히 고증하여 인용해야 할 것이다. 한 가지 덧붙이자면, 본고에서는 작품의 저작연보도 함께 작성해 보고자 하였는데, 그 과정이 어렵더라도 이러한 노력은 계속되어야 할 것이다.

■ 제 6 장 ■

고려시대의 부전(不傳) 문집

1. 서언

한 시대의 문화의 結晶은 분야와 시각에 따라 달리 지목할 수가 있겠지만, 문학의 경우 저작의 산물인 文集이라고 할 수가 있다. 일반적으로 고려시대를 문화의 황금기라고 일컫는다. 그러나 그 찬란한 문화에도 불구하고 현전하는 고려시대의 문집은 손으로 꼽을 정도이다.『東文選』에 1편의 작품이라도 뽑힌 고려시대의 문인은 340여 명에 이르지만, 문집이나 遺稿·逸稿가 전하는 문인은 약 30명 정도에 불과하다. 이는 무신란, 몽고 침입, 홍건적의 난, 임진왜란, 병자호란 등 거듭된 병화를 거치면서 상당수의 문집들이 수난을 당하고 일실되었기 때문이다.

현전하는 고려시대의 문집도 전기·중기의 것은 영성하고 후기에 편중되어 있다. 다시 말하면 고려 500년간의 문학사 기술이 자료의 한계로 인해 절름발이가 되고 있는 것이다. 특히 고려 전기는 문헌자료의 공백이 더욱 심하여, 이 시대의 한문학에 대한 연구가 거의 방치되다시피

되었다. 崔滋(1188~1260)는 <補閑集序>에서 고려 중기 이전의 유명 작가로 64명을 들고 있는데,[1] 이들 중 문집이나 그런대로 관련 자료가 남아 있어서 작가론 내지는 관련 논문 1편이라도 써진 문인은 10명 내외에 지나지 않는다. 따라서 나머지 작가에 대해서도 시문선집, 시화집, 역사서, 지리지, 금석문 등에서 연구자료를 수습하여 문학사의 공백을 채우려는 노력이 절실히 요청되고 있다.[2]

이런 점에서 조선 인조 때 金烋(1597~1638)가 편찬한 『海東文獻總錄』은 고려시대의 문집에 대한 훌륭한 정보가 될 수 있다. 삼국시대로부터 당대에 이르기까지 편찬 · 저술된 문헌자료들을 조사하여 해제를 해 놓고 있어, 고려시대 문헌의 일 면모를 짐작할 수가 있기 때문이다. 특히 현전하지 않는 문집에 대한 소개가 주목된다. 이것들은 고려시대 한문학 연구자료의 공백을 일정 부분 채워줄 수가 있을 것이다.

지금까지 『海東文獻總錄』에 수록된 고려시대의 문헌에 대한 구체적인 분석은 이루어지지 않았다. 다만 『海東文獻總錄』 자체에 대한 해제와 서지학적인 연구가 있었을 뿐이다.[3] 이들 연구에서는 『海東文獻總錄』의 편찬자, 편찬 동기, 체제, 이본, 가치 등을 고찰하는 데 주력하고, 수록된 해제의 내용에 대해서는 예시적 차원에서 일부 검토하는 데 그쳤다.

이에 본고에서는 『海東文獻總錄』에 수록된 고려시대의 문집 중 오늘

---

1) 崔滋, <補閑集序> : "古今諸名賢編成文集者 唯止數十家."

2) 이종문, 「고려 전기 한문학 연구」, 고려대 박사논문, 1991과 이혜순, 『고려 전기 한문학사』, 이화여대 출판부, 2004는 이러한 노력의 일환으로 평가할 만하다.

3) 강주진, 「海東文獻總錄 解題」, 『海東文獻總錄』, 학문각, 1969.
윤남한, 「解題 海東文獻總錄」, 『한국학』 2, 중앙대, 1974.
배현숙, 「海東文獻總錄 硏究」, 중앙대 석사논문, 1975.
김약슬, 「敬窩集에 대하여」, 『서지학』 7, 한국서지학회, 1982.
정명세, 「金烋의 海東文獻總錄 硏究」, 『영남어문학』 14, 영남어문학회, 1987.

날 전해지지 않는 자료에 대한 해제를 연구 기초자료의 확보라는 측면에서 집중 분석하고자 한다. 따라서 『韓國文集叢刊』(한국고전번역원)과 『高麗名賢集』(대동문화연구원)에 수록되었거나 개별적으로 전해지는 문집·유고의 경우는 검토대상에서 제외한다. 해제 내용의 분석에서는 편찬자의 실물 확인 여부, 타 문헌으로부터의 轉載·拔萃, 그리고 편찬자가 주목한 저자의 행적 등에 유의할 것이다. 그러나 그것이 현대적 차원의 해제가 아니고 인물의 행적 위주로 기술되어 있어서 문집의 내용이나 특징을 밝히는 데는 한계가 있을 수밖에 없다.

2. 김휴의 『해동문헌총록』 편찬

金烋(1597~1638)는 義城金氏로, 자를 子美 혹은 謙可라 하고, 호를 寒溪亭 혹은 敬窩라 하였다. 그는 고조부 青溪 金璡, 증조부 龜峰 金守一(鶴峰 金誠一의 仲兄), 조부 雲川 金涌, 부 敬齋 金時楨으로 안동의 명문가에서 출생하였으며, 壬·丙 兩亂의 혼란한 시기에 살면서 평생토록 벼슬에 나아가지 않고 旅軒 張顯光(1554~1637)의 문하에 출입하며 면학의 외길을 걷다가 43세의 짧은 삶으로 일생을 마쳤다. 저술로 『海東文獻總錄』 6권 외에 『敬窩先生文集』 8권을 남겼다.[4)]

그가 『海東文獻總錄』을 편찬하게 된 직접적인 계기는 스승 張顯光의 권유에서 비롯되었다. 직접 쓴 <海東文獻錄序>에 그 편찬 경위를 자세히 밝히고 있다. 그가 20세 때(1616) 遠堂으로 스승을 찾아뵈었는데, 스승 장현광이 『文獻通考』(元, 馬端臨, 348권, 1319) <經籍考>를 내보이며 말하기

4) 그의 생애에 대해서는 배현숙, 정명세의 앞 논문에서 자세히 다루었다.

를, "동국 사람으로서 동국의 문헌을 알지 않으면 안 된다. 자네는 博識·强記한 재주를 가졌으니, 자네가 살고 있는 주변 지역이 兵禍를 면한 곳이어서 온전한 서적이 많이 남아있을 터이므로, 조사·수집하여 기록으로 남긴다면 우리나라의 문헌을 밝힐 수가 있고 또 고증의 자료로 활용할 수가 있을 것이니, 그 공이 옛 사람에 뒤지지 않을 것이다." 라고 하여, 문헌의 중요성과 조사 수집의 필요성을 강조하였다. 이에 그는 스승의 뜻을 받들어 안동을 중심으로 한 낙동강 주변 지역의 명문대가에 소장되어 있던 문헌들을 탐문 조사하는 작업에 착수하였다.[5]

그는 조사한 문헌에 대해 해제를 작성하였는데, 『文獻通考』 <經籍考>가 저자의 姓名과 그 述作의 뜻만을 간략히 기록한 것을 병폐로 여기고, 저자의 행적을 밝히는 데 주안점을 두었다. 따라서 人物의 出處를 우선으로 삼고 그 文章에 대한 議論을 뒤로 다루고자 하였다. 그러나 인물과 저술이 후세에 전할 만하더라도, 우리나라에 참고할 만한 전래의 문헌이 부족하여 그 실체를 고증하는 데 많은 어려움이 따랐다. 그런 까닭에 여러 해 동안의 고증을 거친 끝에 겨우 몇 帙을 완성하고서야 이름을 『海東文獻錄』이라 붙일 수가 있었다.[6]

---

5) 金烋, 『海東文獻總錄』, <海東文獻錄序> : "歲丙辰冬 余拜旅軒先生於遠堂 先生出數卷書以示之 曰此乃文獻通攷經籍考也 觀此一書 可知古今文獻盛衰 吾故就通攷中 抄出經籍所附 卷以藏之矣 但旣爲東方之人 則東方文獻 不可不知 吾君頗有博記之才 君所居近邑得免兵火 書籍多有保完之處 倘能聞見裒集 繼此以述 則文獻足徵 博考是資 其功當不讓於古人矣 先生有教 烋何敢辭 遂唯唯而退 於是 自江之左右東西近邑 凡名門大家書冊所藏之處 無不聞見披剔 隨得輒錄."(『海東文獻總錄』, 學文閣, 1969. 이하 이 책에서 인용할 때는 면수만 밝히도록 한다.)

6) 같은 곳 : "蓋通攷 則本是類聚 而經籍 乃衆條目中一條目 故略記其人姓名 及其述作之意 而篇帙已多矣 此書則專爲經籍而作 必明其作者之行跡然後 可信其書之必傳與否 故先之以人物出處 次及其文章議論 而吾東方文獻不足 雖或有人物述作之可傳者 無憑考得其實 故積以歲月 僅成若干帙 名之曰海東文獻錄."

한편 그는 탈고에 앞서 정확성을 기하고자 스승 장현광에게 감수를 의뢰하였다. 스승이 칭찬을 아끼지 않으며 “문헌을 고증하고자 하는 사람은 그 人物의 盛衰와 文章의 高下와 世道의 升降을 알고자 한다.”라고 권면함에 따라, 그는 미진한 부분에 대해 수정·보완을 가하였다.[7] 특히 스승의 조언은 그가 해제를 집필하는 데 인물의 행적을 중요시한 점과 궤를 같이하는 것으로, 그에게 큰 힘이 될 수 있었다. 수정·보완한 부분은 『海東文獻總錄』 도처의 加筆과 頭註를 통하여 확인할 수가 있다.

김휴가 조사·해제한 문헌은 시기적으로 고구려 李文眞의 『留記』, 신라 元曉의 <華嚴疏>로부터 자신이 살던 조선 인조 대까지의 서적을 두루 포괄하고 있으며, 그 수는 670여 종에 이른다. 그런데 自序에서 언급한 바와 같이 경북 북부지역에서 현지 조사한 문헌들을 주된 해제의 대상으로 삼았겠지만, 『海東文獻總錄』에 실린 書目 중에는 실물을 직접 확인하지 않고 포함시킨 경우도 상당수 있는 것으로 보인다. 편자 자신이 『周易觀象篇』에 대하여 “失火不傳 可惜也.”[8]라 하고, 『稗官小說』에 대해서도 “今不得見 或失於兵燹中耳.”[9]라 밝히고 있는 데에서 그러한 사정을 확인할 수 있다. 뿐만 아니라 조선 중기에 전해지지 않았을 것으로 추측되는 서적들이 포함된 점,[10] 당시 경북 일부 지역에 그만한 수의 서적이 실재했겠느냐는 점, 서명과 저자만 표기하고 해제를 하지 않았거나[11] 책의 권수를 표시하지 않은 예 등을 통해서도 짐작할 수가 있다.

7) 같은 곳 : “未及脫藁 而急於取正 遂獻諸先生 先生不以爲非 而濫賜獎與 且曰是書之作所以欲徵文獻 欲徵文獻者 欲知其人物之盛衰 文章之高下 世道之升降焉耳 未盡筆削處更加修正就完.”

8) 같은 책, 324면.

9) 같은 책, 404면.

10) 고구려의 역사서 『留記』가 대표적이다(같은 책, 357면).

11) “書名 某所著(撰)”으로만 기록된 例가 여럿 있다.

다시 말하면 당초에는 살고 있는 지역의 문헌을 조사하는 것에서 시작하였으나, 범위를 통시대적으로 확대함으로써 실물의 존재 여부와 관계없이 우리나라에서 당시까지 편찬된 문헌 관련 기록들을 총 정리하고자 했던 것으로 이해된다. 이럴 경우 『高麗史』 등 역사서나 다른 문헌에서 어떤 인물의 "문집이 간행되어 세상에 전해지고 있다."는 단순 기록만으로도 書目에 포함시킬 수가 있는 것이다.[12)]

김휴는 책의 앞부분에 <總論>을 두고 諸家의 序跋을 인용하여 우리나라의 문헌이 盛했음을 드러내었다. 중국의 高巽(遜)志[13)]와 祈順, 우리나라의 崔滋, 李齊賢, 崔瀣, 金宗直, 徐居正, 成俔 등의 東國文獻에 관한 언급을 발췌하여 참고하게 한 것이다. 또 책의 체제를 20類로 나누어 배열하였는데, 전통적인 四部分類法을 응용하고 『文獻通考』의 체제를 참조했을 것으로 보인다. 스승 장현광이 『文獻通考』 <經籍考>를 내보이며 서적 수집을 권고하고, 그 또한 <經籍考>의 해제가 소략하다고 비판한 바 있어, 그것을 참고했을 것임을 쉽게 짐작할 수가 있다. 그러나 그것을 따르지 않고 자신의 방식대로 분류하고 배열의 순서를 정하였다.

1. 御製	2. 諸家詩文集	3. 經書類	4. 史記類
5. 禮樂類	6. 兵政類	7. 法典類	8. 天文類
9. 地理類	10. 譜牒類	11. 鑑戒類	12. 註解類
13. 小學類	14. 醫藥類	15. 農桑類	16. 中國詩文撰述
17. 東國詩文撰述	18. 中國東國詩文合編	19. 儒家雜著述	20. 諸家雜著述

12) 『金富軾文集』의 경우(앞의 책, 121면) 『高麗史』 卷98, <金富軾列傳>에 "文集 20卷이 있다."는 기록을 이용하여 文集名을 붙이고 서목에 포함시킨 것으로 보인다.

13) 본서에는 <明高巽三峯集跋>로 되어 있으나, '高巽'은 高巽(遜)志의 잘못이고 '三峯集跋'은 <跋鄭宗之文稿後>이다(『三峯集』 卷14).

위의 분류는 전체적으로 經·史·子·集의 순서가 아니다. 지위를 고려하여 임금의 御製를 맨 앞에 둔 것은 그렇다 하더라도, 그 다음에 諸家詩文集을 배치한 것이 특징적이다. 이는 그가 서문에서 언급한 바와 같이 저술을 통하여 인물의 행적을 밝히고자 했기 때문에 經·史·子보다 集을 앞세운 것으로 이해할 수 있다. 한편 類 중에서 분량이 많은 것은 1, 2, 3 혹은 시대별로 나누었다. 諸家詩文集의 경우 新羅, 高麗, 本朝, 閨秀, 仙鬼, 釋家로 시대와 신분에 따라 세분하였다. 편차와 이용의 효율성을 고려한 것이다. 또한 類 내에서는 문헌들을 시대 순으로 배열하였으나, 잘못 배열한 부분에 대해서는 "마땅히 ~아래에 두어야 한다. [當在~下]"라고 세주를 달아 놓았다. 본서가 초고 상태로서, 교정만 봐두었지 미처 정서하지 못한 것이다.

요컨대 『海東文獻總錄』은 스승의 권유(1616)로부터 책의 서문을 쓰기까지(1637) 무려 22년의 편찬 기간이 걸렸고, 또 편찬자가 서문을 쓴 2년 뒤에 세상을 떠난 점에서 그의 일생을 바친 勞作이라고 할 수가 있다. 심지어 그는 서문을 쓸 당시 질병이 심하여 草稿를 불러주고 받아쓰게 할 정도로[14] 이 책에 대하여 애착을 가지고 있었다. 그만큼 그의 문헌 정리에 대한 사명감이 강했음을 반증하는 것이다.

3. 고려시대의 문학자료

본 장에서는 『海東文獻總錄』에 수록되어 있는 문헌 중 고려시대의 문학 관련 자료들을 정리하고, 편찬자 김휴의 실물 확인 여부와 현전 여부

14) <海東文獻錄序> 끝에 細註로 "疾甚 呼草 後當筆削."이라 당시의 상황을 밝히고 있다.

를 점검하고자 한다. 이는 문집을 통하여 이 시대 한문학의 규모를 가늠해 보고, 다음 장에서 검토할 不傳文集을 추출하는 작업이기도 하다.

『海東文獻總錄』의 20類 중에서 御製, 諸家詩文集, 中國詩文撰述, 東國詩文撰述, 中國東國詩文合編, 諸家雜著述 등에 실려 있는 문헌은 대부분 문학과 관련된 자료들이다. 다만 諸家詩文集 釋家의 저술 중 文集과 歌頌을 제외한 語錄 · 論 · 疏 등은 종교적인 색채가 짙어 문학에서 다루기 곤란한 면이 있다. 반면 史記類의 『三國遺事』(一然), 『帝王韻紀』(李承休), 『歷代歌』(吳世文), 『古今錄』(朴寅亮), 『櫟翁稗說』(李齊賢), 『稗官小說』(未詳) 등은 문학자료로 충분하다고 할 것이다.

한편 앞장에서 언급한 바와 같이, 김휴는 『海東文獻總錄』을 편찬하는 과정에서 실물을 직접 확인하지 않고 혹은 실물의 전래 여부와 관계없이 타 문헌에 기록되어 있는 문집의 편찬 사실 기사만으로 서목에 포함시킨 경우도 상당수 있는 것으로 보이는데, 그 서목을 조선 초기~중기의 문집 유전 상황과 비교해 보는 것도 그러한 사정을 간접적으로 확인할 수 있는 한 가지 방법이 될 수가 있다. 즉 『海東文獻總錄』의 서목을 『慵齋叢話』 및 『大東韻府群玉』의 기록과 비교해 보는 것이다.

成俔(1439~1504)의 『慵齋叢話』는 성종 대에 편찬된 것으로,[15] 卷8에 당대까지 전하던 文集名이 정리되어 있다. 그가 중앙에 근무하며 오래도록 文衡을 맡았던 점이나 각 문집의 卷帙을 표기하고 있는 점에서 그 실물을 확인하고 섭렵했을 가능성이 매우 높다고 할 수가 있다.

權文海(1534~1591)의 『大東韻府群玉』은 중국 서적 15종과 우리나라 서적 174종을 참조하여 1589년(선조 22)에 완성한 것으로, <纂輯書籍目錄>에 참조한 서적과 저자가 기록되어 있다. 권문해는 김휴(1597~1638) 바로

15) 『慵齋叢話』가 간행된 것은 1525년(숙종 20)의 일이다.

앞 세대의 인물이다. 김휴는 『海東文獻總錄』에서 『大東韻府群玉』에 대하여 "중국의 서적에서 기록한 바와 우리나라의 여러 서적들을 搜輯하지 아니한 것이 없다."[16]라고 해제를 하였고, 권문해 또한 그 책의 <범례> 14조에서 "감히 함부로 고치지 않고 本書대로 기록했다."[17]고 밝히고 있어, <찬집서적목록>에 기록된 문헌들은 당시에 유전하고 있던 것으로 보아 무방하다.

따라서 『海東文獻總錄』 소재 고려시대의 문학 관련 자료들을 정리하고, 이를 『慵齋叢話』 및 『大東韻府群玉』의 기록과 비교하면 아래의 <표>와 같다.

區分	著　者	書名 (海東文獻)	慵齋叢話	大東韻玉	現傳與否	備考
御製	睿　宗	睿宗唱和集	○			郭輿
	忠烈王	龍樓唱和集				金坵
諸家 詩文集	姜邯贊	樂道郊居集· 求善集				
	金富軾	金富軾文集				
	朴寅亮	小華集				
	金黃元	分行集				
	崔惟淸	南都集				
	林　椿	西河集	○	○	○	
	李奎報	李相國集	○	○	○	
	李仁老	銀臺集	○	○(金富軾)		
	崔　讜	雙明齋詩集	○(李仁老)			
	金良鏡	金良鏡詩集				

16) 『海東文獻總錄』, 524면, <大東韻玉> : "權文海所撰 中原書籍所記 及我東國諸書 無不搜輯."

17) 『大東韻府群玉』, <凡例> 제14조 : "不敢輕改 依本書書之."

區分	著 者	書名 (海東文獻)	慵齋叢話	大東韻玉	現傳與否	備考
	白賁華	南陽集			○	
	崔 滋	崔相國集				
	金克己	金員外集	○	○		
	李承休	動安居士集	○		○	
	洪 侃	洪崖集		○	○	
	崔 瀣	拙藁千百 · 農隱集	/ ○		○ /	
	李齊賢	益齋亂藁	○	○	○	
	權漢功	一齋集		○		
	閔 漬	默軒集				
	柳 淑	思庵集	○			
	安 軸	關東瓦注集	○		○	
	李達衷	霽亭集	○	○	○(1836)	
	尹 澤	栗亭集	○	○		
	李仁復	樵隱集	○	○		
	閔思平	及菴集			○	
	李 穀	稼亭集	○	○	○	
	李 穡	牧隱集	○	○	○	
	林惟正	百家衣集		○	○	
	鄭 誧	雪谷詩藁	○		○	
	鄭 樞	圓齋集	○		○	
	金九容	惕若齋學吟集	○	○	○	
	韓 修	柳巷集	○	○	○	
	鄭夢周	圃隱先生文集	○	○	○	
	吉 再	冶隱先生言行拾遺		○	○	朴瑞生
	李崇仁	陶隱集	○	○	○	

區分	著　者	書名 (海東文獻)	慵齋叢話	大東韻玉	現傳與否	備考
	李邦直	義谷集	○	○		
	李　惠	短豁集	○			
	廉興邦	東亭集	○			
	廉廷秀	萱庭集	○			
	安魯生	頤齋集				
	偰　遜	近思齋逸藁	○	○		
	偰長壽	芸齋集	○	○		
	羅興儒	中順堂集	○			
	權思復	愼村集				
	?	高麗詩				
	李　集	遁村集	○	○	○	
(釋家)	圓　鑑	圓鑑集			○	
	天　因	靜明國師詩集			○	
	禪　坦	禪坦集	○			
	?	息影庵集	○			
	惠　勤	懶翁三歌			○	
	無　學	溪月軒印空吟				
	覺　月	詩評・高僧傳			/ ○	
	宏　演	竹磵集	○			
	知　訥	牧牛子詩集・ 歌頌				
	混　丘	歌頌雜著				
	見明 (一然)	偈頌雜著				
	一　然	三國遺事		○	○	
	李承休	帝王韻紀		○	○	
史記類	吳世文	歷代歌				
	朴寅亮	古今錄				

區分	著　者	書名 (海東文獻)	慵齋叢話	大東韻玉	現傳與否	備考
	李齊賢	櫟翁稗說	○	○	○	
	?	稗官小說				
中國 詩文	金九容	選粹集				金祉
東國 詩文 撰述	金台鉉	東國文鑑	○	○		
	崔　瀣	東人之文	○(崔滋)		○	
	?	詩選				
	李穡(等)	東人詩				
	趙云仡	三韓詩龜鑑	○	○	○	
中國 東國	?	名賢十抄詩			○	
諸家 雜著類	鄭　敍	雜書				
	李仁老	破閑集	○	○	○	
	崔　滋	補閑集 (續破閑集)	○	○	○	
	崔惟淸	柳文事實				
	李資玄	歌頌 · 布袋頌 · 追和百藥公 樂道詩 · 南遊 詩				
	李齊賢	西征錄				
	偰　遜	之東錄				
	李　穀	關東遊山記	○(稼亭集)	○(稼亭集)	○(稼亭集)	東遊記
合計		87	40	30	34	

위의 <표>에 의하면 김휴가 조사하여 해제한 고려시대의 문학자료는 80종이 넘는다. 문집이 55종에 이르며, 그 외 『東國文鑑』(金台鉉)으로부터

『三韓詩龜鑑』(趙云仡)까지의 詩文選集, 『雜書』(鄭敍)로부터 『櫟翁稗說』(李齊賢)까지의 詩話集, 고승들의 歌頌, 紀行文, 편자 미상의 『高麗詩』, 『詩選』, 『稗官小說』 등 그의 힘이 닿는 데까지 조사·수집하여 이 시대의 문헌을 망라하려 했음을 알 수가 있다. 成俔이 "우리나라에 文章家가 적고 책을 지은 이는 더욱 적다."고[18] 했지만, 주요 문인들의 저작이 문집이나 기타 저술로 편찬된 것만 80종이 넘는다는 점에서 그 규모가 결코 작다고 할 수가 없다. 다만 시대가 오래되고 전란과 화재 등으로 인멸되어 오늘날 전하고 있는 문집의 수가 적을 따름이다.

문집의 경우 고려시대 주요 문인들의 문집을 거의 포괄하고 있다. 오늘날 전하고 있는 陳澕, 金坵, 田祿生, 白文寶의 유고가 빠졌다고 할 수가 있지만, 이들의 문집(유고, 일고)은 조선 중기 이후에 그 후손들이 각종 시문선집과 시화집 등에서 수습한 것들이다.[19] 시대적으로는 고려 초기·중기의 문집은 드물고, 후기에 집중적으로 편찬된 것이 특징적이다. 특히 李邦直(『義谷集』), 李惠(『短谿集』), 廉興邦(『東亭集』), 廉廷秀(『萱庭集』), 安魯生(『頤齋集』), 羅興儒(『中順堂集』), 權思復(『愼村集』) 등 文名이 크게 드러나지 않거나 문학사에서 비중 있게 다뤄지지 않는 군소 작가들의 문집이 많이 편찬된 사실은 주목되는 바이다. 이는 羅興儒가 생전에 문집을 간행하여 세상에 알리려 했던 것에서[20] 보는 바와 같이, 당시에 문사들 간의 유행이었던 것으로 짐작된다. 『高麗史』의 간신열전에 입전된 權漢功(『一齋集』)과 온갖 비리와 수탈로 결국 죽임을 당하였던 廉興邦의 문집 편찬

---

18) 成俔, 『慵齋叢話』 卷8 : "我國文章家尠少 而著書者尤尠."

19) 『梅湖遺稿』(1784년), 『止浦集』(1801년), 『壄隱逸稿』(1738년), 『淡庵逸集』(1900년경)이 편찬된 것은 후대의 일이다(『韓國文集叢刊』 참조).

20) 李穡, 『牧隱詩藁』 卷23, <羅判書將刊其中順堂集於尙州 托書於僕 以求速成 甚矣 其嗜詩而欲其傳於世也>.

도 그러한 시대적 분위기와 무관하지 않을 것이다.

한편『海東文獻總錄』에 수록되어 있는 고려시대의 문학자료 중『慵齋叢話』및『大東韻府群玉』의 것과 겹치는 자료는 각각 40종, 30종이다. 이것들은 앞서 언급한 바와 같이 조선 초기 및 임진왜란 이전까지 전해지던 문헌이다. 따라서『大東韻府群玉』을 기준으로 볼 때, 김휴는 30여 종의 문헌에 대해서는 직접 실물을 확인할 수가 있었겠지만, 나머지 50여 종에 대해서는 대부분 문헌 기록에 의존하여 서목에 편성했을 가능성을 배제할 수가 없다. 다시 말하면『海東文獻總錄』의 서목 중『慵齋叢話』나『大東韻府群玉』에 수록되지 않은 서적은 김휴 당대에 전해지지 않았고, 따라서 실물을 확인하지 못했을 것으로 추측할 수가 있다.

4. 부전 문집의 해제 검토

본장에서는『海東文獻總錄』에 등재되어 있으나 오늘날 전하지 않는 문집의 解題를 검토해 보고자 한다. 이들 문집의 대부분은 앞서 살펴본 바와 같이 김휴가 실물을 확인하지 못했을 가능성이 높은 것이지만, 현전 자료의 부족으로 인한 고려 한문학사의 공백을 부분적으로 메울 수 있는 근거가 될 수 있다.

문집에 대한 김휴의 해제는 체제(형식)상 本文, 細註, 頭註의 3부분으로 이루어져 있다. 本文에는 書名(卷帙), 著者, 編纂過程, 字, 본관, 학식, 文名, 급제, 벼슬, 공적, 일화, 사상, 성격, 장단점, 시호 등 저자에 따라 다소의 출입이 있으나 행적 위주의 전기사항을 기술해 놓았다. 호를 굳이 밝히지 않은 것은 통상적으로 文集名에 드러나 있기 때문으로 보인다.

현대적 해제의 중요한 요소인 편찬과정이나 동기를 밝힌 예는 몇몇 문집의 경우에 불과하다.[21] 따라서 실물이 전하지 않는 상황에서 文集名과 저자의 행적만으로 그 내용과 성격을 파악하기란 사실상 어려운 면이 있다. 本文의 기술은 대체로 타 문헌에서 발췌·요약의 방식을 취한 것이 많다. 細註는 쌍행으로 되어 있으며, 해당 문집이나 저자와 관련한 시, 시화, 시평, 서문, 발문 등을 인용하여 참고가 되게 하였다. 頭註는 본문과 세주를 집필한 후에 보완사항을 추기해 놓은 것이다.

이하 해제에 대한 검토에서는 저자와 관련한 일반적 객관적인 사항 즉 자, 본관, 학식, 급제, 벼슬, 시호 등은 논외로 하고, 해당 문집에 대한 타 문헌에서의 기록 여부, 편찬 동기와 과정, 저자의 주요 일화와 장단점 등에 주목하는 한편, 그 인용·발췌의 전거를 밝히기로 한다.

1) 睿宗, 『睿宗唱和集』

예종이 郭輿(1058~1130) 등과 수창하여 지은 책이다. 『睿宗唱和集』에 대한 기록은 이규보의 <睿宗唱和集跋尾>(『東國李相國集』 권1)와 『慵齋叢話』 권8에 보인다. 창화집의 주인인 예종의 好文에 대한 언급은[22] 빠져 있고, 주로 곽여의 행적을 기술해 놓았다. 예종의 총애로 당시 사람들이 金門羽客(궁중 안의 신선)으로 부른 일화, 예종이 若頭山 한 봉우리를 하사한 일, 기생과 종첩으로 인해 기롱 받은 사실 등을 적었다. 『高麗史』 권97, <郭輿列傳>에서 발췌한 것으로 보인다. 細注에는 예종이 곽여의 山

21) 『睿宗唱和集』, 『龍樓唱和集』, 『小華集』, 『分行集』, 『雙明齋詩集』, 『近思齋逸藁』, 『高麗詩』 등이다. 편찬 동기도 타 문헌의 기록을 인용한 것이다.

22) 徐居正, 『東人詩話』 卷下 : “睿宗喜文雅 日會文士唱和 繼而仁明亦尙儒雅 忠烈與詞臣唱酬 有龍樓集.”

齋로 미행을 나갔다가 만나지 못하고 10韻詩를 써서 벽에 걸어두고 돌아가자, 곽여가 그 시에 화운한 시를 소개하였다. 이 일화와 시는 『破閑集』 권중에 전하고 있으며, 곽여의 시는 『東文選』 권11에 <東山齋應製詩>라는 제목으로 뽑혀 있다.

2) 忠烈王, 『龍樓唱和集』

충렬왕이 세자 때 金坵(1211~1278), 李松縉, 祖英(僧)과 창화한 시집이다. 『龍樓集』에 관한 기사는 『櫟翁稗說』 전집1, 『止浦集』 권2, 『三峯集』 권12, 『東人詩話』 권하에 실려 있다. 충렬왕의 好文과 이송진, 조영의 행적에 대한 언급은 없고, 김구의 행적을 위주로 기술하였다. 김구의 성격이 참되고 과묵하며 국사를 의논하는 데 굳세고 솔직하였던 점, 문장이 당대에 으뜸이어서 그가 지은 표문을 원나라 학사 王鶚[23]이 칭찬한 일, 崔忠獻 부자의 기림을 받았으므로 사람들이 변변찮게 여긴 사실 등을 소개하였다. 『高麗史』 권106, <김구열전>과 『高麗史節要』 권20, 충렬왕 4년, <김구 졸기>에 자세하다. 頭注에는 曹伸의 말을 인용하여 <障子詩>와 崔怡에게 아첨한 시 2수를 추기하였는데, 그 출전은 『謏聞瑣錄』이다.

3) 姜邯贊, 『樂道郊居集』 · 『求善集』

두 문집에 관한 기사는 『高麗史』 권94, <강감찬열전>에만 보이며, 이에 따르면 치사한 후 성 남쪽의 별장에 살면서 『樂道郊居集』과 『求善

23) 본문의 '王諤'은 王鶚의 잘못이며, '熙宗朝登第'도 高宗朝登第의 잘못이다(『止浦集』, <年譜>).

集』을 지었다고 한다. 강감찬(948~1031)의 행적에 대해서는 好學과 奇略, 거란의 군대를 물리치고 개선할 때 현종이 迎坡驛에 나아가 맞이하고 잔치를 베풀어 준 사실, 체모가 보잘 것 없었으나 국사를 훌륭히 수행한 점, 성격이 검소하여 산업을 경영하지 않은 일, 송나라 사신이 그를 보고 "文曲星이 오래도록 보이지 않더니 여기에 있구나." 하며 자신도 모르는 사이에 절을 한 일화 등을 기술하였다. 그의 열전에서 채록한 것으로 보인다. 강감찬이 武將이었으나, 만년에 문집을 저술했음은 주목할 만한 일이다.

4) 金富軾, 『金富軾文集』(20卷)

『高麗史』 권98, <김부식열전>에 "문집 20권이 있다."고 하였다. 즉 김휴가 이 기사를 참조하여 "金富軾文集"이라 명명한 것이며, 따라서 실물을 직접 확인하지 못한 것으로 보인다. 타 문헌에서는 김부식의 문집의 정식 명칭이 확인되지 않는다. 김부식(1075~1151)의 행적으로 풍체가 크고 얼굴이 검으며 눈이 튀어나온 외모, 문장으로 이름난 사실, 妙淸의 난을 토벌한 공적 등을 소개하고, 송나라 사신 徐兢이 그의 위인과 재주를 좋아하여 『高麗圖經』에 그의 세가와 도형을 실음으로써 천하에 이름을 떨치게 되었다고 기술하였다. 이것은 그의 열전에서 발췌한 것이다. 細註에는 시화집에서 <結綺宮>, <燈夕> 시와 함께 "詞意가 嚴正典實하여 참으로 德 있는 자의 말이다."라는 시평을 인용하였다. 그 전거는 『東人詩話』 권상으로 확인된다.

5) 朴寅亮, 『小華集』

박인량(?~1096)이 金覲과 함께 송나라에 사신으로 갔을 때, 송나라 사람이 그들의 尺牘 · 表狀 · 題詠 등을 칭찬하여 『小華集』으로 간행해 주었다. 편찬경위는 『高麗史』 권95, <박인량열전>과 『高麗史節要』 권6, 숙종 원년, <박인량 졸기>에도 자세히 나와 있다. 그들의 행적은 박인량의 文詞가 雅麗하여 중국에 보내는 외교문서가 모두 그의 손에서 나왔으며, 김근 또한 박인량과 함께 시로써 이름을 떨쳤다고 기술하였다. 그의 열전에서 초록한 것이다. 細注에는 『櫟翁稗說』 후집2에서 압록강을 경계로 한 요나라와의 국경 문제와 관련하여 박인량이 <진정표>를 지어 해결한 사실을 전재하고, 시화집에서 <使宋過泗州龜山寺> 시를 인용하였다. 시화집은 『東人詩話』 권상이다.

6) 金黃元, 『分行集』

김황원(1045~1117)이 대간으로 있을 때 言事로 인해 성주태수로 폄직되어 임지로 가던 중, 마침 조정으로 돌아오던 李載를 分行驛에서 만나 시로써 증별하였는데, 縉紳들이 그 시구[蘆葦蕭蕭秋水國 江山杳杳夕陽時]에 따라 화운시를 지어 엮어서 『分行集』이라 하였다. 이 편찬경위는 『破閑集』 권하에 자세히 수록되어 있으며, 타 문헌에는 『分行集』에 관한 기록이 보이지 않는다. 김황원의 행적에 대해서는 성품이 맑고 굳세어서 권력에 아부하지 않았으며, 李載와 함께 文名이 높았다고 기술하고, 요나라 사신이 그의 口號를 칭찬하자 재상 李子威가 시기하고 상서 金商祐가 시를 지어 옹호한 일화를 옮겨 놓았다. 또 검속하지 않아 聲色을 좋아했다는 부정적인 평가도 기록하였다. 이는 『高麗史』 권97, <김황원열전>

에서 발췌한 것이다.

한편 細注에는 그가 부벽루에 올랐다가 현판의 시들이 마음에 들지 않아 모두 불살라버리고 고심 끝에 단구 2句[長城一面溶溶水 大野東頭點點山]를 짓다 말고 통곡하며 내려왔는데, 뒷날 權漢功이 나머지 2句를 이어 지었다는 일화를 싣고, 頭注에는 李載가 李軌로 개명한 사실 등을 약기하였다. 세주의 부벽루 일화는 『東人詩話』 권상에서 인용한 것이다.

7) 崔惟淸, 『南都集』

『南都集』에 관한 기록은 『高麗史』 권99, <최유청열전>에 보인다. 이에 따르면 『南都集』 외에 왕명으로 『李翰林集注』와 『柳文事實』을 편찬했다고 한다. 『高麗史節要』 권12, 명종 4년, <최유청 졸기>에도 비슷한 내용이 기록되어 있다. 『補閑集』 권상에서는 그의 문집을 『文淑公家集』이라 하였다. 최유청(1095~1174)의 행적으로는 배우기를 좋아하여 經史子集에 두루 통하고, 과거에 급제한 후에도 "학문을 넉넉히 쌓은 뒤에 벼슬하리라." 하고 두문불출 독서하였던 사실, 무신란 때 무신들이 그의 평소 덕망에 감복하여 해치지 않은 일, 날마다 불경을 외울 정도로 불교를 좋아하였던 성품 등을 서술하였다. 그의 열전을 참조한 것이다. 細注에는 "昌原人"이라고 그의 본관을 밝혀 놓았는데, 추기한 것으로 보인다.

8) 李仁老, 『銀臺集』(前集 20卷, 後集 4卷, 權溥 撰注)

『銀臺集』에 관한 기록은 『高麗史』 권102, <이인로열전>과 『慵齋叢話』 권8, 『大東韻府群玉』, <찬집서적목록>에 보인다. 『大東韻府群玉』에서는 저자를 金富軾으로 잘못 기록하고 있다. 權溥의 撰注 사실은 『高

麗史』 권107, <권보열전>과 『陽村集』 권20, <孝行錄序>에서 찾을 수 가 있다. 이인로(1152~1220)의 무신란으로 인한 출가와 환속, 14년간의 史翰생활, 詩名, 편급한 성격 때문에 크게 등용되지 못한 점 등 행적에 대한 기술은 그의 열전에서 발췌한 것이고, 명종의 칭찬을 받은 <元宵御座燈籠詩>와 관련한 기사는 『破閑集』 권상에 실려 있다.

細注에는 『補閑集』 권중에서 이인로의 用事가 뛰어남을, 『東人詩話』 권상에서 <소상팔경시>와 관련한 기사 및 시평[淸新富麗 工於摸寫 …… 古今絶唱]을 인용하였다. 그런데 『東人詩話』의 해당 기사를 발췌하는 과정에서 蘇舜欽의 시구를 빠뜨림으로써 趙孟頫가 이인로의 시를 좋아한 것으로 잘못 축약하고 말았다. 그리고 頭注에 시 1편을 인용해 두었는데, 원제목은 <宿韓相國書齋>이고 출전은 『破閑集』 권상이다.

9) 崔讜, 『雙明齋詩集』(3卷)

『雙明齋詩集』은 최당(1135~1211)이 평장사로 치사한 후 살던 집을 쌍명재라 편액하고 崔詵, 張自牧, 李俊昌, 白光臣, 高瑩中, 李世長, 玄德秀, 趙通 등과 耆老會를 열었는데, 거기에서 지은 시와 화답한 시들을 이인로가 모아서 편찬한 것이다. 따라서 『慵齋叢話』 권8에서는 『雙明齋詩集』을 이인로가 지은 것이라고 하였다. 이인로는 <雙明齋記>(『東文選』 권65)와 <雙明齋詩集序>(『東文選』 권83), <題張子牧雙明齋額題後>(『東文選』 권102)를 지은 바 있다. 최당에 대해서는 네 왕을 차례로 섬겨 종묘와 사직을 평안히 한 공이 있으며, 九老會(耆老會)를 열어 地上仙이라 불리는 한편 그 도형을 돌에 새겨 세상에 전하였다고 소개하였다. 그의 행적과 기로회에 대해서는 『高麗史』 권99, <최당열전>, <高麗史節要> 권14, 희종 7

년, <최당 졸기>, 『拙藁千百』 권1, <海東後耆老會序>, 『陽村集』 권19, <後耆英會序> 등을 참고할 수가 있다. 崔詵(?~1209)의 행적으로는 최당의 아우로 명종 때 사간으로 있으면서 왕의 동생인 승려 冲曦가 궁중에서 간통한 일을 감히 말했다가 파직된 사실, 문학으로 명성이 있었던 점, 조용하고 과묵하며 예의가 발랐던 언행 등을 기술하였는데, 『高麗史』 권99, <최선열전>에서 발췌한 것이다.

한편 細注에는 나머지 7인의 자, 본관, 성품, 벼슬, 일화 등을 간단히 소개하였다. 장자목의 글씨를 이규보가 高評한 것은 『東國李相國集』 後集 권11, <東國諸賢書訣論評序>에 보이고, 玄德秀와 趙通의 행적은 각각 『高麗史』 권99, <현덕수열전>과 권102, <조통열전>에서 발췌한 것이다. 그런데 조통이 林椿의 무리들과 耆老會를 열었다고 한 대목은 竹林高會의 잘못이다. 頭注에는 조통에 대하여 보충하였는데, 이인로가 그를 山水友로 삼고 지어준 시를 소개하였다. 이 시는 『東文選』 권4, <贈四友> 중의 1편이다.

10) 金良鏡, 『金良鏡詩集』

『金良鏡詩集』은 그의 후손 金可構가 수십 수의 시들을 모아 유고를 편찬한 것이다. 成俔이 <金良鏡詩集序>(『虛白堂集』 권6)를 지었으며, 타 문헌에는 그의 詩集에 관한 기록이 보이지 않는다. 김양경(?~1235)의 행적에 대해서는 仁鏡으로 개명한 사실, 文·武·吏才를 겸비하고 예서를 잘 쓴 점, 趙冲을 도와 거란을 토벌한 공로, 상주목사로 폄직되어 가며 지은 시와 임지에서 지은 시, 近體詩賦를 잘 지은 사실 등을 소개하였는데, 『高麗史』 권102, <김인경열전>과 『新增東國輿地勝覽』 권21, 경주부, 인물 조에 자세하다. <한림별곡>(『高麗史』 권20, 악지2)에서 "良鏡詩賦"라 한 대목은 인용되어 있지 않다. 한편 頭注에는 그가 시를 지을 때 淸新한 글자를 써서 사람들을 놀라게 했다는 『補閑集』 권중의 기사를 인용하여 추기하였다.

11) 崔滋, 『崔相國集』(8卷)

최자(1188~1260)의 문집명이 『崔相國集』으로 기록된 예는 타 문헌에 보이지 않는다. 『高麗史』 권102, <최자열전>에는 "家集 10권이 세상에 전한다."고 하였다. 그의 행적으로는 재주가 있었으나 10년간 學官으로 머물며 승진하지 못한 점, <虞美人草歌>와 <水精盃詩>로 인해 이규보에 의해 崔怡에게 천거되어 文柄을 잡은 사실, 재상이 되어 淸嚴으로써 풍속을 위무한 일 등을 들었는데, 『補閑集』에 관해서는 언급하지 않았다. 행적은 『高麗史』의 열전과 『高麗史節要』 권18, 원종 1년, <최자 졸기>에 자세히 기록되어 있다. 細注에는 임춘의 <聞鶯> 시와 최자의 <夜直聞鶴唳> 시를 비교하여 후자의 氣節이 더 강개하다는 『櫟翁稗說』 후집2의 기사를 전재하였다.

12) 金克己, 『金員外集』(135卷)

김극기의 문집명을 『金員外集』이라 일컬은 곳은 『三韓詩龜鑑』(권상)과 『大東韻府群玉』(<찬집서적목록>)이고, 그 외 『金翰林集』(『補閑集』 권중), 『金居士集』(『櫟翁稗說』 후집2 ; 『東文選』 권83, <金居士集序> ; 『慵齋叢話』 권8 ; 『旬五志』 권하), 『金克己集』(『新增東國輿地勝覽』 권45, 통천군 ; 『東岳集』 권11, 「월성록」) 등으로 불렸다. 문집의 권질 또한 135권(『湖山錄』 권하, <答芸臺亞監閔昊書> ; 『東文選』 권83,

<金居士集序>), 137권(『增補文獻備考』 권247), 150권(『三韓詩龜鑑』 권상) 등으로 각기 달리 기록되어 있다. 兪升旦이 쓴 <金居士集序>(『東文選』 권83)가 초기 기록이므로, 당초의 문집명은 『金居士集』이고 그 권수는 135권이었을 것으로 판단할 수가 있다. 그의 행적에 대해서는 어려서부터 영리하여 말을 하면 문장이 되었고 고종 때 한림과 원외랑을 역임했다고 간략히 기록하였다. 유승단의 윗글에서 발췌한 것이다. 그는 『高麗史』에 입전되지 않았다. 한편 최자가 그의 시를 평하여 "屬辭淸曠, 言多益富"라 한 구절을 『補閑集』 권중에서 인용하였다. 細注에는 <醉時歌>와 그것에 대한 시평[語甚豪壯挺傑]을 『東人詩話』 권상에서 전재하였다.

13) 權漢功, 『一齋集』

『一齋集』에 대한 기록은 『大東韻府群玉』, <찬집서적목록>에 보인다. 『高麗史』 권125, <권한공열전>에는 그의 문집에 관한 언급이 없으며, 다른 문헌에도 보이지 않는다. 권한공(?~1349)의 행적으로는 能文으로 현달하여 충선왕이 원나라에 있을 때 과거를 주관하고 왕의 귀국에 따라 궁중을 상시로 출입한 사실, 충숙왕의 즉위로 海島에 유배 가서 왕을 원망하며 瀋王의 옹립을 시도한 일 등을 기술하였는데, 그의 열전에서 발췌한 것이다. 그는 간신열전에 입전된 인물이다.

한편 細注에는 권한공이 요동의 崖頭驛에서 지은 시구에 대하여 목은이 호평한 내용을 소개하고, 또 시화에서 이제현과 권한공이 多景樓에 올라 지은 시를 인용하였다. 각각의 출전은 『牧隱詩藁』 권3, <崖頭驛有醴泉權政丞詩 ……>와 『東人詩話』 권하이다. 頭注에는 그가 먼 섬으로 유배 갈 때 "천하가 광대하지만, 내 몸 하나 둘 곳이 없다."라고 불평을 하자, 전별 나온 李瑱이 "변소 구멍이 좋소."라고 응대하여 창피를 주었다는 일화를 추기하였다. 그의 열전에 실려 있는 내용이다.

14) 閔漬, 『默軒集』

『默軒集』은 민지(1248~1326)의 증손 子復(安仁), 子宜(由誼)가 편찬한 것으로, 李穡이 그 서문을 썼다. 『牧隱文藁』 권8, <默軒先生文集序>를 참조할 수가 있다. 민지의 행적으로 충선왕을 따라 원나라에 갔다가 交趾(베트남) 정벌을 의논한 일, 글재주는 있었으나 성리학을 알지 못하여 『편년강목』을 편찬하면서 주자의 의논이 잘못되었다고 한 사실 등을 기술하였다. 『高麗史』 권107, <민지열전>에서 발췌한 것이다. 細注에는 이색의 <默軒先生文集序>에서 그의 시문이 순수하고 준일하며, 表章과 綱目이 일세의 독보라고 평한 구절을 인용해 두었다.

15) 柳淑, 『思庵集』

『慵齋叢話』 권8에 유숙(1324~1368)의 『思庵集』 1질이 있다는 기록이 보인다. 이색이 지은 <寄贈柳思庵詩卷序>(『牧隱文藁』 권7)도 이와 유관한 자료이다. 『思庵集』과 『思庵詩卷』이 같은 것인지는 알 수가 없다. 그의 행적으로는 충목왕을 따라 원나라에 들어가 홀로 절개를 지킨 점, 홍건적의 난 때 왕의 남행을 결정한 일, 성품이 강직해서 신돈의 비위를 거슬러 물러나며 지은 시 때문에 결국 죽임을 당한 사실 등을 기술하였는데, 『高麗史』 권112, <유숙열전>에서 발췌한 것이다.

細注에는 벼슬에서 물러나 있으며 나라를 걱정하여 지은 시를 소개하고, 죽음을 의연히 맞은 모습을 서술하였다. 그 시는 <書懷寄趙瑚先

輩>(『東文選』 권21)로 확인된다. 또 시화에서 유숙이 사직을 청하고 귀향할 때 이인복이 送詩를 지어 주었는데, 그 시 가운데 '明哲'과 '五湖'라는 두 시어 때문에 그의 죽음의 빌미가 되었을 것이라는 이야기를 인용하였다. 출전은 『東人詩話』 권상이고, 이인복의 송시는 <送柳思庵>(『東文選』 권15)이다. 그리고 『秋江冷話』에서 유숙의 <碧瀾渡> 시와 함께 그의 충성과 절개가 밝혀지지 못한 채 신돈에게 피살되어 슬프다는 내용을 인용하였다.

16) 尹澤, 『栗亭集』

『栗亭集』에 관한 기록은 『高麗史』 권106, <윤택열전>과 『慵齋叢話』 권8, 『大東韻府群玉』, <찬집서적목록>에 보인다. 이색이 쓴 <栗亭先生逸藁序>(『牧隱文藁』 권8)는 그 서문이다. 이에 따르면 집에 화재가 나서 문서를 모두 잃어버리고, 손자 紹宗이 수습하여 편찬하였다고 한다. 윤택(1289~1370)의 행적으로는 어려서부터 독서를 많이 하여 박식하였던 점, 공민왕에게 발탁되어 많은 건의를 한 사실, 范仲淹의 '先憂後樂之言'을[24] 애송한 일, 치사한 후 錦州에 귀향하여 산수 간에 自娛한 일, 공민왕이 초상화를 그려주고 또 '栗亭' 두 글자를 써서 하사한 사실 등을 기술하였다. 『高麗史』의 그의 열전과 이색의 <栗亭先生尹文貞公墓誌銘>(『牧隱文藁』 권18) 등을 참고할 수 있다. 細注에는 『東人詩話』 권하에서 윤택이 錦州에서 지낼 때 지은 <寄黃檜巖詩>와[25] 함께 그 시의 말뜻이 濃纖·雄麗하다는 시평을 인용하였다.

---

24) 范仲淹, <岳陽樓記> : "先天下之憂而憂 後天下之樂而樂歟."
25) 『東文選』 卷21에는 <元巖宴集次黃檜山韻>이라는 제목으로 실려 있다.

17) 李仁復, 『樵隱集』

『樵隱集』에 관한 기록은 『慵齋叢話』 권8과 『大東韻府群玉』, <찬집서적목록>에 보인다. 이인복(1308~1374)의 행적으로는 원나라 制科에 급제한 사실, 위인이 正大謹厚하고 예의를 중시한 점, 글을 잘 지어 국가의 辭命이 그의 손에서 나온 점, 辛旽의 비위를 거슬러 파직된 사실, 임종시 아우 李仁任이 염불할 것을 권하자 평소 부처를 믿지 않았는데 스스로 속일 수 없다고 하며 거절한 일화 등을 들었다. 이색의 <樵隱先生李公墓誌銘>(『牧隱文藁』 권15), 『高麗史』 권112, <이인복열전>, 『高麗史節要』 권29, 공민왕 23년, <이인복 졸기>에 자세하다. 細注에는 글을 지을 때 고심하여 득의한 후에 사람들에게 보여주었으므로 문사가 엄정하고 뜻이 심오하여 일세의 으뜸이 되었다는 평을 인용해 두었는데, 그 출전은 이색이 쓴 그의 묘지명이다.

18) 李邦直, 『義谷集』

『義谷集』에 관한 기록은 『慵齋叢話』 권8과 『大東韻府群玉』, <찬집서적목록>에서도 확인된다. 이방직(?~1384)의 행적에 대해서는 字가 淸卿이고 벼슬이 집현전대제학에 이르렀으며, 공민왕이 '淸卿義谷' 네 글자를 직접 써서 하사하였다고 간단히 기술하였다. 그는 『高麗史』에 입전되어 있지 않다. 한편 본관을 공란으로 비워 두었는데, 『櫟隱逸稿』 권6, <尊慕錄>에 의하면 淸州人으로 확인된다. 이색의 <義谷淸卿四字贊幷序>(『牧隱文藁』 권20)와 권근의 <御札李氏名贊幷序>(『陽村集』 권23)는 공민왕의 어찰과 관련된 자료이다.

19) 李惠, 『短豁集』

『短豁集』에 관한 기록은 『慵齋叢話』 권8에도 보인다. 또 『春亭集』에도 그의 詩藁 1질이 있다는 기록이 있다.[26] 이혜의 행적에 대해서는 키가 작고 언청이였으므로 '短豁'이라 한 호의 유래, 甫州를 다스릴 때의 치적, 변계량이 보낸 시 등을 간략히 소개하였다. 그는 여말선초에 활동한 문인이다. 변계량의 시는 <權先達孟孫行寄甫州李使君惠>(『春亭集』 권1)로 확인되며, 『海東雜錄』 권3에도 관련 기사가 실려 있다.

20) 廉興邦, 『東亭集』

『東亭集』에 관한 기록은 『慵齋叢話』 권8에 보인다. 염흥방(?~1388)에 대해서는 林堅味와 함께 매관매직과 백성들의 재산 수탈 등으로 전횡을 일삼다가 죽임을 당했다고 소개하였다. 그는 『高麗史』 권126, 간신열전에 입전되어 있다. 그의 행적에 대한 기사는 <林堅味列傳>에서 발췌한 것이다. 이색이 지은 <漁隱記>(『牧隱文藁』 권2)는 그의 호에 대한 기문으로, 위인을 미화해 놓고 있다.

21) 廉廷秀, 『萱庭集』

『萱庭集』에 대한 기록은 『慵齋叢話』 권8에도 보인다. 염정수(?~1388)는 염흥방의 동생이다. 李崇仁 등과 백관의 관복을 제정하기도 했지만 형과 함께 죽임을 당했다고 간략히 소개하고 있다. 그는 『高麗史』에 입전되어 있지 않다. 관복 제정은 우왕 13년의 일로 鄭夢周, 河崙, 廉廷秀,

---

26) 卞季良, 『春亭集』 추보, <甫州使李惠以寢席見惠 且傳所自著詩藁一帙 以詩答之二首>.

李崇仁, 姜淮伯 등이 참여하였다. 이색이 쓴 <萱庭記>(『牧隱文藁』 권2)는 그의 호에 대한 기문이다.

22) 安魯生, 『頤齋集』

『頤齋集』에 관한 기록은 타 문헌에 보이지 않는다. 安魯生의 행적에 대해서는 竹山人으로 우왕 때 급제하고 문장으로 이름이 있었으며 寧海로 귀양 갔다가 뒤에 벼슬이 집현전제학에 이르렀다고 간략히 소개하였다. 그는 정몽주가 제거될 때 그 일파로 몰려 피살되었는데, 『高麗史』에 입전되어 있지 않다. 문장으로 <石灘亭記>(『石灘集』 권하)와 <陜川澄心樓記>(『浩亭集』 권4)가 남아 있다.

23) 偰遜, 『近思齋逸藁』 (1帙, 續錄 若干首)

『近思齋逸藁』에 관한 기록은 『高麗史』 권112, <설손열전>과 『慵齋叢話』 권8, 『大東韻府群玉』, <찬집서적목록>에 보인다. 원래 설손(?~1360)이 연경에 있을 때 지은 것으로 13권이었으나 홍건적의 난 때 잃어버리고, 고려로 온 후 기억에 남은 시문 700여 수를 기록하여 『近思齋逸藁』 2질로 엮은 것이다. 1질은 아들 偰長壽가 홍건적의 난 때 잃어버리고, 다른 1질을 설장수의 친구가 온전히 보관하고 있었으므로 이것을 판각하였다고 한다. 서문은 이색이 썼는데, 젊은 시절의 작품에 老成한 기운이 있는 것으로 봐서 장년 시절의 작품을 넉넉히 상상할 수가 있다고 하였다. 이색의 <近思齋逸藁後序>(『牧隱文藁』 권7)와 설장수의 <近思齋逸藁跋>(『東文選』 권103)에서 자세한 편찬경위를 참조할 수 있다. 그 외 설손은 고려로 올 때 압록강을 건넌 후 1년 동안 지은 시문 300여 수를 엮어 『之東錄』 1질을 남겼으나, 현전하지 않는다.

한편 그의 행적에 대해서는 回鶻人(위구르)으로 시문에 능했던 점, 원나라에서 端本堂正字 벼슬을 하다가 홍건적을 피하여 고려로 귀화한 사실, 공민왕이 원나라에서 그와 종유한 연고로 후대하고 富原君에[27] 봉한 사실 등을 기술하였다. 『高麗史』 그의 열전에 자세하다. 細注에는 『謏聞瑣錄』에서 설손의 시 1수와 그 시어가 건실하다는 평어를 인용하였는데, 시의 제목은 <莊村醉歸口號>(『東文選』 권21)로 확인된다.

24) 偰長壽, 『芸齋集』

『芸齋集』에 관한 기록은 『慵齋叢話』 권8과 『大東韻府群玉』, <찬집서적목록>에 보인다. 설장수(1341~1399)의 행적으로는 설손의 아들로 시문에 능했던 점, 공양왕을 옹립한 공로로 9공신에 들었던 사실, 정몽주의 일파로 몰려 파직된 일, 조선 왕조에 들어 본관을 경주로 하사한 사실 등을 소개하였다. 『慵齋叢話』 권10에 이와 비슷한 내용이 수록되어 있으며, 자세한 행적은 『高麗史』 권112, <설장수열전>을 참고할 수가 있다.

25) 羅興儒, 『中順堂集』 (1帙)

『中順堂集』에 관한 기록은 『慵齋叢話』 권8에 보이나, 『高麗史』 권114, <나흥유열전>에는 언급되어 있지 않다. 문집은 그의 생전에 상주에서 간행하였으며,[28] 이색이 <中順堂集序>(『牧隱文藁』 권9)를 썼다. <跋羅興儒賀詩卷>(『牧隱文藁』 권13)도 참고가 된다. 이색의 서문에 따르면 조

---

27) 본문에는 審原君으로 잘못 표기되어 있다.

28) 李穡, 『牧隱詩藁』 卷23, <羅判書將刊其中順堂集於尙州 托書於僕 以求速成 甚矣 其嗜詩而欲其傳於世也>.

정의 사대부들이 그를 기려서 지은 시 90편, 나흥유가 일본으로 사신 가서 지은 시 250편, 일본 승려가 지은 시 10편 등이라고 한다. 나흥유의 행적으로는 여러 번 과거에 떨어진 일, 자청하여 일본에 사신으로 갔다가 구금되었을 때 일본인들에게 나이 150살에 도술이 있다고 속여 풀려난 일 등을 기술하였다.『高麗史』그의 열전에 자세하다. 細注에는 이색이 쓴 <중순당집서>를 轉載하였다.

26) 權思復,『愼村集』

『愼村集』에 관한 기록은 타 문헌에 보이지 않는다. 권사복의 행적에 대해서는 安東人으로 麗末에 登第하고 벼슬이 정당문학에 이르렀다고 짧게 기술하였다. 그는『高麗史』에 입전되지 않았다. 字에 대해서는 공란으로 비워 두었는데, 白文寶의『淡庵逸集』권2, <門人錄>에 의하면 子仁으로 확인된다. 細注에는 延安사람들이 기러기를 생포하여 권사복에게 대접하려 함에 기러기를 놓아주고 지은 시와 김종직의 비해를 인용하였다. 그 출전은『青丘風雅』권7이고, 시 제목은 <放鴈>이다.

27) ?,『高麗詩』(3卷)

책의 제목 아래에『文獻通考』(元)에 실려 있으며, 李絳孫이 서문을 지었다고 세주를 달아두었다. 本文에는 晁氏(?)의 말을 인용하여 책의 편성 과정을 설명하였다. 고려 문종 대에 崔思齊 · 李子威 · 高琥 · 康壽平 · 李穗 등이 송나라에 사신으로 갔을 때 神宗이 정월 보름날 동쪽 궁궐 아래에서 잔치를 베풀고 어제시를 지음에 접반관 畢仲行과 다섯 사신 그리고 兩府의 관료들이 화운시를 지었고, 또 그 뒤의 사신 金悌 · 朴寅

亮·裵某·李絳孫·盧柳·金化珍 등이 사행 도중에 창화하여 70여 편을 엮어서 『西上雜詠』이라 이름을 붙였다고 한다.

한편 細注에는 최사제(?~1091)와 김제의 약력을 기술하고, 특히 김제는 거란 때문에 한동안 막혔던 송나라와의 교통을 열었다고 하였다. 『高麗史』 권8, 문종 25년에 관련 기사가 보인다. 頭注에는 『補閑集』 권상에서 최사제가 송나라에 사신으로 갈 때 배 위에서 지은 시를 인용하고, 또 『高麗史』에서 김제의 사행 기사를 발췌해 두었다. 최사제의 시는 <入宋船上寄京中諸友>(『東文選』 권19)로 확인된다. 이 시집은 『文獻通考』에 등재된 것도 그렇거니와, 박인량의 『小華集』과 함께 한·중 문화교류의 일면을 이해하는 데 도움이 된다.

28) 禪坦, 『禪坦集』

『禪坦集』에 대한 기록은 『慵齋叢話』 권8과 姜碩德의 <海東釋禪坦師詩集序>(『東文選』 권94)에 보인다. 강석덕의 서문에 따르면, 그가 家兄 子脩로부터 이름 모를 『雜詩』 한 巨帙을 얻었는데, 그 속에 실려 있는 선탄의 <早春> 시를 보고 처음에는 의심을 했다가 차츰 읽어 내려가며 이제현의 <送完山通判>, 선탄의 <寄尹生>과 <撫琴> 등으로 미루어 선탄의 것임을 확신하고 『海東釋禪坦師詩集』이라 이름을 붙여 한 권의 책으로 만들었다고 한다.

선탄의 행적에 대해서는 호가 幻翁이고 시에 능했으며 거문고를 잘 탔다고 소개하고, 이어서 익재와 종유하였는데 익재가 어떤 사람에게 부친 시에 "봄바람에 끝없는 그리운 마음을, 강남 탄상인에게 말하여 주게."라 읊었다고 하였다. 익재의 시는 <送完山李半刺>(『益齋亂藁』 권3)이다. 또 『大東聯珠詩格』에서 선탄이 관동을 유람하며 지은 시구[鳴沙十里海棠紅 白鷗兩兩飛疎雨]가 유명해져 세상 사람들이 마지막 두 글자를 따서 그를 '疎雨禪師'라 일컫는다는 일화를 인용하였다.

29) ?, 『息影庵集』 (1帙)

『息影庵集』에 대한 기록은 『慵齋叢話』 권8에 보인다. 지은이와 행적에 대해서는 "승려가 지었으나 그 이름을 알 수가 없다."고 하였는데, 이는 『慵齋叢話』의 기록[息影庵一帙 僧人所著 不知名氏]를 그대로 옮겨온 것이다.

30) 無學, 『溪月軒印空吟』

『溪月軒印空吟』에 대한 기록은 이색의 <題溪月軒印空吟>(『牧隱文藁』 권13)에만 보일 뿐이다. 김휴 또한 이것으로 書目에 포함시킨 것으로 보인다. 해제는 무학(1327~1405)의 행적 대신 이색의 윗글을 인용하는 것으로 갈음하였다. 무학의 행적은 변계량의 <朝鮮國王師妙嚴尊者塔銘>(『春亭續集』 권1)에 자세하다. 溪月軒은 무학이 살던 집이고, 印空吟은 시집이라는 뜻이다. 이색은 "무학이 名과 相에서 벗어나 사물을 접함에 형적을 남기지 않았으니, 시냇물[溪]과 달[月]처럼 비록 형적이 있는 것 같으나, 잡으려 하면 얻을 수 없으니, 공허한 가운데 나타나 있음[印空]이 분명하다."고 그 의미를 풀이하였다.

31) 覺月, 『詩評』 · 『高僧傳』

覺月은 覺訓이며, 『高僧傳』은 『海東高僧傳』을 일컫는다. 『海東高僧傳』은 현재 <流通篇> 2권만 전하고 있다. 『詩評』과 『高僧傳』에 관한 기록

은 이규보의 挽詩 <次韻文禪師哭覺月首座>(『東國李相國集』 권16)의 注에 "師嘗著詩評不示予", "師曾修高僧傳"이라 한 것이 보인다. 김휴도 이 注를 근거로 書目에 나란히 편성했을 것으로 짐작된다. 각월의 행적에 대해서는 "원종 때의 승려로 시에 능했으며 일찍이 『詩評』을 지었다. 이규보의 挽詩가 있다."고 하였다. 頭注에는 이규보의 挽詩를 인용해 두었다.

32) 宏演, 『竹磵集』

『竹磵集』에 관한 기록은 『慵齋叢話』 권8에 보인다. 굉연의 행적에 대해서는 자가 無說, 호가 竹磵이고, 원나라에 들어가 毆陽玄·危素와 교유하였으며, 시가 매우 건실하다고 소개하고, 구양현과 위소가 쓴 序文을 각각 인용하였다. 교유와 시평은 『慵齋叢話』에 나오는 내용이다. 구양현은 그 서문에서 굉연의 고체시·7언시·5언시를 각각 품평하여 그의 시세계가 나아갈 바를 헤아릴 수가 없다고 극찬하였다. 또 위소도 굉연의 爲人과 文詞를 칭찬하여 송나라 초기에 중국에 왔던 일본인 승려 奝然과 나란히 달려갈 만하여 얻기가 어려운 인물이라고 평가하였다.

33) 普照, 『牧牛子詩集』

『牧牛子詩集』에 관한 기록은 李滉의 <遊小白山錄>(『退溪集』 권41)에 "보조국사가 소백산 東伽陁庵에서 9년 동안 좌선 수도하며 두문불출하고 목우자라 자호하였는데, 詩集이 있다."라는 기사가 있을 뿐, 타 문헌에는 보이지 않는다. 김휴가 이것을 근거로 書目에 포함시킨 것으로 보인다. 보조국사의 행적은 기술하지 않고, 이황의 <유소백산록>을 인용하는 것으로 대신하였다. 이황은 宗粹라는 승려가 보조국사의 시구를 외우는 것을 들어보니, 모두 警策이어서 사람들로 하여금 오곡이 익지 않는 탄식을 자아내게 한다고 칭찬하였다.

5. 결언

조선 중기의 학자 金烋(1597~1639)가 편찬한『海東文獻總錄』은 우리나라의 전적을 대상으로 한 최초의 解題集이다. 삼국시대로부터 당시까지 저술된 문헌자료들을 조사하여 해제를 해 놓고 있다. 우리는 이를 통하여 조선 중기까지의 문헌의 면모를 파악할 수 있을 뿐만 아니라, 오늘날 전하지 않은 문헌들에 대한 정보를 제공받을 수가 있다. 이에 본고에서는『海東文獻總錄』에 수록된 고려시대의 문집 중 현전하지 않은 문집과 그 해제에 주목하였다. 이것들은 고려시대 한문학사를 補備할 수 있는 기초자료가 될 수 있기 때문이다. 이하에서는 지금까지 논의한 결과를 요약·정리하는 것으로 결론에 대신하고자 한다.

김휴는 당초 스승 張顯光의 권유로 경상북도 북부 낙동강 주변 지역의 문헌을 조사·수집하는 것에서 편찬사업을 시작했으나, 그 시대적 범위와 대상을 확대하여 삼국시대 이래 당대까지의 전적문화를 총 정리하고자 하였다. 이에 그는 실물을 직접 조사·수집하는 한편, 당시에 전래되던 각종 문헌에서 전적의 편찬과 관련된 기록들을 일괄 조사하여 書目을 편성하고 해제작업을 하였다. 서목의 편성에는『慵齋叢話』와『大東韻府群玉』을 많이 참고한 것으로 보인다.

그가 조사하여 서목에 포함시킨 문헌은 670여 종에 이르며, 학문 전 분야를 두루 포괄하고 있다. 특히 조사로부터 고증·해제를 마치기까지

20년 이상 거의 일생을 바치다시피 했는데, 고증에 참고할 만한 문헌이 부족한 당시의 상황에서 이러한 작업을 홀로 수행한 것은 대단한 업적이라고 평가할 수가 있다. 조사한 서목 중에 고려시대의 문학자료는 80종이 넘으며, 고려시대 주요 문인들의 문집이 거의 망라되어 있다. 이를 통해 고려시대 한문학의 규모가 결코 작지 않음을 확인할 수가 있다. 특히 현전하지 않아 다소 생소한 문집의 명칭과 저자, 그리고 고려 후기 군소 작가들의 집중적인 문집 편찬 등은 주목되는 바이다.

문헌에 대한 해제는 저자의 행적을 밝히는 데 주안점을 두어, 인물에 대한 출처를 우선으로 삼고 문장에 대한 논의는 뒤로 다루고자 하였다. 따라서 해제의 본문에는 서명(권수), 저자, 편찬과정, 자, 본관, 학식, 文名, 급제, 벼슬, 공적, 일화, 사상, 성격, 장단점, 시호 등 저자에 따라 출입이 있으나 행적 위주의 전기사항을 기술해 놓았다. 행적 중에서도 정치적 사건은 가급적 배제하고, 임금과의 관계나 대중국 외교에서의 역할, 그리고 학문과 관련한 내용을 중시하였으며, 저자의 훌륭한 행실뿐만 아니라 나쁜 면도 드러내었다.

해제의 체제는 본문·세주·두주 3부분으로 이루어져 있으며, 그 서술방식은 거의 발췌와 인용이다. 김휴가 실물을 직접 확인한 자료의 경우 일부 그 내용과 자신의 의견을 기술하기도 하였지만, 그가 당시에 접하지 못했을 것으로 추측되거나 고려시대 문집의 경우 본문의 행적은 역사서나 저자의 묘지명에서 대부분 발췌·요약하였고, 세주에는 시·시화·시평·서문·발문 등을 轉載하여 참고가 되게 하였으며, 두주에는 보완사항을 추기해 놓았다. 따라서 문집에 대한 해제는 전기적 성격과 시화적 성격을 아울러 띠며 종합적으로는 한 편의 작가론이라 할 수가 있다.

한편 현전하지 않은 고려시대 문집의 해제를 분석하는 과정에서 그 발췌 · 인용의 출처를 구체적으로 확인한 결과, 『高麗史』의 해당 저자 열전과 『東人詩話』를 인용한 예가 가장 많았고 그 외 『高麗史節要』, 『破閑集』, 『補閑集』, 『櫟翁稗說』, 『秋江冷話』, 『謏聞瑣錄』, 『大東聯珠詩格』, 『東文選』, 『靑丘風雅』, 『東國李相國集』, 『牧隱集』, 『三峯集』, 『陽村集』, 『春亭集』, 『退溪集』 등을 참고한 것으로 나타났다. 고려 문인들의 행적과 시화 · 시평을 많이 수록하고 있는 서적들을 실체 고증에 이용한 것이다.

요컨대, 『海東文獻總錄』 所載 不傳 高麗文集에 대한 기록은 그 해제가 저자의 행적 위주이고 또 여러 문헌에서 인용한 것이어서 당장에 유용하다고 할 수는 없다. 그러나 해당 문집의 편성과 존재 사실을 알려줄 뿐만 아니라, 고려시대 한문학사의 공백을 메워줄 수 있는 단서가 되기에 충분하다. 따라서 추후 김휴의 기록을 바탕으로 해당 문집의 발굴에 힘쓰는 한편, 저자별로 각종 문헌에 산재해 있는 시문의 잔편들을 수습하여 유고를 편찬하는 노력이 뒤따라야 할 것이다.

■ 제 7 장 ■

고려시대의 일실(逸失) 시화집

1. 서언

고려시대의 시평·시화에 대한 연구 내지 한문학 비평연구는 『破閑集』, 『補閑集』, 『櫟翁稗說』, 『白雲小說』을[1] 중심으로 이루어져 왔고, 그 성과도 상당히 축적되었다. 이들 雜錄의 각각에 나타나는 비평관, 비평의 기준·형태·방법 등 비평정신과 전개양상이 여러 차례 검토되었으며,[2] 특히 『백운소설』의 편자가 李奎報가 아니라 조선 후기의 어떤 문인일 것이라는 원전 비평적 연구는 주목되는 성과이다.[3] 또 조동일의 『한국문학사상사시론』에 이어, 『한국문학사상사』[4]가 관련 전공자들에 의해

1) 『백운소설』을 뒤에 놓은 것은 그 내용이 이규보와 관련된 것이지만, 조선 후기에 편찬되었기 때문이다.

2) 고려시대 비평연구의 최대 쟁점은 用事와 新意에 대한 이해로, 여전히 논란의 대상이 되고 있다.

3) 유재영, 『白雲小說研究』, 원광대 출판국, 1979.
김진영, 「李奎報文學研究」, 서울대 박사학위논문, 1982.
정규복, 「백운소설의 찬자에 대하여」, 『한국고전문학의 원전비평』, 새문사, 1990.

분담 집필됨으로써 고려시대 주요 문인들의 문학사상 및 비평세계가 일차 정리된 셈이 되었다.

이와 같이 근년에 새로운 연구결과가 나오지 않을 정도로 연구가 거의 마무리 단계에 와 있음에도, 본고에서 고려시대의 시화 · 시평과 관련하여 문제를 제기하는 것은 기존의 연구에서 해당 자료에 대한 기초적인 검토가 미처 이루어지지 않았기 때문이다. 즉 기존 연구에서는 현전하는 4종의 자료집(『파한집』, 『보한집』, 『역옹패설』, 『백운소설』)을 중심으로 다루어 왔고, 여타 전하지 않는 이 시대의 시화 · 시평집에 대해서는 간과하거나 그 성격을 제대로 구명하지 못한 면이 있다. 보다 구체적으로 말하면 고려시대에 편찬된 시화 · 시평집의 實態, 種數, 先後關係조차 정확히 파악되어 있지 않다고 하겠다.

이상의 문제 제기와 관련하여, 다음 자료는 고려시대 시화 · 시평집의 편찬 실태에 대한 정보를 분명하게 제시해 준다.

> 우리 東方의 詩學은 三國에서 시작되어 高麗에서 성했으며 朝鮮에 와서 極에 이르렀다. 그 사이에 시를 품평한 것으로는 中丞 鄭嗣文, 大諫 李眉叟, 文正 金台鉉, 平章 崔樹德, 益齋 李仲思 같은 사람이 모두 부지런히 수집하였으나, 소략하고 자잘한 병통이 없지 않다.[5]

조선 초기의 문인 崔淑精(1433~1480)이 徐居正의 『東人詩話』의 우수성을 치켜세우기 위하여, 앞 시대의 시화 · 시평집 편찬자들을 열거하고, 그 자료집의 단점을 지적한 내용이다. 嗣文은 鄭敍의 초명, 眉叟는 李仁

4) 『한국문학사상사』, 송민호 교수 고희기념논총, 계명문화사, 1991.

5) 崔淑精, <東人詩話後序> : "吾東方詩學 始於三國 盛於高麗 極於聖朝 其間斧藻裁品者 若鄭中丞嗣文 李大諫眉叟 金文正台鉉 崔平章樹德 李益齋仲思 皆有裒集之勤 然不無疎略細瑣之病."

老의 字이고, 文正은 金台鉉의 시호, 樹德은 崔滋의 字, 仲思는 李齊賢의 字이다. 이들이 각각 편찬한 시화·시평집은 『雜書』, 『破閑集』, 『東國文鑑』, 『補閑集』, 『櫟翁稗說』이다. 곧 고려시대에는 이상 5종의 시화·시평집이 편찬되었음을 알 수가 있다.

여기에서 특히 우리의 주목을 끄는 것은 鄭敍의 『雜書』와 金台鉉의 『東國文鑑』이다. 이에 따르면 정서의 『잡서』는 시기적으로 우리나라 最古(最初)의 시화·시평집에 해당하고, 김태현의 『동국문감』은 그동안 詩文選集으로만 알려져 왔지만 시화·시평적 성격을 겸했을 것으로 짐작할 수가 있다. 본고에서는 이상에서 제기한 문제를 중심으로 고려시대에 편찬된 몇몇 시화·시평집의 편찬과정과 태도 그리고 그 성격을 고찰하고, 아울러 『백운소설』의 편찬자를 洪萬宗으로 추정한 데[6] 대한 異見을 제시하고자 한다.

2. 고려 최초의 시화집 『잡서』

우리 선인들이 삼국시대에 중국으로부터 한자를 들여와 한문으로 창작활동을 시작한 이래 문학작품에 대한 단편적인 품평이 있어 왔지만, 본격적인 시화·시평집 형태의 저술이 편찬되기는 고려시대에 와서였다. 지금까지 고려시대에 편찬된 최초의 시화집은 李仁老의 『破閑集』으로 알려져 왔고, 각종 문학사는 물론 기존의 개별연구에서도 그렇게 기술되고 있다. 이는 現傳하는 最古의 시화집이 『파한집』인 데서 기인한 것으로 보인다.

---

6) 정규복, 앞의 논문.

그러나 앞서 서언에서 제시한 바와 같이, 그 이전에 鄭敍가 저술한 시화 · 시평집이 있었음은[7] 고려 비평사의 기원을 새롭게 자리매김해야 하는 문제가 아닐 수 없다. 정서의 시화 · 시평집이 현전하지 않아 그 전모를 알 수가 없지만, 崔滋의 『補閑集』에 전하는 다음 기사로 미루어 그 성격의 대강을 헤아릴 수가 있다.

> 中丞 鄭敍의 『雜書』에 侍中 崔惟善의 <閨情詩>가 실려 있는데, 이르길, "꾀꼬리는 새벽에 울고 시름 속에 비 내리는데, 푸른 버들 맑은 날에 中春을 바라보네."라 하였고, 또 <梳詩>에 이르기를, "들어가 등용되어서 마땅히 머리에 꽂을 일이지, 어찌 일찍이 匣 속에 있겠는가?"라 하였다. (이 詩句를 보면 최유선은) 단지 재주가 풍부할 뿐만 아니라, 지위가 신하로서 가장 높게 될 것임을 알 수가 있다. 지금 『侍中集』을 보면 '머리에 꽂는다[加首]'는 글귀가 자못 많은데, 鄭中丞은 어찌 이 一聯을 취하여 그의 지위가 신하로서 가장 높게 될 것을 알았을까?[8]

정서가 그의 『잡서』에 崔惟善의 <閨情詩>와 <梳詩>를 뽑아 넣었는데, 특히 <梳詩>의 詩句[들어가 등용되어서 마땅히 머리에 꽂을 일이지, 어찌 일찍이 匣 속에 있겠는가?]대로 최유선이 후일에 현달하였으므로, 정서의 시 감식안이 뛰어나다는 칭찬이다. <梳詩>에서 비녀를 머리에 꽂는다는 것은 紗帽를 쓰고 벼슬에 나아가는 일을 가리키며, 갑 속에 있는 것은 布衣의 신세라고 할 수가 있다. 『崔侍中集』에 '加首'라는 글귀가 많이 쓰인 것은 그만큼 宦路로의 진출 의지가 강했음을 나타내는 것인 바, 정서

---

7) 이가원, 『한국한문학사』(보성문화사, 1978)만 고려시대의 雜錄으로 鄭敍의 『雜書』를 간단히 언급하고 있다.

8) 崔滋, 『補閑集』 卷上 : "鄭中丞敍雜書 載崔侍中惟善閨情詩云 黃鳥曉啼愁裏雨 綠楊晴弄望中春 又梳詩云 入用宜加首 何曾在匣中 非特才華贍給 足以知位極人臣也 今觀侍中集中如加首之句頗多 鄭何取此一聯 知位極人臣也."

는 이를 포착하여 최유선의 지위가 人臣의 極이 될 줄을 예견했던 것이다.

실제 최유선은 현종 때 <君猶舟>라는 賦와 <御苑種仙桃>라는 詩로 廉前試에서 장원급제하여[9] 7품관으로 한림원에 들어갔으며, 문종 때 여러 벼슬을 거쳐 同知中樞院事가 되었고, 그 후 中書侍郎同中書門下平章事權吏部尙書事, 中書令, 判尙書吏部事에 올랐으며, 推忠贊化康靖綏濟功臣號를 받고 開府儀同三司守太師上柱國, 門下侍郎에 이르렀다. 그는 해동공자 崔沖의 아들로, 아버지를 이어 당대의 儒宗이 되었으며 사람들이 모두 그를 존경하였다고 한다. 文和라는 시호를 받고 文宗의 묘정에 배향되었다.[10]

한편 鄭敍는 忠臣戀主之詞로 일컬어지는 <鄭瓜亭>의 작자이다. 그는 恭叡太后의 媒婿로서 仁宗의 총애를 받았으며, 특히 종실 大寧侯와 친함으로써 鄭諴·金存中 등의 모함을 받아 동래로 유배되었는데, 오래되어도 임금이 불러주지 않자 거문고를 타며 <정과정>을 지었다.[11] 이 <정과정>은 李齊賢(1287~1367)이 「東國四詠」의 하나로 읊고 또 「小樂府」에 올린 이래, 고려와 조선시대의 많은 문인들이 이를 따라짓는 인기 있는 詩題가 되기도 하였다.[12]

『高麗史』, <鄭敍列傳>에 의하면, 그는 성품이 輕薄했으나[13] 才藝가 있었다고 한다.[14] 才藝가 있었다는 이 단평만으로 그가 시화·시평집을

9) 같은 곳.

10) 『高麗史』 卷95, <崔沖列傳 附 崔惟善>.

11) 같은 책 卷97, <鄭沆列傳 附 鄭敍>.

12) 정경주, 「정서의 생애와 충신연주지사로서의 정과정」, 『부산한문학연구』 8, 1994 ; 성범중, 「동국사영의 연원과 전통」, 『한국한시연구』 4, 1996.

13) 성품이 경박했다는 평가에 대해서는 정경주, 앞 논문에서 반론을 제기하여 충분히 해명하였다.

14) 『高麗史』 같은 곳 : "性輕薄 有才藝."

편찬할 만한 作詩力과 鑑識眼을 가지고 있었다고 보기에는 부족하다. 따라서 그의 문학적 소양 내지는 비평과 관련된 자료를 더 확인할 필요가 있다. 竹高七賢의 한 사람인 林椿이 정서를 추모한 시에서 그 단서를 확인할 수가 있다.

忽昨見遺墨	홀연히 남긴 유묵을 다시 뵈오니
之人猶目擊	그 분을 직접 만나 뵈온 것 같네.
神毫鬪蛟螭	신묘한 글씨는 교룡이 싸우는 듯
大手搏貙貀	큰 솜씨로 이리를 때려잡듯 했네.
翻瀾一快讀	뒤적이며 한 번 흔쾌히 읽은 뒤로
嗜閱空成癖	즐겨 보기가 괜스레 버릇이 되었네.
還疑照乘珠	외려 수레 비출 보배인가[15] 의아하고
初從頷下索	처음 턱 아래 여의주[16] 찾은 듯하네.
觀者已爭購	보는 이가 벌써 다투어 사들이매
流傳遍蠻貊	오랑캐 땅에까지 흘러 전하였네.[17]

이 시는 원래 102句에 이르는 장편시로, 정서가 동래로 유배될 때 中淳禪老에게 화답한 시를 임춘이 얻어 보고 차운한 것이다. 임춘은 정서를 직접 만나보지 못했는데[18] 그의 유고만을 읽고는 神毫 · 大手라 재주를 칭찬하고 詩作을 照乘珠 · 頷下珠에 비겼다. 더욱이 정서의 유고를 閱讀하는 것이 임춘에게 버릇이 되었고, 또 사람들이 그의 유고를 다투어

15) 전국시대 魏惠王이 지녔던 구슬로 한 개가 12乘의 수레를 환하게 비추었다(『史記』, 卷46, <田敬仲完世家>).

16) 검은 용의 턱 아래에 있다는 珠玉으로 귀중한 보배를 가리킨다. 頷下之珠(『莊子』, 第32, <列禦寇>).

17) 林椿, 『西河集』 卷1, <次韻鄭侍郎敍詩幷序>.

18) 같은 곳 : "故學士鄭公 余不及見之 有藏其遺藁者 乃公貶南時所和中淳禪老詩也 追和其韻."

購得하였다고 한다. 임춘은 또 다른 시에서 당시 사람들이 정서의 시를 보배로 여겼다고 하였다.[19] 곧 정서는 詩的 才能이 뛰어난 인물이었음을 미루어 짐작할 수가 있겠다. 그리고 단적으로는 和韻詩이기는 하지만 102句의 장편시를 구사한 것에서도 그의 作詩 능력을 엿볼 수가 있다.

閑棲多暇日	한가로이 사노라니 여가가 많아
章句搜且摘	章句를 찾아 모으고 또 뽑았네.
感憤寓諸文	감분한 심정을 글에다 붙이나니
紛紛盈簡策	어지러이 종이마다 가득하다네.[20]

이 시구는 정서가 『잡서』를 편찬한 사정을 살필 수 있는 중요한 단서가 된다. '閑棲多暇日'은 동래로 유배 가 있을 때를 말하고, '章句搜且摘'은 선인들의 詩文을 抄選하는 일을 나타낸다. 그리고 '感憤寓諸文'은 그 抄選한 詩文에 대해 느낌과 품평을 부치는 것이며, '紛紛盈簡策'의 결과는 『雜書』인 것이다. 곧 정서가 20년간의 유배생활을[21] 하는 중에 선대의 시문을 수집하고 발췌하는 한편, 거기에 비평을 가하여 『잡서』을 편찬하였음을 알 수가 있다.

이상에서 살펴본 바와 같이 정서는 상당한 作詩力과 鑑識眼의 소유자였고, 『잡서』는 고려시대에 편찬된 최초의 시화·시평집이었음을 확인할 수가 있다. 따라서 문인들 사이에 소장, 애독되는 한편 후대의 시화집 편찬에 많은 영향을 미쳤을 것은 자명한 일이다. 崔滋는 『續破閑集』을[22] 편찬하고, 그 序文에서 『잡서』에 대하여 다음과 같이 언급하고 있다.

---

19) 같은 책 卷2, <追悼鄭學士> : "當年翰墨爲人寶 高世聲名造物猜."

20) 같은 책 卷1, <次韻鄭侍郎敍詩幷序>.

21) 정서는 의종 때 內侍郎中으로 있다가 동래로 유배되었고, 20년간의 유배 끝에 명종 즉위 직후에 소환되었다.

또 중서 李藏用의 집에 소장되어 있던 중승 鄭敍의 『雜書』 3권을 얻어서 아울러 후편에 붙여 通儒의 刪補를 기다리는 바이다.[23]

李藏用은 정서보다 후진으로, 최자와 동시대를 살았던 인물이다. 『잡서』가 그의 집에 소장되어 있었다는 것은 적어도 그가 애독하였고, 나아가 당시의 문인들 사이에 널리 읽혔음을 말해준다. 최자가 『잡서』를 『속파한집』에 부록으로 붙인 것은 『잡서』가 『속파한집』(『보한집』)과 같은 성격의 저술이었기 때문이다. 이 대목에서 『잡서』가 시화 · 시평집이었음을 다시금 확인할 수가 있다. 그리고 그것이 公刊되었는지는 알 수가 없으나, 3권이라고 했으니 『파한집』, 『보한집』의 분량에[24] 해당하는 전문 시화 · 시평집이었을 것으로 추측할 수가 있다. 또 적어도 조선 초기까지는 전해졌던 것으로 보아[25] 고려는 물론 조선시대의 시화집 편찬에 많은 참고가 되고 영향을 미쳤을 것으로 생각된다.[26] 따라서 鄭敍는 고려가요 <鄭瓜亭>의 작자로서만 아니라 우리나라 시화 · 시평집의 端初를 열었다는 점에서 새로이 평가되어야 할 것이다.

---

22) 『속파한집』과 『보한집』은 체제 면에서 다소 차이가 있는 것으로 보인다. 이에 대해서는 후술하기로 한다.

23) 『東文選』 卷84, 崔滋, <續破閑集序> : "又得李中書藏用家藏鄭中丞敍所撰雜書三卷 并附于後編 以俟通儒刪補." 이 내용은 <補閑集序>에 없는 것이다.

24) 『파한집』과 『보한집』은 각각 上 · 中 · 下 3卷으로 이루어져 있다.

25) 최숙정, 앞의 글.

26) 金烋의 『海東文獻總錄』에도 『雜書』 書目이 있으나 직접 관련되는 내용은 없고, <정과정곡>에 대한 언급만 있다. 곧 김휴는 『잡서』를 직접 보지 못한 것 같으며, 조선 초기에 일실된 것으로 보인다.

3. 『속파한집』과 『보한집』의 관계

鄭敍의 『雜書』에 이어서 나온 것이 李仁老의 『破閑集』이다. 『破閑集』에는 전래의 奇聞, 異事, 文士들의 逸話, 人物評, 詩話, 이인로 자신의 간단한 詩文評, 詩文論 등이 일정한 체계 없이 서술되어 있다. 이인로의 아들 世黃은 아버지의 평소 말을 인용하여 『파한집』의 저술의도가 다음과 같음을 밝히고 있다.

> 날마다 西河 耆之와 濮陽 世材의 무리와 더불어 金蘭의 사귐을 맺고 꽃 피는 아침이나 달 밝은 저녁이면 같이 놀지 않은 적이 없었으니 세상에서는 竹林高會라 했다. 술이 취하면 서로 말하기를, " …… 우리 本朝는 邊境이 蓬萊・瀛洲와 접해 있어 옛날부터 神仙의 나라라 하였다. 그 靈異한 것을 모으고 빼어난 것을 길러서 500년마다 간간이 인재를 내어 중국에 아름다운 이름을 나타낸 이로는 學士 崔孤雲이 앞에서 先唱하였고 參政 朴寅亮이 뒤에서 화답하여 名儒와 韻釋이 題詠에 공교하여 名聲을 異域에 떨친 이가 대대로 있었다. 우리 같은 사람들이 진실로 거두어 기록하여 후세에 전하지 않는다면 없어져서 전하지 못할 것이 틀림없다."라 하고, 드디어 中外의 題詠 중에서 본받을 만한 것을 거두어 엮어서 정리하여 3권을 만들고 이름을 破閑이라 했다.[27]

당시는 文士들이 무신란을 피해 竹林高會를 결성하고 飮酒賦詩로 소일하던 때였던 바, 시대적 상황이 문사들로 하여금 문학에 탐닉하게 했

27) 李世黃, <破閑集跋> : "日與西河耆之 濮陽世材輩 約爲金蘭 花朝月夕 未嘗不同 世號竹林高會 倚酣相語曰 …… 我本朝境接蓬瀛 自古號爲神仙之國 其鍾靈毓秀 間生五百 現美於中國者 崔學士孤雲 唱之於前 朴參政寅亮 和之於後 而名儒韻釋 工於題詠 聲馳異域者 代有之矣 如吾輩等 苟不收錄傳於後世 則堙沒不傳 決無疑矣 遂收拾中外題詠可爲法者 編而次之爲三卷 名之曰破閑."

고 또 그 과정에서 『파한집』의 편찬이 가능했던 것이다. 『파한집』 편찬의 보다 직접적인 원인은 인멸 우려가 있는 名儒韻釋의 빼어난 題詠들을 收拾하여 후세에 전하고자 하는 데 있었다. 여기에서 우리는 당시 문인들의 우리 문화 보존의식과 문사로서의 책임의식을 엿볼 수가 있다. 또한 최치원, 박인량 및 명유운석들이 제영으로 중국에 명성을 날렸다는 데 대한 문화적 자긍심과 저들에 결코 뒤지지 않는다는 대등의식도 아울러 짐작할 수가 있다.

이런 점에서 보면 『파한집』은 책 제목만 보고서 얼핏 생각해버리기 쉬운 '심심파적으로 쓴 글'이 결코 아니다. 개인적인 파한으로서가 아니라, 분명한 저술의도를 가지고 편찬한 것이다. 이인로는 致仕하거나 은둔한 사람들이 이 책을 읽게 되면 온전한 閑을 깨달을 수 있고, 벼슬길에 헤매다가 失勢한 사람들도 이 책을 읽게 되면 한가한 것이 병통이 되는 불완전한 閑을 치유할 수 있을 것이라는 뜻에서 책의 제목에 '閑'字를 넣었다고 하였다.[28] 이는 자기의 파한이 아니라 다른 사람의 파한을 위해서 저술했다는 2차적인 집필의도라고 할 수가 있다. 즉 직접적인 저술의도는 역대 名儒韻釋들의 題詠을 수습하여 후세에 전하는 데 있었지만, 부차적으로는 독자에게 파적거리를 제공하는 데 그 목적이 있었던 것이다. 책의 제목 또한 부차적인 목적과 관련하여 붙여진 것이라고 하겠다.

『파한집』의 뒤를 이어서 崔滋의 『續破閑集』, 즉 『補閑集』이 나왔다. 책의 제목에서 그 후속임을 당장 알 수가 있지만, 그 구체적인 편찬경위

28) 같은 곳 : "吾所謂閑者 蓋功成名遂 懸車綠野 心無外慕者 又遁跡山林 飢食困眠者, 然後其閑可得而全矣 然寓目於此 則閑之全可得而破也 若夫汨塵勞役名宦 附炎借熱 東騖西馳者, 一朝有失 則外貌似閑 而中心洶洶 此亦閑爲病者也 然寓目於此 則閑之病亦可得而醫也 若然則不猶愈於博奕之賢乎."

는 다음과 같다.

> 고금의 여러 명현 중에 그 문집을 엮어 놓은 사람은 오직 7~8명에 그치고, 그 나머지의 名章秀句는 모두 인멸되어 전하지 않는다. 학사 李仁老가 대략 모아서 책을 엮어 『파한집』이라고 했으나 晋陽公이 그 책의 수록 범위가 넓지 않다고 하여 나에게 續補를 명하였다. 이에 없어져 잃어버린 나머지를 억지로 주워 모아 근체시 약간 聯을 얻고, 혹 중이나 아녀자들의 한두 가지 일 중에서 웃음거리의 자료가 되는 것은 비록 그 시가 좋지 않더라도 같이 수록하여 함께 一部를 만들어 三卷으로 나누고 이름을 『속파한집』이라 하였다.[29]

『보한집』의 저술목적은 1차적으로 『파한집』의 수록 범위가 넓지 않아 그것을 보완하여 독자에게 파한의 資料로 제공하는 데 있었다. 거기에는 최자 자신의 생각이든 지시자 晋陽公 崔怡의 생각이든 간에, 이인로와 마찬가지로 인멸 우려가 있는 名章秀句를 수습하여 후대에까지 전하려는 우리 문화에 대한 보존의식이 기본적으로 자리하고 있었음은 물론이다. 실권자 최이의 續補 지시는 당시의 정략적인 문인·문학 우대책의 일환으로 나온 것이다. 최자는 『보한집』을 저술하면서 앞서 이루어진 정서의 『잡서』와 이인로의 『파한집』을 기본적으로 참조했지만, 특히 『파한집』의 續補를 내세우고도 이인로와 생각이 다른 부분은 빼고[30] 또 이인로보다도 이규보에 치우치는 면을 보여주고 있다. 특히 이인로와 이규보의 대비를 통하여 이규보에게 편파적일 만큼 칭찬을 하고 있

29) 『東文選』 卷84, 崔滋, <續破閑集序> : “古今諸名賢編成文集者 唯止七八家 自餘名章秀句 皆堙沒無聞 李學士仁老 略集成編 名曰破閑 今晋陽公以其書未廣 命予續補 强拾廢忘之餘 得近體詩若干聯 或至於浮屠兒女輩 有一二事可以資於談笑者 雖詩不佳幷錄之 共成一部 分爲三卷 名之曰續破閑.”

30) 崔滋, 『補閑集』 卷下 : “眉叟以林宗庇崑崙岡上之對 載於破閑 吾不取焉.”

다. 『보한집』이 이인로의 『파한집』의 續補임을 자처했으나, 그 형식만 따랐을 뿐이고 실제 비평에서는 이규보의 시론과 시를 추종하고 있다. 이규보를 新意論者로 만든 것도 그이다. 이는 이인로와의 문학관의 차이도 있지만, 그의 출세가 이규보의 후광을 크게 입은 것과도[31] 관계가 있는 것으로 보인다.

그런데 『속파한집』과 『보한집』은 구분하여 이해할 필요가 있다. 지금까지 그래왔듯이 『속파한집』을 『보한집』과 같은 책으로 인식하는 것은 엄밀한 의미에서 잘못이다. 이는 <속파한집서>와 <보한집서>의 비교를 통하여 확인할 수가 있다. 다음 표는 두 서문 간의 글자 출입을 대비한 것이다.

번호	〈續破閑集序〉	〈補閑集序〉
1)	琢字必欲新 故語生	琢字必欲新 故其語生
2)	吾道大興	吾道大行
3)	權迪	權適
4)	金富佾富轍	金富轍富佾
5)	朴皓	朴浩
6)	今時李學士仁老	李學士仁老
7)	兪文安公升旦	兪文公升旦
8)	金內翰克己	金翰林克己
9)	劉李兩司成	劉沖基李百順兩司成
10)	皆金石間作	金石間作

31) 『高麗史』 卷102, <崔滋列傳> : 이규보가 최자의 글을 기이하게 여기던 중 최이가 이규보에게 "누가 당신의 후임으로 文翰을 담당할 만한가?"라고 묻자, 대답하기를 "學論로 있는 崔安(崔滋)이란 사람이 있고, 과거에 급제한 金坵가 그 다음이다."라고 하였다. 또 이규보가 당시의 신진 문사들을 表와 書로써 10차례 시험하였는데 최자를 5차례 장원, 5차례 차석으로 평정하였다.

11)	古今諸名賢 編成文集者 唯止七八家	古今諸名賢 編成文集者 唯止數十家
12)	今晋陽公 以其書未廣 命予續補	晋陽公 以其書未廣 命予續補
13)	得近體詩若干聯	得近體若干聯
14)	雖詩不佳	其詩雖不嘉
15)	共成一部 分爲三卷 名之曰續破閑	共一部 分爲三卷 而未暇雕板
16)	又得李中書藏用家藏 鄭中丞敍所撰雜書三卷 幷附于後編 以俟通儒删補	今侍中上柱國崔公 追述先志 訪採其書 謹繕寫而進
17)		時甲寅四月日 守太尉 崔滋序
출전	『東文選』卷84	『補閑集』

위에서 보는 바와 같이, <보한집서>는 <속파한집서>를 고쳐 쓴 것이다. 우선 문장을 윤문하고, 인명·직명이 잘못 표기되거나 불분명한 것을 바로잡았으며,[32] 시대상황에 맞게 부분적으로 개작했음을[33] 볼 수가 있다. 특히 여기서 우리는 두 서문을 각기 쓸 당시의 상황과 최자의 입장 변화에 주목할 필요가 있다. <속파한집서>는 최자가 진양공 崔怡의 지시로 책의 편찬을 끝내고 썼던 바, 그 시점은 위의 표-12) 今晋陽公 때이다. <보한집서>는 그 책(『속파한집』)이 제때에 간행되지 못하고 있던 중, 최이의 아들 崔沆이 아버지의 뜻을 追述하기 위하여 책을 찾으므로 繕寫하여 바치며 썼던 바, 그 시점은 위의 표-16) 今侍中上柱國崔公 때이다. 그런데 繕寫 과정에서 『속파한집』에 변화가 일어났다. 즉 책의 제목이 『속파한집』에서 『보한집』으로 바뀌었는데, 이는 '파한'이라는 용어를 없앰으로써 『파한집』의 편찬자인 李仁老와의 연관성을 약화시키려는 의도로 해석된다. 보다 중요한 변화는 책의 체제가 부분적으로 바뀐 점이다. 표-16)에서 보는 바와 같이 『속파한집』의 부록으로 첨

32) 위의 표 <보한집서> 7)번의 경우 오히려 文安公의 '安'字를 빼는 잘못을 저질렀다.
33) 위의 표 2), 6), 11), 12), 15), 16)의 대비를 통해 개작의 양상을 확인할 수 있다.

부된 鄭敍의 『雜書』 三卷이 繕寫過程에서 『보한집』에 부분적으로 편입된 것이다. 이러한 사실은 『보한집』의 다음 기사를 통하여 확인할 수가 있다.

> 鄭中丞敍雜書 載崔侍中惟善閨情詩云 …… 鄭何取此一聯 知位極人臣也.[34]

『속파한집』의 부록으로서 별도의 책인 『잡서』의 내용이 『보한집』에 나오는 것은 최자가 繕寫過程에서 『잡서』를 인용하고, 거기에 자신의 의견을 덧보탰기 때문이다. 위 인용문의 "鄭何取此一聯 知位極人臣也."는 최자의 정서에 대한 평가이다. 결국 <속파한집서>에서 정서의 "『잡서』 3권을 『속파한집』에 附編하여 通儒의 删補를 기다린다[又得李中書藏用家藏 鄭中丞敍所撰雜書三卷 并附于後編 以俟通儒删補]."고 하였는데, 『보한집』으로 繕寫하면서 자신이 通儒가 되어 『잡서』를 删補한 셈이 된 것이다.

따라서 『속파한집』은 『보한집』의 초고이고, 『보한집』은 『속파한집』의 수정 증보판이라고 할 수가 있다. 두 책은 『잡서』의 편입 여부에 따라 차이가 난다고 하겠다. 한편 『보한집』은 1254년(고종 41)에 간행되었고, 이와는 별도로 『속파한집』도 조선 초기까지는 전해졌던 것으로 보인다. 『고려사』의 <최자열전>에 "『家集』 10권과 『續破閑集』 3권이 세상에 전한다."고 하였다.[35]

34) 崔滋, 『補閑集』 卷上. 全文은 주 8) 참조.

35) 『高麗史』 卷102, <崔滋列傳> : "家集十卷 續破閑集三卷 行於世."

4. 시문선 겸 시화집 『동국문감』

『東國文鑑』은 우리나라의 시문을 대상으로 편찬된 최초의 詩文選集으로 알려져 있다. 그러나 그것이 현전하지 않기 때문에 그 내용과 규모 등을 자세히 알 길이 없다. 본 장에서는 金台鉉 및 『東國文鑑』과 관련 있는 단편적인 문헌기록들을 수습하여 그 성격을 점검해 보고자 한다.

찬자인 金台鉉(1261~1330)은 자는 不器, 호는 快軒, 본관은 光山이고, 시호는 文正이다. 그는 10세에 아버지를 여의고 학업에 근면하여 15세(충렬왕 1)에 監試에 1등으로 합격하고 이듬해에 文科에 급제하여 左右衛參軍 直文翰署를 시작으로 版圖摠郎, 右承旨, 密直副使, 征東行中書省左右司郎中, 知都僉議司事, 判三司事, 評理, 權征東行省事 등을 역임하고 中贊으로 치사하였다.

그에게는 두 가지 유명한 일화가 전하고 있다. 하나는 그의 굳은 心志를 보여주는 것이고, 다른 하나는 忠義와 관련된 이야기이다. 그는 외모가 단정하고 眉目이 그린 듯하였으며, 어려서 친구들과 선배의 집에 나아가 공부를 할 때 선배가 특별히 사랑하여 자주 안으로 데리고 들어가 음식을 대접하기도 하였다. 그 집에 새로 과부가 된 딸이 제법 시를 지을 줄 알아 "저 말 탄 이 누구 집 도련님인가? 석 달 동안 누구인지 이름도 몰랐어라. 이제야 김태현인 줄을 알았으니, 가는 눈 긴 눈썹이 은근히 맘에 드네[馬上誰家白面生 邇來三月不知名 如今始識金台鉉 細眼長眉暗入情]."라는 시로 유혹하자, 이후로 김태현은 다시는 그 집에 가지 않았다고 한다.

또 1302년(42세) 밀직부사로 聖節使가 되어 원나라에 갔을 때 元帝가 甘肅省에 가 있으면서 모든 進貢使를 연경에서 기다리라고 한 데 대해, 김태현은 元帝의 명령을 어길지언정 行在所에 가는 것은 우리 임금의 명이니 어길 수 없다고 하고 그곳에까지 가서 元帝를 배알하자 원제가 그의 충성심을 크게 치하하고 많은 상과 음식을 주어 우대하였다고 한다. 일화에서 보는 바와 같이 그는 성질이 청렴하고 언어와 행동이 예절에 맞았으며, 남들과 화목하고 어머니에게 효성을 다하였고 자손을 가르치는 데 일정한 규범이 있었으며, 사람들과 교제를 함부로 하지 않았고 남의 원망을 사는 일이 없었다.[36] 한편 그의 著述은 詞敎가 體를 얻고 詩가 淸艶한 것으로 평가를 받았다.[37]

그러면 김태현은 『동국문감』을 어떤 목적에서 편찬하였으며, 또 어떤 글을 얼마나 뽑았을까?

1) 또 손수 東人의 글을 수집하여 『東國文鑑』이라 하고 『文選』과 『唐文粹』에 견주었다.[38]
2) 일찍이 국초 이래의 문장을 모아 『海東文鑑』이라 이름 하였는데 세상에 유행한다.[39]
3) 일찍이 손수 東人의 詩文을 모아 『東國文鑑』이라 하였다.[40]
4) 김태현이 『文鑑』을 편찬하였으나 疎略하여 실패하였습니다.[41]
5) 태현이 『國鑑』을 편찬하였으나 疎略하여 실패하였습니다.[42]
6) 전에 빌려온 『國鑑』을 삼가 포장하여 보내드렸는데 받으셨는지요?[43]

---

36) 같은 책 卷110, <金台鉉列傳>.
37) 崔瀣, 『拙藁千百』 卷1, <金文正公墓誌> : “其所著述 詞敎得體 詩淸艶可愛.”
38) 같은 곳 : “又手集東人之文 號東國文鑑 以擬配選粹.”
39) 李穡, 『牧隱文藁』 卷17, <松堂先生金公墓誌幷序> ; 權近, 『陽村集』 卷35, 「東賢事略」, <政丞金台鉉> : “嘗集國初以來文章 目曰海東文鑑 行于世.”
40) 『高麗史』 앞의 곳 : “嘗手集東人詩文 號東國文鑑.”
41) 徐居正, <東文選序> : “金台鉉作文鑑 失之疎略.”
42) 盧思愼 等, <進東文選箋> : “台鉉編國鑑 而失之疎略.”
43) 梁誠之, 『訥齋集』 卷5, <答戚人書> : “前借來國鑑 謹褁呈 領之如何.”

위의 기록에 의하면 『동국문감』은 『해동문감』으로도 불리고, 줄여서 『文鑑』·『國鑑』으로 일컬어졌으며, 조선 초기에는 이미 문인들 사이에 서로 빌려 볼 정도로 세상에 유전되고 있었음을 알 수가 있다. 그런데 기록 자체만을 두고 볼 때 그 대상이 崔瀣가 쓴 <墓誌>에는 '東人之文', 李穡과 權近의 기록에는 '國初以來文章', 『고려사』에는 '東人詩文' 등 세 가지로 나타나고 있어 좀 더 세밀히 살펴볼 필요가 있다. 즉 文만을 대상으로 했는가? 아니면 詩까지도 포함시켰는가? 고려시대의 것만인가? 삼국시대까지 올라가는가? 등이 문제이다. 詩의 포함 여부와 관련해서는, 첫 인용문의 '文'은 散文으로 한정할 것이 아니라 韻文과 散文을 通稱하는 廣義로 이해해야 할 것 같다. 이는 김태현 스스로 『동국문감』을 『문선』과 『당문수』에 견주었던 바, 거기에 시까지 채록되어 있는 것에서도 짐작할 수가 있다. 시대상의 문제는 '東人'이라 하면 당연히 삼국까지 포함하지만 '國初以來'의 경우 논란의 소지가 있다. 檀君의 개국 이래로 볼 것인가? 고려의 건국 이래로 한정할 것인가? 이 역시 책 제목이 『동국문감』이고, 또 뒤이어 편찬된 최해의 『동인지문』의 예로[44] 미루어 崔致遠·朴仁範·崔承祐·崔匡裕 등 신라시대의 문인들까지 그 대상이 되었을 것으로 보는 것이 타당할 것으로 생각된다. 한편 편자 자신이 『문선』과 『당문수』에 비긴 것으로 미루어, 『동국문감』에는 이들 시문선집에 준하는 각 문체들이[45] 두루 채록되었을 것으로 보인다. 이

44) 최해의 『동인지문』은 최치원으로부터 고려 충렬왕 대까지의 시문을 뽑은 것이다.

45) 『文選』에는 詩, 騷, 賦, 七, 詔. 冊, 令, 教, 策文, 表, 上書, 啓, 彈事, 牋, 奏記, 書, 移, 檄, 對問, 設論, 辭, 序, 頌, 贊, 符命, 史論, 史述贊, 論, 連珠, 箴, 銘, 誄, 哀, 碑文, 墓誌, 行狀 ,弔文, 祭文 등 38종의 문체가 망라되어 있고, 『唐文粹』에는 古賦, 詩, 頌贊, 表, 奏書疏, 策, 文, 論, 議, 古文, 碑銘, 記, 箴, 誡銘, 書序, 傳錄, 紀事 등이 수록되어 있다.

는 李穡이 『동국문감』의 裒輯이 富贍하다고 평한 것에서도[46] 짐작할 수가 있다. 당시 고려의 경우 科擧制와 관련하여 近體詩가 성행하고 騈儷文이 풍미했던 점과 삼국 이래 고려에서는 문인 학자들 사이에 『문선』이 애독되었던 점을[47] 감안하면 그 가능성은 더욱 크다고 하겠다.

김태현이 『동국문감』을 편찬한 목적과 과정은 자세하게 알려져 있지 않다. 앞서 중국에서 편찬되었던 『文選』, 『文苑英華』, 『唐文粹』, 『宋文鑑』 등의 영향과 당시까지 고려에는 우리의 시문을 대상으로 한 1종의 시문선집도 편찬되지 않았던 사실을 감안한다면, 『동국문감』의 편찬을 통하여 안으로는 우리 문학의 정수를 정리하고 밖으로는 중국의 것에 견주겠다는 의식에서 비롯되었다고 볼 수가 있을 것이다. 『송문감』을 의식하여 책 제목을 『동국문감』이라고 한 것이나, 스스로 『문선』과 『당문수』에 擬配한 점에서 그러한 사정을 유추할 수가 있다. 당시 문인들의 對中國 文化意識은 그의 제자인 崔瀣가 類書를 편찬하여 중국인들에게 보여줌으로써 우리나라에도 중국과 대등한 높은 수준의 문학이 있음을 알리고자 『東人之文』을 편찬한 의도에도[48] 잘 드러난다.

『東國文鑑』의 편찬 시기는 김태현의 宦歷으로 보아 충선왕 3년(1311)~충숙왕 8년(1321) 사이로 추정된다. 이때 그는 商議贊成事를 사직하고 10년 동안 閑居하였던 바,[49] 전대의 시문들을 섭렵하는 등 선집을 편찬할 여유를 가질 수가 있었기 때문이다. 그러나 『동국문감』은 당초 몇 권으로 편찬되었는지 알려져 있지 않다. 다만 『慵齋叢話』에 幾十卷이라 한[50]

46) 李穡, 앞의 책 卷9, <贈金敬叔秘書詩序> : "裒集之富 稱快軒."
47) 문선규, 『한국한문학사』, 정음사, 1961, 75~85면.
48) 崔瀣, 『拙藁千百』 卷2, <東人之文序>.
49) 같은 책 卷1, <金文正公墓誌銘> : "辛亥 又刪商議 官隨例罷 自是閑居者 十年."
50) 成俔, 『慵齋叢話』 卷8.

것으로 보아 그 권질이 꽤 많았던 것으로 짐작할 수 있을 뿐이다. 『동국문감』에 대한 후인들의 평가, 특히 조선 초기의 選文家들은 자신의 抄選을 합리화하기 위하여 앞서 이루어진 選集을 깎아내린 면도 없지 않지만, 대체로 『동국문감』이 疎略하고[51] 雜駁하다[52]는 평을 하고 있다. 이것은 김태현이 精選보다는 裒集에 치중하였기 때문이다.

한편 김태현은 『동국문감』을 편찬하면서 단지 前人들의 시문을 선발하는 것에 그치지 않고 詩話·詩評을 부가하였던 것으로 보인다. 『동국문감』이 시화·시평집을 겸했을 가능성은 앞서 서론의 인용문을 통하여 崔淑精이[53] 『동국문감』을 『잡서』·『파한집』·『보한집』·『역옹패설』과 같은 類로 간주한 데서 엿본 바 있다. 『동국문감』이 詩文選集이지만, 순수한 시문선집인 崔瀣의 『東人之文』, 趙云仡의 『三韓詩龜鑑』, 金祉의 『選粹集』 등과는 달리 『파한집』·『보한집』·『역옹패설』과 함께 언급된다는 것은 부분적으로 그와 같은 성격을 띠고 있음을 말해준다.

> 1) 文貞公[54] 金台鉉이 말하기를, "補闕 陳澕가 일찍이 나에게 이르길, '시는 마땅히 淸新한 것을 위주로 해야 한다.'고 하였다. 그의 시 <題山寺>에서 읊기를, '빗발 걷힌 뜨락에 이끼가 다북하고, 인적 드문 삽짝은 대낮에도 닫혔네. 푸른 섬돌에 떨어진 꽃잎 한 치나 되어, 봄바람에 불려갔다 다시 불려오네.'라 하였는데, 그 말이 믿을 만하다."고 하였다.[55]

51) 徐居正, <東文選序> ; 盧思愼 等, <進東文選箋> ; 崔淑精, <東人詩話後序>.

52) 金宗直, <靑丘風雅序> : "近世 金快軒崔猊山趙石磵三老 各有選集 石磵略 快軒雜 猊山之編 最爲得體."

53) 주 5) 참조.

54) 文正公의 잘못이다.

55) 陳澕, 『梅湖遺稿』, <春晩題山寺> 附 : "金文貞台鉉曰 陳補闕澕嘗謂余 詩當以淸爲主 如題山寺詩曰 雨餘庭院簇莓苔 人靜雙扉晝不開 碧砌落花深一寸 東風吹去又吹來 其言

2) 金快軒이 陳澕를 평하여 이르기를, "詩에 깊이가 있고 情이 많다."고 하였으니 믿을 만하다.[56]

두 인용문에서 김태현의 實際批評을 볼 수가 있다. 1)에서 김태현은 먼저 진화의 作詩觀(詩當以淸爲主)을 인용하고, 진화가 실제 <春晩題山寺>라는 시에서 그것을 구현하고 있는 것으로 보아 그의 말(작시관)이 믿을 만하다고 높이 평가하고 있다. 2)는 『靑丘風雅』의 편찬자 金宗直이 진화의 <春晩題山寺> 시에 대한 김태현의 詩評이 믿을 만하다고 인용한 것이다. 『梅湖遺稿』의 편찬자와 김종직이 위의 두 시평을 어디에서 인용해 왔는지는 분명하지 않으나, 『동국문감』의 시화 · 시평적 성격으로 미루어 거기에서 끌어오거나 참조했을 가능성은 매우 높다고 하겠다.

세상에 전하기를, "김부식이 정지상의 재능을 질투하여 정지상을 살해했다."고 한다. 그러나 이제 『고려사』를 상고해 보면 정지상이 묘청의 꾀에 넘어가 자신의 羽翼들이 모두 제거되었으니, 스스로 온전하기가 진실로 어려웠던 바, 김부식이 사사로이 용서해줄 수 있는 처지가 아니었다. 또 本傳과 여러 책에 한 마디도 억울하게 살해되었다는 기록이 없는데, 세상에 이와 같이 전하는 것은 어째서인가? 근래에 金台鉉이 지은 『東國文鑑』의 註를 상고해 보건대, "김부식과 정지상은 文字間에 감정이 쌓여 있었다."고 하였으니, 그렇다면 당시에 이미 이러한 말이 있었던 듯하다.[57]

항간에 金富軾이 鄭知常의 재능을 시기하여 죽였다고 전하는 말에 대

信然."

56) 金宗直, 『靑丘風雅』 卷6, 陳澕, <春晩> 附 : "金快軒評澕謂 深於詩 多於情 信然."

57) 徐居正, 『筆苑雜記』 卷1 : "世傳 金富軾妬才忌能 害鄭知常 今考麗史 知常墮妙淸術中 羽翼悉翦 自全實難 非富軾所得私貸 且本傳及諸書 無一語及枉害 而世之所傳如是 何耶 近考金台鉉東國文鑑註 曰 金鄭於文字間 積不平 然則當時已有是言矣."

하여 徐居正이 김태현의 『동국문감』 註로써 金·鄭이 살던 당시에 이미 그러한 소문이 있어서 전해 온 것이라고 引證한 것이다. 이를 통하여 김태현이 『동국문감』에 김부식 혹은 정지상의 시문을 선발하고, 두 사람과 관련된 일화를 註로써 기록했음을 알 수가 있다. 김부식과 정지상의 文字 시샘은 두 사람이 일시에 이름을 나란히 하여 서로 잘못한다고 다툰 일을 말한다. 한 번은 정지상이 지은 詩句를 김부식이 자기의 것으로 삼으려고 달라고 했으나 주지 않았는데, 정지상이 묘청의 난에 연루되어 김부식에게 죽임을 당한 후 귀신이 되어 나타나서 김부식의 "柳色千絲綠 桃花萬點紅"이라는 시구에 대해 "천 올, 만 점인 것을 일일이 세어 보았느냐?"고 하면서 그의 뺨을 후려쳤다고 한다. 또 뒷날 김부식이 어느 사찰의 화장실에 갔을 때 정지상의 귀신이 나타나서 김부식의 음낭을 움켜잡고는 "술도 마시지 않았는데 어찌하여 얼굴이 붉으냐?"고 묻자 "저편 언덕의 단풍이 비쳐서 붉다."고 대답하매, 더욱 힘주어 움켜잡았으므로 김부식이 화장실에서 죽었다고 한다.[58] 이것은 好事者들이 두 사람 간의 알력을 정지상의 죽음과 연관지어 지어낸 이야기이다. 『동국문감』에는 이 이야기가 모두 수록되지는 않았겠지만, 김태현은 이를 요약하여 "金鄭於文字間 積不平"이라 註를 붙임으로써 작가와 시를 이해하는 데 요긴하도록 하였던 것이다.

요컨대, 김태현은 『동국문감』에 선발된 시문에 문인들의 逸話, 詩話, 詩文評, 詩文論 등을 註로 처리하여 함께 수록하고, 나아가 난해하거나 고사가 있는 어구에 주석을 부가하였을 것임을 짐작할 수가 있다. 그가 이러한 주석을 붙이는 데는 역대의 典故를 어제의 일같이 말하고, 나라에 큰 의심스러운 일이 있을 때마다 그에게 물어서 처결하였던 바와 같

58) 김부식과 정지상의 일화는 『白雲小說』, 『月汀漫錄』, 『小華詩評』 등에 전하고 있다.

이[59] 그의 해박한 지식이 밑천이 되었을 것임은 물론이다.

5. 『백운소설』의 찬자에 대한 이견

洪萬宗(1643~1725)이 『詩話叢林』을 편찬하면서 『白雲小說』을 그 첫머리에 넣고 "李奎報 撰"이라 달아 놓은 것이 『백운소설』의 찬자에 대한 최초의 문헌 기록이다. 이에 따라 초기 한문학 연구에서는 『백운소설』을 통하여 이규보의 비평의식을 고찰하기도 하였다. 그러나 『백운소설』에 대한 문헌학적 검토와 원전비평이 이루어짐으로써,[60] 이규보가 아니라 조선 후기의 어떤 문인이 편찬했을 것이라는 연구결과가 학계의 인정을 받고 있다. 『백운소설』이 이규보의 自撰일 수 없는 이유는 다음과 같다.[61]

1) 『백운소설』에 이규보의 생존시기보다 후대의 문헌인 『堯山堂外記』(明, 蔣一葵)와 『唐音遺響』(元, 楊士弘)이 등장하는 점.
2) <自解詩> 7언 6구를 律詩로 착각하여 "落句缺"이라 주석을 잘못 붙인 점.
3) 이규보가 평소 존대했던 吳世才와 歐陽白虎의 호칭에 비하적인 표현을 쓴 점.
4) 『백운소설』에 실린 <西伯寺住老敦裕師>, <南行月日記>, <論詩中微旨略言>의 문맥이 불완전하고 서술 체제가 모순을 보이는 점.
5) <違心戱作詩>에 삽입된 <四快詩>가 명나라 초기의 작품인 점.

59) 『高麗史』 앞의 곳 : "言歷代典故 如昨日事 每國有大疑 必就咨決."
60) 주 3) 참조.
61) 정규복, 앞의 논문.

정규복 교수는 이상과 같은 이유로 『백운소설』이 이규보가 아니라 후대인에 의해 이루어진 것이며, 그 후대인은 『시화총림』을 엮고 거기에 『백운소설』을 삽입시킨 홍만종 자신일 가능성을 제시하였다.

정교수가 주장하는 홍만종설의 논지는 두 가지로 요약할 수가 있다. 첫째, 『시화총림』의 <凡例>에 따르면 전문 시화집은 수록하지 않고 記事書의 경우 시화만을 뽑아서 엮었는데, <범례>에 『백운소설』에 대한 언급이 없는 것은 그것이 『시화총림』 이전에 아직 편찬되지 않았다는 증거이며, 따라서 홍만종이 시문학의 거장인 이규보의 시화를 첫 장에 넣어서 『시화총림』을 권위서로 만들기 위해 『동국이상국집』에서 시화를 간추리고 이규보의 호를 붙여 『백운소설』을 만들었다. 둘째, 『백운소설』의 3항에 걸쳐 홍만종이 31세 때 편찬한 『小華詩評』과 유사하거나 똑같은 구절이 나타나고 있다.

그러나 필자는 『백운소설』이 이규보의 自撰일 수 없다는 데는 동의하나, 홍만종이 편찬했을 것이라는 주장에 대해서는 재고의 여지가 있다고 생각한다. 우선 『시화총림』은 홍만종이 70세 때 편찬한 것인데, 老詩人이자 조선시대 최고 비평가의 솜씨로 보기에는 『백운소설』이 부분적으로 너무 조잡하고 서툴다는 점에서 그렇다. 따라서 『백운소설』의 편찬자를 홍만종으로 볼 수 없는 몇 가지 異見을 제시하고자 한다.

1) 우리 동방의 詩道는 殷나라 太師로부터 시작되었다. 그 이후로 시를 짓는 사람이 대대로 있어 왔고 때때로 일가를 이룬 사람도 있었지만, 다만 시를 평하는 사람은 드물었고, 평으로서 볼 만한 것도 얼마 없었다. 고려 때의 『백운소설』, 『역옹패설』이나 우리 왕조 때의 『지봉유설』, 『어우야담』 같은 책은 수십 종에 불과 할 따름이다. 나는 그런 책에 대해 들으면 구하지 않은 적이 없었고, 손에 넣으면 읽지 않은 적이 없었다. 다만

그 속에 朝野의 일이나 항간의 속된 이야기들도 아울러 실려 있었기 때문에 책의 부피가 너무 커서 기억하고 읽기에 곤란했다. 이에 여러 사람들이 지은 책을 모아 오로지 시화만을 뽑아서 한 책으로 엮어『시화총림』이라고 이름을 붙였다.62)

2)『파한집』,『보한집』,『동인시화』 같은 책들은 오로지 詩話만 실려 있어 마땅히 全書로 보아야 하므로 이에 뽑아 싣지 않는다.『역옹패설』,『어우야담』 등 10여 가지의 책들은 사실을 기록한 책이지만 사이사이에 시화가 있으므로 이제 다만 시화만 뽑아 따로 한 편을 만들어서 읊고 즐기도록 했다.63)

위 인용문은 홍만종이 직접 쓴『시화총림』의 <序文>과 <凡例>의 第1條이다. 1)에 의하면, 홍만종이『시화총림』을 편찬할 당시에는 이미『백운소설』이 편찬되어 있었고, 더욱이 그는 이제현의『역옹패설』과 함께 고려시대의 대표적인 저술로 인식하고 있었으며, 또『백운소설』을 구하여 읽었다고 볼 수가 있다. 2)에 의하면,『백운소설』은 전문 시화집이 아니라 記事書로서, 시화만 뽑혀『시화총림』에 수록되었음을 알 수가 있다. 따라서 1)과 2)를 종합하면 홍만종 이전에 누군가에 의해 편찬된『백운소설』의 원본이 존재했고, 그것은 조야의 사적이나 항간의 속된 이야기까지 수록된 권질이 꽤 큰 책이었으며, 홍만종은 그 원본에서 시화만 뽑아『시화총림』에 수록한 것이 된다. 그러나『시화총림』 이외

62) 洪萬宗, <詩話叢林序> : "吾東方詩道 自殷太師始 其後作者 代各有人 往往自成一家 而獨評詩者甚罕 評而可觀者 亦無幾 如麗朝白雲小說櫟翁稗說 我朝芝峰類說於于野談等書 不過數十種而已 余聞無不求 得無不覽 第於其間 並載朝野事蹟 閭巷俚語 篇帙浩汗 難於記覽 於是 合諸家所著 而專取詩話 輯成一篇 名之曰詩話叢林."

63) 같은 이,『詩話叢林』, <凡例> : "如破閑集補閑集東人詩話 專是詩話 當以全書看閱 故玆不抄錄 如櫟翁稗說於于野談等十餘書 乃記事之書 而間有詩話 故今只拈出詩話 別作一編 以備吟玩."

에 『백운소설』의 존재나 그 찬자에 대한 기록이 전혀 없어[64] 그 정체는 여전히 의문으로 남는다.

한편 홍만종은 『시화총림』의 편찬을 끝내고, 편집 후기에 해당하는 <證正>을 집필하여 附錄으로 붙였다. 편찬과정에서 느낀 점, 시화집 간의 異同과 오류를 바로잡은 것, 비평가들이 지녀야 할 태도와 자세 등을 서술하였다. 시를 기록하는 사람은 시의 主客을 잘 살펴야 하고, 시를 선집하는 사람은 박식하고 도량이 커야 취사에 정확을 기할 수 있으며, 책을 편집하는 사람은 考據를 정확히 해야 한다는[65] 등등의 의견을 제시한 것은 주목되는 비평관이라 할 수가 있다.

이러한 홍만종의 비평가적 태도를 『백운소설』에 드러나는 몇 가지 문제점에 견주어 볼 때, 과연 그가 『백운소설』을 편찬했겠는가 하는 의문을 가질 수밖에 없다. 『요산당외기』가 明代에 편찬된 책인 줄 모르고 인용했겠는가? 『동국이상국집』에서 <西伯寺住老敦裕師>와 <南行月日記>를 발췌하면서 본문과 註를 섞어서 문맥이 연결되지 않는 문장으로 만들었겠는가? 詩論의 체제상 모순이 되는데도 <論詩中微旨略言>을 갈라 놓았겠는가? 이런 점은 홍만종이 『백운소설』의 찬자가 아닐 가능성을 강하게 시사해 준다.

또한 『백운소설』의 일부 시화가 『소화시평』과 비슷한 내용이고, 어구가 부분적으로 같거나 유사하다고 해서 같은 작자가 될 수는 없다. 諸家의 시화는 각각 들은 것을 기록했으므로 기록에 차이가 있다. 홍만종은

---

64) 任廉의 『暘葩談苑』에 『白雲小說』과 "李奎報 撰"이라는 기록이 있으나, 이는 『詩話叢林』을 그대로 옮긴 것이다.

65) 洪萬宗, 같은 책, <證正> : "若非博洽之士 安得辨主客而定是非耶 後之秉筆記詩者 不可不審也 …… 自古選詩者 非博識宏量 固難乎取舍精覈 …… 凡纂書者 必攷據精實 勿之有疎 然後可以傳信."

만약 전후 사람이 기술한 내용이 어떤 것은 상세하고 어떤 것은 간단하다면 시대의 전후에 구애되지 않고 상세한 것을 수록하였다.[66] 김부식과 정지상 간의 알력과 정지상의 귀신이 김부식을 죽게 했다는 이야기는 『소화시평』과 『백운소설』에 비슷한 내용으로 실려 있다. 『소화시평』은 홍만종의 나이 31세 때의 저술이고, 『시화총림』은 70세 때 편찬한 것인데, 『소화시평』의 것에 비해 『시화총림』 소재 『백운소설』의 것이 훨씬 자세하다. 홍만종의 저술이 확실한 『소화시평』의 것보다 분량이 2배가 넘을 정도로 상세한 이야기를 수록한 점은 그 편찬자가 각기 다르다는 것을 뜻한다. 양자 간의 어구가 일부 같거나 비슷한 것을 누고 『소화시평』을 대본으로 하여 부연했다고 할 수도 있겠으나, 통상적으로 시화집을 편찬할 때 전대의 시화집을 참조하고 인용하는 일이 많았던 점을 감안하면, 이는 부차적인 문제일 뿐이다.

『백운소설』에 실린 <四快詩>의 경우 『시화총림』 소재 『稗官雜記』에도 <四喜詩>라는 이름으로 字句만 약간 달리하여 실려 있다. 홍만종이 이규보의 것으로 暗合시키기 위해 『패관잡기』의 시를 자구만 약간 고쳐서 수록한 것은 아닐 것이다. 홍만종은 『시화총림』을 편찬하면서 시가 거듭 수록된 것은 모두 刪去하였다. 혹 시는 같지만 비평이 다르거나 다른 시와 한 데 모아서 비평한 것은 비록 거듭 나오더라도 함께 실어 참고하도록 하였다.[67] 따라서 <四快詩>도 『백운소설』과 『패관잡기』에서 각기 기능이 달랐기 때문에 거듭 인용된 것이라고 하겠다.

이상에서 보는 바와 같이, 홍만종이 『시화총림』을 편찬하는 과정에서

66) 같은 책, <凡例> : "若前後人所記 或詳或略 則不拘前後 錄其詳者."
67) 같은 곳 : "凡詩重錄者 輒皆刪去 而或詩同而評異者 及與他詩輳集而題品者 雖屢次疊見 幷存之 以資考覽."

『백운소설』을 엮었다고 보기는 어려울 것 같다. <詩話叢林序>, <凡例>, <證正> 등에 나타나는 당시의 詩話史的 상황과 홍만종의 비평가적 태도로 볼 때, 홍만종 이전에 어떤 문인에 의해 『백운소설』의 원본이 편찬되었고, 홍만종은 거기에서 시화에 해당하는 것만 발췌하여 『시화총림』에 轉載한 것으로 보는 편이 보다 타당할 듯하다.

6. 결언

우리나라에서 본격적인 시화·시평집이 편찬되기는 고려시대에 와서였다. 현전하는 고려시대 시화·시평집은 이인로의 『파한집』, 최자의 『보한집』, 이제현의 『역옹패설』 등이다. 이외에도 시화·시평류의 저술이 편찬되었으나, 현전하지 않는 관계로 연구에서 도외시되어 왔다. 이에 본고에서는 기존의 연구를 보완하는 의미에서, 일실된 고려시대의 시화·시평집에 대한 문헌학적인 검토를 시도하였다. 논의된 주요 내용을 요약함으로써 결론에 대신한다.

1) 고려시대에 편찬된 시화·시평집은 鄭敍의 『雜書』, 李仁老의 『破閑集』, 崔滋의 『補閑集』(『續破閑集』), 金台鉉의 『東國文鑑』, 李齊賢의 『櫟翁稗說』 등 5종이다.

2) 정서의 『잡서』는 고려시대에 편찬된 최초의 시화·시평집으로, 고려비평사에서 새롭게 자리매김을 해야 한다. 따라서 기존의 문학사 및 개별연구에서 이인로의 『파한집』으로 효시를 삼던 것은 바로잡혀야 한다.

3) 최자는 이인로의 『파한집』을 續補하는 취지로 『속파한집』을 편찬하였는데, 이를 繕寫하는 과정에서 정서의 『잡서』 일부를 수용하여 『보

한집』으로 改稿하였다. 따라서 엄밀한 의미에서 『속파한집』과 『보한집』은 차이가 난다.

4) 김태현이 편찬한 『동국문감』은 우리나라 최초의 시문선집으로 알려져 왔지만, 선발한 시문에 시화 · 시평을 더하여 註로 처리함으로써 批評書의 역할을 겸하였으며, 조선 초기의 문인들에게도 시화 · 시평서로 인정을 받았다.

5) 『백운소설』은 조선 후기의 어떤 문인이 이규보의 저술(『동국이상국집』)을 토대로 편찬한 原本이 있었으며, 洪萬宗은 그 원본에서 시화만을 발췌하여 『시화총림』에 수록하였다.

이상의 결과는 實物이 전해지지 않는 상황에서 흩어져 있는 단편 기록들을 대상으로 분석한 것이기에, 자연히 논리적 비약과 한계가 있을 수밖에 없음을 밝혀둔다.

■ 제 8 장 ■

고려시대 한시작가 비정(批正)

1. 서언

신라와 고려시대의 문집은 몽고의 침입과 홍건적의 난 그리고 임진왜란을 겪으면서 대부분 일실되고, 현전하는 것은 10여 종에 불과하다. 따라서 이 시대의 문학을 연구하는 이들은 『東文選』과 같은 시문선집을 자주 이용한다. 그런데 문제는 이들 선집에 수록된 작품의 작자가 일부 잘못 표기되어 있는데도 아무런 검증 없이 그대로 인용하는 데 있다. 예컨대, 예전에 나온 『국역 동문선』에는 金克己의 <醉時歌>가 李仁老의 작으로 되어 있다.[1] 식자공의 실수로 김극기의 이름이 누락됨으로써 앞 작품의 작자인 이인로의 것이 되어버린 경우이다. 이러한 사실을 모르고 <醉時歌>를 인용하여 李仁老의 젊은 시절 기개를 논한다면 엉뚱한 논지가 되고 말 것은 자명하다. 오류를 뒤늦게 알게 된 연구자로서는 당

---

1) 『국역 동문선』 권1, 민족문화추진회, 1982, 209면.

황스러울 수밖에 없고, 문학사적으로는 작자를 둔갑시킨 왜곡이 아닐 수 없다.

역대의 시선집에는 이러한 작자의 오류 혹은 상이하게 표기된 예가 무수히 발견된다. 이에 본고에서는 『三韓詩龜鑑』, 『東文選』, 『靑丘風雅』, 『箕雅』, 『大東詩選』, 『海東詩選』 등에[2] 시가 뽑힌 신라 · 고려시대의 詩人을 대상으로 校勘作業을 하고자 한다. 각 시선집 간, 시선집과 문집 간, 시선집과 시화집 · 역사서 · 지리지 간의 대비를 통하여, 작자명이 상이하게 표기된 작품의 원작자를 批正하려는 것이다. 그러나 교감의 도구 자료가 되는 遺稿, 詩話集, 地理誌의 정확성 내지 신빙성에 태생적인 문제가 없지 않다. 고려 문인들의 유고는 시선집, 시화집, 지리지 등에서 시문을 수습한 경우가 대부분이고, 시화집은 街巷의 傳談을 기록한 내용이 많으며, 지리지의 경우 본고에서 주로 이용할 『新增東國輿地勝覽』의 題詠에 오류가[3] 더러 보이기 때문이다. 이러한 점은 본 작업의 한계이기도 하다. 따라서 본고에서는 전거자료의 부족을 시선집 자체의 편제를 분석하고 시의 내용과 작자의 관계를 구명함으로써 보완할 것이다.

오류는 編纂者, 刻手, 筆寫者, 植字工의 실수에서 비롯되었지만, 교감은 연구자의 몫이다. 연구자는 작자의 진위를 밝히지는 못하더라도 시선집 간에 작자명이 어떻게 상이하게 기록되어 있다는 사실만이라도 인지하고 있어야 한다. 관련 자료를 이용한 고증이나 문집에서의 확인 없이 시선집에서 함부로 인용하지 않기 위해서도 그렇다. 애써 한 연구결과가 徒勞에 그치고 狼狽를 보지 않기 위해서라도 연구자는 원전비평을

2) 역대 시선집에 대해서는 『정신문화연구』 68, 한국정신문화연구원, 1997에서 金乾坤, 黃渭周, 李鍾默, 成範重, 安大會가 종합적으로 고찰한 바 있다.

3) 안대회, 「한국 한시의 텍스트비평」, 『동방고전문학연구』 2, 동방고전문학회, 2000, 39~41면.

게을리하지 말아야 할 것이다.[4)]

본 교감작업에 이용한 각 詩選集은 현재 학계에 널리 유통되고 있는 것들로서 판본은 아래와 같으며, 문집은 韓國文集叢刊(民族文化推進會)을 사용하였다. 이들 시선집과 문집의 異本을 교감에 반영하지 못했음을 미리 밝혀둔다.

『三韓詩龜鑑』: 嘉靖丙寅 重刻本 (二友出版社 影印本, 1980)
『東文選』: 正續編 合本 乙亥字 再印本 (協成文化社 影印本, 1985)
『青丘風雅』: 奎章閣 所藏 筆寫本 (亞細亞文化社 影印本, 1980)
『箕雅』: 서울大 圖書館 所藏 正寫本 (亞細亞文化社 影印本, 1980)
『大東詩選』: 亞細亞文化社 影印本, 1980
『海東詩選』: 乙丑 三刊本 (彰文閣 影印本)

2. 기존 연구에서의 작가 비정

시선집에 뽑힌 고려시대의 한시를 대상으로 작자를 批正한 성과는 李鍾文 교수와 安大會 교수의 연구에서 찾을 수가 있다. 물론 고려 문인에 대한 여타 개별연구에서도 부분적으로 작자 오류를 지적한 사례가 있지만, 여기에서는 두 논문에서의 작자 비정을 요약하여 소개함으로써, 해당 작자와 작품에 대한 본고에서의 논의에 갈음하기로 한다.

이종문 교수는 『東文選』에 崔沖(984~1068)의 작품으로 뽑혀 있는 7언율시 <示座客>과 7언절구 <絶句>가 崔沖의 것이 아니라 무신집권시대의 權臣이던 崔沆(?~1257)의 작품임을 밝혔다.[5)]

---

4) 丁奎福, 『韓國 古典文學의 原典批評』, 새문사, 1990에서 원전비평의 중요성과 의의를 강조한 바 있다.

<示座客>[6]

水閣風櫺苦見招　　簿書叢裏度流年
朱櫻紫筍時將過　　紅槿丹榴態亦姸
病久却嫌邀客飮　　性慵偏喜聽鶯眠
良辰健日終難再　　急趁花開作醉仙

<絶句>[7]

滿庭月色無煙燭　　入座山光不速賓
更有松絃彈譜外　　只堪珍重未傳人

이 시들은 『東文選』 편찬자가 崔冲의 후손인 崔滋의 『補閑集』에서 발췌한 것으로 보인다. 『補閑集』 卷中에 시화와 함께 이 시들이 수록되어 있다. 문제는 『東文選』 편찬자가 기사 중의 “侍中上柱國崔公”을 崔冲으로 오독한 것에서 비롯되었다. 물론 崔冲도 이 벼슬을 지냈지만, 崔滋는 『補閑集』에서 그의 선조에 대해 “崔文憲公冲”으로 기술했다. 이와 같이 『東文選』에 의해 이 시들이 崔冲의 작품으로 귀속된 이래, <絶句>의 경우 『箕雅』(卷2), 『大東詩選』(卷1), 『海東詩選』 등 후대의 시선집에 이르기까지 그 오류가 답습되어 왔다. 심지어 최근의 문학사 및 崔冲과 관련한 연구논문에 이 시들이 인용되고, 이를 통하여 崔冲의 사상과 교육가적인 면모가 조명되기도 하였다.[8] 한편 일찍이 李睟光의 『芝峯類說』과[9]

---

5) 李鍾文, 「崔沆의 詩에 대하여」, 『어문논집』 26, 고려대 국어국문학연구회, 1986.

6) 『東文選』 卷12.

7) 같은 책 卷19.

8) 고경식, 「최충의 시문과 성격」, 『최충연구논총』, 경희대, 1984.
김성기, 「고려 전기 유학사상과 최승로 · 최충의 시문」, 『울산어문논집』 2, 울산대, 1985.

9) 李睟光, 『芝峯類說』 卷13, 文章部6.

河謙鎭의 『東詩話』에서도[10] 이 시의 작자가 崔冲이 아니라 崔沆일 것이라고 이의를 제기한 바 있다.

安大會 교수는 한시 텍스트를 접할 때 범하기 쉬운 오류를 유형별로 검토하는 과정에서,[11] 여러 시선집에 李奎報(1168~1241)의 작품으로 수록되어 있는 <折花行>의 작자 문제를 짚었다. <折花行>은 『箕雅』 卷13, 『大東詩選』 卷1, 『海東詩選』에 李奎報의 7언고시로 뽑혀 있으나, 『東國李相國集』에는 실려 있지 않다.

<折花行>[12]

牧丹含露眞珠顆　　美人折得窓前過
含笑問檀郞　　花强妾貌强
檀郞故相戱　　强道花枝好
美人妬花勝　　踏破花枝道
花若勝於妾　　今宵花與宿

이 시는 남녀 간의 사랑싸움을 제재로 한 것인데, 시의 원조는 唐나라 無名氏의 <菩薩蠻>이라는 詞(牧丹含露眞珠顆 美人折向庭前過 含笑問檀郞 花强妾貌强 檀郞故相惱 須道花枝好 一面發嬌嗔 碎挼花打人)이다. 이를 宋나라 張先이 뒤 2구를 "花若勝如奴 花還解語無"로 고치고, 다시 明나라의 唐寅이 이를 모방하여 <妬花歌>를 지었는데, 그 마지막 부분이 <折花行>과 유사하다고 한다.[13] 요컨대 이 작품이 우리나라에 수용되어 감상하는 과정에서 내용의 일부가 바뀌어 李奎報의 작품으로 둔갑되어버린 것이다. 따라서 결

10) 河謙鎭, 『東詩話』 卷上.

11) 安大會, 앞의 논문.

12) 『箕雅』 卷13.

13) 이상의 전거는 安大會, 앞의 논문에 자세히 밝혀져 있다.

코 李奎報의 작으로 볼 수가 없는 僞作이며, 시형 또한 7언고시가 아니라 詞이다.

한편, 필자 또한 『三韓詩龜鑑』과 『東文選』 소재의 한시 작가가 여타 시선집·시화집과 달리 표기된 사례들을 각각 정리한 바 있다.[14] 그러나 상이한 사항만 제시했을 뿐, 批正에까지는 나아가지 못하였다. 또 시선집을 대상으로 작자를 비정한 것은 아니지만, 고려 중기의 유명한 시인 老峯 金克己의 시들이 조선 초기의 同名異人 池月堂 金克己의 유고로 둔갑한 사실을 밝혀낸 바 있다.[15] 곧 池月堂 金克己(광산김씨)의 후손들이 『新增東國輿地勝覽』 등에서 老峰 金克己(경주김씨)의 시문을 수습하여 『池月堂遺稿』 3卷 1冊을 편찬한 것이다.

3. 역대 시선집의 한시작가 오류

1) 『三韓詩龜鑑』

(1) 林宗庇, 〈從靈通寺僧覓酒僧樽貯山泉寄來見戱〉(『三韓詩龜鑑』 卷上)

『三韓詩龜鑑』 卷上에 林宗庇의 5언율시로 <從靈通寺僧覓酒僧樽貯山泉寄來見戱>가 뽑혀 있는데, 『東文選』 卷9에는 <靈通寺僧貯山泉封寄見戱>라는 제목으로 朴公襲의 作으로 되어 있다. 『三韓詩龜鑑』의 시는 다

---

14) 金乾坤, 「三韓詩龜鑑 硏究」, 『정신문화연구』 31, 한국정신문화연구원, 1986.
金乾坤, 「고려 한문학 연구의 현황과 쟁점」, 『한국 인문과학의 현황과 쟁점』, 한국정신문화연구원, 1998.

15) 같은 이, 「老峯 金克己와 池月堂 金克己의 '遺稿' 歸屬問題」, 『韓國漢詩硏究』 6, 한국한시학회, 1998.

음과 같다.

有客來相過	囊空欠一錢
本求廬阜酒	漫得惠山泉
虎伏林中石	蛇懸壁上絃
屠門猶大嚼	何況對樽前

그런데 『破閑集』 卷下에 朴公襲이 이 시를 짓게 된 일화와 함께 시가 소개되어 있어, 시의 주인은 朴公襲으로 보인다. 단지 詩語 몇 글자만 차이가 날 뿐이다. 朴公襲이 가난하게 살면서도 술을 좋아하였는데, 손님이 찾아오자 마실 술이 없어서 영통사의 중에게 술을 보내 줄 것을 청하였더니, 중이 술병에 샘물을 가득 넣어 보내 주었다. 朴公襲은 술병을 받아 들고 돈을 한 푼도 들이지 않고 손님과 술 한 말씩 나누어 마실 수 있다고 기뻐하였으나 병을 열어 보니 물이었으므로, 자신의 안목이 넓지 못하여 늙은 놈의 꾀에 빠졌다고 한탄하며 이 시를 지어 중에게 보냈는데, 중이 시를 보고 다시 좋은 술을 보내 주었다고 한다.[16)]

한편 『三韓詩龜鑑』 卷上의 편제를 살펴보면 작가별로 5언고시 → 5언율시 → 5언절구의 순으로 수록하였는데, 林宗庇는 5언절구(1수) → 5언율시(위의 시)로 되어 있다. 편제의 원칙대로라면 林宗庇의 시는 5언절구 1수이고, 5언율시(위의 시)의 주인은 다른 사람이라야 한다. 곧 林宗庇의

16) 李仁老, 『破閑集』 卷下 : "朴君公襲 居貧嗜酒 客至無以飮 求酒於靈通寺 僧用皤腹山罇盛以泉水 封纏甚牢固送之 朴公初見喜曰 此器可受二斗許 昔陳王 斗酒十千宴於平樂 杜子美亦曰 還須相就飮一斗 恰有三百青銅錢 今吾二人不費一錢 而得美酒 各飮一斗 則酣適之興 不減於古人 開視之乃水也 恨眼目不長 落老胡計中 作詩寄之曰 有客來相過 囊中欠一錢 分爲廬岳酒 浪得惠山泉 似虎林中石 如蛇壁上弦 屠門猶大嚼 何況對樽前 僧見詩更以美酒酬之."

5언절구(1수)와 5언율시(위의 시) 사이에 朴公襲이라는 작가명이 누락된 것이다. 또 『東文選』의 林宗庇 시 <松風亭偃松次人韻> 다음에 이 시가 수록되어 있는 것을 볼 때 『三韓詩龜鑑』에서 작가(朴公襲) 표기가 누락되었을 가능성을 헤아릴 수 있다.

(2) 林椿, 〈宴金使口號〉 · 〈與友人夜話〉(『三韓詩龜鑑』 卷中)

『三韓詩龜鑑』 卷中에 <宴金使口號>와 <與友人夜話>가 林椿의 시로 뽑혀 있다. 그러나 <宴金使口號>는 『東文選』 卷13, 『箕雅』 卷7, 『大東詩選』 卷1에 李仁老(1152~1220)의 작으로 되어 있고, <與友人夜話> 역시 『東文選』 卷13과 『靑丘風雅』 卷4에 李仁老의 시로 되어 있다. 林椿의 문집인 『西河集』에도 이 시들이 실려 있지 않기에, 『三韓詩龜鑑』의 이 시들에 대한 작자 표기는 문제가 있다. 두 시는 다음과 같다.

<宴金使口號>
流虹瑞節綺筵開　　共喜仙槎海上回
萬仞雲峯鼇戴出　　一封泥詔鳳銜來
香煙暗鏁芙蓉帳　　春色濃凝琥珀盃
醉擁笙歌乘月去　　路人爭看玉山頹

<與友人夜話>
試問隣墻過一壺　　擁爐相對暖髭鬚
厭追洛社新年少　　閑憶高陽舊酒徒
半夜聞鷄聊起舞　　幾廻捫蝨話良圖
胸中磊磊龍韜策　　許補征南一校無

<宴金使口號>는 제목에서 알 수 있는 바와 같이, 금나라의 사신을

맞이하는 잔치자리에서 즉흥적으로 읊은 시이다. 무신란으로 화를 입은 林椿은 3번이나 科擧에 떨어지는 등 전혀 벼슬을 하지 못하였기 때문에, 그러한 잔치자리에 참석할 수 있는 처지가 아니었다. 반면 李仁老는 뒤늦게 벼슬에 나아가 한림학사까지 지냈던 인물이다. 당시 두 사람의 입지에 비추어 李仁老의 작으로 보는 것이 보다 타당할 듯하다. <與友人夜話>는 竹高七賢과의 淸談을 소재로 한 시로, 두 사람 모두 그 구성원이었기에 이 시의 작자가 될 수 있다. 그러나 『三韓詩龜鑑』과 『東文選』에 공히 <宴金使口號> 바로 다음에 이 시가 수록되어 있어서, 앞의 시가 李仁老의 작이라면 뒤의 시도 그의 작품일 가능성이 큰 것으로 볼 수가 있다.

한편 『三韓詩龜鑑』의 편제를 살펴보면 卷中에는 작자별로 7언율시 → 7언절구의 순서대로 수록하였는데, 林椿의 경우 7언율시(8수) → 7언절구(2수) → 7언율시(2수)로 싣고, 이어서 李仁老의 7언절구(10수) → 金克己의 7언율시(7수) → 7언절구(11수)가 차례로 실려 있다. 곧 林椿은 7언율시가 2번 실리고 李仁老의 7언율시는 뽑히지 않은 것으로 되어 있다. 이는 林椿과 李仁老 사이에 錯簡이 일어난 것으로, 林椿의 뒷 7언율시 2수인 <宴金使口號>와 <與友人夜話>가 李仁老의 것임을 시사해 준다. 따라서 『三韓詩龜鑑』 卷中의 李仁老에 대한 작자 표기도 <宴金使口號> 앞으로 이동시켜야 체제상 맞게 된다.

2) 『東文選』

(1) 韓脩, 〈木落〉·〈寄密城李使君釋之〉(『東文選』 卷10)

『東文選』 卷10에 韓脩(1333~1384)의 5언율시로 <夜座次杜工部詩韻>,

<奉和韓山君所示>, <木落>, <寄密城李使君釋之>가 뽑혀 있다. 그런데 <木落>과 <寄密城李使君釋之>는 韓脩의 문집인 『柳巷詩集』에는 없고, 鄭樞(1333~1382)의 문집인 『圓齋藁』 卷上에 실려 있다. 이 두 작품은 『東文選』에만 뽑혀 있는데, 韓脩와 鄭樞가 동갑인 관계로 그들의 시가 나란히 수록되어 있다. 『東文選』의 수록 순서는 다음과 같다.

韓　脩, <夜座次杜工部詩韻>
　　　<奉和韓山君所示>
　　　<木落>
　　　<寄密城李使君釋之>
鄭　樞, <宿驪興淸心樓>
金九容, <送郭九疇檢校>

<木落>과 <寄密城李使君釋之>가 鄭樞의 『圓齋藁』에 실려 있는 점을 염두에 두고 위 『東文選』의 편제를 살펴보면, '鄭樞'라는 작자 표기가 두 작품 뒤로 밀렸음을 알 수가 있다.

(2) 釋 始寧, 〈前用王文公起聯中生字爲韻似聞藥省諸郎皆次林拾遺詩韻依樣更呈〉(『東文選』 卷14, 『大東詩選』 卷11, 『海東詩選』)

『東文選』 卷14에 고려 중기의 白蓮結社와 관련한 9명의 蓮社詩가 차례로 실려 있다. 작자는 李藏用(2수), 林桂一(2수), 金祿延(1수), 釋 始寧(1수), 李穎(1수), 釋 眞靜(6수), 柳璥(1수), 鄭興(6수), 金愲(1수)이다. 이 시들은 俗弟子들이 釋 眞靜에게 시를 지어 바치고, 眞靜이 그들의 시에 次韻하여 答하는 형식으로 되어 있다. 여기에서 주목해야 할 것은 釋 始寧과 釋 眞靜 그리고 柳璥의 관계이다. 始寧과 眞靜의 시를 인용하면 다음과 같다.

始寧, <前用王文公起聯中生字爲韻似聞藥省諸郎皆次林拾遺詩韻依樣更呈>
一葉秋來起浩然　　年經年復幾年年
那知陌巷搖搖柳　　元是淤泥濯濯蓮
白菊籬邊篁韻碎　　紫苔庭畔樹陰圓
長沙隻眼雖云在　　一點靈犀露短篇

眞靜, <奉答柳平章蓮字詩寄呈>
黑頭黃閣坐魁然　　知是生當五百年
大手四分蟾窟桂　　香根幾種鷲峯蓮
早曾厭飫空門味　　況復虛明古鏡圓
更有故藏彌露處　　韓公鉞與謝公篇

두 시의 韻字를 비교해 보면 然, 年, 蓮, 圓, 篇이 平聲 先韻으로 같다. 始寧의 呈詩에 眞靜이 次韻하여 答했음을 알 수가 있다. 따라서 眞靜의 詩題에 있는 '柳平章'은 始寧과 동일 인물로 볼 수 있다. 또 始寧의 시제에 '更呈'이라 한 것에서 이 시에 앞서 眞靜에게 시를 지어 바친 사실이 있음도 헤아릴 수 있다. 앞서 바친 시는 柳璥(1211~1289)의 <林拾遺來示參社詩因書以呈>[17]으로 확인된다. 곧 始寧은 柳璥과 동일 인물인 것이다. 柳璥과 始寧의 관계는 다음 자료를 통하여 설명할 수가 있다.

始寧柳氏는 국초로부터 저명한 성씨가 되었다. 대승공 車達이 있었는데 태조를 도와 공이 있었고, 그의 7세손 문간공 公權은 문학으로 대정에 참여하였고 우복야 澤을 낳았으며, 복야공이 시중 문정공 璥을 낳았다.[18]

17) 『東文選』卷14, 柳璥, <林拾遺來示參社詩因書以呈> : "天德當年鬢兩靑 肩隨處處幾論情 白蓮魂夢無虛夕 黃閣功名誤半生 定罷側身松月白 齋餘洗足石泉淸 莫敎紅葉封苔徑 投刻他時倘可行."

18) 李齊賢, 『益齋亂藁』卷7, <卞韓國大夫人柳氏墓誌銘> : "始寧柳氏 自國初爲著姓 有大丞車達者 佐太祖有功 其七世孫文簡公諱公權 以文學參大政 生右僕射諱澤 僕射生侍中

위에서 보면 始寧은 柳氏의 貫鄕이다. 곧 始寧柳氏는 文化柳氏이며, 始寧은 황해도 文化縣의 옛 이름이다. 고구려 때 闕口縣으로 불리다가 고려 초기에 儒州로 고치고 成宗 때 始寧으로 바뀌었는데, 예종 1년에 다시 儒州로 복귀시키고 監務를 두었다가 고종 46년(1259)에 柳璥의 고향이라 하여 文化로 개칭하고 縣으로 승격시켰다.[19]

이상을 정리하면, 柳璥이 釋 眞靜에게 <林拾遺來示參社詩因書以呈>이라는 시를 바치고, 이어서 두 번째 시 <前用王文公起聯中生字爲韻似聞藥省諸郎皆次林拾遺詩韻依樣更呈>을 바치면서 이름 대신 그의 貫鄕인 始寧을 썼던 것으로 파악할 수 있다. 이를 『東文選』의 편찬자가 釋名으로 오인하여 柳璥의 시와 별도로 뽑음으로써, 『大東詩選』과 『海東詩選』에서도 같은 잘못을 저지르게 된 것이다.

(3) 崔讜, <馬上寄人> 三首(『東文選』 卷19)

『東文選』 卷19에 崔讜(1135~1211)의 작품으로 5언절구 <馬上寄人> 三首가 뽑혀 있다. 시는 다음과 같다.

崔讜, <馬上寄人> 三首
廻首海陽城　　傍城山嶙峋
山遠已不見　　況是城中人
看山帶慘色　　聽水帶愁聲
此時借何物　　能得慰人情

文正公諱璥."

19) 『東國輿地勝覽』 文化縣, 沿革 : "古檀君朝鮮時 唐藏京 至高句麗 稱闕口縣 高麗初 改儒州 成宗時 改始寧 顯宗戊午 屬豊州 睿宗丙戌 復儒州 置監務 高宗己未 以衛社功臣柳璥之鄕 改稱文化 陞爲縣令."(『文化柳氏檢漢城公派譜』에서 再引用)

一別有一見　　　暫別又何傷
情知不再見　　　斷腸仍斷腸

위의 시는 『三韓詩龜鑑』 卷上에도 뽑혀 있는데, 林宗庇와 崔讜의 작품으로 나뉘어 있다. 해당 부분을 인용하면 다음과 같다.

學士 林宗庇, <馬上寄人>
廻首海陽城　　　傍城山嶙峋
山遠已不見　　　況是城中人

<從靈通寺僧覓酒僧樽貯山泉寄來見戲>
有客來相過　　　囊空欠一錢
本求廬阜酒　　　漫得惠山泉
虎伏林中石　　　蛇懸壁上絃
屠門猶大嚼　　　何況對樽前

平章 崔讜, <送人>
看山帶慘色　　　聽水帶愁聲
此時借何物　　　能得慰人情

<又>
一別有一見　　　暫別又何傷
情知不再見　　　斷腸仍斷腸

위의 『三韓詩龜鑑』과 『東文選』에 실린 시들을 비교해 보면, 『東文選』 소재 崔讜의 <馬上寄人> 三首는 林宗庇의 <馬上寄人> 1수와 崔讜의 <送人> 2수가 錯簡된 것임을 알 수가 있다. 『三韓詩龜鑑』의 林宗庇 시

로 되어 있는 <從靈通寺僧覓酒僧樽貯山泉寄來見戱>는 앞서 살펴본 바와 같이 朴公襲의 작이다. 이 시를 제외한 두 시의 작자와 시제가 뒤섞여버린 것이다. 곧 이들 시에 대한 『東文選』의 작자 및 제목 표기는 잘못된 것이며, 『三韓詩龜鑑』의 것이 옳다고 할 것이다.

(4) 金富儀, <江陵送安上人之楓岳>·<水多寺>·<僧舍晝眠>

(『東文選』 卷19)

『東文選』 卷19에 金富儀(1079~1136)의 7언절구로 <江陵送安上人之楓岳>과 <僧舍晝眠>이 뽑혀 있다. <江陵送安上人之楓岳>은 『大東詩選』 卷1에도 金富儀의 작으로 되어 있다. 그러나 『三韓詩龜鑑』 卷中에는 <江陵送安上人之楓岳>과 <僧舍晝眠>이 權適(1094~1146)의 시로 되어 있다.

<江陵送安上人之楓岳>
江陵日暖花先發　　楓岳天寒雪未消
翻笑上人山水癖　　未能隨處作逍遙

<僧舍晝眠>
天靜無氛麗景遲　　僧家良與睡相宜
無人喚起華胥夢　　盡日踈簾寂寞垂

『三韓詩龜鑑』에는 金富儀의 시가 1수도 뽑혀 있지 않으며, 『東文選』에는 權適의 시로 5언율시 <朝宋路上寄諸友>와 7언절구 <安北寺詠竹>이 실려 있다. 그런데 崔滋의 『補閑集』 卷上에 權適의 행적과 함께 <江陵送安上人之楓岳>이 소개되어 있어, 이 시의 작자가 權適임을 뒷

받침해준다.

> 학사 權適이 국표를 받들고 송나라에 유학가면서 노상에서 문렬공과 여러 벗에게 부친 시에 ……라 했고, 몇 해가 안 되는 동안 청요직을 두루 역임하고 사방으로 사신 다니면서 제영한 것이 자못 많은데, 일찍이 낙안북사에서 대나무를 읊은 시에 ……라 했고, 안선로를 풍악으로 보내는 시에서는 … (위에 인용한 시) …라 했으며, <亭止房>이라는 시에서는 ……라 했다. 무릇 題詠과 和贈이 수십 권에 이르지만 모두 흩어져 없어지고, 지금 겨우 20여 수를 얻으니 모두 장편이다. 다만 그 중에서 절구와 4운 각각 2수를 취하여 기록한다.[20]

노상에서 문렬공 김부식과 여러 벗에게 부친 시는 『東文選』에 뽑힌 <朝宋路上寄諸友>이고, 낙안북사에서 대나무를 읊은 시는 『東文選』의 <安北寺詠竹>[21]이며, 安禪老를 풍악으로 보내는 시는 <江陵送安上人之楓岳>이다. 崔滋는 『補閑集』에서 權適의 宋나라 유학, 송황제의 厚待와 국학에서의 공부, 송나라 과거에의 합격, 귀국 시 예종의 환대, 역임한 벼슬, 題詠과 風格 등을 자세히 언급하고 있어, 작자에 대한 기록의 신빙성이 높아 보인다. 특히 崔滋의 할머니가 權適의 딸이었던 점을[22] 감안하면, 崔滋가 權適에 대하여 세세히 알고 있었음이 분명하다. 따라서 『三韓詩龜鑑』의 작자 기록이 옳다고 볼 수 있으며, <江陵送安上人之

---

20) 崔滋, 『補閑集』 卷上 : "權學士適 奉國表遊學於宋 路上寄文烈公及諸友曰 …… 不數年間 備歷清要 使於四方 題詠頗多 嘗於樂安北寺詠竹云 …… 送安禪老之楓岳云 江陵日暖花初發 楓岳天寒雪未消 翻笑上人山水癖 未能隨處作逍遙 亭止房云 …… 凡題詠和贈至數十卷 皆散亡 今纔得二十餘首 率皆長篇 但取其中絶句四韻各二首錄之."

21) 崔滋의 위 기록에 의하면, <安北寺詠竹>은 <樂安北寺詠竹>의 잘못이다.

22) 崔滋, 같은 책 卷下 : "權學士適 入中朝擢甲科 天子嘉之 …… 學士有二男一女 女卽吾祖母也."

楓岳>과 <僧舍晝眠>을 權適의 작품으로 인정하는 것이 타당하다.

한편 『東文選』 卷19에는 金富儀의 7언절구로 <登智異山>, <洛山寺>, <江陵送安上人之楓岳>, <水多寺>, <僧舍晝眠>이 차례로 실려 있는데, <江陵送安上人之楓岳>과 <僧舍晝眠>이 權適의 것이라면 두 작품의 사이에 있는 <水多寺>도 權適의 시일 가능성이 크다.

(5) 林宗庇, 〈和〉(『東文選』 卷19)

『東文選』 卷19에 林宗庇의 작품으로 <喜舍弟新除翰林>과 <和>가 연이어 뽑혀 있다. 시를 차례로 보이면 다음과 같다.

<喜舍弟新除翰林>
雁行聯拜玉堂春　　屈指于今有幾人
想得入花甎上過　　傾朝應羨寵光新

<和>
宸極恩波暖似春　　雁行繼作玉堂人
閑從院吏徵前事　　演誥花牋墨尙新

여기에서 문제는 두 번째 작품인 <和>를 林宗庇의 작으로 볼 수 없다는 데 있다.[23] 林宗庇가 아우가 새로 한림에 제수된 것을 기뻐하여 앞의 시를 짓고, 그의 아우가 이 시에 차운하여 아래의 和答詩를 지은 것으로 보아야 형식적으로나 논리적으로 맞다. 내용적으로도 <和>의 轉句와 結句에서 형과 아우의 관계를 읽을 수가 있다. 곧 아우가 새로 한림으로 부임하여 앞서 형이 한림으로 있을 때 지은 誥命을 보고 "墨尙

23) 『국역 동문선』 권2에서도 이 점을 지적하여 註로 밝힌 바 있다.

新"이라 감회를 피력한 것이다. 따라서 <和>는 林宗庇의 동생인 林民庇(?~1193)의 작으로 보아야 타당할 것이다.

(6) 鄭可臣, 〈雲〉(『東文選』 卷20, 『大東詩選』 卷1)

『東文選』 卷20과 『大東詩選』 卷1에 鄭可臣(?~1298)의 7언절구로 <雲>이 뽑혀 있는데, 『三韓詩龜鑑』 卷中에는 李承休(1224~1300)의 작으로 되어 있다. 그러나 李承休의 문집인 『動安居士集』에는 이 시가 실려 있지 않다. 시는 다음과 같다.

一片纔從泥上生　　東西南北已縱橫
謂爲霖雨蘇群槁　　空掩中天日月明

그런데 李齊賢은 『櫟翁稗說』에서 張鎰의 <昇平燕子樓>, 郭預의 <壽康宮逸鷂>, 鄭允宜의 <贈廉使>와 함께 이 시를 李承休의 작품으로 제시하며 結句(空掩中天日月明 : 공연히 하늘의 해와 달을 가리네.)를 염두에 두고 諷諭를 내포하고 있다고 평가하였다.[24]

徐居正은 官撰인 『東文選』에서는 이 시의 작자를 '鄭可臣'이라 하였는데, 私撰인 『東人詩話』에서는 '李承休'라 하였다. 『東文選』 편찬에서는 총책임자의 역할을 하였을 뿐 시 한 편 한 편에 신경을 쓰지 못하였던 반면, 『東人詩話』는 자신의 비평관에 따라 직접 집필하였기에, 작자 문제의 경우 후자에 더 신빙성을 둘 수가 있다. 『東人詩話』에서의 비평은

24) 李齊賢, 『櫟翁稗說』 後集2 : "張章簡鎰昇平燕子樓詩云 …… 郭密直預壽康宮逸鷂詩云 …… 李動安承休夏雲詩云 一片忽從泥上生 東西南北便縱橫 謂成霖雨蘇群槁 空掩中天日月明 鄭密直允宜贈廉使云 …… 令人喜稱之 然章簡感奮而作 無他義 三篇皆含諷諭 鄭郭微而婉."

다음과 같다.

> 동안거사 李承休가 구름을 읊은 시 "一片纔從泥上生 東西南北已縱橫 謂爲霖雨蘇群槁 空掩中天日月明"은 자못 譏諷을 담고 있다. 李承休는 충렬왕조에 벼슬하여 어사가 되었는데, 言事로 벼슬에서 밀려나 두타산에 들어가 살면서 종신토록 벼슬하지 않았다. 대개 구름이 해와 달을 가린다는 표현으로써 뭇 소인들이 임금을 가리는 상황을 비유하였다. 내가 일찍이 승려 奉忠의 시 <贈章惇夏雲> "如峰如火復如綿 飛過微陰落檻前 大地生靈乾欲死 不成霖雨謾遮天"을 보았는데, 李承休의 시는 실로 봉충의 시에 근본을 두고 있으나 말과 뜻이 모두 원만하다.[25]

徐居正은 『東人詩話』에서 <雲>의 작자로 李承休를 들고 그의 행적을 소개하는 한편, 이 시의 譏諷을 지적하고 宋나라 승려 奉忠의 시 <贈章惇夏雲>에서 點化했음을 밝히고 있다.

한편 李睟光은 『芝峯類說』에서, 李齊賢이 李承休의 이 시를 칭찬했으나 宋詩(奉忠)의 뜻을 襲用했으므로 칭찬할 것이 못된다고 폄하한 바 있다.[26] 李睟光은 李齊賢의 『櫟翁稗說』과 徐居正의 『東人詩話』를 모두 참조한 것으로 보인다.

『東文選』에서 작자 표기가 잘못된 것은 李承休라는 작자명이 누락됨으로써 앞의 작자인 鄭可臣의 작품으로 되어버린 경우로 보인다. 『東文

25) 徐居正, 『東人詩話』 卷上 : "動安居士李承休詠雲詩 一片纔從泥上生 東西南北已縱橫 謂爲霖雨蘇群槁 空掩中天日月明 頗含譏諷 承休仕忠烈朝爲御史 言事落職 卜居頭陀山 終身不仕 盖以雲之掩日月 以比群小壅蔽之狀 予嘗見僧奉忠贈章惇夏雲詩 如峰如火復如綿 飛過微陰落檻前 大地生靈乾欲死 不成霖雨謾遮天 李詩實祖於忠 而詞意俱圓."

26) 李睟光, 『芝峯類說』 卷13 : "李承休詠雲詩曰 一片纔從泥上生 東西南北便縱橫 謂成霖雨蘇群槁 空掩中天日月明 李齊賢稱之 然此詩全用宋詩不成霖雨謾遮天之意 恐不足稱也."

選』에는 李承休의 시로 7언율시 2수가 뽑혀 있는데, 7언율시의 작자 배열이 鄭可臣 → 安珦 → 李尊庇 → 李承休의 순서로 되어 있다. 이 순서를 7언절구(<雲>)에 원용하면, 『東文選』에는 安珦과 李尊庇의 7언절구가 뽑히지 않았으므로, <雲>에 표기되어야 할 작자명(李承休)이 빠짐에 따라 앞 작자(鄭可臣)로 귀속되었을 가능성을 엿볼 수 있다. 『大東詩選』은 『東文選』의 오류를 답습한 것이다.

3) 『青丘風雅』

(1) 李仁復, 〈短歌行〉·〈貞觀吟楡林關作〉·〈青苔歌〉·〈胡馬吟新買生馬作〉(『青丘風雅』 卷2)

『青丘風雅』 卷2에 李仁復(1308~1374)의 7언고시로 <己酉五月十二日入試院作>, <短歌行>, <貞觀吟楡林關作>, <青苔歌>, <胡馬吟新買生馬作> 등 5편이 차례로 뽑혀 있다. 그러나 뒤 4작품은 여타 시선집에 李穡의 作으로 되어 있고, 『牧隱詩藁』에서도 수록이 확인된다.

詩題	『東文選』	『青丘風雅』	『箕雅』	『大東詩選』	『牧隱詩藁』
<短歌行>		卷2 (李仁復)	卷13 (李穡)		卷7
<貞觀吟>	卷8 (李穡)	卷2 (李仁復)	卷13 (李穡)	卷1(李穡)	卷2
<青苔歌>		卷2 (李仁復)			卷8
<胡馬吟>		卷2 (李仁復)	卷13 (李穡)		卷3

李穡은 <短歌行>을 여러 편 지었는데, 시선집에 뽑힌 이 작품 외에도 『牧隱詩藁』 卷6·17·20·24·26에 5편이 더 있다. 또 <青苔歌>처럼 7언고시의 詩題에 '~歌'라는 제목을 즐겨 붙인 것으로 보이는데, 『東

文選』에서 <詩酒歌>, <燕山歌>, <天寶歌過薊門有感而作>, <靑行纒歌>, <醉中歌>, <鴟夷子歌> 등을 확인할 수가 있다. <貞觀吟>, <胡馬吟>같은 '~吟'의 경우도 『東文選』에 <狂吟>이 뽑혀 있다.

『靑丘風雅』에 뽑힌 <己酉五月十二日入試院作>은 『東文選』 卷7에도 李仁復의 작으로 되어 있어 굳이 의심할 필요가 없겠으나, 다음에 실린 <短歌行>에 대한 金宗直의 註釋은 이하 4편의 작자가 李穡임을 분명히 해 준다.

> 公中元朝制科 勅授應奉翰林文字 累遷征東行省左右司郎中 見天下將亂 母且老 棄官而東歸 此詩 當此時作.[27]

李仁復이 1342년(충혜왕 복위3) 원나라에 가서 制科에 급제하고 大寧路錦州判官의 벼슬을 받고 돌아왔던[28] 반면, 李穡은 1354년 원나라 會試에 1등, 殿試에 2등으로 합격하고 원나라에서 應奉翰林文字承事郎 同知制誥兼國史院編修官 등을 역임하고 귀국하였다.[29] 따라서 『靑丘風雅』에서 이 4작품의 작자가 李仁復으로 된 것은 편찬(필사)과정에서 <短歌行>에 붙어야 할 '李穡'이라는 작자명이 누락된 결과라고 하겠다. 한편 徐居正은 『東人詩話』에서 李穡의 <貞觀吟>이 뛰어나게 건장하고 장쾌하다고 평가한 바 있다.[30]

---

27) 金宗直, 『靑丘風雅』 卷2, <短歌行> 註.
28) 『高麗史』 卷112, <李仁復列傳>.
29) 같은 책 卷115, <李穡列傳>.
30) 徐居正, 『東人詩話』 卷下 : "牧隱貞觀吟 豪健快壯 其一聯曰 …… 未知牧老何從得此."

(2) 崔惟淸, 〈御苑種仙桃〉(『靑丘風雅』 卷3, 『箕雅』 卷11, 『大東詩選』 卷1)

<御苑種仙桃>라는 5언율시가 『東文選』 卷11, 『靑丘風雅』 卷3, 『箕雅』 卷11, 『大東詩選』 卷1에 뽑혀 있는데, 『東文選』에서는 작자를 崔惟善이라 하고, 나머지 시선집에서는 崔惟淸이라 하였다. 『東文選』의 시는 다음과 같다.[31)]

御苑桃新種　移從閬苑仙
結根丹地上　分影紫庭前
細葉看如畵　繁英望欲燃
品高鷄省樹　香按獸爐煙
天近知春茂　晨淸帶露鮮
是應王母獻　聖壽益千年

뽑힌 곳의 작자명이 많은 것으로 보면 작자가 崔惟淸일 듯하나, 『補閑集』 卷上에 崔惟善이 이 시를 짓게 된 상황과 함께 시가 자세히 소개되어 있다. 이 시는 崔惟善이 현종 22년 簾前試에서 임금에게 지어 바친 것이다. 당시 과거시험에서 <君猶舟>라는 賦題와 <御苑種仙桃>라는 詩題가 내려졌는데, 崔惟善이 지은 시와 부가 장원에 뽑혔다. 따라서 그는 곧바로 한림에 들고 7품관에 제수되는 영예를 차지하였다.[32)] 요컨대 이 시는 崔惟善의 출세작이라 할 수가 있다. 『靑丘風雅』의 이 시에 대한 註釋에도 『補閑集』의 기사가 요약되어 있는데, 작자를 崔惟淸으로 기록

31) 『東文選』에서는 詩題를 <御苑仙桃>라 하였다.

32) 崔滋, 『補閑集』 卷上 : "鄭中丞敍雜書 載崔侍中惟善閨情詩云 …… 始公於顯廟二十二大平十年 赴簾前試 上謂侍臣曰 華國文章 花月亦與其末 朕欲幷試要其捷疾 先放賦題君猶舟 及賦畢就方寫 乃署詩題御苑種仙桃 公卽應題 直書名紙曰 御苑桃新種 …… 聖壽益千年 詩與賦俱稱旨 御手批爲牓元 詔入翰林直除七品."

한 것은 착각으로 보이며, 『箕雅』와 『大東詩選』에서도 오류를 답습하고 있다.

崔惟善(?~1075)은 海州崔氏로 그의 아버지는 海東孔子 崔冲(文憲公)이다. 아들 崔思齊(良平公)와 손자 崔瀹도 文翰으로 이름이 높았으며, 『補閑集』의 저자인 崔滋(文淸公)는 그의 6世孫이다.[33] 崔滋가 그의 조상의 일을 기록했기에, 이 시의 작자가 崔惟善이라는 점은 더욱 분명해진다.

崔惟淸(1095~1174)은 昌原崔氏(鐵原崔氏)로 아버지가 崔奭이며, 아들 중 崔讜(靖安公)과 崔詵(文懿公)이 당대에 유명하였다.[34]

(3) 鄭樞, 〈寄無說師〉(『靑丘風雅』 卷7)

『靑丘風雅』 卷7에 鄭樞(1333~1382)의 7언절구로 <寄無說師>가 뽑혀 있는데, 『箕雅』 卷2, 『大東詩選』 卷1, 『海東詩選』에는 작자가 金齊顔(?~1368)으로 되어 있다.

> 世事紛紛是與非　　十年塵土汚人衣
> 落花啼鳥春風裏　　何處靑山獨掩扉

우선 이 시가 鄭樞의 『圓齋藁』에 실려 있지 않고, 여타 시선집에서 작자를 金齊顔이라 기록했을 뿐만 아니라, 『小華詩評』에도 金齊顔의 시로 소개되어 있어 작자를 단정하는 것은 어렵지 않다.

> 金齊顔은 金九容의 아우로 辛旽을 죽이려 모의하다가 일이 누설되어 죽임을 당하였다. 그가 일찍이 無說師에게 보낸 시에 이르길, "세상 일 옳

33) 『高麗史』 卷95, <崔惟善列傳>.
34) 같은 책 卷99, <崔惟淸列傳>.

다 그르다 시끄럽기만 하니, 진토에 머문 십 년 내 옷만 더럽혔네. 봄바람 속에 꽃 지고 새 우는데, 청산 어느 곳에 그대 홀로 사립 닫고 사는가?"라 하였다. 세상을 피해 은둔하려는 뜻이 담겨 있지만 끝내 스스로 도모하지 못했으니 애석하다.[35]

洪萬宗은 金齊顔이 무열에게 부친 시에서처럼 은둔할 뜻을 가졌으나 실행하지 못함으로써, 결국 辛旽에게 죽임을 당해 생명을 보전하지 못한 것이 애석하다고 평했다. 金齊顔은 金九容(1338~1384. 初名 : 齊閔)의 동생으로 벼슬이 內書舍人에 이르렀으며, 1368년 金精, 金龜寶, 尹希宗, 李元林 등과 함께 辛旽을 제거하려는 모의를 한 바 있다.[36] 無說은 당시에 釋翰林으로 불릴 만큼[37] 文翰에 능했던 승려로, 특히 牧隱 李穡(1328~1396)과 교유가 깊었으며,[38] 나주 涌珍寺 克復樓의 記文을 지었다.[39]

한편 『靑丘風雅』의 작가 목록인 <諸賢姓氏事略>에는 金齊顔이 金九容 다음에 소개되어 있으나, 정작 詩選에는 그의 이름으로 뽑힌 시가 한 편도 없다. 이는 <寄無說師>가 鄭樞의 작이 아니라 金齊顔의 작품임을 반증하는 것이다.

35) 洪萬宗, 『小華詩評』 卷上 : "金齊顔 九容之弟也 謀誅辛旽 事泄見殺 嘗有寄無說師詩曰 世事紛紛是與非 十年塵土汚人衣 落花啼鳥春風裏 何處靑山獨掩扉 有遁世之意 而竟不自謀 惜哉."

36) 『高麗史』 卷104, <金齊顔列傳>.

37) 李穡, 『牧隱詩藁』 卷7, <正月下澣得南來書因憶諸公 無說長老> : "無說山人釋翰林 相望海角歲年深."

38) 李穡이 無說과 관련하여 지은 시가 『牧隱詩藁』에 여러 편 보인다. <因憶無說>(卷14), <得燕谷住持印牛書送茶且托玉龍瑞龍田稅事又得無說書亦如之>(卷26), <代書奉答無說長老>(卷27), <得無說書>(卷30).

39) 鄭道傳, 『三峯集』 卷4, <無說山人克復樓記後說>.

(4) 元松壽, 〈寄妻兄閔及庵〉(『靑丘風雅』 卷7, 『箕雅』 卷2, 『大東詩選』 卷1)

<寄妻兄閔及庵>이라는 시가 『靑丘風雅』 卷7, 『箕雅』 卷2, 『大東詩選』 卷1에는 元松壽(1323~1366)의 작으로 되어 있고, 『東文選』 卷21에는 白彌堅의 작으로 되어 있다. 시는 다음과 같다.

笛聲江郡落梅花	강 마을 젓대소리는 <낙해화> 곡조인데
西望長安日已斜	서쪽 장안 바라보니 해는 이미 기우네.
栗里舊居楊柳在	율리의 옛집에는 버드나무가 있거늘
不知春色屬誰家	알지 못하겠네, 봄빛이 누구 집에 붙었는지.

이 시의 주인을 밝히기 위해서는 及庵 閔思平(1295~1359)과 누가 妻兄關係에 있는가를 살피면 된다. 妻兄은 손위 동서 혹은 처남이다. 元松壽는 權廉의 막내딸과 결혼했고,[40] 閔思平은 金倫의 큰딸과 결혼했으므로[41] 동서간이나 처남 남매간이 될 수가 없다. 따라서 白彌堅이 閔思平과 妻兄關係가 될 가능성이 높으나, 그의 생평에 대한 기록을 찾기가 어렵다. 그런데 金倫의 둘째 딸이 金輝南에게 시집갔으므로, 閔思平과 白彌堅은 동서간이 될 수가 없다. 한편 閔思平의 아버지에게 딸 셋이 있었는데, 모두 世家에 출가했다는 기록을[42] 참조하면 그중 한 명이 白彌堅과 결혼했을 가능성이 크다. 이럴 경우 閔思平은 白彌堅의 처남이 된다.

白彌堅은 字가 介夫이며, 忠定王 2년(1350) 9월에 左獻納으로 있으면서 前 典客侍丞 金仁琯과 함께 元나라 制科에 응시하여 합격하고, 귀국하여 벼슬이 右獻納에 이르렀다고 한다.[43] 위의 시는 金宗直이 "有去國離家之

40) 李穡, 『牧隱文藁』 卷16, <權廉墓誌銘>.

41) 李齊賢, 『益齋亂藁』 卷7, <金倫墓誌銘>.

42) 같은 이, <閔頔墓誌銘>(국립중앙박물관 NO.신5872).

感"이라 註를 붙인 바와 같이,[44] 그 내용으로 보아 고향을 떠나 있으면서 지은 것이다. 詩句 중의 '落梅花'(晉나라 桓伊가 지은 曲調名)와 '西望長安'을 통하여 중국에서 지은 것임을 헤아릴 수 있다. 따라서 白彌堅의 작이라면 元나라 制科에 응거하러 중국에 갔을 때 고향을 생각하며 閔思平에게 지어 부친 것으로 볼 수가 있다. 한편 元松壽는 忠定王 3년에 서해도 안렴사로 외직에 나가고 홍건적의 난 때 왕을 호종하여 피난한 것 외에는 중앙에서 근무하였으며, 中國 使行은 확인되지 않는다.[45] 그러나 白彌堅의 시는 『東文選』 卷18에 7언배율 <晉州矗石樓次鄭勉齋韻> 1수가 더 뽑혀 있고, 『靑丘風雅』, 『箕雅』, 『大東詩選』에는 전혀 뽑히지 않아 시선집의 편제상 元松壽와의 작자 錯亂을 헤아리기가 어렵다.

4) 『箕雅』

(1) 陳澕, 〈春〉·〈秋〉(『箕雅』 卷2)

『箕雅』 卷2에 陳澕의 7언절구로 <春晩>, <柳>, <春興>, <春>, <秋>가 차례로 뽑혀 있다. 그런데 <春>과 <秋>의 경우 『東文選』 卷20, 『靑丘風雅』 卷6, 『大東詩選』 卷1에는 작자가 그의 동생인 陳溫으로 되어 있다. 한편 洪萬宗이 陳澕의 시문을 輯佚한 『梅湖遺稿』에도 이 두 작품은 실려 있지 않다. 먼저 『靑丘風雅』와 『箕雅』의 편제를 비교하기로 한다.

---

43) 『高麗史節要』 卷26, 忠定王 2年 9月 : "遣左獻納白彌堅前典客侍丞金仁琯 應擧于元." 鄭誧, 『雪谷集』 卷上, <送白書記彌堅赴忠州幕> 註 : "彌堅字介夫 至正中 登元朝制科 仕本國 累官至右獻納."

44) 金宗直, 『靑丘風雅』 卷7, 元松壽, <寄妻兄閔及庵> 註.

45) 『高麗史』 卷107, <元松壽列傳>.

『靑丘風雅』 卷6	『箕雅』 卷2
陳澕, <春晩> <柳> 陳澕, <春> <秋>	陳澕, <春晩> <柳> <春興> <春> <秋>

『箕雅』 卷2에 뽑힌 <春興>은 <野步>로도 불리며, 『三韓詩龜鑑』 卷中, 『東文選』 卷20, 『大東詩選』 卷1에도 선발되어 있는 陳澕의 대표작이다. 위 비교표를 살펴보면 『箕雅』 卷2의 <春>, <秋> 앞에 '陳溫'이라는 작자명이 누락되었을 가능성을 엿볼 수가 있다. 『箕雅』의 作家目錄에는 陳澕와 陳溫을 나란히 들고, 진온에 대하여 "澕之弟 高宗時登第"라고 소개하고 있다. 그런데 정작 陳溫의 이름으로 뽑힌 시는 1편도 없다. 이는 곧 작가명이 누락되었음을 반증하는 것이다.

『東文選』에 따르면 <春>과 <秋>는 陳溫의 <四時詞>(春, 夏, 秋, 冬) 중 2수이다. 陳澕의 유고를 편찬한 洪萬宗은 『小華詩評』에서 두 형제의 시를 다음과 같이 평한 바 있다.

> 매호 진화는 시를 짓는데 민첩하여 백운 李奎報와 이름을 나란히 하였다. 그가 버들을 읊은 시에 ……라 하였는데, 流麗하여 가히 읊을 만하다. 그의 아우 진온 또한 시에 능하였다. 가을을 읊은 시에 ……라 하였는데, 부귀한 사람의 기상을 잘 묘사하였다.[46]

46) 洪萬宗, 『小華詩評』 卷上 : "陳梅湖澕賦詩敏速 與李白雲齊名 詠柳詩曰 …… 流麗可咏 其弟溫亦能詩 詠秋詩曰 銀砌微微着淡霜 袂衣新護玉膚凉 王孫不解悲秋賦 只喜深閨夜漸長 寫出富貴家氣像."

洪萬宗은 두 사람의 시의 풍격을 비교 평가하는 한편, <秋>를 陳澕의 시로 분명히 인지하고 있음을 볼 수가 있다. 따라서 그는 『梅湖遺稿』에 陳澕의 <四時詞>를 뽑아 넣지 않을 수 있었던 것이다.

(2) 王伯, 〈從毅陵宴杏園〉(『箕雅』 卷2)

『箕雅』 卷2에 <從毅陵宴杏園>이 王伯(1277~1350)의 시로 뽑혀 있다. 그러나 『東文選』 卷21, 『靑丘風雅』 卷7, 『大東詩選』 卷1, 『海東詩選』에는 尹澤(1289~1370)의 작으로 되어 있다.

雨灑紅簾酒滿尊	비는 붉은 주렴에 뿌리고 술은 동이에 가득한데
檀槽一曲感皇恩	단조 한 곡조로 임금 은혜에 감사하네.
城南春色皆圍遶	성남의 봄빛이 다 둘러쌌거니
應爲東君在此園	응당 동군이 이 행원에 계시기 때문일세.

작자가 임금을 모시고 杏園에서 잔치하며 읊은 시로, 잔치자리의 분위기와 함께 임금의 은혜에 대한 감사함이 잘 나타나 있다. 詩題의 毅陵은 忠肅王이다. 尹澤은 충숙왕 4년에 과거에 급제하여 품계를 뛰어넘어 특진을 거듭하는 등 충숙왕의 각별한 사랑을 받았다. 공민왕 10년 정당문학으로 치사할 때 그는 왕에게 다음과 같은 청을 하였다.

> 저는 의릉의 지우를 받았으나 그 만분의 일도 갚지 못하였으니 화공에게 명하여 의릉의 초상화를 그리게 하여 저에게 주신다면 시골집에 걸어두고 밤낮으로 바라보며 사모하겠습니다.[47]

47) 『高麗史』 卷106, <尹澤列傳> : “十年 加政堂文學致仕 言曰 臣深荷毅陵之知 無報萬一 乞命工寫睟容 以賜臣於村莊日夕瞻敬.”

인용문에서 보는 바와 같이, 尹澤은 충숙왕의 깊은 총애를 받았으며, 왕의 초상화를 걸어두고 밤낮으로 경모할 정도였다. 이러한 관계로 미루어, 위의 <從毅陵宴杏園> 시는 尹澤이 짓기에 충분하다고 볼 수가 있다.

王伯의 경우 尹澤보다 약간 앞 시대 인물이지만, 『高麗史』에서 충숙왕과의 특별한 관계를 찾을 수가 없다. 오히려 충숙왕 때 告身에 서명하지 않았다가 임금에게 알려져 매를 맞고 海島로 유배를 당하기도 하였다.[48]

한편, 王伯과 尹澤의 7언절구가 뽑혀 있는 『青丘風雅』의 수록 순서를 살펴보면 다음과 같다.

> 王伯, <山居春日>
> 辛蕆, <木橋>
> 宏演, <題墨龍卷>
> 尹澤, <從毅陵宴杏園>

『青丘風雅』의 작가별 수록 순서를 감안할 때, 『箕雅』의 편찬자 혹은 필사자가 실수로 한 작자의 이름을 누락함으로써 그 작자의 작품이 앞 작자의 작품으로 될 수 있음을 볼 수가 있다. 『箕雅』에 辛蕆의 <木橋>는 <從毅陵宴杏園> 뒤에 실려 있고, 宏演의 <題墨龍卷>은 뽑히지 않았다. 따라서 尹澤의 시 <從毅陵宴杏園>에서 작자명이 빠짐으로써 王伯의 시가 되어버린 것이다.

---

48) 같은 책 卷109, <王伯列傳>.

(3) 朴孝修, 〈月夜聞老妓彈琴〉(『箕雅』 卷7, 『大東詩選』 卷1, 『海東詩選』)

『箕雅』 卷7, 『大東詩選』 卷1, 『海東詩選』에 朴孝修(?~1337)의 7언율시로 <月夜聞老妓彈琴>이 선발되어 있다. 그런데 『東文選』 卷17과 『青丘風雅』 卷5에는 <興海鄕校月夜聞老妓彈琴>이라는 題名으로 朴致安의 作으로 되어 있다. 시는 다음과 같다.

七寶房中歌舞時　　那知白髮老荒陲
無金可買長門賦　　有夢空傳錦字詩
珠淚幾霑吳練袖　　薰香猶濕越羅衣
夜深窓月絃聲苦　　只恨平生無子期

朴孝修는 李齊賢과 동시대 인물로, 1320년(충숙왕 7) 李齊賢이 知貢擧가 되어 崔龍甲·李穀 등을 뽑을 때 同知貢擧를 맡았던 적이 있으며 淸節로 알려져 있다.[49] 朴致安은 고려 말~조선 초기에 걸쳐 살았는데 생애가 자세하지 않다. 鄭以吾(1354~1434)가 耆英들과 聯句놀이를 할 때, 동네 子弟로서 그의 詩句에 對를 맞춤으로써 詩名을 크게 떨쳤으나 끝내 벼슬자리 하나 얻지 못하고 고생만 했다고 한다.[50] 朴孝修와 朴致安은 나이 차이가 크게는 100년 정도 나며, 官人과 布衣로 대조적인 삶을 살았다고 할 것이다.

위 시의 작자와 관련하여 『東人詩話』에 작자와 함께 작시 배경이 소개되어 있어 문제해결의 결정적인 단서로 삼기에 충분하다.

---

49) 같은 책 卷5, 忠肅王 7年 9月 및 卷109, <朴孝修列傳>.

50) 徐居正, 『東人詩話』 卷下 : "鄭郊隱 早春與諸耆英 會城南聯句 同里子弟多在座 郊隱先唱云 眠牛壟上草初綠 朴生致安屬對曰 啼鳥枝頭花政紅 滿座稱賞 詩名自此大振 然終蹇躓 不霑一命."

> 朴致安은 일찍이 시로써 명성이 있었으나 여러 차례 과거에 낙방하고 항상 마음이 편안하지 못하였다. 寧海郡에서 떠돌아다니며 놀 때, 늙은 기생이 달 아래에서 거문고 타는 소리가 매우 처절한 것을 듣고 시를 짓기를 …(위의 시)…라 하였는데, 말과 뜻이 雄深하여 참으로 걸작이다. 圓齋 鄭樞의 <老妓> 시에 ……라 하였는데, 선배들이 精麗하다고 칭찬하나 마땅히 朴致安에게 한 발자국 양보해야 할 것이다.[51)]

『東文選』 卷17에서 詩題를 <興海鄕校月夜聞老妓彈琴>이라 한 것과 위의 시화에서 寧海라 한 것의 장소 차이 외에는, 작자와 작시 과정이 매우 구체적으로 제시되고 있어 신빙성이 높아 보인다. 특히 徐居正은 『東人詩話』에서 2개 條에 걸쳐 朴致安에 대하여 기술하고 있는데, 鄭以吾의 詩句에 對를 맞춘 일과 詩名, 屢擧不第, 薄遊 등의 언급을 통하여 朴致安에 대해 잘 알고 있었음을 볼 수가 있다.

한편 위의 시는 『新增東國輿地勝覽』, 寧海都護府, 題詠에도 朴致安의 작품으로 전편이 소개되어 있다.[52)] 朴孝修도 興海에서 지은 시가 있지만,[53)] 작자가 朴孝修로 바뀌게 된 것은 『新增東國輿地勝覽』 소재 朴致安의 題詠 앞에 朴孝修의 聯句가 실려 있어[54)] 작자(朴致安)를 누락하였거나 착각했을 가능성도 없지 않다.

---

51) 같은 곳 : "朴生致安 早有詩聲 屢擧不中 居常怏怏 薄遊寧海郡 聞老妓月下彈琴聲甚悽咽 有詩云 …… 語意雄深 眞傑作也 鄭圓齋老妓詩 …… 前輩稱爲精麗 然當避生一頭地."

52) 『新增東國輿地勝覽』 卷24, 寧海都護府, 題詠.

53) 『東文選』 卷7, 朴孝修, <興海松羅途中觀海濤>.

54) 『新增東國輿地勝覽』 같은 곳 : "朴孝修詩 浪打漁磯踈雨暗 沙明鷺渚凍雲黃."

(4) 鄭誧, 〈山村雜詠〉(『箕雅』 卷11)

『箕雅』 卷11에 鄭誧(1309~1345)의 5언배율로 <送白書記赴忠州幕八韻>과 <山村雜詠 二十四韻>이 뽑혀 있다. 그러나 <山村雜詠>은 『東文選』 卷11에도 뽑혀 있는데, 李達衷(1309~1384)의 작품으로 되어 있다. 우선 鄭誧의 문집인 『雪谷集』과 李達衷의 문집 『霽亭集』에서 이 시의 수록 여부를 점검한 결과, 『霽亭集』 卷1에 실려 있어 李達衷의 작품으로 확인된다. 그런데 현전하는 『霽亭集』은 초간본이 일실된 후 1836년 여러 전적에서 輯佚·編次한 중간본이고, 이 시 또한 『東文選』에서 綴拾한 것이어서[55] 좀 더 세밀한 검토가 필요하다. 『東文選』과 『箕雅』의 5언배율의 편제는 다음과 같다.

『東文選』 卷11		『箕雅』 卷11	
鄭 誧	<贈佐郞舅詩>	鄭 誧	<送白書記赴忠州幕八韻>
	<送白書記赴忠州幕>		<山村雜詠二十四韻>
李達衷	<山村雜詠>	鄭夢周	<賀李秀才登第還鄕三十韻>
韓 脩	<送慶尙道按廉康副令>		
卓光茂	<遣悶>		
	<謝元戎李密直來訪>		
鄭夢周	<賀李秀才就登第還鄕三十韻>		

두 시선집의 편제를 비교해 보면, 『箕雅』의 편찬과정에서 <山村雜詠 二十四韻> 앞에 '李達衷'이라는 작자 표기가 누락되었을 가능성을 엿볼 수가 있다.

실제 삶과 관련해서도, 李達衷은 辛旽을 규탄하는 데 앞장섰다가 벼

55) 李達衷, 『霽亭集』 卷1, <山村雜詠> 詩題에 "見東文選"이라 밝히고 있다.

슬에서 밀려나 오래도록 山中生活을 한 바 있다. 『東文選』에 실려 있는 <予在山中竟日無相過拖笻曳履獨徜徉乎澗谷廖廖然無與語唯影也造次不我違爲可惜也作詩以贈>, <雜興五章寄思庵>, <金晦翁南歸作村中四時歌以贈> 등에[56] 그의 산중생활의 모습이 핍진하게 묘사되어 있으며, 詩想에서도 <山村雜詠>과 일맥상통하고 있다.

5) 『大東詩選』

(1) 李湛之, 〈枯木〉(『大東詩選』 卷1)

『大東詩選』 卷1에 李湛之의 7언절구로 <枯木>이 뽑혀 있는데, 『東文選』 卷21, 『靑丘風雅』 卷7, 『箕雅』 卷2, 『海東詩選』에는 작자가 李湛으로 되어 있다. 시는 다음과 같다.

白蚪倒立碧山陰　　斤斧人遙歲月深
堪嘆春風吹又過　　舊枝無復有花心

李湛之와 李湛은 분명히 다른 사람이다. 『大東詩選』에서는 李湛之에 대해 주석하기를, "고종 때 사람이다. 李仁老, 吳世材, 林椿, 趙通, 皇甫沆, 咸淳과 벗하였는데, 세상 사람들은 江左七賢에 비겼다. 경주인이다."라 하여[57] 무신집권시대 竹高七賢(海左七賢)의 한 사람으로 파악하였다. 그는 李仁老의 四友 중 酒友였다.[58]

56) 앞의 두 작품은 『東文選』 卷5에, 뒤의 작품은 卷7에 실려 있다.

57) 『大東詩選』 卷1, 李湛之 註, "高宗時人 與李仁老吳世材林椿趙通皇甫沆咸淳爲友 世比江左七賢 慶州人."

58) 『東文選』 卷4, 李仁老, <贈四友>.

반면 李湛은 고려시대에 두 사람이 보이는데, 한 사람은 先達로서 시를 짓는 데 고사를 험벽하게 인용하여 드러나지 못한 인물이고,[59] 다른 한 사람은 深岳君이다. 深岳君 李湛은 1350년(충숙왕 17)에 順興君 安文凱와 함께 科擧를 관장하여 崔宰 등을 뽑았고,[60] 같은 해 起居注로 있으면서 임금의 행동거지에 대해 직간하다가 미움을 받기도 하였다.[61] 그는 閔思平(1295~1359)과 교유가 깊었던 것으로 보이는데, 閔思平은 次韻詩와 그의 挽詞를 지은 바 있다.[62]

『東文選』, 『靑丘風雅』, 『箕雅』에 수록된 7언절구의 편제로 볼 때, <枯木>은 鄭誧(1309~1345)와 鄭樞(?~1382)의 전후에 수록되어 있다. 여기에 深岳君과 閔思平의 관계를 고려하면, <枯木>은 고려 중기 竹高七賢의 일원인 李湛之의 시가 될 수 없고 深岳君 李湛의 시로 보아야 할 것이다. 물론 앞서 언급한 先達 李湛도 시를 잘 지었지만[爲詩詞嚴而意新], 李齊賢의 아버지 代 사람으로 시대가 훨씬 앞선다.

(2) 李仁復, 〈次伽倻寺住老韻 二〉(『大東詩選』 卷1)

『大東詩選』 卷1에 <次伽倻寺住老韻>이라는 시가 李仁復(1308~1374)의 작품으로 뽑혀 있다. 이 시는 『東文選』 卷16, 『靑丘風雅』 卷5, 『箕雅』 卷7에도 뽑혀 있는데, 작자가 柳淑(? ~1368)으로 되어 있다. 『東文選』에 의하면, 『大東詩選』에 뽑힌 이 시는 7언율시로 3連作詩 중 두 번째 시

59) 李齊賢, 『櫟翁稗說』 後集1 : "先君閱山谷集 因言昔在江都 有先達李湛者(與今深岳君偶同名) 爲詩詞嚴而意新 用事險僻 與當時所尙背馳 故卒不顯."

60) 李穡, 『牧隱文藁』 卷15, <崔文眞公墓誌銘> : "天歷庚午 順興君安公文凱深岳君李公湛同掌試 公中之."

61) 『高麗史節要』 卷24, 忠肅王 17年 2月.

62) 閔思平, 『及庵詩集』 卷1, <次陋室詩韻賀宋學士> 및 卷4, <深岳君挽章>.

에 해당한다.

林下閑開綠野堂   숲 아래 한가로이 열린 녹야당
溪山勝景稻魚鄕   좋은 산수에 농사짓고 고기 잡는 마을일세.
菊將松竹成三逕   국화는 송죽과 세 길을 이루고
琴與圖書共一床   거문고는 도서와 함께 한 책상에 놓였네.
但願交遊繼支許   다만 원하는 건 사귐이 支遁과 許詢을 잇는 것
何須富貴羨金張   어찌 부귀하기 金日磾·張安世를 부러워하리.
古人可笑歸來晩   옛 친구들 늦게 돌아오는 것 우스우니
宦路風波浩莫量   벼슬길 풍파 넓어 헤아릴 길 없구나.

가야사 주지 스님의 시에 차운하여, 작자 자신이 벼슬을 버리고 전원으로 돌아와 閑適한 생활을 하는 심경을 피력한 시이다. 柳淑은 1352년 趙日新의 무고로 파직되어 시골에 돌아가 있다가, 趙日新이 죽은 뒤 복직되어 예문관 대제학까지 올랐으며, 그 후 다시 辛旽의 모함으로 낙향해 있던 중 辛旽이 보낸 자객에게 교살되었다.[63] 金宗直은『靑丘風雅』에 이 시를 뽑아 넣고 시의 말미에 "시의 뜻은 자신이 일찍이 벼슬에서 물러나서 옛 친구들이 고향으로 되돌아오는 것이 늦음을 비웃은 것이다. 그러나 마침내 辛旽에게 제거되었으니, 어찌 하루를 기다리지 못했다고 가히 이를 수 있겠는가?"라고 註를 달았다.[64]

柳淑과 李仁復은 선후배 사이였으며, 李仁復은 柳淑이 벼슬을 버리고 시골로 돌아갈 때 <送柳思庵>이라는 送詩를 써 주었다. 이 시에서 그는 柳淑이 사직을 편안히 하고서 신선이 되어 떠난다고 칭송하는 한편,

63)『高麗史』卷112, <柳淑列傳>.

64) 金宗直,『靑丘風雅』卷5, 柳淑, <次伽倻寺住老韻> 註 : "詩意 自以早退 而笑古人之歸晩 然卒爲辛旽所陷 豈可謂之不俟終日也."

자신은 벼슬을 버리고 떠나지 못함을 부끄러워하였다.[65] 요컨대, <次伽倻寺住老韻>은 柳淑의 作이며, 『大東詩選』에서 李仁復이라 한 것은 오류하고 하겠다.

6) 『海東詩選』

(1) 偰遜, 〈題平陵驛亭〉(『海東詩選』)

『海東詩選』에 偰遜(?~1360)의 5언절구로 <題平陵驛亭>이 뽑혀 있는데, 『東文選』 卷19에는 楊以時의 작으로 되어 있다. 두 시선집의 5언절구 해당 부분을 비교해 보면, 시의 주인은 쉽게 판명된다.

『東文選』 卷19	『海東詩選』
○ 柳淑 <癸卯冬送北征崔元帥瑩> <碧瀾渡> <書洪州家壁> ○ 偰遜 <山中雨> ○ 楊以時 <題平陵驛亭>	○ 柳淑 <碧瀾渡> ○ 偰遜 <山中雨> <題平陵驛亭>

『海東詩選』의 편찬자가 <題平陵驛亭>을 뽑아 넣는 과정에서 작자의 이름(楊以時)을 빠뜨림으로써, 앞 사람의 작품이 되었음을 알 수 있다. 곧 <題平陵驛亭>의 작자는 楊以時이며, 『海東詩選』에서의 偰遜은 오류라

65) 『東文選』 卷15, 李仁復, <送柳思庵> : “人間膏火自相煎 明哲如公史可傳 已向危時安社稷 更從平地作神仙 五湖夢斷烟波綠 三徑秋深野菊鮮 愧我未能投紱去 邇來雙鬢雪飄然.”

고 하겠다.

(2) 林椿, 〈仍佛驛〉(『海東詩選』)

『海東詩選』에 林椿의 작품으로 5언율시 <李平章輓>과 <仍佛驛>이 뽑혀 있다. <李平章輓>은 『西河集』 卷2에 수록되어 있고,[66] 각종 시선집에도 林椿의 작으로 되어 있다. 그러나 <仍佛驛>의 경우 문집에 실려 있지 않을 뿐만 아니라, 『三韓詩龜鑑』 卷上, 『東文選』 卷9, 『箕雅』 卷5, 『大東詩選』 卷1에서는 작자를 金克己라고 하였다.

<仍佛驛>
悠悠山下路　　信轡詠凉天
水有含芒蟹　　林無翳葉蟬
溪聲淸似雨　　野氣淡如烟
入夜投孤店　　村夫尙未眠

이 시의 주인을 밝히기 위해, 우선 각 시선집에 수록된 이 시의 전후 작품과 작자를 살펴볼 필요가 있다.

『東文選』 卷9	『箕雅』 卷5	『海東詩選』
○ 林椿 <李平章光縉挽詞> 외 2수 ○ 李仁老 <謾興> 외 2수 ○ 金克己 <仍弗驛> <田家四時> 외 3수	○ 林椿 <李平章挽> ○ 金克己 <田家四時> <仍弗驛> ○ 李仁老 <漫興>	○ 林椿 <李平章挽> <仍佛驛> ○ 金克己 <桃花驛> <錦石庵> ○ 李仁老 <漫興>

66) 林椿, 『西河集』 卷2, <李相國光緖挽詞>.

林椿, 金克己, 李仁老는 동시대인으로, 위 표에서 보는 바와 같이 <李平章挽>, <仍佛驛>, <漫興> 등이 각 시선집에 모두 뽑혀 있다. 『三韓詩龜鑑』 이하 여러 시선집의 작가 표기를 좇아 <仍佛驛>을 金克己의 것으로 전제하고 『箕雅』와 『海東詩選』을 비교해 보면, 『海東詩選』의 편찬과정에서 <仍佛驛>에 표기되어야 할 '金克己'라는 작자명이 한 작품 뒤로 물러남으로써 앞 작자인 林椿의 소유가 되어버렸음을 알 수가 있다. 한편 『海東詩選』의 <仍佛驛>은 여타 시선집에는 <仍弗驛>으로 기록되어 있다. 『新增東國輿地勝覽』에 따르면 仍甫驛으로 경주의 남쪽 55리에 있었다고 한다. 『新增東國輿地勝覽』에도 이 시를 金克己의 題詠으로 수록하고 있다.[67]

(3) 金樞, 〈文機障子詩〉(『海東詩選』)

『海東詩選』에 金坵(1211~1278)의 이름으로 5언절구 <洪原邑館>과 7언절구 <落梨花>가 뽑혀 있고, 또 金樞의 이름으로 7언율시 <文機障子詩>가 뽑혀 있다. 이름대로라면 작자가 다른 두 사람이나, 金樞는 金坵의 잘못으로 보인다. 시는 다음과 같다.

一朶蓬萊湧海高　　銀宮貝闕駕靈鼇
蘭燈燦爛頳虯卵　　羽葆參差翠鳳毛
風護花奴頭上槿　　露濃金母手中桃
請看明月徘徊影　　應是姮娥望赭濠[68]

67) 『新增東國輿地勝覽』 卷21, 慶州府, 驛院, <仍甫驛>.
68) 赭濠 : 『東文選』 卷14, 『箕雅』 卷7, 『大東詩選』 卷1에는 '赭袍'로 되어 있다.

이 시는 『東文選』 卷14, 『箕雅』 卷7, 『大東詩選』 卷1에도 金坵의 작품으로 뽑혀 있다. 또 曺伸은 『謏聞瑣錄』에서 이 시를 다음과 같이 평하였다.

> 문인들이 잘 지은 작품들은 대대로 전하여 없어지지 않으므로 천 년이 지난 후에도 그 시인의 풍채를 생각해 볼 수가 있다. …… 나는 일찍이 金坵의 <障子詩>를 좋아했는데, "바람은 무궁화 위의 꽃을 보호하고, 이슬은 서왕모 손 안의 복숭아에 짙네."라 하였다. 이 얼마나 아름답고 고운 시인가![69]

曺伸은 金坵의 <文機障子詩>를 千年不朽之作의 하나로 꼽고, 특히 頸聯이 艶麗하여 좋아한다고 하였다.

7) 其他

(1) 초명과 관명의 혼용

시선집에 따라 작자의 初名을 쓰거나 官名을 씀으로써, 혹 독자로 하여금 착각을 불러일으키게 할 소지도 없지 않다. 각 시선집에 보이는 작자 중 金緣, 金良鏡, 兪升旦, 鄭可臣이 대표적인 경우이다.

金緣(?~1127)의 <大同江> 시는 『三韓詩龜鑑』 卷中, 『東文選』 卷12, 『大東詩選』 卷1에 뽑혀 있는데, 『三韓詩龜鑑』에서는 작자명을 金仁存이라 했다. 仁存이 관명이고 緣은 초명이다.[70] 詩人으로는 緣으로 더 잘 알려져 있다.

---

69) 曺伸, 『謏聞瑣錄』 : "文人詞藻 流傳不朽 千載之下 想望其風彩 …… 嘗愛金坵障子詩 風護花奴頭上槿 露濃王母手中桃 何其艶麗."

70) 『高麗史』 卷96, <金仁存列傳> : "金仁存 字處厚 初名緣 新羅宗室角干周元之後."

金良鏡(?~1235)의 <宮詞>(內直)는 『東文選』 卷11, 『靑丘風雅』 卷6, 『箕雅』 卷2, 『大東詩選』 卷1, 『海東詩選』에 뽑혀 있는데, 『靑丘風雅』에서는 작자명을 金仁鏡으로 적고 있다. 仁鏡이 官名이고 良鏡은 初名이다.[71] 詩選集과 詩話集에서는 良鏡으로 많이 일컫고 있다.

兪升旦(1168~1232)의 경우 初名이 元淳인데,[72] 『大東詩選』에서는[73] 別人으로 취급하여 각각 시를 뽑아 두고 있다. 유승단의 이름으로 <趙相國獨樂園>, <穴口寺>, <宿保寧縣>, <和趙相國同年席上詩>를 뽑고, 작가에 대하여 註를 붙이기를 "仁同人 人謂之照夜神珠 高宗受學 待以師禮 官至參知政事 諡文安."이라 하였다. 兪元淳의 이름으로는 白頤正의 앞인 고려 후기에 위치시키고 <僧伽寺>를 뽑는 한편, "名升朝[74] 杞溪人 高宗時 官至參政 時人號曰照夜神珠 諡文安."이라 작자를 소개하였다. 편찬자가 조금만 유의를 했었어도 통합할 수 있는 문제이다.

鄭可臣(?~1298)의 경우도 마찬가지이다. 『東文選』 卷14에 그의 初名인 鄭興의[75] 명의로 <興似聞樂軒懶齋二相國與諸卿大夫作詩結社予亦喜幸偶成長句寄呈> 6수를 뽑고, 같은 卷 속에 鄭可臣의 시로 <皇都次韻金鈍村見寄>를 수록하고 있다.

(2) 작자명의 오탈

『三韓詩龜鑑』 卷上에 吳麟의 이름으로 <重遊福興寺>가 뽑혀 있는데,

71) 같은 책 卷102, <金仁鏡列傳> : "金仁鏡 初名良鏡 慶州人 平章事良愼公義珍四世孫."

72) 같은 곳, <兪升旦列傳> : "兪升旦 初名元淳 仁同縣人."

73) 『大東詩選』 卷1 및 작가목록.

74) 升旦을 升朝로 적은 것은 朝鮮 太祖 李成桂가 즉위한 후 이름을 旦으로 고친 것을 忌諱한 것으로 보인다.

75) 『高麗史』 卷105, <鄭可臣列傳> : "鄭可臣 字獻之 初名興 羅州人."

『東文選』 卷9에는 吳學麟의 <重遊九龍山興福寺>로 되어 있다.[76] 『三韓詩龜鑑』의 작자명에 學자가 빠진 것이다. 오학린은 벼슬이 翰林學士에 이르렀으며, 吳世才의 할아버지이다.[77]

『三韓詩龜鑑』 卷中에 崔光裕의 이름으로 7언율시 <長安春日有感>과 <早行>이 뽑혀 있다. <長安春日有感>은 『東文選』 卷12, 『青丘風雅』 卷4, 『箕雅』 卷7, 『大東詩選』 卷1, 『海東詩選』에도 뽑혀 있는데, 작자명이 崔匡裕로 되어 있다. 崔匡裕는 당나라에 유학한 신라 때의 학자로 崔致遠, 崔承祐, 朴仁範과 함께 『夾註 名賢十抄詩』에 시가 뽑혔으며, 崔光裕는 고려 무신집권 시기에 承宣을 시냈던[78] 인물이다. 崔光裕는 崔匡裕의 잘못이다.

陳澕의 경우 『三韓詩龜鑑』 卷上과 卷下에는 이름이 바르게 표기되어 있으나 卷中에는 陳華로 오기되어 있고, 『海東詩選』에서는 <柳> 시의 작자가 '陳학'으로 표기되어 있다.

兪千遇(1209~1276)의 시는 『東文選』 卷20과 『大東詩選』 卷1에 <賀元帥金公方慶攻下耽羅>가 뽑혀 있는데, 『大東詩選』에는 작자명이 兪千邁로 오기되어 있다. 兪千遇는 『高麗史』에 立傳된 인물로,[79] 務安兪氏의 시조이다.

全元發의 5언절구 <龍宮閑居金蘭溪得培寄詩次其韻>이 『東文選』 卷19와 『大東詩選』 卷1에 뽑혀 있는데, 『東文選』에는 작자명이 金元發로 오기되어 있다. 전원발은 호가 菊坡이고, 원나라에 들어가 榮祿大夫 兵部尙書 集賢殿太學士를 역임하였으며, 竺山府院君에 봉작되었던 인물이

76) 『新增東國輿地勝覽』 卷42, 牛峰縣, 佛宇, <復興寺>에 吳學麟의 시가 실려 있다.
77) 같은 책 卷36, 高敞縣, 人物, <吳學麟>.
78) 『高麗史節要』 卷13, 明宗 26年 4月.
79) 『高麗史』 卷105, <兪千遇列傳>.

다.[80]

曹繼芳의 <山居>(山寺)는『東文選』卷21,『靑丘風雅』卷6,『箕雅』卷2,『大東詩選』卷1,『海東詩選』에 선발되어 있는데,『東文選』과『東人詩話』卷下에는[81] 작자명이 曹係芳으로 표기되어 있다.『東文選』을 제외한 위의 시선집, 田祿生의『壄隱逸稿』,[82]『新增東國輿地勝覽』등에서는 曹繼芳으로 적고 있다. 曹繼芳은 벼슬이 直提學에 이르렀으며, 고향에 은거하여 안빈낙도했던 인물로 알려져 있다.[83]

金子粹의 시는『大東詩選』卷1에 4수,『海東詩選』에 1수가 뽑혀 있는데, 두 시선집 모두에 작자명이 金自粹로 표기되어 있다.『高麗史』,『高麗史節要』,『牧隱文藁』에는 金子粹로,[84]『騎牛集』,『菊堂遺稿』,『貞齋逸稿』에는 金自粹로[85] 기록되어 있다. 고려시대에는 金子粹로 적었는데 후대로 내려오면서 아들 子字를 피하여 金自粹로 고쳐 적었던 것으로 보인다. 그는 공민왕 23년에 장원급제하고 벼슬이 大司成에 이르렀으며『高麗史』에 立傳되었다. 자는 純仲, 호는 桑村이다.

郭珚의 <思舊山> 시가『東文選』卷4,『靑丘風雅』卷1,『箕雅』卷12,『大東詩選』卷1에 뽑혀 있는데,[86]『東文選』에는 작자명이 郭瑠으로 되

---

80)『新增東國輿地勝覽』卷25, 龍宮縣, 人物, <全元發>.

81) 徐居正,『東人詩話』卷下 : "前輩詩用子規 語多淸絶 如李執義堅幹詩 …… 尹祇侯汝衡詩 …… 崔執義元祐詩 …… 曺副令係芳詩 …… 四詩皆淸絶."

82) 田祿生,『壄隱逸稿』卷6, <師友從遊>.

83)『新增東國輿地勝覽』卷27, 昌寧縣, 人物, <曹繼芳>.

84)『高麗史』卷120, <金子粹列傳>.
『高麗史節要』卷29, 恭愍王 23年 4月 : "取金子粹等三十三人."
李穡,『牧隱文藁』卷10, <純仲說> : "甲寅科壯元金正言曰 吾名子粹 故吾字曰純仲 請先生說其義."

85) 李行,『騎牛集』卷2, <九貞忠錄>.
奇正鎭, <菊堂遺稿重刊序>(朴興生,『菊堂遺稿』).
朴宜中,『貞齋逸稿』卷3, <杜門洞言志錄>.

어 있다. 그러나 『東文選』 卷21에 실려 있는 南兢의 시 <奉呈郭提學珚>에는 郭珚으로 나오고, 『高麗史』에는 郭珚과 郭㻒이 뒤섞여 쓰이며,[87] 『及庵詩集』에는 郭梱으로[88] 되어 있어, 어느 한 쪽으로 통일할 필요가 있다. 그는 충목왕 때 원나라 制科에 응시한 바 있으며, 提學 벼슬을 지냈다.

(3) 작자가 불확실한 시

계림군 王煦(1296~1349)의 죽음을 애도한 <鷄林郡公王政丞煦挽詞>가 『東文選』 卷14와 『青丘風雅』 卷4에 뽑혀 있는데, 『東文選』에는 작자가 安震(?~1360)으로, 『青丘風雅』에는 方曙로 되어 있다. 안진은 1318년 예문검열로서 원나라의 制科에 급제하고 예문응교 · 총부직랑을 역임하였으며, 『編年綱目』의 개찬과 충렬, 충선, 충숙왕의 三朝實錄 편찬에 참여하는 등 중앙에서 활발히 활동하였지만,[89] 方曙에 대한 기록은 거의 없어 생평조차 미상이다. 다만 李存吾(1341~1371)의 外祖로서 奉翊大夫 版圖判書 藝文館提學을 지냈다고 한다.[90] 두 사람 모두 宦歷으로서는 王煦의 만사를 쓸 만한 위치이나, 왕후와의 관계나 친밀도 등 관련 자료가 없어 어느 누구를 이 挽詞의 작자로 확정짓기가 어렵다.

86) 李達衷의 『霽亭集』 卷1에 잘못 실려 있다. 『青丘風雅』에서 뽑았다고 밝히고 있으나 [見青丘風雅] 『青丘風雅』에는 郭珚의 작으로 되어 있다.

87) 『高麗史』 卷37, 忠穆王 3年 2月 : "辛卯 分遣李敏金玬于楊廣 …… 郭㻒于交州道." 같은 책 卷74, 選擧2, 科目2 : "忠穆王初年十一月 遣尹安之安輔郭珚應擧 明年輔中制科."

88) 閔思平, 『及庵詩集』 卷2, <寄郭提學梱>.

89) 『高麗史節要』 卷23~25.

90) 李存吾, 『石灘集』 卷下, <恭愍王九年十月二十五日新京東堂及第榜目>.

4. 결언

원전비평의 중요성은 아무리 강조해도 지나치지 않다. 이를 소홀히 했을 때 발생하는 오류의 심각성은 우선 대본을 그대로 믿고 이용한 연구자로서는 결과에 대한 비난을 감당하기 힘들 정도이다. 이는 연구자 개인적으로는 명예스럽지 못한 문제이지만, 학계로서는 문학사의 왜곡을 초래할 수가 있다. 叛逆 崔沆의 시가 海東孔子 崔冲의 사상과 학문을 분석하는 자료로 이용되고, 李奎報의 시가 李仁老 硏究에 인용된다면, 그 결과는 헛수고요 왜곡이라고밖에 말할 수 없다.

본고에서는 이러한 문제점과 관련하여, 역대의 詩選集에 실린 신라·고려시대 漢詩作家의 오류를 바로잡고자 하였다. 이를 위해 『三韓詩龜鑑』, 『東文選』, 『青丘風雅』, 『箕雅』, 『大東詩選』, 『海東詩選』을 검토하고, 오류에 대해 관련 자료를 이용하여 작자를 批正하였다. 오류는 관찬서, 사찬서, 목판본, 목활자본, 필사본, 활자본 모두에 나타났으며, 필사본일수록 후대로 내려올수록 더 심하였고, 시선집 편찬의 편의성 때문에 대부분 답습되고 있음을 볼 수가 있었다. 오류의 주된 원인은 문헌을 잘못 읽어 작자가 바뀌거나, 編纂者·刻手·筆寫者·植字工의 실수로 작자 표기가 누락됨으로써 작품이 앞 작자로 귀속된 경우가 많았다. 批正의 결과가 고려시대 한시연구의 기초자료로 활용되기를 기대한다.

제2부

•

고려 한문학의 재인식

■ 제 1 장 ■

고려시대의 변려문과 고문

1. 서언

그동안 고려시대의 한문학에 대한 연구는 주로 漢詩, 詩話(批評), 假傳을 중심으로 이루어져 왔다. 漢詩研究에서는 鄭知常, 金富軾, 林椿, 李仁老, 金克己, 李奎報, 陳澕, 金坵, 金九容, 洪侃, 李齊賢, 崔瀣, 閔思平, 李穀, 李穡, 李崇仁, 鄭夢周 등 주요 시인들의 삶(작가론)과 시세계가 거듭 다뤄졌다. 따라서 동시대의 다른 장르보다도 그 연구 성과가 많이 나왔으며, 晩唐風에서 宋風으로의 詩風 변화에 주목하는 한편 고려 한시에 대한 主題論的·素材論的 접근에 이어 文藝美學的 접근에까지 나아갔다. 詩話研究는 『破閑集』, 『白雲小說』, 『補閑集』, 『櫟翁稗說』을 중심으로 일찍이 비평연구의 대상이 됨으로써, 이제는 자료의 부족과 연구방법론의 한계 때문에 새로운 논문이 나오지 않을 정도로 주요 문인들의 비평정신과 문학사상의 전개양상이 여러 차례 검토되었다. 다만 이 시대 비평연구의 최대 쟁점인 李仁老의 用事와 李奎報의 新意에 대한 이해가 여전히 문제로 남아있다. 또 假傳硏究는 林椿의 <麴醇傳> · <孔方傳>, 李奎報의 <麴先生傳> · <淸江使者玄夫傳>, 息影庵의 <丁侍者傳>, 李穀의 <竹夫人傳>, 慧諶의 <竹尊者傳> · <冰道者傳> 등을 중심으로 일찍이 소설사적 접근이 이루어짐에 따라 연구가 어느 정도 마무리 단계에 와 있다. 각 작품의 성격과 내용, 장르의 규정, 編綴性, 소재 선택의 내적 필연성, 寓意性, 중국 假傳과의 영향관계, 문학사적 의의와 위치 설정 등이 다각적으로 검토되었다.[1)]

이에 비하여 고려시대의 文章에 대한 연구는, 전반적인 한문학 연구에서 문장연구가 취약하듯, 한 마디로 소략하기 그지없다. 이는 문장연구의 최대 난제인 연구방법이 제대로 개발되어 있지 않은 것과 무관하지 않다. 따라서 고려시대 문장의 주종을 이루었던 騈儷文의 형식이나 내용에 관한 연구는 한두 편에 불과하고,[2)] 古文에 대한 연구도 소홀하기는 마찬가지이다. 특히 고문연구의 경우 누가 고문에 능했다, 고문운동을 주장했다, 고문을 창도했다는 사실을 확인하는 수준에 머물러 있으며,[3)] 실제 고문으로 써진 문장에 대한 연구도 내용의 사상성이나 수필의 관점에서 살피는 정도이다.[4)] 다만 근래에 李齊賢의 문장에 대한 일련의 연구에서 그 형식과 구조를 검토하기도 했지만[5)] 여전히 試論的

---

1) 金乾坤, 「高麗 漢文學 硏究의 現況과 爭點」, 『韓國 人文科學의 現況과 爭點』, 韓國精神文化硏究院, 1998에서 漢詩 · 詩話 · 假傳의 기존연구를 검토한 바 있다.

2) 李英徽, 「羅 · 麗代 騈儷文 硏究」, 충남대 석사논문, 1990.
金乾坤, 「高麗時代의 制誥」, 『정신문화연구』 42, 한국정신문화연구원, 1991.

3) 林熒澤, 「李齊賢의 古文倡導에 關하여」, 『진단학보』 51, 진단학회, 1981.
李鍾文, 「高麗 前期의 文風과 金富軾의 文學」, 계명대 석사논문, 1982.
金血祚, 「익재의 고문창도와 그 역사적 의의」, 『이우성교수 정년퇴임 기념논총』, 창작과 비평사, 1990.

4) 張德順, 「李奎報와 그의 文學」, 『수필문학』 41 · 42, 수필문학사, 1975.

5) 김동욱, 「익재문의 한 특징과 익재의 문학관」, 『자하』 17, 상명여대, 1985.

인 데 불과하다.

본 연구에서는 고려시대 문장의 두 축을 이루었던 변려문과 고문의 대립, 고문운동 및 고문창도와 관련한 고문의식의 성장과 전개양상에 주목하는 한편 金黃元, 金富軾, 林椿, 李奎報, 崔滋, 李齊賢, 李穡 등 주요 고문가의 文章觀과 이들 작가의 論辨類, 書說類, 序跋類, 贈序類, 雜記類 등 작가가 비교적 자유로이 立言·立論·敍述할 수 있는 산문체를 중심으로 고려시대의 文章史를 기술해 보고자 한다. 다만 앞서 언급한 바와 같이 문장연구의 분석방법이 마땅하지 않은 데 따른 연구 자체의 한계가 있지만, 이 연구가 문장연구의 시금석이 되기를 기대한다.

2. 나말여초의 문풍과 변려문

1) 나말여초의 문풍

고려 초기의 문풍은 신라 말의 문풍이 계승되어 晩唐風이 주도하였다. 이는 崔彦撝를 비롯한 신라 六頭品 출신의 문인·학자들이 고려에 入朝함으로써 고려 한문학이 신라 한문학을 바탕으로 전개된 것과 관계가 있다. 즉 삼국시대 이래로 문인 학자들이 문학교재로 사용한 六朝時代의 唯美主義的 選集인 『文選』의 영향이 지속되었고, 또 신라 말에 渡唐遊學生들이 그곳의 당시 尙風인 晩唐風의 문학을 배우고 돌아왔기 때문이다. 羅末의 도당유학 문인은 崔致遠, 崔匡裕, 崔承祐, 崔彦撝, 朴仁範 등으로 대표된다. 이들 문사들이 晩唐의 문학을 배우고 한 걸음 더 나아가 六朝

이충희, 「익재 고문의 연구」, 영남대 석사논문, 1988.
김건곤, 「이제현의 문학연구」, 한국학대학원 박사논문, 1994.

時代의 綺麗한 文風을 익혔음은 최치원의 다음 글을 통해서 확인할 수 가 있다.

> 저와 같은 자는 외국으로부터 왔고 재주도 下品인지라, 비록 儒宮에서 善을 사모하여 매양 일찍이 顔淵과 冉伯牛의 담장을 엿보았으나, 筆陣의 자웅을 다툼은 曹植과 劉楨의 보루를 점유하지 못했습니다.[6]

신라 말 유학생들이 渡唐했을 때가 晩唐이었고, 晩唐의 綺靡한 문풍은 六朝의 綺麗한 문풍과 궤를 같이했기 때문에, 습작과정의 최치원으로서는 修辭와 技巧를 익히는 데 힘쓸 수밖에 없었으므로 형식 위주의 육조 문학을 배운 것이다. 더욱이 賓貢科에 합격하기 위해서는 科詩와 科文을 익혀야 했으므로, 그것은 晩唐風보다도 더 심할 정도의 극단적인 形式美를 추구하는 浮華無實한 文風이었다. 따라서 그는 육조시대의 대표적 문인인 曹植과 劉楨의 문학을 전범으로 삼고, 沈約과 謝眺를[7] 최고의 문사로 생각했던 것이다.

요컨대 최치원으로 대표되는 渡唐遊學生에 의해 주도된 문풍이 晩唐風이었으므로 羅末의 文壇을 지배했던 문풍도 대체로 만당풍의 영향권에 있었던 것이다. 만당시대의 문풍은 魏晉南北朝時代의 唯美的 文風의 재현으로서 무수한 故事와 精緻한 對句, 聲律의 諧和, 극도의 修飾과 人爲的 表現을 중시하는 四六騈儷文, 그리고 이에 상응하는 장식적 文風이었음은 주지의 사실이다.

이와 같이 晩唐 혹은 六朝의 문학을 익힌 麗末의 文學儒子들에 의해

6) 崔致遠, 『桂苑筆耕』 卷17, <獻詩啓> : “如某者 跡自外方 藝唯下品 雖儒宮慕善 每嘗窺顔冉之墻 而筆陣爭雄 未得摩曹劉之壘.”

7) 같은 곳, <初投獻太尉啓> : “於儒則沈謝呈才 於武則關張效力.”

성립된 고려 초기의 한문학은 科擧制度의 실시, 私學의 興起, 教育制度의 完備, 睿宗·仁宗·成宗 등의 好文과 장려에 힘입어 詞章을 더욱 숭상하는 방향으로 나아갔다. 특히 光宗 9年(958)에 과거제도가 실시되자, 문사들은 관리로 나아가서 일신의 영달을 꾀하기 위해서는 進士科에 급제해야 했기 때문에, 진사과에서 부과한 詩·賦·頌·策 등에 힘쓰지 않을 수가 없었다. 이에 문사들이 과거급제를 위한 科工에만 힘을 기울인 나머지 科詩·科賦·科頌·科策 등의 독특한 문학양식인 場屋文學이 나타나기도 하였다. 특히 科文 중에서 策은 문장이 四六騈儷文의 정형을 이루고 있었으므로 더욱 정교한 수사로 화려한 형식미를 추구하게 되었다.

따라서 과거제도 실시 이후의 과거 합격을 위한 場屋文學은 극단적인 수사와 형식을 추구했던 당나라 科文의 餘弊를 재현하는 것에 지나지 않았고,[8] 오로지 입신양명과 가문의 영달을 추구하는 수단에 불과했다.

한편 과거제도와 함께 고려 초기의 文風振作에 역대 임금들도 한 몫을 담당하였다. 즉 임금의 好文과 그에 따른 문학 장려책이 그것이다.

> 고려 光宗이 비로소 과거를 설치하여 詞와 賦를 쓰고, 睿宗은 文雅를 숭상하여 날마다 문사들을 모아 놓고 唱和하였다. …… 이로 말미암아 세속이 詞와 賦를 숭상하여 抽黃對白하는 데 힘썼다.[9]

역대 임금들이 문학을 좋아함으로써 문신과 문사들이 더욱 문학에 힘쓰게 되었음을 말하고 있다. 임금이 술을 마련하여 詩會를 열고 賦詩를

8) 徐兢, 『高麗圖經』 卷40, <儒學> : "若夫其國取士之制 …… 乃用詩賦論三題 而不策問時政 此其可嗤也 …… 大抵以聲律爲尙 而於經學 未甚工 視其文章 髣髴唐之餘弊云."

9) 徐居正, 『東人詩話』 卷下 : "高麗光宗始設科 用詞賦 睿宗喜文雅 日會文士唱和 …… 由是俗尙詞賦 務爲抽對."

명하면 문신들이 應製詩를 지어 올리던 것은 역대 여느 임금 때에나 있었던 일이었지만, 특히 文宗·睿宗·仁宗·毅宗 등은 그 정도가 더하여 好文의 君主로 일컬어졌다. 또한 成宗은 月課法을 만들어 문신들의 詩文 짓는 일을 정례화하였다. 문신들이 과거에 급제한 후로 문학 수련을 게을리할 것을 걱정한 나머지 知制誥를 지내지 않은 50세 이하의 중앙관료는 매월 詩 3수와 賦 1편을, 지방관은 매년 詩 30수와 賦 1편을 지어 올리라고 교지를 내린 것이다.[10] 문학을 관료들의 자질 향상의 방법으로 생각하고 문신들에게 의무적으로 문학에 힘쓰도록 강요한 것이다. 따라서 문신들이 詞와 賦를 짓는 능력이 향상됨에 따라 문풍도 진작되었지만 한편으로 임금에게 자신의 능력을 과시하기 위해 抽黃對白, 즉 내용보다도 더욱 수사와 형식에 힘쓰지 않을 수 없었음을 충분히 짐작할 수가 있다.

이렇게 볼 때 고려 초기의 전반적인 문풍은 徐居正의 다음 말로써 요약·정리할 수가 있을 것이다.

> 고려 광종·현종 이후에 문사들이 배출되기 시작하였다. 이들의 詞賦와 四六文은 穠纖·富麗하여 후세 사람들이 미칠 바가 아니었으나, 다만 文辭議論에는 가히 논의할 만한 문제점이 많았다.[11]

곧 과거제도가 실시된 광종 이후의 고려 문풍은 화려한 형식과 부화한 내용의 경향으로 흘렀으며, 특히 문장은 四六駢儷文이 주류를 이루어 穠纖하고 富麗했던 것이다. 다시 말해 서두에서 언급한 바와 같이 渡唐

10) 『高麗史』 卷3, 成宗 14年 2月 己卯.

11) 徐居正, 같은 곳 : “高麗光顯以後 文士輩出 詞賦四六 穩纖富麗 非後人所及 但文辭議論 多有可議者.”

遊學生들에 의한 晩唐風의 氣習에 科擧風이 더해져 더욱 浮華無實한 경향이었다고 할 수가 있다.

2) 변려문의 성세(盛勢)

騈儷文은 원래 魏晉 연간에 글을 짓는 자가 윗사람에게 글을 올릴 때에 읽어보기 쉽게 하기 위해서 구절을 나누어 넉 자씩 나란히 하고 여섯 자씩 짝을 지어 四六體로 만들고 이것으로 表・牋・啓・狀을 지었던 것에서 나온 문체이다.[12] 과거제도가 실시되고 賦와 策이 시험과목으로 부과되자, 변려문은 더욱 정교한 수사로 화려한 형식미를 추구하게 되었다. 이것을 과거에 부과한 것은 奏章을 짓는 재주를 대신 시험해 보기 위해서였다. 따라서 글의 내용보다도 簾角과 音律, 對偶 등의 外形美가 중요시되었다.

고려시대의 변려문은 羅末의 것이 그대로 계승되었는데 최치원의 영향이 컸다. 즉 최치원의 <檄黃巢書>가 그 대표적인 예이다. 따라서 고려 초기의 문장은 변려문 일색이라고 할 수가 있다.

이러한 변려문은 과거시험과 관련하여 고려 후기에 이르기까지 지속적으로 지어졌고, 특히 신하가 임금에게 올리는 奏議나 아랫사람이 윗사람에게 쓰는 尺讀 등 공식적인 글에서 유행하였다. 古文을 익히고 변려문이 문단의 병폐인 줄 알고 있는 문사들도 王公・大人에게 글을 쓸 때는 당시의 習俗에 따라 어쩔 수 없이 변려문으로 써야 했기에, 그 勢는 좀처럼 꺾이지 않았다. 『東文選』에 전하는 고려 문사들의 문장 중 奏議・表・狀・疏・牋・啓・書 등의 국가정치에 관계된 글이나 예의를

---

12) 崔滋, 『補閑集』 卷下 : "蓋魏晉間著述者 爲文上長 欲其覽之易也 章分句斷 騈四儷六 以爲牋表啓狀."

갖추어야 할 공식적인 글들의 대부분이 변려문인 점은 이를 잘 반증한다.

고려 후기에 이르러 崔瀣가 편찬한 『東人之文 四六』은 고려조 변려문의 집대성이라 할 수가 있다. 여기에는 작가 76명(무명씨 4편 포함)의 작품 493편이[13] 문체별로 수록되어 있다. 목록에 제시된 문체의 종류와 각 권에 수록된 문체 및 작품 수는 다음과 같다.

1. 事大表狀(권1~4) :122편
2. 策文(권5) : 17편
3. 麻制(권5) : 7편
4. 敎書(권6~7) : 55편
5. 批答(권7) : 11편
6. 祝文(권7) : 50편
   1) 宗廟祭祝
   2) 社稷
   3) 釋奠二丁
   4) 圜丘
   5) 籍田
7. 道詞(권7~8) : 13편
8. 佛疏(권8) :6편
9. 樂語(권8) : 21편
10. 上樑文(권8) : 1편
11. 陪臣表狀(권9) : 34편
12. 表(권10~12) : 69편
13. 牋(권13) : 7편
14. 狀(권13) : 49편
15. 啓(권13~15) : 24편
16. 詞疏(권15) : 6편
17. 致語(권15) : 1편

崔瀣는 문체를 크게 17종으로 나누고 또 축문의 경우 그 용도에 따라 다시 5종으로 구분하고 있다. 여기에서 주목되는 점은 事大表狀과 陪臣表狀을 나누고 있는 점이다. 이는 최해의 사대의식을 반영하는 동시에 직위와 용도에 따라 문장의 격을 구분하여 인식하고 있음을 보여주는 것이다. 이러한 사정을 최해 스스로도 <東人四六序>에서 다음과 같이 밝히고 있다.

13) 起居表에 있어서 進奉表, 賀表, 物狀 등을 분리하거나 통합함에 따라 그 편수는 달리 계산될 수가 있다.

> 가만히 살펴보건대, 國祖가 이제 중국의 책봉을 받아 대대로 계승하여 천명을 두려워하고 대국을 섬기어 충성하고 겸손해하는 예를 극진히 하지 않은 일이 없었다. 이로 말미암아 表章의 체가 생기게 된 것이다. 그러나 陪臣이 자기 왕을 聖上이나 皇上이라 이르며, 위로는 堯舜을 인증하고 아래로 漢唐에 비하여 왕도 간혹 朕이나 予一人이라 자칭하고, 명령을 詔·制라 하고 국내의 죄수를 풀어주는 것을 大赦天下라 하여 署置와 官屬도 다 중국을 본떴으니, 이와 같은 등속은 크게 僭濫을 범하여 실로 듣고 보는 자를 놀라게 한다.[14)]

이에 따르면, 최해는 事大를 매우 중요하게 여기는 한편 天子와 王, 君과 臣의 문장이 따로 있으므로 下가 上을 범하는 참람한 문장을 써서는 안 된다고 하였다. 이러한 인식에 따라 事大表狀과 陪臣表狀을 구분한 것이다. 곧 최해의 『東人之文 四六』의 편찬은 그가 서문에서 밝힌 바와 같이 중국 문사들에게 우리나라의 글을 보여주기 위함이라는 표면적인 이유 외에, 그 이면에는 당시 중국과의 국가 간 관계 그리고 사회와 문단에서의 변려문의 효용적인 측면을 고려했던 것이다. 다시 말해 당시 국가 사회의 공식적인 글의 쓰임이나 문단에서의 변려문의 필요에 따라 그 전범으로서의 역할을 염두에 두고 『동인지문 사륙』을 편찬했음을 헤아릴 수가 있다. 그가 『동인지문 사륙』을 다시 15권으로 追補한 것이 그것에 대한 고려를 반증하는 것이다.

한편 『동인지문 사륙』에는 다양한 문체와 많은 작가 그리고 그것이 고려시대의 일정 시기에 크게 치우치지 않고 고르게 분포되어 있는데,

---

14) 崔瀣, 『拙稿千百』 卷1, <東人四六序> : “竊審 國祖已受冊中朝 奕世相承 莫不畏天事大 盡忠遜之禮 是其章表得體也 然陪臣私謂曰聖上曰皇上 上引堯舜 下譬漢唐 而王或自稱朕予一人 命令曰詔制 肆宥境內曰大赦天下 署置官屬 皆倣天朝 若此等類 大涉僭踰 實駭觀聽.”

이는 그만큼 고려 전 시대에 걸쳐 변려문이 성했음을 말해준다. 다만 작가별로 볼 때 金富軾(81편) → 金克己(64편) → 崔惟淸(59편) → 李奎報(42편) → 朴浩(24편)의 순으로 작품이 많이 뽑혀 있는데, 김부식의 작품이 가장 많고 대문호로 일컬어지는 이규보의 것이 상대적으로 적다. 이것은 그들이 살던 당시 문단의 상황과 중앙정계에서의 활약상 그리고 문장 저술과 관련한 개성적인 면과 결부하여 이해해야 할 듯하다. 김부식은 묘청의 난을 평정하는 등 중앙무대에서 많은 활동을 하며 국가대사와 관련한 글을 많이 지었던 반면, 이규보는 왕공 · 대인에게 글을 올릴 때 당시의 습속인 변려문으로 글쓰기를 좋아하시 않았기[15] 때문으로 보인다. 또 문장사적으로 고려문단에서 이규보에 비해 김부식이 더 높은 비중을 차지한다. 金澤榮은 김부식을 麗韓九家에 포함시키고 6편의 文章(古文)을 뽑은 바 있지만, 이규보는 대상 작가에서 제외하였다. 최해 자신도 김부식에 경도되었던 듯하다. 즉 이는 김부식의 <進三國史記表>가 변려문이 아닌 고문임에도 불구하고 "非四六"이라 注를 달면서까지 『동인지문 사륙』에 뽑아 넣은 것에서 짐작할 수가 있다.

『동인지문 사륙』은 그것이 당시 최고의 문사들이 극도의 형식미를 추구하여 지은 변려문의 정화라는 문장사적 의의뿐만 아니라, 주로 國事와 관련된 내용의 글들이어서 『高麗史』를 補備할 수 있는 史料로서 가치가 높다. 특히 현전하는 고려시대의 문집이 부족한 점을 감안하면 『동인지문 사륙』은 고려시대의 문화 전반을 연구하는 데 요긴한 자료가 아닐 수 없으며, 『동문선』에 수록되지 않은 작품이 100여 편이 넘는 점만 보아도 자료집으로서의 의의는 크다고 할 것이다.

요컨대 고려시대의 문장은 고문과 변려문이 두 축을 이루며 발전해

15) 李奎報, 『東國李相國集』 卷26, <與金秀才懷英書>.

갔지만, 金澤榮이 고려시대의 문장을 評하여 "삼국과 고려시대에는 오로지 六朝文을 배워서 騈儷文에 뛰어났다."고[16] 한 것에서 고문보다도 변려문의 세가 얼마나 盛했던가를 알 수가 있다.

3. 고려 전기 : 변려문과 고문의 대립

1) 재도적(載道的) 문학사상의 대두와 변려문 비판

변려문이 科文體와 결부되어 문단의 풍조가 浮華・形式的인 데로 흐르는 가운데, 문단의 일각에서는 지속적으로 이에 대한 비판과 반성이 일어났다. 太祖 이래로 經典의 중요성이 강조되고 科擧에 明經科가 설치, 유지된 것으로 미루어 國初로부터 儒學 내지는 古文에 대한 관심이 그런대로 지속되어 왔던 것으로 보인다. 태조는 <訓要十條>에서 "나라나 집안이나 경계함이 있어야 근심이 없으니 經史를 널리 읽어 古今을 거울삼으라."[17]고 하여 유교적 修身을 강조하였고, 역대 왕이나 權臣들도 국가의 통치 차원에서 經學 혹은 儒敎的 도덕주의에 지속적으로 관심을 가져왔다. 따라서 유교사상에 입각한 문학사상이 대두되고, 그것은 당시의 浮華無實한 변려문 나아가 詞章 위주의 문풍을 비판하기에 이른 것이다. 특히 고려 전기에 儒風의 振作에 공이 컸던 인물은 성종 때의 崔承老와 문종 때의 崔冲이다. 최승로가 <時務二十八條>를 통하여 유학으로 정치적 이념을 실현하려 하였고, 최충이 私學을 통하여 교육적으로 유학이념을 구현하려 했음은 주지의 사실이다. 다음은 최충의 功業에

16) 金澤榮,『韶濩堂集』卷8, <雜言>4 : "三國高麗 專學六朝文 長於騈儷."
17)『高麗史』卷2, 太祖 : "有國有家 儆戒無虞 博觀經史 鑑古戒今."

관한 기록이다.

> 고려가 나라를 세웠을 때 모든 일이 초창기였으므로 文敎에 겨를이 미치지 못하였다. 광종이 문학을 좋아하여 그 책임을 雙冀에게 맡기기는 했으나 그 文藻가 浮華無實한 폐단이 있어서 후세의 모범이 될 수가 없었다. 崔冲은 현종·덕종·정종·문종 등 네 조정에서 벼슬하면서 문학으로 세상에 이름이 났고, 斯文을 일으키는 것을 자신의 임무로 삼아 후진을 모아놓고 가르치기를 게을리하지 않았다. 배우는 학생들이 날마다 늘어나 당시 12徒의 으뜸이 되었으니 동방에서 학교가 일어난 것은 최충으로부터 시작된 것이다. 이로부터 文章豪傑之士가 彬彬하게 배출되어 국가의 制作을 鋪張했으니 중국에서 지금까지 우리나라를 詩書의 나라로 일컫게 된 것은 그의 공이 아님이 없다.[18]

최충이 추구했던 문풍은 앞 시대 쌍기에 의해 주도되었던 문풍과는 다른 것이다. 즉 쌍기는 後周에서 귀화한 인물로 과거제도를 건의하여 고려에 科文體의 場屋文學을 가져오게 하였고, 그 결과 그에 의해 주도된 문풍은 조탁과 수식 위주의 부화무실한 詞章的인 것이어서 후학에게 모범이 될 만한 것이 되지 못하였던 것이다. 반면 최충의 그것은 쌍기에 의해 주도된 문풍의 폐단을 극복한, 후학에게 모범이 될 수 있는 것이었다. 최충이 斯文의 興起를 자신의 임무로 삼았을 정도로 유교적 세계관에 철저한 유학자임을 고려할 때 그가 추구한 문학은 유교적 문학사상에 입각한 문풍이었음을 알 수가 있다.

그러나 최충의 실제 儒風振作이나 문장은 그렇게 변혁적이거나 종래

18) 徐居正,『東國通鑑』卷17, 文宗 22年 : "高麗開國 庶事草創 未遑文敎 光宗好文 雖委任雙冀 然其文辭 病於浮藻 不足爲後學模範 冲歷仕顯德靖文四朝 以文學名世 興起斯文爲己任 收召後進 敎誨不倦 摳衣者日衆 爲當時十二徒之首 東方學校之盛 由冲始 自是文章豪傑之士 彬彬輩出 鋪張國家之制作 中國稱爲詩書之國 以至于今者 何莫非冲之賜也."

의 인습에서 벗어나지는 못한 것으로 보인다. 權鼈은 최충의 私學을 評하여 "문종 때 崔文獻公(文憲公의 오기)이 九齋를 설치하고 후생을 훈도하여 세칭 海東夫子라고 하나, 도를 밝히고 이치를 궁구하는 내용은 없었다. 그러므로 그 문하에 가서 훈도를 입은 자들은 모두 문장을 화려하게 다듬는 경박한 선비들뿐이었고 근본에 힘쓰고 사특함을 누르는 의리는 세상에 알려지지 않았다. 그러한즉 이야기하는 바가 다만 성현들 말씀의 찌꺼기 같은 것일 뿐이었다."[19]고 하여 문장이 화려하고 경박한 데서 벗어나지 못하여 종래의 변려문을 답습하였고, 유풍의 진작 또한 없었다고 폄하하였다.

따라서 유교적 문학사상에 바탕을 두고 변려문에 대한 보다 구체적이고 활발한 비판이 전개되기는 經筵에서의 경전 강론을 통하여 通經明史의 文學儒教의 수준이 상당히 심화된 예종·인종 연간에 와서였다. 郭東珣이 학문은 經術을 근본으로 삼아 오로지 六經을 공부하고 雕蟲篆刻의 무리를 물리쳐야 한다고 임금에 건의하고,[20] 金富儀가 당시 고려의 학문을 진단하여 대궐에 경박한 무리들이 많아 古學이 일어나지 않고 詞賦로 雕蟲篆刻의 末端者만 뽑았다고 비판하고,[21] 또 金端이 스스로 古人의 글을 읽어 중국의 聖人을 높일 줄 알고 조충전각은 丈夫가 할 일이 아니라고 다짐한[22] 예에서 저간의 변려문에 대한 비판적 태도를 찾아볼 수가 있다. 여기에서의 조충전각은 수사와 기교를 바탕으로 한 형식적

19) 權鼈, 『海東雜錄』, <與周景遊書> : "文宗時 崔文獻設九齋導後生 世稱海東夫子 而無明道窮理之實 故及門漸被者 皆雕華浮薄之士 而務本抑邪之義 世未之聞 則所談者 特聖賢之糟粕耳."

20) 『東文選』 卷36, 郭東珣, <又謝幸學表>.

21) 같은 책 卷42, 金富儀, <辭知貢擧表>.

22) 같은 책 卷35, 金端, <謝釋奠陪位表>.

이고 부화무실한 변려문을 지칭하는 것으로 볼진대, 그것의 상대가 되는 經術·六經·古學·古人의 글은 古文으로 이해할 수가 있겠다.

이와 같은 비판의 심화에서 나아가 보다 구체적인 대립의 사례는 崔瀹의 경우에서 그 정도를 짐작해 볼 수가 있다.

> 최약이 글을 올려 간하기를, "옛날 당나라 문종이 詩學士를 두려고 하자, 재상이 '시인들 중에는 경박한 자가 많으니 만약 그들이 顧問이 되면 임금의 총명을 흔들까 두렵습니다.'고 하니, 문종이 그만두었습니다. 제왕은 경술을 좋아하여 날마다 선비들과 더불어 경전과 역사를 토론하고 정치의 이치를 물어 백성을 교화하고 좋은 풍속을 이루는데도 겨를이 없거늘 어찌 어린아이들과 같이 조충전각을 일삼아서 자주 경박한 글을 짓는 신하들과 더불어 음풍농월을 하여 하늘이 준 깨끗한 천성을 상하게 하리오?" 하니 왕이 기꺼이 받아들였다. 한 詞臣이 틈을 타서 말하기를, "최약이 말하는 선비가 저희들을 제외하고 달리 누가 있습니까? 최약은 시를 잘 짓지 못하여 남들과 창화하는 것을 좋아하지 않기 때문에 그러한 말을 한 것입니다."라고 하니, 왕이 성을 내어 최약을 춘주부사로 좌천시켰다.[23)]

최약과 詞臣은 經術之士와 雕蟲篆刻之徒로서의 대립이다. 최약이 지향하는 바는 明經通史의 文學儒者이고 詞臣은 당시의 時俗대로 음풍농월에 안주하는 文士일 뿐이다. 두 사람의 대립을 文으로 확대한다면 古文과 駢儷文·科文의 대립이라고 할 수가 있다. 임금 앞에서까지 대립한 사정에서 두 계열 간에 갈등이 얼마나 심했는가를 헤아릴 수가 있다.

---

23) 『高麗史』 卷95, <崔瀹列傳> : "上書諫曰 昔唐文宗欲置詩學士 宰相奏詩人多輕薄 若承顧問 恐撓聖聽 文宗乃止 帝王當好經術 日與儒雅討論經史 咨諏政理 安有事童子雕篆 數與輕薄詞臣 吟風嘯月 以喪天衷之淳正耶 王優納之 有一詞臣乘隙曰 瀹所謂儒雅 除臣等 別有何人 瀹短於詩 故有此言 王怒左遷春州府使."

요컨대 경학에 바탕을 둔 유학적·재도적 문학사상의 소유자들은 詩·賦·騈儷文 등 당시의 부화한 詞章을 조충전각이라 비판하고, 학문 내지 문학은 마땅히 經術을 근본으로 삼아 힘써야 한다고 주장하였다. 그들의 관심은 부화한 詞章의 경계를 통한 儒道의 구현에 있었던 것이다. 그러나 경전의 글들이 고문이기는 하지만, 고문의 실천에 대한 주장에까지는 이르지 않았다.

2) 김황원과 고문 습작

유교적 문학사상이 대두되고 변려문에 대한 비판이 심화됨에 따라 한편에서는 고문에 대한 관심이 고조되고 실제 고문을 습작하기에 이르렀고, 또 그것이 고려 사회에서 통용되고 있었다. 그 대표적인 인물이 金黃元(1045~1151)이다.

그가 어려서 급제하고 힘써 古文을 배워 '海東의 一人者'로 일컬어졌다는 평에서[24] 11세기 이후 문단의 사정을 알 수가 있다. 따라서 고문과 변려문의 병존 혹은 변려문에서 고문으로의 전환에 따라 상호 대립과 갈등이 보다 구체적으로 나타나는 것은 당연한 일이었다.

> 김황원의 자는 天民으로 光陽縣 사람이다. 젊어서 과거에 급제하고 힘써 고문을 배워 海東의 第一人者로 일컬어졌으며, 청렴하고 정직하여 세력이 있는 이에게 아부하지 않았다. 李軌와 친하여 한림원에 함께 있으면서 문장으로 이름이 났으므로 당시 사람들이 金李라 불렀다. …… 宰相 李子威가 김황원의 문장이 당시에 숭상하는 바를 따르지 않음을 싫어하여 "이와 같은 자가 오래도록 한림원에 있으면 반드시 후생들을 그르칠 것이다." 하고 드디어 임금에게 아뢰어 물리쳤다. 尙書 金商佑가 이에 대

24) 같은 책 卷97, <金黃元列傳> : "少登第 力學爲古文 號海東第一."

> 해 시를 짓기를, "배운 것은 浮薄한 것이 아니어서 마침내 옛날로 돌아갔고, 道는 邪惡한 데로 돌아가지 않았으니 어찌 今世에 아첨하리오?" 하였는데, 宣宗이 이를 듣고 그를 발탁하여 右拾遺知制誥로 삼았다. …… 김황원이 죽은 후에 金富軾이 贈諡할 것을 청했으나 當路者 중에 좋아하지 않는 자가 있어 이를 저지시켰다.[25]

李子威 등 당시의 문사들이 일반적으로 숭상하는 문장은 변려문이었다. 반면 김황원 · 이궤 · 김상우가 추구한 문장은 고문이었다. 즉 이자위와 김황원의 대립은 변려문과 고문의 대립이며, 김황원이 한림원에서 내쳐진 것은 고문을 썼다는 이유 때문이다. 변려문으로 써진 공용문서가 통용되는 조정에서 김황원 즉 고문의 세력이 일시적으로 밀렸으나, 결국에는 임금(선종)과 김상우 · 김부식 등의 지지를 받았던 것은 고문에의 관심이 그만큼 높았고 고문의 세력이 신장되어 갔다는 증거이다.

김황원이 고문을 추구한 배경이나 동기는 현전 자료의 부족으로 알 길이 없으나, 그의 성격이 구속되기를 싫어하였던 점과 관련하여 이해할 수 있을 듯하다. 즉 변려문의 형식주의적 면에 대한 반발로 감정을 자유로이 표현할 수 있는 고문으로 글을 쓴 것이라 짐작할 수 있다. 그에게는 『分行集』이 있었다고 하나 현전하지 않고, 또 고문으로 쓴 작품도 남아있지 않아 그의 고문의 양상을 살필 수가 없다. 다만 아들들의 이름을 通理 · 存道 · 通文으로 지은 것으로 미루어 그는 유교적 · 재도적 문학사상을 지녔던 것으로 파악된다.

한편 그의 고문은 김부식(1075~1151)에 의해 계승되었을 것으로 짐작할

---

25) 같은 곳 : "金黃元 字天民 光陽縣人 少登第 力學爲古文 號海東第一 淸直不附勢 與李軌善 同在翰林 以文章著名 時稱金李 …… 宰相李子威 惡其文不隨時所尙 曰 若此輩久在翰院 必註誤後生 遂奏斥之 尙書金商佑 有詩曰 學非浮薄終歸古 道不回邪豈媚今 宣宗聞之 擢爲右拾遺知制誥 …… 金富軾請贈諡 當途有不悅者 沮之."

수가 있다. 즉 그의 사후에 김부식이 김황원에게 贈謚할 것을 주청한 것에서 그 사정을 헤아릴 수가 있고, 또 김부식의 동생인 金富儀가 김황원의 묘지명을 지은 점에서 김황원과 김부식·부의 형제의 학맥 관계를 읽을 수가 있다. 이로써 본다면 고려시대의 古文史는 김부식보다 앞선 김황원으로부터 출발점을 잡을 수 있으며,[26] 김황원은 고려시대 文章史에서 변려문에서 고문으로의 전환에 큰 역할을 한 인물로 자리매김할 수가 있을 것이다.

이상과 같이 변려문과 고문이 갈등, 대립하는 가운데 변려문에서 고문으로 문체전환이 시작됨에 따라 나름대로 고문을 시도하는 문사들이 속속 나오게 되었다. 앞서 언급한 고문가 외에 李預, 金緣(仁存), 金守雌, 金富轍, 權適, 崔惟淸 등이 그 대표적인 작가들이다. 그러나 이들이 구사한 고문이 騈儷文套에서 완전히 탈피한 것은 아니었다. 김성진 교수는 『동문선』에 전하는 고려 전기의 <記文> 7편을 대상으로 고문체로의 점진적 변화양상을 분석한 바 있다.[27] 즉 최충의 <奉先弘慶寺記>, 이예의 <三角山重修僧伽堀記>, 김연의 <淸燕閣記>, 김수자의 <幸學記>, 김부철의 <淸平山文殊院記>, 권적의 <智異山水精寺記>, 김부식의 <惠陰寺新創記>를 대비 분석하여, 최충·이예·김연·김수자의 문장은 변려문체가 많이 사용되고 있는 반면, 김부철 이후로는 변려문체가 현저히 줄어들고 있으며, 문장 서술이 典故의 사용에서 기록문의 형식으로 옮아가며, 후대로 갈수록 虛辭의 쓰임이 증가하고 있음을 밝혔다. 이 결과에서 우리는 문체전환의 구체적인 모습을 볼 수가 있다.

---

26) 심호택, 「고려 전기 문학사의 전환과 김황원」, 『한문학연구』 12, 계명한문학회, 1997에서 김황원을 종합적으로 고찰하였다.

27) 김성진, 「고려 전기 산문의 기술방식」, 계명대 한국학연구원 제12회 기획학술발표회, 1998. 11.

한편 초기 고문가들이 이룩한 고문의 수준과 풍격은 李齊賢의 다음 평에서 그 대강을 헤아려 볼 수가 있다.

> 侍中 金仁存의 <淸燕閣記>가 송나라 사람 徐兢이 지은 『高麗圖經』에 수록되어 있는데, 애연히 덕 있는 사람의 말이다. 文烈公 金富軾의 慧(惠)陰院 · 歸信寺 · 覺華寺 등의 碑文들과 文肅(淑)公 崔惟淸의 玉龍寺碑文은 겉치레로 꾸미지 않았으며 저절로 一家를 이루었다. 樞密 金富轍의 <文殊院記>와 壯元 金君儒(綏)의 松廣寺碑文도 또한 좋으나 번거로운 말이 있는 것이 애석하다.[28]

記文과 碑文은 어떤 형식적인 데 구애를 받지 않고 자유로이 일의 시말이나 사실을 기술할 수 있는 문체이다. 즉 변려문보다 고문으로 구사하기에 적합한 것이다. 이제현의 평에 의하면 초기의 고문은 덕을 내용으로 하고 형식적으로 번거롭게 꾸미지 아니하여 一家를 이룰 정도로 상당한 수준에 올라 있었다고 하겠다. 崔惟淸은 고문으로 玉龍寺碑文을 지었을 뿐만 아니라, 당나라의 고문가인 柳宗元의 『柳文事實』을 주석하여 펴내기도 하였던 바, 당시 고문에 대한 관심이 중국 고문가에까지 미칠 정도로 매우 고조되어 있었음을 알 수가 있다.

3) 김부식의 서한풍(西漢風) 고문

고려 전기의 古文 정착과 文風 변화에 가장 큰 역할을 했던 인물은 金富軾(1075~1151)이다. 역대의 選文家와 批評家들에 의해 그는 이제현, 이색

---

28) 李齊賢, 『櫟翁稗說』 後集2 : “金侍中仁存淸讌閣記 載於宋徐兢高麗圖經 藹然有德者之言也 金文烈慧陰院歸信覺華諸寺碑 崔文肅玉龍寺碑 不爲表襮 自成一家 金樞密富轍文殊院記 金壯元君儒松廣社碑 亦可喜 惜乎其有繁辭也.”

과 함께 고려시대의 대표적인 古文家로, 그리고 우리나라 최초의 고문 성취자로 평가를 받고 있다.

그는 어려서부터 유학에 뜻을 두었지만 당시 문단의 일반 풍조인 時文을 외면할 수는 없었다. 즉 그는 학문 혹은 문학 수련과정에서 詞章과 儒學 사이에서 갈등하며 時文과 古文을 아울러 지었던 것으로 보인다.

> 저는 젊어서부터 학문을 좋아하여 성기나마 簡編을 공부했으나 時文에 힘을 쓰면서부터 조충전각을 하게 되었고, 실로 大道에는 갈팡질팡하여 진흙 속에 버려진 채 방황했습니다. …… 道가 古人만 같지 못함을 부끄럽게 여겨서 항상 자신을 질책하였고, 성인의 뜻에 어긋나지 않을 것을 맹세하면서 時俗을 따르지 않으려고 생각했습니다. 그러나 배고프고 추운 근심 때문에 名利之學을 포기하기가 어려워서 성인의 뜻을 飜然하게 여기면서 斐然히 小子들의 裁斷을 狂簡히 했습니다.[29]

> 아로 새긴 붓을 아직 꿈꾸지 못하여 소년 시절에는 조충전각하는 章句를 공부하고 장년에는 典謨를 좋아하여 읊조렸습니다. 공자가 남긴 遺風을 鑽仰하며 부지런히 노력하여 鳳에 붙기를 마음속 깊이 기약했습니다.[30]

두 인용문에서 보듯이 김부식은 본래 뜻했던 道의 추구를 뒤로하고 관리로 진출하여 사회적 지위를 얻기 위해 부화무실한 조충전각을 해야 했고, 장년 이후에야 名利之學에서 儒學으로 돌아올 수가 있었다. 유자

29) 『東文選』 卷45, 金富軾, <謝魏樞密稱譽啓> : "某少好學問 粗攻簡編 當役役於時文 雕蟲篆刻 實倀倀於大道 擿埴索塗 …… 耻道不如古人 居常責己 誓無反聖 擬不隨流 獨以飢寒之憂 難拋名利之學 飜然背馳聖人之趣 斐然狂簡小子之裁."

30) 같은 책 卷10, 金富軾, <仲尼鳳賦> : "未夢少年攻章句之雕篆 壯齒好典謨而吟諷 鑽仰遺風 敎敎深期於附鳳."

로서의 이상 실현과 현실적 여건 사이에서 갈등한 나머지 名利를 좇는 것이 성인의 뜻이 아니라는 인식 아래 詞章을 비판하고 성인의 도를 추구하고자 한 것이다.

따라서 그는 유교적 학문관과 문장관을 바탕으로 時文인 변려문보다도 고문으로 글을 쓰고자 하였다. 한번은 교우가 깊었던 僧 慧素가 金蘭叢石亭에 대해 記文을 짓자 희롱하며 말하기를, “선사는 율시를 지으려고 한 것인가?”라고 비꼰 일이 있었다.[31] 율시는 엄격한 平仄과 對句를 맞춰야 하는데, 변려문도 마찬가지이다. 김부식은 산문 혹은 고문으로 지어도 될 記文을 慧素가 굳이 율시를 짓듯이 글자 수를 맞추고 대구를 만들어야 하는 변려문으로 지은 것을 못마땅하게 여긴 것이다. 실제 그의 <혜음사신창기>를 분석해 보면, 이전 작가들에 비해 변려문체적 요소가 확연히 적고 허사를 많이 사용한 것을 확인할 수가 있다.[32] 이는 변려문에서 고문으로의 문체전환을 의미한다고 하겠다. 그러나 그 역시 공용문서는 당시의 습속에 따라 변려문으로 쓸 수밖에 없었다. 『동문선』에 전하는 그의 表 · 狀 · 啓 · 冊文 · 教書 · 祝文 · 道詞 · 佛疏 등 대부분의 奏議類 글들이 변려문체로 되어 있는 것도 그러한 결과로 이해할 수가 있다.

현전하는 그의 고문은 『삼국사기』 소재 각 인물들의 열전과 『동문선』 소재 <惠陰寺新創記> · <進三國史記表> 등에 불과하다. 특히 金澤榮은 『麗韓十家文抄』에 김부식의 <進三國史記表> · <惠陰寺新創記> · <金居柒夫傳> · <金后稷傳> · <溫達傳> · <百結先生傳> 등 6편의 글을 뽑아 넣고, <온달전>을 『戰國策』이나 『史記』에 넣어도 거의 구별할 수

31) 崔滋, 『補閑集』 卷上 : “金蘭叢石亭 山人慧素作記 文烈公戲之曰 此師欲作律詩耶.”
32) 김성진, 앞의 논문.

없을 정도로[33] 고려시대의 글 가운데 최고의 傑作이라고[34] 하는 한편, 그가 처음에 『삼국사기』의 글이 『舊三國史』에서 옮겨 쓴 것이 많기 때문에 豊雅한 것으로 의심을 했다가 <혜음사신창기>를 읽어본 후 『삼국사기』와 같은 솜씨에서 나온 것인 줄 알고 그 의심이 풀렸다고[35] 하여 김부식의 고문 실력을 칭찬한 바 있다. 『三國史記』 列傳의 글은 훌륭한 敍事文學이며, 특히 <온달전>은 간결하고 사실적인 수법으로 서술되어 있다. 또한 변려문으로 써서 임금에게 예를 갖추어야 했던 表文, 즉 <진삼국사기표>에까지 고문체를 시도한 것은 그의 고문 정착의 의지를 보여주는 것이다.

한편 그의 古文은 唐宋風보다도 西漢風으로 평가되고 있다. 그가 살던 시대가 중국의 宋에 해당되고 또 그의 가문이 蘇東坡를 推崇하여 형제 이름을 동파 형제의 이름을 따서 지을 정도로 宋나라 文學에 경도되었고, 개인적으로 중국의 古文 및 唐나라 한유·유종원의 고문운동에 관심이 높았지만,[36] 그가 실제 구사한 고문은 西漢風에 가까웠다. 김택영은 "고려 중기에 문열공 김부식이 특별히 걸출하여 그가 지은 『삼국사기』는 豊厚樸古하여 넉넉히 西漢의 風을 지니고 있다. 그 末世에 익재 이제현이 한유와 구양수의 고문을 처음으로 창도하였다."[37]고 그의 고

---

33) 李禎, 『校正三國史記』, 金澤榮, <答李明集論三國史校刊事書> : "如溫達一傳 置之戰國策史記之中 幾不可辨."

34) 金澤榮, 『韶濩堂集』 卷8, <雜言>4 : "高麗文之傑作 當以金文烈公溫達傳爲第一."

35) 같은 곳 : "余初疑金文烈三國史 多仍三國本文 故能豊雅矣 後讀其惠陰寺記 見其與三國史同爲一手筆 然後疑始破耳."

36) 『東文選』 卷45, 金富軾, <謝魏樞密稱譽啓> : "申甫就列 周政幾於中興 韓柳揮毫 唐文至於三變."

37) 金澤榮, 같은 곳 : "高麗中世 金文烈公特爲傑出 其所撰三國史 豊厚樸古 綽有西漢之風 其末世 李益齋始唱韓歐古文."

문 습작의 성과와 風格을 평가한 바 있다. 즉 그의 고문은 한유 · 구양수와 같은 唐宋風보다도 辭達과 記事를 위주로 하는 西漢風에 속했던 것이다.

4. 고려 중기 : 고문의식의 성장과 전개

1) 임춘의 고문운동 의지

고려시대의 고문은 武臣亂을 지나면서 東坡 열기와 함께, 그리고 여전히 변려문과의 양립 속에서 그 勢가 신장되어갔다. 이 과정에서 우리는 무신집권시대의 매우 不遇한 문인으로 평가를 받는 林椿의 古文思想과 古文運動에 대한 의지를 주목하지 않을 수 없다.

林椿은 원래 성격이 曠達하여 大道 묻기를 좋아하였고, 옛 성현들의 경전을 공부하여 자기의 사상을 儒學으로 정립하고 유학에 의한 학문을 하여 '吾道大行'과 '文風大振'과[38] 같은 보다 큰 목표에 뜻을 두었던 인물이다. 따라서 科文을 소홀히 하고 익히지 않아 세 번이나 科擧에 떨어지기도 하였다. 당시 유행하던 科擧文에 대한 그의 견해를 보면 다음과 같다.

> 나아가 場屋의 글을 취하여 읽어보니 비록 공교롭다는 생각을 들지 않고 俳優의 말과 같으므로 스스로 생각하기를, '이런 것을 글이라고 이를 수 있다면 비록 甲科乙科라도 가히 팔 한번 굽힐 사이에 이룩할 수 있겠다.'고 생각하였다.[39]

38) 林椿, 『西河集』 卷2, <賀黃甫沆及第二首>.

39) 같은 책 卷4, <與趙亦樂書> : "出而迺取時所謂場屋之文者讀之 工則工矣 非有所謂甚

근세의 과거 보임이 聲律에 구애를 받았으므로 가끔 小兒輩가 甲科乙科에 합격되고 宏博之士는 많이 버림을 받게 되었으므로 朝野가 모두 슬퍼하고 원통히 여겼던 것이다.[40]

林椿은 당시의 科擧가 너무 형식적인 면, 즉 성률이나 기교에 속하는 字句 배열의 교졸로써 우열을 가리는 폐단이 있다고 지적하고 科文을 世俗의 應用文學 혹은 俳優之說로 규정하고 있다. 이는 科文에 대한 비판인 동시에 당시 世俗에 유행하던 변려문에 대한 그의 부정적인 견해이기도 하다. 그의 생각으로는 宏博之士, 곧 古文을 수업한 사람이 과거에 합격해야 하고 그런 사람이 대접을 받아야 한다는 것이다. 宏博之士는 그가 생각하는 훌륭한 文章家로서, 그는 賈誼, 司馬遷, 韓愈, 柳宗元, 歐陽修, 王安石, 蘇軾 등 漢代 및 唐·宋時代의 古文主義者(名儒)들을 그러한 사람으로 규정하였다.[41] 곧 그가 생각하는 훌륭한 文章·文學은 古文으로 써진 것임을 알 수가 있다.

따라서 그는 당대 文風의 폐단을 자각하고 이를 西漢之風으로 돌이켜야 한다고 주장하였다. 곧 자신은 우리 문학사상 처음으로 文氣論과[42] 奇文論을 개진하고, 그것을 <麴醇傳>과 <孔方傳> 등의 假傳으로 구현하는 한편,[43] 친구들에게는 기회가 있을 적마다 文體改革에 힘써 줄 것

難者 誠類俳優者之說 因自計曰 如是而以爲文乎 則雖甲乙 可曲肱而有也."

40) 같은 곳, <與皇甫若水書> : "近世取士 拘於聲律 往往小兒輩 咸能取甲乙 而宏博之士 多見擯抑 故朝野嗟寃."

41) 같은 곳, <答靈師書> : "若其名儒之說 固吾所欲辨之者 夫世所謂名儒者 不過工章句取科第爾 果如是而爲名儒 則何擾擾焉名儒之多耶 不唯今世所不見 雖古亦少 若賈誼司馬遷韓愈柳子厚輩是也 以漢唐之盛 其事業之尤著顯 卓然可見者止此而已 近古又有歐陽永叔 尙古文以排諸子 至號今之韓愈 王介甫祖述墳典 明先聖之道 蘇子瞻牢籠百氏 以窮著作之源 亦眞名儒也."

42) 같은 곳, <與皇甫若水書> 및 卷6, <上按部學士啓>.

을 당부하였다.[44] 자신이 직접 나서지 못한 것은 그것을 주도할 만한 지위가 없었기 때문이다. 다음 시는 竹高七賢 중의 한 사람이던 皇甫沆의 及第를 축하하여 지은 시[45]의 일부이다.

昔唐貞元間	옛날 당나라의 정원 연간에
狂瀾起縱橫	미친 물결이 종횡으로 일어났네.
退之獨好古	한유는 유독 고문을 좋아하여
大唱於後生	크게 후생에게 창도하였네.
時有湜與翺	당시에 황보식과 이고가 있어
相共和其聲	서로 함께 그 소리에 화답했네.
遂使群學者	드디어 여러 학자들로 하여금
從之而變更	그것을 따르고 바꾸게 하였네.

시의 내용은 韓愈, 皇甫湜, 李翺에서 보는 바와 같이 唐나라 古文運動을 읊은 것이다. 이 시의 전체적인 취지는 과거에 급제한 황보항에게 唐에서와 같이 고려 문단에서도 고문운동을 일으켜 달라는 데 있다. 또 그가 황보항에게 쓴 편지에서는 직접적으로 "西漢의 文章을 일으킬 자는 그대를 빼고 누구이겠는가? 힘쓰고 힘써 주게나."라고[46] 자신을 대신해서 時俗의 文風을 古文風으로 바꾸는 데 노력해 줄 것을 당부하기도 하였다.

이와 같이 우리 한문학사에서 임춘만큼 科文과 변려문에 따른 文弊를

---

43) 金乾坤, 「林椿의 生涯와 漢詩 硏究」, 한국학대학원 석사논문, 1982, 33면 ; 같은 이, 「高麗 假傳文學의 成立過程」, 『정신문화연구』 19, 1983.

44) 林椿, 앞의 책 卷4, <與趙亦樂書> 및 <與皇甫若水書>에 文弊에 대한 우려와 文體 改革에 대한 당부가 잘 나타나 있다.

45) 같은 책 卷2, <賀皇甫沆及第>.

46) 같은 책 卷4, <與皇甫若水書> : "可以興西漢之文章者 捨足下誰耶 勉之勉之."

걱정하고 이를 개혁하려 했던 문인도 없었다. 그는 일찍이 韓愈를 사숙하여 그의 문학에 경도되어 있었던 바, 당시 고려 문단의 科文과 변려문에 따른 폐단을 唐나라 古文運動의 예에서와 같이 古文으로 돌려놓고자 했던 것이다.

그러나 현전하는 그의 書·啓·祭文은 傳來의 인습에 따라 변려문으로 쓴 것으로, 난해한 故事와 對句가 많이 쓰이고 있음을 볼 수가 있다. 다만 그의 古文의 솜씨는 記와 序에서 엿볼 수 있을 뿐이다. 특히 送序와 記文은 일의 시말과 사물을 사실적·객관적으로 기술하고 있다. 그가 당대의 古文家였음은 그 스스로 "비록 일찍이 東坡의 글을 읽은 적은 없지만 왕왕 句法이 서로 비슷하니, 어찌 그 中心에서 얻어 東坡와 闇合했음이 아니겠는가?"라고[47] 하여 自得하고 있고, 또 李仁老가 그를 명하여 "先生의 文은 古文을 얻고 詩에는 騷雅의 風骨이 있다."[48]라고 한 것에서도 알 수가 있다.

임춘의 고문사상과 고문운동에의 의지는 당시 科文과 駢儷文이 지배하던 문단에서는 先進的 文風改革 사상이었으나, 이의 실천은 당시의 사회적 상황 즉 무신집권 하에서의 문신 수난이나 儒·佛이 혼돈의 상태에 있었던 점으로 미루어 볼 때, 고려 후기 정국이 안정되고 程朱學이 들어와서 사상적 입장이 보다 분명해진 후에나 가능했다. 즉 李齊賢이 古文之學을 창도할 때까지 기다려야만 했다.

47) 같은 곳, <與眉叟論東坡文書> : "雖未嘗讀其文 往往句法 已略相似矣 豈非得於其中者闇與之合耶."

48) 李仁老, <西河集序> : "先生文得古文 詩有騷雅之風骨."

2) 이인로 · 이규보 · 최자의 문장관

무신집권기에는 송나라의 대시인이자 고문가인 蘇東坡를 배우려는 열풍이 심했음에도 불구하고, 고문의 大家가 나오지 못하였다. 이는 당시의 문단이 文보다도 詩에 치중하고, 사상적 배경이 되는 經學 振作의 풍조가 무신란에 의해 거의 끊어졌으며, 과거제도가 詩 · 賦 중심으로 운용되어 폐단이 여전하였던 점에서 그 원인을 찾을 수 있다.[49] 그러나 이 시기의 문장가로 이인로, 이규보, 최자 등을 들 수 있다.[50] 이들이 특별히 고문에 대하여 구체적으로 언급하지는 않았지만, 당시의 科詩와 騈儷文에 대한 비판과 詩論을 통하여 문장관과 고문사상을 읽을 수가 있다. 한 작가에게 있어서 시론과 문론은 상보적인 관계에 있으므로 더욱 그럴 수 있다.

李仁老(1152~1220)는 "대개 文章은 天性에서 얻어지는 것이다."라[51] 하여 天賦論을 전제로 하고, 문장만이 빈부귀천으로 고하를 정할 수가 없는 것이며, 문장 스스로 일정한 가치를 지니고 있다고 생각하였다.[52] 즉 벼슬이 높고 부유하다고 해서 반드시 뛰어난 문장을 쓸 수 있는 것이 아니고, 직위가 없고 가난하더라도 좋은 문장을 쓸 수가 있는 것은 천성적으로 그 재능을 품부받기 때문이며, 그러기에 천성에 의해 이루어진 문장은 그 재능에 따라 가치의 고하가 결정된다는 것이다. 곧 이인로가 생각하는 최고의 문장은 지위의 고하를 막론하고 문장에 천부적 재질이 있는 사람이 그 천성을 자연스럽게 표현한 것임을 알 수가 있다.

---

49) 김충희, 「익재 고문의 연구」, 영남대 석사논문, 1988, 16~21면.

50) 서수생, 「회고와 전망」, 『고려시대의 언어와 문학』, 형설출판사, 1975.

51) 李仁老, 『破閑集』 卷下 : "蓋文章得於天性 而爵祿人之所有也."

52) 같은 곳 : "天下之事 不以貴賤貧富爲之高下者 惟文章耳 …… 文章自有一定之價 富不爲之減."

이인로는 실제 作法論에서 천부적 재능이 있다고 하더라도 그것을 표현하는 데는 한계가 있으므로 鍊琢의 工이 필요하다고 하였다. 사람의 재주는 그릇이 네모지고 둥근 것과 같아서 모든 것을 구비할 수 없으므로, 뛰어난 재능이 있다고 하더라도 반드시 鍊琢의 노력을 더해야 한다고[53) 『破閑集』의 도처에서 鍊琢의 필요성과 중요성을 강조하고, 그 한 방법으로 用事를 예로 들었다. 그러나 용사를 적극적으로 옹호하지는 않았다. 그가 용사에서 강조한 것은 無斧鑿之痕이고 그것도 용사의 목적으로서가 아니라 鍊琢의 과정으로서이다. 그리고 換骨奪胎는 표절과 다를 바 없다고 하고, “어찌 이른바 古人이 이르지 못한 바에서 新意를 내어 妙하게 된 것이라 하겠는가?”[54)]라 하여 매우 못마땅하게 생각하고 있다. 신의는 환골탈태를 통하여 빌려오는 古人之意에 대비적으로 사용한 말이다. 용사·환골탈태·신의의 관계를 보면 환골탈태의 방법으로는 신의를 낼 수가 없지만, 鍊琢의 한 방법으로 용사를 잘하면 신의를 낼 수가 있다는 것이다. 즉 용사와 환골탈태는 방법이고, 신의는 그 결과인 셈이다.

요컨대 이인로의 詩論, 作法論, 文章論을 통하여 그가 古文을 어떻게 쓰고자 했던가를 미루어 볼 수가 있다. 그러나 그의 散文은 『파한집』의 記事體 외에 별로 전하는 것이 없어 그 면모를 살필 수가 없고, 용사를 탐탁하게 여기지 않았지만 실제 작시와 『파한집』의 문장에서 용사를 즐겨 구사하고 있는 것으로 보아 고문에 능했다고 할 수는 없을 것 같다.

李奎報(1168~1241)는 고려시대의 어떤 문인들보다도 자주적이고 독창적

53) 같은 책 卷上 : “人之才如器皿方圓 不可以該備 …… 是以古之人 雖有逸材不敢妄下手必加鍊琢之工.”

54) 같은 책 卷下 : “豈所謂出新意於古人所不到者之爲妙哉.”

인 문학사상을 가지고 그것을 작문으로 실천하고자 했던 인물이다. 그는 시문을 짓는 데 있어서 設意를 앞세우고 綴辭를 뒤로하여 표현이나 기교보다 達意를 중시하는 한편,[55] 당시의 문학이 科擧의 문풍에 영향을 입어 조충전각에 힘쓰고 剽竊과 蹈襲을 일삼고 있음을 비판하고, 옛사람의 文體나 辭語를 본받고 답습하기보다는 新語로 新意를 창출하고자 하였다. 특히 前人의 말을 빌려 쓰거나 표절하는 것을 도둑질에 비유하여, 도둑이 부잣집의 사정을 잘 알지 못하면 잡히기 쉬운 것과 같다고 하고, 新語를 사용하게 된 까닭을 다음과 같이 말하고 있다.

> 나는 젊어서부터 放浪無檢하여 독서가 심히 정밀하지 못하고 비록 六經子史의 글을 섭렵했다고 하더라도 그 근원을 궁구하는 데 이르지 못했으니 하물며 諸家의 章句의 글임에랴! 이미 그 글에 익숙하지 않은데 그 체를 본받고 그 말을 도둑질하겠는가? 이것이 내가 부득이 新語를 쓰는 까닭이다.[56]

古人의 문장을 완전히 이해한 후에 그것을 作文의 재료로 삼되, 그렇지 못할 경우 표절을 하느니 新語를 사용하는 것이 낫다는 의미이다. 결국 이규보가 신어를 주장한 것은 완전히 자기화한 辭語로 독창적인 문학세계를 구축해야 한다는 생각이다. 또한 그는 당시의 습속에 따라 변려문으로 써야만 하는 啓를 쓰기를 좋아하지 않으며, 啓辭가 말을 과장하고 허다히 옛사람들의 글 중에서 길고 산만한 것을 가져다가 對句를 맞춘다고 비판하고, 啓文에 대한 자신의 저술태도를 다음과 같이 밝혔다.

---

55) 李奎報, 『東國李相國集』 卷22, <論詩中微旨略言>.

56) 같은 책 卷26, <答全履之論文書> : "僕自少放浪無檢 讀書不甚精 雖六經子史之文 涉獵而已 不至窮源 況諸家章句之文哉 既不熟其文 其可效其體盜其語乎 是新語所不得已而作也."

> 요즘 사람들이 啓를 짓는 것은 이미 오랫동안 풍습이 되어 어떻게 고칠 수가 없는데, 진실로 꼭 本文이나 古事를 가져다 나열하여 문장을 만든다면, 자기 마음으로 생각해서 창작한 것이 얼마나 되겠는가? 내가 풍습을 돌려놓고 싶으나 반드시 웃음거리가 될 것이요, 모방하여 한다면 반드시 후세의 군자에게 웃음거리가 될 것인데 후세의 웃음이 요즘 사람의 웃음보다 심할 것이니, 차라리 요즘 사람에게 웃음거리가 될망정 후세 사람의 웃음거리가 되지는 않으려 한다.[57]

이는 당시의 文弊에 대한 文風改革思想이라고 할 수가 있다. 당시 문단에 유행하고 있는 변려문체로 啓를 짓지 않아 사람들의 웃음거리가 될지언정 자기 마음으로 생각하고 창작해서 啓의 잘못을 되돌려 놓겠다는 것이다. 즉 形式·修飾·用事·對句를 위주로 한 변려문보다도 차라리 내용의 전달을 중시하여 자기의 생각과 말로써 古文을 쓰겠다는 의지의 표현이다.

한편 그가 自得한 詩有九不宜體는[58] 당시의 科詩를 비판한 데서 나온 것이지만, 이를 문장에 적용시키면 載鬼盈車體[수레에 귀신을 가득 실은 듯한 문체], 拙盜易擒體[서툰 도적이 쉽게 붙잡히는 것과 같은 문체], 挽弩不勝體[쇠뇌를 당기나 힘이 당해내지 못하는 것과 같은 문체], 飮酒過量體[술을 자기 주량이 넘게 많이 마신 듯한 문체] 등은 변려문의 폐단을 지적한 것이라 볼 수가 있다. 즉 이규보는 科文이나 변려문과 같이 조탁·수식·표절·용사가 지나쳐 浮華無實한 글들을 마땅하지 못한 문체로 보고 혁신시켜야 할 것으로 생각한 것이다.

---

57) 같은 곳, <與金秀才懷英書> : "今人所以作啓 久已成習 不可克革 苟必用本文與古事編列成章 則其所自創於心者 能有幾耶 僕欲反之 必爲所笑 若倣而爲之 必爲後世君子所笑 後世之笑 甚於今人之笑 寧被笑於今人 無爲後人所笑."

58) 같은 책 卷22, <論詩中微旨略言>.

이규보는 자주적이고 독창적인 문학사상을 가짐에 따라, 중국의 古文家에 대해 일방적으로 推崇하거나 그들의 說을 그대로 따르지는 않았다. 특히 당나라의 고문운동가 柳宗元에 대해서는 "子厚의 글은 그 문장의 수식은 周密하나 그 마음의 우러나는 것은 부화하니, 그 문장은 존경할 수 있으나 그 사람은 존경할 수 없다."고[59] 하여 사상적인 면에서 비판적인 태도를 보이고 있다. 이에 그는 유종원의 <守道論>을 반박하는 한편, 『非國語』를 비난하고 文質을 비평하였다.[60] 반면 韓愈에 대해서는 <雲龍雜說>의 은미한 뜻을 부연하였고,[61] 宋나라의 蘇東坡에 대해서는 "동파는 근세 이래 富贍하고 豪邁하여 시가 뛰어난 사람으로, 그의 문장은 마치 부잣집에 금옥과 돈과 패물이 창고에 가득하여 한이 없는 것과 같다."고[62] 하여 호의적인 입장이다. 이규보가 소동파에 경도된 것은 고려 중기 문단의 學蘇 열풍과 관련하여 이해할 수가 있으며, 또 그가 당송고문가를 존경하고 배우고자 한 것은 그들의 사상보다도 文章이었음을 알 수가 있다.

이규보는 70세에 門下侍郎平章事로 致仕하기까지 30년 이상 관직에 있으면서 국가정치와 관련한 많은 公用文書(表 · 牋 · 狀 · 敎書 · 批答 · 詔書)를 변려문으로 지었으며, 한편으로는 說 · 序 · 跋 · 傳 · 論 · 記 · 書 등을 자신의 作文觀에 따라 新語로 분방하게 저술하였다. 『東國李相國集』 卷20~27까지의 散文體가 그것이다. 이들 산문은 그가 자유로이 입언, 입

59) 같은 곳, <柳子厚文質評> : "子厚之書 其文之賁也周 其心之洩也浮 其文可敬 其人不可敬也."

60) 같은 곳, <反柳子厚守道論> · <非柳子厚非國語論> · <柳子厚文質評>.

61) 같은 곳, <書韓愈雲龍雜說後>.

62) 같은 책 卷26, <答全履之論文書> : "東坡 近世以來 富贍豪邁 詩之雄者也 其文如富者之家金玉錢貝 盈帑溢藏 無有紀極."

론, 서술했으므로, 다양한 제재를 대상으로 자신의 개성을 드러내고 어떤 事象을 비판하고 또 自省의 태도를 보이는 것이 많으며, 형식면에서 대화와 문답을 즐겨 쓰고 있는 것도 한 특징으로 지적할 수가 있다.

요컨대 이규보는 문장가적 측면에서 創出新意의 저술태도를 지녔다고 할 수가 있으며, 그것은 新語를 통해 작품으로 실천했다고 할 것이다. 따라서 이규보는 대문장가로 칭도받기에 충분하다고 하겠다.

崔滋(1188~1260)는 이규보에 의해 발탁되기도 했지만, 이규보의 創出新意를 극구 칭찬하고 그의 문학사상을 계승한 사람이다. 그는 우선 『보한집』의 서문에서 "文은 道를 밟아 나가는 門"이라 전제하고 "반드시 奇詭함에 의탁한 연후에야 그 기운이 씩씩하고 그 뜻이 깊으며 그 말이 드러나서 사람의 마음을 감동시켜 깨닫게 하고 은미한 뜻을 발양시켜 마침내 올바른 데로 돌아가게 할 수 있다."고[63] 하여 文章을 쓰는 방법을 제시하였다. "文이 道를 밟아 나가는 門"이라 함은 당·송 이래의 文以貫道를 달리 표현한 것으로, 文이 道를 담고 있어야 歸於正하게 된다는 문학의 본질론인 동시에 효용론을 말한 것이다. 또한 "奇詭함에 의탁해야 한다."는 말은 韓愈의 奇文思想을 그대로 대변한 것이다. 한유는 고문을 쓰면서 陳言[묵은 말]을 없애는 데 힘쓰는 한편,[64] 독자가 奇妙한 것에 관심을 가지는 심리를 이용하여 奇異한 景物을 소재로 奇文을 쓰고자 하였다.[65] 奇文은 곧 意新詞高의 문장을 말한다. 따라서 최자의 고문사상은 당·송 고문가에게서 영향을 받은 바 큰 것으로 보인다.

이와 같이 文은 道를 담고 있어야 한다는 기본인식 아래, 최자는 훌륭

63) 崔滋, 『補閑集』, <補閑集序> : "文者 蹈道之門 …… 故必寓託奇詭 然後其氣壯 其意深 其辭顯 足以感悟人心 發揚微旨 終歸於正."

64) 韓愈, 『韓昌黎集』 卷16, <答李翊書>.

65) 같은 책 卷18, <答劉正夫書>.

한 문장이 갖추어야 할 요건을 제시하였다. 즉 문장의 氣는 호탕하고 씩씩해야 하고, 骨은 굳세고 높고 맑아야 하며, 意는 정직하고 정밀해야 하고, 辭는 풍부해야 하고, 體는 간결하고 굳세어야 한다고 하여 문장의 體格과 관련한 기준의 최고치를 구체적으로 예시하는 한편, 미숙하고 난삽하거나 자질구레하고 나약하거나 거칠고 얕은 것은 피해야 한다고 하였다.[66]

따라서 이러한 기준으로 당대의 문장을 볼 때 그에게는 만족스러울 수가 없었다. 그는 『보한집』의 도처에서 변려문과 과문의 폐단을 지적하고 있다.

> 지금 후배들은 그때보다 훨씬 못하면서 으레 독서는 일삼지 않고 빨리 과거에 급제하기만 힘쓴다. 과거의 알기 쉬운 글을 익혀 요행히 급제하면 학업은 더 힘쓰지 않고 오직 青을 뽑아 白을 짝지우고 하나를 세워 둘로 대를 맞추며 생소한 것은 다듬고 성긴 것은 잘라내는 것만으로 잘한 것으로 여길 뿐이다. 그러므로 앞 사람의 시문을 보다가 雅正簡古한 것은 곧 질박하여 본받기 어렵다고 하고, 雄深奇險한 것은 곧 문장의 변화가 많아 알기 어렵다고 하고, 宏贍和裕한 것은 곧 소활하여 묘하지 못하다고 하면서 도무지 생각해 보려 하지 않는다. …… 아! 시대의 문장이 크게 변하여 鄙賤한 데 이르고 비천한 것이 한 번 변하여 俳談에 이르렀으니 마지막에는 어떻게 될지 모르겠다.[67]

66) 崔滋, 앞의 책 卷下 : “文以豪邁壯逸爲氣 勁峻淸駛爲骨 正直精詳爲意 富贍宏肆爲辭 簡古倔强爲體 若局生澁瑣弱蕪淺是病.”

67) 같은 책 卷中 : “今之後輩下於彼時遠矣 例不事讀書 務速進取 習科擧易曉文 幸得第 猶未能勉益學業 唯以抽青媲白 立一對二 琢生斲冷 以爲工耳 故見前人詩文 雅正簡古 則以爲朴質難効 雄深奇險 則以爲詰屈難知 宏贍和裕 則以爲疎濶未工 都不容思 …… 噫 時文大變至於俚 俚一變至於俳 不知其卒何若也.”

앞서의 문인들이 거듭 科文과 騈儷文의 폐단을 지적한 것과 궤를 같이 한다. 최자 때에는 그 병폐가 더욱 심하여 비천하다 못해 광대배의 말[俳談]과 같은 지경에까지 이르렀던 것이다. 그가 추구하는 문장은 위 인용문에서 보듯이 雅正簡古·雄深奇險·宏贍和裕한 것이었다. 이에 그는 당시 사람들이 변려문을 지을 때 옛사람의 글에서 7·8자 혹은 10자까지 따다가 쓴다고 비판하고, 문장은 자기가 창작해낸 말로 新意를 나타내어야 한다고 하였다.[68] 그가 『보한집』에서 이인로보다도 이규보에 대해 호의적으로 보다 높이 평가하고 있는 것도 이규보의 新意와 맥을 같이하기 때문이다.

한편 최자는 『보한집』에서 비록 간략하지만 文體論을 제기하고 있다. 당대의 文弊에 대한 반성에서 촉발된 이 문체론은 고려시대의 여타 문헌에서 찾아볼 수 없는 주목할 만한 것이다. 頌·贊·賦·論·策·碑·銘·表·疏·冊·誄·箴·檄 등의 각 특징을 간략하게 설명하고,[69] 制誥·表牋 등 사륙변려문의 근원과 발달과정 및 폐단을 상세히 기술하고 있다.[70] 이는 당대의 문체가 크게 변하여 법도가 없어진 현실을 깨우치고 각 문체의 특징을 체득하여 正道로 나아가게 하려는 문학에 대한 재인식에서 비롯된 것이라 할 수가 있다.

최자의 문장은 『보한집』의 雜錄類 글밖에 남아있지 않아, 문장가로서의 면모는 살필 수가 없다. 다만 『보한집』의 비평에서 보듯이 그는 시인이기보다는 詩論家·批評家 쪽이었고, 마찬가지로 文章家라기보다는 文章理論家로 자리매김을 할 수가 있을 것이다.

68) 같은 책 卷下 : "今人以四六別作一家 鈔摘古人語 多至七八字 或十餘字 幸得其對 自以爲工 了無自綴之語 況敢有新意耶."

69) 같은 책 卷中.

70) 같은 책 卷下.

5. 고려 후기 : 고문창도와 그 영향

1) 이제현의 문장관과 고문 창작

고려 후기에 들어 安珦 · 權溥 · 白頤正 등에 의해 程朱學이 전래됨에 따라, 새로이 經學에 대한 인식이 높아지고 文士들의 문학하는 태도가 변하였으며, 文體 또한 부화한 변려문에서 질박한 고문으로 바뀌게 되었다. 徐居正은 정주학 전래 이후의 문풍 변화를 다음과 같이 논하였다.

> 충렬왕 이후에 輯註가 비로소 행해져서 학자들이 성리학의 영역에 달려 들어가게 되었다. 익재와 그 아래 가정 · 목은 · 포은 · 삼봉 · 양촌 등 여러 선생들이 계속하여 일어나 道學을 창도하고 밝혔다. 그리하여 文章의 氣習이 거의 古文에 가까웠으며, 詩賦와 四六文은 또한 저절로 우열이 있었다.[71]

이러한 문풍의 변화에 益齋 李齊賢(1287~1367)은 선구자적 위치에 있었고, 기실 고려 문단에서 고문으로 가장 추앙을 받아왔다. 특히 韓末의 고문가 金澤榮은 익재를 金富軾과 함께 고려시대의 대표적인 문장가로 꼽고, <櫟翁稗說前集序>, <金書密教大藏序>, <送辛員外北上序>, <送大禪師瑚公之定慧社詩序>, <上伯住丞相書>, <上征東省書>, <重修開國律寺記>, <雲錦樓記> 등 8편의 글을 『麗韓十家文抄』에 뽑아 넣기까지 하였다.

익재는 당대의 학문을 진단하여, 거의 20년 동안 선비들이 전쟁에 동원되었기 때문에 글을 읽는 자가 드문 데다 그 사이에 先輩와 老儒들이

71) 徐居正, 『東人詩話』 卷下 : "忠烈以後 輯註始行 學者駸駸入性理之域 益齋而下稼亭牧隱圃隱三峯陽村諸先生 相繼而作 倡明道學 文章氣習 庶幾近古 而詩賦四六 亦自有優劣矣."

모두 죽어서 六經이 겨우 실낱같이 전해질 뿐이라고 평가하였다.[72] 이러한 상황은 충선왕이 익재에게 당대에 雕蟲篆刻之徒만 많고 經明行修之士가 적은 이유를 물은 데서도[73] 알 수가 있다. 곧 익재 당대의 문풍은 浮華한 문장이 숭상되어 조충전각지도가 많고 六經이 전해지지 않아 경명행수지사가 적었던 것이다. 충선왕의 물음에 대하여 익재는 학교를 확충하여 六禮를 높이고 五教를 밝혀서 先王의 道를 천명하게 되면 實學을 버리고 章句를 익히는 弊風이 사라질 것이라고 건의하였다.[74] 즉 그는 經明行修를 위한 學을 實學, 雕蟲篆刻하는 學을 虛學으로 보았던 바, 이는 經學(道學)을 本으로, 文學을 末이라고 생각한 것이다.

익재의 이러한 생각은 科擧制度의 폐단을 지적한 데에도 잘 나타난다. 즉 光宗 이후 실시한 과거제도가 文으로 風俗을 교화한 면도 있지만 詩・賦・頌만을 쓰고 時政을 策問하지 않아 부화한 문장을 숭상하는 폐단을 낳았다고 비판하였다.[75] 이는 곧 문장은 모름지기 經世治國과 風教에 도움이 되어야 하고, 부화한 문장은 쓸모가 없다고 본 것이다. 익재는 이러한 생각을 그가 직접 科擧를 관장하였을 때 실천으로 옮겼다. 즉 충숙왕 7년 6월과 공민왕 2년 5월에 考試官이 되었을 때 기존에 시험하던 詩와 賦를 과목에서 제외하고 策問으로 시험하였던 것이다.[76] 이 두

---

72) 李齊賢, 『櫟翁稗說』 前集2 : "國家伐叛耽羅 問罪東倭 丁亥之勤王 庚寅之禦寇 用兵幾二十年 士皆袵金革操弓戈 挾策而讀書者 十不能一二 而先輩老儒物故且盡 六籍之傳 不絶如線."

73) 같은 책 前集1 : "又問臣曰 我國古稱文物侔於中華 今其學者 皆從釋子 以習章句 是宜雕蟲篆刻之徒寔繁 而經明行修之士絶少也 此其故何耶."

74) 같은 곳 : "今殿下誠能廣學校謹庠序 尊六藝明五教 以闡先王之道 孰有背眞儒而從釋子 捨實學而習章句者哉 將見雕蟲篆刻之徒 盡爲經明行修之士矣."

75) 같은 이, 『益齋亂藁』 卷9 하, <光王贊>.

76) 『高麗史』 卷73, 選擧1 : "忠肅王七年六月 李齊賢朴孝修典學 革詩賦用策問 …… 忠肅王七年六月 李齊賢考試官 朴孝修同考試官 取進士 九月 賜崔龍甲等三十三人及第."

번에 걸쳐 출제한 책문이 『益齋亂藁』 卷9 下에 실려 있는 <策問> 4편이다. 익재는 經典과 관련한 <책문>에서 "『논어』를 읽을 때는 언제나 여러 제자들이 물은 것을 자신이 직접 묻는 것처럼 하고, 공자의 말씀을 오늘날 귀로 듣는 것처럼 여겨야 한다."고[77] 하고, 또 "이것(『논어』의 말)들은 모두 성인의 말씀으로서 학자들이 마땅히 깊이 체득해야 할 바이다."라고[78] 경전의 중요성을 擧生들에게 강조하였다.

이상은 익재가 문장에 담아야 한다고 생각하는 내용, 즉 道와 관련이 있는 것이라고 할 수가 있다. 여기에서 익재의 文以載道的 文學觀을 읽을 수가 있다. 따라서 익재는 儒者로서 경명행수를 實踐躬行하는 과정에서 經典의 뜻에 충실한 문장을 쓰고자 했던 바, 이것이 곧 그의 고문정신이라고 하겠다.

그러면 익재는 어떠한 文章을 훌륭한 것으로 평가하고 또 실제 어떻게 쓰려고 했던가? 다음은 唐代의 고문운동가인 韓愈와 柳宗元의 문장에 대한 익재의 견해이다.

> 退之와 子厚의 문장은 예나 지금이나 서로 맞수라고 여겨진다. 한유와 유종원은 모두 文을 논한 글이 있다. 그런데 柳의 <復讐議>와 韓의 <送文暢序>, 韓의 <圬者王承福傳>과 柳의 <梓人傳>, 韓의 <書張中丞傳後>와 柳의 <睢陽廟碑>, 韓의 <平淮西碑>와 柳의 <平淮夷雅> 등의 글은 서로 비슷한 類이니, 한 권의 책으로 만들어 반복해서 읽으면 더욱 즐거울 것이다.[79]

77) 李齊賢, 『益齋亂藁』 卷9 하, <策問>1 : "讀論語 每以諸弟子所問作已問 而以夫子之言作今日耳聞."

78) 같은 곳, <策問>4 : "此皆聖人之言 而學者所宜服膺也."

79) 같은 이, 『櫟翁稗說』 後集1 : "退之子厚之文 古今以爲勍敵 韓柳俱有論文書 復讐議 送文暢序 及韓之圬者王承福傳 柳之梓人傳 韓之書張中丞傳後 柳之睢陽廟碑 韓之平淮西碑 柳之平淮夷雅之輩 以類相從 編爲一書 反覆而觀之 尤可喜也."

한유와 유종원의 문장이 후학들의 문장 학습에 좋은 典範이 된다는 관점에서 類別로 소개한 내용이다. 익재 역시 이들의 문장을 훌륭한 것으로 평가하고 私淑했을 것임에 틀림없다. 특히 그는 <送大禪師瑚公之定慧社詩序>에서[80] 한유의 <送文暢序>를 언급하여 자신의 文才를 한유에 비기기도 하고, 또 蔡洪哲의 문장을 칭찬하여 "원림의 풍악소리 참으로 좋으니, 문장은 吏部侍郞(韓愈)의 재주에 비기겠네."라[81] 읊어 그 평가의 최대치를 한유에 두고 있는데, 이것으로 보아 그가 자못 한유에 경도되었던 것으로 생각된다. 그렇다고 익재가 唐·宋代의 古文을 그대로 추종하고자 했다고는 할 수 없다. 그들에게서 배운 것은 고문의 정신과 법식일 것이다. 즉 한유가 당시의 부화한 변려문에 반발하여 유학의 부흥을 주장하며 秦·漢 이전의 古代 散文으로 돌이키려고 고문운동을 일으킨 것은 익재가 당대의 학문 및 문단의 폐단을 직시하고 經典의 뜻에 충실한 문장을 쓰려고 한 것에 적지 않은 영향을 미쳤을 것으로 생각된다.

다음은 익재가 고려 문장가들의 記文과 碑文을 평가한 것이다.

> 金侍中(仁存)이 지은 <淸讌閣記>가 송나라 서긍의 『고려도경』에 실려 있는데, 넉넉히 德 있는 자의 말이다. 金文烈(富軾)의 <惠陰院記>·<歸信寺碑文>·<覺華寺碑文>과 崔文肅(文淑, 惟淸)의 <玉龍寺碑文>은 모두 겉치레로 꾸미지 않고 스스로 일가를 이루고 있다. 金樞密(富轍)의 <文殊院記>와 金壯元(君儒, 君綏)의 <松廣寺碑文>도 즐겨 읽을 만하나 文辭가 번거로운 것이 애석하다. 尹政堂(彦頤)은 禪學에 밝았는데, 그가 지은 운문사의 <圓應國師碑文>을 보면 그 이치에 조예가 있었음을 알 수 있다. 鄭司諫(知常)은 장자와 노자의 학을 즐겨 하였는데, 그가 지은 <東山眞靜

80) 같은 이, 『益齋亂藁』 卷5.

81) 같은 책 卷3, <中庵居士贈詩八首務引之入道次韻呈似> : "園林鍾鼓眞淸勝 題詠須憑吏部才."

先生碑文>을 보면 표연한 산수의 경치를 상상하게 한다.[82)]

이 평에서도 익재의 文章觀을 헤아릴 수가 있다. 즉 ① 문장에 德을 담을 것, ② 自成一家하여 독창성을 발휘할 것, ③ 겉치레로 꾸미거나 번거로운 文辭를 피하고 간결하게 서술할 것, ④ 해당 분야의 이치에 깊은 조예를 보일 것 등으로 요약할 수 있다. ①과 ④는 내용과 관련되고, ②와 ③은 표현상의 문제이다. 특히 ①은 文以載道的 관점을 나타내고 ③은 浮華한 표현을 경계한 것이다. 그리고 ②와 ④는 문장가로서의 당연한 집필태도를 강조한 것이다. 따라서 이러한 견해로 미루어 익재가 어떻게 글을 쓰려고 했고, 또 어떠한 문장을 훌륭한 것으로 평가했던가를 읽을 수 있다.

그런데 익재의 문장 집필과 관련하여 한 가지 더 주목해야 할 것은 합리적 · 사실적으로 쓰려고 했다는 점이다. 그는 李承休의 『帝王韻紀』에서 "덕은 어찌하여 4년 만에 그쳤느냐? 봉새가 날아와 상서를 바쳤는데[德何止四年 鳳鳥來呈瑞]."의 '봉새'를 두고, 실록에도 그러한 기사가 없는데 이승휴가 사실이 아닌 것을 썼다고 지적하고 『제왕운기』를 믿을 수 없다고[83)] 비판하였다. 또 <策問>에서는 擧生들에게 '과장도 왜곡도 하지 말고 사실대로 진술할 것을 요구[勿誇勿詘 請以實陳]'하였다.[84)] 이러한 작문태도는 對偶를 놓음에 있어서 實相을 잃어서는 안 된다고[85)] 하고, 또 백

82) 같은 이, 『櫟翁稗說』 後集2 : "金侍中仁存淸讌閣記 載於宋徐兢高麗圖經 藹然有德者之言也 金文烈惠陰院歸信覺華諸寺碑 崔文肅玉龍寺碑 不爲表襮 自成一家 金樞密富轍文殊院記 金壯元君儒松廣寺碑 亦可喜 惜乎其有繁辭也 尹政堂彦頤有禪學 其作雲門圓應國師碑 深造理窟 鄭司諫知常喜莊老 爲東山眞靜先生碑 飄飄有烟霞之想."

83) 같은 이, 『益齋亂藁』 卷9 하, <德王贊>.

84) 같은 곳, <策問>1.

85) 같은 이, 『櫟翁稗說』 後集2 : "文未嘗無對也 然而用之失實 亦奚足尙哉."

낙천의 <長恨歌>대로라면 峨眉山은 당연히 劍門과 成都 사이에 있어야 하는데 사실은 그렇지 않다고 지적하고 백낙천이 西蜀에 가보지도 않고 지은 것이라고 비판한 데에도[86] 잘 드러난다. 물론 이러한 논의는 作詩와 관계된 것도 있지만, 作文에도 그대로 적용된다고 할 수 있다.

익재는 이상과 같은 문장관과 집필태도를 가지고, 글 짓는 것을 어려워하지 않고 주위의 現實事에서 소재를 취해 쉽게 글을 구성하고 전개했던 것으로 보인다. 이러한 사정은 다른 사람과 서로 주고받은 이야기들을 그대로 文章化하여 한 편의 작품을 만들고 있는 것에서 살필 수 있다. 예컨대 <送謹齋安大夫赴尙州牧序>에서는 동료들의 견해와 자신의 견해를 차례로 서술하고, 그 끝에 자신의 견해에 대해 "제군들이 '그렇다'고 하기에 이것을 그대로 적는다."고[87] 하였다. 또 <送大禪師瑚公之定慧社詩序>의 끝에는 "이래서 한 바탕 웃고 이것으로 서문을 쓴다."고[88] 하였고, <白華禪院政堂樓記>에서는 默庵 坦師의 말을 인용하고 그 끝에 "나는 듣고 난 다음 사례하고, 그의 말을 써서 記를 만든다."고[89] 하였으며, <大都南城興福寺碣>에서는 "그들의 말을 글로 써서 뒷사람들에게 고한다."고[90] 하였다. 결국 이와 같이 일상에서 있었던 일을 소재로 취하여 글을 지음으로써 익재의 고문은 현실성과 사실성이 제고되어 있다고 하겠다.

---

86) 같은 책 後集1 : "如其所云 峨眉當在劍門成都之間 而今乃不然 後得詩話摠龜 見古人已有此論 盖樂天未嘗到蜀中也."

87) 같은 이, 『益齋亂藁』 卷5, <送謹齋安大夫赴尙州牧序> : "諸君曰然 於是乎書."

88) 같은 곳, <送大禪師瑚公之定慧社詩序> : "乃一笑而書之."

89) 같은 책 卷6, <白華禪院政堂樓記> : "余旣聞而謝之 書其語爲記."

90) 같은 책 卷7, <大都南城興福寺碣> : "敢辭文其語 以諗來者."

2) 고문창도의 공(功)과 그 영향

사실 익재는 '古文'이라는 말을 써서 특별히 의견을 개진하여 고문을 주창하거나 실제 어떤 행동으로 고문운동을 전개하지는 않았다. 그러나 후대의 평자들은 한결같이 그에게 고문창도의 공을 돌리고 있다. 李仁復은 익재가 죽자 挽詞를 지어 익재의 문학적 성과를 다음과 같이 평가하였다.

近世文章與世衰	근세의 문장이 세상과 더불어 쇠해갈 때
公將大手獨持危	공이 큰 솜씨로 홀로 위태로움을 막았네.
剗除舊習開來學	구습을 제거하여 후학에게 길을 열었으니
須信東方有退之	모름지기 동방에도 퇴지가 있음을 믿겠네.[91]

이인복은 익재가 문장으로써 구습을 제거하고 후학을 계도했다고 평가하고 우리나라의 韓愈라고 칭송하였다. 익재를 唐代의 고문가인 한유에 비긴 것은 익재에게 한유의 고문운동에 견줄 만한 功效가 있다고 생각했기 때문이다. 즉 후학들이 익재의 문장을 평할 때 자주 쓰는, 이른바 古文倡導의 공을 염두에 둔 것이다.

이인복에 이어서 익재의 문장을 평가한 이는 牧隱 李穡이다. 그는 익재의 門生으로, 익재의 묘지명에서 그 문장과 덕망을 다음과 같이 칭송하였다.

名溢域中 身居海東	이름을 천하에 떨치면서 몸은 해동에 살았네.
道德之首 文章之宗	도덕의 우두머리요 문장의 종장이 되셨도다.
北斗泰山 昌黎之韓	북두성 태산처럼 높기는 창려의 한유 같고

91) 『東文選』 卷21, 李仁復, <益齋李文忠公挽詞>.

光風霽月 春陵茂叔　　광풍제월처럼 깨끗하긴 용릉의 무숙 같도다.[92]

목은은 익재를 문장의 宗匠과 도덕의 首長으로 평가하고 각각 韓愈와 周敦頤에 비견하였다. 이와 함께 목은은 <익재난고서>에서 "글을 배우는 선비들이 靡陋한 것을 버리고 점차 爾雅하게 되었으니, 이는 모두 선생께서 변화시킨 때문이다."고[93] 하였다. 즉 목은은 익재가 前代의 華靡하고 卑陋한 문장을 바르고 우아하게 바꾸는 데 힘썼다고 평가하여 그의 문필활동을 韓愈의 고문운동에 견준 것이다.

익재의 문장을 평하여 '古文倡導'라는 말을 처음 쓴 사람은 鄭道傳(?~1398)이다. 그는 <陶隱集序>에서 "근세의 큰 선비에 계림 익재 이공 같은 이가 있어 처음으로 고문의 학을 창도하였는데, 稼亭 李穀과 樵隱 李仁復이 좇아서 화답하였다."고[94] 익재의 문단에서의 업적을 평가하였다. 이는 당나라의 한유가 고문운동을 제창하고, 李翺와 皇甫湜이 추종한 것과 같은 맥락으로 파악한 것이다.

정도전 이후의 익재 문장에 대한 諸家의 평은 '古文倡導'라는 용어를 인용하거나 그러한 뜻을 답습하여 정도전의 평을 정설화하고 있다. 金鑌, 金日孜, 徐居正, 任元濬, 柳成龍, 任相元, 金魯應, 申緯, 金澤榮 등이 익재의 德行·功業·文章을 평가하면서 고문창도에 대하여 언급하였는데, 다음은 김택영(1850~1927)의 평이다.

우리나라의 문장은 삼국시대와 고려시대에는 오로지 육조시대의 문장

92) 李穡, 『牧隱文藁』 卷16, <鷄林府院君諡文忠李公墓誌銘>.

93) 같은 책 卷7, <益齋亂藁序> : "學文之士 去其靡陋而稍爾雅 皆先生化之也."

94) 鄭道傳, 『三峯集』 卷3, <陶隱文集序> : "近世大儒 有若鷄林益齋李公 始以古文之學倡焉 韓山稼亭李公 京山樵隱李公 從而和之."

> 을 배워 변려문에 뛰어났는데, 고려 중엽에 김문열공이 특히 걸출하여 그가 지은 『삼국사기』는 豊厚樸古하여 넉넉히 西漢의 風이 있었고, 그 말엽에는 李益齋가 비로소 韓愈와 歐陽脩의 고문을 창도하였다.[95]

김택영은 삼국과 고려시대의 문장을 설명하면서, 김부식의 古文은 西漢의 風格이 있다고 하여 先秦 · 兩漢時代의 古文에 비의하고, 익재에 대해서는 그가 추구한 문장이 당 · 송시대에 고문운동을 전개한 한유 · 구양수의 고문과 같다고 하여 고문창도의 공을 돌리고 있다. 김택영의 평은 기존 諸家의 평을 종합하여 결론을 내린 것이라 하겠다.

익재의 고문창도는 經明行修之士의 문장을 추구하는 과정에서, 현실사에서 소재를 취해 문장에 경전의 뜻을 나타냄으로써 익재 스스로 고문을 실천하고 또 후학들에게 영향을 미쳤던 것이다. 이런 점과 관련하여 임형택 교수는 "익재의 고문창도는 드러난 운동으로 전개시킨 것이 아니었다. 자기의 문필로 탁월하게 실천하여 영향력을 행사하였다. 바람을 일으켜서 휩쓸리게 만드는 것을 피하고 古雅 寫實的인 문체로 유도해서 개개 인간의 주체의식의 각성과 문학적 감발이 일어나도록 했던 것이다."라고[96] 평가한 바 있다.

그러면 익재의 고문은 후학들에게 어떤 영향을 미쳤는가? 이에 대하여 정도전은 고려 말기의 학문적 상황과 고문창도의 영향 관계를 다음과 같이 밝힌 바 있다.

---

95) 金澤榮, 『韶濩堂集』 卷8, <雜言>4 : "吾邦之文 三國高麗 專學六朝文 長於騈儷 而高麗中世 金文烈公特爲傑出 其所撰三國史 豊厚樸古 綽有西漢之風 其末世 李益齋始唱韓歐古文."

96) 林熒澤, 「익재의 고문창도에 대하여」, 『진단학보』 51, <보충설명 2>, 1981, 295면.

근세의 큰 선비에 鷄林 益齋 李公 같은 이가 있어 비로소 古文之學을 창도했는데, 韓山 稼亭 李公(穀)과 京山 樵隱 李公(仁復)이 좇아서 화답하였다. 지금 牧隱 李先生(穡)은 일찍이 가정의 교훈을 이어받고 북으로 중원에 유학하여 師友淵源의 올바름을 얻어 性命道德의 학설을 궁구하고 동으로 돌아와 諸生을 맞이하여 가르쳤다. 그를 보고 흥기한 자는 烏川 鄭公 達可(夢周), 京山 李公 子安(崇仁), 晉陽 河公 大臨(崙), 潘陽 朴公 誠夫(相衷), 永嘉 金公 敬之(九容), 密陽 朴公 子虛(宜中), 權公 可遠(近), 茂松 尹公 紹宗 등이 있으며, 비록 나같이 不肖한 사람도 여러 군자들의 대열에 끼이게 되었다.[97]

여기에서 정도전은 麗末의 새로운 학풍 혹은 학맥의 頂點에 익재를 위치시키고 있다. 정도전은 익재가 古文之學을 창도함으로써 목은이 性理學風을 진작시킬 수가 있었고, 그 영향으로 자신을 포함한 여러 학자들이 興起하게 되었다고 하였다. 따라서 익재의 고문창도는 후학들로 하여금 기존의 부화한 문풍을 제거하고 내실 있는 문학을 추구하게 하는 한편, 학문을 하는 근본적인 태도에 큰 자극을 주었던 것이다.

익재의 古文은 記事에 뛰어났던 바, 그가 찬수한『國史』는 조선 초에 찬수한『高麗史』에 많이 수용되어 鮮初 文人들의 典範 역할을 하였다.[98] 그러나 그의 고문은 문체적인 측면에서는 계승, 발전되지 못하였다. 즉 그가 구사한 문체가 鮮初의 문인들에게 부흥되지 못했던 것이다. 그것은 익재의 문생인 牧隱의 문장에 고문이 금기시하는 註疏・語錄體

97) 鄭道傳, 앞의 곳 : "近世大儒 有若鷄林益齋李公 始以古文之學倡焉 韓山稼亭李公 京山樵隱李公 從而和之 今牧隱李先生 蚤承家庭之訓 北學中原 得師友淵源之正 窮性命道德之說 旣東還 延引諸生 其見而興起者 烏川鄭公達可 京山李公子安 晉陽河公大臨 潘陽朴公相衷 永嘉金公敬之 密陽朴公子虛 權公可遠 茂松尹公紹宗 雖以予之不肖 亦獲側於數君子之列."

98) 金澤榮, 앞의 곳 : "尤長於記事 再修國史 韓朝所作高麗史 實皆益齋之筆也."

의 기습이 많아, 그 이후의 文士들이 목은의 영향을 많이 받았기 때문이다.[99)]

요컨대, 익재의 고문창도의 공은 그 스스로 경전의 뜻에 충실한 문장 즉 고문을 구사하여 모범을 보임으로써, 麗末·鮮初의 문인들이 전래의 詞章 위주의 학풍에서 벗어나 道學 중심의 학풍을 이루게 하는 터전을 마련한 데에 있다고 할 것이다. 다시 말하면 익재가 추구했던 고문은 비록 문체의 계승은 이루어지지 않았지만, 사상적으로 후학들을 계도하고 자극하여 당시에 전래된 程朱學의 심화와 함께 문학을 보다 文以載道로 나아가게 한 바탕이 되었던 것이다.

3) 이색의 고문과 도학창도

이제현의 뒤를 이어 나온 대표적 고문가로는 麗末 한문학의 大尾를 장식한 牧隱 李穡(1328~1296)이다. 그는 안향·백이정 등에 의해 수입된 정주학을 익재·가정·초은으로부터 전수받아 이를 鮮初의 삼봉·양촌으로 이어가게 하는 바탕을 다지고, 문학에 있어서도 정주학에 입각한 문학사상을 정립하여 당대의 문풍을 쇄신하는 한편, 조선 초기 문학의 단초를 여는 역할을 하였다.

그의 학문이 정주학을 바탕으로 하고 있어서 그의 문학사상은 效用的·載道的 문학관이었을 것임을 쉽게 짐작할 수가 있다. 26세 때 공민왕에게 올린 <進時務書>에서 당시의 문풍을 비판하여, 文士들이 과거 급제를 위해 雕章·琢句·對偶 등 기교에 치우친 나머지 詩文이 부화하기만 할 뿐 내실 있는 誠正之學이 아니라고 하였다.[100)] 이에 그는 항상

---

99) 같은 곳 : "李牧隱以益齋門生 始唱程朱之學 而其文多雜註疏語錄之氣 自是至吾韓二百餘年之間 有權陽村金佔畢崔簡易申象村李月沙諸家 而皆受病於牧隱."

옛 성현들의 경전을 공부하여 그것으로 사상을 정립하고 학문을 하고자 하였으므로, 文章을 小技 혹은 外道로 파악하였다.[101] 즉 道가 文의 근본이며 文은 道의 지엽에 지나지 않는다는 文以載道的 文學觀을 가졌던 것이다. 이러한 그의 생각은 文과 質의 관계로 당시의 문풍을 비판하는 데에서도 분명히 나타나고 있다.

> 바탕은 문채의 근본이다. 그런데 문채가 너무 지나친 지가 오래되어서 온화한 아름다움과 충신한 독실함이 없어지고 드러나지 않는다. 비록 아름다운 바탕이 있을지라도 모두 타락해버려서 유행하는 세속에서 벗어져 나오는 자가 없으니 문채의 폐해가 극도에 이르렀다. 그런데도 오직 문채만을 숭상한다면 혹 그 근본을 잃고 말단만을 일삼게 될 것이다. 때문에 이것을 구원하는 방법은 비록 편벽되기는 하지만 바탕을 소중히 여기는 것이 나을 것이다.[102]

즉 문채가 너무 지나쳐서 온화한 아름다움과 충신한 독실함이 없어져 문채의 폐해가 극도에 이르렀으므로, 그 바탕을 소중히 여기는 데로 돌이켜야 한다는 것을 말하고 있다. 여기서 바탕은 곧 性情之正이다. 그가 공민왕에게 올린 時務書에서 學制改革을 주장한 것도 이러한 생각에서 나온 것이다. 즉 벼슬 구하기에 급급하여 詞章에만 치우친 당시의 文風을 일신하기 위해서는 鄕校와 學堂을 확충하여 유교경전을 교과로 삼아 인재를 양성해야 한다는 것이다. 이는 앞서 이제현이 충선왕에게 經明行

---

100) 『東文選』 卷53, 李穡, <進時務書>. 이 글은 『牧隱文藁』에 실려 있지 않다.

101) 李穡, 『牧隱詩藁』 卷17, <古風> 및 『牧隱文藁』 卷8, <栗亭先生逸藁序>.

102) 같은 이, 『牧隱文藁』 卷10, <韓氏四子名字說> : "質者文之本也 文勝久矣 愷悌之美 忠信之篤 泯而不彰 雖有美質 淪胥而莫能自拔於流俗 文之弊極矣 於是而惟文之是尙 則或失其本而趨乎末."

修之士의 양성을 건의한 내용과 같은 맥락의 것이다.

이색은 아버지 李穀과 스승 李仁復으로부터 학문을 전수받고 科擧를 통하여 이제현과 座主 · 門生의 관계로 그 학문적 영향을 직접 받았다. 따라서 그는 자연히 고문을 좋아하게 되었고 특히 '韓歐氏吾師也'라 하여[103] 한유와 구양수를 私淑하여 여력이 있을 때마다 고문을 익히고자 하였으며,[104] 변려문을 못마땅하게 여기고 즐겨 짓지 않았다.[105] 문장을 지을 때도 奇語와 梗澁한 것을 배척하였다.[106] 그런데 그가 한유를 배웠지만, 奇語를 배척한 것은 한유가 奇語로써 意新詞高의 奇文을 써서 고문운동을 전개했던 것과는 대조적이며, 또한 고문도 한유의 것보다도 西漢의 고문을 최고로 인정하였다.[107]

한편 그는 홍건적의 침입으로 廢弛된 成均館이 재건되자 金九容, 鄭夢周, 朴尙衷, 朴宜中, 李崇仁 등과 함께 매일 經典을 講論하는 등 性理學을 궁리하는 데 힘씀으로써 후진들이 記誦詞章을 버리고 心身性命의 理致를 궁구하게 하였다.[108] 여기에서 儒風이 一新되고 우리나라의 성리학이 크게 일어날 수 있었던 것이다. 李穡에 의해 興起되어 그의 學統을 이은 文士들은 정몽주, 이숭인, 박상충, 박의중, 김구용, 권근, 윤소종, 정도전 등이다.[109] 따라서 이색은 麗末 · 鮮初의 사상 및 문학의 교량적

103) 같은 곳 卷13, <跋護法論>.

104) 같은 이, 『牧隱詩藁』 卷6, <又賦二首自歎> : "平生自信無他望 餘力猶能學古文."

105) 같은 책 卷10, <卽事> : "四六文章我最疏 胡蘆依樣白頭餘." ; 같은 책 卷27, <冬至日 知申事李存性 ……> : "自笑騈儷多齟齬 誰知卓犖雜紆餘."

106) 같은 책 卷8, <有感> : "奇語文章病 常談腐爛餘." ; 같은 책 卷21, <用前韻> : "文章梗澁終何用 歲月崢嶸祗自悲."

107) 같은 책 卷2, <夜坐有感七首> : "文非西漢未爲古 詩到建安方是高."

108) 같은 이, 『牧隱文藁』 卷10, <韓氏四子名字說>.

109) 鄭道傳, 『三峯集』 卷3, <陶隱文集序>.

역할을 한 인물로서, 특히 성리학을 통한 문풍쇄신에 이바지한 공이 크다고 할 것이다.

이색의 文章에 대해서는 후인들의 칭찬이 枚擧하기 힘들 정도로 많다. 특히 27세 때 元의 會試에서 1등, 殿試에서 2등으로 뽑혀 文才를 중국에까지 떨치자, 당시 元의 대문장가 圭齋 歐陽玄은 그의 뛰어난 문장을 보고 칭찬을 아끼지 않으며 자기의 衣鉢을 목은에게 전하겠다고 했으며, 權近은 "대체로 문장을 짓는 데는 붓을 잡기만 하면 곧 써내려가서 마치 바람이 불고 물이 흐르는 것처럼 조금도 걸리는 것이 없는데 말의 의리가 정밀하고 격조가 높아서 도도한 흐름이 마치 강물이 바다로 들어가는 것 같다."고[110] 하였고, 崔岦은 "우리나라 문장은 마땅히 목은으로 으뜸을 삼으리니, 자손을 위하여 굳이 한유·유종원을 공부하게 할 것이 아니라 『牧隱集』을 읽히는 것이 옳을 것이다."고까지[111] 하였다.

그의 문장은 『牧隱文藁』 20卷에 수록되어 있으며, 記·序·說·辨·書·題·跋·傳·墓誌 등 散文體가 18권을 차지하고 表·牋·批答·敎書·頌·贊·箴 등은 2권에 지나지 않는다. 특히 記文 6권과 序文 3권에서 그의 거리낌 없고 도도한 문장력을 엿볼 수가 있다. 그의 문장에는 註疏語錄의 잡스러운 기운이 많다는 비판도[112] 있으나, 그는 김부식, 이규보, 이제현과 함께 고려를 대표하는 4大 文章家임에 틀림없다.

110) 權近, 앞의 곳 : "凡爲文章 操筆卽書 如風行水流 略無凝滯 而辭義精到 格律高古 浩浩滔滔 如江河注海."

111) 李德炯, 『竹窓閑話』.

112) 金澤榮, 앞의 곳 : "其文多雜註疏語錄之氣."

6. 결언

본 연구에서는 고려시대 주요 문장가들의 문학사상과 고문의식을 중심으로 고려시대 文章史를 기술해 보고자 하였다. 이에 문풍의 변화, 시기별 문단의 상황, 사상적 배경과 변화, 학술과 관련한 제도, 중국문학 및 고문가와의 영향 관계 등을 고려하면서 金黃元, 金富軾, 林椿, 李仁老, 李奎報, 崔滋, 李齊賢, 李穡 등의 文章觀과 산문체 문장의 양상을 통시적으로 검토하였다.

고려시대의 문장사는 騈儷文과 古文의 對立·竝存 속에 전개되었다. 麗初에는 三國時代 이래의 文選風과 渡唐遊學生에 의한 晩唐風의 영향으로 騈儷體가 주류를 이루었는데, 이는 科擧制度와 결부되어 浮華無實한 文弊를 낳으면서도 고려 일대에 걸쳐 公式的인 글과 윗사람에게 올려 예의를 갖추어야 할 글에서 지속적으로 위세를 떨쳤다. 이러한 변려문의 폐단에 대한 비판과 반성에서 經典과 道에 바탕을 둔 문장을 써야 한다는 古文意識이 성장함으로써, 변려문과 고문이 두 축을 이루며 발전해 갔다.

고려 전기에는 변려문과 고문이 첨예하게 대립하는 가운데, 金黃元, 金富軾과 같은 고문가가 배출되었다. 金黃元은 고려시대 최초의 고문가로서 海東의 第一이라는 評을 들었고, 그를 계승한 金富軾은 국가대사에 깊이 관여하면서 많은 변려문을 쓰기도 했지만 『三國史記』에서 豊厚樸古한 西漢風의 古文을 구사하였다. 특히 金澤榮은 김부식을 李齊賢과 함께 고려시대의 대표적인 고문가로 들고 『麗韓十家文抄』에 <進三國史記表>·<惠陰寺新創記>·<金居柒夫傳>·<金后稷傳>·<溫達傳>·<百結先生傳> 등 6편의 글을 뽑아 넣는 한편 <溫達傳>을 고려시대 고문의 최고의 걸작으로 꼽았다.

무신집권기에는 唐·宋 文學의 영향 아래 고문의식이 신장되어 갔지만, 고문의 대가가 나오지는 않았다. 林椿은 당시 변려문의 폐단을 우려하여 唐·宋에서와 같은 古文運動에의 의지를 보였으며, 李奎報는 자주적이고 독창적인 문장관에 따라 新語로써 분방한 문장력을 발휘하였고, 崔滋는 李奎報의 문학사상을 계승하여 文學理論家로서의 면모를 보였다.

고려 후기에는 程朱學이 전래되어 사상적 입장이 보다 분명해짐에 따라 문학에도 변화가 일어났다. 즉 李齊賢이 經明行修之士의 文章으로서 고문을 시범함으로써 韓愈·歐陽修類의 唐·宋 古文을 倡導하고, 조선 초기에까지 영향을 미친 것이다. 그의 고문은 『麗韓十家文抄』에 8편이 뽑혀 있으며, 『國史』의 뛰어난 記事文은 조선 초기 문인들의 典範이 되었다. 이제현의 영향을 입은 李穡은 후진들이 한유·유종원의 글 대신 그의 문집을 읽어도 될 정도의 고문을 완성하는 한편, 성리학을 궁리하는 데 힘써 道學倡導의 功을 이룸으로써 麗末鮮初의 문학 및 사상을 잇는 교량 역할을 하였다.

요컨대 고려시대의 고문은 그 바탕에 전기에는 明經通史의 文學儒教가, 후기에는 程朱學의 思想儒教가 자리하고 있었다. 즉 고문 추구의 정신이 儒道의 구현에 있었으므로, 古文은 당시의 科文·騈儷文과의 갈등 속에서 儒學의 성쇠에 따라 부침해 왔다고 할 것이다.

제 2 장

고려시대의 제고(制誥)

1. 서언

우리가 개인의 文集이나 詩文選集, 類聚 등을 열람하다 보면 더러 생소한 文體名을 접할 때가 있다. 예컨대 『東文選』만 하더라도 辭, 賦, 詩, 詔勅, 教書, 制誥, 冊, 批答, 表箋, 啓, 狀, 露布, 檄書, 箴, 銘, 頌, 贊, 奏議, 箚子, 文, 書, 記, 序, 說, 傳, 跋, 致語, 辯, 對, 志, 原, 牒, 議, 雜著, 上梁文, 祭文, 祝文, 疏, 道場文, 齋詞, 靑詞, 哀詞, 誄, 行狀, 碑銘, 墓誌 등 46種 이상의 문체가 수록되어 있어서, 전래의 한문 문체에 익숙하지 않은 우리로서는 이들 문체의 각각에 대하여 구체적으로 잘 알지 못하고 있는 것이 사실이다. 이들 문체들은 전통한문학 사회에서 지식인들의 생활 일반과 밀접한 관련을 맺으며 생산된 것들이다. 辭, 賦, 詩 등 韻文이 餘技로 간주되고 어느 정도 吟風弄月的인 성격이 있었다고 하더라도, 대부분의 散文은 그때그때의 필요에 따라 지어진 公用文이거나 實用文이라 할 수가 있다. 오늘날 우리가 더 이상 한문으로 글을 짓지 않는다고 해서, 이들 문체 각각의 형식적인 면은 내버려둔 채 거기에 내포된 사상이나 내용만을 주목할 수는 없다. 내용 못지않게 양식의 변화와 그 특정을 살피는 것도 당시 문단의 변천과 문학사조를 올바르게 이해하는 데 중요하기 때문이다. 한 가지의 文體에 대하여 적어도 그것이 어떤 경우에 사용되었고, 또 그 양식과 특정이 무엇인지를 고구할 필요가 있는 것이다.

이에 本稿에서는 우리 한문학사에서 고려시대에만 지어졌던 制誥(辭令狀)의 양식과 특징을 살펴보고자 한다. 사실 본고는 필자가 『東文選』을 열람하는 과정에서 麻制, 大官誥, 小官誥, 宣麻 등에 대한 生疏함에서 起筆한 것이다. 制誥는 文學에서보다도 오히려 法制史나 歷史 분야에서 관심을 가지고 다룰 만한 내용이 많다.[1] 특히 制誥의 양식 변천, 지급 방법, 署經權者의 변화 등과 관련하여 中央官制의 변천과정을 실증적으로 해명할 수 있다는 점에서 그러하다. 그러나 制誥가 전통한문학의 주요 문체 중의 하나였고, 또 그 撰者가 당대의 문장가 즉 임금을 대신해서 글을 짓는 知制誥였다는 점에서, 그것이 지니는 문학성 여부는 차후의 문제로 돌리더라도, 文學 분야에서도 간과할 수가 없는 것이다. 따라서 본고에서는 制誥의 制詞를 중심으로 그 양식과 내용, 그리고 문체상의 특징을 주로 고찰해 보고자 한다. 하지만 양식의 변천과 시행절차 등에

---

1) 이 분야의 연구로는 다음과 같은 업적을 들 수 있다.
木下禮仁, 「三國遺事金傅大王條にみえる冊尙父誥についての一考察」, 『朝鮮學報』 93, 1979.
周藤吉之, 「高麗初期の翰林院と誥院」, 『高麗朝官僚制の研究』, 法政大學 出版局, 1980.
崔濟淑, 「高麗翰林院考」, 『韓國史論叢』 4, 성신여대, 1981.
張東翼, 「惠諶의 大禪師告身에 대한 檢討」, 『韓國史研究』 34, 1981.
張東翼, 「金傅의 冊尙父誥에 대한 一檢討」, 『歷史教育論集』 3, 경북대, 1982.
邊太燮, 「高麗의 文翰官」, 『金哲俊博士華甲紀念史學論叢』, 1983.

대해서는 제고의 온전한 文件이[2] 영성하고 또 그 제도와 관련한 기록이 부족하여 다만『補閑集』과『高麗史』,『東文選』 등의 단편적인 기록으로 추론할 수밖에 없다.

2. 조령류와 제고

역대의 選文家나 文學理論家들은 한문학의 문체를 그 형식과 내용에 따라 여러 가지로 분류해 왔다. 魏나라의 曹丕가 奏議, 書論, 銘誄, 詩賦의 네 가지로 분류한 이래 陸機, 劉勰, 蕭統, 鄭樵, 吳訥, 徐師曾 등이 각자의 안목에 따라 10類에서 100類 이상에 이르기까지 다양하게 분류하기도 했지만,[3] 지금까지 가장 요령을 얻었다고 평가되는 것은 淸나라 姚鼐의 13分類法이다. 姚氏가『古文辭類纂』에서 분류한 13類는 다음과 같다.

1) 論辯類　2) 序跋類　3) 奏議類　4) 詔令類
5) 書說類　6) 贈序類　7) 傳狀類　8) 碑誌類
9) 雜記類　10) 箴銘類　11) 頌贊類　12) 哀祭類
13) 辭賦類

여기에서 3) 奏議類와 4) 詔令類는 그 授受關係에 따라 분류한 것으로 서로 대응이 된다. 奏議가 아랫사람이 윗사람에게 올리는 글이라면, 詔

2) 현전하는 制誥는 대부분 制詞뿐이고, 臺諫들이 署經한 부분은 收拾되어 있지 않다.
3) 曹丕--『典論』(4類), 陸機--『文賦』(10類), 劉勰--『文心雕龍』(20類), 蕭統--『文選』(39類), 鄭樵--『通志』(21類), 吳訥--『文章辯體』(50類), 徐師曾--『文體明辯』(101類).

令은 윗사람이 아랫사람에게 내리는 글이다. 즉 詔令類는 임금이 신하에게 付託, 約束, 命令, 警戒, 訓諭할 때 사용하는 글의 범칭으로, '詔'는 밝히고 고한다는 뜻이고 '令'은 명령한다는 뜻이다. 이 조령류에 속하는 문체의 이름은 시대와 작자에 따라 각기 달리 붙여져서 그 종류가 번잡할 정도로 많다. 命, 諭告, 詔, 勅, 璽書, 制, 誥, 冊, 批答, 御札, 赦文, 鐵券文, 諭祭文, 國書, 誓, 令, 敎, 德音, 口宣, 檄, 牒, 籤, 符, 九錫文, 判, 參評, 考語, 勸農文, 約, 牓, 示, 審單 등이다.[4] 이 중에서 조령류의 대표적인 문체는 詔勅, 制誥, 冊, 批答이라고 할 수가 있다.

詔令(王言)의 처음 명칭은 命이었으며, 性(天命之謂性)을 규제하는 근본이라는[5] 뜻으로 쓰였다. 『書經』에 보이는 여러 편의 命이 곧 그것이다. <說命>과 <冏命>은 命官, <微子之命>과 <蔡仲之命>은 封爵, <畢命>은 飭職, <文侯之命>은 錫賚, <顧命>은 遺詔를 전한 것이다.[6] 따라서 上代에는 王言을 命이라 통칭하고, 命官 · 封爵 등으로 그 용도가 다양하였음을 알 수가 있다.

夏 · 殷 · 周 3대에서는 命에 誥와 誓가 더해졌는데, 『書經』의 <甘誓> · <湯誥> 이하 여러 편의 誓와 誥가 여기에 해당한다. 誓는 군대에 대한 훈계에, 誥는 정치에 관한 진술에 쓰였고, 命은 하늘에서 내려진 것이라는 의식 아래 官職의 수여나 諸侯의 계승 시에 사용되었다.[7] 즉 王言이 용도에 따라 그 명칭이 달리 붙여지게 된 것이다. 그런데 이때의 誥는 후대 특히 宋代의 誥가 관리 임용의 양식으로 쓰인 것과는 달리, 다만 아랫사람이 윗사람에게 告하거나 윗사람이 아랫사람에게 發하여

4) 李家源, 『漢文新講』, 신구문화사, 1979, 236면.
5) 劉勰, 『文心雕龍』 卷4, <詔策> : "昔軒轅唐虞 同稱爲命 命之爲義 制性之本也."
6) 徐師曾, 『文體明辯』 卷17, <命>.
7) 劉勰, 같은 곳 : "其在三代 事兼誥誓 誓以訓戎 誥以敷政 命喩自天 故授官錫胤."

訓諭한다는 뜻으로 사용되었다. <仲虺之誥>는 전자에 속하고, <大誥>·<洛誥>는 후자에 속한다.[8)]

戰國時代에는 命을 令과 병칭하기도 하였지만, 秦에서는 皇后·太子의 말을 令이라 하여 格을 구분하였다. 따라서 秦이 天下를 통일하자 天子와 諸侯의 말을 구분하기 위하여 命을 制로, 令을 詔로 고쳐 불렀다. 이로써 命이라는 명칭은 사라지고, 특히 후대에까지 널리 쓰인 詔라는 명칭이 나오게 되었다.[9)] 前代의 命이 命官·封爵 등에 사용된 것으로 보아 秦代의 制도 같은 기능을 했을 것으로 짐작된다.

漢代에 와서는 儀禮가 정해짐에 따라 王言도 4品으로 구별되었다. 즉 策書는 王侯의 封爵에, 制書는 赦命의 시행에, 詔書는 百官에의 布告에, 戒勅은 州郡에의 戒告에 각각 사용되었다.[10)] 특히 制書는 制度之命의 뜻으로, 三公(司馬, 司徒, 司空)의 赦令·贖令에 쓰였다.[11)]

이후 唐·宋代의 王의 命令에 대한 典則은 漢의 제도를 토대로 하여 그 용도에 따라 명칭이 바뀌고 또 세분되었다. 즉 職秩의 高下, 事案의 중요도에 따라 王言의 명칭과 양식을 달리 정했던 것이다. 唐代에는 王言을 7가지로 나누었다. 冊書, 制書, 慰勞制書, 發勅, 勅旨, 論事勅書, 勅牒 등이[12)] 그것으로, 勅의 용도가 확대되었다. 이는 크게 冊書·制書·

---

8) 徐師曾, 앞의 책 卷19, <誥> : “按字書云 誥者告也 告上曰告 發下曰誥 古者上下有誥 故下以告上 仲虺之誥 是也 上以誥下 大誥洛誥之類 是也.”

9) 같은 책 卷21, <令> : “按劉良云 令卽命也 七國之時 並稱曰令 秦法 皇后太子稱令 至漢王 有赦天下令 淮南王謝群公令 則諸侯王皆得稱令矣 意其文與制詔無大異 特避天子而別其名耳.” ; 같은 책 卷17, <詔> : “秦并天下 改命曰制 令曰詔 於是詔興焉.”

10) 劉勰, 같은 곳 : “漢初定儀則 則命有四品 一曰策書 二曰制書 三曰詔書 四曰戒勅 勅戒州郡 詔誥百官 制施赦命 策封王侯.”

11) 徐師曾, 같은 책 卷18, <制> : “按顔師古云 天子之言 一曰制書 二曰詔書 制書 謂爲制度之命也 蔡邕云 其文曰制誥 三公赦令贖令之屬 是也.”

12) 『新唐書』 卷47, 「百官志」, <中書省> : “凡王言之制有七 一曰冊書 立皇后皇太子 封諸

勅書의 3종으로 나눌 수가 있는데, 관작의 제수에도 그대로 적용되었다. 즉 職秩의 고하에 따라 3품 이상에는 冊, 5품 이상에는 制, 6품 이하에는 勅을 각각 사용하였다.[13] 여기에서 비로소 制誥라는 관리 임용의 양식이 만들어진 것이다. 관리의 임용과 관련하여 制書라고 하면 통상 冊書까지를 포함하여 일컫는데, 우리가 일반적으로 制誥라고 할 때의 制도 唐代의 이 制書(冊書 · 制書)를 두고 하는 말이다. 그런데 唐代에는 어떠한 王言이나 관리 임용의 양식도 誥라고 칭하지는 않았으며,[14] 6품 이하의 勅授에도 告身에 '制'라는 명칭을 붙였음은 주목할 일이다.

宋代에서는 대체로 唐의 제도를 承襲하여 王言을 冊書, 制書, 誥命, 詔書, 勅書, 御札, 勅牓 등 7가지로 구분하였다.[15] 宋代에는 특히 관리 임용의 양식으로서 誥가 발달한 것이 특색이다. 관리의 제수에 制(冊書 · 制書)와 誥를 職秩에 따라 구분하여 썼는데, 制는 冊封과 함께 三師 · 三公 · 三省長官 · 左右僕射 · 開府儀同三司 · 節度使 등 宣麻 대상자의 除拜에 썼고, 誥는 文武官의 遷改職秩, 大臣의 追贈, 有罪者의 貶謫, 祖父妻室의 贈封 등 선마를 하지 않을 때에 사용하였다.[16] 그러나 誥는 制와 통

王 臨軒冊命則用之 二曰制書 大賞罰 赦宥慮囚 大除授則用之 三曰慰勞制書 褒勉贊勞則用之 四曰發勅 廢置州縣 增減官吏發兵 除免官爵 授六品以上官則用之 五曰勅旨 百官奏請施行則用之 六曰論事敕書 戒約臣下則用之 七曰敕牒 隨事承制 不易於舊則用之 皆宣署申覆 然後行焉."

13) 『資治通鑑綱目』 第42, <唐紀> : "舊制 三品以上官冊授 五品以上制授 六品以下勅授."

14) 徐師曾, 앞의 책 卷19, <誥> : "唐世 王言亦不稱誥."

15) 『宋史』 卷161, 「職官志」, <中書省> : "凡命令之體有七 曰冊書 立后妃 封親王皇子大長公主 拜三師三公三省長官 則用之 曰制書 處分軍國大事 頒赦宥德音 命尙書左右僕射開府儀同三司節度使 凡告廷除授 則用之 曰誥命 應文武官遷改職秩 內外命婦除授及封敍贈典 應合命詞 則用之 曰詔書 賜待制大卿監中大夫觀察使以上 則用之 曰敕書 賜少卿監中散大夫防禦使以下 則用之 曰御札 布告登封郊祀宗祀及大號令 則用之 曰敕牓 賜酺及戒勵百官 曉諭軍民 則用之."

16) 徐師曾, 같은 곳 : "至宋 始以命庶官 而追贈大臣 貶謫有罪 贈封其祖父妻室 凡不宣于庭

칭되기도 하였다. 歐陽脩, 蘇軾, 曾鞏, 王安石 등 고문가들이 受職者가 誥의 대상인데도 告身의 제목에 '制'라고 쓰고 있는 것이 그것이다.[17] 따라서 制誥의 제목에 '制' 혹은 '誥'字가 부기되어 있다고 해서 그대로 制와 誥를 구별하거나 단정할 수는 없다.

3. 고려시대 제고의 양식

1) 제고의 구분

고려시대에는 임금이 고위 官僚의 任命이나 宗親의 封爵과 관련하여 賜與한 文件으로 官誥(告身), 麻制, 教書가 있었다. 官誥는 除授하는 職의 品階에 따라 大官誥와 小官誥로 구분하였으며, 소관고의 대상자에게는 告身(소관고)만 지급하였고, 大官誥 혹은 麻制의 대상자에게는 告身(대관고 혹은 마제) 외에 별도의 教書를 함께 지급하였다.

大官誥는 宗親과 從二品 이상의 관원, 小官誥는 正三品의 관원을 제수하면서 지급한 告身이다. 麻制는 대관고에 해당하는 관원을 제수하면서 그 사실을 朝廷의 여러 관원들 앞에서 宣告한(宣麻) 制詞를 말한다. 宣麻가 끝난 후 麻制를 기초로 하여 별도의 告身을 작성하고 署經을 하게 되는데 그것이 곧 大官誥이다.[18] 따라서 엄밀한 의미에서 마제는 대관고를 지급하는 절차상에 사용된 文件이지, 告身이라고 할 수는 없다.

者 皆用之."

17) 같은 곳 : "然考歐蘇曾王諸集 通謂之制 故稱內制外制 而誥實雜於其中 不復識別."

18) 崔滋, 『補閑集』 卷下 : "凡拜公相命將曰制 …… 宣告百寮 謂之宣麻 本朝一年除拜雖多合宣一麻 …… 分編作諸公告身各一通 是爲大官誥 …… 教書亦通行 各附其編首 宗室雖大誥 不宣告廷會 故不預宣麻 舊制 樞密僕射八座上將並小官誥 近樞密使始預宣麻."

그런데 대관고의 대상이 從二品 이상의 宰臣이었지만, 尙書省의 左右僕射(正2品)와 知省事(從2品)는 品階에 따른 대우를 받지 못하고 小官誥로 제수되었다. 樞密(從2品)의 경우에는 처음에 소관고의 대상이었다가 후에 가서 대관고로 승격되었다. 좌우복야와 지성사는 품계로 볼 때 엄연히 宰臣에 해당되나 소관고의 대상으로서 차별대우를 받은 것은 고려의 실제 정치권력 구조상 尙書省이 中書門下省에 예속되어 있었기 때문이다.[19] 이들에 대한 차별대우는 告身뿐만 아니라 田柴科와 祿俸의 지급에서도 중서문하성의 동일 품직보다도 1~2科가 낮았다.[20] 즉 이들은 宰臣 중에서도 최하의 지위에 있었던 것이다. 반대로 樞密이 뒤에 가서 소관고에서 대관고로 승격한 것은 中樞院의 기능이 강화되었음을 의미한다. 出納과 宿衛를 주로 관장하던 데서 軍機까지 겸하여 관장하게 됨으로써 권력구조에 변화가 있었던 것이다.[21] 중서문하성의 省宰와 중추원의 樞密을 並稱하여 宰樞라 한 것에서도 그 위상을 짐작할 수가 있다.

한편 僧職에 있어서도 大官誥와 小官誥의 구별이 있었다.[22] 首座(教宗)와 禪師(禪宗)는 소관고, 僧統과 大禪師는 대관고의 대상이었다. 고려가 건국 이래 불교를 국교로 삼았기에 국가에서 僧政을 관장하였고, 그 체계 또한 일반관료에 준해서 이루어졌던 것이다. 이와 같이 사상계의 태두인 僧統과 大禪師를 宰相과 동등하게 대관고의 대상으로 대우를 한 것은 그만큼 官權 못지않게 教權을 중요시한 것이라 할 수가 있다.

---

19) 邊太燮, 「高麗宰相考」, 『歷史學報』 35 · 36, 1967, 127~133면.

20) 文宗 30年을 기준으로 하여 볼 때 좌우복야는 전시과에 있어서 중서문하성의 종2품인 참지정사와 같아 제3과를 받고, 녹봉에 있어서는 참지정사가 제3과인 데 비하여 오히려 1과가 낮은 제4과를 받았다(邊太燮, 같은 글, 124면).

21) 朴龍雲, 「高麗의 中樞院 研究」, 『韓國史研究』 12, 1976.

22) 崔滋, 같은 곳 : "僧官誥視卿相 大小各有差."

요컨대 고려시대의 官誥는 品階를 위주로 하고 권력구조를 고려하여 大官誥와 小官誥로 구분하여 지급되었다고 하겠다. 宗親·三師·三公·三省·中樞院·武班·僧職의 大官誥와 小官誥 대상을 구분하면 위의 도표와 같다.

官＼品	正 1 品	從 1 品	正 2 品	從 2 品	正 3 品
三師·三公	太師, 太傅, 太保, 太尉, 司徒, 司空				소관고
中書門下省		中書令, 門下侍中	中書侍郎平章事, 中書平章事, 門下侍郎平章事, 門下平章事	參知政事, 政堂文學, 知門下省事	左常侍, 右常侍
尙書省		尙書令	左僕射, 右僕射	知省事	6尙書
中樞院	대관고			判院事, 院使, 知院事, 同知院事	副使, 知奏事, 簽書院事, 左右承宣, 直學士, 左右副丞宣
武班					2軍 6衛의 上將軍
宗親·僧職	宗親의 封爵, 僧統, 大禪師		首座, 禪師		

오늘날 전하고 있는 고려시대의 制誥는 『東國李相國集』 卷34, 『東人之文四六』 卷5~6, 『東文選』 卷25~27에 대부분 수록되어 있고, 그 외 고려시대 告身의 원형을 보여주는 유일한 것으로 眞覺國師 惠諶의 <大禪師官誥>[23]가 松廣寺에 소장되어 있다. 『동국이상국집』에는 '敎書·麻

制 · 官誥', 『동인지문』에는 '麻制'(권5)와 '敎書'(권6), 『동문선』에는 '制誥'라는 文體名 아래에 각기 수록되어 있는데, 『동문선』의 것은 앞의 두 책에서 대부분 채록한 것이다. 『동국이상국집』과 『동문선』에는 大官誥 혹은 麻制의 대상에게 지급된 교서도 '制誥類'로 분류하여 함께 수록하고 있으나,[24] 『동인지문』에서는 대관고(마제)의 지급과 관련된 교서는 여타 교서와 같이 간주하여 '敎書類'에 넣고 있다. 엄밀한 의미에서 制誥라고 하면 麻制와 官誥에 한정되겠으나, 『동국이상국집』과 『동문선』의 분류는 교서 지급의 원인, 즉 관리의 임용과 관련된 것이라는 점을 고려한 것이라 하겠다.

그런데 위 세 책에 수록되어 있는 文件들은 잘못 분류된 것, 문체명이 잘못 붙여진 것이 있는가 하면, 收拾하는 과정에서 일부가 빠지거나 편집의 미숙으로 인해 오해의 소지가 있는 것도 더러 발견된다. 예컨대 『동국이상국집』 권34의 <中書令晋康公圖形後功臣齋唱讀敎書>는 벼슬의 除授와 관련이 없는 일반 교서로 보아야 할 것 같다. 『동문선』의 편찬자가 『동국이상국집』 권34의 '敎書 · 麻制 · 官誥' 중에서 유독 이 교서만 빼고 모두 채록한 것도 이 때문일 것이다. 또 『동인지문』 권5에 '麻制'라는 문체명 아래에 7건의 제고와 관련된 文件이 수록되어 있는데, <除金富軾守太保餘並如故>,[25] <除任元厚門下平章崔湊中書平章李之氐政堂文學>, <除李之氐金正純並參知政事> 3件만이 마제이고, 나머지 4件은 관

23) 惠諶의 <大禪師官誥>는 制詞뿐만 아니라 施行節次(署經)를 포함한 전문이 원형 그대로 보존되어 있다. 그 외 署經이 남아있는 것으로 金傅의 <冊尙父誥>가 『三國遺事』 卷2에 전하나 轉寫되었기 때문에 字句의 배열을 포함한 그 원형은 알 수가 없다.

24) 『東國李相國集』 卷33, 『東文選』 卷23~24에는 '敎書'라는 별도의 문체명 아래에 제고의 시행과 관련이 없는 여타 일반 교서를 수록하고 있다.

25) 大官誥로 볼 수도 있으나, 制詞 중의 "載揚休命 敷告外庭"이라는 문구로 보아 조정에서 선고한 麻制임을 알 수가 있다.

고와 교서에 해당하는 것이다. 즉 <大寧侯�除守太保餘並如故>와 <金富佾罷相判秘書省事>는 대관고, <尹彦植可工部尙書>는 소관고, <延興宮大妃祖母金氏追封和義郡夫人>은 교서이다. 崔瀣의 기준대로라면, <延興宮大妃 ……>는 교서이므로 卷6의 '敎書類'에 수록되는 것이 옳다. 따라서 최해가 벼슬의 제수나 추봉 시에 지급하는 문건들을 구분하지 않고 통칭하여 麻制라 한 것처럼, 그의 制誥에 대한 이해는 정확하지 않다고 할 것이다. 한편 『동문선』 권25~27 소재의 제고는 관련 문건의 일부 결락과 편집의 잘못, 그리고 제고의 용도에 따른 구체적인 명칭을 표기해 놓지 않음으로써 교서・마제・대관고・소관고를 분명하게 구별하기가 힘들게 되어 있다. 이를 구분하면 다음과 같다.

1) 王融, <新羅王金傅加尙父都省令官誥敎書> : 대관고이다. '官誥敎書'라는 명칭은 『동문선』의 편자가 임의로 붙인 것이며, 교서가 별도로 지급되지 않았을 것으로 보인다.[26]
2) 金顯, <賜李子淵中樞使右常侍> : 교서이다. 같이 지급되었을 대관고가 收拾되어 있지 않다.
3) 崔誠, <賜金富軾加授同德贊化功臣守太保餘並如故>・<除金富軾守太保餘並如故> : 전자는 교서, 후자는 마제로[27] 두 문건은 같이 지급된 것이다.
4) 崔惟淸, <金富佾罷相判秘書省事>・<賜金富佾太尉判秘書事> : 전자는 대관고, 후자는 교서로 함께 지급된 것이다.
5) 李逢原, <大寧侯侾除守太保餘並如故> : 대관고이다. 교서가 수습되어 있지 않다.
6) 郭東珣, <賜任元厚授門下侍郎同中書門下平章事>・<除任元厚門下平章崔湊中書平章李之氐政堂文學> : 전자는 교서, 후자는 마제로 함께

26) 이 점에 관해서는 후술하기로 한다.
27) 주 25) 참조.

지급된 것이다.

7) 郭東珣, <尹彦植可工部尙書> : 소관고이다.
8) 閔忠紹, <延興宮大妃祖母金氏追封和義郡夫人> : 교서이다. 대관고가 수습되어 있지 않다.
9) 李公升, <除李之氏金正純並參知政事> : 마제이다. 교서가 수습되어 있지 않다.
10) 李奎報, <封晋陽侯教書> : 교서이다. 대관고가 수습되어 있지 않다.
11) 閔仁鈞, <除宰臣崔宗峻金仲龜金良鏡麻制> : 마제이다. 교서가 수습되어 있지 않다.
12) 崔滋, <除宗室佺爲守大尉新安公教書> : 교서이다. 대관고가 수습되어 있시 않다.
13) 河千旦, <除宰臣任景肅蔡松年金敞趙敦樞密院使崔璘麻制> : 마제이다. 교서가 수습되어 있지 않다.

이상에서 예거한 것 외에는 그 용도에 따라 '教書', '麻制', '官誥'로 명칭을 구분하여 표기하고 있다. '官誥'의 경우 제수하는 품계에 따라 대관고와 소관고로 구분하면 될 것이므로 여기에서는 생략한다.

2) 마제 · 관고의 양식과 변천

고려시대의 制誥(麻制와 官誥)는 일정한 양식을 갖추고 시행되었으며, 국초 이래 한 가지 양식이 줄곧 사용된 것이 아니라 중간에 몇 번의 변화를 거치면서 고려 특유의 양식으로 정착되어 갔다. 崔滋가 『補閑集』에서 고려시대 제고의 변천 과정을 간략히 언급하고 있는 데서 저간의 사정을 알 수가 있다.

本朝의 詞誥는 예로부터 典則이 있었다[古有典則]. 睿宗 代에 이르러 한

번 변하여 華靡해지고, 이제 또 세 번 변하여 모두 번거로운 말과 헛된 아름다움을 취하여 심한 것은 俳優가 희롱하고 찬송하는 것 같은 데 이르렀다. 文懿公이 睿宗 代의 內外制 若干章을 지어 本朝制誥規式이라 이름을 붙였다.[28)]

이는 制誥의 樣式과 文體의 두 가지 변화를 설명한 것이다. 양식은 전래의 典則이 있었는데 그것이 睿宗 代에 한 번 변경되고 다시 文懿公에 의해 改撰되어 '本朝制誥規式'으로 정착되었으며,[29)] 문체는 예종 대 이전의 문체에서 예종 대의 華靡한 문체로, 또 崔滋 당대의 繁辭虛美한 문체로 변화되었다고 한다. 그렇다면 여기서 우리는 양식의 변천과 관련하여 '固有典則'과 예종 대에 변경된 양식 그리고 '本朝制誥規式'이 각기 어떠하며 차이가 무엇인지, 또 문의공이 누구인지를 살펴볼 필요가 있겠다. 특히 문의공을 누구로 보느냐에 따라 改撰者는 물론 양식의 변화 시기를 달리 획정할 수가 있다.

우리나라에서 制誥가 언제부터 지급되었으며, 초기의 양식이 어떠했는지는 확인할 수가 없다. 물론 관리의 임용이 있으면서부터 우리의 독자적인 것이든 중국의 것을 모방한 것이든 간에 그 시원적인 형태가 갖추어지고 시행되었겠으나, 현전하는 고려시대의 제고와 같은 양식은 唐·宋의 영향을 많이 받아 이루어진 것임에 틀림이 없다. 新羅 景德王代에 모든 제도를 唐式에 준하여 개편하면서 通文博士를 翰林으로 바꾸었고,[30)] 또 王에 대한 侍從과 함께 詔誥를 관장하던 中事省이 설치되었

28) 崔滋, 같은 곳 : "本朝詞誥 古有典則 及睿王代 一變華靡 今又三變 皆繁辭虛美 甚者至類俳優戲讚 文懿公撰睿代內外制若干章 目爲本朝制誥規式."

29) 위 인용문에서 "今又三變"을 부연 설명한 것이 "文懿公云云"이다. '三變'은 세 번째로 변했다는 의미가 아니라 세 번째의 양식이 이루어졌다는 의미로 이해된다.

30) 『三國史記』卷39, <職官> 中 : "詳文師 聖德王十三年 改爲通文博士 景德王 又改爲翰

던 것으로 볼 때,[31] 우리나라에는 늦어도 통일신라 말기에는 唐式의 제고가 들어왔을 것으로 짐작된다. 더욱이 羅末 · 麗初의 文士였던 崔凝이 弓裔의 翰林郎이 되어 制誥를 草한 사실,[32] 後唐에서 고려 태조 王建을 特進檢校太保使持節玄菟州都督上柱國充大義軍使에 除授하고 高麗國王으로 封한 冊詔,[33] 그리고 光宗 代에 使臣으로 갔던 王輅, 徐熙, 崔業, 康禮, 劉隱 등이 宋 太祖로부터 官誥를 받아온 사실[34] 등에서 고려 초기 唐 · 宋 制誥의 영향과 고려에서의 制誥 시행을 알 수가 있다.

고려의 관료체제와 문물제도가 정비된 것은 成宗 代이다. 이때 唐의 3省 6部를 기본으로 한 관제와 그에 수반하는 제반 제도를 채택하였음은 주지의 사실이다. 翰林院, 知制誥, 制誥의 樣式 등 고려의 본격적인 文翰制度 역시 이때 확립된 것으로 보인다.[35] 특히 成宗 6年 8月에 李夢游에게 命하여 中外奏狀과 行移公文式을 詳定케 하였는데,[36] 여기에 制誥의 樣式도 포함되었을 것으로 추측할 수가 있다. 따라서 앞서의 인용문에서 崔滋가 말한 '古有典則'은 成宗 代에 제정된 制誥의 規式이라 할 수가 있겠다.[37]

한편 崔滋가 성종 대에 마련된 이 '古有典則'이 일정 기간 사용되다가 예종 대에 한 번 변하고 다시 文懿公에 의해 '本朝制誥規式'으로 改撰되었다고 한 바, 우선 文懿公이 누구인가를 확인할 필요가 있다. 고려시대

林 後置學士."

31) 李基東, 「羅末麗初 近侍機構와 文翰機構의 擴張」, 『歷史學報』 77, 1978.

32) 『高麗史』 卷92, <崔凝列傳> : "旣長 通五經 善屬文 爲裔翰林郎 草制誥."

33) 같은 책 卷2, 太祖 16年 3月 條.

34) 같은 곳, 光宗 16年 및 23年 條.

35) 邊太燮, 「高麗의 文翰官」, 『金哲俊博士華甲紀念史學論叢』, 1983, 184~188면.

36) 『高麗史』 卷3, 成宗 6年 8月 條 : "秋八月乙卯 命李夢游 詳定中外奏狀及行移公文式."

37) 崔濟淑도 '古有典則'이 成宗 代에 제정되었을 것으로 파악하였다(앞의 논문, 19면).

에 '文懿'라는 諡號를 받은 사람은 金富儀(1079~1136)와 崔詵(?~1209), 朴恒(1227~1281) 세 사람이 있다. 박항은 최자 이후의 사람으로 의당 고려의 대상이 되지 못한다. 여기에서의 문의공은 최선으로 보는 것이 타당할 것으로 생각된다.[38] 崔滋는 『補閑集』에서 崔詵에 대해서는 다른 곳에서도 의례적으로 시호를 밝혀서 쓰고 있으며,[39] 또한 최선이 神宗 5년(1202)을 전후하여 대내적인 法制와 格式을 관장하는 式目都監使라는 벼슬을 지낸 바 있어,[40] 制誥規式을 改撰했을 가능성이 김부의보다도[41] 훨씬 높아 보인다. 그가 『續資治通鑑』과 『太平御覽』을 교정, 간행하는 등[42] 文籍에 밝았던 점에서도 그러하다. 더욱이 『增補文獻備考』에서도 文懿公을 崔詵이라 間注하고 있고,[43] 또 『東文選』에 현전하는 制誥를 두고 보더라도 김부의 전후(1130년대)보다 최선 전후(1200년대)에서 樣式의 변화가 뚜렷이 나타나고 있다.[44]

따라서 고려시대의 制誥 樣式은 건국 초기에 사용하던 것, 成宗 代에 제정된 것(古有典則), 睿宗 代에 변경된 것, 神宗 代에 崔詵에 의해 改撰된

38) 崔濟淑과 邊太燮의 앞의 논문에서는 金富儀로, 周藤吉之의 앞 논문에서는 崔詵으로 보고 있으나, 어느 논문에서도 논증하지는 않았다.

39) 崔滋, 앞의 책 卷上 : "崔文淑公典試 金承宣立之擢第龍頭 文淑公之嗣文懿公典試 金承宣之子諫議君綏 又中壯元."

40) 『高麗史』 卷75, <銓注> : "神宗五年四月 式目都監使崔詵等奏 文班參外五六品 並令帶犀爲參秩."

41) 金富儀가 개찬했다면, 制誥의 양식이 예종 대에 한 번 변했고 그것이 다시 김부의에 의해 변한 것이 되어 예종 대에 주로 활동했던 김부의 당대에 두 번의 변화가 있었던 셈이 된다.

42) 『高麗史』 卷99, <崔詵列傳> : "久之 判秘書省事與吏部尙書鄭國儉等 讎校增續資治通鑑 又刊正太平御覽."

43) 『增補文獻備考』 卷229, <職官考>.

44) 『東文選』에 수록된 制誥 중 1212년(康宗 1)에 李仁老가 撰한 <琴儀爲銀青光祿大夫簽書樞密院事左散騎常侍翰林學士承旨官誥>(『東文選』 卷25)를 전후하여 官誥의 양식에 변화가 검증된다. 변화의 내용은 후술하기로 한다.

것(本朝制誥規式) 등으로 적어도 네 가지가 있었음을 알 수가 있다.

成宗 代 이전의 制誥로는 景宗 卽位年(975)에 新羅 敬順王 金傅(경종의 장인)를 尙父로 삼으면서 발급한 告身(官誥)이 유일하게 전하고 있다. 명칭은 『삼국유사』에는 <冊尙父誥>,[45] 『고려사』에는 <加政丞金傅爲尙父制>,[46] 『동문선』에는 <新羅王金傅加尙父都省令官誥敎書>[47]로 되어 있어, 각기 '誥', '制', '官誥敎書'로 달리 명명되고 있다. 『동문선』의 '官誥敎書'라는 말은 編者가 임의로 붙인 것으로 관고와 교서가 서로 다른 성격의 글이므로 같이 붙여 명명될 수가 없는 것이다. 尙父라는 직위나 당시 제고 시행의 사정으로 미루어 『고려사』에서 '制'라고 한 명칭이 옳은 것 같다. 즉 이 당시 高麗와 宋은 건국 초여서 아직 제고의 규식이 확립되지 않아 唐制를 쓰고 있었으며,[48] 唐代에는 告身의 명칭에 '制'를 쓰고 '誥'를 사용하지 않았기[49] 때문이다. 金傅告身의 양식은 다음과 같다.

> 勅[50]……………………………………………
> (具官)金傅………………………………可加(某官)
> 有司擇日 備禮冊命 主者施行.

이는 唐制의 冊授告身 형식을 따른 것이다. 唐에서는 官爵의 尊卑에

---

45) 『三國遺事』 卷2, 紀異, <金傅大王>.

46) 『高麗史』 卷2, 景宗 卽位年 10月 條.

47) 『東文選』 卷25.

48) 木下禮仁, 앞의 논문, 48면.

49) 주 14) 참조.

50) 『東文選』에는 '敎'로 되어 있다. 원래 '勅'이었을 것이나 『東文選』의 찬자가 조선 초 중국과의 관계를 고려하여 '敎'로 고친 것으로 보인다. 天子만이 '勅'을 쓸 수가 있고 諸侯國에서는 '敎'를 써야 했다(張東翼, 「金傅의 冊尙父誥에 대한 一檢討」, 『歷史敎育論集』 3, 경북대, 1982, 64~65면).

따라 冊授, 制授, 勅授, 旨授, 判補 등 다섯 가지 告身式이 있었다.[51] 冊授告身은 諸王, 職事官 正三品 以上, 文武散官 二品 以上 등에 주어진 것으로 그 형식은 次下의 制授告身과[52] 별 차이가 없었다. 단지 授與 時에 冊禮를 행하고 별도의 冊書를 더 지급했을 뿐이다. 따라서 制詞의 말미에 冊禮의 施行을 命하는 '所司具禮 以時冊命', '宜令有司備禮 擇日冊命', '宜令有司擇日 備儀冊命' 등의 文句가 더 들어갔다.[53] 金傅에게 지급한 이 告身 또한 制詞의 끝에 '有司擇日 備禮冊命'이라는 구절이 있어, 冊授告身임이 분명하다. 그런데 制詞의 서두가 '勅'으로 시작되고 있는 점은 唐의 勅授告身式과 유사하다. 이 역시 唐 肅宗(756~762) 이래 勅授의 범위가 넓어져 制授에 해당하는 官爵도 勅授로 임명하는 등[54] 관작의 존비에 따른 告身式이 지켜지지 않은 것과도 관계가 있다고 할 것이다. 결국 金傅告身의 형식도 唐의 冊授告身式과 勅授告身式이 뒤섞인 형태라 할 수가 있다. 이 告身의 지급 시에는 冊禮가 행해졌겠지만, 制詞의 서두에 '勅云云'이라고 한 것으로 보아 冊書는 지급되지 않았을 것으로 보인다. '勅云云'이라고 하면 受職 當事者에게 직접 戒勅하는 것이므로 그 자체가 勅書(敎書)의 성격을 가지기 때문이다.[55]

---

51) 『通典』 卷15, 選擧3 : "凡諸王及職事正三品以上 若文武散官二品以上 及都督都護 上州刺史之在京師者冊授 五品以上皆制授 六品以下守五品以上 及視五品以上皆勅授 凡制勅授及冊拜 皆宰司進擬 自六品以下旨授 其視品及流外官皆判補之 凡旨授官 悉由於尙書 文官屬吏部 武官屬兵部 謂之銓選 唯員外郞御史及供奉之官則否."

52) 制授告身과 勅授告身의 형식은 다음과 같다(大庭脩, 「唐告身の古文書學的硏究」, 『西域文化硏究』 3, 1960 ; 木下禮仁, 앞의 논문 44~47면에서 재인용).

○ 制授告身式

門下 …… 具官封姓名 …… (德行庸勳) …… 可某官 主者施行.

○ 勅授告身式

勅具官某 …… 可某官,

53) 大庭脩, 위의 논문(木下禮仁, 앞의 논문, 47~48면).

54) 大庭脩, 같은 논문(木下禮仁, 앞의 논문, 48면).

요컨대 成宗 이전의 制誥 양식은 唐制 특히 後唐의 양식을 따랐으며, 冊授 · 制授 · 勅授의 구분은 있었겠지만 차후와 같은 大官誥 · 小官誥의 구별이 없었고[56] 麻制도 없었으며, 또 大官誥의 대상자에게 별도의 教書도 지급되지 않았을 것으로 추측된다.

다음으로, 成宗 代에 제정된 制誥의 樣式(古有典則)은 현전하는 자료가 零星하여 그 구체적인 내용을 알 수가 없다. 이 '古有典則'에 따라 예종대 이전에 制撰된 制誥 혹은 관련 文件으로는 金顯이 撰한 <賜李子淵中樞使右常侍>만이[57] 전하고 있을 뿐이다. 이는 李子淵(?~1086)을 中樞使 · 右常侍에 除授하면서 내린 教書로, 그 시기는 靖宗 末~文宗 初로[58] 보인다. 따라서 中樞使가 從二品이고, 또 본 教書의 末尾에 '今賜卿告身一通 到可領也'라고 한 글귀로 보아 별도의 大官誥가 지급되었음을 알 수가 있다. 한편 德宗 1년(1032),[59] 靖宗 3년(1037),[60] 文宗 1년(1047)에[61] 麻制를 宣告했다는 기록도 보이고 있다. 이러한 사실로 미루어 成宗 代의 이 '古有典則'에서 고려시대의 制誥의 시행과 관련된 제반 規式의 大綱이 정해졌을 것으로 추측할 수 있다. 즉 품계의 고하에 따라 대관고와 소관고를 구분하여 지급하고 마제를 선고[宣麻]하는 한편,[62] 대관고 혹은

55) 『東文選』에서 金傅告身을 '官誥教書'라 명명한 것도 制詞 서두의 '教(勅)云云'을 염두에 두었기 때문이다.

56) 金傅告身을 制誥規式에 따라 구분한다면 尙父가 명예직이긴 하나 王師에 해당하므로 대관고에 속한다.

57) 『東文選』 卷25.

58) 李子淵은 靖宗 8年에 中樞副使, 文宗 1年에 吏部尙書와 參知政事에 제수되었다. 그러나 中樞使에 제수된 기록은 찾을 수가 없다.

59) 『高麗史』 卷68, <宣麻儀>.

60) 같은 책 卷6, 靖宗 3年 7月 條.

61) 같은 책 卷68, <宣麻儀>.

62) 실제 명칭을 '官誥', '麻制'라 했는지는 현전하는 자료가 없어 확인할 수가 없다.

마제의 대상자에게 교서를 별도로 내린 사실에서 그런 사정을 유추하는 것은 어렵지 않다. 물론 여기에는 管掌部署, 施行節次, 署經 등에 관한 규정도 포함되었을 것이다.[63] 이러한 典則을 정하는 데는 唐·宋 제도의 영향이 컸다. 국초 이래 唐 후기의 告身式을 사용했고 宋에서 고려왕과 관원에게 각각 冊詔[64]와 官誥[65]를 賜與했으며, 또 中書省에서 중국의 誥式을 소장하고 있었다는[66] 점에서도 그 영향관계를 알 수가 있다. 곧 대·소관고의 구분은 당의 冊授와 制授, 송의 冊書와 制書를 고려하고, 宣麻는 唐 이래 행하여 오던 冊拜之禮[67]를 준용했을 것으로 짐작된다. 그러나 이 '古有典則'이 중국의 제도를 채용하면서도 그 형식과 시행절차 등 제반 規式에 있어서는 중국의 그것과 차이가 났으며, 상당 부분 高麗 式의 독자적인 면이 있었던 것으로 이해된다. 이후 睿宗 代에 일변한 制誥의 樣式 중 대관고가 宋代 특정 시기의 그것을 똑같이 따르는 데로 변화되었다는[68] 점에서 그러한 추측이 가능하다.

한편 睿宗 代에 改變된 制誥의 規式은 현전하는 一群의 자료를 통하여 그 대강을 엿볼 수가 있다. 『東文選』 卷25 소재 崔誠이 撰한 <賜金富軾加授同德贊化功臣守太保餘並如故>로부터 李公升이 撰한 <除李之氐金正純並參知政事>까지와 同書 卷27 소재 金富軾이 撰한 <瑜伽業首座官

63) 고려시대의 制誥 시행과 관련된 規例로 현전하는 것은 『高麗史』 卷68, <宣麻儀>뿐이다. 그러나 이것은 文宗 代 이후에 정해진 것으로 보인다(후장 참조).

64) 光宗 14년, 景宗 1년, 成宗 2년과 4년에 宋에서 사신을 파견하여 冊詔를 보내왔다(『高麗史』 卷2~3, 該王 該年 條 참조).

65) 주 34) 참조.

66) 崔滋, 앞의 책 卷下 : "中書所藏宋及遼金三國誥式 亦各異."

67) 朱熹, 『朱子全書』 卷62, 歷代2 : "凡宰相宣麻 非是宣與宰相 乃是揚告王廷 令百官皆聽問以其人可用與否 …… 此禮唐以來皆用之."

68) 이 점에 관해서는 후술하기도 한다.

誥> 및 崔應淸이 撰한 <玉龍寺王師道詵加封先覺國師敎書>·<官誥> 등이 이에 해당하는 자료이다. 이 文件들은 모두가 仁宗 代에 制撰된 것으로, 그 형식과 종류가 麻制, 大官誥, 小官誥 및 제고의 시행과 관련된 敎書 등으로 여러 가지이다. 그런데 그 명칭에서, 唐代에는 '制'라 하고 宋代에서는 '制'와 '誥'라 한 것과는 달리, 거의 대부분이 '麻制', '官誥', '敎書'라는 표현을 쓰지 않은 점이 특색이다.[69] 이는 '古有典則' 이래의 전통적인 명칭 표기법이 그러했을 것이고, 이 시기에도 그것을 따랐기 때문이 아닌가 생각된다. 예종 대에 변화된 대·소관고와 마제의 양식은 다음과 같다.

○ 大官誥式
門下 ……………………
具官某 …………………
於戲…可授某官 主者施行.

○ 小官誥式
敎 …………………………
具官某 ……………………
於戲 ……………可授某官.

○ 麻制式
門下 ……………………
具官某(一) … 可授某官
具官某(二) … 可授某官
於戲 ……………………

각 制誥의 양식은 首章·中章·末章의 세 부문으로 구성되며, '門下(敎)'와 '於戲'는[70] 제고의 형식을 규정하는 필수적인 語句이다. 唐의 勅

69) 이 시기의 制誥 중 김부식이 찬한 <瑜伽業首座官誥>와 최응청이 찬한 <玉龍寺王師道詵加封先覺國師敎書>·<官誥>에서만 '官誥' 혹은 '敎書'라는 명칭을 밝히고 있다. 이 시기의 여타 制誥와 양식상의 차이가 없는 것으로 미루어, 기존의 명칭 표기법과 새로운 표기법이 함께 사용되고 있었음을 알 수가 있다.

授告身이나 宋의 誥에서처럼 首章과 末章이 없이 中章만으로도 고신의 요건을 충분히 갖춘다. 그렇지만 이와 같이 3장으로 구성한 것은 冊封禮에서와 같이 조정에서 宣讀하거나 受職者 본인에게 直告하였기 때문으로 보인다. 대·소관고와 마제의 양식이 기본적으로는 같지만, 마제의 경우 고려에서는 한 번 제수 시에 여러 명을 함께 宣麻하는 것이 통례였으므로, 首章과 末章은 통용하고, 中章에는 受職者 각각의 德行·勳功과 除拜官爵을 따로 기술하였다. 따라서 宣麻 후에 마제의 首章·末章과 함께 中章의 當該 受職者와 관련된 사실을 따로 떼어 별도의 告身을 작성하면 大官誥가 된다.[71] 한편 마제에서는 '於戱' 이하의 末章에 제수하는 관작을 기록하지 않는데, 이는 대·소관고와 차이가 나는 점이다. 그리고 대관고와 소관고의 양식은 唐制의 制授告身式에[72] 末章을 보완한 형태이다. 즉 '於戱'는 嘆辭로 末章을 신설하여 당부의 말을 더 보탠 것이다. 대·소관고의 차이는 각기 서두가 '門下'와 '教'로 시작하는 것과 대관고의 말미에 '主者施行'이 첨기되는 정도이다. 소관고의 '教'는 受職者에게 教(戒勅)한다는 의미이다. 따라서 소관고는 受職者에게 별도의 교서가 내리지 않기 때문에 告身이면서도 教書의 성격까지도 아울러 띠게 된다. 대관고의 '門下'는 門下省을 말하며, 마찬가지로 門下省의 官員에게 戒勅한다는 뜻이다. 즉 門下省의 諸官이[73] 관리의 제수 시에 그 適否

70) '門下'와 '教'를 생략하여 '云云'이라 하기도 하며, '於戱'는 '嗚戱'와 '噫'로 쓰기도 한다.

71) 崔滋, 같은 곳 : "本朝一年除拜雖多 合宣一麻 故其制書首末章 皆總論通行 末章以於戱或以噫字標其首 唯中諸章紀諸公功德 故各異 每章簾律 與首尾二章相協 分編作諸公告身各一通 是爲大官誥."

72) 주 52) 참조.

73) 문하성의 郎舍가 諫諍과 封駁을 主掌했으므로, 관리의 제수 시에 署經權을 가지고 있었다. 受職者에게 하자가 있어 署經을 거부하면 그 除授는 취소된다(金龍德, 「高麗

를 검토, 판단한 후 署經을 하여 임금에게 上奏하였기 때문이다. 대관고와 마제의 대상자에게 별도의 교서를 내린 것도 대관고와 마제 자체가 형식상으로는 문하성에 대한 戒勅이었으므로, 受職者에게 除授의 趣旨를 告知하고 戒勅하기 위해서였던 것이다.

그런데 睿宗 代(1106~1127)에 변경된 제고의 양식은 宋나라 仁宗 代 (1022~1063)의 制(制書)의 양식을 바탕으로 고쳐진 것으로 보인다. 앞서 살펴본 대관고의 양식과 宋 仁宗 皇祐~嘉祐(1049~1063) 연간에 歐陽脩(1007~1072)와 王安石(1021~1086)이 찬한 制와[74] 徽宗 元祐 3년(1088)에 蘇軾(1036~1101)이 찬한 制의[75] 양식이 똑같은 데서 그 근거를 찾을 수가 있다. 宋나라의 制誥는 太祖 乾德 4년(966)에 시행되기 시작하여 眞宗 咸平 · 景德(988~1007) 연간에 양식이 더욱 다듬어졌고, 仁宗 皇祐(1049~1053) 연간에 비로소 양식이 갖추어졌으며, 神宗 元豊(1078~1085) 연간에 다시 고쳐지고 이것이 徽宗 大觀(1107~ 1110) 初에 新格이 되었다.[76] 이러한 宋나라 制誥의 변천으로 미루어, 구양수 · 왕안석 · 소식이 찬한 制는 皇祐 연간에 구비된 양식을 따른 것이고,[77] 그것은 다시 고려의 대관고 양식과 일치하고 있으므로, 고려 예종 대에 고쳐진 제고의 양식은 皇祐 연간의 것을 모방한 것임을 알 수가 있다. 그렇다고 宋의 것을 그대로 다 가져다가 쓴 것은 아니었다. 당시 宋에서는 '制'는 고려의 대관고 양식과 같았

時代의 署經에 대하여」, 『韓國制度史硏究』, 일조각, 1983).

74) 徐師曾, 앞의 책 卷19, <制> 所收 歐陽脩, 王安石 制撰의 制書 참조.

75) 『蘇東坡文集』 卷38, <制勅>.

76) 『宋史』 卷163, 「職官志」, <官告院> : "大抵官告之制 自乾德四年 詔定告身綾紙褾軸 其制闕略 咸平景德中 兩加潤澤 致皇祐始備 神宗卽位 循用皇祐舊格 逮元豊改制 名號雖異 品秩則同 故亦未遑別定 徽宗大觀初 乃著爲新格."

77) 歐陽脩와 蘇軾이 制撰한 制의 양식이 같은 것으로 보아, 元豊 연간에 양식이 고쳐졌다고 하지만 制의 양식은 그대로였던 것으로 보인다.

지만 '誥'는[78] 唐制의 勅授告身式을 약간 고쳐[79] 쓰고 있었으며, 또 宣麻가 있었다고 하나 제대로 시행되지 않아[80] 麻制가 발달하지 못했던[81] 것으로 보인다. 반면 고려에서는 비록 대관고가 宋의 制를 따랐지만, 소관고를 대관고에 준하는 형식으로 고쳐[82] 그 格을 높였으며, 또 몇 편의 麻制가 남아있는 것으로 보아 宣麻가 비교적 활발하였고 마제의 양식도 자체적으로 새로 정비했음을 알 수가 있다. 따라서 예종 대의 양식 변경은 전래의 '古有典則'을 계승하면서 宋代의 새로운 양식을 도입하여 當代의 制誥 시행에 적합한 양식으로 고쳐진 것이라 하겠다. 仁宗 1년(1123)에 고려를 다녀간 徐兢이 당시 고려의 官府 설치와 除授 절차 등을 평하여, "관부의 설치는 대개 모두 조정(宋)의 아름다운 명칭을 모방했으나, 그 職을 맡기고 벼슬을 除授함에 이르러서는 실지가 이름과 맞지 아니하여 한갓 형식만 갖춘 것이고 보기에만 좋을 뿐이다."라고[83] 한 것도, 고려의 制誥樣式이나 施行節次가 宋(徽宗 代)의 그것과 달랐으며, 고려 나름의 規式이 시행되고 있었음을 말해 주는 것이다. 이와 같이 예종 대에 宋制를 바탕으로 하여 제고의 양식을 바꾸게 된 것은 好文之主로서 예종의 華風欽慕,[84] 遼의 멸망과,[85] 金의 신흥에[86] 따른 親宋外交의 재

78) 宋에서는 '誥'에 해당하는 것도 '制'라는 명칭을 붙여 혼용해서 쓰기도 하였다. 주 17) 참조.

79) 唐의 勅授告身式과 달라진 것은 '誥'의 제목에 제수하는 관직명을 밝히고 誥詞의 말미를 '可'로 정제한 것 정도이다. 唐制에서는 '可授某官'으로 끝을 맺었다.

80) 朱熹, 같은 곳 : "至本朝 宰相不敢當冊拜之禮 遂具辭免三辭然後許 只命書麻詞於誥以賜之 便當冊文 不復宣麻於庭 便是書以賜宰相 乃是獨宣誥命於宰相 而他人不得與聞 失古意矣."

81) 歐陽脩의 『內制集』과 『外制集』에서 고려시대의 양식과 같은 麻制는 한 편도 찾아볼 수 없다.

82) 특히 '於戱'로 末章을 만들어 대관고와 같이 3장으로 구성한 점을 들 수 있다.

83) 徐兢, 『高麗圖經』 卷16, <臺省> : "官府之設 大抵皆竊取朝廷美名 至其任職授官 則實不稱名 徒爲文具觀美而已."

개,[87] 禮儀制定과[88] 中外의 官制改定과도[89] 관계가 있는 것으로 보인다.

한편 예종 대에 변경된 양식은 神宗 初 崔詵에 의해 다시 '本朝制誥規式'으로 改撰되었다. 예종 대 이래 사용해 오던 內外制 若干章을 토대로 하여 양식을 일부 바꾸는 한편, 中書省 · 門下省 · 吏部 · 兵部 諸官의 署經과 관련한 규식을[90] 정비한 것이다. 이 '本朝制誥規式'에 따라 制撰된 제고로 현전하는 것은 『東文選』 권25~27 소재의 앞서 언급한 자료를 제외한 나머지 전부로, 그 편수가 가장 많다. 예종 대의 양식과 대비해 볼 때, 마제는 그대로이고 대 · 소관고만 바뀌었는 바, 그 양식은 다음과 같다.

○ 大 · 小官誥式
門下(敎) ……………………………………
具官某 ……………………………可授某官
於戲 …………………………………………

예종 대의 양식에서 末章의 '可授某官'을 中章으로 옮겨 '於戲' 바로 앞에 놓은 것 외에는 달라진 것이 없다. 즉 前代에는 마제와 대 · 소관고

---

84) 『高麗史』 卷14, 睿宗 三, <史臣贊曰>.

85) 遼가 망하자 고려 조정에서는 天慶이라는 요의 연호를 사용하지 않기로 하였다(같은 곳, 睿宗 11年 4月 條).

86) 金이 遼를 멸하고 종전의 父母之國으로 대우하던 고려에 자칭 兄으로서 兄弟之國을 요구해 왔다(같은 곳, 睿宗 12年 3月 條).

87) 金商祐, 韓皦如 등을 宋 徽宗에게 파견하여 詔書를 받아오는 한편, 金端, 權適 등을 宋의 國學에 유학생으로 보냈다(같은 곳, 睿宗 10年 7月 條).

88) 같은 책 卷59, <禮志序> : "睿宗始立局 定禮儀, 然載籍無傳."

89) 같은 책 卷14, 睿宗 11年 4月 條 : "且國風欲其儉朴 而今朝廷士庶 衣服華侈 尊卑無等 宜令禮儀詳定所 據祖宗代式例沿革 制定以聞 又改定中外官制."

90) 崔滋, 같은 곳 : "文懿公所撰中書門下摠省吏兵曹及行員姓名草押規式 與令文不同."

의 양식에 차이가 있었는데, 이에 이르러 대·소관고의 양식을 마제와 같게 함으로써 制誥樣式의 통일을 기한 것이다. 뿐만 아니라, 이와 같이 '可授某官'을 中章으로 이동시키고 보면 制詞의 전개도 훨씬 논리가 정연해진다. '於戲'를 전후한 두 樣式 간의 논리 전개를 비교해 보면 다음과 같다.

<除金富軾守太保餘並如故>[91]

…是用加四字功臣之號 進三師寵秩之崇 實允僉言 顧非私議 **於戲** 於漢則魏丙之輔宣帝 在唐則房杜之相太宗 當時安榮 後世稱頌 雖朕無二君之德 而卿有四賢之才 罔俾古人 專美前史 **可特授**同德贊化功臣守太保 餘並如故.

<趙季珣爲銀靑光祿大夫樞密院副使戶部尙書上將軍官誥>[92]

…例加上將之榮 階崇光祿 仍授中樞之寵 秩轉尙書 朕心猶有歉焉 卿意顧如何耳 **可授**銀靑光祿大夫樞密院副使戶部尙書 **於戲** 君猶舟臣如楫 君臣相待而成 考作室子肯堂 考子續終其烈 以安社爲悅 無忝爾所生.

전자의 경우 '於戲' 앞에서 '加四字功臣云云'이라 하고, '於戲' 이하에서 당부의 말을 한 후, 다시 제수하는 관작을 구체적으로 밝히고 있다. '加四字功臣云云'과 '可特授云云'은 서로 연관되는 말로서, '於戲'를 전후로 떨어져 있어서 오히려 어색하다. '於戲' 이하가 원래 戒勅을 위해 설정된 章이고 보면, '可特授云云'이 그 아래에 붙을 이유가 없다. 반면 후자는 '加上將云云' 다음에 바로 제수하는 관작을 밝히고, '於戲' 이하에는 당부의 말만을 하고 있어 논리가 훨씬 정연할 뿐만 아니라, 양식도 정제된 느낌을 준다.

91) 『東文選』 卷25.

92) 같은 책 卷26.

崔詵은 制詞의 樣式을 정비한 것 외에, 制誥의 성격에 따른 각각의 名稱을 드러내어 표기하게 했던 것 같다. 이 시대에 制撰된 제고의 각 文件 마다에 '敎書', '官誥', '麻制'라는 그 명칭이 분명히 밝혀져 있는 데서 알 수가 있다. 종전의 제고에서는 그 제목에 '敎書', '官誥', '麻制'라는 각기의 성격을 밝히지 않은 경우가 대부분이고 더러는 밝히고 있는 것도 있어,[93] 제목의 표기 방법이 혼용되고 있었다. 따라서 제고의 성격에 따라 명칭을 표기하는 것으로 통일한 것이다. 예컨대, 前代의 <賜任元厚授門下侍郎同中書門下平章事>·<除任元厚門下平章崔湊中書平章李之氏政堂文學>[94]의 경우, 두 文件은 같이 지급된 것으로서, 앞의 것은 敎書이고 뒤의 것은 麻制이다. 이러한 표기방법을 <除宰臣朴文成李子晟宋恂任景肅敎書>·<麻制>[95]와 같이 표기함으로써 간략하면서도 글의 성격이 분명히 드러나게 한 것이다.

또 최선이 제고의 시행과 관련하여 중서성·문하성·이부·병부의 역할과 당해 관원의 署經 방법도 고쳤다고 하나, 그 구체적인 내용은 알 수가 없다. 그러나 改撰된 行員의 姓名草押規式이 전래의 令文에 있는 署經法[96]과 다르다고 한 것으로[97] 보아, 그것은 典據가 없는 便法이었던 셈이다. 그것이 變則이라면, 이는 崔忠獻의 집권과 관련한 人事行政의 편의를 위해 취해진 조처였을 것으로 추측된다. 최충헌이 明宗 10년(1196) 李義旼을 죽이고 실권을 장악한 후부터 4王(神宗, 熙宗, 康宗, 高宗)을 옹립하고, 2王(明宗, 熙宗)을 폐하는 등 사실상 정치와 인사를 전횡했음은 주

93) 주 69) 참조.
94) 『東文選』 卷25.
95) 같은 책 卷26.
96) 『高麗史』 卷84, 刑法志에 草押과 관련한 <公牒相通式>이 있다.
97) 주 90) 참조.

지의 사실이다. 최씨 집권의 초기인 神宗 代에 당대의 원로 문신이었던 최선과 최충헌의 관계는 신종의 內禪을 최충헌의 私第에서 密議할 정도로 각별하였다.[98] 이러한 관계 속에서, 신종 5년 최선이 법제 제정의 최고기관인 式目都監의 使(冢宰가 대표가 됨)였다는 사실로 미루어 볼 때, 姓名草押規式이 최충헌의 인사행정과 밀접한 방향으로 개정되었을 가능성이 커 보인다. 즉 당시 최충헌이 국가정령을 독점하여 왕권을 초월한 존재였기 때문에, 형식상의 직위에 관계 없이 制誥의 署經에서 빠지거나 왕과 같이 성명을 忌諱하는 장치를 마련했던 것이다. 실제 <惠諶大禪師大官誥>에는 당시(高宗 3) 門下侍中이었던 최충헌의 職名과 署經이 빠져 있고, 여타 관원들의 서경에도 姓만 기재하고 名은 手決로 처리하고 있으며,[99] 또 崔瑀가 惠諶에게 준 公文書와 혜심의 碑陰記에도 이름을 밝히지 않은 채 '參知政事崔', '晋陽公崔氏'라고만 표기하고 있는 데에서도[100] 그러한 사정을 알 수가 있다.

따라서 최선이 '本朝制誥規式'을 만들게 된 것은 당시 실권자였던 최충헌의 인사행정을 고려한 정략적인 측면에서 비롯되었다고 하겠다. 그러나 앞서 살펴본 바와 같이 제고의 양식을 정제하고 제목의 표기법을 정비한 것은 보다 합리적인 방향으로의 개정이라 할 것이다.

98) 『高麗史』 卷21, 神宗 7年 條 : "戊辰 忠獻邀冢宰崔詵平章事奇洪壽于私第 密議內禪之事."

99) 唐의 制授告身式과 金傅의 告身에서는 門下侍中 이하 諸官의 署經이 따랐으며, 署經의 방법도 具官封(姓)名으로 하여 名을 밝혔다. 『高麗史』 卷84, <公牒相通式>에도 경우에 따라 官銜과 姓은 뺄 수 있어도 名은 밝히게 되어 있다.

100) 張東翼, 「惠諶의 大禪師告身에 대한 檢討」, 『韓國史研究』 34, 1981, 104면.

3) 선마

宣麻는 公相을 除拜하고 將帥를 任命하면서 그 사실을 白麻 혹은 黃麻에다 써서(麻制) 조정의 여러 관료들에게 宣告하는 儀禮를 말한다.[101) 이것은 唐代로부터 시작되었는데, 그 시기는 분명하지 않다.[102) 선마의 취지는 고관의 임명 사실을 조정의 百僚에게 선고하는 한편, 그 可用 與否를 묻는 데 있었다.[103) 그러나 후대로 내려오면서 선고하는 의식 자체에 더 비중이 두어짐으로써 冊拜之禮로 성격이 변화되었다. 唐代에는 조정의 관료들 앞에서 선고했지만, 宋代에 이르러서는 受職者 본인에게만 선고함으로써 그 본래의 취지에서 벗어나게 되었던 것이다.[104) 이러한 변질은 절대왕권 하에서의 可用 與否에 대한 물음의 한계성과 선마 자체의 형식성에서 기인한 것이라고 할 수 있다.

중국에서의 선마의 대상은 唐代에는 職事官 정3품 이상 · 散官 2품 이상 · 都督 · 都護 · 上州刺史 등이었고,[105) 宋代에서는 三師 · 三公 · 三省長官 · 尙書左右僕射 · 開府儀同三司 · 節度使 등이었다.[106) 즉 告身으로 말하면 唐代의 冊授告身과 宋代의 冊書와 制書에 해당하는 관원들이 그 대상이었던 것이다.

한편 高麗時代의 선마는 문물제도가 정비된 成宗 代부터는 시행되었던 것으로 보인다. 舊制에서는 受職者의 집에서 선마하였는데 德宗 원년

101) 崔滋, 같은 곳 : "凡拜公相命將曰制 皆用白麻 貞觀中或用黃麻 宣告百寮 謂之宣麻."

102) 『事物紀原』 卷2, <宣麻>에서는 唐 明宗 代에 시작되었다고 하나, 崔滋는 그보다 앞선 唐 憲宗 代의 선마 사실에 대해서 언급하고 있다(崔滋, 같은 곳).

103) 주 67) 참조.

104) 주 80) 참조.

105) 주 51) 참조.

106) 주 15) 참조.

(1032)에 처음으로 乾德殿에서 百官을 모아놓고 선마하였다는 기록으로[107] 보아, 舊制가 성종 대에 제정되었을 선마와 관련된 제도 즉 앞서 살펴본 '古有典則'을 가리키는 것으로 생각되기 때문이다. 고려시대에는 선마가 비교적 활성화되어 있었던 것 같다. 우선 여러 편의 麻制가 남아 있고,[108] 또 『高麗史』에도 선마의 절차를 규정한 <宣麻儀>를 비롯하여 선마와 관련된 기록들이 散見되고 있는 데서 그러한 사정을 짐작할 수가 있다. 특히 <宣麻儀>를 마련하여[109] 시행했다는 것은 선마가 제도화되어 있었다는 증거이기도 하다.

고려 초기에는 宋의 경우와 같이 受職者의 집에서 선고하다가, 靖宗 이후부터 乾德殿에서 선고하는 것이 정착되었다. 成宗 代-受職者의 집, 德宗 1년-乾德殿, 德宗 2년-受職者의 집,[110] 靖宗 3년-乾德殿,[111] 文宗 1년-乾德殿,[112] 睿宗 7년-乾德殿[113] 등에서 보는 바와 같이, 受職者의 집에서 乾德殿으로 바뀌게 된 것은 '宣告百官'이라는 선마의 당초 취지를 되살리는 한편, 같은 날에 여러 명에게 선마하였기 때문이다. 중국에서는 조정이나 수직자의 집에서 1인씩 따로 선마하였던 것 같으나,[114]

---

107) 『高麗史』 卷68, <宣麻儀> : "德宗元年八月丁巳 宣麻 舊制 宣麻於家 至是 集百官 宣於乾德殿 從有司請也."

108) 『東文選』 卷25~27에 9편의 麻制가 현전하고 있다.

109) 『唐書』와 『宋史』에는 선마의 절차를 규정한 儀禮가 보이지 않는다.

110) 『高麗史』 같은 곳 : "(德宗)二年三月辛未 教曰 頃以有司論請 停宣送官告 然念恩禮由此漸疎 今後 文武正三品以上及中樞員 皆令差人到家宣制."

111) 같은 책 卷6, 靖宗 3年 7月 條 : "乙丑 御乾德殿宣麻 以劉徵弼爲內史侍郎同內史門下平章事."

112) 같은 책 卷68, <宣麻儀> : "文宗元年四月丁未 宣麻 舊制 宣麻日 宰臣一員引詔案 授讀詔者 至是 五宰同日宣麻 特命閤門引案 仍爲恒式."

113) 같은 책 卷13, 睿宗 7年 10月 條 : "庚申 御乾德殿 宣柳仁著李資謙麻制."

114) 唐에서는 <陸裴耀卿張九齡爲左右丞相制>, <劉滋崔造齊暎平章事制>(徐師曾, 앞의 책 卷18, <制>)에서 보는 것처럼 동일 職秩의 경우 함께 선마했던 것으로 보인다.

고려에서는 조정에서 여러 사람을 한꺼번에 선고하는 것이 통례였다.[115] 따라서 중국과 고려의 마제는 양식이 달랐으며, 특히 고려의 마제에서는 中章에 여러 사람의 제수 사실을 각각 따로 쓰게 되었던 것이다.

그런데 선마를 조정에서 하느냐 수직자의 집에서 하느냐에 따라 선마·마제·대관고에 대한 이해가 달라질 수 있다. 조정에서 하게 되면 본래의 취지대로 백관에 대한 선고와 함께 可用 與否에 대한 물음이 될 수 있지만, 집에서 하게 되면 선마 그 자체가 告身을 지급하는 의식에 지나지 않게 된다. 따라서 조정에서의 선마 후에는 마제를 기초로 하여 고신(대관고)을 작성하고 대간의 서경을 거쳐 별도로 고신을 시급하게 되지만, 집에서 선마할 경우에는 마제 자체가 고신이 되어 버린다.[116] 마제와 고신이 서로 다른 것인데도, 마제를 고신으로 이해하는 것도 집에서의 선마로부터 비롯된 것이다.

한편 선마의 대상은 원칙적으로 대관고에 해당하는 관원 모두였다. 즉 三省長官·平章事·參知政事·政堂文學·知門下省事·樞密 등 2품 이상의 宰樞와 三公·三師 등의 名譽職, 僧統·大禪師와 같은 僧職 등을 除授하거나 여타 대관고의 대상인 品職을 贈封할 때 선마를 하였던 것이다. 左右僕射(정2품)와[117] 知省事(종2품)는 宰臣이었지만 소관고의 대상으로서 선마에서 제외되었고, 樞密이 소관고의 대상에서 대관고로 승격되었음은 앞에서 살펴본 바와 같다.[118] 그러나 宗親의 封爵과 授職은 비

115) 주 18) 참조.

116) 德宗 2년의 教書 중 집에서 선마하던 것을 중지한 것을 '停宣送官告'라 한 것에서도 麻制가 곧 告身임을 알 수가 있다. 따라서 집에서 선마하게 되면 마제(고신)에 이미 대간의 서경이 끝난 상태가 된다. 주 110) 참조.

117) 唐·宋時代의 左右僕射는 고려시대의 그것과는 위상이 달라 선마의 대상이었다. 주 15) 및 51) 참조.

118) 그런데 德宗 2년에는 王의 恩禮를 더욱 나타내고자 文武官 正三品 以上과 中樞院

록 대관고의 대상이었지만 선마를 하지 않는 것이 원칙이었다.[119] 그렇더라도 宰相에 제수할 때는 선마의 절차를 거쳐야만 했던 것으로 보인다. <淮安公爲守大師尙書令餘如故別宣麻教書>[120]에서 보는 바와 같이, 회안공을 상서령에 제수하기 때문에 별도로 선마를 했다고 밝히고 있는 데서 알 수가 있다. 즉 종친에게 公·侯 등의 爵을 封하거나 三公·三師와 같은 명예직을 제수할 경우에는[121] 왕실의 존엄을 고려하여 선마를 하지 않았지만, 宰相에 제수할 때는 그 職의 중요성 때문에[122] 비록 의례적이기는 하지만 선마를 하여 可用 與否를 물었던 것이다.

선마의 절차는 수직자의 집에서와 조정에서 선마할 때가 의당 달랐겠으나, 집에서의 선마 절차는 확인할 수가 없고[123] 조정에서의 선마 절차는 『高麗史』 소재 <宣麻儀>를 통하여 그 대강을 엿볼 수가 있다. 이 <선마의>는 文宗 代 이후에 제정했거나 舊制를 개정한 것으로 생각된다. 종전에는 宣麻日에 宰臣 1인이 詔案을 가져다가 讀詔官에게 주어 선고했지만, 文宗 원년에 하루에 5명의 宰臣에게 선마하게 되자 宰臣이 하던 역할을 閣門(조회·의례 관장)에게 맡기게 됨으로써 그것이 恒式이 되었

즉 小官誥의 대상자에게도 受職者의 집에 이르러 宣麻하게 한 적도 있다. 주 110) 참조.

119) 崔滋, 같은 곳 : "宗室雖大誥 不宣告廷會 故不預宣麻." 이 구절을 되새겨 보면 대관고의 대상에게는 모두 선마를 하였다는 추론이 가능하다.

120) 『東文選』 卷26,

121) 고려시대에는 '宗室不任以事'(『高麗史』 卷76, <三師三公>)의 원칙에 따라 종친에게는 公·侯의 爵을 封하거나 실무직이 아닌 명예직을 주로 제수하였다.

122) 淮安公을 尙書令에 제수하는 <教書>에서 '夫尙書令 百官之長也 地峻位極 故無其人則闕焉 時或以懿親置之 然非有重望元功 亦不可妄授'라 하고, 또 그 <官誥>에서 '國君封懿戚茂親 雖獨以公侯之爵 宗室有元功大烈 亦得兼宰相之權'이라 한 것에서 宰相職의 중요성 때문에 종친이라 하더라도 선마했음을 알 수가 있다.

123) 德宗 2년의 教書에 의하면 該職의 差人이 受職者의 집에 가서 麻制를 선고했다는 것 정도를 확인할 수 있다. 주 110) 참조.

던 것이다.[124] <선마의>는 儀典部署(閤門, 尙舍局, 尙乘局)의 陳設과 執禮에 따라 임금의 親臨 아래 文武官 앞에서 讀詔官이 麻制를 선고하는 것으로 되어 있다. 이때 讀詔는 麻制를 制撰한 知制誥가 하는 것이 통례였다.[125] 이러한 宣麻 儀禮는 곧 天子가 諸王이나 太子를 封하면서 행하는 冊禮에 준한 것이며, 高官의 除授를 冊封과 같은 格으로 대우한 것이라고 하겠다.

요컨대 선마제도는 문무 고관을 본직에 제수하기 전에 왕의 腹案을 여러 관료들에게 공표하여 조정의 公論을 확인하는 과정이며 告身의 署經에 앞선 또 하나의 왕권 견제 장치였다는 점에서, 물론 절대왕정 하에서 그 효율성에는 한계가 있었지만, 오늘날의 민주적인 관료임용 절차에 조금도 손색이 없다고 할 것이다. 즉 오늘날 대통령이 국무총리 등 중앙부처의 고관을 임명하면서 국회의 동의를 거치는 과정과도 상통하는 면이 있다고 할 수가 있다. 더욱이 그 행사를 冊拜之禮로 행한 것은 왕의 신하에 대한 최고의 예우가 아닐 수 없다.

4. 고려시대 제고의 특징

1) 내용

앞에서 제고의 양식이 首章 · 中章 · 末章의 3장으로 이루어져 있음을 살펴본 바 있다. 이러한 장의 구성과 구분에 따라 각 장에 서술되는 내용도 격식화되기 마련이다. 각 장의 내용과 성격은 대체로 다음과 같이

124) 주 112) 참조.

125) 崔濟淑, 앞의 논문, 22면.

특징지을 수가 있다.

首章에서는 먼저 임금과 신하 사이의 道를 일컫고 除授의 중요성·필요성·당위성 등을 내세운다. 이는 該職에의 제수에 대한 端緖를 여는 序論이다. 中章에서는 受職者의 출신가문부터 성품·재능·문장·武勇·前職에서의 각종 업적에 이르기까지 德行과 勳功을 장황하게 서술하고 새로 제수하는 관직을 명기한다. 곧 제수의 근거를 제시하여 授職을 밝히는 本論인 셈이다. 그리고 末章에서는 맡은 바 직무를 성실히 수행하여 임금과 자신에게 복이 되게 하라는 당부를 한다. 戒勅의 말로써 結論을 삼은 것으로, 일면 追伸의 성격도 있다. 따라서 제고의 내용을 요약하면, "신하에게 공덕이 있으면 은전을 내리나니(首章), 某는 資品이 걸출하고 德行과 勳功이 현저하므로 某職을 제수하니(中章), 힘써 보필하라(末章)."는 줄거리가 된다. 이는 三段構成으로 서술이 논리적이라고 하겠다.

그러나 실제 제고의 내용을 보면 首章과 末章은 다분히 의례적인 말에 지나지 않고, 中章은 受職者에 대한 지나칠 정도의 칭찬이 위주가 되고 있다. 德行과 勳功에 대한 기술 자체가 찬송의 성격이 강하기 마련이지만, 제고의 中章에서와 같은 찬송은 임금의 신하에 대한 입장이 아니다. 이러한 현상은 특히 후대로 올수록 더욱 심하게 나타나고 있다. 다음은 李百順이 制撰한 <除宰臣金就礪崔正份崔宗峻金仲龜麻制>의 일부이다.

> 具官 崔正份은 바탕이 南金(중국의 남쪽 荊州와 揚州에서 나는 金)과 같이 빛나고, 재목은 東箭(중국 동남쪽 會稽에서 나는 竹箭)보다도 낫도다. 鑑識은 하늘로 쳐든 蠟燭과 같고, 志操는 달을 담은 冰壺와 같도다. 賢良科에서 용의 수염을 따서는 쉽게 좋은 벼슬을 얻었지. 두 번 諫院에 올라서는 뱃속을 헤쳐 琅玕을 바쳤고, 오래도록 誥垣에 있으면서는 입을

> 열면 錦繡를 뱉듯 했네. 빛나고 긴요한 벼슬을 많이 지냈고, 중하고 어려운 일을 고루 거쳤네. 세 번 魚符(수령)을 차니 봄볕이 백성의 살갗을 따뜻하게 하듯 했고, 두 번 熊軾(刺史)에 기대니 서리가 아전의 간담을 서늘하게 하듯 했네. 혹은 圖書의 府를 맡았고, 혹은 鹽鐵의 權을 가졌었지. 司成이 되어 諸生을 가르치니 다 麟角이 되었고, 提擧를 맡아 많은 선비를 뽑으니 모두 龍肝을 얻었네.[126]

崔正份의 덕행과 훈공을 온갖 비유와 미사여구로 극찬하고 있다. 얼핏 보아도 문장이 浮華하고 내용이 誇張되어 있음을 알 수가 있다. 특히 南金, 東箭, 蠟燭, 冰壺, 琅玕, 錦繡, 麟角, 龍肝 등의 辭語는 특별한 의미가 있는 것이 아니라 칭찬과 수사를 위해 끌어온 것에 불과하다. 崔滋가 자기 당대의 制誥를 평하여 광대가 희롱하여 찬송하는 말[俳優戲讚]과 같다고[127] 한 것도 中章의 이러한 점을 지적한 것이다. 朱子가 表箋은 신하가 임금에게 아첨하는 글이고 制誥는 임금이 신하에게 아첨하는 글이라고 한 것은[128] 極言에 가깝지만, 이 역시 임금의 신하에 대한 功致辭가 지나친 것을 두고 한 말이다.

한편 이러한 칭찬 일변도 외에, 내용상의 또 다른 특징은 受職者의 勳功을 으레 중국의 역대 功臣·忠臣·賢相·能吏·才士·名將·高僧들의 匡正·輔弼·善政·智略·武功·大德에 견주거나, 그들처럼 임금을 도와 中興之治를 이루어주도록 당부하고 있는 점을 들 수가 있다. 특히

126) 『東文選』 卷27, 李百順, <除宰臣金就礪崔正份崔正峻金仲龜麻制> : "具官崔正份 質映南金 材逾東箭 鑑識若揭天之蠟燭 操修如貯月之冰壺 摘髭賢科 唾手美爵 再登諫掖 披腹呈琅玕 久直誥垣 開口吐錦繡 飽更華緊 備閱重艱 三佩魚符 則春暖民肌 兩憑熊軾 則霜寒吏膽 或掌圖書之府 或持鹽鐵之權 拜司成而訓諸生 化爲麟角 知提擧而選多士 盡取龍肝."

127) 주 28) 참조.

128) 金萬重, 『西浦漫筆』 卷下 : "朱子謂表箋是臣諛君 制誥是君諛臣."

漢代와 唐代의 인물들을 많이 인용하고 있는데, 그 중에서도 張良, 蕭何, 韓信, 房玄齡, 杜如晦, 魏相, 丙吉, 傅說, 伊尹, 孫子, 庖丁, 霍去病, 郭子儀 등이 자주 일컬어지고 있다. 이와 같이 중국의 고사를 많이 인용하고 있는 것은 當代의 文風이 用事를 즐겨 구사한 것과도 무관하지 않지만, 受職者의 勳功을 引證하고 新任官職에서의 所任의 典範으로 제시하고자 하였기 때문이라 하겠다.

2) 문체

고려시대 제고의 문체는 騈儷體와 散文體의 두 종류가 있다. 전자의 경우 현전하는 대부분의 제고가 그러하고, 후자는 李奎報와 崔滋가 제찬한 일부의 제고에서 散見된다. 그렇지만 제고의 문체는 변려문체가 주를 이루었고, 산문체로 써진 것이라 하더라도 변려문체적인 요소가 완전히 배제되지는 못하였다. 따라서 제고의 문장은 4자 혹은 6자의 구절이 기조가 되고, 구절이 對를 이루며, 典故가 많이 사용되고 있다. 또한 읽을 때의 聲調를 고려하여 글자를 배열하고 押韻을 하며, 미사여구로 인위적인 표현을 구사하고 있다. 곧 제고는 형식미를 극도로 추구하여 외견상 整齊되어 있는 글이라고 하겠다.

그런데 변려문은 아랫사람이 윗사람에게 글을 올릴 때 윗사람이 읽어보기 쉽게 하기 위해 구절을 나누어 4자씩 나란히 하고 6자씩 짝을 지은 데서 나온 것이다[129) 즉 당초에는 아래에서 위로 올라가는 表, 箋, 啓, 奏, 疏 등에 쓰인 글이다. 반면 제고는 지제고가 대신 지은 것이기는 하지만, 임금이 신하에게 내리는 글이다. 교서나 제고와 같이 왕의 말을

129) 崔滋, 같은 곳 : "況四六非別出於文 蓋魏晋間著述者 爲文上長 欲其覽之易也 章分句斷 騈四儷六."

대신해서 짓는 글은 비록 말이 산만하고 對句가 없더라도 상관이 없다.[130] 더욱이 典雅하고 溫潤한 것이 중요하므로 用事가 너무 어렵거나 論議가 纖新하지 않아야 한다.[131] 따라서 王言은 壯重·典雅·峻厲·溫厚해야 하는데 변려문이 用事가 많고 華美한 성격의 글이며, 또 제고가 신하에게 내리는 글이라는 점에서, 변려문은 오히려 제고에 적절한 문체가 아니라고 할 수가 있다. 그럼에도 불구하고 당·송 이래의 제고에 변려문이 주로 쓰인 것은 조정에서 마제를 선고하는 데 따른 儀式文으로 적합하였기 때문이다. 즉 변려문으로 宣讀하게 되면 聲調의 和諧와 押韻, 對句, 4자, 6자의 句讀 등으로 인해 산문의 경우보다도 더 운치가 있고 읽기가 편한 점을 고려한 것이다. 宋代에 受職者에게 직접 고하는 誥에는 혹 산문을 쓰기도 하였으나, 조정에서 선고하는 制에는 반드시 변려문을 썼던 것도[132] 바로 이러한 이유에서이다.

唐·宋代에는 고문운동의 영향으로 제고에 변려문과 산문을 겸해서 쓰기도 하였지만, 高麗의 경우 거의 변려문으로 쓰다시피 한 것은 단지 宣讀의 편의보다도 오히려 고려시대의 전반적인 文風에 더 원인이 있었던 것으로 보인다. 光宗 代부터 科擧制度를 실시한 이래 거의 매번의 科擧에서 詩와 賦를 시험과목으로 課하였고, 成宗 代에는 登第하고도 知制誥를 거치지 않은 50세 이하의 文官에게 翰林院에서 출제한 제목에 따라 매월 詩 3수와 賦 1편을 지어 바치게 한 바 있다.[133] 科擧와 文臣月

130) 같은 곳 : "如代王言 雖散辭無對亦可."

131) 『淵鑑類函』 卷197, <制誥>1 : "眞德秀曰 制誥皆王言也 貴乎典雅溫潤 用事不可深僻 造議不可纖新."

132) 같은 곳 : "文章辨體曰 宋承唐制 其曰制者 以拜三公三省等職 詞必四六 以便宣讀於廷 誥則或用散文 以其直告某官也."

133) 『高麗史』 卷3, 成宗 14年 2月 條 : "敎曰 …… 予恐業文之士 纔得科名 各牽公務 以廢素業 其年五十以下 未經知制誥者 翰林院出題 令每月進詩三篇賦一篇."

課法에서 賦를 중시하여 課한 것은, 그것이 簾角과 音律이 있는 변려문이므로, 그것을 통하여 制撰과 奏章의 재주를 시험해 볼 수가 있었기 때문이다.[134] 따라서 文士들은 과거에 급제하기 위해 변려문을 익혀야 했고, 급제 후에도 우선 지제고가 되기 위해 더욱 변려문을 잘 지을 줄 알아야만 했다. 즉 변려문을 잘 지어야만 文士로서 행세를 할 수가 있었고, 또 文才를 인정받아 지제고가 되고 나아가 一身의 영달을 꾀할 수가 있었던 것이다. 이러한 풍조 속에서 下告上, 上發下의 公的인 文書의 대부분에 변려문이 사용되고, 제고 역시 변려문체로 지어졌음은 말할 것도 없다.

변려문을 숭상하는 풍조는 후대로 갈수록 더욱 심해져 극도의 文飾만을 추구하게 됨으로써 문단의 폐해가 되었다. 崔滋는 高宗 代의 문단의 사정을 다음과 같이 비판하고 있다.

> 지금의 후배들은 그때보다도 훨씬 못하면서 으레 독서는 일삼지 않고 빨리 科擧에 급제하기만 힘쓴다. 과거의 알기 쉬운 글을 익혀 요행히 급제하면 학업은 더 힘쓰지 않고 오직 靑을 내어 白을 짝지우고, 하나를 세워 둘로 對를 맞추며, 생소한 것은 다듬고 성긴 것은 잘라내는 것만으로 잘한 것으로 여길 뿐이다. …… 아! 시대의 문장이 크게 변하여 鄙俚한 데 이르고, 鄙俚한 것이 한 번 변하여 俳談에 이르렀으니 마침내는 어떻게 될지 모르겠다.[135]

> 지금 사람들은 이 四六文을 별도로 一家를 삼아, 옛사람의 말 중에서 많으면 7~8자에서 혹은 10여 자까지 따다가 쓰고, 요행히 그 대구가 잘

134) 崔滋, 같은 곳 : "後因變爲簾角音律之賦 行於場屋 欲試其代言奏章之才也."

135) 같은 책 卷中 : "今之後輩 下於彼時遠矣 例不事讀書 務速進取 習科擧易曉文 幸得第 猶未能勉益學業 唯以抽靑媲白 立一對二 琢生斲冷 以爲工耳 …… 噫 時文大變 至於俚 俚一變 至於俳 不知其卒何若也."

맞게 되면 스스로 잘 되었다고 생각한다.[136]

여기에서 보는 바와 같이, 文士들이 자신의 文才를 과시하기 위해 변려문을 보다 工巧롭게 짓고자 억지로 對句를 맞추고 典故를 끌어오는 등 文飾에만 지나치게 신경을 씀으로써, 문장은 비루해지고 광대의 말처럼 되어 文質은 보잘것없어지고 文飾만 남게 되었던 것이다. 이러한 변려문의 변화와 타락은 곧 제고 문체의 그것이다. 따라서 崔滋의 말과 같이 제고의 문체는 시대의 변천에 따라 質朴한 데서 華靡한 것으로 다시 繁辭虛美한 것으로 변해, 심한 것은 광대의 虛荒된 讚頌과도 같았던 것이다.

한편 제고가 格式에 짜여진 글임에 따라 많은 套式語들이 사용되고 있다. 즉 마제의 首章에는 宣麻의 사실을 명기하여 '載揚休命 敷告外庭', '渙其大號 揚于王庭', '誕揚渙號 敷告露朝', '宜登偉器 誕告明廷' ,'宜敷渙汗 誕告明庭', '敢推偉器 誕告明廷', '誕揚茂命 敷告明庭', '肆涓穀旦 誕告理廷', '于以告於明廷' 등과 같은 표현을 으레 쓰고 있다. 그리고 마제와 대 · 소관고의 末章에서는 당부 혹은 계칙의 말로서 '往迪厥官 永綏遐福', '尙體至懷 永膺休寵', '惟朕以懌 其爾之休', '無替厥命 永孚于休', '往踐厥位 永孚于休', '往踐乃職 永孚于休', '勉膺朕命 恪守爾司', '勉服寵榮 益堅操守', '祗膺予命 益勉後圖' 등의 句節로 끝을 맺고 있다. 首章과 末章의 이러한 표현은 제고의 성격에 따른 투식어이고, 그 외 中章에는 '특별한 은혜를 더한다.', '사사로운 情에서가 아니고 조정의 公論에 따라 제수하는 것이다.' 등과 같은 표현도 자주 쓰이고 있다.

---

136) 같은 책 卷下 : "今人以四六別作一家 鈔摘古人語 多至七八字 或十餘字 幸得其對 自以爲工."

5. 결언

지금까지 우리 한문학사에서 고려시대에만 지어졌던 制誥의 制詞를 중심으로 그 양식의 변천과 내용 및 문체상의 특징을 일별해 보았다. 특히 그 양식은 당·송시대의 그것과 대비를 통하여, 그리고 내용과 문체는 고려의 文風 변화와 관련하여 그 특징을 살펴보고자 하였다. 그 결과 양식은 당·송의 것에서 많은 영향을 받은 것이 사실이지만 고려 나름의 독특한 規式이 있었고, 내용과 문체는 고려 산문문학의 전개에 상당한 역기능으로 작용했음을 엿볼 수가 있었다. 앞서의 논의를 요약함으로써 결론에 대신한다.

1) 고려시대에는 임금이 3품 이상의 고관을 제수하면서 職秩의 고하에 따라, 즉 종친과 종2품 이상, 僧統·大禪師에게는 大官誥, 정3품과 首座·禪師에게는 小官誥로 告身을 구분하여 지급하였다. 그리고 대관고의 대상에게는 恩禮의 示顯과 戒勅을 위해 별도의 敎書를 고신과 함께 내렸다. 그러나 실제 권력의 구조와 변화에 따라 상서좌우복야(정2품)는 소관고의 대상으로 격이 낮았고, 추밀의 경우는 당초 소관고의 대상에서 후에 대관고로 승격되기도 하였다.

2) 고려시대 제고의 양식은 成宗 代 이전, 成宗 代 이후, 睿宗 代 이후, 神宗 代(崔詵) 이후로 몇 차례의 변화가 있었으며, 그때마다 당·송의 양식을 모방하면서도 고려 고유의 것을 살림으로써 독자적인 양식으로 정착되어 나갔다. 특히 여러 명의 대관고 대상자를 한꺼번에 선마함에 따라 중국과는 다른 麻制의 양식을 만들었고, 소관고의 양식을 대관고에 준하여 제정하는가 하면 대·소관고의 양식을 文理上 합리적인 방향으로 정비하였으며, 또 制誥의 성격과 용도에 따라 '敎書', '麻制', '官誥'라

는 명칭을 제목에 명기하기도 하였다. 그런데 神宗 代에 崔詵이 개찬한 '本朝制誥規式'이 다분히 崔忠獻의 집권과 관련된 것이라는 점은 주목하지 않을 수 없다. 즉 절대왕권 위에 군림하던 최충헌의 입장을 고려하여 署經에 관한 규식을 편법으로 개정하는 과정에서 이루어졌던 것이다.

3) 한편 대관고의 대상자에 대해서는 조정에서 宣麻를 하였는데, 종친의 경우 대관고의 대상일지라도 선마를 하지 않는 것이 원칙이었으나 宰相에 임명할 때는 선마를 하였다. 선마는 조정의 백관에게 제수 사실을 선포하는 동시에 그 可用 與否를 묻는 데 취지가 있었으며, 그 행사를 冊拜之禮로 행한 것은 신하에 대한 최고의 예우였다.

4) 제고는 首章·中章·末章의 3장으로 이루어져 있으며, 각 장의 내용은 首章에서는 該職의 중요성과 제수의 필요성을, 中章에서는 受職者의 德行과 勳功을, 末章에서는 當付와 戒勅을 하는 것으로 규식화되어 있다. 그러나 중장의 내용이 수직자의 덕행과 훈공에 대한 아부에 가까울 정도의 칭송 일변도로 흐르고 있고 또 중국의 역대 고사를 다용하고 있어서, 문장이 浮虛할 뿐만 아니라 難澁하기까지 하다.

5) 제고의 문체는 四六騈儷文體가 주를 이루며, 많은 투식어와 함께 지나친 對句, 雕琢, 用事 등 文飾을 추구함으로써 華靡하다 못해 虛美해져 文壇의 弊端이 되기도 하였다. 이러한 원인은 역대의 科擧에서 賦를 과하고 제도적으로 王言을 制撰하는 知制誥를 중시하는 한편, 또 文士들이 자신의 文才를 과시하여 一身의 榮達을 꾀하고자 다투어 工巧로운 文章을 지은 당대의 文風과도 관련이 있다.

■ 제 3 장 ■

고려시대의 시문선집

1. 서언

시문의 좋고 나쁨을 헤아려 역대의 모범이 될 만한 精髓를 뽑아 選集을 편찬하는 일은 孔子가 『詩經』과 『書經』을 刪定한 것으로부터 시작되었다. 공자는 체제별로 시를 모아 제후의 시를 風이라 하고 천자의 시를 雅・頌이라 이름을 붙였으며, 또 시대 순으로 글을 모아 그 명목을 虞書・夏書・商書・周書라 하였다. 따라서 공자는 堯舜을 祖述하고 文王・武王을 憲章하고 詩書를 刪定하고 禮樂을 정하고 政治를 내고 性情을 바르게 하여 風俗을 한결같이 함으로써 만세태평의 근본을 세운 것으로 칭송되어 왔다.[1)]

공자 이래로 중국에서는 일찍이 남북조시대에 梁나라 昭明太子 蕭統(501~531)의 『文選』을 비롯하여 역대에 걸쳐 각종 詩文選集이 편찬되었

1) 李穡, 『牧隱文藁』 卷9, <選粹集序>.

다. 陳 徐陵(507~583)의 『王臺新詠』, 唐 元結(723~772)의 『篋中集』, 宋 李昉(925~996)의 『文苑英華』, 姚鉉(968~1020)의 『唐文粹』, 王安石(1020~ 1086)의 『唐百家詩選』, 呂祖謙(1137~1181)의 『宋文鑑』, 陳德秀(1178~1235)의 『文章正宗』, 謝枋得(1226~1289)의 『文章軌範』, 金 元好問(1190~1257)의 『唐詩鼓吹』, 元 方回(1227~1306)의 『瀛奎律髓』, 蘇天爵(1294~1352)의 『元文類』 등이 대표적인 選集들이다. 우리나라에서는 고려시대에 와서야 비로소 편자 미상의 『夾注名賢十抄詩』, 金台鉉(1261~1330)의 『東國文鑑』, 崔瀣(1287~ 1340)의 『東人之文』, 金祉(?~ ?)의 『選粹集』, 그리고 趙云仡(1332~1404)의 『三韓詩龜鑑』 등이 편찬되었다.

詩文選集에 대한 연구는 시문학사 연구에 수반되어야 할 필수적인 과제이다. 선대에 이룩된 시문선집은 그 시대 문화유산의 結晶이라 할 수 있으며, 특히 시문학사의 精髓를 일별할 수 있는 훌륭한 자료가 아닐 수 없다. 그러나 이 방면의 연구는 매우 소략하여 앞으로의 과제로 남아있으며, 따라서 韓國漢詩史 · 文章史의 기술도 그만큼 지체되고 있다.

본고에서는 고려시대에 편찬된 상기 시문선집에 대해 문헌학적인 검토를 하고자 한다. 이를 위해 먼저 각 시문선집의 편찬의식과 편찬과정을 살펴보고, 다음으로 체제와 내용을 고찰하여 자료사적 · 문학사적 의의를 점검해 보기로 한다. 그러나 『夾注名賢十抄詩』 3卷, 『東人之文 四六』 15卷, 『東人之文 五七』 殘卷(卷7~9), 『三韓詩龜鑑』 3卷만이 현전하고 있고, 또 편자가 미상이거나 편자와 관련된 기록이 부족하여 자료상의 한계가 있다. 특히 『東國文鑑』과 『選粹集』의 경우 완전히 일실되었기 때문에 묘지명, 열전, 서문 등을 통하여 史實을 확인하고 그 규모와 내용은 유추해 볼 수밖에 없다.

2. 『협주명현십초시』

『十妙詩』는 中唐으로부터 五代에 걸쳐 활동한 중국 시인 劉禹錫・白居易・溫庭筠 등 26인과 통일신라 시인 崔致遠・朴仁範・崔承祐・崔匡裕 등 도합 30인의 7언율시 각 10수씩 300수를 뽑아놓은 시선집이다.

당초의 책이름은 『名賢十妙詩』였던[2] 것으로 생각되며, 뒤에 注釋을 가함으로써 『夾注名賢十抄詩』로 불리고 있다. 그러나 편찬자, 편찬시기 및 동기 등이 불확실하며, 다만 麗末 詩人의 所撰 혹은 詩抄者 東賢(本朝前輩鉅儒), 注者 東僧(神印宗老僧)으로만 알려져 왔다. 현전하는 판본은 규장각 소장 목판본 『十妙詩』[3]와 필사본 『夾注名賢十抄詩』, 그리고 남권희 교수 소장 목판본 『협주명현십초시』[4] 등이 있다. 필사본 『협주명현십초시』는 목판본의 행 및 글자 수까지 그대로 베낀 것으로 神印宗 老僧의 서문 및 權擥(1416~1465)과 李云俊의 발문이 남아있어 가장 온전한 상태를 유지하고 있다.

그동안 『십초시』에 대해서는 호승희 씨에 의해 편찬시기와 『全唐詩』에 미수록된 작품의 가치를 중심으로 고찰이 이루어졌다.[5] 특히 편찬시기를 『海東文獻總錄』에서 "麗末詩人所撰"이라 한 것과는 달리, 고려시대의 시풍이 晩唐風에서 宋詩風으로 전환된 것과 관련지어 李奎報 시대 이전의 고려 전기로 상정한 바 있다.

---

2) 金烋, 『海東文獻總錄』, <中國東國詩文合編>.

3) 판심에 '十抄詩'라 되어 있고 상권의 앞부분과 하권의 뒷부분이 떨어져 나간 93장본으로 협주는 없다.

4) 상권의 앞부분과 하권의 뒷부분이 떨어져 나갔으며, 서문・발문 등이 없다.

5) 호승희, 「十抄詩 一考」, 『서지학보』 15, 1995.
호승희, 「십초시의 자료적 이해와 편찬체제」, 『한국한문학연구』 19, 1996.

현전하는 重刊 『협주명현십초시』는 權擥의 跋文에 의하면, 後至元 3년(충숙왕 복위 6, 1337) 安東府에서 간행한 것을 권람 자신이 교정하여 1452년(단종 1)에 중간한 것으로, 그 대본이 된 安東府所刊은 權思復이 進士 때 轉寫한 것이라고 한다.[6] 권사복은 李齊賢(1287~1367)보다는 후진이고 李穡보다는 선배로 閔思平(1295~1359)과 가까운 사이로 확인된다.[7] 호는 愼村, 벼슬은 政堂文學에 이르고 福城君에 봉해진 인물이다.[8] 따라서 『협주명현십초시』를 권사복이 진사 때 베꼈으니까 그것을 중간한 1337년보다 훨씬 이전에 이미 『십초시』가 편찬되고 협주까지 이루어져 있었던 것이다. 이를 김태현(1261~1330)의 『동국문감』이나 최해(1287~1340)의 『동인지문』과 비교해 보면, 이것들보다 먼저 편찬된 것임을 알 수가 있다. 요컨대 『십초시』는 비록 당나라 시인이 26인으로 주류를 이루기는 하지만, 우리나라 사람이 우리 시인 4인의 시를 선발하여 편찬한 최초의 시선집이라 할 수가 있다.

그러면 왜 이 시선집이 중당~오대 연간의 시인들의 7언율시를 대상으로 하였고, 또 뒷날 승려가 협주하였는가가 해명될 필요가 있다.

우선 특정시대로 한정한 것은 우리나라 시인들에 대한 우선적인 배려 때문으로 보인다. 최치원(857~?), 박인범, 최승우, 최광유는 모두 羅末 견당유학생으로 賓貢諸子들인 바, 이들을 작가와 시대 선택의 중심에 놓고 이들이 당나라에 있을 때 지은 시를 각 10수씩 뽑은 다음, 이를 기준으로 중당 · 만당 · 오대의 중국 시인을 선정한 것이다. 당나라의 대표적인 시인인 杜甫, 李白, 王維 등이 제외된 것도 그들이 中唐보다는 앞선

---

6) 權擥, <夾注名賢十抄詩跋> : "是本迺後至元三年丁丑歲 今安東府所刊 而福城君愼村權先生諱思復 爲進士時所寫也."

7) 閔思平, 『及庵詩集』 卷3, <賀權思復正言> · <奉賀權侍郎思復愚谷詩韻>.

8) 金宗直, 『靑丘風雅』, <諸賢姓氏事略>.

盛唐 때에 활동하여 시대적으로 맞지가 않았기 때문이다. 결국 편찬자의 의식은 그 중심축이 우리나라 빈공제자에 있었고, 그들을 唐代의 시인으로 함께 인식하였던 것이다. 협주를 한 신인종 노승이 『십초시』를 '唐室群賢의 詩'라고[9] 파악한 것도 같은 맥락이다. 또 우리나라 시인들의 시를 중국 시인과 똑같이 각 10수씩 선발한 것은 저들과 대등하다는 편찬자의 의식을 반영하는 것이다. 최치원의 <登潤州慈和寺上房>이나 박인범의 <涇州龍朔寺> 등은 중국의 地理志인 『方輿勝覽』에 실리기까지 하였으므로,[10] 편찬자는 이들이 중국에 이름을 떨치고 문장으로 나라를 빛낸 점도 염두에 두었을 것이다. 그리고 30인의 시를 각 10수씩 총 300수를 뽑은 것은 『詩經』의 300수와 관련이 있는 것으로 보인다. 즉 『詩經』의 정신과 맥을 잇고자 한 것이다.

한편 7언율시를 대상으로 뽑은 것은 권람의 重刊跋에서 그 단서를 얻을 수가 있다. 朝鮮 初에 進士科를 설치하여 詩賦를 시험하므로 시를 배우는 이는 반드시 『십초시』를 알아야 할 것이라고 하였다.[11] 즉 『협주명현십초시』를 중간한 목적의 하나는 시 학습서로 쓸 수 있도록 하는 데 있었다. 당초 『십초시』의 편찬 동기도 重刊의 목적과 마찬가지로 科擧를 대비한 시문 습작과 관련이 있을 것으로 생각된다. 율시는 首・頷・頸・尾의 篇法과 頷聯・頸聯의 對偶法 그리고 平仄法을 엄격히 지켜야 하기 때문에 詩則을 단련하기가 좋고, 또 7언시는 5언시보다 詩意의 긴축이 덜하고 말 만들기가 보다 쉽기 때문에 중국문자인 한자를 구사해야 하는 우리 문인들이 더 선호한 점에서 시를 배우는 이의 전범으

9) 神印宗 老僧, <夾注名賢十抄詩序> : "偶見本朝前輩鉅儒據唐室群賢全集 各選名詩十首 凡三百篇命題爲十抄詩."

10) 徐居正, 『東人詩話』 卷上.

11) 權擥, 같은 곳 : "且今更設進士科 用詩賦 則學者固不可不知也."

로서 더욱 적합하였던 것이다.

협주는 신인종 노승이 잠시 경주의 靈妙寺에 머물던 중 우연히 『십초시』를 보고, 그 體格이 典雅하여 후진 학자들에게 유익할 것 같아 착수하였다고 한다.[12] 그 시기는 박인범과 최승우의 略傳에 『三國史記』가 인용되고 있는 것으로 보아 金富軾 이후가 분명하다. 승려에 의한 협주는 儒·佛 交涉의 측면에서 이해할 수가 있다. 무신란으로 인해 문신들이 대거 살육을 당하자 학자들이 배울 곳이 없어 중을 좇아 章句를 익혔고,[13] 신효사의 주지 正文은 유학자인 安社俊에게 『論語』·『孟子』·『詩經』·『書經』을 배워 강론을 잘 하였던 것에서[14] 볼 수 있듯이, 특히 무신란 이후의 유자와 불자들은 자신의 학문과 문학수련을 위해서 서로 추종하고 출입하였던 바, 신인종 노승도 章句에 능했던 인물이었음을 알 수가 있다.

협주자는 注를 내면서 각 작가에 대하여 略傳을 마련하였는데, 唐人의 경우는 『唐書』에서 인용하고, 우리나라 시인의 경우 박인범과 최승우는 『삼국사기』, 최치원은 『삼국사기』의 <열전>이 아니라 『당서』 <예문지>에서 인용하였으나, 최광유에 대해서는 약전을 기술하지 않았다. 최치원을 『당서』에서 인용한 것은 선발된 작품이 모두 당에 있을 때 지은 것과 관련이 있는 것으로 보인다. 이 약전은 해당 작가의 字·號·科擧·文集·宦歷 등을 간략히 기술해 놓아 작가 이해에 많은 도움이 되며, 한편으로 최해의 『東人之文 五七』에서 약전을 마련하는 데도 영

12) 神印宗 老僧, 같은 곳 : “貧道暫寓東都靈妙寺 祝聖餘閑 偶見本朝前輩鉅儒據唐室群賢全集 各選名詩十首 凡三百篇命題爲十抄詩 全於孩童 其來尙矣 體格典雅 有益於後進學者 句夾注 分爲三卷 其所未考者 以俟稽博君子 見其違闕 補注雌黃.”

13) 李齊賢, 『櫟翁稗說』 前集1.

14) 같은 책 前集2.

향을 미쳤을 것으로 보인다.

협주는 詩題의 경우 그 시의 저작배경이나 인명·지명·건물 등과 관련된 고사를 밝히고, 詩句에서도 이해에 도움이 될 만한 전거들을 부기하였다. 주석을 내는 데 이용한 참고서들은 경전, 제가백가서, 역사서, 지리지, 문집, 시화집 등으로 다양하다. 특히 이 협주는 우리나라 시인들의 작품의 경우 모두 중국에 있을 때 지어진 것이어서 시 속에 등장하는 교유인물이나 저작배경을 파악하는 데 매우 요긴하다. 현전하는 박인범, 최승우, 최광유의 시 작품은 여기에 고스란히 남아있어서 이들 시의 해독에 필수적으로 참고해야 할 정도로 주석의 가치는 높다.

그런데 『십초시』와 그것을 주석한 『협주명현십초시』는 세상에 널리 유전되지 못한 것으로 보인다. 권사복이 협주본을 轉寫하여 가졌고 권람이 교정하여 중간하고자 할 때도 세상에 소장한 자가 거의 없었으며, 李伯常도 그것의 인몰을 애석히 여겨 널리 구했으나 겨우 한 책을 얻었다고[15] 한다. 후대의 기록에도 『대동운부군옥』과 『해동문헌총록』에만 서지사항이 간단히 소개되어 있고,[16] <東人之文序>·<選粹集序>·<東文選序> 등에서는 앞서 나온 시선집인 『십초시』에 대해서 전혀 언급을 하지 않고 있다. 따라서 그것이 유통이 잘 되지 않고, 또 특정시대의 우리나라 시인 4인의 작품이 수록되어 있긴 하지만 唐室群賢의 시선집이라는 인식 아래 후대의 시선집에 크게 영향을 미치거나 選詩에 참고가 되지는 못하였을 것으로 생각된다. 『동인지문 오칠』 잔권에는 최치원·박인범·최승우·최광유에 해당되는 부분이 남아있지 않아 비교할 수가

15) 權擥, 같은 곳 : "惜其湮沒 旁求僅得一本 …… 世已無藏者 誠可惜也."

16) 『해동문헌총록』의 『십초시』에 대한 서지사항은 『대동운부군옥』의 것을 거의 그대로 옮긴 것이다.

없으나 『동인지문 오칠』을 抄選한 『삼한시귀감』의 경우 『십초시』에 뽑힌 4인의 40수 중 5수밖에[17] 뽑히지 않고 최승우는 아예 대상 작가에서 제외되어 있다. 즉 최해와 조운흘은 『십초시』를 소홀히 취급했거나 유통이 원활하지 않아 참조하지 못하였을 가능성도 있어 보인다. 반면 『동문선』에서는 최치원의 시 4수를 비롯하여 박인범 10수, 최승우 10수, 최광유 10수를 그대로 轉載하고 있는데, 이는 조선 초기 권람의 중간본 『협주명현십초시』를 참조한 것으로 생각된다. 『동문선』 편자들이 최치원의 시 6수를 제외하고 다른 시 5수를 보충한 선시과정은 여타 시인과는 달리 당시에 전하던 『崔孤雲集』을 참조했을 것으로 이해된다.

3. 김태현 『동국문감』

『東國文鑑』은 우리나라의 시문을 대상으로 편찬된 최초의 시문선집이다. 그러나 그것이 현전하지 않기 때문에 그 내용과 규모 등을 자세히 알 길이 없다. 또한 편찬자와 관련된 기록도 墓誌銘과 『高麗史』 列傳 외에 文集 등 여타의 자료들이 부족하여 편찬의식이나 편찬과정 등을 살피기가 힘들다.

찬자인 金台鉉(1261~1330)은 자는 不器, 호는 快軒, 본관은 光山이고, 시호는 文正이다. 그는 10세에 아버지를 여의고 학업에 근면하여 15세(충렬왕 1)에 監試에 1등으로 합격하고 이듬해에 文科에 급제하여 左右衛參軍 直文翰署를 시작으로 版圖摠郞, 右承旨, 密直副使, 征東行中書省左右

17) 최치원의 <登潤州慈和寺上房>·<暮春卽事和顧雲友使>, 박인범의 <涇州龍朔寺閣兼柬雲棲上人>, 최광유의 <長安春日有感>·<早行>.

司郎中, 知都僉議司事, 判三司事, 評理, 權征東行省事 등을 역임하고 中贊으로 치사하였다.

그에게는 두 가지 유명한 일화가 전하고 있다. 하나는 그의 굳은 心志를 보여주는 것이고, 다른 하나는 忠義와 관련된 이야기이다. 그는 외모가 단정하고 眉目이 그린 듯하였으며, 어려서 친구들과 선배의 집에 나아가 공부를 할 때 선배가 특별히 사랑하여 자주 안으로 데리고 들어가 음식을 대접하기도 하였는데, 그 집에 새로 과부가 된 딸이 제법 시를 지을 줄 알아 "저 말 탄 이 누구 집 도련님인가? 석 달 동안 누구인지 이름도 몰랐네. 이제야 알았노니 김태현인 줄을, 가는 눈 긴 눈썹이 은근히 맘에 드네[馬上誰家白面生 邇來三月不知名 如今始識金台鉉 細眼長眉暗入情]."라는 시로 유혹하자, 이후로 김태현은 다시는 그 집에 가지 않았다고 한다.[18] 과부가 지은 이 시는 고려시대의 유일한 閨秀의 시로 알려져 있다.[19] 또 1302년(42세) 밀직부사로 聖節使가 되어 원나라에 갔을 때 元帝가 甘肅省에 가 있으면서 모든 進貢使를 연경에서 기다리라고 한 데 대해, 김태현은 皇帝의 명령을 어길지언정 行在所에 가는 것은 우리 임금의 명이니 어길 수가 없다고 하고 그곳에까지 가서 元帝를 배알하자 원제가 그의 충성심을 크게 치하하고 많은 상과 음식을 주어 우대하였다고 한다.[20]

김태현은 『동국문감』을 어떤 목적에서 편찬했으며, 또 어떤 글을 어떻게 얼마나 뽑았을까? 이 의문과 관련하여 우선 다음 자료를 검토해 보기로 하자.

1) 또 손수 東人의 글을 수집하여 『東國文鑑』이라 하고 『文選』과 『唐文

18) 『高麗史』 卷110, <金台鉉列傳>.
19) 李德懋, 『青莊館全書』 卷34, <高麗閨人詩只一首>.
20) 『高麗史』 같은 곳.

粹』에 견주었다.[21)]

2) 일찍이 국초 이래의 문장을 모아『海東文鑑』이라 이름하였는데 간행되어 세상에 유행한다.[22)]

3) 일찍이 손수 東人의 詩文을 모아『東國文鑑』이라 하였다.[23)]

위 세 가지 기록에 의하면『동국문감』은『해동문감』으로도 불리었으며, 權近이 살던 조선 초기에는 이미 간행되어 세상에 유전되고 있었음을 알 수가 있다. 그런데 기록 자체만을 두고 볼 때 그 대상이 崔瀣가 쓴 <묘지명>에는 '東人之文', 권근이 쓴 <동현사략>에는 '國初以來文章',『고려사』에는 '東人詩文' 등 세 가지로 나타나고 있어 좀 더 세밀히 살펴볼 필요가 있다. 즉 文만을 대상으로 했는가? 아니면 詩까지도 포함시켰는가? 고려시대의 것에 한정하는가? 삼국시대까지 올라가는가? 등이 문제이다.

詩의 포함 여부와 관련해서는, 첫 인용문의 '文'은 散文으로 한정할 것이 아니라, 韻文과 散文을 通稱하는 廣義로 이해해야 할 것 같다. 이는 김태현 스스로『동국문감』을『문선』과『당문수』에 견주었던 바, 거기에 시까지 채록되어 있는 것에서도 짐작할 수가 있다. 시대상의 문제는 '東人'이라 하면 당연히 삼국까지 포함하지만 '國初以來'의 경우 논란의 소지가 있다. 檀君의 개국 이래로 볼 것인가? 고려의 건국 이래로 한정할 것인가? 이 역시 책 제목이『동국문감』이고, 또 뒤이어 편찬된 최해의『東人之文』의 예로 미루어 최치원 · 박인범 · 최승우 · 최광유 등

21) 崔瀣,『拙藁千百』卷1, <金文正公墓誌> : "又手集東人之文 號東國文鑑 以擬配選粹."

22) 權近,『陽村集』卷35, 東賢事略, <政丞金台鉉> : "嘗集國初以來文章 目曰海東文鑑 行于世."

23)『高麗史』앞의 곳 : "嘗手集東人詩文 號東國文鑑."

신라시대의 문인들까지 그 대상이 되었을 것으로 보는 것이 타당할 것으로 생각된다.

한편 편자 자신이 『문선』과 『당문수』에 비긴 것으로 보아 『동국문감』에는 이들 시문선집에 준하는 문체들이 채록되었을 것으로 볼 수가 있다. 『문선』에는 B.C. 5세기 周나라 말기에서 梁나라 普通 7년(526)에 이르는 약 1000년 동안의 130여 작가의 760여 편의 시문이 수록되어 있는데, 詩, 騷, 賦, 七, 詔, 冊, 令, 敎, 策文, 表, 上書, 啓, 彈事, 牋, 奏記, 書, 移, 檄, 對問, 設論, 辭, 序, 頌, 贊, 符命, 史論, 史述贊, 論, 連珠, 箴, 銘, 誄, 哀, 碑文, 墓誌, 行狀, 弔文, 祭文 등 38종의 문체가 망라되어 있다. 또 『당문수』에는 古賦, 詩, 頌贊, 表, 奏書疏, 策, 文, 論, 議, 古文, 碑銘, 記, 箴, 誡銘, 書序, 傳錄, 紀事 등이 수록되어 있다. 이로 미루어 『동국문감』에는 시를 비롯하여 산문의 각 체 및 사륙변려문까지 채록되었을 것으로 보인다. 물론 『당문수』의 경우 고문에 중점을 두고 사륙문과 오칠언시를 채록하지 않았지만, 당시 고려의 경우 科擧制와 관련하여 근체시가 성행하고 변려문이 풍미했던 점과 삼국 이래 고려에서는 문인 학자들 사이에 『문선』이 애독되었을 점을 감안하면 시문의 각 문체를 두루 포괄했을 것으로 짐작할 수가 있다.

김태현이 『동국문감』을 편찬한 목적과 과정은 자세하게 알려져 있지 않다. 앞서 중국에서 편찬되었던 『文選』, 『文苑英華』, 『唐文粹』, 『宋文鑑』 등의 영향과 당시까지 고려에는 우리의 시문을 대상으로 한 1종의 시문선집도 편찬되지 않았으므로, 『동국문감』의 편찬을 통하여 안으로는 우리 문학의 정수를 정리하고 밖으로는 중국의 것에 견주겠다는 의식에서 비롯되었다고 볼 수가 있을 것이다. 『송문감』을 의식하여 책 제목을 『동국문감』이라고 한 것이나, 스스로 『문선』과 『당문수』에 擬配한 점에서 그러한 사정을 유추할 수가 있겠다. 選文의 과정과 대상작품의 경우, 『문선』이 내용은 깊은 사색에서 우러나왔고 의미는 고운 문장에 속하는 작품을 골랐듯이,[24] 『동국문감』도 그러한 점을 고려했을 법하다. 특히 그의 著述의 詞敎가 體를 얻고 詩가 淸艶하였다고 한 것으로[25] 보아 그의 학문 및 문학적 경향이 위주가 되었을 것임은 분명하다. 그는 성질이 청렴하고 언어와 행동이 예절에 맞았으며, 남들과 화목하고 어머니에게 효성을 다 하였고 자손을 가르치는 데 일정한 규범이 있었으며, 사람들과 교제를 함부로 하지 않았고 남의 원망을 사는 일이 없었던[26] 평소의 군자적인 생활태도로 미루어 도덕적 교훈적 시문을 위주로 선발했을 것으로 생각할 수가 있겠다.

『동국문감』의 편찬 시기는 그의 宦歷으로 보아 충선왕 3년(1311)~충숙왕 8년(1321) 사이로 추정된다. 당시 그는 商議贊成事를 사직하고 10년 동안 閑居하였던 바,[27] 전대의 시문들을 섭렵하는 등 선집을 편찬할 여유를 가질 수가 있었기 때문이다. 그러나 『동국문감』은 당초 몇 권으로 편찬되었는지 알려져 있지 않다. 다만 『慵齋叢話』에 幾十卷이라 하고,[28] 牧隱이 『동국문감』의 裒集이 풍부하다고 평한 것으로[29] 보아 그 권질이 꽤 많았음을 알 수가 있다.

김태현은 『동국문감』을 편찬하면서 단지 전인들의 시문을 선발하는 것에만 그치지 않고, 間注까지 부가하였던 것으로 보인다. 이러한 사정

24) 蕭統, <文選序> : "事出於沈思 義歸乎翰藻."
25) 崔瀣, 앞의 곳 : "其所著述 詞敎得體 詩淸艶 可愛."
26) 『高麗史』 앞의 곳 : "性廉直 言動循禮 晝不臥 暑不袒 待人以和 事母孝 敎子孫有方 不妄交人 亦無爲仇怨者."
27) 崔瀣, 앞의 곳 : "辛亥 又刪商議 官隨例罷 自是閑居者 十年."
28) 成俔, 『慵齋叢話』 卷8.
29) 李穡, 『牧隱文藁』 卷9, <贈金敬叔秘書詩序> : "裒集之富 稱快軒."

은 徐居正의 다음 말을 통하여 확인할 수가 있다.

> 근래에 김태현의 『동국문감』을 상고해보니 그 注에 이르기를 "金과 鄭이 문자 사이에 불평을 쌓았다."고 하였다.[30]

세상에서 金富軾이 鄭知常의 재능을 투기하여 해쳤다고 전하는 말에 대하여,[31] 서거정이 김태현의 『동국문감』 注로써 당시에 이미 그러한 말이 있었음을 인증한 것이다. 이를 통하여 김태현은 『동국문감』에 선발된 김부식 혹은 정지상의 시문에 두 사람과 관련된 일화를 注로써 밝혔고, 나아가 독자의 이해를 돕기 위해 난해하거나 고사가 있는 어구에 주석을 부가하였을 것임을 헤아릴 수가 있다. 특히 그가 이러한 주석을 내는 데는 역대의 典故를 어제의 일같이 말하고, 나라에 큰 의심스러운 일이 있을 때마다 그에게 물어 처결하였던[32] 바와 같이 그의 해박한 지식이 밑천이 되었을 것임은 물론이다.

『동국문감』은 詩文選集 외에 詩學書로서의 역할도 하였던 것으로 보인다. 崔淑精은 조선 전기까지의 詩學을 다음과 같이 평한 바 있다.

> 우리 동방의 시학은 삼국에서 시작되었고 고려에서 성했으며 성조에 와서 극에 이르렀다. 그 사이에 斧藻裁品된 것은 中丞 鄭嗣文, 大諫 李眉叟, 文正 金台鉉, 平章 崔樹德, 仲思 李益齋 같은 이가 다 수집의 부지런함이 있으나 소략하고 자잘한 병이 없지 않다.[33]

---

30) 徐居正, 『筆苑雜記』 卷1 : "近考金台鉉東國文鑑 註曰 金鄭於文字間 積不平."

31) 두 사람 사이의 경쟁과 관련한 사연은 『白雲小說』, 『月汀漫錄』, 『小華詩評』 등에 전하고 있다.

32) 『高麗史』 앞의 곳 : "言歷代典故 如昨日事 每國有大疑 必就咨決."

33) 崔淑精, <東人詩話後序>(徐居正, 『東人詩話』) : "吾東方詩學 如於三國 盛於高麗 極於聖朝 其間斧藻裁品者 若鄭中丞嗣文李大諫眉叟金文正台鉉崔平章樹德李益齋仲思 皆有

위 인용문에 따르면 김태현의 『동국문감』은 斧藻裁品된, 즉 品評이 곁들여진 것으로서 鄭敍의 『雜書』, 李仁老의 『破閑集』, 崔滋의 『補閑集』, 李齊賢의 『櫟翁稗說』과 같은 類로 간주되고 있음을 볼 수가 있다. 따라서 『동국문감』에는 주석에 문인들의 逸話, 詩話, 詩文評, 詩文論 등이 함께 수록되었을 가능성이 매우 크다고 하겠다. 그 구체적인 예는 앞서 인용한 바, 김부식과 정지상 간의 일화를 서거정이 인증한 注에서 볼 수가 있다.

이상에서 『동국문감』과 관련된 잔편 기록을 통하여 그 대강을 미루어 보았다. 그러나 실물이 전하지 않기 때문에 그것에 대한 평가는 유보할 수밖에 없다. 후인들은 그것이 우리의 시문을 대상으로 편찬된 최초의 시문선집이라는 의의를 갖지만, 한결같이 꼼꼼하지 못하고 거칠다[疏略]는 흠을 지적하고 있다.[34] 이것은 김태현이 精選보다 裒輯에 치중하였기 때문이다.

4. 최해 『동인지문』

1) 시문 감식안과 『동인지문』의 편찬

『東人之文』의 편찬자 崔瀣(1287~1340)에 대해서는 이미 상당한 연구가 이루어져 그의 생애와 문학세계의 대강이 드러났다.[35] 그는 어려서부터

裒集之勤 然不無疏略細瑣之病."

34) 徐居正, <東文選序> ; 梁誠之, <進東文選箋> ; 崔淑精, <東人詩話後序>.

35) 여증동, 「최졸옹과 예산은자전고」, 『진주교대논문집』 2, 1968 ; 윤병태, 「최해와 그의 동인지문사륙」, 『동양문화연구』 5, 경북대, 1978 ; 천혜봉, 「여각본 동인지문사륙에 대하여」, 『대동문화연구』 14, 성균관대, 1981 ; 김종진, 「최해의 사대부의식과

총명과 지혜가 비상하여 9세에 능히 시를 지었고 장성함에 따라 학문이 날로 진보되어 크게 선비들의 탄복하는 바가 되었다고 한다. 16세(1302)에 과거에 급제하여 成均學官, 藝文春秋檢閱, 藝文春秋館主簿 등을 역임하고 35세(1321)에 원나라에 가서 制科에 급제하고 蓋州判官으로 부임하였지만 임지가 궁벽하고 관직이 목축을 관리하는 임무여서 병을 핑계하고 5개월 만에 귀국, 그 후 여러 관직을 거쳐 檢校成均大司成에 이르렀다. 그러나 그는 자기의 뜻에 맞지 않는 자를 심히 미워하여 배척하였고, 또 다른 사람의 허물을 용납하지 않고 비위 맞추기를 좋아하지 않았으며, 행동에 절제가 없고 말을 서슴없이 맞대놓고 하였기 때문에 천거되었다가 곧 쫓겨나서 마침내 크게 쓰이지 못하였다.[36]

최해는 李齊賢과 동갑으로 젊었을 때 安軸과 함께 세 사람이 날마다 상종하였으며,[37] 특히 이제현은 최해를 三益友로 생각하였다.[38] 최해가 시속과 잘 어울리지 못하는 성격상의 결함을 지녔음에도 불구하고 이제현이 三益友로 여긴 것은 그가 식견이 많았기 때문으로 보인다. 즉 최해가 시문에 대한 감식력이 뛰어났으므로, 이제현은 시문에 관계된 문제에 대하여 그와 자주 의견을 나누었고,[39] 주로 그의 탁견을 수용했던 것이다.

시세계」, 『민족문화연구』 16, 고려대, 1982 ; 성숙희, 「졸옹 최해와 그의 문학세계」, 성신여대 석사논문, 1988 ; 양태순, 「최해의 의식과 시세계」, 『한국한시작가연구』 1, 태학사, 1995.

36) 그의 생애는 『高麗史』 卷109, <崔瀣列傳> 및 李穀, 『稼亭集』 卷11, <崔瀣墓誌銘>에 잘 나타나 있고, 성숙희, 위의 논문에서 자세히 다루었다.

37) 李齊賢, 『益齋亂藁』 卷4, <悼安謹齋>.

38) 같은 책 卷1, <和崔拙翁>.

39) 같은 이, 『櫟翁稗說』 後集1, <戲題李公擇白石山房詩>와 관련하여 두 사람이 의견을 나눈 사정이 잘 나타나 있다.

> '四更山吐月 殘夜水明樓 塵匣元開鏡 風簾自上鉤'라는 시에 대해 졸옹 최해는 "사람들이 뒤의 두 구가 모두 달을 말한 것이라고 하지만 그런 것이 아니다. '塵匣元開鏡'은 水明樓를 말한 것이다. 이는 夔府의 詠懷詩 '峽東蒼江起 巖排石樹圓 拂雲埋楚氣 朝海蹴吳天'에서 '拂雲'은 古樹를 말하고 '朝海'는 蒼江을 말한 것과 같으니, 이 또한 詩家의 한 격식이다."라고 하였다.[40]

위 인용문은 최해가 시 해석에서 문제가 될 만한 핵심을 정확히 지적한 것을 이제현이 그대로 받아들여 『역옹패설』에 수록한 것이다. 정곡을 찌르는 최해의 시문 비평안에 대한 이제현의 태도는 경탄과 동조라고 할 수가 있다. 따라서 시문과 관련된 문제만큼은 이제현도 최해에게 항상 두려움을 느끼고 있었다.

平生拙翁吾所畏	졸옹은 평소 내가 경외하던 사람인데
與世齟齬人共嗤	세상과 어긋남에 사람들 모두 비웃네.
東人遺文手自錄	동인이 남긴 시문을 손수 채록하였고
又有拙藁皆倔奇	또 졸고가 있어 모두가 기굴하다네.[41]

이제현은 평소 최해를 경외한 것이 그의 시문 감식력 때문이었음을 은연중 말하고, 그러한 감식력에 의해 편찬된 『東人之文』과 그의 문집인 『拙藁千百』의 빼어남에 대해 칭찬을 하고 있다. 朝鮮三千年之第一大家로 일컬어지는 이제현의 이러한 칭예로 미루어 최해의 시문 감식력은 대단한 수준에 있었음을 알 수가 있고, 그러한 감식력의 결과로 나온 것

40) 같은 곳 : "四更山吐月 殘夜水明樓 塵匣元開鏡 風簾自上鉤 崔拙翁瀣言 人謂後二句皆言月 非也 塵匣元開鏡 以言水明樓耳 如夔府詠懷詩 峽東蒼江起 巖排石樹圓 拂雲埋楚氣 朝海蹴吳天 拂雲言古樹 朝海言蒼江 亦詩家一格也."

41) 같은 이, 『益齋亂藁』 卷4, <送金海府使鄭尙書國俓得時字>.

이 바로 『東人之文』이다.

최해가 『동인지문』을 편찬하게 된 것은 원나라에 가 있을 때 그곳 문사들과 교류하면서 받은 문화적인 충격 때문이었다.

> 돌아보건대, 나 같은 疎賤으로도 또한 일찍이 참람하게 훔쳐서 이름을 金榜에 걸고 중원의 뛰어난 선비들과 서로 접촉하게 되었다. 그 사이에 우리나라의 文字 보기를 구하는 자가 있으면 나는 곧 책으로 이루어진 것이 없다고 대답하였는데, 물러나 생각하니 부끄러운 일이었다. 이에 비로소 類書를 편찬할 뜻을 가지고 東으로 돌아온 지 10년 동안 일찍이 잊은 적이 없었다.[42]

위 <東人之文序>에서 밝히고 있는 바와 같이 그 직접적인 동기는 중국과 같은 詩文選集이 없다는 수치심에서 비롯되었다. 일찍이 중국에서는 앞서 서론에서 언급한 바와 같이 蕭統의 『文選』을 비롯하여 蘇天爵의 『元文類』에 이르기까지 역대에 걸쳐 많은 시문선집이 편찬되었지만, 당시 고려에는 삼국시대 이래로 저작은 많았으나 한 종류의 시문선집도 편찬되지 않은 실정이었다. 물론 金台鉉이 최해의 在元시절을 전후하여 『東國文鑑』을 편찬하였지만, 아직 간행되어 세상에 유포되지는 못했던 것이다.[43]

이렇게 겉으로 드러나는 집적된 문화유산의 차이를 실감한 그는 類書를 편찬하여 저들에게 보여줌으로써 우리나라에도 중국과 대등한 높은

---

42) 崔瀣, 『拙藁千百』 卷2, <東人之文序> : "顧以予之疎賤 亦嘗濫竊 掛名金榜 而與中原俊士 得相接也 間有求見東人文字者 予直以未有成書對 退且恥焉 於是始有撰類書集之志 東歸十年 未嘗忘也."

43) 김태현이 『동국문감』을 편찬한 것은 1311~1321년 사이로 추정되고, 최해가 원나라에 있었던 것은 1321년이다.

수준의 문학이 있음을 알리고자 『동인지문』을 편찬하게 된 것이다. 이것은 곧 우리 민족문화에 대한 긍지와 문화민족으로서의 자부심에서 발로된 것이라고 할 수가 있다.

나아가 그는 우리와 중국은 언어에서 차이가 있기 때문에 학문을 함에 있어서 그들보다도 천백 배의 노력을 해야 한다고 전제하고, 그러나 우리의 지적 수준이 높다는 것을 다음과 같이 말하고 있다.

> 오히려 一心의 妙에 의지하여 천지사방을 통하게 되면 털끝만큼의 차이도 없으니, 그 득의한 작품에 이르러서는 어찌 스스로 굴하여 저네들에게 많이 양보하겠는가? 이 책을 보는 자는 이와 같은 점을 먼저 알아야 할 따름이다.[44]

곧 우리 문사들이 중국의 문자를 사용하고 있지만, 그 학문 및 문학의 수준은 결코 저들에게 뒤지지 않으며 오히려 저들보다 낫다는 것을 강조하고, 또 후학들에게 굴하지 않는 학문자세와 긍지를 심어주고 있다.

최해의 이러한 사상은 비록 그의 중국에 대한 입장이 전반적으로 慕華的인 성격을 떨쳐버릴 수는 없으나[45] 철저히 원의 지배를 받고 있던 당시 고려의 시대적 상황을 감안할 때 주목할 만한 문화의식이 아닐 수 없다. 비록 정치적 · 군사적으로는 원의 지배를 받고 있지만 정신적 · 문화적으로는 저들보다 우월하다는 당시 지식인의 정신세계의 일면을 보여주는 것이라 하겠다.

이러한 문화의식을 가지고 최해는 선인들의 글을 조사, 수집하기 시

---

44) 崔瀣, 앞의 곳 : "尙賴一心之妙 通乎天地四方 無毫末之差 尙何自屈至其得意 而多讓乎彼哉 觀此書者 先知其如是而已."

45) 그의 모화적인 입장은 <東人之文序>의 앞부분에서 중국의 문화 수준과 역대에 걸친 事大를 언급한 대목에 잘 나타나 있다.

작했으며, 수집에 그치지 않고 이본을 대조하여 교감하는 등 비교적 철저한 편찬작업을 추진하였다. 그가 조사, 수집하여 편집한 자료는 崔致遠으로부터 자기 당대인 忠烈王 代까지의 무릇 名家의 글이 망라되었다. 그는 자료를 3가지 문체별로 나누어 詩를 『五七』, 文을 『千百』, 騈儷文을 『四六』이라 각각 제목을 붙이고, 총칭하여 『東人之文』이라 하였다.[46] 즉 우리나라 사람의 글을 뽑아 모았다는 뜻의 제목을 단 것이다.

최해가 『동인지문』을 편찬하는 데는 『동국문감』을 편찬한 金台鉉의 영향이 상당히 컸을 것으로 보인다. 즉 김태현이 지공거로 있을 때(충렬왕 29, 1330) 최해는 安軸과 함께 登第하였고,[47] 이후 30년 간 스승으로 모시며 그의 門生으로서 배움을 받고 출입하였으며, 스승이 죽자 그의 묘지명을 썼다.[48] 이로 미루어 『동인지문』의 편찬과정에 『동국문감』을 참조하였을 가능성이 컸을 것임을 알 수가 있다.

『동인지문』을 편찬한 시기는 최해가 관직에서 물러나 城南 獅子山 아래에서 은거생활을 하고 있을 무렵으로 짐작된다. 즉 원나라에서 귀국한 지 10여 년 뒤인 충숙왕 17년(1330)경에 착수하여 충숙왕 복위 5년(1336)에 全集의 편찬을 1차적으로 끝내고 <東人之文序>를 지었으며,[49] 그리고 2년 후인 충숙왕 복위 7년(1338)에 『동인지문 사륙』을 보완, 증편

46) 崔瀣, 같은 곳 : "今則搜出家藏文集 其所無者 徧從人借 裒會採掇 校厥異同 起於新羅崔孤雲 以至忠烈王時 凡名家者 得詩若干首 題曰五七 文若干首 題曰千百 駢儷之文若干首 題曰四六 摠而題其目曰東人之文."

47) 李穡, 『牧隱文藁』 卷17, <松堂先生金公墓誌銘>.

48) 崔瀣, 같은 책 卷1, <金文正公墓誌>.

49) 윤병태 교수는 『四六』이 별도의 序가 있는 간행본으로 보고, 『五七』이나 『千百』은 충숙왕 복위 7년(1338)까지 편집되지 않았던 것으로 보았으나, 전집의 편찬을 1차로 완료한 후에 별도로 『四六』을 보완하고 <東人之文序>를 썼다는 천혜봉 교수의 견해가 타당한 것으로 생각된다.

하고 별도의 <東人四六序>를 썼다.[50)]

한편 『동인지문』은 전체 25권으로 편찬된 것으로 알려져 있는데,[51)] 오늘날 전하는 것은 『동인지문 사륙』 15권과 『동인지문 오칠』의 잔권 3권뿐이다. 그런데 『五七』이 9권으로 편찬된 것으로 확인되고 있어, 전체 권수에서 『사륙』과 『오칠』을 제외하면 『동인지문 천백』이 1권밖에 되지 않으므로 상식적으로 이해하기가 곤란하다. 25권이라는 계산에 추후 『사륙』을 증편한 분량이 제외되었든가 아니면 『천백』이 아예 편찬되지 않고 1권이 전체의 목록이었든가 그 사이에 어떤 곡절이 있는 듯하다.[52)] 『동인지문』은 그의 생전에 간행되지 못하고 그가 죽은 지 10어 년 뒤에[53)] 간행된 것으로 보인다. 즉 동료인 及庵 閔思平(1295~1359)이 전라도 안렴사인 鄭國俓에게 부탁하여[54)] 충정왕 1년(1349) 무렵에야 빛을 보게 된 것이다.

『동인지문』에 대한 후인들의 평가는 상반적이다. 李穡은 그것의 簡擇이 정밀하다고 호평하였고,[55)] 또 趙云仡도 자못 體를 얻었다고 하였다.[56)] 반면 『동문선』의 편자들은 散逸 · 闕遺가 흠이라고 폄하하였다.[57)] 이색과 조운흘의 호평은 당시까지만 해도 名家의 시문을 문체별로 분류하여 편찬한 예가 없는 데서 나온 것이고, 『동문선』 편자의 경우 새로 『동

50) 崔瀣, 같은 책 卷2, <東人四六序> : "後至元戊寅夏 予集定東文四六訖成."

51) 李穀, 『稼亭集』 卷11, <崔君墓誌>.

52) 신승운, 「동인지문 오칠 해제」, 『서지학보』 16, 한국서지학회, 1995, 149면.

53) 閔思平, 『及庵詩集』 卷1, <送鄭諫議之官金海得見字>.

54) 李齊賢, 『益齋亂藁』 卷4, <送金海府使鄭尙書國俓得時字>의 말미에 "鄭嘗爲全羅道按廉使時 及菴閔相授以崔拙翁東人之文及拙藁 鄭皆刻梓以傳."이라 細注하였다.

55) 李穡, 같은 책 卷9, <贈金敬叔秘書詩序> : "簡擇之精 稱拙翁."

56) 金宗直, <靑丘風雅序> : "石磵略 快軒雜 猊山之編 最爲得體."

57) 徐居正, <東文選序> : "崔瀣著東人文 散逸尙多." ; 梁誠之, <進東文選箋> : "崔瀣撰東文 而病於闕遺."

문선』을 편찬하는 당위성을 부각시키기 위해서 앞서의 시문선집을 상대적으로 깎아내려야 했기 때문으로 이해할 수가 있다.

2) 『사륙』의 체제와 내용

『동인지문 사륙』에는 작가 76명(무명씨 4편 포함)의 작품 493편이[58] 문체별로 수록되어 있다. 목록에 제시된 문체의 종류와 각 권에 수록된 문체 및 작품 수는 다음과 같다.

1. 事大表狀(권1~4) : 122편
2. 冊文(권5) : 17편
3. 麻制(권5) : 7편
4. 敎書(권6~7) : 55편
5. 批答(권7) : 11편
6. 祝文(권7) : 50편
   1) 宗廟祭祝
   2) 社稷
   3) 釋尊二丁
   4) 圓丘
   5) 籍田
7. 道詞(권7~8) : 13편
8. 佛疏(권8) : 6편
9. 樂語(권8) : 21편
10. 上梁文(권8) : 1편
11. 陪臣表狀(권9) : 34편
12. 表(권10~12) : 69편
13. 牋(권13) : 7편
14. 狀(권13) : 49편
15. 啓(권13~15) : 24편
16. 詞疏(권15) : 6편
17. 致語(권15) : 1편

이상에서 보면 최해는 문체를 크게 17종으로 나누고 또 축문의 경우 그 용도에 따라 다시 5종으로 구분하고 있다. 그러나 자세히 따져보면 『사륙』은 문체 구분과 체제 구성에 몇 가지 특징과 함께 문제점도 있음을 알 수가 있다.

첫째, 事大表狀과 陪臣表狀을 나누고 있는데, 이는 최해의 사대의식을 반영하는 동시에 직위와 용도에 따라 문장의 격을 구분하여 인식하고

58) 起居表에 있어서 進奉表, 賀表, 物狀 등을 분리하거나 통합함에 따라 그 편수를 달리 계산할 수가 있다.

있음을 보여주는 것이다. 이러한 사정은 최해 스스로도 <東人四六序>에서 다음과 같이 밝히고 있다.

> 가만히 살펴보건대, 國祖가 이미 중국의 책봉을 받아 대대로 계승하여 천명을 두려워하고 대국을 섬기어 충성하고 겸손해하는 예를 극진히 하지 않은 일이 없었다. 이로 말미암아 表章의 체가 생기게 된 것이다. 그러나 陪臣이 자기 왕을 聖上이나 皇上이라 이르며, 위로 堯舜을 인증하고 아래로 漢唐에 비하여 王도 간혹 朕이나 予一人이라 자칭하고, 명령을 詔 · 制라 하고 국내의 죄수를 풀어주는 것을 大赦天下라 하여 署置와 官屬도 다 중국을 본떴으니, 이와 같은 등속은 크게 참람을 범하여 실로 듣고 보는 자를 놀라게 한다.[59]

이에 따르면, 최해는 事大를 매우 중요하게 여기는 한편 天子와 王, 君과 臣의 문장이 따로 있으므로 下가 上을 범하는 참람한 문장을 써서는 안 된다고 하였다. 이러한 인식에 따라 事大表狀과 陪臣表狀을 구분한 것이다. 또 채록 시문의 편수에 있어서 표장이 가장 많은 것도 그의 관심의 향방을 잘 나타내준다.

둘째, 문체 분류와 체제가 체계적이지 못하다. 즉 事大表狀의 目에 해당하는 문체는 表 · 狀이고 陪臣表狀의 目은 表 · 牋 · 狀 · 啓이다. 따라서 事大表狀과 陪臣表狀은 문체명이 될 수가 없고, 여기에 속하는 문체는 奏議類에 해당하는 表 · 牋 · 狀 · 啓 4종이 되는 셈이다.[60] 마찬가지

---

59) 崔瀣, 같은 곳 : "竊審 國祖已受冊中朝 奕世相承 莫不畏天事大 盡忠遜之禮 是其章表得體也 然陪臣私謂曰聖上曰皇上 上引堯舜 下譬漢唐 而王或自稱朕予一人 命令曰詔制 肆宥境內曰大赦天下 署置官屬 皆倣天朝 若此等類 大涉僭踰 實駭觀聽."

60) 表 · 牋 · 啓는 받는 이의 직위 고하에 따른 명칭의 구분이고 그 성격은 같은 것이다. 李奎報, 『東國李相國集』 卷26, <與金秀才懷英書> : "獻於上則曰表 於太子王侯則曰牋 贄於搢紳士大夫則曰啓 因高卑別其名耳."

로 卷7~8에서는 道詞와 佛疏를 구분하여 따로 문체를 나누었지만 卷15에서는 둘을 합쳐 詞疏라 하였고, 또 卷8의 樂語와 卷15의 致語는 같은 문체이다. 이러한 사실은 『사륙』 내의 각 문체에 속하는 글들의 제목을 상호 대조하거나 『동문선』의 문체 분류와 비교해 보면 금방 알 수가 있다. 예컨대 권8의 佛疏에 뽑혀 있는 김부식의 <消災道場疏>와 권15의 詞疏에 있는 최치원의 <求化修大雲寺疏>는 같은 성격의 글이고, 또 권8의 道詞에 있는 이규보의 <年交道場兼醮詞>와 권15 詞疏에 있는 최유청의 <醮詞>도 醮詞로서 같은 성격인 것이다. 이와 같이 같은 문체에 속하는 글인데도 뒤에 다른 문체와 합치거나 다른 문체명으로 다시 편집된 것은[61] 『동인지문』을 1차로 편찬한 후 2년 뒤에 『동인지문 사륙』을 추보하였기 때문으로 생각된다. 적어도 1차로 편집하였을 때의 『사륙』은 권8의 上梁文까지였고, 권9 陪臣表狀 이하는 추보한 것으로 보인다. 또 이러한 문체명을 통하여 최해가 분류한 문체의 종류는 17종이 아니라 13종이었음을 확인할 수가 있다. 즉 表, 牋, 狀, 啓, 冊文, 麻制(制誥), 教書, 批答, 祝文, 道詞(靑詞), 佛疏, 致語(樂語), 上梁文 등이다.

셋째, 문체 분류가 잘못되거나 문체명이 잘못 붙여져서 오해의 소지가 있는 것이 더러 발견된다. 예컨대 권5에 麻制라는 문체명 아래에 7건의 제고와 관련된 文件이 수록되어 있는데, <除金富軾守太保餘竝如故>, <除任元厚門下平章崔湊中書平章李之氐政堂文學>, <除李之氐金正純竝參知政事> 3건만이 마제이고, 나머지 4건은 官誥와 教書에 해당하는 것이다. 즉 <大寧侯侾除守太保餘竝如故>와 <金富佾罷相判秘書省事>는 大官誥, <尹彦植可工部尙書>는 小官誥, <延興宮大妃祖母金氏追封和義郡夫人>은 教書이다.[62] 최해의 기준대로라면 <延興宮大妃祖母金氏追封和義

61) 詞疏는 道詞(靑詞)와 佛疏를 합친 것이고, 樂語와 致語는 이름만 다를 뿐 같은 것이다.

郡夫人>은 교서이므로 권6의 教書類에 수록하는 것이 옳다. 또 『동국이상국집』이나 『동문선』에서는 大官誥 혹은 麻制의 대상에게 지급된 教書를 制誥類로 분류하였으나, 『동인지문』에서는 대관고(마제)의 지급과 관련된 교서를 관리 임용의 측면을 고려하지 않고 그냥 教書類에 넣고 있다. 따라서 최해는 벼슬의 제수나 추봉 시에 지급하는 문건들을 구분하지 않고 통칭하여 麻制라 한 것처럼 그의 制誥에 대한 이해, 나아가 문체 분류가 세밀하지 못하다고 하겠다.

한편 『동인지문 사륙』은 작가별로 볼 때 김부식(81편) → 김극기(64편) → 최유청(59편) → 이규보(42편) → 최치원(27편)의 순으로 많은 작품을 뽑고 있는데, 김부식의 작품이 가장 많고 대문호로 일컬어지는 이규보의 것이 상대적으로 적다. 이것은 그들이 살던 당시의 시대적 상황과 중앙정계에서의 활약상 그리고 문장 저술과 관련한 개성적인 면과 결부하여 이해해야 할 듯하다. 김부식은 妙淸의 난을 진압하는 등 중앙 무대에서 많은 활동을 하며 국가대사와 관련한 글을 많이 지었던 반면, 이규보는 왕공대인에게 글을 올릴 때 당시의 습속인 騈儷文으로 글쓰기를 좋아하지 않았기[63] 때문으로 보인다. 또 文章史的으로 고려 문단에서 이규보에 비해 김부식이 더 높은 비중을 차지한다. 金澤榮은 김부식을 麗韓九家에 포함시키고 6편의 文章(古文)을 뽑은 바 있지만 이규보는 대상 작가에서 제외하였다. 최해 자신도 김부식에 경도되었던 듯하다. 즉 이는 <進三國史記表>가 변려문이 아닌 고문임에도 불구하고 "非四六"이라 細注를 달면서까지 『동인지문 사륙』에 뽑아 넣은 것에서 짐작할 수

---

62) 金乾坤, 「高麗時代의 制誥」, 『정신문화연구』 42, 한국정신문화연구원, 1991에서 자세히 분석하였다.

63) 李奎報, 앞의 글 <與金秀才懷英書>에 啓에 대한 비판이 잘 나타나 있다.

가 있다.

『동인지문 사륙』의 편찬은 최해가 서문에서 밝힌 바, 중국 문사들에게 보여주기 위한 표면적인 이유 이외에, 그 이면에는 당시 국가 사회와 문단에서의 효용적인 측면도 고려되었을 것으로 보인다. 金澤榮은 고려시대의 문장에 대하여 "삼국과 고려시대에는 오로지 六朝文을 배워 변려문에 뛰어났다."라고 평한 바 있다.[64] 즉 고려 초기의 문장은 羅末의 문풍이 그대로 계승되어 渡唐 유학생들이 晩唐에서 익혀 온 사륙변려문이[65] 주류를 이루고 있었고, 光宗 代부터 과거제도가 실시됨에 따라 賦와 策이 시험과목으로 부과되자 더욱 정교한 수사로 화려한 형식미를 추구하게 되었으며, 특히 신하가 임금에게 올리는 奏議나 아랫사람이 윗사람에게 쓰는 尺讀 등 공식적인 글에서 유행하였다. 고문을 익히고 변려문이 폐단인 줄 알고 있는 문사들도 윗사람에게 글을 쓸 때는 당시의 습속에 따라 어쩔 수 없이 변려문으로 써야 할 정도로 그 세는 꺾이지 않았다. 즉 奏議・表・牋・狀・啓・疏・書 등 국가정치에 관계된 글이나 예의를 갖추어야 할 공식적인 글들의 대부분이 변려문이었던 것이다. 『동인지문 사륙』은 당시의 이러한 문단의 상황에서 변려문의 典範으로서의 역할을 염두에 두고 편찬되었을 것임을 헤아릴 수가 있고, 최해가 『사륙』을 다시 15권으로 追補한 것이 그것에 대한 고려를 반증하는 것이다.

『동인지문 사륙』의 자료적 가치는 그것이 당시 최고의 문사들이 극도의 형식미를 추구하여 지은 변려문의 精華라는 文章史的 의의뿐만 아니

64) 金澤榮 『韶濩堂文集』 卷8, <雜言>4 : "三國高麗 專學六朝文 長於騈儷."

65) 변려문은 원래 魏晋 연간에 글을 짓는 자가 윗사람에게 글을 올릴 때 읽어보기 쉽게 하기 위해 구절을 나누어 넉 자씩 나란히 하고 여섯 자씩 짝을 지어 사륙체로 만들고 이것으로 表・牋・狀・啓를 지었던 것에서 나온 문체로, 글의 내용보다 簾角과 音律, 對偶 등의 外形美를 중요시하였다.

라, 주로 國事와 관련된 내용의 글들이어서 『高麗史』를 補備할 수 있는 史料로 평가할 수가 있다. 특히 현전하는 고려시대의 문집이 영성한 점을 감안하면 『사륙』은 고려시대의 문화 전반을 연구하는 데 요긴한 자료가 아닐 수 없다. 『동문선』에 수록되지 않은 작품이 100여 편이 넘는 점만 보아도 자료집으로서의 의의는 크다. 그러나 현재 유통되고 있는 고려판본 『동인지문 사륙』은[66] 판본이 오래되어 글자체의 마모와 訛脫이 심하고 古字 · 略字가 많아 판독하기가 쉽지 않다. 따라서 하루빨리 楷書로 정서하여 자료적 가치를 높일 필요가 있다.

3) 『오칠』의 체제와 내용

책 이름의 '五七'은 5언시와 7언시를 말하는 바, 『동인지문 오칠』은 곧 우리나라 문인들의 한시를 선발한 시선집이다. 현전하는 『오칠』은 권7~9의 殘本으로, 권7의 앞부분과 권9의 뒷부분이 떨어져 나가고 권8만이 완전하다. 그동안 일실된 것으로 알려져 있다가 1990년에 잔본이 학계에 소개된 이후[67] 서지 · 사학 · 문학 분야에서 각각 그 가치를 검토한 바 있다.[68] 여기에서는 기존의 성과를 바탕으로 몇 가지 사실을 덧붙여 살펴보고자 한다.

『동인지문 오칠』은 그것을 抄選한 『삼한시귀감』 소재 시인과 비교해 볼 때, 즉 양쪽에 수록된 마지막 작가가 洪侃인 점으로 미루어 9권 3책으로 편찬되었음이 분명하다. 현전하는 잔본은 下冊에 해당하는 셈이다.

---

66) 성균관대 대동문화연구원, 『高麗名賢集』 5 소재.

67) 千惠鳳, 『韓國典籍印刷史』, 범우사, 1990, 128면.

68) 辛承云, 「高麗本 東人之文五七의 殘本(권7~9)에 대하여」, 『도서관학』 20, 1991 ; 許興植, 「東人之文五七의 殘卷과 高麗史의 補完」, 『서지학보』 13, 1994 ; 呂運弼, 「東人之文五七의 面貌와 東文選과의 관련양상」, 『한국한시연구』 3, 태학사, 1995.

잔본에는 작가 26명의 134題 162首의 한시가 전한다.

책의 체제는 작가를 시대순으로 배열하고, 다시 각 작가의 시를 詩體別로 수록하고 있다. 해당 작가의 標題는 "李平章奎報五十首"처럼 관직명과 선발된 시의 편수를 밝혔으며, 또 略傳을 마련하여 각 작가에 대한 이해를 돕고 있다. 그리고 詩句의 佳處에 貫珠와 圈點을 베풀고, 해당 시구와 관련하여 참고할 만하거나 독자의 이해를 도울 수 있는 내용을 細注로써 批解를 하였다.

『오칠』의 체제 및 내용과 관련하여 특징과 문제점을 구체적으로 살펴보면 다음과 같다.[69)]

첫째, 作家 略傳의 사료적 가치이다. 약전은 중국의 역대 시문선집에서도 찾아보기 힘든 독특한 방식이지만 『十妙詩』의 영향을 받은 것으로 보이며,[70)] 우리나라의 초기 시선집에서는 약전을 마련하는 것이 관례가 아니었던가 짐작된다. 시가 1수밖에 뽑히지 않는 시인에 대해서도 간단한 전기를 마련하고 있는데, 金晅의 경우 7언율시 1수(4行)에 23행의 전기를 기술한 것처럼 시보다 약전의 분량이 많은 시인이 9명이나 된다. 이 약전에는 世系·出身·科擧·宦歷·著述·子孫 등과 관련한 새로운 사실들이 수록되어 있어서 『高麗史』 列傳 및 『禮部試登科錄』을 보완하고 당시의 신분사를 이해하는 데 귀중한 자료가 되고 있다.[71)]

둘째, 약전의 서술태도와 방식의 문제이다. 최해는 고려의 임금을 왕으로 낮추어 적고 있는데, 이는 그의 사대의식을 보여주는 것이다. 반면 元과 고려 왕실에 대해 한 글자를 闕하거나 擡頭를 하고 고려 임금의

69) 『오칠』을 대본으로 하여 抄選한 것이 『삼한시귀감』인 바. 둘을 연계하여 이해할 필요가 있다.

70) 辛承云, 앞의 논문에서 元好問의 『中州集』에서 영향을 받았을 것으로 추정하였다.

71) 이와 관련해서는 許興植, 앞의 논문에서 구체적으로 살핀 바 있다.

이름을 忌諱한 것은 고려시대 典籍들의 일반적인 서술방식으로 이해된다. 그리고 약전에는 句讀를 베풀어 읽기 편하게 하였지만, 그 표시가 잘못된 부분이 여러 곳 눈에 띈다. 예컨대 李奎報의 약전 중 "明王庚戌皇甫緯榜登科"에서 庚戌 다음에 구두가 베풀어져 있지 않고, "位至平章事年七十四"에서는 '事' 다음에 표시해야 할 구두점이 '年' 뒤에 잘못 찍혀 있다.

셋째, 작가별로 나누고 다시 해당 작가의 시를 시체별로 수록하였는데, 5고 → 7고 → 5배 → 5율 → 7배 →7율 → 5절 → 7절의 순서이다. 모든 시체의 시를 작가별로 수록한 것은 해당 작가의 약선을 마련한 것과 관련이 있으며. 작가별 수록은 후대 張志淵의 『大東詩選』에 영향을 미쳤을 것으로 보인다. 『오칠』을 抄選한 『삼한시귀감』에서는 작가별 수록을 시체별로 바꾸어 수록한 점이 흥미롭다.

넷째, 잔권에 수록된 162수 중 『삼한시귀감』에 뽑히지 않은 시는 88수이지만, 『동문선』에 수록되지 않은 시는 洪侃의 7언절구 <過龍興溪有感呈李蒙庵 其二> 1수밖에 없다. 이것은 곧 『동문선』의 편자들이 『삼한시귀감』보다 『동인지문오칠』을 주로 참고하여 대폭 수용하였음을 말해준다. 서거정이 <東文選序>에서 최해의 『동인지문』을 비판하고 있는 것은[72] 그것을 참고하였음을 간접적으로 시인하는 것이다.

다섯째, 『오칠』을 통하여 후대에 이루어진 시선집의 잘못을 바로잡을 수가 있다. 예컨대, 李承休의 7언절구 <雲>의 경우, 『삼한시귀감』에만 이승휴의 작으로 되어 있고, 『동문선』 권20과 『대동시선』 권1에는 鄭可臣의 작으로 되어 있다. 이 작품이 『動安居士集』에 수록되어 있지 않아 原作者를 단정하기에 어려운 점은 있지만, 『오칠』의 편차로 볼 때 鄭可

72) 徐居正, <東文選序> : "崔瀣著東人文 散逸尙多."

臣 다음에 바로 이승휴의 작품이 수록되어 있어서 『동문선』의 편찬자들이 『오칠』을 참고하면서 한 작가(이승휴)를 빠뜨린 결과 앞 작가의 작품이 되어버린 것으로 추측할 수가 있다. <雲>은 『역옹패설』 後集2와 『동인시화』 卷下에도 이승휴의 작으로 되어 있다. 또 白文節의 <訪山寺>의 경우 『청구풍아』 권6, 『기아』 권2, 『대동시선』 권1에는 <方山寺>로 되어 있어 詩題를 절의 이름으로 오해할 소지가 있으나, 『오칠』을 통하여 『삼한시귀감』과 『동문선』의 기록이 옳다는 것을 거듭 확인할 수가 있다. 그러나 朴恒의 <朝元北京路上>은 최해가 시의 일부만 수록하는 잘못을 범하고 있다. 이 시는 『동문선』(권14), 『청구풍아』(권4), 『기아』(권7), 『대동시선』(권1), 『해동시선』에 7언율시로 등재되어 있으나, 『오칠』에는 시의 전반부 4구(7언절구)만 수록되어 있다.

여섯째, 잔권 소재 162수 중에 圈點이 찍혀 있는 시가 89수, 貫珠가 베풀어져 있는 시가 6수이며, 그 중에서 시 전체에 권점이 찍혀 있는 시는 19수, 권점과 관주가 동시에 찍혀 있는 것이 3수이고 批解는 5수에 베풀어져 있다.[73] 권점과 관주는 시구의 오른쪽에 표시하고 비해는 詩題의 밑이나 시의 말미에 부기해 놓았다. 관주는 詩意와 表現이 가장 훌륭한 시구에, 권점은 그 다음으로 잘된 시구에 붙이는 바, 이들 批點은 독자의 시 감상과 해독에 훌륭한 길잡이 구실을 하기에 충분한 것이다.

73) 여기에서는 殘卷에 수록된 시만을 대상으로 하였으나, 최해의 비점에 관해서는 그것을 抄選한 『삼한시귀감』의 경우를 통하여도 확인할 수가 있다.

5. 조운흘 『삼한시귀감』

1) 『동인지문 오칠』에서의 초선(抄選)

편자 趙云仡은 高麗詩史에서 그리 주목을 받을 만큼 대단한 시인은 아니었던 것 같다. 『東文選』에 7언절구 5수가 뽑히고 있을 뿐이다.[74] 그는 오히려 方外人的 기질을 가지고 佯狂玩世했던 인물로 더 잘 알려져 있다.[75] 『石磵集』이 있었다고 하나 전하지 않고, 또 그의 문학과 관련된 자료가 부족하여 그의 문학세계와 문학사적 위상을 가늠하기가 어렵다.

『삼한시귀감』은 서문이나 발문이 없어 그 편찬 의도나 편찬과정을 자세히 알 수가 없다. 각 권 서두에는 "拙翁崔瀣 批點 石磵趙云仡 精選"이라 하여 비점을 한 사람과 시를 선발한 사람을 밝혀놓고 있다. 얼핏 보기에 조운흘이 시를 뽑은 다음에 최해가 비점을 찍은 것으로 생각하기 쉬우나, 두 사람의 生歿年代를 비교해 보면 그 선후관계와 그 사이에 일어날 수 있는 일련의 작업과정을 유추해 낼 수가 있다. 최해의 생몰연대는 1287년~1340이고, 조운흘은 1332년~1404이다. 즉 최해가 죽던 해에 조운흘은 9세의 學童에 지나지 않았다. 따라서 選詩 후의 批點은 불가능한 일이고, 조운흘이 최해가 이루어 놓은 앞서의 업적에서 批解와 批點을 인용해 왔음을 알 수가 있다. 최해의 앞선 업적은 바로 『동인지문 오칠』이다.

그러면 조운흘이 『동인지문 오칠』에서 과연 어떤 시를 어떻게 얼마나

---

74) <送春日別人>, <遊金剛山>, <題九月山小庵>, <卽事>, <題雲錦樓>.

75) 『高麗史』 卷112, <趙云仡列傳> : "二十三年 以典法摠郎辭職 居尙州露陰山下 自號石磵棲霞翁 佯狂自晦 出入必騎牛 著騎牛圖贊石磵歌 以見意 與慈恩僧宗林爲方外交 超然有世外之想 六年 乞退 居廣州古垣江村 重營板橋沙平兩院 自稱院主."

선정했을까? 『삼한시귀감』에는 시구의 요소요소 佳處에 최해의 비점이 찍혀 있다. 총 수록된 시편 206題 247首 중에서 최해의 圈點이나 貫珠가 찍혀 있는 것은 무려 171題 197首나 되며, 전체의 80% 이상을 차지한다. 35題를 제외한 시에 이렇게 많은 권점과 관주가 찍혀 있는 것으로 보아, 조운흘이 『오칠』에서 시를 선발할 때 최해의 권점과 관주가 찍힌 시를 우선으로 거의 다 뽑았을 가능성이 크다. 그리고 권점과 관주가 없는 나머지 시들은 『오칠』에서 다시 조운흘의 안목으로 뽑은 것이다. 이와 관련하여 金宗直은 조운흘이 "김태현의 『동국문감』은 雜되고 최해의 『동인지문』은 가장 體를 얻었다고 생각하여 『오칠』에서 자기의 權度에 합하는 작품을 뽑았다."라고 평가한 바 있다.[76] 그 권질로 볼 때 『오칠』이 9권이고 『삼한시귀감』이 3권으로 편찬된 점을 감안하면 『오칠』의 1/3 이상이 『삼한시귀감』에 선발, 수용된 것이다.

『삼한시귀감』이 언제 편찬되었는지는 확실하지 않으나, 그의 행적으로 미루어 볼 때 공민왕 23년(1374) 典法摠郎으로 사직하고 尙州 露陰山 아래에 은거하며 石磵棲霞翁이라 自號하고 <騎牛圖贊>과 <石磵歌>를 지어 方外에 뜻을 둘 무렵이거나 우왕 6년(1380) 判典校寺事를 사직하고 廣州 古垣江村에 살며 板橋院과 沙平院을 중건하여 院主로 자칭하며 8년간 은거생활을 할 때인 것으로 짐작된다.[77] 初刊本은 麗末鮮初에 간행된 것으로 보이나 전하지 않고, 명종 21년(1566) 순천에서 간행된 重刊本이 오늘날 전하고 있다.[78]

조운흘은 대단한 시인으로 평가를 받고 있지는 못하지만, 知詩力(鑑識

76) 金宗直, <青丘風雅序> : "近世金快軒崔猊山趙石磵三老 各有選集 石磵略 快軒雜 猊山之編 最爲得體 然而合乎已之權度者 然後收之 故多遺焉."

77) 『高麗史』 앞의 곳.

78) 卷尾에 "嘉靖丙寅冬 順天府重刊"이라 干支와 場所를 밝혀놓고 있다.

力)이 뛰어났던 인물로 생각된다. 洪萬宗은 조운흘이 고려조 시인 12家를 선정하고 詩風을 품평한 바를 『소화시평』에 다음과 같이 인용하고 있다.

> 麗朝作者 各自成家 不可枚擧 趙石磵云仡稱麗朝詩十二家 盖金侍中之典雅 鄭學士之婉麗 金老峯之巧妙 李雙明之淸麗 梅湖之濃艶 洪崖之淸邵 益齋之精緻 惕若之淸贍 圃隱之豪放 陶隱之醞藉 各擅其名 而白雲之雄贍 牧隱之雅健 尤傑然者也 至若牧隱之浮碧樓詩一律 宮商自諧 天分絶倫 非學可到.[79]

위 사실로 미루어 조운흘은 역대 시인들의 시를 鳥瞰하고 품평할 정도로 시에 대한 안목이 수준급에 있었음을 알 수가 있다. 그가 선정한 12家는 金富軾, 鄭知常, 金克己, 李仁老, 陳澕, 洪侃, 李齊賢, 金九容, 鄭夢周, 李崇仁, 李奎報, 李穡 등이다. 이들은 고려한문학사에서 중요시되는 시인들임에 틀림이 없다. 그의 품평 또한 후대 諸家의 상기 시인들에 대한 품평과 크게 어긋나지 않으며 상호 부합되는 바가 많다.[80] 따라서 그의 이와 같은 혜안은 시를 선발하여 시선집을 편찬하기에 충분하다고 하겠다.

한편 위와 같은 選詩의 과정을 두고 볼 때 『삼한시귀감』의 편찬목적은, 최해의 힘을 빌리긴 했지만, 최선의 精髓集을 편찬하는 데 있었던 것 같다. 그것은 탁월한 시 감식력을 가졌던 최해의 관주와 권점이 찍힌 시가 대거 뽑힌 것에서 알 수가 있다. 관주와 권점은 表現과 造語에서 뛰어난 詩句에 찍는다. 따라서 그런 면에 모범이 될 만한 시들을 뽑았기

79) 洪萬宗, 『小華詩評』 卷上.

80) 南龍翼, 『壺谷詩話』 및 <箕雅序> ; 許筠, 『惺所覆瓿藁』 卷10, <答李生書> ; 任璟, 『玄湖瑣談』 참조.

에 책 제목도 『龜鑑』이라 한 것이다. 梁誠之는 성종 13년(1482)에 <便宜十二事>를 올리면서 이 책을 다른 책과 마찬가지로 4부를 비축할 것을 건의한 바 있다.[81] 이는 곧 이 책이 조선 초기에 羅麗 漢詩의 精髓로 평가받았음을 의미한다.

그러나 아쉬운 점은 그가 독자적으로 자기 당대까지의 시를 선발하지 못한 것이다. 즉 최해가 『동인지문 오칠』에서 선발한 충렬왕 대까지의 시에 그치지 않고 그 이후의 시, 특히 그가 12家로 선정한 이제현, 김구용, 정몽주, 이숭인, 이색 등의 시들도 선발, 수록하였으면 『삼한시귀감』은 명실상부한 삼국 및 고려시대 한시의 정수집이 될 수 있었을 것이다. 시대 범위가 그러하고 또 選詩 과정에서 간접적으로 최해의 힘이 가세된 것은 그만큼 『삼한시귀감』의 편찬에 대한 조운흘의 功이 떨어진다고 하겠다.

2) 체제와 내용

『삼한시귀감』은 상・중・하 3권 1책으로 되어 있으며, 전체가 145면밖에 되지 않는 단출한 시선집이다. 각 권의 제 1면 2행과 3행에는 批點者와 選詩者를 표시해 놓았다. 시는 유형별로 나누어 卷上에는 5언시를, 卷中과 卷下에는 7언시를 각각 수록하였다. 대본으로 삼은 『동인지문 오칠』의 작가별 편집을 시형별로 재편집한 것이다. 그러나 卷上의 5언시는 고시, 율시, 절구의 순서로 수록하였지만, 7언시는 卷中에 율시, 절구의 순서로 수록하고, 卷下에 고시를 수록하여 시체별 수록 순서가 일정하지 않다. 卷上의 경우대로라면 卷中과 卷下는 그 순서가 바뀌어야

81) 윤병태, 『한국서지연표』, 한국도서관협회, 1972, 35면.

할 것이다. 곧 편집체제가 일률적이지 못하다고 하겠다.

그리고 작자의 이름은 권별로 수록된 첫 작품의 詩題 한 줄 앞에 별도로 명기하고, 성명 앞에 官爵을 밝혔다. 그러나 崔致遠의 경우 卷上에는 관작명이 빠져있고, 卷中에 가서 "翰林學士 崔致遠"이라 관작을 기록하고 있다. 이 점 역시 편집 체제상의 문제점으로 지적할 수 있다. 그리고 주요 작자에 대해서는 略傳을 마련하여 성명 아래에 細注하였다. 이것은 『五七』에서 최해가 쓴 略傳을 더욱 요약한 것이다. 약전이 기술된 시인은 崔致遠,[82] 金克己,[83] 李奎報[84] 세 사람으로. 이는 편자가 이들을 羅麗 詩壇에서 가장 비중 있는 작가로 간주하여 특별히 배려한 것으로 보인다.

한편 시의 중간 중간 名句에는 『동인지문 오칠』에서 인용해 온 批點을 附記해 놓았다. 최해의 비점 외에, 조운흘 자신도 "石磵曰 ……"이라 하여 본인의 批解를 추가해 놓았다. 최해의 관주가 베풀어져 있는 시는 崔致遠의 <登潤州慈和寺上房>, 崔惟淸의 <雜興> 4 · 7 · 8, 鄭知常의 <長源亭>, 李仁老의 <山市晴嵐>, 李奎報의 <夏日>, 陳澕의 <野步>, 白文寶의 <光武> 등 9수이다. 그리고 권점은 195수에 베풀어져 있다. 특히 <雜興> 7 · 8, <長源亭>, <山市晴嵐>, <光武>에는 시 전체에 걸쳐 관주와 권점이 찍혀 있으며, 또 시 전체에 권점이 찍혀 있는 시는 45수에 이른다. 한편 최해의 비해는 12수에, 조운흘의 비해는 2수에,[85] 그리고 누구의 것인지 확인되지 않는 비해가 1수에 베풀어져 있고,[86] 그

82) 字孤雲 新羅人 仕唐爲翰林侍讀學士 本集三十卷.

83) 本集一百五十卷.

84) 本集五十卷.

85) 崔致遠의 <旅遊唐城有先王樂官將西歸 ……>와 李混의 <西京永明寺>에 조운흘의 비해가 있다.

외 詩句 사이의 間注가 2곳에 붙어 있다.[87]

『삼한시귀감』에는 신라 최치원으로부터 고려 충렬왕 대까지의 詩家 45명의 시 206題 247首가 수록되어 있다. 5언시보다 7언시가 더 많이 뽑히고, 또 5언절구가 가장 적은 데 비하여 7언절구가 가장 많이 뽑히고 있다. 우리나라 문인들이 5언시보다도 7언시를 즐겨 지었고, 따라서 7언시가 양적으로 많을 뿐만 아니라 名篇도 많이 나왔던 까닭에 더 많이 뽑혔던 것으로 이해할 수 있다. 이와 같이 7언시가 상대적으로 많이 뽑히는 현상은 후대에 이루어진 각종 시선집의 경우에서도 그러하다.

한편 이들 시의 작가별 多選 순위를 보면 다음과 같다.

1) 金克已 : 28題(37首)
2) 李仁老 : 25題(30首)[88]
3) 崔致遠 : 24題(24首)
4) 李奎報 : 22題(30首)
5) 林　椿 : 14題(14首)
6) 洪　侃 : 10題(16首)
7) 陳　澕 : 8題(9首)
8) 金富軾 : 8題(8首)
9) 鄭知常 : 7題(7首)
10) 崔惟淸 : 6題(15首)

순위 10위까지의 시인들은 나려한시사에서 충렬왕 대까지의 대표적인 名家임에 틀림이 없다. 선발된 시의 편수가 반드시 시단에서의 작가의 비중과 일치한다고 할 수는 없지만, 일반적으로 후대의 각종 시선집의 경우를 보더라도 어느 정도 부합되고 있는 것이 사실이다. 그런데 여

86) 林宗庇의 <從靈通寺僧 ……> 말미에 "僧更以美酒爲謝"라 하였고, 누구의 비해인지는 밝히지 않았다. 이 내용은 『破閑集』 卷下에 朴公襲의 일화와 함께 이미 알려져 있던 것이다.

87) 陳澕의 <使金通州九日>에 "秋澄閣(在安東府)", 郭預의 <感渡海>에 "一岐(日本島名)"라 세주를 붙였다.

88) 원래 李仁老의 시인데 林椿의 시로 잘못 표기된 2수를 포함하고, 반면 林椿의 시에서 2수를 제외한 것이다.

기에 나타나는 그 순위는 오늘날 한문학사에서 일반적으로 다루고 있는 작가의 비중과는 다소의 차이가 있다. 즉 최치원은 신라인이라 차치하더라도, 고려한시사에서 김극기의 위치나 비중이 이규보나 이인로를 앞질러 최고봉을 차지하고 있는 것은 특기할 만한 일이 아닐 수 없다. 또 홍간의 시가 김부식, 정지상, 진화의 시보다 더 많이 뽑힌 것도 주목되는 일이다.[89)]

金克己의 시가 이규보나 이인로의 것보다 더 많이 뽑힌 데에는 그만한 설득력을 찾을 수가 있다. 우선 그들이 남긴 저작을 비교해 보면 이규보는 문집이 50권인데 비해 김극기는 문집이 150권으로 그 3배나 된다. 또 김극기는 逸士韻客으로 전국의 명승고적을 유람하며 도처에 시를 남겼고, 그 결과 『東國輿地勝覽』에 가장 많은 題詠詩가 실려 있다. 곧 김극기의 시가 多採된 소이가 객관적인 자료에서 입증된다. 그런 점에서 조운흘은 이규보가 相國을 지내고 고려시대의 대문호로 불리긴 했지만, 員外郎의 하찮은 벼슬밖에 하지 못한 김극기를 시인으로서 더 높이 평가한 것이라 하겠다. 오늘날 그의 문집인 『金居士集』이 전하지 않고 있기 때문에 한문학사에서 그가 소홀히 취급되고 있지만, 『삼한시귀감』, 『동문선』, 『동국여지승람』 그리고 『동인지문 사륙』에 남아있는 시와 문을 중심으로 그의 문학과 위치에 대한 새로운 평가가 이루어져야 할 것이다.[90)]

반면 洪侃의 부각은 다소 의외로 생각된다. 고려시단에서 김부식, 정지상, 진화를 더 평가하는 것이 일반적인 경향이다. 홍간은 濃艶淸麗한

89) 이 점에 관해서 이병주, 「삼한시귀감 소개」, 『동악어문논집』 15, 1981에서 이미 지적한 바 있다. 그러나 洪侃의 경우에 대해서는 의견을 달리한다.

90) 최근 필자는 각 문헌에 산재한 김극기의 시문을 수습하여 『金克己遺稿』(한국정신문화연구원, 1997)를 펴낸 바 있다.

盛唐風의 시를 잘 지었던 것으로 알려져 있으며,[91] 한 편의 시를 써낼 때마다 사람들이 賢愚의 구분 없이 모두 즐겨 전하였다고 한다.[92] 조운흘은 홍간을 고려시인 12家에 포함시키고 그 풍격이 淸邵하다고 평한 바 있다. 홍간의 시가 『삼한시귀감』에 많이 뽑힌 것은 홍간(?~1304)이 조운흘(1332~1404)과 가장 가까운 시대의 인물, 즉 앞 세대에서 가장 명성이 자자했던 시인이었기 때문에 그 간접적인 영향이 컸고, 따라서 조운흘이 시를 뽑는 과정에서 홍간의 盛唐風에 다소 傾到되었기 때문으로 보인다. 이 점은 『삼한시귀감』에 수록된 시 중에서 후대에 편찬된 각종 시선집에 전혀 뽑히지 않는 시가 5수인데 그 중에서 홍간의 시가 4수인 것으로 보아 알 수가 있다. 곧 조운흘의 기호 내지는 특별한 배려에 의해 홍간의 시가 多採된 데 대해서는 재고의 여지가 있다.

『삼한시귀감』에 선발, 수록된 시들이 과연 羅麗 詩壇을 대표할 만한 것들이고, 또 選詩의 객관성이 어느 정도인가? 『삼한시귀감』에 뽑힌 시들은 후대에 편찬된 각종 시선집에 상당수 수용된 것으로 보인다. 시선집을 편찬할 때 앞서 나온 업적을 일차로 참조하기 마련이다. 참조하여 수용한다는 것은 先人의 혜안을 빌리는 것인 동시에 선시의 타당성을 인정하는 것이다. 『동문선』을 편찬할 때 『삼한시귀감』을 참고하였을 가능성은 매우 크다. 徐居正이 <東文選序>[93]와 『東人詩話』[94]에서 『동인지문』과 『삼한시귀감』을 언급하고 있는 것으로 보아 알 수가 있다. 『삼한시귀감』에 수록된 247수 중 『동문선』에도 수록되어 있는 시는 240수

---

91) 許筠, 『惺叟詩話』 : "洪舍人侃詩 濃艶淸麗 其懶婦引孤鴈篇最好 似盛唐人作."

92) 李齊賢, 『櫟翁稗說』 後集2 : "洪平甫侃每出一篇 人無賢愚 皆喜傳之."

93) 徐居正, <東文選序> : "金台鉉作文鑑 失之疎略 崔瀣著東人文 散逸尙多 豈不爲文獻之一大慨也哉."

94) 같은 이, 『東人詩話』 卷上 : "文順沙平院詩 …… 趙石磵選入三韓龜鑑 批曰 ……"

에 달한다. 『동문선』에 실리지 않은 7수는 최유청의 <九日和鄭書記> 1, 안순지의 <自寫醉睡先生眞題云>, 홍간의 <過興龍溪有感呈李蒙菴> 2·<雪>[95)]·<太白醉歸圖> 1·2·3 등이다.

또 金宗直이 『靑丘風雅』를 편찬할 때도 『삼한시귀감』을 참조하였음은 <靑丘風雅序>로 미루어 짐작되는 바이다.[96)] 『청구풍아』에 같이 수록된 시는 84수이며, 南龍翼의 『箕雅』에는 106수, 張志淵의 『大東詩選』에는 93수가 수록되어 있다. 그리고 위 네 가지 시선집에 모두 수록된 시는 46수이며, 네 시선집 어디에도 수록되지 않은 시는 단지 5수에 불과하다.[97)]

이상으로 볼 때 『삼한시귀감』의 選詩의 객관성과 選集으로서의 가치는 충분히 인정된다고 하겠다. 더욱이 『동문선』에 전부에 가까운 97% 이상의 시가 전재되었음은 그 진가를 방증하는 것이다. 물론 『삼한시귀감』이 『동인지문 오칠』을 대본으로 하여 抄選했기에, 그 공의 일부는 최해에게 돌려야 할 것이다.

그런데 후대의 시선집과 대비해 볼 때 중요한 작자나 작품인데도 빠진 경우가 더러 있다. 『삼한시귀감』에 시가 수록된 작자는 45家인데, 그 중에는 羅麗漢詩史에서 그리 중요하게 여기지 않는 작자가 포함되어 있는가 하면, 반면에 포함시킬 만한데도 빠진 시인의 경우를 들 수가 있다. 즉 전자의 경우 『삼한시귀감』에는 시가 수록되어 있지만, 후대의 『청구풍아』, 『기아』, 『대동시선』 등에 전혀 시인으로서 이름이 보이지

95) 『東文選』 卷20에도 홍간의 7언절구 <雪>이라는 제목의 시가 수록되어 있으나, 『삼한시귀감』의 것과는 다른 시이다.

96) 金宗直, <靑丘風雅序> : "金快軒崔猊山趙石磵三老 各有選集."

97) 최유청의 <九日和鄭書記> 1, 홍간의 <過興龍溪有感呈李蒙菴> 2, <雪>, <太白醉歸圖> 2, 3.

않는 작자는 吳學麟, 印穀(份), 權適, 崔讜, 崔永濡, 盧永綏, 趙準, 柳伸 등이다. 이는 곧 詩史에서 취급해야 할 시인을 먼저 선정한 후에 시를 뽑는 것이 아니라, 한두 편의 시가 훌륭하다고 해서 선발했기 때문으로 보인다. 반면에 후자의 경우는 崔承祐, 金良鏡(仁鏡), 吳世才, 金之岱 등을 들 수가 있다. 최승우는 신라 4대 시인 중의 한 사람이고,[98] 김양경, 오세재, 김지대는 고려 중기의 대표적인 시인으로 평가받고 있는 시인들이다.[99] 이런 점과 관련하여 洪萬宗도 『삼한시귀감』에는 缺略된 것이 많다고 지적한 바 있다.[100]

그리고 『삼한시귀감』에 이름이 올라 있는 시인의 시 중에는 역대 諸家들에 의해 名作으로 일컬어지는 시가 더러 선정되지 않은 예가 있다. 예컨대 정지상의 <開聖寺八尺房>, 고조기의 <山庄雨夜>, 정습명의 <石竹花>, 이규보의 <詠井中月>, 김극기의 <漁翁>, 이장용의 <紅樹> 등을 들 수가 있다.[101] 또 고려시대에는 많은 승려들이 작시 활동을 하고 훌륭한 禪詩를 남겼음에 불구하고 佛家의 시가 전혀 뽑히지 않고 있다. 이는 불교를 배척한 최해가[102] 『동인지문 오칠』에서 아예 佛家의 시를 제외했기 때문으로 보인다.

한편 『삼한시귀감』 중간본에는 誤記와 誤字가 상당히 많이 발견된다. 作者名이나 詩題가 잘못 표기되거나, 詩句가 해당 시 작자의 原集 혹은

---

98) 신라의 4대 시인으로는 최치원, 박인범, 최광유, 최승우가 꼽힌다.

99) 崔滋는 고려 중기의 시인 12인에 김양경(인경)과 오세재를 들었고(『補閑集』 卷中), 徐居正은 고려 중기까지의 대표적인 시인에 김양경과 김지대를 포함시켰으며(『東人詩話』 卷下), 南龍翼은 고려조의 24家에 오세재와 김지대를 들었다(『壺谷詩話』).

100) 洪萬宗, 『詩話叢林』, <證正> : “余聞之 先輩趙石磵所選三韓龜鑑 多所缺略.”

101) 이 시들은 역대의 각종 시선집에 거듭 뽑히거나 시화집에서 명편으로 일컬어지는 작품이다.

102) 崔瀣, 『拙藁千百』 卷1, <問學業諸生策二道>와 <送僧禪智遊金剛山序> 참조.

여타 詩選集과 다르게 표기된 것이 허다하다. 따라서 『삼한시귀감』을 원전으로 인용할 경우에는 반드시 철저히 원전비평을 할 필요가 있다.

6. 김지 『선수집』

『選粹集』은 현전하지 않으며, 다만 牧隱이 쓴 <選粹集序>와 <贈金敬叔秘書詩序>를 통하여 찬자와 책의 성격을 짐작해 볼 수가 있다. 그동안 학계에서는 찬자인 金敬叔의 실체와 편찬대상 시문이 관심사가 되어왔다. 허흥식 교수는 金敬叔은 金祉이고 대상은 우리나라의 시문이라는 결론을 내린 바 있다.[103] 그러나 대상 시문에 대해서는 재론의 여지가 있는 것으로 생각된다.

편자가 문제시된 것은 權文海가 『大東韻府群玉』에서 『선수집』을 소개하여 "金敬之集古今詩文若干卷 求名於牧隱 牧隱名曰選粹"라[104] 하고, 또 『周官六翼』을 "麗末金九容敬叔撰"이라[105] 한 것에서부터 비롯되었다. 이후의 典籍, 특히 金烋의 『海東文獻總錄』에서 『대동운부군옥』의 기록을 참조하여 찬자를 金九容으로 정리한 이래 최근에 이르기까지 찬자가 잘못 알려지게 된 것이다.

『선수집』과 『주관육익』의 찬자가 金敬叔으로 동일인인 것은 『牧隱文藁』에 의해 확인된다. 그런데 권문해는 한 쪽에서는 '金敬之'라 하고, 다른 쪽에서는 '金九容敬叔'이라 하여 혼동을 초래하였다. 金九容(1338~1384)은 자가 敬之, 호가 惕若齋이나, 敬叔이라는 字號나 初名은 그의 문집인 『惕

103) 허흥식, 「金祉의 選粹集·周官六翼과 그 價値」, 『奎章閣』 4, 1981.

104) 權文海, 『大東韻府群玉』 卷13, <選粹>.

105) 같은 책 卷20, <六翼>.

若齋學吟集』에서 찾을 수가 없다. 곧 金敬叔과 金敬之(九容)는 분명히 다른 인물이다. 이와 관련하여 허흥식 교수는 『世宗實錄』에서 『周官六翼』의 편자가 金祉임을[106] 찾아내 그가 바로 金敬叔임을 밝혔다.

그의 생애와 활동은 자세하게 알려져 있지 않다. 목은이 쓴 2편의 序文에 의하면, 공민왕 11년(1362)에 과거에 급제하고 문학에 뜻이 돈독하였으며, 특히 楷書를 잘 써서 선수로 뽑혀 쓴 表章이 공민왕의 칭찬을 받았다고 한다.[107] 또 하찮고 낮은 벼슬자리에 있으면서도 책을 수백 권 수집하였으며,[108] 중년에 조정에서 벼슬하는 것을 마다하고 문장을 모으고 典故를 상고하여[109] 노년기에[110] 『선수집』과 『주관육익』을 편찬한 것으로 알려져 있다. 두 책의 제목은 牧隱이 붙여준 것으로, 특히 『選粹集』의 '選'은 蕭統의 『文選』에서, '粹'는 姚鉉의 『唐文粹』에서 따온 것이다. 벼슬은 조선 태조 때 禮曹議郎을 지낸 것으로 확인된다.[111] 그런데 그가 文學에 뜻이 독실했을 뿐만 아니라 『주관육익』을 편찬할 정도로 예의와 제도에 밝았고, 또 金祉의 初名이 祗였던 점으로[112] 미루어 『大明律直解』의 서문을 쓴 尙友齋 金祗와 동일 인물일 가능성도 없지 않다.[113] 그럴 경우 敬叔은 그의 字로 볼 수가 있겠다.

---

106) 『世宗實錄』 卷102, 世宗 25年 11月 癸丑 : "金祉所撰周官六翼."

107) 李穡, 『牧隱文藁』 卷9, <贈金敬叔秘書詩序> : "敬叔壬寅科及第 篤志文學 善楷書 被選嘗書表章 大爲玄陵所賞."

108) 같은 곳 : "居於冗職 既無錢財難於購 又無市肆難於游 而裒輯之多 至於數百卷者 獨吾敬叔而已."

109) 같은 책 卷10, <寄贈全敬叔少監>: "誰知東方有一士 中年不曳王門裾 文章典故兩考索 上窮玄象下黃輿."

110) 같은 책 卷9, <選粹集序> : "金敬叔仕不得行其志 老且至矣."

111) 『太祖實錄』 卷2, 太祖 1年 11月 戊子.

112) 朴宜中, 『貞齋集』 : "麗澤齋生 金祗改名祉."

113) 花村美樹, 「周官六翼の撰者と其の著書」, 『京城帝大法學會論文集』 12~34, 1926~

『선수집』의 편찬 동기와 과정 등은 다음 자료를 통하여 대강 헤아려 볼 수가 있다.

> 내 친구 金敬叔이 개연히 탄식하여 말하기를, "文中子가 經을 속찬하여 『논어』를 본받았는데 거의 참람하고 분에 넘치는 짓이나 논하는 자가 일찍이 용서를 하였다. 이로써 나는 천박하고 고루함을 헤아리지 아니하고 …… 무릇 몇 명의 시문 중에서 風化와 性情에 관한 몇 편을 정리하여 몇 권을 만들었다."고 하였다.[114]

찬자는 隋나라의 王通(文中子)이 『논어』를 본떠서 소위 『王氏六經』을 찬한 데 용기를 얻어, 비록 자신의 지식이 천박하고 고루하나, 풍속을 교화하고 성정을 바르게 할 수 있는 내용의 시문을 가려 뽑아 몇 권으로 엮었다고 한다. 시문의 선정기준은 '有關於風化性情者' 즉 載道之文이라고 할 수가 있다. 특히 목은이 위 <선수집서>의 앞부분에서 孔子, 秦의 焚書, 韓愈의 <原道>, 歐陽脩의 古文, 周敦頤·程頤·許衡의 공을 차례로 언급하고, 김경숙이 개연히 탄식하고 『選粹集』을 편찬하였다고 한 것으로 보아 詩書之道와 孔孟之學과 관련된 글이 중심이 되었을 것으로 생각된다.

한편 시대적으로는 古今의 시문을 대상으로 하였는데,[115] 여기에는 우리나라의 시문뿐만 아니라 중국의 것도 포함되었을 것으로 보인다. 김휴는 『해동문헌총록』에서 『선수집』을 중국의 글만 모은 것으로 보아[116] 中國詩文撰述 條로 분류하였고, 반면 허흥식 교수는 고려 당시까

(허흥식, 앞의 논문에서 재인용).

114) 李穡, 같은 곳 : "吾友金敬叔慨然嘆曰 文中子續經法論語 幾於僭越 論者亦嘗末減 是以 不揆淺陋 …… 至于今凡若干家 詩文有關於風化性情者若干篇 釐爲若干卷."

115) 같은 곳 : "又集古今詩文若干卷 先生又名之曰選粹集."

지의 우리나라 역대 시문을 모은 것이라고 단정한 바 있다. 그러나 목은이 쓴 2편의 序의 전후 문맥을 따져보면 어느 일방의 것만이 아닌 것 같다.

1) 나는 사양하다 못해 자신의 일을 들어서 말하기를, "이색이 젊었을 때 중국에 놀며 搢紳선생의 말을 들었는데 文은 漢을 본받고 詩는 唐을 본받아야 한다고 하였으나 그 까닭을 몰랐다. …… 다른 날에 중국의 문장을 상고하여 한 책을 만들어내는 자가 孔子의 魯誓·費誓·魯頌·商頌의 예를 본받아서 혹 한두 편을 취택하여 편의 말미에 두게 되면, 그 다행함이 클 것이니 내가 어찌 사양하겠는가?" 하였다.[117]

2) 우리 태조께서 나라를 세운 이래 광종이 과거제도를 만들어 선비를 취택함으로써 문학의 성함이 중국에서 칭찬을 받았다. 그러나 그 成書에 대해서는 많이 보지 못했기 때문에 이것이 경숙이 발분해서 만들게 된 것이다. 그의 좋아하는 바가 이와 같으니 그 속에 지닌 바는 대개 알 수가 있다. 고금을 통하여 책을 저술한 자가 많으나, 우리 삼한의 근세에는 유독 쾌헌 문정공이 우뚝하고, 그 문인 계림 최졸옹이 또 그 다음이다.[118]

인용문 1)에서 "다른 날에 중국의 문장을 상고하여 한 책을 만들어내는 자가 云云"은 곧 김경숙이 현재 편찬한 『선수집』이 중국의 시문을

116) 『대동운부군옥』의 편자인 권문해는 『선수집』을 직접 보지 못하고 『목은집』에 있는 서문을 참조하였고, 『대동운부군옥』의 기록을 전재한 김휴 역시 실물을 보지 못하고 중국 시문을 대상으로 했을 것으로 추측한 것이다.

117) 李穡, 같은 곳 : "予不獲讓 自敍之曰 穡少也游中原 聞搢紳先生之論 曰文法漢 詩法唐 未知其所以也 …… 異日 冊中國文章 著爲一書者 法孔氏魯誓費誓魯頌商頌之例 或取一二篇 置之篇末 則其幸大矣 予何讓焉."

118) 같은 곳, <贈金敬叔秘書詩序> : "我太祖立國以來 光廟設科取士 文學之盛 見稱中國 然其成書 未之多見 此敬叔之所以發憤而爲之者歟 觀其所好如此 其中所存 盖可知已 古今著書者衆矣 吾三韓近世 獨快軒文正公爲傑然 其門人鷄林崔拙翁又其次也."

선발대상에 포함시켰음을 반증하는 것이고, 2)에서는 김경숙이 東國에 成書가 적은 것에 발분하여 김태현의 『동국문감』이나 최해의 『동인지문』과 같은 類의 시문선집을 편찬했음을 적시하고 있다. 따라서 『선수집』은 古今의 시문을 선발하였으되, 옛것은 중국의 시문을 위주로 하고 現今의 것은 고려의 시문을 중심으로 뽑았을 것으로 상정해 볼 수가 있겠다.

7. 결언

韓國漢詩史・文章史의 기술은 詩文選集에 대한 연구로부터 출발해야 한다. 시문선집에 뽑힌 작품들은 역대에 걸쳐 명작으로 일컬어져 오는 것으로, 우리 선인들이 감상하고 품평하며 시 학습의 전범으로 삼아왔을 뿐만 아니라, 한문학의 중추적인 구실을 해 왔던 것들이다. 그럼에도 불구하고 그동안 한문학 연구가 한 작가의 작품세계를 탐색하면서 역사학적 혹은 사회학적 접근에 치중하여 현실인식이나 작품 외적 사실에 지나치게 이끌린 나머지, 시문선집에 거듭 뽑힌 명작과 대표작을 중심으로 문예미학적 접근을 통한 문학 본령에 대한 연구가 소홀하지 않았는지 반성해 볼 일이다. 시문선집에 뽑힌 각 작가의 대표작에 대한 연구는 시문학사 연구에 수반되어야 할 필수적인 과제이다. 또한 시문선집 자체도 한 시대 문학의 정수라는 점에서 연구의 필요성은 두말할 여지가 없다.

본고에서는 고려시대에 편찬된 각종 시문선집의 편찬의식, 과정, 체제, 내용 등에 대해 문헌학적인 검토를 하였다. 논의한 결과를 요약함으로써 결론에 대신한다.

1) 『夾注名賢十抄詩』는 中唐~五代에 걸쳐 활동한 唐代의 문인 26인과 羅末의 賓貢諸子인 崔致遠, 朴仁範, 崔承祐, 崔匡裕 등 4인의 7언율시 각 10수씩을 뽑은 시선집으로, 빈공제자가 시대 및 작가 선정의 기준이 되었으며, 7언율시만 뽑은 것은 科擧 준비와 관련한 시 학습서로서의 역할을 고려한 것이다. 그 편찬 시기는 흔히 알려져 있는 고려 말이 아니라 고려 중기까지 소급되고, 협주도 金台鉉의 『東國文鑑』 이전에 이루어진 것으로 짐작된다. 그러나 우리 문인들 사이에 唐詩選集으로 간주되고 유통 또한 원활하지 못하여 후대의 시선집에 그렇게 영향을 끼치지 못하였다.

2) 金台鉉의 『東國文鑑』은 삼국 이래 고려 후기까지의 시문을 대상으로 편찬된 우리나라 최초의 선집으로, 『文選』과 『唐文粹』의 영향을 많이 받았으며, 精選보다도 裒集에 치중하였으나 注와 詩話를 부기함으로써 詩批評書의 역할도 겸하였다.

3) 崔瀣의 『東人之文』은 우리나라 문학이 중국과 대등하다는 자부심에서 편찬되었으며, 『四六』은 국내외 정치와 관련한 효용적인 면이 고려되고, 『五七』은 그의 탁월한 시 감식력으로 충렬왕 대까지의 名家의 시를 선발하고 圈點·貫珠·批解를 베풀어 시 감상의 훌륭한 길잡이를 마련하였다. 특히 고려시대의 문집과 자료가 영성한 오늘날 『四六』은 『東文選』과 함께 고려시대사 연구의 귀중한 자료집으로서의 가치가 높고, 『五七』의 略傳 또한 『高麗史』의 列傳을 보충하여 각 작가에 대한 이해를 심화시킬 수 있는 자료로서의 의의를 지닌다.

4) 趙云仡의 『三韓詩龜鑑』은 『東人之文 五七』을 1/3 정도 抄選한 것으로, 최해의 비점이 찍힌 시를 위주로 뽑아 최선의 정수집을 편찬하고자 했던 것이다. 그러나 『五七』 이후의 이제현, 이색, 정몽주, 이숭인 등

을 포함한 자기 당대까지의 시를 독자적으로 선발하지 못한 점에서 그 공이 반감되고 있다.

5) 『選粹集』은 그동안 편자가 金九容으로 잘못 알려져 왔으나 허흥식 교수가 批正한 대로 金祉로 확인되며, 그 대상 시문은 중국 시문뿐만 아니라 우리나라의 시문도 함께 선발했던 것으로 추정된다. 특히 시문의 형식미보다 풍속의 敎化 및 性情과 관련된 작품을 뽑은 데서 麗末 程朱學의 도입에 따른 載道的 文學觀의 일단을 엿볼 수가 있다.

이상의 시문선집은 후대의 선집, 특히 조선 초기의 『東文選』 편찬에 크게 참조가 되고 영향을 미쳤다. 『동문선』이 類聚라는 비판을 받기도 하지만, 시의 경우 90% 이상이 전재되었고 문장 또한 문체별로 거듭 정선되었다. 그러나 고려시대의 판본이 오래되고 닳아 자획이 분명하지 못하고 오자 · 탈자 · 약자 · 고자 등 해독상의 난점이 있고, 또 시문선집 간에 원작자의 착란이 여러 곳에서 발견되어 시문선집으로부터의 직접 인용은 주의가 필요하다. 앞으로 문집과의 대비, 시문선집 간의 교감 등도 필요한 연구과제로 남아 있다.

■ 제 4 장 ■

고려시대 잡록의 성격

— '수필'의 개념과 관련하여 —

1. 서언

오늘날 우리는 일반적으로 詩, 小說, 戱曲, 評論, 隨筆을 문학의 5대 장르로 규정하고 있지만, 隨筆이라는 장르 명칭은 西歐의 에세이를 적용하여 동양적인 본래의 개념을 잃고 서구적인 개념으로 사용하고 있는 실정이다.

'隨筆'은 서구의 에세이 개념에서 영향을 받아 발전된 것이 아니라, 漢文學에서 傳來되어 온 독자적인 문학양식이다. 그런데 日本이 서구의 에세이를 수입, 번역하는 과정에서 "이 개념은 적용 범위에 따라 多種多彩하여 一義로 표현할 수 없으나 대개 자기의 感想을 생각에 따라 쓴 散文으로 우리나라(日本)의 '隨筆'에[1] 해당될 수도 있다."고[2] 하면서부터

1) 일본의 古書名에 '隨筆'이라는 名稱이 붙은 것으로는 一條兼郎의 『東齋隨筆』, 周信의 『空華隨筆』, 林羅山의 『格言隨筆』, 田中大觀의 『大觀隨筆』 등을 들 수 있다.

2) 日本 硏究社, 『世界文學辭典』 ; 尹五榮, 「韓國隨筆文學의 定礎作業을 위하여」(『수필문

개념의 혼동이 시작되었고, 그것이 우리나라에도 영향을 미치게 되었다. 우리나라에서는 1920년을 전후해서 隨想, 感想, 想華 등의 명칭으로 불리다가 1925년 朴鍾和의 <隨感漫筆> 이후부터 隨筆이라는 단일 명칭으로 사용하게 되었다.[3] 중국의 경우 서구의 에세이를 전래의 '隨筆'에서 이름을 따서 장르 명칭을 隨筆이라 하지 않고, 근대적 의미의 수필운동이 시작된 5 · 4운동 이후 小品이라 명명한 점은 한국, 일본의 경우와 좋은 대조가 되고 있다.

이와 같이 隨筆이라는 장르 명칭이 우리 문학사에서 문학용어로 사용된 것은 근년의 일로서, 그것이 역사적인 검증과 의미론적인 고찰을 토대로 정착된 것이라고 보기는 어렵다. 역사적인 용례가 있는 하나의 단어를 문학사의 용어로 사용하기 위해서는 그 역사성과 원래의 개념을 소홀히 넘길 수 없음은 두말할 필요가 없다.

따라서 본고에서는 한국문학사에서 隨筆에 대한 개념의 혼란을 주목하고, 漢文學에서의 '隨筆'의 개념과 성격을 전통적인 한문학의 저술법도인 述而不作과 관련하여 考究해 보고자 한다. '隨筆'의 명칭과 이칭, 그러한 명칭이 붙여진 배경, 저술태도, 저술의식 등을 살펴 '隨筆'의 개념이 무엇이고 또 그것이 어떠한 성격의 글인가를 究明하게 되면, 문학장르로서의 隨筆의 개념과 차이가 분명히 드러날 수 있을 것이며, 나아가 한국수필문학사의 집필방향 및 현대수필과의 통시적 맥락을 올바르게 파악하는 데도 一助할 수 있을 것이다.

학』, 1974년 12월호, 65면에서 재인용).

3) 오창익, 『한국수필문학연구』, 교음사, 1986, 317면.

2. 한문학에서 '수필'의 개념

1) '수필'의 어원과 개념

한문학에서 '隨筆'이라는 용어는 白居易의 <送令狐相公赴太原>이라는 시에서 "詩作馬蹄隨筆走 獵酣鷹翅伴觥飛"라고 한 詩句에 처음으로 보인다. 여기서의 '隨筆'은 '붓 가는 대로', '붓에 내맡겨'의 뜻으로 信筆과 같은 말이다. 즉 문체나 문학 장르 혹은 작품으로서의 의미가 아니라, 단지 詩作의 표현방법을 말한 것일 뿐이다. 따라서 그것이 처음으로 사용되었다고 할지라도 詩語로서의 의미 이상은 아니며, 저술물로서의 용례를 파악하고자 하는 데에는 아무런 의의를 가지지 못한다.

저술물의 명칭으로서 '隨筆'이라는 용어가 사용된 것은 宋나라 洪邁(1123~1202)의 『容齋隨筆』이 처음이다. 그는 책이름에 '隨筆'이라는 말을 붙이게 된 경위를 다음과 같이 설명하고 있다.

> 予老去習懶 讀書不多 意之所之 隨卽紀錄 因其後先 無復詮次 故目之隨筆.[4]

늙어감에 따라 습성이 게을러지고 또 독서를 많이 하지 못했기 때문에, 생각이 닿는 대로 기록하여 일정한 체제를 갖추지 않고 기록한 순서대로 엮었으므로 책이름을 '隨筆'이라고 했다고 한다. 그러나 洪邁의 말은 문면 그대로 받아들일 수 없을 것으로 생각된다. 곧 저자가 謙辭로 한 말로 이해해야 할 것이다. 序文이 겸사라는 것은 洪邁와 『容齋隨筆』에 대한 후인들의 평가에서도 증명이 되고 있다.

'習懶 讀書不多'는 의례적인 겸사가 분명하거니와, 그 내용이 다음의

4) 洪邁, 『容齋隨筆』, <容齋隨筆序>.

자료와 전혀 상반되고 있다.

幼讀書日數千言 一過目輒不忘 博極載籍 雖稗官虞初釋老傍行 靡不涉獵.[5]

文敏公洪景盧 博洽通儒 爲宋學士 出鎭浙東 歸自越府 謝絶外事 聚天下之書 而遍閱之.[6]

그가 經史로부터 稗官, 釋老에 이르기까지 천하의 책을 수집하여 섭렵하지 않은 것이 없고, 또 博洽通儒로 宋學士가 되었다는 사실을 미루어 볼 때 '習懶 讀書不多'는 자기 겸손에서 나온 말임을 알 수가 있다. '意之所之 隨卽紀錄'은 서술의 내용과 방법을 말하는 것으로, '隨筆'의 이해에서 가장 중요한 문맥이다. 이 부분을 어떻게 파악하느냐에 따라 '隨筆'의 성격이나 특징이 달리 규정될 수가 있기 때문이다. 오늘날 일부 수필 이론가들은 이 구절을 인용하여 문학 장르로서의 수필의 개념을 쉽게 정의해버리곤 하는데, 저자 자신이 겸사로 한 말을 그대로 받아들이는 데는 문제가 있다. 여기서 우리는 『容齋隨筆』이 과연 洪邁가 말한 대로 붓이 가는 바에 따라 단순히 기록한 것이냐를 점검해 볼 필요가 있다. 『容齋隨筆』의 서술대상과 내용 그리고 서술태도 및 방법은 다음과 같다.

搜悉異聞 考覈經史 捃拾典故 値言之最者 必札之 遇事之奇者 必摘之 雖詩詞文翰 曆讖卜醫 鉤纂不遺 從而評之 參訂品藻 論議雌黃 或加以辯證 或繫以讚繇 天下事爲寓以正理 殆將畢載.[7]

---

5) 『宋史』 卷373, <洪邁列傳>.

6) 李瀚, <容齋隨筆舊序>(『容齋隨筆』).

7) 같은 곳.

후인의 평가에 다소 과장적인 면도 없지는 않지만, 저자의 뜻이 미친 곳[意之所之], 즉 『容齋隨筆』의 소재와 내용은 異聞, 經史, 典故, 奇事, 詩詞, 文翰, 曆讖, 卜醫 등에 관련된 것들이다. 그것은 저자가 평소에 관심을 두고 또 요긴하다고 생각한 분야임에 틀림이 없다. 이러한 소재들을 저자가 생각나는 대로 자기의 의견을 함부로 개진한 것[隨卽紀錄]은 아닐 것이다. 곧 위 인용문에 따르면 『容齋隨筆』의 서술태도와 집필방법은 搜悉, 考覈, 捃拾, 札之, 摘之, 評之, 參訂, 品藻, 論議, 雌黃, 辯證, 讚繇인 셈이다. 이러한 집필과정으로 미루어 저자는 글자 한 자도 함부로 쓰지는 않았을 것이며, 또 참고할 수 있는 모든 자료들을 상고하였을 것임을 짐작할 수가 있다. 이 점은 그가 經史로부터 稗官에 이르기까지 천하의 많은 책들을 수집하여 두루 섭렵하였다는 사실에서도[8] 알 수가 있다. 따라서 天下事를 소재로 하여 이러한 집필태도와 방법으로 저술되었기에, 이 책의 考据가 精確하고 議論이 高簡하다는 평을 받을 수 있었고,[9] 또 古今의 成敗와 文章의 得失에 대한 문사들 간의 논란이 있었을 때 解決書 역할을 할 수가 있었으며,[10] 나아가 세상사에 勸戒가 될 수 있고 즐거움을 줄 수 있으며 사람을 놀라게 할 수 있고 견문을 넓힐 수 있으며 오류를 바로잡을 수 있고 의심을 떨쳐버릴 수가 있어서 世敎에 보탬이 될 수 있었던 것이다.[11] 그러나 거기에는 저자의 잘못된 기억, 잘못 보고 들은 것, 독단적인 품평, 잘못된 고증이 있을 수 있다. 바로 이런

8) 주 5), 6) 참조.

9) 馬元調, <容齋隨筆 紀事 一> : "先生曰 此宋文敏洪公之所著書 其考据精確 議論高簡 讀書作文之法盡是矣."

10) 같은 곳 : "壬子秋 寓長干報恩僧舍 得略識一時知名士 每集必數十人 論及古今成敗及文章得失 忿爭不決者 元調輒片言以解 此書之助爲多."

11) 李澣, 앞의 곳 : "可勸可戒 可喜可愕 可以廣見聞 可以證訛謬 可以祛疑貳 其於世教 未嘗無所裨補."

점 때문에 저자는 자신이 정확을 기하고자 노력했음에도 불구하고, '意之所之 隨卽紀錄'이라고 겸사를 쓰게 된 것이다. 저자의 이러한 염려는 다음 자료를 통해서도 엿볼 수가 있다.

> 予亦從會稽解組還里 于今六年 仰瞻昔賢 猶駑蹇之視天驥 本非倫擬 而年齡之運 踰七望八 法當挂神虎之衣冠 無暇於誓墓也 幸方寸未渠昏 於寬閑寂寞之濱 窮勝樂時之暇 時時捉筆据几 隨所趣而志之 雖無甚奇論 然意到卽就 亦殊自喜 於是容齋三筆成累月矣.[12]

위 <容齋三筆序>는 <容齋隨筆序>를 부연한 것이다. 이 역시 겸사로 일관하고 있다. 자신을 노둔한 말[駑蹇]에 비긴 것이나 빼어난 논의가 없다[無甚奇論]는 것이 그것이다. 특히 前賢을 천리마에 비기고 자신을 노둔한 말에 비기고 있는 것으로 볼 때, 한갓 俗士에 지나지 않는 자신의 저술은 두서없이 자신의 생각대로 써서 논의도 정확하지 않고 또 항간에서 보고 들은 것을 기록했기 때문에 보잘것없다는 겸손의 입장에서 쓴 것임을 알 수가 있겠다.

'因其後先 無復詮次'는 서술의 체제, 책의 편제를 말한 것이다. 생각이 미치는 대로 기록하여 그 순서에 의해 책을 엮었을 뿐, 어떤 일정한 체제를 갖추지 않았다는 말이다. 詮次는 類別로 가려서 차례를 정하는 것이다. 그런데 '因其後先 無復詮次'는 '隨筆'의 형식이라고 할 수가 없다. '隨筆'類에 속하는 일부 雜錄들에는 詮次가 있는 것들도 있기 때문이다. 沈括의 『夢溪筆談』은 <故事>, <辨證>, <樂律>, <象數>, <人事>, <官政>, <權智>, <藝文>, <書畫>, <技藝>, <器用>, <神奇>, <異事>, <謬誤>, <譏謔>, <雜志>, <藥議> 등 17門으로 類를 나누

12) 洪邁, 『容齋隨筆』, <容齋三筆序>.

고, 우리나라 李晬光의 『芝峯類說』도 <天文部>, <時令部>, <災異部>, <地理部>, <諸國部>, <君道部>, <兵政部>, <官職部>, <儒道部>, <經書部>, <文字部>, <文章部> 등으로 類를 나누어 책의 편제를 구성하였으며, 李瀷의 『星湖僿說』도 그러하다. 따라서 詮次의 有無가 '隨筆'의 조건과는 관계가 없다고 하겠다. 혹 '因其後先 無復詮次'를 '隨筆'의 형식으로 잘못 이해하여 문학 장르로서의 隨筆을 무형식의 문학, 일정한 격식이 없는 문학이라고 규정하면서 인용하기도 하는데, 이는 잘못이라 하겠다.

한편 '故目之曰隨筆'에서의 '隨筆'은 책의 제목인 동시에 책의 성격, 즉 文體나 文式을 뜻한다. 그런데 '隨筆'은 語釋 그대로 단순히 '筆을 隨한 것' 혹은 '붓 가는 대로 따라 쓴 것'이라는 뜻은 아니다. 홍매의 <용재수필서>를 인용하고 '隨筆'이라는 용어를 語義에 따라 '筆을 隨한 것'으로 번역하여 문학 장르로서의 隨筆을 쉽게 정의해버릴 수는 없는 일이다. 물론 '意之所之를 隨한다'는 것이나 '筆을 隨한다'는 것은 같은 의미이지만, 엄격히 말해 '隨筆'에서의 '筆'은 글을 쓰는 도구로서의 붓[毛筆]이 아니라 散文이라는 文體의 뜻이다. '筆'은 述과 같은 말로서 어떤 일을 서술하여 기록한다는 뜻을 가지고 있다. 홍매도 '隨卽紀錄'이라 하여 記錄之文이라 하였지만, 魏晉南北朝時代에는 文體를 구분하여 有韻之文을 文이라 하고 無韻之文을 筆이라고 하였던 데서도 알 수가 있다.

이상에서 <容齋隨筆序>를 통하여 '隨筆'이라는 용어를 쓰게 된 경위와 배경을 살펴보았다. 특히 그것이 謙辭로 쓰였다는 점에 주목하고, 저자의 겸사를 그대로 받아들일 수 없음을 고찰하였다. 그 결과 '隨筆'이라는 명칭이 故實을 변증, 서술함에 있어서 자기의 생각이 잘못될 수도 있다는 겸사에서 나온 말이고, 체제의 유무가 '隨筆'의 조건이 될 수 없다는 것을 알 수가 있다. 또한 생각이 나는 대로 기록했다[意之所之 隨卽紀錄]는 말은 머리에 떠오르는 대로 아무 것이나 함부로 기록했다는 의미가 아니라, 특정 사실에 대해 변증함에 있어서 자기의 생각에 따라 斷定했다는 의미로 파악할 수가 있다.

2) '수필'의 이칭과 개념

洪邁의 『容齋隨筆』과 비슷한 성격의 저술물은 일찍이 漢代에 班固의 『白虎通義』, 蔡邕의 『獨斷』 등이 있었고, 唐代에는 李匡義의 『資暇集』, 李涪의 『刊誤』, 蘇鶚의 『蘇氏演義』, 丘光庭의 『兼明書』 등이 있었다. 宋代에 이르러서는 李上交의 『近事會元』, 黃伯思의 『東觀餘論』, 黃朝英의 『靖康緗素雜記』, 朱翌의 『猗覺寮雜記』, 吳曾의 『能改齋漫錄』, 張淏의 『雲谷雜記』, 姚寬의 『西溪叢語』, 沈括의 『夢溪筆談』 등이 『용재수필』을 전후해서 저술되었다. 우리나라에서도 고려시대에 李仁老의 『破閑集』, 崔滋의 『補閑集』, 李齊賢의 『櫟翁稗說』 등이 나왔고, 조선시대에는 徐居正의 『筆苑雜記』, 成俔의 『慵齋叢話』, 曺伸의 『謏聞瑣錄』, 魚叔權의 『稗官雜記』, 金萬重의 『西浦漫筆』, 李睟光의 『芝峯類說』, 李瀷의 『星湖僿說』 등 枚擧할 수 없을 정도로 많은 저술이 이루어졌다. 『大東野乘』에 채록된 成宗~仁祖 연간의 것만 해도 59종에 이르고 있다.

위에서 보는 바와 같이 이런 類의 책이름의 接辭들은 책의 수 만큼이나 多種多岐하다. 그 대강을 살펴보면 다음과 같다.

> 雜記, 雜錄, 雜誌, 雜識, 漫筆, 漫錄, 漫記, 叢話, 叢語, 野錄, 野言, 隨筆, 筆記, 筆談, 瑣言, 瑣錄, 稗說, 類說, 僿說, 摭言, 小說, 日記, 委譚, 贅言

명칭만 두고 볼 때 '雜記'는 잡동사니 기록, '漫錄'은 부질없는 기록, '叢話'는 여러 곳에서 모은 이야기, '野言'은 민간의 이야기, '筆記'는 붓에 따라 쓴 기록, '瑣錄'은 부스러기 기록, '稗說'은 자잘한 이야기, '僿說'은 자질구레한 이야기, '摭言'은 주워 모은 이야기, '小說'은 보잘것없는 이야기, '委譚'은 버려진 이야기, '贅言'은 군더더기 이야기라는 의미를 가지고 있다.[13] 모두가 별 볼 일 없고 시원찮다는 뜻이다.

그러면 이러한 辭典的 해석을 떠나, 그러한 명칭들이 붙여지게 된 경위와 배경 그리고 의미가 무엇이며, 또 그것이 '隨筆'과 어떠한 관계에 있는지 살펴보기로 하자.

'雜記'는 두 가지의 뜻이 있다. 하나는 흔히 文集에서 볼 수 있는 序, 記, 跋 등등에서의 記를 지칭하고, 다른 하나는 雜錄(雜駁之文)의 뜻이다.[14] 여기에서는 후자인 雜錄의 의미와 관련해 살펴보고자 한다.

張渼는 『雲谷雜記』를 집필하게 된 배경과 書名에 '雜記'라는 接辭를 붙이게 된 이유를 다음과 같이 말하고 있다.

> 予自幼無他好 獨嗜書之癖 根着膠固 與日加益 每獲一異書 則津津喜見眉宇 意世間所謂樂事 無以易此 雖陰陽方伎種植醫卜之法 輶軒稗官黃老浮圖之書 可以娛閒暇而資見聞者 悉讀而不厭 至其牴牾訛謬處 輒隨所見爲辯正之 獨學孤陋 詎敢自以爲然 以故棄而弗錄 他日閱洪文敏公容齋隨筆 往往多予所欲言者 乃知理之所在 初何間于智愚哉 …… 深恨其生也晩 不得陪公談塵 丐一言以祛所惑 太息之餘 曩之貯積于方寸間者 于是悉索言之 非敢以千慮一得爲誇 蓋將識所疑 而求諸博聞之士 相與質正焉 凡同于隨筆者不錄 又往歲嘗紀所聞雜事數條 因取而合爲一編 雜然無復詮次 故目之曰雜記.[15]

13) 최신호, 「역옹패설의 장르 문제」, 『진단학보』 51, 진단학회, 1981, 270면.

14) 雜記(類)의 개념에 대해서는 후장에서 상술하기로 한다.

15) 張渼, 『雲谷雜記』 卷末, <雲谷雜記序>.

破閑과 見聞의 資로 많은 책을 읽어 나가던 중, 책의 내용이 자기 생각과 어긋나거나 오류라고 생각되는 부분에 대해 자신의 생각에 따라 辯正을 하고 또 평소에 보고 들었던 여러 가지 일들을 함께 기록하여 한 권의 책을 엮었는데, 변정하고 기록한 내용이 뒤섞여 일정한 체제가 없었으므로 書名을 '雜記'라고 했다는 내용이다. 이는 "意之所之 隨卽紀錄 因其後先 無復詮次 故目之曰隨筆"이라고 한 홍매의 <용재수필서>와 같은 내용이며, <용재수필서>를 구체적으로 풀어 설명하고 있다고 하겠다. '至其牴牾訛謬處 輒隨所見爲辯正之'는 '意之所之 隨卽紀錄'이고, '雜然無復詮次 故目之曰雜記'는 '因其後先 無復詮次 故目之曰隨筆'이다. 따라서 우리는 '隨筆'과 '雜記'가 同類語임을 알 수가 있겠다. 두 용어에 차이가 있다면 '隨筆'은 隨意, 즉 내용에서 나온 말이고, '雜記'는 순서가 없이 뒤섞였다[雜然]는 체제에서 나온 말이다. 그것이 둘 다 謙辭임에는 한가지이다. 그리고 위 인용문에서 辯正을 한 것에 대해 처음에는 自信이 서지 않아 제외시켰다는 말은 책의 제목과 서문이 겸사라는 사실을 시사해 준다. 즉 辯正에 대한 불확신이 겸사를 쓰게 된 배경의 하나가 된다고 하겠다.

제목이 '隨筆'에 가까운 이름으로 '漫筆'이 있다. 張維가 『谿谷漫筆』을 저술하게 된 경위와 그의 '漫筆'에 대한 인식을 보면 다음과 같다.

> 人不可無所用心 亦不能無所用心 謂博奕猶賢乎已 此夫子警夫惰游者 然亦有有爲不如無爲者 顧人自不能爾 余自幼鄙拙無它技 惟以讀書著文爲本業 則平居捨是 宜無所用其心也 數年來有幽憂之病 杜門謝事 沈淹於藥餌砭焫之中 …… 雖未嘗覃思結撰 伏枕呻吟之暇 時時拈筆 草小說瑣聞 縱有一二發明者 餘食贅行 道聽塗說 皆歸於德之棄矣 …… 遂錄爲一通 因自志其過.16)

張維는 사람이라면 用心하지 않을 수 없다는 것으로서 문필가인 자신이 저술을 하지 않을 수 없었음을 밝히고, 자기의 저술행위를 '博奕이 無用心보다 낫다'는 孔子의 말로 합리화시키고 있다. 그런데 用心을 잘하지 못하는 데 문제가 있다고 하고, 자신의 저술은 小說, 瑣聞을 草한 것과 깊이 생각하지 않고 고증하거나 견해를 말한 것이어서, 用心을 잘하는 德者의 할 일이 아니라고 하여 저술의 허물에 대한 변명을 하고 있다. 그러나 이 변명은 자기 겸손에서 나온 말로 볼 수가 있다. 바꿔 생각하면 用心을 잘하지 못한 겸손의 뜻에서 '漫筆'이라는 제목을 붙였다는 의미이다. 따라서 이러한 張維의 '漫筆'에 대한 辯으로 미루어 '漫筆'의 집필태도, 방법, 내용뿐만 아니라 그러한 제목을 붙이게 된 所以도 앞서의 '隨筆', '雜記'의 경우와 같은 것임을 알 수가 있다.[17]

'稗說'의 경우에서도 이와 같은 성격을 찾을 수가 있다. 李齊賢은 『櫟翁稗說』의 명칭과 성격, 그리고 집필과정을 다음과 같이 적고 있다.

> 至正壬午 夏雨連月 杜門無跫音 悶不可祛 持硯承簷溜 聯友朋往還折簡 遇所記 書諸紙背 題其端曰 櫟翁稗說 …… 余少知讀書 壯而廢其學 今老矣 顧喜爲駁雜之文 無實而可卑 猶之稗也 故名其所錄 爲稗說云.[18]

> 客謂櫟翁曰 子之前所錄 述祖宗世系之遠 名公卿言行 頗亦載其間 而乃以滑稽之語終焉 後所錄 其出入經史者 無幾 餘皆雕篆章句而已 何其無特操耶 豈端士壯夫所宜爲也 答曰 …… 矧此錄也 本以驅除閑悶 信筆而爲之者 何怪夫其有戲論也.[19]

---

16) 張維, <谿谷漫筆自敍>.

17) 김덕환은 학술적 감각이 많은 것을 '만필', 예술적 감각이 많은 것을 '수필'로 구분하고자 하였다(「수필문예의 성립」, 『국어국문학』 29, 1965, 52~53면).

18) 李齊賢, <櫟翁稗說前集序>.

19) 같은 이, <櫟翁稗說後集序>.

序文의 내용을 요약하면, 무료하고 답답함을 몰아내기 위하여[驅除閑悶] 기억나는 대로[遇所記書之] 붓 가는 대로[信筆而爲之] 적은 것이기 때문에, 실속이 없고 비루하기가 돌피[稗]와 같아서 '稗說'이라는 이름을 붙였다는 얘기이다. '驅除閑悶'은 破閑과 같은 말이다. '遇所記書之'는 보고 들은 바를 기록한 것이고, '信筆而爲之'는 '意之所之 隨卽紀錄'과 같은 말로 자기의 생각에 따라 品評을 하고 辨正을 했다는 뜻이다. '稗說'은 저술 내용에 대한 겸양에서 한 말이다. 즉 雜駁之文은 端士壯夫가 할 일이 아니라고 전제하고, 저작물의 내용이 벼[禾]처럼 알차지 못하고 돌피[稗]처럼 쓸모없다는 의미로 쓴 겸사이다. 이와 같이 題名을 붙이게 된 배경, 저술의 방법과 내용으로 볼 때, '稗說'이라는 명칭도 '隨筆'과 같은 배경에서 붙여졌고, 그 성격도 '隨筆'의 그것과 같음을 알 수가 있다.

한편 '隨筆', '雜記', '漫筆', '稗說'과 같은 雜錄[20]들을 '小說'이라 지칭하기도 하였는데, 『白雲小說』이나 중국 역대의 雜錄들을 彙集한 『顧氏文房小說』, 『五朝小說』 등이 그 좋은 예이다. 또 『四庫全書總目提要』에서 '小說'을 三派로 구분한 것도 雜錄으로 인식하고 있음을 보여주는 것이다.

> 迹其流別 凡有三派 其一 敍述雜事 其一 記錄異聞 其一 綴輯瑣語也.[21]

三派의 내용이 雜事, 異聞, 瑣語이고 그 저술방법이 敍述, 記錄, 綴輯

---

20) 이런 類의 글들을 전형대 교수는 雜記(「한문학에서 수필 장르의 설정문제」, 『경기대 논문집』 7, 1979)라 하고, 최신호 교수는 漫錄(앞의 논문)이라 칭했으나 명칭에 대해서 학계의 합의가 이루어진 것은 아니다. 여기에서 雜錄이라 칭한 것은 문체 분류의 雜記(類)와 구별하기 위해서이다.

21) 永瑢, 『四庫全書總目提要』 卷140, <小說家類>.

이고 보면 雜錄의 그것과 같은 것임을 알 수가 있다.

우리나라에서도 雜錄들을 '小說'이라 일컬은 예를 찾아볼 수가 있다.

> 東國少小說 唯高麗李大諫仁老破閑集 崔拙翁滋補閑集 李益齋齊賢櫟翁稗說 本朝姜仁齋希顔養花小錄 徐四佳居正太平閑話筆苑雜記東人詩話 姜晉山希孟村談解頤 金東峯時習金鼇新話 …… 行于世.[22]

> 我朝二百年間 著書傳世者甚罕 而小說之可觀者亦無幾 如徐居正筆苑雜記東人詩話 李陸青坡劇談 金時習金鰲新話 南孝溫秋江冷話 …… 今錄于此以備考云.[23]

魚叔權과 李睟光이 인식하고 있는 '小說'은 書目으로 보아 雜錄임을 알 수가 있다. 그런데 '小說'에 傳奇, 詩話, 滑稽까지도 포함시키고 있어 '小說'의 개념과 범위를 상당히 넓게 잡고 있다. 즉 小智者의 말이나 자질구레한 이야기를 모두 '小說'로 보고 있는 것이다. 따라서 '小說'이라는 말은 治國平天下나 經世濟民을 논한 글[大說]이 못 된다는 뜻에서 나온 것이라 하겠다.

이상에서 '雜記', '漫筆', '稗說', '小說'의 명칭과 의미 그리고 저술배경과 방법 등을 '隨筆'의 그것과 관련하여 살펴보았다. 여기서 우리는 저자가 信筆한 데 대한 겸손의 뜻에서 그러한 명칭을 저자의 임의로 붙였고, 그것은 저술의 방법, 내용, 체제에 따라 약간씩 다르게 나타날 뿐이며, 명칭에 따른 성격상의 차이는 없음을 알 수가 있다. 즉 '隨筆', '漫筆', '雜記', '稗說', '小說', '僿說', '叢話' 어느 것이건 그 명칭만 다를

---

22) 魚叔權, 『稗官雜記』 卷4. 위 인용문 중 '崔拙翁滋補閑集'의 拙翁은 崔瀣의 號이므로 기록자가 착각한 것이다.

23) 李睟光, 『芝峯類說』 卷7, <著述>.

뿐 성격은 대동소이하며, 모두가 雜錄의 한 하위 개념에 지나지 않는 것이다.

3. 한문학에서 '수필'의 성격

1) 잡록, 잡기류, 잡저의 차이

많은 수필 연구자들은 隨筆文學史를 기술하고 古典隨筆論을 전개할 때 現代隨筆과의 通時的 脈絡을 흔히 雜錄, 雜記類, 雜著 등에서 찾아보고자 노력하고 있다. 현대수필의 관점에서 보면 이것들 중에는 隨筆에 해당되는 내용이 여타 文體들에서보다 많고, 또 <櫟翁稗說序>에서 본 바와 같이 執筆의 雰圍氣나 情趣가 비슷하기 때문이다. 그러나 한문학에서의 '隨筆'의 성격을 보다 분명히 규정하고, 나아가 수필문학사의 기술에 있어서 통시적 맥락을 정확히 파악하기 위해서는 雜錄, 雜記類, 雜著를 구분해서 이해할 필요가 있다. 이것들은 雜字가 語頭에 붙어 있어서 서로 같거나 비슷한 것으로 생각하기 쉬우나, 그 저작배경, 집필태도와 방법, 유통의 면에서 전혀 다른 것이다.

雜錄은 말 그대로 雜駁한 記錄을 말한다. 異聞 奇事를 기록하거나 典故를 밝히고 經史를 고증한 글로서, 대부분 書名에 野錄, 野言, 漫錄, 漫筆, 隨筆, 小說, 筆談, 稗說, 類說, 僿說, 瑣錄, 劇談, 摭言, 小錄, 雜記, 雜錄, 雜識 등의 接辭가 붙어 있다. 『大東野乘』과 『稗林』에 실려 있는 글들이 여기에 해당한다.

雜記類는 宮室, 樓臺, 山川, 器物, 大小事 등을 기념하기 위하여 붙이는 記文들을 말한다. 이는 文體를 분류하는 과정에서[24] 붙여진 이름으로, 雜記라고 한 것은 그 篇目이 記, 記事, 遊記, 書記, 閣記, 志, 誌, 述 등과 같이 여러 가지로 많기 때문이다.[25] 개인의 文集에 실려 있는 각종 記들이 여기에 속하며, 葛洪의 『西京雜記』나 徐居正의 『筆苑雜記』에 붙여진 '雜記' 는 雜錄의 뜻으로 이것과는 다른 것이다.

雜著는 文集의 편찬에서 일정한 문체를 정하여 분류를 하고난 후, 그 정해진 문체 분류의 어느 것에도 속하지 않는 여타의 글들을 하나의 부류로 총괄할 때 붙이는 이름이다. 즉 '其他文體'라고 생각할 수 있다. 따라서 雜著에 속하는 글들은 文體를 어떻게 분류하느냐에 따라 달라질 수가 있다. 예컨대 李奎報의 『東國李相國集』에는 雜著[26]에 上梁文, 口號, 頌, 贊, 銘, 韻語, 語錄 등을 포함시키고 있는데, 姚鼐의 13分類法에 의하면 頌과 贊은 頌贊類로, 銘은 箴銘類로, 傳은 傳狀類로 따로 떼어내어 분류할 수도 있는 것이다. 한편 雜著를 雜文이라고도 한다. 『東國李相國集』에는 姚鼐의 13분류법에서 論辨類에 해당하는 글들을 雜文이라[27] 하여 분류하였는데, 여기에 속하는 작품 중 <韓信傳駁>, <杜牧傳甑裂事駁>, <柳子厚文質評>을 『東文選』에서는[28] 雜著로 분류해 놓았다. 또 劉勰은 『文心雕龍』에서[29] 對問, 七, 連珠를 예로 들어 雜文에 관해 논의하고 있다. 이것으로 보아 雜著와 雜文은 編者의 취향에 따라 붙여진 이름일 뿐, 그것이 구분되어 사용된 것이 아님을 알 수가 있다. 이러한 잡저와 잡문은 그 명칭에 雜字가 붙어 있다고 해서 雜駁한 글이

24) 姚鼐, 『古文辭類纂』에서 文體를 13類로 분류하였다.
25) 민병수, 『한국한문학강해』, 일지사, 1980, 29면.
26) 李奎報, 『東國李相國集』 卷19~20.
27) 같은 책 卷22.
28) 徐居正, 『東文選』 卷107.
29) 劉勰, 『文心雕龍』 卷3.

아니다. 義理를 근본으로 하고 性情에서 우러난 나름대로의 일관된 논리를 갖추고 있는 글이다.

이상에서 문체 분류와 형식적인 면을 중심으로 雜錄, 雜記, 雜著의 차이를 개략적으로 살펴보았다. 여기에서 우리는 雜記와 雜著는 같은 부류이고, 雜錄은 그와 다른 부류의 글임을 알 수가 있다. 즉 雜記와 雜著는 문체 분류에 포함되어 문집의 本集에 수록되었으나, 雜錄은 문집의 편찬에서 제외되어 別集으로 간행되거나 필사본으로 유전되었다. 곧 전자를 정통 한문학이라고 한다면 후자는 비정통 한문학인 것이다. 따라서 文을 經 · 史 · 子 · 集으로 나눌 때 文集에 실리는 雜記와 雜著는 集部 文集類에 속하고, 雜錄은 子部 雜家類나 小說家類에 속하는 것으로 그 성격이 전혀 다르다. 또 그 용도 면에서도 雜記와 雜著가 公的인 성격의 글이라면, 雜錄은 私的인 문장이라 할 수가 있는 것이다.

2) 잡록의 저술태도

앞서 우리는 雜錄, 雜記, 雜著의 구분을 통하여, 先人들이 현대와 같은 장르의식은 없었지만, 그것을 엄격히 구분하여 인식하고 있었음을 알 수가 있었다. 그러면 그 구분의 근거는 무엇인가를 살펴볼 필요가 있다. 우선 구분 인식은 다음의 예에서 찾아볼 수가 있겠다.

> 筆苑雜記 吾仲父四佳先生所著也 先生以文章大手 平生著述甚多 三國史節要 東國通鑑 東文選 輿地勝覽 皆受命與諸公同撰 而大抵皆出於公手 五行摠括 歷代年表 東人詩話 勝覽續集 滑稽傳 皆平居所著 而筆苑雜記 亦其一也.[30]

30) 徐彭召, <筆苑雜記序>.

徐彭召는 徐居正의 저술을 두 가지의 성격으로 나누어 설명하고 있다. 御命으로 지은 것과 개인의 입장에서 지은 것이다. 위 인용문을 요약하면 다음과 같다.

著述 ┌ (受命) 所撰 – 『三國史節要』, 『東國通鑑』, 『東文選』, 『輿地勝覽』
　　 └ (平居) 所著 – 『五行摠括』, 『歷代年表』, 『東人詩話』, 『勝覽續集』, 『滑稽傳』, 『筆苑雜記』

보는 바와 같이 著述物을 所撰과 所著로 구분하고 있다. 撰은 撰述이고 著는 作이다. 著述을 撰과 著로 구분한 것은 述作으로 正統漢文學과 非正統漢文學을 구분한 것이다. 여기에서 주목되는 점은 『東人詩話』, 『滑稽傳』, 『筆苑雜記』를 述而不作하지 않고 述하되 作까지 겸했다고 보아 著로 인식하고 있는 것이다. 『筆苑雜記』는 洪邁의 『容齋隨筆』과 같은 類로서 非正統漢文學의 雜錄이다. 따라서 漢文學에서의 雜錄의 집필태도와 방법은 述而作임을 알 수가 있다. 전통적인 한문학에서의 저술법도인 述而不作에 대한 雜錄의 述而作은 破格이라 할 수가 있다.

李睟光은 雜錄의 집필방법이 述而作임을 분명히 밝히고 있다.

> 所記出自古書及聞見者 必書其出處 而頗以妄意斷之 其不言出處者 乃出妄意者也.[31]

『芝峯類說』을 집필하면서 古書에서 인용했거나 見聞에서 나온 것은 그 출처를 밝혔으나, 그렇지 못한 많은 부분은 자신의 생각대로 斷定을 했다는 말이다. 곧 전자는 述이고 후자는 作이라 할 수가 있다.

---

31) 李睟光, 『芝峯類說』, <凡例>.

述은 前人의 說을 傳述하여 밝히는 일이고, 作은 자신이 새로운 說을 제창하는 일이다. 그런데 作은 辭, 賦, 詩 등을 짓는다는 文藝創作의 의미보다는 文物, 制度, 禮樂 등에 관해 참신한 說을 始創하거나 자신의 주장을 펴고 理論올 세우는 것을 말한다. 作을 오늘날 말하는 美의 창조로서 文藝創作의 측면에서 보면 雜錄은 作이 아니며, 敍述과 實證이 위주가 된 述로서 達意的인 文章이라고 할 수가 있다.[32)]

한편 雜錄이 述而作의 입장에서 집필되었다는 것은 『櫟翁稗說』의 성격에서도 잘 드러난다. 李齊賢이 『역옹패설』을 편찬하면서 前集과 後集으로 나누고, 각각에 序文을 붙인 데는 그만한 이유가 있었기 때문이다. 소재와 내용이 전집은 祖宗世系와 名卿大夫의 언행에 관한 것이고, 후집은 章句의 雕琢에 관한 것이기 때문만은 아닐 것이다. 전집과 후집의 내용을 섞어서 둘로 나누지 않아도 되는 것을 전집과 후집으로 나눈 것은 근본적으로 그 집필방법이 서로 달랐기 때문으로 보인다. 즉 이제현은 述作의 관계에서 전집과 후집을 나눈 것으로 볼 수가 있다. 문학적인 측면에서 볼 때 전집에는 채집한 이야기를 그대로 直敍했을 뿐, 문학적인 정감이나 작자의 개성, 주의, 주장이 결여되어 있다. 다시 말해 傳記的 事實이나 보고 들은 民譚, 逸話, 詩評 등이 敍事로 일관되고 있어 述而不作이 지켜지고 있다. 반면 후집에는 詩話, 詩評에 주안점이 두어져 있어 작자의 주관적인 지식, 정서, 철학, 미학 등이 엿보이고 있다.[33)] 곧 述에 作이 더해진 것이다. 따라서 전집을 述而不作, 후집을 述而作으로 볼 때 『역옹패설』의 전체적인 집필방법은 述而作임을 알 수가 있다.

---

32) 전형대 교수는 앞의 논문에서 作을 문예창작의 측면에서 주목하여 雜錄의 집필방법이 述而不作이라고 하였다. 그러나 作은 作文보다도 立言의 뜻으로 파악해야 할 것이다.

33) 최신호, 앞의 논문, 271면.

3) 잡록의 저술의식

文筆家들이 雜錄을 왜 지었으며, 또 그것이 어떠한 연유로 나오게 되었는가 하는 문제는 잡록의 성격과도 관계가 있다. 잡록의 저술의도를 통하여, 잡록이 어떠한 성격의 글인가를 살필 수가 있기 때문이다. 잡록의 성격에서 특히 문제가 되는 것은 저술의도와 관련한 破閑性을 어떻게 이해할 것인가이다.

잡록들의 명칭이나 序文을 보면 閑暇할 때 破閑을 목적으로 信筆했다는 말을 쉽게 찾아볼 수가 있다. 李匡義(唐)의 『資暇集』, 李仁老의 『破閑集』, 崔滋의 『補閑集』, 沈守慶의 『遣閑雜錄』의 제목이 그러하고, 또 잡록의 序, 跋에서도 散見된다.

> 矧此錄也 本以驅除閑悶 信筆而爲之者 何怪夫其有戲論也.[34]
> 時於讌閑戲用翰墨 書其平日所見聞者耳.[35]
> 吾座主四佳徐相公 閑中信筆所著也.[36]
> 皆是記錄見聞之事 以爲遣閑之資耳.[37]
> 爲消遣居諸而已.[38]
> 且有新獲 隨補其尾 用爲撥悶慰寂之助.[39]

책의 제목이나 序, 跋에 의하면, 저술의도는 破閑이고 책의 성격은 戲筆이라 할 수가 있다. 이 점에 주목하여 崔信浩 교수는 잡록의 저술의식

34) 李齊賢, <櫟翁稗說後集序>.
35) 曺偉, <筆苑雜記序>.
36) 李世佐, <筆苑雜記跋>.
37) 沈守慶, <遣閑雜錄跋>.
38) 許筠, <惺翁識小錄引>.
39) 金安老, <龍泉談寂記序>.

을 '잔재미 意識'이라 하고, 잡록을 '쓸모를 생각한 글'이 아니라 '즐기기 위한 글'이라고 규정한 바가 있다.[40] 물론 거기에는 잔재미 의식에 의해 써진 즐기기 위한 글도 있다. 그러한 글들은 오늘날 문학 장르로서의 수필로도 손색이 없는 것이다.

그러나 잡록이 과연 파한을 목적으로 지어졌으며, 파한이 저술의 목적이 될 수가 있느냐는 의문이다. 쉽게 생각해서 개인적인 파한이 목적이었다면 간행될 필요도 없었을 것이고, 또 소재도 흥미진진한 내용이면 무엇이든지 수록할 수가 있었을 것이다. 『容齋隨筆』이 간행되어 書坊에서 팔리고 그것을 열람한 임금의 칭찬을 받은 洪邁가 용기를 얻어 『容齋續筆』, 『容齋三筆』, 『容齋四筆』, 『容齋五筆』을 계속 저작했고,[41] 또 李睟光의 『芝峯類說』의 내용이 神 · 怪를 빼고 奇 · 異까지로 한정되었던 점은[42] 본래의 저술의도가 다른 데에 있었음을 시사해 주는 것이다. 따라서 본래의 저술의도는 어디에 있었으며, 또 파한을 저술의 목적으로 표면에 내세운 이유는 무엇인가가 해명될 필요가 있다.

李仁老의 아들 世黃은 아버지의 평소 말을 인용하여 『破閑集』의 저술의도가 다음과 같음을 밝히고 있다.

> 倚酣相語曰 麗水之濱 必有良金 荊山之下 豈無美玉 我本朝境接蓬瀛 自古號爲神仙之國 其鍾靈毓秀 間生五百 現美於中國者 崔學士孤雲 唱之於前 朴參政寅亮 和之於後 而名儒韻釋 工於題詠 聲馳異域者 代有之矣 如吾輩等苟不收錄傳於後世 則堙沒不傳 決無疑矣 遂收拾中外題詠可爲法者 編而次之爲三卷 名之曰破閑 …… 集旣成 未及聞于上 而不幸有微恙 卒于紅桃井第.[43]

40) 최신호, 같은 곳.

41) 洪邁, <容齋續筆序>.

42) 李睟光, <芝峯類說序> : "若事涉神怪者 一切不錄."

43) 李世黃, <破閑集跋>.

인용문에 따르면, 『破閑集』은 우려가 있는 名儒韻釋의 빼어난 題詠들을 收拾하여 後世에 전하고자 하는 의도에서 저술되었음을 알 수가 있다. 이러한 『파한집』의 저술의식은 민족문화의 보존의식에서 발로된 것이라 할 수가 있으며, 이와 관련하여 『파한집』을 고려 중기까지의 民族詩集으로도 규정할 수가 있을 것이다. 또 『파한집』의 이러한 1차적인 저술의도뿐만 아니라, 그것을 완성한 후 임금에게 보이려 했다는 점에서도 그 저술목적이 개인적인 파한에 있었던 것이 아님을 알 수가 있다.

『芝峯類說』의 경우, 저술목적은 더욱 분명히 나타난다.

> 夫歷代之有小說諸書 所以資多聞證故實 亦不可少也 如前朝補閑集櫟翁稗說 我朝筆苑雜記慵齋叢話等編 不過十數家而止 其間事蹟之可傳於世者 率皆泯泯焉 …… 略記一二 以備遺忘 寔余志也.[44]

李睟光은 역대 雜錄의 저술목적이 후인들이 예전의 사실을 알고 또 고증하는 데 도움을 주고자 하는 데 있다고 하고, 그가 『지봉유설』을 저술하는 목적도 세상에 전해야 할 事蹟들이 사라져가기 때문에 이를 잊지 않도록 하기 위한 것이라고 밝히고 있다. 앞서 이인로의 『파한집』 저술의도와 同軌라고 하겠다. 이러한 이수광의 집필의식으로 볼 때 『지봉유설』은 私的으로는 備忘記라 할 수 있으나, 公的으로는 文化事典이라 할 수가 있을 것이다.

그리고 후인들이 徐居正의 『筆苑雜記』를 평한 것을 보면, 史官이 기록하지 아니한 朝野의 閑談을 기록하여 觀覽에 이바지하고자 한 것으로 후세에 도움이 적지 않다 하고,[45] 또 우리나라의 國家 典故와 賢臣들의

---

44) 李睟光, <芝峯類說序>.

45) 徐彭召, <筆苑雜記序> : "欲記史官之所不錄 朝野之所閑談 以備觀覽 其有補於來世 夫

事蹟을 널리 갖추어 변증을 하였기에 國乘의 羽翼이 된다고 하였는데,[46] 이 역시 잡록의 저술목적이 어디에 있었고 그 효용이 어떠했는지를 나타내주는 말이다.

이상에서 보는 바와 같이 잡록은 그 저술의식이 분명한 가운데 집필되었고, 그 근본적인 목적은 개인적인 破閑이 아니라 文化保存, 歷史補備, 世教, 勸戒에 있었다고 하겠다.

그렇다면 破閑을 표면에다 내세운 이유는 무엇이며, 또 파한을 어떻게 이해할 것인가가 문제이다. 잡록의 저자들은 파한을 두 가지 경우로 나누어 사용하고 있다. 하나는 다른 사람(독자)의 파한이고, 또 다른 하나는 자기의 파한이다. 李仁老와 崔滋의 경우가 전자이고, 李齊賢과 張維의 경우는 후자에 속한다.

李仁老가 雜錄 3권을 저술하고 제목을 『破閑集』이라 붙인 이유는 다음과 같다.

> 吾所謂閑者 蓋功成名遂 懸車綠野 心無外慕者 又遁迹山林 飢食困眠者 然後其閑可得而全矣 然寓目於此 則閑之全 可得而破也 若夫汨塵勞役名宦 附炎借熱 東鶩西馳者 一朝有失 則外貌似閑而中心洶洶 此亦閑爲病者也 然寓目於此 則閑之病 亦可得而醫也 若然則不猶愈於博奕之賢乎.[47]

이인로는 閑을 두 가지로 나누고 있다. 致仕하거나 隱遁한 사람들이 누리는 온전한 한가함과 벼슬길에 헤매다가 실세한 사람들이 어쩔 수 없이 쉬게 되는 불완전한 한가함이다. 따라서 앞의 사람들이 이 잡록을

豈小哉."

46) 李世佐, <筆苑雜記跋> : "吁 是書 皆吾東方國家之典攷 賢臣之事蹟 該而備 博而卞 實羽翼於國乘者 非滑稽小說之比也."

47) 李世黃, <破閑集跋>.

읽게 되면 온전한 파한을 할 수가 있고, 뒤의 사람들도 이 책을 읽게 되면 한가한 것이 병이 되는 것을 치유할 수가 있어서 장기나 바둑을 두는 것보다 나을 것이라는 뜻에서 『파한집』이라는 제목을 붙였다는 말이다. 이는 자기의 파한이 아니라, 남의 파한을 위해서 저술했다는 2차적인 집필의도라고 할 수가 있다. 즉 자신의 저술의도는 역대 名儒韻釋들의 題詠을 수습하여 후세에 전하는 데 있었지만, 독자의 입장에서 보면 파적거리를 제공한다는 의미에서 저술한 것이다. 최자의 『보한집』도 마찬가지이다. 『파한집』을 續補한다는 의도에서 저술된 것도 그렇거니와, 『보한집』의 끝부분에 新進苦學者들로 하여금 휴식거리로 삼게 한다는 것[48]에서도 드러나고 있다. 이런 점에서 『파한집』과 『보한집』은 자기가 즐기기 위해서 쓴 글이 아니라, 남이 즐기도록 하기 위해서 쓴 글이라고 하겠다.

한편 李齊賢과 張維는 자기의 파한을 위해 『역옹패설』과 『계곡만필』을 저술했다고 하였다. 한가할 때나 병을 앓는 중에는 무료함을 달래기 위해 옛일을 회고하거나 자기의 의견을 어디엔가 개진하고 싶은 생각이 있기 마련이며, 또 『역옹패설』과 『계곡만필』에는 흥미 위주의 내용들이 상당 부분 포함되어 있어서 개인적인 파한의 요소가 있는 것도 사실이다. 그러나 이들이 저술의 목적이 파한에 있었다고 한 것은 다분히 의도적이고 계산된 데서 나온 말로 보인다. 이 점은 아무 것도 하지 않는 것보다도 博奕을 두는 것이 낫고, 박혁을 두는 것보다도 이러한 잡록을 저술하는 것이 낫다는 것으로 파한의 논리를 전개시키고 있는 데에서 알 수가 있다. 즉 孔子의 말을 인용하여 자신의 저술에 대한 합리화 내지

48) 崔滋, 『補閑集』 卷下 : "故於末篇 紀數段淫怪事 欲使新進苦學者 游焉息焉 有所縱也 且有鑑戒存乎數字中 覽者詳之."

변명의 근거를 마련하고 있는 것이다. 따라서 저술의 목적이 파한에 있다고 한 말도 이러한 자기 합리화, 변명과 관련해서 나온 것으로 보아야 할 것이다. 자기 합리화와 변명은 앞서 잡록의 집필태도에서 살펴본 바와 같이 述而不作을 하지 못하고 述而作한 데 대한 것이다. 儒家經典을 지극히 옳은 것으로 받아들였던 문사들에게는 述而不作이 著述의 법도가 되었음을 비추어 볼 때, 述而作을 한 것은 孔子의 말을 범한 것이다. 더욱이 作은 聖人이 아니면 할 수가 없고 述은 賢者라야 미칠 수 있다고 한 朱子의 述而不作에 대한 注釋을[49] 고려한다면, 俗士로서 作을 겸한다는 것은 외람되는 일이 아닐 수 없다. 곧 저술의 목적이 개인의 파한에 있었다고 한 말은 述而作에 대한 면책을 고려한 形式的이고 自衛的인 표현이며,[50] 본래의 저술의도와는 관련이 없다고 할 수가 있다. 굳이 파한에다 의미를 부여한다면 한가한 가운데 저술했다는 집필시간 이상의 것은 아니라고 할 것이다.

한편 잡록의 제목 또한 述而作의 집필방법과 관련하여 稗, 瑣, 雜, 漫, 小, 贅, 僿 등의 謙辭가 붙여진 것으로 보인다. 특히 宋代 이후의 잡록에서만 '雜記', '稗說', '漫錄', '漫筆', '隨筆', '僿說' 등의 겸사가 붙어 있는데, 이는 朱子學의 흥기에 따라 재강조된 述而不作의 유가적 저술법도와 관계가 있는 것이다. 우리나라의 경우 주자학이 들어오기 전에 편찬된 『破閑集』, 『補閑集』까지만 해도 책의 제목이나 저술목적이 그렇지 않다가, 주자학이 들어온 후에 편찬된 이제현의 『櫟翁稗說』 이후부터는 거의 모든 잡록의 제목에 겸사를 사용하고 있고, 또 파한을 표면적인 저술목적

49) 『論語』, <述而>, 朱子注 : "述傳舊而已 作則創始也 故作非聖人不能 而述則賢者可及."
50) 심호택 교수는 破閑을 유교적 가치가 권위로 상존하던 시대에 생성되던 초기의 自衛的 용어로 파악한 바 있다(「파한집의 역사적 성격」, 『한문교육연구』 1, 한국한문교육연구회, 1986, 92면).

으로 내세우고 있는 것도 그것이 儒家의 述而不作과 관계가 있음을 시사해 준다.

4. 결언

지금까지 한국문학에서 사용하고 있는 隨筆이라는 장르 명칭이 역사적인 검증과 의미론적인 고찰을 바탕으로 정착된 것이 아니라는 점에 주목하고, 동양 전래의 독자적인 문학양식인 '隨筆'에 대한 개념과 성격을 전통적인 한문학의 저술법도인 述而不作과 관련하여 살펴보았다. 여기에서 얻은 결과를 요약, 정리하면 다음과 같다.

1) '隨筆'이라는 용어가 洪邁의 『容齋隨筆』에서 나왔지만, 그것이 장르 명칭으로서의 隨筆의 語源은 될 수 있을지라도 隨筆文學 발생의 母胎라고 볼 수는 없다. 『용재수필』에 앞서 같은 성격의 저술들이 다른 書名으로 저작되었고, 또 '隨筆'이라는 용어가 '雜記', '雜錄', '稗說', '小說', 漫筆', '筆記' 등과 同類語로서 雜錄의 한 하위개념에 지나지 않을 뿐만 아니라, 명칭에 따른 '隨筆' 특유의 속성도 발견되지 않는다.

2) '隨筆'이라는 말은 隨意之記錄의 뜻으로, 이는 불특정의 事象을 마음 내키는 대로 혹은 그것에 대해 느낌이 있는 대로 기록했다는 뜻보다도, 古說이나 특정의 事象에 대해 변증을 하고 異議를 제기할 때 저자 자신의 생각에 따라 斷定을 하여 기록했으며, 또 보고 들은 바를 사실대로 정확히 기록하지 못하고 생각이 미치는 대로 기록했다는 의미이다. 곧 '隨筆'은 단정한 내용이 잘못일 수도 있고, 보고 들은 바를 기록한 것이 정확하지도 않다는 겸손의 뜻에서 붙여진 이름이라 할 수가 있다.

따라서 '隨筆'에서의 隨意는 문학 장르로서의 隨筆의 개념과는 상당한 차이가 있어, 오늘날 隨筆을 정의할 때 <容齋隨筆序>의 '意之所之 隨卽紀錄 故目之曰隨筆'은 원용할 성질의 것이 못된다.

3) '隨筆'을 비롯한 雜錄들의 名稱이나 序文의 내용을 文面 그대로 받아들이는 데는 문제가 있으며, 그 저술방법이 전통적인 한문학의 저술법도인 述而不作을 지키지 못하고 述而作한 데 따른 謙辭로 이해할 필요가 있다.

4) 雜錄들은 傳統文化 保存, 歷史 補備, 世敎 등 뚜렷한 목적의식 하에서 저술되었으며, 흔히 저술목적으로 내세우고 있는 破閑이라는 말은 述而不作하지 않은 데 대한 自己 合理化 내지는 自衛的인 용어로 해석할 수가 있다.

이상과 같은 결과를 두고 볼 때, 漢文學에서의 '隨筆'은 오늘날 문학 장르로서의 隨筆과는 전혀 다른 각도에서 저술되고, 그 내용과 성격에서도 상당한 차이가 있음을 알 수가 있겠다. 물론 거기에는 오늘날의 수필로 보아도 전혀 손색이 없는 내용들도 포함되어 있으나, '隨筆'이라는 명칭이 같다고 해서 雜錄이 隨筆集일 수는 없다. 따라서 수필문학사를 집필하고 고전수필론을 전개함에 있어서 이들 雜錄에서보다도 오히려 文集에 실려 있는 정통 한문학에서 수필다운 작품을 발굴하고 이를 통하여 통시적 맥락을 찾도록 해야 할 것이다.

제 5 장

고려시대의 기로회(耆老會)

1. 서언

전근대 동아시아 한자 문화권에서 중국 문인들이 한국, 일본, 월남 등 이웃 나라의 문학에 미친 영향이 지대하였음은 두말할 나위가 없다. 그 영향과 수용 관계에 대한 비교문학적 연구는 두 가지 방향으로 나누어 살펴볼 수가 있을 것이다.

하나는 수용자의 입장에서 중국 역대 文豪들의 詩文風을 私淑하여 자신들의 시문학 창작에 적용한 경우를 비교 연구하는 것이다. 예컨대, 고려시대의 경우 陶淵明, 白樂天, 李白, 杜甫, 韓愈, 柳宗元, 蘇軾, 歐陽修 등의 문학작품이나 문학관이 고려 문인들에게 어떤 영향을 미쳤고, 또 고려에서는 그것을 어떻게 수용하여 고려식으로 변용, 전개했던가를 고찰하는 것이다. 다른 하나는 시문학 창작과의 직접적인 관련성 외에, 고려 문인들이 중국 문인들의 소위 '一時之盛事'를 推崇하는 한편, 비슷한 시대적 상황이나 처지에서 그것을 따라한 일들을 살펴보는 것이다.

본고에서는 후자와 관련하여 고려시대 문인들의 중국 盛事 따라 하기의 일면을 엿보고자 한다. '盛事'라 함은 有名人의 佳話로 당대는 물론 후대에까지 人口에 膾炙된 故事라고 할 수가 있다. 이를 '勝事'라 일컫기도 한다. 중국 역대의 많은 盛事들 중에서 고려 문인들이 추숭한 대표적인 예로 晉代의 竹林七賢, 唐 · 宋代의 耆老會, 北宋 宋迪의 瀟湘八景圖 등을 들 수가 있다. 그동안 竹林七賢(江左七賢)과 竹林高會(海左七賢), 瀟湘八景圖와 韓國八景詩의 영향관계에 대해서는 상당한 연구 성과가 나왔지만, 耆老會를 중심으로 한 비교연구는 매우 소략한 편이다. 역사학 분야에서 海東耆老會의 구성원과 무신성권의 관련성을 검토한 논문이 있고,[1] 미술사학 분야에서 耆老會圖를 고찰하면서 개괄적으로 언급한 바가 있으나,[2] 한문학과 관련해서는 본격적으로 논의된 바가 없다.

따라서 고려 神宗 때 崔讜(1130~1211)이 白樂天(唐)의 香山九老會와 文彦博(宋)의 洛陽耆英會를 모범으로 삼아 海東耆老會를 결성한 이래, 벼슬에서 물러난 문인들이 각종 기로회를 빈번하게 열었던 바, 그 영향과 수용양상, 전개과정, 그리고 고려 한문학의 발전에 미친 영향 등을 살펴볼 필요가 있다. 이러한 연구를 통하여 우리는 고려시대 문인들의 일상을 보다 다채롭게 이해할 수가 있을 뿐만 아니라, 고려 한문학사를 더 풍부하게 보완할 수가 있을 것이다.

---

1) 박종진, 「고려시기 해동기로회의 결성과 활동」, 『역사와 현실』 66, 한국역사연구회, 2007.

2) 안휘준, 「고려 및 조선왕조의 文人契會와 契會圖」, 『고문화』 20, 한국대학박물관, 1982.
윤진영, 「조선시대 계회도 연구」, 한국학대학원 박사논문, 2004.

2. 당·송대의 기로회

1) 白樂天의 香山九老會(尙齒會)

白樂天(772~846)은 大和 7년(833) 그의 나이 62세 때 그동안 재직하고 있던 河南尹 자리를 그만두었고, 이후 다시 太子賓客이 되어 75세로 죽을 때까지 줄곧 東都 洛陽에서 지냈다. 그는 會昌 2년(842) 71세 때 太子少傅 직에서 刑部尙書로 옮겼다가 곧 致仕하였으며,[3] 74세 되던 會昌 5년 3월에는[4] 洛陽의 履道里 저택에서 당시 宦路에서 은퇴한 어질고 나이 많은 사람 6명과 함께 잔치를 베풀고 尙齒會를 열었다.[5] 이것이 바로 耆老會의 시초가 되었다.

당시 이 모임에 참여한 사람들의 官爵, 貫鄕, 姓名, 年齒는 다음과 같다.

① 前懷州司馬 安定 胡杲 89세
② 衛尉卿致仕 馮翊 吉旼[6] 86세
③ 前右龍武軍長史 滎陽 鄭據[7] 84세
④ 前慈州刺史 廣平 劉眞[8] 82세
⑤ 前侍御使內供奉官 范陽 盧眞[9] 82세
⑥ 前永州刺史 淸河 張渾 74세
⑦ 刑部尙書致仕 太原 白居易 74세

---

3) 백락천의 생애는 김재승, 「백락천시연구」, 서울대 박사논문, 1985를 참조하였다.
4) 구체적인 날짜는 『白香山集』 卷71에는 3월 21일, 『香山九老詩』, <香山九老詩序>와 『事文類聚』 卷45, 樂生部, 壽, <唐九老詩幷序>에는 3월 24일로 되어 있다.
5) 『事文類聚』 같은 곳 ; 崔瀣, 『拙藁千百』 卷1, <海東後耆老會序>.
6) 『白香山集』과 『香山九老詩』(四庫全書 珍本 三集)에는 '吉皎'로 기록되어 있다.
7) 『香山九老詩』에는 '鄭璩'로 기록되어 있다.
8) 『香山九老詩』에는 '劉貞'으로 기록되어 있다.
9) 『白香山集』과 『香山九老詩』에는 '盧貞'으로 기록되어 있다.

이상의 7인은 現職에서 물러난 70세 이상의 노인들로 정회원에 해당되었고, 그 외에 현직에 있는 秘書監 狄兼謨와 河南尹 盧貞이 준회원 자격으로 참여하였다. 그러나 이 두 사람은 70세가 되지 못하여 그 班列에는 들지 못하였다.[10] 이 첫 모임에서 7인의 회원들은 연회가 끝난 후 七言六韻詩 1편씩을 지었고, 狄 · 盧 두 사람은 칠언절구 1편씩을 지었다.[11] 백락천이 지은 <胡吉鄭劉盧張等六賢 皆多年壽 予亦次焉 偶於弊居合成尙齒之會 七老相顧 旣醉甚歡 靜而思之 此會稀有 因成七言六韻 以紀之 傳好事者>[12]라는 시를 보면 당시 모임의 情況을 엿볼 수가 있다.

七人五百七十歲　일곱 사람 나이 합하니 570세라[13]
拖紫紆朱垂白鬚　자색 인끈 붉은 옷에 백발을 드리웠네.
手裏無金莫嗟歎　수중에 돈 없다고 한탄하지 말지니
樽中有酒且歡娛　단지 속에 술 있으니 또한 즐거운 일일세.
詩吟兩句神還王　두 구절 시 읊으니 정신 되레 왕성하고
酒飮三杯氣尙麤　석 잔 술 마시매 기운 더욱 충만하네.
嵬峨狂歌敎婢拍　소리 높은 노래에 계집종이 손뼉치고
婆娑醉舞遣孫扶　어지러이 취한 춤에 자손들이 부축하네.
天年高過二疏傳　타고난 수명은 소광 · 소수를 지나고
人數多於四皓圖　사람들 숫자는 상산사호보다도 많네.
除卻三山五天竺　삼신산 오천축을 제외하고는
人間此會更應無　인간 세상 이런 모임 다시 없으리라.

10) 『白香山集』 같은 곳 : "時秘書監狄兼謨 河南尹盧貞 以年未七十 雖與會而不及列."

11) 이때 지은 시들은 『香山九老詩』와 『事文類聚』에 실려 있는데, 글자 간에 약간의 출입이 있다.

12) 『白香山集』 같은 곳.

13) 『事文類聚』와 『香山九老詩』에는 "七人五百八十四"로 되어 있다. 이후의 여러 기로회시에서 첫 구에 나이를 합산하여 밝히는 것이 전통이 된 것으로 보인다.

이 시에서 보는 바와 같이 그들은 飮酒・歌舞・賦詩로써 風流를 즐기며 地上에서의 神仙임을 자처했다. 백락천 이외에 6인의 시에서도 한결같이 退休閑居의 멋과 飮酒歌舞의 歡樂을 읊고 있는데, 특히 劉眞은 "비록 生死訣을 배워 궁구하지는 못했지만, 인간 세상에 어찌 神仙이 아니리오?[雖未學窮生死訣 人間豈不是神仙]"라고[14] 하여 자신들을 신선에다 비유하고 있다. 그들은 시를 짓는 데 그치지 않고 이를 기록하고 그들의 모습을 그려 耆老圖를 만들기도 하였는데, 거기에 貫姓名과 나이도 함께 기록하였다.

한편 그 해 여름에 洛中遺老 李元爽(136세)과 禪僧 如滿(95세)이 함께 낙양으로 돌아와 추가로 모임에 참여했으며, 이때 두 사람의 形貌도 기로도에 추가되었다. 世人들은 이 두 사람을 포함한 9인의 모임을 洛中九老會 혹은 香山九老會라 부르고, 또 이들을 사모하여 九老圖를 그려 세상에 전하기도 하였다.[15]

그러나 이들의 모임은 會의 主掌者인 백락천이 會昌 6년(846) 8월 75세의 나이로 죽음으로써 더 이상 열리지 않은 것으로 보인다. 곧 향산구로회는 약 1년 반 가까이 지속되었다고 하겠다.

백락천이 기로회를 주도하여 열 수 있었던 것은 그의 만년의 獨善的 생활에서 그 배경을 찾아야 할 것 같다. 그는 44세 때 江州司馬로 貶謫된 후부터 독선적 생활에 충실하였고, 특히 62세 이후 14년 동안 낙양에 안주하여 한직에 머물러 있으면서 자신의 문집을 편찬하거나[16] 詩・琴・酒로 自娛하며 閑適有餘한 만년의 삶을 영위할 수가 있었고, 더욱이

14) 『香山九老詩』.

15) 『事文類聚』 같은 곳.

16) 백락천은 63세 이후 74세까지 『洛詩集』, 『白氏文集』, 『白氏洛中集』, 『白氏後集』 등을 스스로 편집하여 여러 사찰에 보존시켰다.

만년에 佛教와 道教에 심취하여 樂天知足하고자[17] 했기 때문이다. 다시 말하면 그가 安分知足과 樂天知命의 경지에 안주하면서 일상의 현실생활 속에서 얻을 수 있는 閑適의 세계를 적극적으로 추구한 결과,[18] 그 과정에서 나타난 것 중의 하나가 바로 기로회라 할 수가 있을 것이다.

백락천의 기로회는 다음과 같은 몇 가지의 특성을 지니고 있으며, 이것은 후대에 열린 각종 耆老會, 耆英會에 많은 영향을 주었다.

첫째, 구성원들은 전직 고관을 지낸 70세 이상의 노인들이었으며, 벼슬보다도 나이를 우선으로 하고 나이든 자를 우대하였다. 이는 孟子가 "天下有達尊三 爵一 齒一 德一 朝廷莫如爵 鄕黨莫如齒 蓋朝廷爵同者尙齒 鄕黨則不論爵而惟尙齒"[19]라 한 것과 같이, 이들이 환로에서 은퇴해서 鄕黨에서 한거하고 있었기 때문이다. 따라서 會名을 尙齒會라 하고, 또 會目과 각자의 詩篇을 나이 순서에 따라 기술하였던 것이다.

둘째, 狄兼謨와 盧貞과 같이 현직에 있는 70세 미만의 사람을 참여시킴으로써, 후대에 열렸던 각종 기로회에 年少者가 참여할 수 있는 先例를 남겼다.

셋째, 耆老圖를 그려 세상에 전함으로써 후대의 기로회에서도 기로도를 그리는 전통이 마련되었으며, 또한 李元爽·如滿과 같이 뒤늦게 참여한 사람을 추가로 그려 넣는 선례도 남겼다.

넷째, 그 모임이 일시적, 비지속적이었기 때문에 罰이나 制約을 정한 會約이 마련되지 않아, 후대의 기로회에 비해 비조직적이었다.

다섯째, 모임의 기본적인 성격이 상호 친목을 도모하고 飮酒, 歌舞, 賦

---

17) 『新唐書』 卷119, <白居易列傳> : "東都所居履道里 疏沼種樹 構石樓香山 鑿八節灘 自號醉吟先生 爲之傳 暮節惑浮屠道尤甚 至經月不食葷 稱香山居士."

18) 『白香山集』에 閑適詩로 분류된 詩篇이 180여首나 된다.

19) 『孟子』, <公孫丑 下>.

詩하며 풍류를 즐기는 것이었는데, 이는 곧 退休閑居에 따른 樂天知足이었으며 나아가 仙界를 추구하는 것으로 발전되었다.

2) 文彦博의 洛陽耆英會

唐나라 白樂天의 香山九老會(尙齒會)를 본뜬 耆老들의 모임은 宋代에 이르러 더욱 성행하였다. 특히 至道~元豊 年間(995~1085)에 가장 성하였는데, 至道九老會,[20] 吳興六老會,[21] 睢陽五老會(至和五老會),[22] 吳中十老

20) 至道九老會는 『太平廣記』의 撰者인 李昉이 주도하였다. 그는 평소 문장을 지음에 백락천을 사모하였고, 손님 접대하기를 좋아하였다. 그가 사는 곳에 빼어난 동산과 누정, 별장이 많았으므로 자주 친구들을 불러 잔치를 베풀었다. 司空으로 치사한 후 71세 되던 至道 元年(995)에 백락천의 香山九老의 故事를 잇고자 하여 九老의 모임을 열었다. 그러나 蜀 땅에서 도적떼가 일어나고 또 李昉이 그 다음해에 죽었기 때문에 모임은 지속되지 못하였다. 이 모임에 참여한 인사는 다음과 같다. 太子中允致仕 張好問(85세), 太常少卿致仕 李運(80세), 故相 吏部尙書 宋琪(79세), 廬州節度副使 武允成(79세), 吳僧 贊寧(78세), 郢州刺使 魏丕(76세), 左諫議大夫 楊徽之(75세), 水部郎中 朱昻(71세), 故相 司空致仕 李昉(71세). 승려가 참여한 것이 이색적이다(『宋史』 卷265, <李昉列傳> ; 洪邁, 『容齋四筆』 卷12).

21) 吳興六老會는 慶曆 6년(1046) 南園에서 열렸는데, 당시 그 고을의 태수 馬尋이 모임을 주선하고 胡湖學이 序文을 지었다. 모임에 참여한 6인은 다음과 같다. 郎簡(工部侍郎, 77세), 范銳(司封員外, 66세), 張維(衛尉寺丞, 97세), 劉餘慶(殿中丞, 92세), 周守中(太理寺丞, 90세), 吳琰(太理寺丞, 72세). 張維가 지은 <太守馬太卿會六老於南園> 시에 당시의 정황이 잘 나타나 있다(周密, 『齊東雜語』 卷20, <耆英諸會> ; 張維, 『魚樂軒吟稿』).

22) 睢陽五老會는 至和 3년(1056)에 祁國公 杜衍이 주도한 모임이다. 至和 연간에 열렸으므로 至和五老會라고도 한다. 杜衍은 慶曆 7년(1047) 70세 때 太子少師로 일단 치사하였지만, 皇祐 元年(1047)에 다시 太子太保로 천거되어 太子太傅, 太子太師를 거쳐 관직에서 물러났다. 그는 70세 이후 10년간을 南都에서 優遊自適하며 지냈는데, 至和 3년 仲秋節에 당시 관직에서 退老한 원로문인 4인과 함께 睢陽에서 잔치를 베풀고 五老의 모임을 열었다. 모임에 참여한 5인은 다음과 같다. 太子太師致仕 祁國公 杜衍(80세), 禮部侍郎致仕 王渙(90세), 司農卿致仕 畢世長(94세), 兵部郎中致仕 朱貫(88세), 賀部郎中致仕 馮平(87세). 당시 睢陽의 태수이던 錢明逸이 圖象을 그리고 序文을 지었으며(周密, 같은 곳), 文彦博이 그 그림에 題詩하여 <題睢陽五老圖>를 지었다(文彦博, 『潞公文集』 卷7).

會,[23] 洛陽耆英會, 眞率會 등이 대표적인 것들이다. 그중에서 가장 번성하였고 또 회약이 마련되어 비교적 규모 있게 운영되었던 모임이 洛陽耆英會이다.

낙양기영회는 潞國公 文彦博(1006~1097)이 主掌하였다. 元豊 5년(1082) 정월 그가 西京留守로 있을 때 白樂天의 香山九老會를 사모하여 당시 老成하고 賢德한 이 11인과 함께 韓國公 富弼의 집에서 잔치를 베풀고 첫 모임을 열었다.[24] 이때 모임에 참여한 사람들의 官爵, 封號, 姓名, 字, 나이를 기록한 會目은 다음과 같다.[25]

① 開府儀同三司 守司徒武寧軍節度使致仕 韓國公 富弼 字彦國 年七十九
② 河東節度使開府儀同三司 守大尉 判河南府兼西京留守司事 潞國公 文彦博 字寬夫 年七十七
③ 司封郎中致仕 席汝言 字君從 年七十七
④ 太常少卿致仕 王尙恭 字安之 年七十六
⑤ 太常少卿致仕 趙丙 字南正 年七十五
⑥ 秘書監致仕 劉几 字伯壽 年七十五
⑦ 衛州防禦使致仕 馮行己 字肅之 年七十五
⑧ 太中大夫充天章閣待制 提擧崇福宮 楚建中 字正叔 年七十三
⑨ 司農少卿致仕 王謹言 字不疑 年七十二

23) 吳中十老會는 元豊 연간에 열렸는데, 盧革(大中大夫, 82세), 黃挺(奉議郎, 82세), 程師孟(正義大夫 集賢修撰, 77세), 鄭方平(朝散大夫, 72세), 閭丘孝終(朝議大夫, 73세), 章岾(蘇州太守, 73세), 徐九思(朝請大夫, 73세), 徐思閔(朝議大夫, 73세), 崇大年(永議郎, 71세), 張詵(龍圖直學, 70세) 등이 참여하였고, 米芾이 序文을 지었다(周密, 같은 곳).

24) 洛陽耆英會가 열리기 2년 전인 元豊 3년(1080) 9월에 范鎭(內翰), 張宗益(工部), 張問(諫議), 史炤(大卿), 文彦博 등 5인이 五老會를 열었으며, 뒷날 장문과 문언박은 낙양기영회에 참여하였다. 文彦博, 『潞公文集』 卷7, <五老會詩> : "四箇老兒三百歲 當時此會已難倫 如今白髮游河叟 半是清朝解綬人 喜向園林同燕集 更緣尊酒長精神 歡言預有伊川約 好作元豊第四春."

25) 司馬光, 『司馬文正公傳家集』 卷68, <洛陽耆英會序>.

⑩ 太中大夫 提擧崇福宮 張問 字昌言 年七十一

⑪ 龍國閣直學士 通儀大夫 提擧崇福宮 張燾 字景元 年七十

⑫ 端明殿學士兼翰林侍讀學士 太中大夫 提擧崇福宮 司馬光 字君貫 年六十四

이상 12인 중 老退한 사람이 7인, 現職에 있는 사람이 5인이다. 그러나 현직자들 역시 노퇴와 마찬가지의 閑職에 있던 사람들이다. 그리고 11인이 70세 이상의 고령이지만 유독 司馬光만이 70세 미만이었는데, 이는 文彦博이 평소 사마광의 사람됨을 중히 여겨, 白樂天의 香山九老會에서 狄兼謨와 盧貞이 70세 미만의 나이로 그 회에 참여한 故事를 인용하여 모임에 참여시킨 것이다. 말석에 참여한 사마광은 문언박의 명으로 洛陽耆英會의 성립 경위를 적은 序文을 지었다.[26] 한편 당시의 世人들은 이 낙양기영회를 선망하여 동참하기를 희망하였는데, 北京留守로 있던 宣徽使 王拱辰(71세)은 이러한 모임이 있다는 소문을 듣고 문언박에게 편지를 보내어 회합에 참여시켜 줄 것을 요청하였다.[27] 그가 추가로 가입함으로써 회원은 13인으로 늘어나게 되었다.

회가 성립되자 문언박은 資聖院에 大廈를 지어 耆英堂(妙覺僧舍)이라 이름을 붙이고, 白樂天의 향산구로회에서 耆老圖를 그린 것과 마찬가지로 화공 鄭奐으로 하여금 그 堂 안에 13인의 像을 그리게 하였다.[28]

한편 회원들은 회를 보다 조직적이고 규모 있게 운영하기 위하여 會

26) 같은 곳 : "光未及七十 用狄監盧尹故事 亦預於會 潞公命光序其事 不敢辭."

27) 같은 곳 : "宣徽王公 方留守北都 聞之 以書請於潞公曰 某亦家洛 位與年亦不居數客之後 顧以官守不得執卮酒在坐席 良以爲恨 願寓名其間 幸無我遺."

28) 朱熹, 『三朝名臣言行錄』 卷3, <太師潞公文忠烈公彦博> : "就資聖院 建大夏曰耆英堂 命閩人鄭奐繪像堂中 …… 令鄭奐自幕後傳溫公像 又至北京傳王公像 於是 預其會者 凡十三人."

約을 만들었다. 元豊 5년 정월에 첫 모임을 가진 후, 4월의 모임에서 회약을 정하고 회원 각자가 동의의 표시로 날인을 하였다. 회약의 내용은 다음과 같다.29)

① 나이로 차례를 정하고 벼슬로 차례를 정하지 않는다[序齒不序官].
② 준비는 간소하게 한다[爲具務簡素].
③ 아침, 저녁의 음식은 각기 五味를 넘지 않게 한다[朝夕食不過五味]].
④ 채소, 과일, 포해의 종류는 각기 30그릇을 넘지 않게 한다[菜果脯醢之類 各不過三十器].
⑤ 술의 순배를 세지 않고 주량은 스스로 요량하며, 주인은 권하지 않고 손님 또한 사양하지 않는다[酒巡無算 深淺自斟 主人不勸 客亦不辭].
⑥ 순배에 따라 마시되 술을 내려놓지 않는다[逐巡無下酒].
⑦ 수시로 나물과 국을 마련하는 것을 금하지 않는다[時作菜羹不禁].
⑧ 손님을 부를 때는 하나의 편지를 공용하며, 손님은 字 아래에 참석 여부를 기록하고 따로 답서를 쓰지 않는다[召客共作一簡 客注可否於字下不別作簡].
⑨ 혹 사정이 있어 편지를 따로 받은 자는 모이는 날 일찍 도착할 것이요, 재촉을 기다리지 않는다[或因事分簡者 聽會日早赴 不待促].
⑩ 회약을 위반하는 자는 그때마다 큰 술잔으로 벌주를 마신다[違約者每事罰一巨觥].

이 회약은 크게 序列, 음식 준비, 酒法, 通文, 罰則의 다섯 가지 내용으로 요약된다. 회목에서도 보았지만 年高者 순으로 서열을 정한 것은 백락천의 향산구로회와 마찬가지로 회원의 대부분이 致仕하여 鄕里에 있었고 또 당시 낙양의 풍속이 高官者보다 年高者를 우대했기 때문이다.

29) 『事文類聚』 卷45, 樂生部, 壽.

음식의 수를 제한하고 通文을 한 장의 편지로 돌리거나 답서를 쓰지 않는 것은 회원 각자에게 부담이 가지 않도록 최대한 간소하게 회를 운영하고자 한 것이다. 그것은 회합의 목적이 風流와 親睦에 있었기 때문이다. 즉 酒法에서 보듯이 술의 순배를 세지 않고 스스로 요량해서 마시며, 자신의 흥을 자신이 돋우고 즐기는 풍류 그 자체에 회합의 목적이 있었던 것이다. 또 罰酒는 회칙에 정한 대로 회를 보다 원활하게 운영하기 위한 것이다. 이 회약은 후대에 열린 각종 기로회에 거의 그대로 준용되다시피 하였다.

한편 회원들은 각 집을 돌아가며 모임을 가졌는데, 매 宴集 時마다 飮酒賦詩하며 즐기고는, 백발을 늘어뜨리고 衣冠을 整齊하여 낙양의 名園·古刹·樓亭과 山水의 빼어난 곳을 찾아 逍遙自適하였다. 世人들은 이들을 선망하여 집회장소를 따라다니며 구경하기도 하였다.[30] 문언박이 지은 <耆年會詩>는[31] 당시 모임의 盛함을 잘 보여주고 있다.

九老唐賢形繪事	당나라 어진 아홉 노인 그림으로 그렸는데
元豊今勝會昌春	원풍 연간의 오늘이 회창 때보다도 낫다네.
垂肩素髮皆時彦	어깨에 드리운 흰 머리카락 모두가 당대의 선비
揮麈淸談盡席珍	주미 흔들며 청담하노니 온 좌석이 귀한 손님.
染翰不停詩思健	먹물 묻은 붓은 멎지 않고 시상은 꿋꿋한데
飛觴無算酒行頻	날랜 술잔 셀 수 없이 순배가 자주 도네.
蘭亭雅集誇修禊	난정의 우아한 모임은 수계를 자랑하지만
洛社英游貴序賓	낙사의 꽃다운 놀이 손님의 차례를 귀히 여기네.
自愧空疎陪几杖	절로 부끄러워라. 헛되이 궤장을 하사받고

30) 朱熹, 같은 곳 : "洛陽多占名園古刹勝 有水竹林亭之 諸老鬚眉皓白 衣冠甚偉 每宴集都人隨觀之."

31) 文彦博, 『潞公文集』 卷7.

更容款密奉簪紳	다시 정성스레 높은 벼슬을 받드니.
當筵尙齒尤多幸	잔치자리에서 나이를 높이니 더욱 다행한 일
十二人中第二人	나는 열두 사람 중에 두 번째로 나이 많네.

당시 모임에 참여한 회원들은 각기 시를 지어 저마다의 所懷를 나타냈는데,[32] 문언박은 낙양기영회(元豊)가 백락천의 향산구로회(會昌)보다 낫다고 여기는 한편, 王羲之의 蘭亭 修禊에 비길 정도로 대단한 자부심을 드러내고 있다. 위 시에서 흰 머리카락의 老成한 선비들이 麈尾를 흔들며 清談을 하고, 시를 짓고 술을 마시던 모습을 엿볼 수가 있다.

한편 낙양기영회의 말석에 참여하였던 司馬光(1019~1086)은 65세이던 元豊 6년(1083)에 南園에서 眞率會[33]를 열었는데, 司馬旦(字 伯康, 78세), 席汝言(君從, 78세), 王尙恭(安之, 77세), 楚建中(正叔, 74세), 王謹言(不疑, 73세), 趙粹中(叔達, 70세) 등 7인이 자리를 함께 하였다.[34] 이들 중 석여언, 왕상공, 초건중, 왕근언, 사마광은 낙양기영회의 회원이기도 하다. 곧 낙양에 사는 기로들이 뜻 맞는 사람끼리 수시로 여러 형태의 회합[35]을 가졌던 것이다. 당시 문언박은 진솔회에 참여하지 못했는데 모임의 소식을 듣고

32) 『事文類聚』 같은 곳에서 낙양기영회 13인의 시를 볼 수가 있다.

33) 眞率會라는 이름은 東晋 때 羊曼이 丹陽尹에 拜授되자, 전례에 따라 손님을 초청하여 잔치를 열었는데, 손님이 일찍 오고 늦게 오는 데 따라 대접할 뿐 귀천을 따지지 않은 데에서 비롯되었다(『晉書』 卷49, <羊曼列傳>). 宋나라 때 范純仁도 이를 따라 한 바 있는데(『宋史』 卷314, <范純仁列傳>), 사마광이 羊曼의 일에서 취하여 이름 지은 것이다.

34) 司馬光, 『司馬文正公傳家集』 卷11, <二十六日作眞率會, 伯康與君從七十八歲 安之七十七歲 正叔七十四歲 不疑七十三歲 叔達七十歲 光六十五歲 合五百一十五歲 口號成詩用安之前韻>.

35) 文彦博은 78세 때 程珦, 司馬旦, 席汝言과 함께 자기 집 정원에서 同甲會(丙午生)을 열기도 하였다(文彦博, 같은 책 卷7, <奉陪伯溫中散程 伯康朝議司馬 君從大夫席 於所居小園 作同甲會>).

시를 지어 사마광에게 보내어 축하와 함께 참여하고자 하는 뜻을 보이기도 하였다.[36] 이에 대해 사마광은 <和潞公眞率會詩>로 화답하였다.[37] 이 시에서 그는 약간의 음주를 곁들여서 뜻에 따라 즐기며, 집안의 형편대로 기물과 음식을 준비하여 소략하게 모임을 운영하는 뜻을 피력하였다. 그러나 사마광은 문언박의 요청에도 불구하고 그가 너무 현달해 있었으므로 회원으로 받아들이지 않았다.[38]

眞率會 또한 會約을 만들었는데, 그 운영 방침대로 내용이 매우 검소하다. 1) 술 마시는 것은 다섯 순배를 넘지 아니하고, 2) 음식은 다섯 가지 이상 마련하지 않으며, 3) 다만 채소류는 제한 없이 준비한다.[39] 이렇게 정한 것은 검소하면 장만하기 쉽고 간소하면 따라 하기 쉽기 때문이다.[40]

그러나 楚建中이 회약을 위반하였다가 음식의 가지 수를 더 준비해야 하는 벌칙을 받았고,[41] 문언박도 가입이 불허되자 진솔회의 盛饌을 사마광에게 지적한 바 있다.[42] 진솔회의 회약은 낙양기영회의 회칙과 함

---

36) 文彦博, 같은 곳, <近聞有眞率會呈提擧端明司馬>. 이 시의 注에 "是詩也 率爾而作 斐然而成 雖甚鄙拙 亦有希眞之意焉."이라 하였다.

37) 司馬光, 같은 곳, <和潞公眞率會詩> : "洛下衣冠愛惜春 相從小飮任天眞 隨家所有自可樂 爲具更微誰笑貧 不待珍羞方下筯 只將佳景便娛賓 庾公此興知非淺 藜藿終難繼主人."

38) 陳叔方, 『呂氏雜記』 卷下 : "文潞公 時以太尉守洛 求欲附名於其間 溫公不許爲其貴顯弗納也."

39) 朱熹, 같은 곳 : "其後 司馬溫公與數公 又爲眞率會 有約 酒不過五行 食不過五味 唯菜無限." 呂希哲, 『呂氏雜記』 卷下에는 "果實不過五物 殽膳不過五品 酒則無算."으로 되어 있어 飮酒에 차이가 있다.

40) 陳叔方, 같은 곳 : "以爲儉則易供 簡則易繼也."

41) 朱熹, 같은 곳 : "楚正議違約 增飮食之數 罰一會."

42) 陳叔方, 같은 곳 : "一日 潞公伺其爲會 戒廚中具盛饌 直往造焉 溫公笑而延之曰 俗却此會矣 相與歡飮 夜分而散."

께 후대의 여러 기로회에 준용되었던 것으로 보인다.

그런데 여기서 한 가지 유의할 점은 후인들이 낙양기영회와 진솔회를 혼동하거나 혼용하는 문제이다. 周密은 낙양기영회가 뒷날 진솔회로 바뀌었다고 하였고,[43] 崔瀣 역시 낙양기영회의 일을 언급하며 그 회의 명칭을 진솔회라 하였다.[44] 위에서 살펴본 대로 낙양기영회는 문언박이, 진솔회는 사마광이 주도하였고, 사마광은 두 모임에 다 참여하였지만, 문언박은 진솔회에 끼지 못하였다. 두 모임은 구성원과 회칙에 있어서 분명히 다른 것이다.

3. 고려시대의 기로회

1) 崔讜의 海東耆老會

고려시대에 조직된 최초의 기로회는 靖安公 崔讜(1130~1211, 仁宗 8~熙宗 7)[45]의 海東耆老會이다. 최당은 70세가 되기 전에 乞退疏를 올려 관직에

43) 周密, 『齊東雜語』 卷20, <耆英諸會> : “其後 又改爲眞率會.”

44) 崔瀣, 『拙藁千百』 卷1, <海東後耆老會序> : “至宋元豐中 文潞公守洛 亦與耆英 約爲眞率會.”

45) 최당의 生歿年代는 『高麗史』 卷99, <崔讜列傳>에 의하면 熙宗 7년(1211)에 죽어 享年이 77세였다고 하였는데, 이를 소급하여 계산하면 仁宗 13년(1135)이 그의 生年이 되나(『韓國人名大事典』), 이는 잘못으로 보인다. 즉 李仁老가 지은 <祭崔太尉文>(『東文選』 卷109)에 “年過八旬”이라 하였고, 또 崔瀣가 지은 <海東後耆老會序>(『拙藁千百』 卷1)의 해동기로회 會目에 朴仁碩이 誌를 할 당시 최당의 나이가 77세, 최선의 나이가 69세라 하였다. 최선은 해동기로회가 처음 열린 3년 후인 희종 2년(1206)에 치사하고 곧바로 해동기로회에 참여했는데, 이때에 나이가 69세였고 최당 역시 이때 77세였던 것으로 보인다. 따라서 최당의 歿年을 『高麗史』, <崔讜列傳> 대로 희종 7년으로 볼 때 그는 82세까지 살았고(이인로가 쓴 제문의 “過年八旬”과 부합), 생몰연대도 인종 8년~희종 7년(1130~1211)이 된다.

서 물러날 것을 요청하고, 70세가 되던 神宗 2년(1199)[46]에 門下平章事로 致仕하였다. 그 후 鄕里에서 心性을 수양하며 세속과 교류하지 않고 閑居하였는데, 神宗 6년(1203), 74세 때 崇文館 남쪽의 斷峯 위에 있는 한 그루의 아름다운 나무를 사랑하여 그곳 靈昌里에 집 한 채를 짓고, 당세의 士大夫로서 나이가 많고 덕망이 높은 자 8인과 함께 耆老會를 열었다. 會는 3년 후인 熙宗 2년(1206)에 최당의 동생 崔詵(1140~1209)이 致仕하고 이 모임에 가입했을 때 가장 번성하였다.[47] 이때 참여한 회원들의 官爵, 姓名, 나이는 다음과 같다.[48]

① 太僕卿寶文閣直學士致仕 張子牧 78세
② 太尉平章集賢殿大學士致仕 崔讜 77세
③ 司空左僕射致仕 李俊昌 77세
④ 判秘書省翰林學士致仕 白光臣 74세
⑤ 禮賓卿春宮侍讀學士致仕 高瑩中 74세
⑥ 司空左僕射寶文閣學士致仕 李世長 71세
⑦ 戶部尙書致仕[49] 玄德秀 71세
⑧ 太師平章修文殿大學士致仕 崔詵 69세
⑨ 軍器監 趙通 64세

46) 『高麗史』 卷21에 따른다. 최해의 <海東後耆老會序>에는 "神王戊午"(1198)에 치사하였다고 하여 1년의 차이가 난다.

47) 최당의 해동기로회 결성과 활동은 崔瀣의 <海東後耆老會序>, 『高麗史』 卷99, <崔瀣列傳>, 李仁老의 <雙明齋記>(『東文選』, 卷65)와 <雙明齋詩集序>(『東文選』, 卷83)에서 살필 수가 있다.

48) 崔瀣의 <海東後耆老會序>는 李瑱의 기로회에 대한 서문으로, 기로회의 연원을 밝히면서 백락천의 향산구로회, 문언박의 낙양기영회, 최당의 해동기로회 會目을 기술하고 있다. 해동기로회 회원들의 개인별 행적에 대해서는 박종진, 앞의 논문에서 자세히 고찰한 바 있다.

49) 『高麗史』 卷99, <崔讜列傳>에도 현덕수가 戶部尙書로 치사하였다고 하였으나, 『高麗史』 卷22, 세가 및 卷 99, <玄德秀列傳>에는 兵部尙書로 치사한 것으로 되어 있다.

이 會目에서 보듯이 회원들은 前現職 高官者들로 崔詵과 趙通을 제외한 모두가 70세 이상의 年高者들이었다. 최선과 조통이 70세 미만이었는데도 정회원으로 참여한 것은 白樂天의 香山九老會나 文彦博의 洛陽耆英會에서 70세 이상으로 나이를 제한하던 것이 고려시대에 와서 다소 완화되었음을 보여주는 것이다. 그것은 나이의 高下에 따른 회원의 자격 문제는 부차적인 것이었고, 회합의 목적이 회원 상호간의 친목에 있었기 때문이다. 그러나 회원의 序列이 앞서의 여타 기로회와 마찬가지로 官階보다도 나이에 따라 결정되었음은 물론이다. 한편 이들 9명의 회원 이외에 李仁老(1152~1220)가 52세의 나이로 그 말석에 참여하였는데, 이는 香山九老會에서 狄兼謨와 盧貞, 그리고 洛陽耆英會에서 司馬光이 年少者로서 참여한 例에 준한 것이다.[50] 이인로가 젊은 나이에 기로회에 참여할 수 있었던 것은 詩才가 뛰어나 최당의 사랑을 받았을 뿐만 아니라,[51] 崔詵의 門人이었기[52] 때문으로 보인다.

회원들은 매월 열흘마다 한 번씩 모여 오로지 詩 · 琴 · 酒 · 棋로써 自娛할 뿐, 세간의 是非得失을 말하지 않기로 약속하고,[53] 文彦博의 洛陽耆英會의 규정에 따라 회를 운영하였다.[54] 또 그들은 집회처(최당의 집)의

50) 崔瀣, 같은 곳 : "時李眉叟翰林 依盧狄司馬故事 嘗從容諸老間 著詩文百有餘首 形容一會勝事詳矣 有雙明齋集 傳于士林."

51) 李仁老는 <祭崔太尉文>(『東文選』 卷109)에서 "돌아보건대, 나 小子는 늦게 公에게 알려지게 된지라 峩洋曲이 있어 鍾子期를 만난 것 같고, 코 끝에 묻은 흙을 큰 자귀로 찍어내는 것 같았다. …… 지금 내가 시끄럽게 소리내어 우는 것은 바로 나의 사사로운 정에서 나온 것이다."라 하였다.

52) 李仁老, <太師公娛賓亭記>(『東文選』 卷65) : "命之曰娛賓 謂門人仁老曰."

53) 權近, 『陽村集』 卷19, <後耆英會序> : "約每月逐旬一集 惟以觴詠自娛 語不及臧否得失." <후기영회서>는 조선 초기 李居易가 주도한 기영회의 일을 기술한 것으로, 앞부분에 고려시대 해동기로회의 사실을 언급하고 있다.

54) 李仁老의 <雙明齋記>에 "凡要約一依溫公眞率會古事."라 하여 최당의 해동기로회가 사마광의 진솔회 회약을 따랐다고 하였으나, 앞서 살펴본 바와 같이 문언박의 낙양

堂號를 雙明齋라 扁額하고, 화공에게 명하여 海東耆老圖를 그리고 이를 돌에 새겨 세상에 전하게 하였다. 雙明齋라는 堂號는 회원 중의 최연장자인 張子牧(張允文)이 최당의 자줏빛 두 눈동자가 모[方]가 나 있는 듯 빛나는 모습을 보고 堂의 이름을 雙明이라 하는 것이 어떻겠느냐는 제의에 따라 정한 것이다.[55] 장자목은 그 편액의 글씨도 썼다.[56] 海東耆老圖는 李佺이 그렸고,[57] 趙通이 標誌를 썼다.[58] 熙宗 2년(1206), 崔詵이 치사하고 모임에 참여하자 그의 像을 추가로 耆老圖에 그려 넣고, 또 朴仁碩이 標誌를 썼다.[59]

耆老圖를 만들고 돌에 새기게 한 것은 백락천의 향산구로회와 문언박의 낙양기영회 이후 전통이 되다시피 한 그 先例를 따른 것으로, 그들의 모임에 관한 自矜의 표시이며 후대에까지 기념물로 남기고자 한 의도에서였다. 한편, 최선의 상을 기로도에 추가로 그려 넣은 것은, 백락천의 향산구로회에서 뒤늦게 가입한 李元爽과 如滿의 像을 추가로 그려 넣은 전례를 따른 것이라 하겠다. 그런데 海東耆老圖는 白樂天, 文彦博의 耆老圖와는 그 화면 구성에 있어서 약간의 차이가 있다. 즉, 전자는 회원들이 풍류를 즐기는 모습이 중심이 되었고, 후자 둘은 회원들의 像이 중

기영회와 사마광의 진솔회를 혼동한 것으로 보인다. 해동기로회가 따른 회약이 진솔회가 아닌 낙양기영회의 것이라는 점은, 권근이 쓴 <후기영회서>에서 후기영회의 회약이 모두 해동기로회의 것을 모방하였다 하고, 낙양기영회의 회약과 거의 같은 것을 소개하고 있는 데에서 잘 드러난다. 즉, 낙양기영회의 회약을 해동기로회에서 모방하고, 다시 이를 후기영회에서 준용한 것이다.

55) 李仁老, <雙明齋記>(『東文選』 卷65). 徐首生 교수는 雙明齋를 이인로의 號라고 보았으나(『高麗朝漢文學硏究』, 형설출판사, 1971), 최당의 堂號임이 분명하다.

56) 같은 이, <題張學士雙明齋額題後>(『東文選』 卷102).

57) 같은 이, <題李佺海東耆老圖後>(『東文選』 卷102).

58) 崔瀣, 같은 곳.

59) 같은 곳. 朴仁碩은 당시 63세였는데, <최당열전>과 <해동후기로회서>에는 회원 명단에서 빠져 있다. 최선이 참여할 즈음 말석에 참여하여 標誌를 쓴 것으로 보인다.

심이 되었던 점에서 다르다. 李佺의 海東耆老圖에 묘사된 내용은 다음과 같다.

> 지금 李佺이 그린 해동기로도를 보니 蒼顔에 흰 머리털, 가벼운 갓옷에 늘어진 띠, 거문고 타고 바둑 두며 시 짓고 술 마시며, 하품하고 기지개 켜며, 누워 있고 일어나 있는 모습이 그 묘함을 얻지 않은 것이 없다. 비록 標誌를 보지 않더라도 그 사람을 가히 알 수 있으니 족히 이름을 영원히 전할 수 있겠다. 하물며 태위공(최당)이 시를 지어 그 빛과 값을 더함에랴![60]

이상의 설명에서 보는 바와 같이 그 그림을 보지 않더라도 耆老들이 시와 거문고와 술과 바둑으로 풍류를 즐기며 자유롭게 행동하는 모습을 짐작할 수가 있다. 당시 사람들은 그들의 逍遙自適하는 모습을 보고 지상의 신선(地上仙)이라 불렀다고 한다.[61] 이인로는 당시 연회의 모습을 "연회가 있을 때마다 아들과 조카들이 모두 금관을 쓰고 관복을 입은 채 마루 아래로 달려오니, 그것을 바라보면 봉황이 날개를 나란히 하는 듯, 천년 고목이 그늘을 교대로 드리운 듯, 藐姑射山에 네 명의 신선이 있는 듯, 汾河에 다섯 명의 노인이 노는 듯하였다. 실로 人間 世上에서 볼 수 있는 것이 아니었다."라고 묘사하였다.[62] 또 이인로가 해동기로회의 말석에 참여하여 지은 <崔尙書命樂府送耆老會侑歡>[63]이라는 시에

60) 李仁老, <題李佺海東耆老圖後>(『東文選』 卷102) : "今見李佺所畫海東耆老圖 蒼顔華髮 輕裘緩帶 琴碁詩酒 欠伸偃仰之態 無不得其妙者 雖不見標誌 可知其人 則足以垂名於不朽矣 况乎太尉公作詩 以增益其光價歟."

61) 『高麗史』 卷99, <崔讜列傳> : "爲耆老會 逍遙自適 時人謂之地上仙."

62) 李仁老, <雙明齋記>(『東文選』 卷65) : "每宴飮 子姪皆紆金拖紫 趨走於堂下 望之如鸞鳳接翅 椿榠交陰 四子之在姑射 五老之遊汾河 實非世人所得覩也."

63) 『東文選』 卷13.

서도 당시의 정황을 엿볼 수가 있다.

白髮相懽笑語開	백발들 서로 기뻐하며 담소하는 자리 열렸는데
只餘風月侑金盃	다만 남은 풍월만이 금잔을 권하네.
却愁軒騎忩忩散	되레 수레와 말 탄 손님 총총히 헤어질까 걱정되어
故遣笙歌得得來	일부러 악대를 보내니 덩실덩실 왔네.
醉倒始知天幕闊	취해 넘어지니 비로소 하늘 장막이 넓은 줄 알겠고
歸時爭見玉山頹	돌아갈 제 옥산이 무너짐을 다투어서 보네.
夜闌草屋眠初覺	밤 깊어 초옥에서 자다 처음 깨어나니
正似瑤臺曉夢回	정히 요대의 새벽꿈 돌이킨 것 같네.

무신정권기의 실권자 崔忠獻(崔尙書)이 기로회의 모임에 樂師를 보내어 그들의 흥을 돕도록 하였는데,[64] 白髮, 相懽, 笑語, 金盃, 笙歌, 醉倒, 夜闌, 瑤臺夢 등의 시어에서 기로회의 興趣를 느낄 수가 있다.

한편 李仁老는 諸老들의 시를 모아 『雙明齋集』을 편찬하고 그 序文을 썼다. 여기에는 비록 모임에 참여하지 않았지만 諸老들의 시에 和·次韻한 사람들의 시들도 포함시켰다.[65] 『쌍명재집』은 최당의 인척인 樞府 洪思胤이 주관하여 板刻하였다.[66]

64) 박종진, 앞의 논문에서 해동기로회 회원들의 대부분이 최충헌 집권 이후 등용된 인물로 최충헌 정권과 밀접하게 연관되어 있어서, 최씨 정권에서 적극 후원했음을 고찰한 바 있다.

65) 李仁老, <雙明齋詩集序>(『東文選』, 卷83) : "僕爵與齒懸殊 不可以得列於數 而屢詣後塵 獲承咳唾之音 故集其詩而序之 凡屬和者 雖不詣會 皆列于左 謹序." 혹 『쌍명재집』을 이인로의 문집이라고 하나, 이는 잘못이다. 그의 문집은 『銀臺集』이고, 『쌍명재집』은 "耆老會中雜著"로 그의 시문이 일부 포함되었을 수는 있다.

66) 李世黃, <破閑集跋> : "又撰選耆老會中雜著 爲雙明齋集 洪樞府思胤 是雙明太尉公之姻族也 嘗營興王寺 受朝旨付板敎藏堂 傳於世."

2) 其他 耆英諸會

고려시대에는 최당의 해동기로회가 처음으로 열린 이후, 그 전통이 계속 이어져 후대의 여러 사람들에 의해 각종 기로회가 빈번하게 열렸다. 庾資諒의 耆老會, 琴儀의 耆老會, 李瑱의 海東後耆老會, 蔡洪哲의 耆英會, 元巖七老會 등이 대표적인 것들이다. 그러나 이들 耆英諸會는 관계 자료가 零星하여 그 전모를 온전히 파악할 수 없는 어려움이 있다. 즉 會目, 會約, 耆老圖 제작 등 회 운영의 일반적인 사항이 자세하게 알려져 있지 않다. 또한 기로회에서 지은 한시 작품이 거의 남아있지 않아 그 분위기를 파악하는 데 한계가 있다. 따라서 여기서는 그 단편적인 사실들을 정리하여 고려시대의 기로회를 一瞥하는 데 의의를 두고 회가 열린 순서(주관자의 생몰연대)대로 살펴보고자 한다.

최당에 이어 기로회를 연 사람은 庾資諒(1150~1229)이다. 그는 康宗 2년(1213), 64세 되던 해에 나이가 많다고 스스로 관직에서 물러나기를 청하여 銀青光祿大夫 尙書左僕射로 致仕하고, 私邸에 閑居하며 당시 卿相으로 은퇴한 사람들과 더불어 기로회를 열었다. 회는 그가 高宗 16년(1229), 80세의 나이로 죽을 때까지 무려 17년 동안이나 계속되었던 것으로 보인다.[67] 이는 역대 기로회 중 최장기간 지속된 것이다. 유자량은 기로회에서 때때로 술자리를 마련하여 회원들과 함께 風流를 즐기기도 했지만, 그가 기로회를 연 목적은 閑適生活을 하며 心性을 수양하기 위해서였던 것으로 보인다. 즉, 그가 晩年에 부처 섬기기를 매우 독실히 하였던 바,[68] 그의 심성 수양은 바로 事佛을 통하여 이루어졌고, 기로회

67) 李奎報, 『東國李相國集』 卷36, <銀青光祿大夫尙書左僕射致仕庾公墓誌銘> : "越崇慶二年癸酉 引年乞退甚篤 上不得已允之 以銀青光祿大夫尙書左僕射 得謝家居 與當時卿相之退逸者 爲耆老會 時或置酒盡歡 凡優游養性十有七年 此公之懸車閑適之樂也."

또한 事佛의 장소 혹은 佛法의 토론장으로 이용되었던 것이다. 이 점은 그가 죽을 즈음에 기로회에 나아가 조용히 宴飮하고 집에 돌아와 불교의 八戒文을 열람하고 세상을 떠난 사실에서도 잘 드러난다.[69] 팔계문에는 술을 먹지 말고, 노래하고 춤추며 풍악을 즐기지 마라는 경계가 들어있다. 耆老宴에서 飮酒歌舞의 風流가 제한되면 각자의 관심사에 대한 談笑나 淸談이 위주가 되기 마련이다. 따라서 유자량의 기로회는 종전의 백락천의 향산구로회나 문언박의 낙양기영회, 최당의 해동기로회와는 달리 飮酒·賦詩의 風流보다는 부처를 섬기는 종교적 성격이 강했던 모임이라고 하겠다.

한편, 유자량은 사람됨이 中和毓粹하고 莊重寡言하며 仁信淸儉하였는데,[70] 16세 때(1165) 儒家의 자제들과 함께 交友契를 조직하였다. 의종 당시 문신들의 무신들에 대한 횡포가 극심해지자 장차 무신난이 일어날 기미를 예견하고 여러 契員들을 설득하여 武人 吳光陟과 文章弼을 그 계에 끌어들였다. 머지않아 鄭仲夫의 난(1170)이 일어나자 契員들 모두가 이 두 사람의 힘을 입어 禍를 면하기도 하였다.[71] 이와 같이 젊은이들 사이에 契가 조직되었다는 것은 당시 각 계층에 걸쳐 여러 종류의 契會가 조직되어 번성하고 있었음을 시사해 준다.[72] 이들 계회는 고려시대

68)『高麗史』卷99, <庾資諒列傳> : “高宗時 累拜尙書左僕射 引年乞退 與致仕宰相 爲耆老會 事佛甚篤 十六年卒 年八十.”

69) 李奎報, 같은 곳 : “歲己丑八月七日 詣耆老會 從容宴飮 還于第 明日方午 忽覽八戒文 夜盥浴尙安然就寢 及旦 呼家人問時 然後翛然而化 享年八十 此公之終也.”

70) 같은 곳 : “公爲人 中和毓粹 莊重寡言 仁信足以感人 淸儉足以律世.”

71)『高麗史』같은 곳 : “毅宗朝 文臣大盛 資諒年十六 與儒家子弟 約爲契 欲併引武人吳光陟文章弼 衆皆不肯 資諒曰 交遊中 文武俱備可矣 若拒之 後必有悔 衆從之 未幾 鄭仲夫作亂 同契者 賴光陟章弼營救 皆免.”

72) 김필동,「고려시대 契의 단체개념」,『現代資本主義와 共同體理論』, 한길사, 1987.

의 기로회 성립에 많은 영향을 주었고, 또 그 배경이 되었다고 할 수 있겠다. 즉, 유자량이 젊은 나이에 交友契를 조직한 것은 만년에 기로회를 여는 하나의 밑거름이 되었다고 할 수 있을 것이다.

유자량과 동시대인인 琴儀(1153~1230)도 耆老會를 열었다. 李奎報가 쓴 금의의 묘지명에 고종 7년(1220) 68세 때 守太保 門下平章事 修文殿大學士 判吏部事로 致仕하고 집에 있으면서 덕망 있는 원로들과 함께 기로회를 만들고 날마다 잔치를 베풀어 종유하면서 재물을 희사하는 즐거움[揮金之樂]을 이루었다고 한다.73) 『고려사』에서는 그가 치사한 후 거문고와 바둑으로써 스스로 즐겼다고 하였다.74) 그의 기로회에 어떤 사람들이 참여했는지는 알 수 없으나, 유자량과 같은 시대에 살며 고관을 지냈기에 함께 기로회를 열었을 가능성도 없지 않다. 그러나 유자량의 기로회가 事佛의 종교적 색채를 띠었던 반면, 금의는 기로회를 통해 風流를 즐겼던 것으로 보인다. 이규보가 쓴 묘지명에 "푸른 초야로 돌아와선 마음대로 한가히 지냈네."라고 읊은 것에서도75) 78세로 죽기까지 10여 년간 그의 閑適生活을 짐작할 수가 있다.

금의는 初名이 克儀로, 과거에 오르기 전 淸道郡을 다스릴 때 정사를 잘 하여 鐵相公이라 일컬어졌으며,76) 또 여러 차례 知貢擧를 맡아 많은 인재를 뽑았으므로 <翰林別曲>에서는 "琴學士玉筍門生"이라고 하였다.77) 이규보는 그의 爲人을, 풍채가 아름답고 장중하며 성품이 굳세고

---

73) 李奎報, 『東國李相國集』 卷36, <壁上三韓大匡金紫光祿大夫守大保門下侍郎同中書門下平章事修文殿大學士判吏部事致仕琴公墓誌銘> : "庚辰 以壁上三韓大匡守大保門下平章事修文殿大學士判吏部事 解位家居 與舊德元老爲耆老會 日相從宴遨 以遂揮金之樂."

74) 『高麗史』 卷102, <琴儀列傳> : "七年 引年乞退 加壁上功臣 仍令致仕 以琴碁自娛 十七年卒 年七十八."

75) 李奎報, 같은 곳 : "綠野歸來兮 任性閑適."

76) 같은 곳.

과단성이 있어 豁達大度 君子라 할 만하다고 평한 반면,[78] 『고려사』에서는 최충헌에게 아첨하고 재물을 탐했다고 부정적으로 평가하였다.[79]

원나라 지배기에도 기로회가 열렸는데 東庵 李瑱(1244~1321)의 海東後耆老會가 그것이다. 李瑱은 益齋 李齊賢(1287~1367)의 아버지이다. 어느 날 李瑱이 崔瀣(1287~1340)를 불러 "근래 諸老들이 모여 洛社·雙明의 故事를 講修하고자 하니, 諸老를 위하여 그 序文을 지으라."고 명하기에, 최해가 사양하지 못하고 <海東後耆老會序>를 지었다고 한다.[80] 이 서문에 會目이나 會則이 언급되지 않아, 참여자와 운영에 대해서는 자세히 알 수가 없으나, 최해는 당시 諸老들의 활동모습을 다음과 같이 기술하고 있다.

> 大寧君 이하 庬臣·碩輔들이 국가의 원로로서 모두 나이가 上壽에 이르지 않은 이가 없으며 일을 사절하고 한가히 살며 모두 안녕과 영화를 누리고 있으니, 비록 그 우연한 회합이라도 淸談雅笑가 一代의 모범이 아닐 수 없다.[81]

大寧君은 崔滋의 아들 崔有渰(1239~1331)으로, 치사 후에도 1324년(충숙왕 11) 86세의 나이로 僉議政丞 判選部事에 천거될 정도로 국가의 중책을 오랫동안 역임한 인물이다.[82] 최해가 서문을 쓴 시기는 1320년(충숙왕 7)

---

77) 『新增東國輿地勝覽』 卷25, 奉化縣, 人物, <琴儀>.

78) 李奎報, 같은 곳.

79) 『高麗史』 같은 곳.

80) 崔瀣, 같은 곳 : "一日 東菴老先生呼新進小生某 與語之曰 近會諸老 欲講洛社雙明故事 尒爲諸老序之."

81) 같은 곳 : "有若大寧君而下庬臣碩輔 爲國元龜 而莫不年至期頤 謝事閑居 共享安榮 雖其偶會淸談雅笑 無非一代規模."

82) 『高麗史』 卷110, <崔有渰列傳>.

으로,[83] 최유엄 82세, 이진 76세, 최해 34세가 되던 해이다. 곧 이진이 1321년 78세로 죽었으므로, 海東後耆老會는 약 2년에 걸쳐 열렸을 것으로 보인다. 특히 『고려사』 권109, <李瑱列傳>에 "及解官居閑 日與儒釋逍遙詩酒間"이라 한 것으로 보아, 이 모임에는 승려도 참여했을 가능성이 매우 크다.[84] 기로회에 승려가 참여한 예는 白樂天의 香山九老會에 禪僧 如滿, 李昉의 至道九老會에 吳僧 贊寧의 경우에서도 볼 수가 있다.

한편 이진이 34세의 藝文春秋館 注簿 최해에게 서문을 부탁한 것은 낙양기영회의 사마광, 해동기로회의 이인로의 例에 따라 新進으로서 그 文才를 높이 샀기 때문이다.[85] 최해는 이진의 아들 李齊賢과 동갑으로 원나라 制科에 합격하였을 뿐만 아니라, 시문에 대한 탁월한 식견을 가지고 『東人之文』을 편찬하기도 하였다.[86] 이진이 아들 이제현에게 서문을 쓰게 하지 않은 것은 相避 때문으로 보인다.

고려 후기 蔡洪哲(1262~1340)의 耆英會는 이전의 耆老會와는 성격이 좀 색다르다. 그는 충렬왕 때 과거에 급제하여 長興府使로 외직에 나갔다가 벼슬을 그만두고, 14년 동안 한가하게 지내면서 中庵居士라 자칭하고 불교, 禪旨, 거문고, 글씨, 약 짓는 것으로 일상사를 삼았는데,[87] 충선왕이 즉위하여 그를 중용함에 따라 이후 찬성사에 오르고 공신호까지 받

83) 崔瀣, 같은 곳 : "延祐庚申三月旣望 藝文春秋館注簿 崔某序."

84) 李瑱은 無畏國師와 교분이 깊어 이제현을 자주 그 문하에 데리고 다녔다(李齊賢, 『益齋亂藁』 卷6, <妙蓮寺重興碑>).

85) 崔瀣, 같은 곳 : "某辭以齒少而賤 不足承當諸相公意 如何 先生笑曰 昔眉叟之見收雙明諸公 亦豈以齒位論也 爾不可辭也 某不獲命."

86) 『高麗史』 卷109, <崔瀣列傳>.

87) 같은 책 卷108, <蔡洪哲列傳> : "忠烈朝登第 補膺善府錄事 稍遷通禮門祗候 出守長興府 有惠政 已而弃官閑居 凡十四年 自號中庵居士 以浮屠禪旨琴書劑和爲日用 忠宣素知其名 及卽位 將大用强起之."

았다. 그러나 그는 관직에 있으면서도 평소의 관심사에 애쓰는 한편, 때때로 나라의 원로들과 耆英會를 열었다.

> 사람됨이 문장과 기예에 정교하여 모두 극치에 달하였으며 불교를 더욱 좋아하여 일찍이 집 뒤에 栴檀園을 짓고 언제나 禪僧을 붙여 두었으며, 또 약을 지어 주어서 사람들이 많이 그의 혜택을 입었으므로 그 집을 가리켜 活人堂이라고 불렀다. 일찍이 충선왕이 栴檀園을 찾아와서 백금 30근을 주었다. 또 그는 집 남쪽에 초당을 지어 中和堂이라 하고 때때로 永嘉君(權溥) 이하 나라의 원로 8인과 함께 耆英會를 열었다.[88]

채홍철은 자기 집안에 好佛을 위해 栴檀園, 劑和를 위해 活人堂, 耆老를 위해 中和堂을 각기 지었던 바, 특히 그가 禪僧을 집에 둘 정도로 불교를 좋아한 것은 耆英會에도 영향을 미쳤을 것으로 보인다. 한번은 이제현(1287~1367)에게 詩 8수를 보내어 佛家에 들어올 것을 권하기도 하였는데, 이제현으로부터 거절을 당하기도 하였다.[89] 이런 점과 관련하여 權近은 "해동기로회를 계승하려는 자가 부처를 숭배하는 자리로 만들어 늙은이들로 하여금 번거롭게 자주 절을 하게까지 하였으니, 자못 천명을 알고 미혹되지 않은 君子의 優遊自樂하는 뜻을 잃어버렸다."고 비판하였다.[90] 이는 기로회가 事佛團體로 성격이 변질된 점을 지적한 것으로, 앞 시대 庾資諒의 기로회에도 해당되는 얘기이다.

채홍철의 기영회에는 權溥(1262~1346) 등 國老 8인이 참여하였는데, 권

88) 같은 곳 : "爲人 精巧於文章技藝 皆盡其能 尤好釋教 嘗於第北 構栴檀園 常養禪僧 又施藥 國人多賴之 呼爲活人堂 忠宣嘗幸其園 施白金三十斤 又於第南 作堂號中和 時邀永嘉君權溥以下國老八人 爲耆英會."

89) 李齊賢, 『益齋亂藁』 卷3, <中庵居士贈詩八首務引之入道次韻呈似>.

90) 權近, 『陽村集』 卷19, <後耆英會序> : "厥後踵而繼之者 爲佞佛之席 至使老者僕僕而亟拜 殊失君子知命不惑優游自樂之意矣."

보는 이제현의 장인으로 다섯 임금을 섬기며 三重大匡(정1품)에까지 올라 부귀영화를 누린 인물이고, 나머지 諸老에 대해서는 자세히 알 수가 없다. 다만 權漢功(?~1349)과 崔誠之(1265~1330)가 채홍철과 同榜及第者로[91] 특히 사이가 좋았으므로[92] 참여했을 가능성이 크고, 또 현직 고관들도 수시로 참석했을 것으로 보인다. 채홍철은 날마다 耆老들을 中和堂으로 초치하여 마음껏 즐기고 나서야 연회를 마치곤 하였는데, 이때 손수 <紫霞洞>이라는 악부를 지어 여자 종에게 노래를 부르게 하였다고 한다. 그 가사는 紫霞仙人이 기로회가 중화당에서 열린다는 소문을 듣고 잔치자리에 와서 노래를 부르는 내용이다. <紫霞洞>의 가사는 다음과 같다.[93]

家在松山紫霞洞	집은 송산 자하동에 있는데
雲烟相接中和堂	구름과 중화당은 서로 접했네.
喜聞今日耆英會	오늘 기영회 소식을 기쁘게 듣고
來獻一杯延壽漿	연수장 한 잔을 드리러 왔소.
一杯可獲千年筭	한 잔 마시면 천 년 더 사시리니
願君一杯復一杯	원컨대, 그대는 한 잔 들고 또 드시어
世上春秋都不管	세상 춘추는 도무지 생각하지 마시라.
池塘生春草	연못에는 봄풀이 파릇파릇 돋아 오르고
園柳徧鳴禽	후원 버들가지엔 온갖 새들이 노래 부르네.
三韓元老開宴中和堂	삼한의 원로들이 중화당에서 잔치 차렸는데
白髮戴花手把金觴相勸酒	백발머리에 꽃 꽂고 손에 금잔 잡고 서로 술을 권하니

91) 충렬왕 갑신년(1284)에 權呾이 동지공거일 때 權漢功, 金元祥, 崔誠之, 蔡洪哲, 白頤正 등을 뽑았다(權近, 『陽村集』 卷35, <東賢事略>).

92) 『高麗史』 같은 곳.

93) 같은 책 卷71, 樂, <紫霞洞>.

雖道風流勝神仙亦何傷	이 풍류 비록 신선놀이보다 낫다 한들 무엇이 잘못이랴?
月留琴奏太平年	월류금을 넌지시 안고 <태평년>을 연주하니
願公酩酊莫辭醉	원컨대, 공은 취하기를 사양하지 마시라.
人生無處似尊前	인생은 술통 앞만 한 곳이 없을 것이니
斷送百年無過酒	백 년을 산들 술보다 더 좋은 것이 없다네.
杯行到手莫留殘	술잔 가는 곳에는 남기지를 마시고
殷勤爲公歌一曲	은근히 공을 위해 한 곡조 부르리다.
是何曲調萬年懽	이 곡조 무슨 곡인가 <만년환>이니
此生無復見羲皇	이 세상에 복희씨는 다시 못 보시려니
願君努力日日飮	원컨대, 그대는 날마다 마시도록 하시게
太平身世惟醉鄕	태평시대 사는 신세 취향이 제일이라네.
紫霞洞中和堂管絃聲裏	자하동 중화당에 관현악 소리 들려오니
滿座佳賓皆是三韓國老	자리 가득 좋은 손님 모두 삼한의 국로로다.
白髮戴花手把金觴相勸酒	백발 머리에 꽃 꽂고 손에 금잔 잡고 서로 술을 권하니
蓬萊仙人却是未風流	봉래산 신선인들 이보다 풍류스럽진 못하리라.
云云	운운

백발의 원로들이 중화당에 모여 질펀하게 잔치를 벌이는 모습을 그렸다. 서로 술을 권하며 취하도록 마시고 거문고 반주에 맞춰 노래를 부르는 향락적인 분위기가 물씬 풍긴다. 인생은 술통 앞만 한 곳이 다시없고, 태평시대에 사는 신세는 醉鄕이 제일이라고 하며 자신들의 飮酒・歌舞가 신선의 풍류보다 낫다고 한 것은 자못 退嬰的이기까지 하다. 이전 閑適을 즐기던 기로회의 모습에서 상당히 변질되었음을 볼 수가 있다.

한편 기로회는 고려 말기에 이르러서는 國老들의 국정자문 및 연회의 성격을 띠었다. 그 계기가 된 것이 元巖七老會이다. 1361년(공민왕 10) 공민왕이 홍건적의 난 때 안동으로 피난 갔다가 청주로 돌아올 적에 元巖驛에 머물렀는데, 당시 호종한 廉悌臣(1304~1382), 李嵒(1297~1364), 尹桓(?~1386), 黃石奇(?~1364), 洪元哲, 李壽山(?~1376), 王梓 등 7명의 老臣들이 서울로 돌아갈 날이 가까워 오는 것을 기뻐하여 술과 노래를 즐기며 담소하고 唱和하였다.[94] 세상에서는 그들이 모두 나이 많고 덕이 높다고 하여 七老라고 일컬었으며, 黃石奇는 당시 燕集의 분위기를 다음과 같이 읊었다.[95]

碧玉杯深美酒香	벽옥의 술잔은 깊어 맛있는 술이 향기로운데
嵇琴聲緩笛聲長	거문고 소리는 늘어지고 피리소리는 길도다.
箇中又有歌喉細	그 가운데 또 가느다란 노래 소리 섞이니
七老相歡鬢似霜	칠로가 서로 기뻐하는데 귀밑털이 서리와 같네.

또 그때 지은 燕集詩들과 호종하지 못한 신하들이 뒤늦게 燕集 소식을 듣고 축하하여 지어 보낸 시들을 함께 모아 『元巖燕集唱和詩』라는 책으로 엮고,[96] 화공을 시켜 元巖燕集圖를 그리게 하였다.[97] 李穡(1328~396)이 그 시집의 序文을 썼는데, 이는 낙양기영회의 서문을 쓴 司馬光, 해동기로회의 李仁老, 해동후기로회의 崔瀣에 해당한다고 볼 수가 있다. 이색은 서문에서 "元巖의 성대한 모임이 國家의 元氣에 관계된 것"이라고 의미를 부여하였다.[98] 이후 元巖盛會에 참석하였던 廉悌臣과 尹桓이

94) 『新增東國輿地勝覽』 卷16, 報恩縣, 驛院, <元巖驛>.

95) 成俔, 『慵齋叢話』 卷9.

96) 『新增東國輿地勝覽』, 같은 곳에 李嵒, 黃石奇, 尹澤, 李齊賢, 廉悌臣의 시가 실려 있는데, 윤택과 이제현의 시는 나중에 지어 보낸 것이다.

97) 李穡, 『牧隱詩藁』 卷28, <曲城府院君 命工作元巖讌集圖 追慕玄陵也 ……>. 곡성부원군 염제신이 畫工에게 시켜 그리게 한 것이다.

98) 같은 이, 『牧隱文藁』 卷9, <元巖讌集唱和詩序> : "矧元巖之盛集 爲國家之元氣者乎."

중심이 되어 七旬이상의 원로들과 현직의 고관들이 기로회를 자주 열었던 것으로 보인다. 특별히 모임의 명칭, 회칙, 회원을 정하지는 않았고, 원로들이 국가의 時務에 대한 자문에 응한 후 자연스레 만나거나 원로들끼리 서로 초치하여 모임을 가졌다. 그 末席에 牧隱 李穡이 최연소자로서 자주 참석하였는데,[99] 이색의 다음 詩題에서 그 정황을 엿볼 수가 있다.

① <四月廿六日 西隣吉昌君會客 領門下曲城公 門下侍中漆原公居中面南 鄭雞林 老韓政堂在東 面西 昌寧君成公 少政堂韓公在西面東 主人吉昌君在南面北 而穡忝坐於少韓之下 蓋序齒也 開城尹權希文 前軍簿判書希天 前判事希顔三昆弟 主人公之姪也 上黨韓公孟雲 判事權顯 公之子壻也 執子弟禮進退惟謹 而元老皆七旬以上 獨昌寧君六十三 少政堂五十六 而穡亦五 十三年最下 故內自幸焉 明日有雨喜而歌之>(『牧隱詩藁』 卷23)

② <穡與韓柳巷 同赴曲城 招漆原侍中 吉昌君 康平章 金院使光秀 鄭月城暉 尹海平之彪 李光陽茂芳 韓政堂蕆 李政堂韌 皆在 盛饌作樂 曲城以水精環茶合絲帶與穡 玳瑁筆鞘與韓公曰 元巖一席之流傳於後世 卿等之力也 敢以此表吾意 穡等拜受不敢辭 明日吟成 三首>(『牧隱詩藁』 卷28)

③ <合坐所招耆老閑良 會議事大事宜 旣罷 上黨君邀曲城 漆原 吉昌君 康平章設食 穡及姪政堂 公與焉 晩歸發詠>(『牧隱詩藁』 卷29)

④ <金光秀院使邀曲城 漆原兩侍中及鄭月城 權吉昌 韓政堂 永寧君 順興君 少韓政堂及穡 設盛 饌作樂 而康平章坐主人之右 內官金實 主人之養子也 同一內官奉兩殿仙醞以來 賓主拜飮 日黑而罷 旣醒 坐念諸老皆受元朝恩命

99) 채웅석, 「목은시고를 통해서 본 이색의 인간관계망」, 『역사와 현실』 62, 한국역사연구회, 2006에서 이색의 기로회 참석을 논의하고, 기로회와 백련회가 같은 모임이었을 것이라고 하였으나, 이는 잘못으로 보인다.

院使事至正帝 長資政院 曲城累於朝 且爲郎中東省 漆原 君亦爲郎中 月城爲員外 吉昌爲王府斷事官 永寧賀正北庭 拜翰林承旨 順興亦入覲 拜右承 少韓政堂爲儒學提擧 穡僥倖世科 供奉翰林 後爲郎中東省一年 而中國聖人出矣 嗚呼 曲城漆原 同年生 七十九歲。强健精敏 不少衰 月城少兩侍中一歲 吉昌少三歲 老韓少五歲 永寧六十九 餘皆近六旬 穡最少居末 然亦五十五歲 參興盛會 豈非至幸 吟成 一首 以自誇耀焉>(『牧隱詩藁』 卷31)

①은 李穡이 53세 때 기로회에 참석하였던 경위를 적은 것이다. 참석자(길창군, 곡성공, 칠원공, 정계림, 老한정당, 창녕군, 少한정당, 이색), 나이, 앉은 자리 등을 기술하고, 시에서는 "태평시대에 태어나서 장수를 누리니, 齒德을 높이는 건 천명이요 우연이 아닐세. …… 국가의 元氣는 大臣에게 달렸고, 대신의 거취는 끝내 하늘에 매였다네. …… 높은 연회에 참여하니 기쁘기 그지없어, 참으로 천상의 신선세계에 온 듯하네. …… 회상컨대 雙明의 故事를 상상할 만하여라, 당시에 喜雨의 詩篇을 누가 지었나."라고 읊었다.[100] ②에서는 당시 기로들의 모임이 元巖七老會에 맥이 닿아 있음을 보여준다. 따라서 이색은 시에서 "戀主忠誠의 간절함과 匡時德業의 풍성함"을 기렸다.[101] ③은 事大問題와 관련하여 合坐會議에 참석하고 나서 상당군, 곡성공, 칠원공, 창녕군, 강평장, 이색 등이 기로회를 여는 모습이다. ④ 역시 ①과 마찬가지로 이색이 55세 때 기로회의 말석에 참여한 사실을 기술한 것이다. 참가자와 나이를 적은 것은 기로회의 會目에 해당한다. 곡성공(72세), 칠원공(72세), 월성공(71세), 길창공(69세), 老한정당(67세), 영녕공(69세), 少한정당(近60세), 순흥군(近60세), 이색(55세) 등

100) "生於太平享高年 天也達尊非偶然 …… 國家元氣在大臣 大臣去就終關天 …… 叨陪高會喜又極 眞如上界參神仙 …… 回頭雙明可想見 當時喜雨誰題篇."

101) "七老元巖會 天留兩侍中 肖形如欲語 握手每相逢 戀主忠誠切 匡時德業豐 拙文描不盡 風采耀無窮."

이다. 시에서는 "천하의 達尊은 덕과 벼슬과 나이라, 동한에선 예로부터 이 풍속 아름답게 여겼네. 商山四皓가 漢나라 사직을 중히 여겼듯, 제공이 우리 王子 함께 떠받치네. 小康의 시대 맞아 잔치 열고 노니나니, 담소하고 술잔 건네며 바깥일 모두 잊네."라 하였다.[102] 尙齒, 盛饌, 風樂, 飮酒, 談笑 등 기로회의 전형적인 모습이다. 그런데 그 이면에 원로로서 國家事를 염려하는 마음이 자리하고 있다.

이 외에 이색은 <忝赴耆老會 歸而賦此>(『牧隱詩藁』 卷29), <耆老會 餞金五宰江南之行 五宰盛設餚饌大作樂 盡歡而罷>(卷30), <赴耆老會 歸而有詠>(卷30), <昨晩 夏城成先生辨耆老會 臨門相邀 曉起吟成>(卷31) 등의 詩篇에서 後進으로서 과분하게 기로회의 말석에 참여한 所懷를 읊고 있다.

4. 결언

사람은 누구나 인생의 후반부를 어떻게 보낼까 한번쯤 생각해 보게 된다. 우리의 先人들은 관직에서 물러난 후, 耆老會를 조직하여 飮酒賦詩하며 여가활동을 하였다. 고려시대에는 崔讜의 해동기로회, 庾子諒의 기로회, 琴儀의 기로회, 李瑱의 해동후기로회, 蔡洪哲의 기영회, 元巖七老會 등이 있었다. 본고에서는 중국 唐 白樂天의 香山九老會, 宋 文彦博의 洛陽耆英會의 조직과 운영 등에 대하여 일별하고, 중국의 盛事(勝事)를 推崇한 고려시대의 기로회를 통시적으로 고찰하였다. 이상의 논의를 요약하는 것으로 결론에 대신한다.

---

102) "天下達尊德爵齒 東韓古來風俗美 商山四皓重漢鼎 諸公共戴吾王子 及此小康式宴遊 談笑獻酬忘外事."

1) 최초의 기로회는 唐 白樂天의 香山九老會이다. 그는 致仕한 후 관직에서 은퇴한 70세 이상의 기로들과 모임을 갖고 한적생활을 즐겼는데, 벼슬보다도 나이를 우선으로 하였다. 그래서 尙齒會라고도 한다. 모임에는 70세 미만의 현직에 있는 狄兼謨와 盧貞도 참여시켰던 바, 이는 후대의 기로회에 연소자가 참여하는 선례가 되었으며, 또 耆老圖를 그려 세상에 전함으로써 기로도의 전통도 만들어졌다.

2) 宋代에는 至道~元豊 연간에 기로회가 가장 성하였는데, 文彦博의 洛陽耆英會와 司馬光의 眞率會가 대표적이다. 문언박은 백락천의 향산구로회를 사모하여 70세 이상의 老退者 · 現職者 13인과 耆英會를 열었으며, 그 말석에 64세의 사마광을 참석시켜 序文을 쓰게 하였다. 사마광의 참여는 적겸모와 노정의 전례에 따른 것이다. 또 13인의 상을 그려 기로도를 제작하고, 특히 모임을 보다 조직적이고 규모 있게 운영하기 위해 會約을 만들었다. 이 회약은 후대에 열린 각종 기로회에 거의 준용되다시피 하였다.

3) 낙양기영회의 말석에 참석하였던 司馬光도 기로 7인과 함께 眞率會를 열었는데, 여기에 문언박은 끼지 못하였다. 진솔회에서는 음식을 검소하게 준비하여 모임을 소략하게 운영한다는 취지에서 3개 조의 회약을 만들었다. 사마광이 낙양기영회와 진솔회에 모두 참여한 것 때문에 두 모임을 혼용하는 예가 있으나, 이는 잘못이다.

4) 한편 고려시대에는 백락천의 향산구로회와 문언박의 낙양기영회를 추숭하여, 무신집권기에 崔讜에 의해 海東耆老會가 처음으로 열렸다. 前現職 高官者 9인이 최당의 집 雙明齋에서 기로회를 열고, 해동기로도를 제작하고, 문언박의 낙양기영회 회칙에 따라 모임을 운영하였다. 李仁老가 적겸모, 노정, 사마광의 예에 따라 그 말석에 참석하였으며, 기로회에

서 지어진 시문들을 모아『雙明齋集』을 편찬하고 그 서문을 썼다.

5) 이후 庾資諒, 琴儀, 李瑱, 蔡洪哲 등이 기로회를 열었는데, 유자량의 기로회와 채홍철의 기영회는 부처를 섬기는 종교적인 성격이 강하였다. 특히 채홍철의 경우 집에 승려를 들여놓기까지 해서 후인들로부터 기로회의 성격이 변질되었다는 비판을 받기도 하였다. 또 그가 지은 <紫霞洞>은 기로들을 中和堂에 초치하여 즐기는 모습을 읊은 것으로, 매우 향락적이고 심지어 퇴영적이기까지 하다. 李瑱의 海東後耆老會의 서문은 당시 34세의 崔瀣가 썼던 바, 이 또한 사마광과 이인로의 예에 따른 것이다.

6) 元巖七老會는 홍건적의 난 때 恭愍王을 扈從한 國老 7인이 元巖驛에서 燕集唱和한 일을 말하는데, 그 시문을 엮어 책으로 낼 때 李穡이 서문을 썼다. 이후 元巖盛會에 참여했던 廉悌臣과 尹桓이 중심이 되어 國老와 現職의 高官들이 자주 기로회를 열었으며, 이색이 연소자로서 그 말석에 참석하였다. 여기에서는 기로회의 風流 외에 國事를 생각하는 원로로서의 역할에 대한 마음가짐을 보여주고 있다.

7) 세인들이 기로회를 盛事(勝事), 地上仙이라 흠모한 것으로 보아 당대 문단에 상당한 영향을 미쳤던 것으로 보인다. 이는 많은 후진들이 기로들의 시에 次・和韻한 점, 李仁老가 기로회에서 오고 간 글들을 모아서『雙明齋集』을 편찬한 사실에서 짐작할 수가 있다. 특히 한문학 발전과 관련하여 기로회에 新進文士들을 참여시켜 文才를 발휘할 수 있게 한 것은 주목되는 점이다. 李仁老가 최당의 해동기로회 말석에 참여하였고, 崔瀣는 해동후기로회에 참여하여 그 서문을 지었으며, 李穡 또한 기로회의 말석에 자주 참석하였다. 곧 기로회를 통하여 원로 문사들의 인정을 받고 일시에 文名이 높아질 수 있는 계기가 되었던 것이다.

■ 제 6 장 ■

고려시대의 팔경문학

1. 서언

중국에는 많은 역사 고적들이 전해오는 한편, 사람들 사이에 명승으로 일컬어지는 곳들이 많다. 그 대표적인 勝景의 하나가 瀟湘江과 洞庭湖 일대의 이른바 瀟湘八景이다. 역대의 많은 시인 묵객들은 이를 대상으로 그림을 그리고 시를 읊는 등 다양한 양식의 예술작품을 남겼다. 팔경은 <平沙落雁>(모래톱에 내려앉는 기러기), <遠浦歸帆>(먼 포구로 돌아오는 돛단배), <山市晴嵐>(아지랑이 갠 산마을), <江天暮雪>(저물녘 강천에 내리는 눈), <洞庭秋月>(동정호의 가을달), <瀟湘夜雨>(소상강에 내리는 밤비), <煙寺暮鍾>(연기 낀 절간의 저녁 종소리),[1] <漁村落照>(어촌의 저녁노을) 등이다.

이 팔경을 소재로 한 그림과 시는 중국 송나라 시대에 크게 유행하였다. 특히 소상 지역을 대상으로 일찍이 黃筌(903?~965?)과 李成(919~967)

---

1) <煙寺晚鍾>으로 쓰기도 한다.

등 여러 화가들이 승경을 그렸으나,[2] 沈括(1031~1095)의 『夢溪筆談』을 비롯한 여러 기록으로 미루어 宋迪(1014~1083?)이 <소상팔경도>를 그림으로써 팔경이 정해지고 완성된 것으로 이해할 수가 있다.[3] 소상팔경을 소재로 한 그림과 시는 한국과 일본에 전해져서 模寫하고 次韻하는 한편, 이를 변용하여 자국의 경관을 대상으로 팔경을 선정하고 향유하는 팔경문화를 이룩하였다.

그동안 소상팔경도, 소상팔경시와 한국 팔경시에 대해서는 많은 연구가 이루어졌다. 소상팔경도에 대한 미술사학적 분석, 소상팔경시에 대한 고전문학 분야의 연구는 거의 마무리 단계에 와 있다. 특히 소상팔경시의 수용과 영향, 형상화 방식과 表象性, 함의와 미의식, 그리고 한국 팔경시의 유형과 성격 등에 두루 주목함으로써 상당한 연구 성과를 거두었다.[4]

그러나 기존 연구에서 중국 소상팔경 문화의 전래 초기인 고려시대의 양상이 다소 소략하게 다뤄진 점을 문제로 지적할 수가 있다. 이는 고려시대의 소상팔경도가 현전하는 것이 없고 소상팔경시 및 한국 팔경시의 작품 수가 상대적으로 적어서, 조선 초기 安平大君(1418~1453)의 『匪懈堂瀟湘八景詩帖』 및 조선시대의 다양한 작품 활동에 가려진 면과도 무관하지 않다. 따라서 고려 중엽 송나라의 소상팔경 문화가 전래되어 소상

2) 송희경(「남송의 소상팔경도에 관한 연구」, 『미술사학연구』, 한국미술사학회, 1995)은 宋迪 이전에 黃筌이 팔경도를 그렸음을 논증하였고, 전경원(『소상팔경-동아시아의 시와 그림』, 건국대 출판부, 2007)은 李成이 최초로 소상팔경도를 그렸다고 주장하였다.

3) 沈括, 『夢溪筆談』 卷17, <書畵> : "度支員外郎, 宋迪工畵, 尤善爲平遠山水. 其得意者, 有平沙落雁, 遠浦歸帆, 山市晴嵐, 江天暮雪, 洞庭秋月, 瀟湘夜雨, 煙寺晩鐘, 漁村落照, 謂之八景. 好事者多傳之."

4) 안장리, 『한국의 팔경문학』, 집문당, 2002 ; 전경원, 『소상팔경-동아시아의 시와 그림』, 건국대 출판부, 2007 ; 전유재, 「'소상팔경' 한시의 한국적 수용 양상 연구」, 숭실대 박사논문, 2013에 연구 성과와 연구목록이 잘 정리되어 있다.

팔경시를 짓고 화·차운하는 한편, 고려 후기에 여러 문인들이 특정지역의 경관을 대상으로 팔경을 정하고 문학 활동을 영위한 과정을 보다 구체적으로 고찰할 필요가 있다.

또한 기존 연구의 일부 역사적·객관적 사실에 대한 논증상의 오류로 인해 고려시대 팔경문학의 올바른 이해에 혼란을 초래한 점도 문제이다. 특히 소상팔경시와 한국 팔경시, 詩와 詞를 뒤섞어 논의하는가 하면, 더욱이 팔경시 작자의 순서를 뒤바꿔 논의하거나 지역을 잘못 제시하는 착오가 있었다. 따라서 대상과 양식을 구분하여 계통을 수립하고, 고려시대 팔경문학의 전개 양상을 부분적으로 바로잡을 필요성이 있다.

기존 연구에서 팔경시의 내면세계가 거듭 분석되었으므로, 본고에서는 저작 경위와 영향 관계에 주목하여 전개 양상을 통시적으로 살피는데 주안점을 둔다. 이를 통하여 한국 팔경문학의 초기 모습을 보다 분명히 파악할 수 있을 뿐만 아니라, 중국과 한국 고전문학 간의 영향 및 수용관계를 구체적으로 이해할 수 있을 것으로 기대한다. 현전하는 고려시대의 팔경문학 관련 자료는 다음 <표>와 같다.

<高麗時代 八景詩·詞>

作 家		瀟湘八景(中國)		韓國八景	
		詩	詞(長短句)	詩	詞(長短句)
1	李仁老(1152~1220)	<宋迪八景圖>			
2	金克己(미상)			<江陵八景>	
3	李奎報(1168~1241)	<次李平章仁植虔州八景詩>(16首) <次韻李相國復和虔州八景詩來贈> (16首)		<次韻惠文長老水多寺八詠> <奇尙書退食齋八詠>	

		<次韻復和李相國八景詩各一首> <次韻英上人見和>			
4	陳澕(미상)	<宋迪八景圖>			
5	李齊賢 (1287~1367)	<和朴石齋尹樗軒用銀臺集瀟湘八景韻>	<瀟湘八景> (16闋)	<憶松都八詠>	<松都八景> (16闋)
6	安軸 (1287~1348)			<三陟西樓八詠> <白文寶按部上謠(東南八景)>	
7	鄭誧 (1309~1345)				<蔚州八景>
8	李穀 (1298~1351)			<次三陟西樓八詠詩韻>	<次鄭仲孚蔚州八詠>
9	李達衷 (1309~1384)			<三陟八景>	
10	李穡 (1328~1396)	<東吳八詠> <鳳山十二詠子通臨行索賦>		<韓山八詠> <金沙八詠>	
11	陳義貴 (?~1424)				<淸安八景>
12	安魯生(미상)				<寧海十二詠>

2. 고려 중기의 팔경시

1) 소상팔경시의 저작과 화 · 차운

중국의 소상팔경도 혹은 소상팔경시가 언제 한국에 전해지고 알려졌는지는 정확히 알 수가 없다. 현전하는 가장 오래된 소상팔경 작품은 고려 무신집권기 李仁老(1152~1220)의 한시 <宋迪八景圖>이다.[5] 따라서 고려 仁宗~明宗 대의 문단과 화단에서 소상팔경시를 짓고 소상팔경도를 그렸던 저간의 사정을 살펴볼 필요가 있다.

인종 때의 문장가인 金富軾(1075~1151)은 일찍이 소상강 언덕의 두 떨기 대나무를 묵화로 그렸으며,[6] 李之氐는 선물로 받은 <晉陽山水圖>를 벽에 걸어두고 감상하고 鄭與齡은 그 그림을 소재로 시를 지었다.[7] 이 사례에서 당시 문인들이 소상강 주변의 경물을 잘 이해하는 한편 산수도와 제화시를 함께 즐긴 문단의 분위기를 헤아릴 수 있다. 또 인종 대의 화가 李寧(?~?)은 송나라에 사신으로 갔다가 <禮成江圖>를 그려 송 徽宗의 총애를 받고 송나라 사람 王可訓・陳德之・田宗仁・趙守宗 등에게 그림을 가르쳤다.[8] 특히 이녕에게 배운 왕가훈은 <春景山水圖>를 그렸는데 그것이 고려에 전해져서 李湛之(?~?)가 소장하였으며, 林椿(?~?)이 그에 대한 제화시를 지었다.[9] 임춘이 지은 시의 내용을 보면 소상강 유역을 배경으로 그린 것이 분명한데, 그가 일찍이 <瀟湘夜雨圖>를 그리기도 한 바,[10] 소상팔경도 계열의 그림일 가능성이 크다. 한편으

---

5) 『東文選』 卷20.

6) 李仁老, 『破閑集』 卷上 : "樞府金立之, 詞翰外尤工墨君, 嘗以湘岸兩叢, 獻大宗伯崔相國, 作一絶謝之."

7) 같은 곳 : "晉陽古帝都, 溪山勝致爲嶺南第一. 有人作其圖獻李相國之氐, 帖諸壁以觀之, 軍府參謀榮陽鄭與齡往謁, 相國指之曰; 此圖是君上梓鄕也, 宜有一句. 操筆立就云; 數點青山枕碧湖, 公言此是晉陽圖. 水邊草屋知多少, 中有吾廬畵也無. 一座服其精敏."

8) 『高麗史』 卷122, <李寧列傳> : "仁宗朝, 隨樞密使李資德入宋, 徽宗命翰林待詔王可訓陳德之田宗仁趙守宗等從寧學畵. 且勅寧畵本國禮成江圖, 旣進, 徽宗嗟賞曰; 比來, 高麗畵工, 隨使至者多矣. 唯寧爲妙手, 賜酒食錦綺綾絹."

9) 林椿, 『西河集』 卷1, <題湛之家王可訓家春景山水圖> : "湖上青山山上屋, 山色湖光春更綠. 潮來潮去怒,濤吞吐疑無陸. 漁翁歸去一竿竹, 鶴汀鳧渚知幾曲. 遠近蘭皐花簇簇, 縹緲天涯遙極目. 洞庭波淨日暮孤帆何處宿. 摩詰後孫心不俗, 摸寫鵝溪絹一幅. 李侯家藏千萬軸, 此本尤非世所蓄. 至寶由來鬼神欲, 再三珍重爲君囑."

로 고려와 송의 활발한 교역에 따라 송나라 상인들이 고려왕에게 그림을 바치기도 하였다. 송나라 상인이 고려 인종에게 중국의 진귀한 작품으로 이녕의 그림을 진상품으로 올린 일화가 그 단적인 예이다.[11]

고려에서 소상팔경시와 소상팔경도가 제작된 것은 명종의 직접적인 지시에 의해서였다. 다음은 소상팔경이 언급된 첫 문헌기록이다.

> (이녕의) 아들 이광필 또한 그림으로 명종의 총애를 받았는데, 왕이 문신들에게 명하여 소상팔경시를 짓게 하고 이어서 광필에게 그것을 그림으로 그리게 하였다. 왕은 그림에 정교하여 산수화에 더욱 뛰어났으며, 이광필 · 고유방 등과 함께 경물을 그리며 종일토록 피곤한 줄 모르고 나라의 정사를 게을리하여 뜻을 두지 않았다.[12]

고려 명종은 송나라 휘종에 비길 수 있을 정도로 문화예술을 좋아한 임금이다. 예종 · 인종 · 충렬왕과 함께 고려의 대표적인 好文之主로 꼽힌다.[13] 위 인용문의 기사는 『高麗史節要』에도 비슷한 내용이 보이는데, 1185년(명종 15)의 일이다.[14] 문면에 따르면, 명종의 지시를 받아 문신들이 소상팔경시를 먼저 짓고 그 시의 내용과 느낌에 따라 李光弼(?~?)이 소상팔경도를 그렸다고 한다.[15] 곧 소상의 경치를 상상해서 시를 지은

---

10) 鄧椿, 『畫繼』 卷6 : "王可訓, 京西人. 熙豐待詔也. 工山水, 自成一家, 曾作瀟湘夜雨圖." (이상아, 「조선시대 팔경도 연구」, 이화여대 석사논문, 2008, 46면에서 재인용)

11) 『高麗史』 卷122, <李寧列傳>.

12) 같은 곳 : "子光弼亦以畵見寵於明宗, 王命文臣賦瀟湘八景, 仍寫爲圖. 王精於圖畵, 尤工山水, 與光弼高惟訪等, 繪畵物像, 終日忘倦, 軍國事慢, 不加意."

13) 徐居正, 『東人詩話』 卷下 : "高麗光宗始設科, 用詞賦. 睿宗喜文雅, 日會文士唱和. 繼而仁明亦尙儒雅. 忠烈與詞臣唱酬, 有龍樓集. 由是俗尙詞賦, 務爲抽對."

14) 『高麗史節要』 卷12, 명종 15년 조 : "命文臣製瀟湘八景詩, 倣其詩意, 摹寫爲圖."

15) 안장리, 앞의 책, 51~52면에서 '명종 대의 盛事'를 무신난이라는 혼란한 정세 속에서 왕이 개인적인 향락을 탐닉하는 한편, 위축된 문신들과 탈속적인 공간을 희구한

것이고, 그림을 보고 감흥이 일어 시를 지은 것이 아니다. 당시 고려 문인들은 소상팔경을 시로 묘사할 정도로 잘 알고 있었던 바, 각기 상상하는 팔경의 아름다움을 시로 표현했던 것이다. 한편 명종의 지시에 따라 소상팔경시를 지은 문신들이 어떤 사람들인지는 알려져 있지 않으나, 이인로의 칠언절구 <송적팔경도>는 이때 지어졌을 것으로 추측된다.[16)]

이인로는 이담지·임춘과 함께 竹林高會의 구성원이었으므로 이담지가 소장한 왕가훈의 <춘경산수도>를 직접 감상하여 소상팔경에 대하여 알고 있었을 것으로 보이며, 또한 『破閑集』의 첫머리에 <진양산수도>와 관련한 기사를 배치할 정도로 산수도와 제화시에 대한 관심이 컸다는 점에서 소상팔경시를 지을 수 있었던 사정을 짐작할 수가 있다. 이인로의 칠언절구 <송적팔경도>는 『三韓詩龜鑑』, 『東文選』, 『箕雅』, 『大東詩選』 등 역대 시선집에 거듭 뽑혔는데, 8개의 小標題 중에서 <소상야우>와 <동정추월>이 대표작으로 꼽힌다. 徐居正(1420~1488)은 『東人詩話』에서 "대간 이인로의 소상팔경 절구는 淸新하고 富麗하며 묘사를 잘하였다. 고금의 절창이다."라고 칭찬하고,[17)] <동정추월>에 대하여 "蘇舜欽의 시구에 點化한 것이 저절로 아름답다."고 평가하였다.[18)] 이후 이인로의 <송적팔경도> 시는 팔경시의 전범이 되어 후배 문인들에 의해 거듭 차운시가 지어졌다. 고려 후기에는 朴孝修, 尹奕, 李齊賢 등이 차·

결과로 파악하였다.

16) 그간의 연구에서는 徐居正이 『東人詩話』에서 李仁老와 陳澕의 <宋迪八景圖> 시를 合評한 것을 확대 해석하여 진화의 시도 이때 함께 지어진 것으로 보았다. 그러나 진화는 이인로보다 훨씬 후진이다. 이에 대해서는 뒤에서 상론하기로 한다.

17) 徐居正, 앞의 책 卷上 : "李大諫仁老瀟湘八景絶句, 淸新富麗, 工於模寫 …… 古今絶唱."

18) 같은 곳 : "李大諫仁老瀟湘八景詩; 雲間灩灩黃金餠, 霜後溶溶碧玉濤. 欲識夜深風露重, 倚船漁父一肩高. 語本蘇舜欽雲頭灩灩開金餠, 水面沈沈臥綵虹之句. 點化自佳."

화운한 바 있으며,[19] 조선 초기에는 안평대군의 『비해당소상팔경시첩』에 陳澕의 시와 함께 부록으로 첨부되기도 하였다.[20]

이인로 다음으로 소상팔경시를 지은 문인은 李奎報(1168~1241)이다. <次李平章仁植虔州八景詩> 16수, <次韻李相國復和虔州八景詩來贈> 16수, <次韻復和李相國八景詩各一首> 8수, <次韻英上人見和> 8수 등이 소상팔경을 읊은 시이다.[21] 이규보는 고려시대 문인 중 가장 많은 6편 48수를 남겼다. 다음 인용문은 그가 당시 相國이던 李仁植에게 소상팔경시를 짓게 된 경위를 밝힌 글이다.

> 상국 합하께서 진양공의 문객이 지은 <건주팔경시>에 화답한 것을 나에게 보여주면서 "그대도 일찍이 이 팔경시를 지어 보았는가?" 하고 물었다. 내가 대답하기를, "고금의 시인들이 읊은 것이 많은데, 우레를 버티고 달을 찢을 듯이 서로 다투어 기발한 문구가 아닌 것이 없으므로, 제가 거기에 미치지 못할까 두려워서 감히 짓지 못하였습니다. 공께서 굳이 저에게 짓기를 재촉하신다면 즉시 차운하여 각기 두 수씩을 지어 올리겠습니다. 다만 제현들이 지어 놓은 것을 보지 못했으니, 혹시 그 분들이 쓴 운자를 내가 범했는지 어찌 알겠습니까? 이것이 유독 두려울 따름입니다." 라고 하였다.[22]

---

19) 李齊賢, 『益齋亂藁』 卷3, <和朴石齋尹樗軒用銀臺集瀟湘八景韻>.

20) 李永瑞, <匪懈堂瀟湘八景詩帖序> : "匪懈堂一日謂余曰; 我嘗於東書堂古帖, 得宋寧宗八景詩, 寶其宸翰, 而因想其景. 遂令搨其詩, 畵其圖, 以名其卷, 曰八景詩. 仍取麗代之能於詩者陳李二子之作系焉."

21) 李奎報, 『東國李相國集』 後集 卷6.

22) 같은 곳, <次李平章仁植虔州八景詩 幷序> : "伏蒙相國閤下和晉陽公門客所賦虔州八景詩示予曰; 子嘗著此八景詩耶? 予曰; 古今詩人, 賦者多矣. 未嘗不撑雷裂月, 爭相爲警策者, 予懼不及, 故不敢爾. 公固督予賦之, 卽次韻各成二首奉寄. 但未覩諸賢所賦, 焉知不有犯韻者耶? 此獨所恐耳."

이인식은 평장사를 지내고 衛社功臣號를 하사받은 인물로 이규보와 친한 사이였다.[23] 『동국이상국집』에 그와 화·차운한 시가 여러 편 남아있다. 위 인용문에 따르면, 당시 최고 실권자였던 진양공 崔瑀(?~1249)의 문객들이 <虔州八景詩>를 지었고, 여기에 이인식이 화답한 시를 지었으며, 이 화답시에 이규보가 차운한 것이다. 최우는 자기 집에 書房을 설치하여 당시의 이름 있는 선비들을 문객으로 두고 정치에 이용하였다. 무신집권기에 서방에 출입하던 문인들을 중심으로 소상팔경시가 지어졌음을 알 수가 있다. 이규보가 처음에 고금 시인들의 수준에 미치지 못할까 두려워서 감히 소상팔경시를 짓지 않았다는 말은 겸사이지만, 이인식에게 화답시 1편에 각 2편의 차운시를 지어 올리겠다는 언사는 자신감의 표출이다. 그러나 이규보의 시가 모두 차운한 것이라는 점에서 소상팔경시 저작의 동기가 적극적이거나 주도적이지는 않다고 할 것이다. 한편 <次韻英上人見和>는 英上人이 화답한 소상팔경시에 이규보가 차운한 것이다. 당시에 승려들도 소상팔경시를 즐겨 지었음을 엿볼 수가 있다.

여기서 한 가지 짚고 넘어갈 것은 瀟湘八景과 虔州八景의 관계이다. 이규보의 차운시 <次李平章仁植虔州八景詩>의 8개 소표제는 <강천모설>부터 <동정추월>까지 송적의 그림 <소상팔경도> 및 이인로의 칠언절구 <송적팔경도>와 동일하다. 다시 말하면 최우의 문객이나 이인식, 이규보 등은 '건주팔경'과 '소상팔경'을 같은 것으로 간주하고 있는 셈인데, 이는 착각이나 부정확한 인식으로 보인다. 소상팔경은 湖南省에 있다. 瀟水는 湘江의 지류이고, 상강은 호남성 동부의 여러 지류와 합쳐져서 洞庭湖로 흘러든다. 반면 虔州八境[24]은 南康八境이라고도 하는데

23) 같은 책 後集 卷2, <紅柿寄同寮李相國仁植>에서는 이인식을 '同寮'라고 일컬었다.

江西省에 있다. 건주는 강서성 남부의 贛州(감주)로, 隋나라 때 현이 군으로 승격되고 건주로 불렸으며, 贛江 상류의 章水와 貢水가 합류하는 지점에 위치한다. 南康은 감주에 속하는 현이다.[25] 蘇軾(1037~1101)은 宋迪의 그림과 관련하여 <瀟湘晩景圖> 시를,[26] 孔宗翰의 그림과 관련하여 <虔州八境圖> 시를[27] 각각 짓고 있다. 뿐만 아니라 소식의 <건주팔경도> 시 8수에는 소표제가 붙어 있지 않은데, 청나라 查愼行이 주석을 붙인 『補註東坡編年詩』 권16에 실린 <건주팔경도> 시에는 <石城>, <章貢臺>, <白鵲樓>, <皂蓋樓>, <馬祖巖>, <塵外樓>, <鬱孤臺>, <峰山> 등 건주지역의 실경이 소표제로 제시되어 있다. 곧 소상팔경의 여덟 장면과는 완전히 차이가 난다. 물론 호남성과 산서성이 접경을 이루고 있는 동정호 이남을 소상지역으로 汎稱할 수도 있겠지만,[28] 소상팔경과 건주팔경은 여덟 경치의 구체적인 대상이 엄연히 다른 것이다.[29]

이규보 다음으로 소상팔경시를 지은 이는 陳澕(1180?~?)이다. 칠언고시 <宋迪八景圖>가 『東文選』 권6과 『梅湖遺稿』에 실려 있다. 물론 8개 소표제는 이인로, 이규보의 소상팔경시와 같다. 이 시에 대하여 서거정은 "右諫議 진화의 칠언장구는 豪健하고 雄壯하여 奇詭함을 얻었다. 古今의 絶唱이다."라고 높이 평가하였다.[30] 이 시는 안평대군의 『비해당소상팔

---

24) 李奎報의 『東國李相國集』에서는 '虔州八景'이라 하였으나, 중국 측 자료에는 모두 '虔州八境'으로 표기하고 있다.

25) 송호열, 『세계지명유래사전』, 성지문화사, 2006.

26) 蘇軾, 『東坡全集』 卷28, <宋復古畫瀟湘晩景圖 三首>.

27) 같은 책 卷9, <虔州八境圖 八首>.

28) 米芾, <瀟湘八景圖詩幷序> : "瀟水出道州, 湘水出全州, 至永州而合流焉. 自湖而南, 皆二水所經. 至湘陰始與沅之水會, 又至洞庭與巴江之水合, 故湖之南, 皆可以瀟湘名."(전경원, 앞의 책, 61면에서 재인용)

29) 안장리, 앞의 책, 34면에서 '남강팔경도(건주팔경도)는 소상팔경도와 같은 지역을 대상으로 그린 그림'으로 이해하였다.

경시첩』에 이인로의 소상팔경시와 함께 부록으로 첨부되었다.

그런데 시의 제목이 이인로의 <송적팔경도>와 같고, 또 서거정이 두 사람의 시를 나란히 평가하고 있어서 '함께 지은 것'으로 오해할 소지가 있다. 더구나 『매호유고』의 <송적팔경도> 시 말미에 부기되어 있는 "살펴보건대, 명종이 일찍이 여러 신하들에게 소상팔경도시를 지으라고 명했으니, 대개 이 시는 이때 지어진 듯하다. 대간 이인로는 한 시대의 宗匠이었고, 공은 어린아이로 그와 수레를 나란히 하여 함께 절창이 되었다."라고 한 후인의 부연설명[31]은 이러한 오해를 불러일으키기에 충분하다. 따라서 지금까지 진화의 소상팔경시를 언급한 대부분의 연구가 '함께 지은 것'으로 잘못 다루어 왔다.[32]

진화는 1180년경에 태어난 것으로 추정되는데,[33] 명종이 문신들에게 소상팔경시를 짓게 한 것이 1185년(명종 15)인 바, 5살에 소상팔경시를 지은 셈이 되므로 설득력이 없다. 반면 이인로는 당시에 33살이었다. 또 두 사람이 지은 시의 형식이 다르다. 이인로의 시는 칠언절구(4구), 진화의 시는 칠언고시(8구)이다. 함께 지었다면 詩型이나 韻字가 같기 마련이다. 제목이 <송적팔경도>로 같은 것은 『동문선』 편찬자가 시를 수집하

30) 徐居正, 앞의 책 卷상 : "陳右諫澕七言長句, 豪健峭壯, 得之奇詭, 皆古今絶唱."

31) 陳澕, 『梅湖遺稿』 : "按, 明宗嘗命群臣製瀟湘八景圖詩, 蓋此詩作於是時. 李大諫一代宗匠也, 公以童丱, 與之方駕, 俱爲絶唱."

32) 『한국민족문화대백과사전』(한국학중앙연구원)에는 "어려서부터 글재주가 있었고 명종이 신하들에게 <소상팔경>시를 짓도록 하였을 때에 어린 나이로 장편을 지어 이인로(李仁老)와 더불어 절창이라는 평을 받았다."고 기술하고 있다. 또 최경환은 「이인로와 진화의 '소상팔경도'시 대비」(『한국고전연구』 1, 한국고전연구학회, 1995)에서 '동일한 그림'을 대상으로 지은 것이라 간주하고 이미지 재산출의 양상을 대비 분석하였다.

33) 崔粹翁이 쓴 <小傳>(『梅湖遺稿』)에 의하면, 1198년(신종 1) 사마시에 장원급제했는데 이때 나이가 20세가 채 안 되었다고 하였다. 이로 미루어 약 1180년경에 태어난 것으로 추정할 수가 있다.

여 편찬하는 과정에서 임의로 같은 제목을 붙였기 때문으로 보인다.[34] 한편 『매호유고』는 1784년(정조 8) 후손들이 『동문선』, 『동인시화』 등 시선집과 시화집에 실린 작품과 행적에 대한 기록을 수집하여 편찬한 것이며, 특히 '按說'은 후손이 다소 과장하여 추기한 것으로 신빙성에 문제가 있다. 진화는 이규보(1168~1241)보다 후진으로, 이인로(1152~1220)와 함께 소상팔경시를 지었다고 볼 수가 없다. 따라서 기존 논의는 마땅히 재고되어야 할 것이다.

2) 한국 팔경시로의 변용

중국의 소상팔경도가 고려에 전해지고, 고려의 시인 묵객들 사이에 소상팔경을 소재로 시를 짓고 그림을 그리는 팔경문화가 유행하는 가운데, 우리나라의 경치를 대상으로 팔경시를 창작하는 일은 매우 자연스런 현상이다. 이는 소상팔경의 한국적 변용 혹은 적용이라 할 수가 있다. 현전하는 가장 이른 시기의 한국 팔경시[35]는 金克己(?~?)의 <江陵八景>이다.

<강릉팔경>의 소표제는 <綠筠樓>, <寒松亭>, <鏡浦臺>, <崛山鍾>, <安神溪>, <佛華樓>, <文殊堂>, <堅造島>이다. 소표제를 8개로 정한 것은 소상팔경의 영향이며, 실경의 이름을 그대로 제목으로 삼았다. 팔경을 김극기가 정한 것인지, 이후 『東國輿地勝覽』 편찬 시에 김극기의 시를 팔경에 붙였는지는 확실하지 않다. 김극기가 사신의 공무로 강릉에 갔다가, 임무를 마치고 승경 8곳을 유람하며 읊은 것이다.[36] 각

34) 이러한 예는 『破閑集』, 『補閑集』, 『櫟翁稗說』 등에서 수습한 『東文選』 소재 군소 작가의 시 제목에서 흔히 볼 수가 있다.

35) '한국 팔경시'의 개념에 대해서는 안장리, 앞의 책, 36~37면에서 정리한 바 있다.

시편은 제1구에 해당 승경의 이름을 언급하고 있으며, 승경과 관련 있는 역사나 고사, 전설을 원용하고 있다. 이는 작가의 우리 산천에 대한 애정과 역사·전설에 대한 자부심을 나타낸 것이다.[37]

김극기는 명종 대에 진사시에 급제하였지만, 무신들의 문신에 대한 핍박을 피해 전국을 주유하며 山林處士의 생활을 하다가 50세가 다 되어서 義州防禦判官에 보임되었으며, 3년 임기를 마치고 개경으로 돌아와서는 명종에게 文名이 알려져 한림원에 입직하였다.[38] 개경에서 내직에 근무하면서부터 당대의 일류 문사들과 어울렸는데, 1199년(신종 2)에는 당시 실권자 崔忠獻(1149~1219)의 집에 千葉榴花(석류)가 만개했을 때 이인로, 이담지, 함순, 이규보와 함께 詩會에 참석하기도 하였다.[39] 이러한 문인들 간의 시회와 교류로 미루어 김극기의 <강릉팔경> 시 저작은 이인로 및 이규보의 팔경시 저작과 무관하지 않다고 할 것이다. 김극기는 생몰년대가 확실하지 않으나, 『동문선』의 작가 편제가 임춘 - 이인로 - 김극기 - 이규보 - 진화 순으로 되어 있는 것을 보면 이인로보다 후진으로, 의종·명종·신종·희종 초에 걸쳐 살았던 것으로 보인다.[40]

이규보는 2편의 한국 팔경시를 지었다. <次韻惠文長老水多寺八詠>과 <奇尙書退食齋八詠>이다.[41] <차운혜문장로수다사팔영>은 이규보가 승

36) 『新增東國輿地勝覽』 卷44, 강릉도호부, <제영> ; 안장리, 앞의 책, 47~51면에서 <강릉팔경>의 시 세계를 자세히 분석하였다.

37) 여운필, 「김극기 연구」, 『한국한시작가연구』 1, 한국한시학회, 1995.

38) 兪升旦, <金居士集序>(『東文選』 卷83). 『靑丘風雅』, 『箕雅』, 『大東詩選』에는 高宗 때 한림이 되었다고 기술하였으나, 잘못이다(김건곤, 「노봉 김극기와 지월당 김극기의 '유고' 귀속문제」, 『한국한시연구』 6, 한국한시학회, 1998).

39) 李奎報, 앞의 책 卷9, <己未五月日, 知奏事崔公宅, 千葉榴花盛開, 世所罕見. 特喚李內翰仁老, 金內翰克己, 李留院湛之, 咸司直淳及予, 占韻命賦云>.

40) 안장리는 앞의 책, 47~56면에서 김극기를 이인로보다 앞선 시대의 인물로 추정하고, '김극기의 강릉팔경시'를 '명종 대의 성사(이인로)' 앞에 잘못 배치하였다.

려 惠文이 水多寺에 기거하면서 팔경을 정하고 읊은 시에 대하여 차운한 것이다. 팔경은 <柏軒>, <竹閣>, <石井>, <荷池>, <盆池>, <松徑>, <南澗>, <西臺> 등으로 모두 수다사 경내의 특색 있는 경물들이다. 특별히 사찰과 관련하여 종교적 색채를 띠는 경관을 선정하지는 않았다. 수다사는 강원도 평창군 오대산 月精寺의 전신이다. 혜문은 이인로, 이규보 등과 교유할 정도로 시를 잘 지어 山人體를 터득한 시승으로 알려져 있으며, 水多寺 詩 외에 普賢寺, 天壽寺, 天龍寺 등에서 읊은 시들이 전하고 있다.[42] 앞서 이규보가 차운한 英上人의 소상팔경시(<次韻英上人見和>)에서 보았듯이, 혜문의 수다사 팔경을 통하여 당시 승려들의 팔경 향유를 거듭 확인할 수가 있다.

<奇尙書退食齋八詠>은 이규보가 奇洪壽(1148~1209)의 별장인 퇴식재의 여덟 경치를 읊은 것이다. 팔경은 <退食齋>, <靈泉洞>, <滌暑亭>, <獨樂園>, <燕默堂>, <漣漪池>, <綠筠軒>, <大湖石>이다. 이 중에서 '퇴식재'라는 이름은 이규보가 정하고, 나머지는 기홍수가 정하였다. '退食'이라는 말은 관청에서 물러나와 집에서 밥을 먹는다는 뜻으로, 공직에서 은퇴했음을 비유한다. 곧 기홍수가 만년에 개성 龍首山 아래에 별장을 짓고 팔경을 즐긴 것이다. 그는 무신집권기의 武將이었지만, 門下侍郎에서 물러난 후 음악과 시를 즐기고 서예로 기쁨을 삼았던 바,[43] 팔경은 그의 풍류생활을 위해 설정한 공간이라 하겠다. 이규보가 지은 팔영시의 앞부분에는 긴 서문이 있는데, 기홍수가 이규보보다 20세 연장자이기는 하지만 그의 위인과 팔경에 대해 역대의 고사를 인용하여

---

41) 李奎報, 앞의 책 卷2.

42) 같은 책 卷37, <文禪師哀詞>.

43) 『高麗史』 卷101, <車若松 附 奇洪壽列傳>.

'인자하고 지혜로운 사람', '신선의 경지'라고 칭송과 아부로 일관하며 '공손히 팔영시를 바친다.'고 하였다. 이 글에서 이규보 문학에 대해 부정적 평가가 나오는 일면을 볼 수가 있다.

이규보의 한국 팔경시는 자신이 팔경을 즐기기 위해 지은 것이 아니라, 다른 사람과의 관계에서 차운하거나 남을 위해 지어준 것이다. 이런 점에서 이규보는 개인적으로 팔경 자체에 그다지 관심이 많지 않았던 것으로 보인다. 오히려 그는 생활 주변의 하찮은 영물을 6~8가지로 정해서 읊는 데 관심을 보였다. 두꺼비·개구리·쥐·달팽이·개미·거미·파리·누에를 읊은 <群蟲詠 八首>,[44] 오이·가지·순무·파·아욱·박을 읊은 <家圃六詠>[45] 등이 그것이다. 한편 안장리는 이규보가 권력자의 별장(퇴식재)을 대상으로 팔경시를 지은 것에 대하여 '개인적인 향유물로 위축된' 것이라고 평가하였다.[46] 소상팔경시가 상상의 공간을 대상으로 관념적으로 노래하였다면, 한국 팔경시에서는 실경을 대상으로 함으로써 현실생활과 관련하여 보다 실질적으로 즐긴 것으로 볼 수가 있을 것이다.

3. 고려 후기의 팔경시와 사(詞)

1) 한국 팔경시의 유행

고려 후기에는 소상팔경시가 그렇게 유행하지는 않은 것으로 보인다.

44) 李奎報, 앞의 책 卷3.
45) 같은 책 卷4.
46) 안장리, 앞의 책, 63면.

소상팔경시는 이제현이 지은 1편이 남아있을 뿐이고, 대신 李穡(1328~1396)은 瀟·湘을 포함하는 吳·楚 지역을 대상으로 <東吳八詠>을, 소상팔경이 아닌 중국의 다른 실경을 대상으로 <鳳山十二詠>을 지었다. 곧 대상과 형식이 다양해진 것이다.

이제현의 <和朴石齋尹樗軒用銀臺集瀟湘八景韻>[47]은 朴孝修(?~1377)와 尹奕(?~?)이 이인로의 문집 『銀臺集』에 실려 있는 소상팔경시의 운으로 지은 시에 화답한 것이다.[48] 고려 후기의 문인들이 이인로의 칠언절구 <송적팔경도>를 소상팔경시의 전범으로 삼아 차운시와 화운시를 즐겨 지었음을 볼 수가 있다. 그런데 『동문선』에 실려 있는 이인로의 原詩와 이제현의 和韻詩 간에는 8개 소표제의 배열순서가 다를 뿐만 아니라, 韻字도 일부 차이를 보이고 있다.[49] 8개 소표제 중에서 <소상야우>가 名篇으로 일컬어지는데 『동문선』, 『기아』, 『대동시선』 등 여러 시선집에 거듭 뽑혀 있다. 서거정은 이제현의 소상팔경시에 대해 "精深하고 典雅하며 한가롭고 여유가 있어서 앞 시대의 이인로·진화와 수백 년을 두고 오르내리며 겨룰 만하다."고 평하였다.[50]

이색은 <東吳八詠> 8수를 남겼는데, 瀟·湘보다도 더 넓은 지역을

47) 李齊賢, 앞의 책 卷3.

48) 세 사람의 관계는 다음 자료에서 짐작할 수가 있다. 1320년(충숙왕 7) 9월 李齊賢이 지공거가 되고 朴孝修가 동지공거가 되어 崔龍甲·李穀 등을 선발하였는데, 왕이 인재 얻은 것을 가상히 여겨 學士宴을 열어 주었으며(『益齋亂藁』, <年譜>), 尹奕이 <賀李通憲齊賢學士宴>(『東文選』 卷15)이라는 시를 지어 축하한 바 있다.

49) 칠언절구는 제1, 2, 4구에 압운을 하는 바, 次·和韻詩는 원시의 글자를 따르는 것이 원칙이다. <동정추월> 제1구, <어촌낙조> 제1구, <강천모설> 제2구의 운자가 상이하다. <어촌낙조> 제1구의 경우 이인로의 원시도 압운 원칙을 지키지 않았다. 차·화운 과정에서 임의로 바뀌었다기보다도 『은대집』이 작가의 문집으로 원본인 점에서 『동문선』 편찬과정에서 변개되었을 가능성이 커 보인다.

50) 徐居正, 앞의 책 卷상 : "惟益齋李文忠公絶句樂府等篇, 精深典雅, 舒閑容與, 得與二老頡頏上下於數百載之間矣."

대상으로 읊었다. 다음은 시의 제목이자, 저작경위이다.

> <동오팔영>은 沈休文이 지은 것이다. 宋復古가 그림으로 그렸고, 『東坡集』에 실려 있다. 내가 젊어서 그 시를 읽었으나 잊어버렸는데, 지금 병을 앓은 나머지 번민이 심하여 우연히 『東坡詩註』를 펴보다가 동오의 흥취가 일어나서 팔영 絶句를 짓는다.[51]

沈休文은 沈約(441~513)으로, 휴문은 字이다. 그가 浙江省 東陽郡(現 金華市) 태수로 있을 때 玄暢樓를 짓고 팔경을 읊었는데, <登玄暢樓> 시가 유명해져서 후인들이 그 누각을 八詠樓라 불렀다고 한다.[52] 심약의 시는 팔경시의 시작으로 알려져 있다. 이색이 말한 <동오팔영>은 이 시를 일컫는 것이다. 宋復古는 <소상팔경도>를 그린 북송 화가 宋迪이다. 위 문맥대로라면 송적이 <소상팔경도> 외에 심약의 팔경시를 그림으로 그린 것인데, 이는 呂昌朝(?~?)가 얻었다는 <宋復古八景圖>를 가리킨다.[53] 蘇軾은 여창조가 嘉州 태수로 부임할 때 <送呂昌朝知嘉州>라는 송별시를 지어 주었다. 그 시의 제1, 2구 "不羨三刀夢蜀都, 聊將八詠繼東吳.[三刀의 꿈으로 가주 태수로 영전하는 건 부럽지 않고, 팔영을 지어서 동오팔영 잇기를 바라노라.]"에 대해 송나라 王十朋이 "○ 次. 公昌朝得宋復古畫八景圖, 來嘉州, 其目曰; 洞庭晚靄, 廬阜秋雲, 平田雁落, 闊浦帆歸, 雨暗江村, 雪藏山麓, 泉巖古柏, 石岸孤松. 八詠繼東吳, 則沈休文嘗有詠東吳者也.(차운한 것이

---

51) 李穡, 『牧隱詩藁』 卷10, <東吳八詠, 沈休文之作也. 宋復古畫之, 載於東坡集, 予少也讀之而忘之矣, 今病餘悶甚, 偶閱東坡詩註, 因起東吳之興, 作八詠絶句>.

52) 『中國古名詩』, <八詠詩> : "金華志曰; 作詠詩, 南齊隆昌元年太守沈約所作. 題於玄暢樓, 時號絶倡, 後人因更玄暢樓爲八詠樓云."

53) 淸나라 宮夢仁이 편찬한 『讀書紀數略』 卷12에 <宋復古八景圖>와 <瀟湘八景>을 구분하여 설명하고 있다("宋復古八景圖, 呂昌朝得宋復古八景圖. 東坡賦詩云; 聊將八詠繼東吳, 卽此.").

다. 창조 公이 <송복고팔경도>를 얻어서 가주로 왔는데, 그 소제목은 동정만애, 여부추운, 평전안락, 활포범귀, 우암강촌, 설장산록, 천암고백, 석안고송이다. '八詠繼東吳'라고 한 것은 沈約이 일찍이 東吳를 읊었기 때문이다.)"라 주석하였는데,[54] 이색이 이를 읽고 감흥이 일어 <동오팔영>을 지은 것이다. 8개 소표제는 <洞庭晚靄>, <廬阜秋雲>, <平田雁落>, <闊浦帆歸>, <雨暗江村>, <雪藏山麓>, <泉巖古柏>, <石岸孤松>으로 송적의 그림에 있는 제목 그대로이다. 제목상으로는 심약의 팔경시[55]보다 소상팔경시에 더 가깝게 느껴진다. <동정만애>, <평전안락>, <활포범귀>는 각각 소상팔경시의 <동정추월>, <평사낙안>, <원포귀범>과 유사하다. 그리고 이색의 시에 나오는 '廬阜'는 강서성 廬山이다. 또 '君山'은 동정호 가운데 있고, '逐臣騷客'은 楚나라의 신하 屈原을 가리키며, '禹廟'는 절강성 紹興 會稽山에 있다. 곧 <동오팔영>은 절강 · 강서 · 호남성을 아우르는 吳 · 楚 지역의 승경을 대상으로 지은 것으로 보인다.[56] 팔영 중에서 <동정만애>는 『동문선』, 『기아』, 『대동시선』에 거듭 뽑혔는데, 徐居正은 "그 넓고 온화한 기운은 비록 杜甫의 경지에는 미치지 못하지만, 어찌 전대의 몇몇 聯句에 많이 양보하랴?"라고 호평하고, 曺伸은 "우리나라에서 진실로 고금에 가장 뛰어나다."라고 극찬하였다.[57]

이색의 <鳳山十二詠詩>[58]은 당시에 유행하던 팔영에 사영을 더한

54) 王十朋 集註, 『東坡詩集註』, 卷21, <送呂昌朝知嘉州>.

55) 8개 소표제는 <登臺望秋月>, <會圃臨東風>, <歲暮愍衰草>, <霜來悲落桐>, <夕行聞夜鶴>, <晨征聽曉鴻>, <解佩去朝市>, <被褐守山東>이다. 표제어가 각 5글자로 되어 있다(『中國古名詩』, <八詠詩>).

56) 안장리는 '동오팔경'이 '소상팔경'과 같다고 하였으나 잘못이다(「비해당소상팔경시첩 한시의 특징」, 『비해당소상팔경시첩』, 문화재청, 2008).

57) 徐居正, 앞의 책 卷상 : "其曠漠沖融之氣, 雖不及老杜徑庭, 豈足多讓於前數聯哉." ; 曺伸, 『謏聞瑣錄』 : "於東方, 眞可橫絶古今."

58) 李穡, 앞의 책 卷3, <鳳山十二詠子通臨行索賦>.

확장형으로 우리나라 문인이 지은 최초의 十二景詩이다. 더욱이 중국의 실경을 대상으로 중국인에게 써준 작품이라는 점에서 주목을 끈다. 봉산은 鳳凰山을 가리키며, 山東省 東平縣에 있는 산이다.[59] 원나라 학사 傅亨(?~?)이 길을 떠날 때 이색에게 시를 청하므로 지어준 送詩이다. 부형은 李仁復(1308~1374)과 중국 과거의 同年이고, 이색의 부친 李穀(1298~1351)이 원나라에서 귀국할 때 전별시를 써준 적이 있다.[60] 당시 이색은 봉황산에 있었던 것으로 보이는데, 부형이 使命을 받들고 동평현의 客戶(외지에서 전입해 온 사람)를 구휼하러 갈 때 이곳을 지나게 되었으므로[61] 봉황산의 주요 경물을 대상으로 시를 지어준 것이다. 12경은 <鳳凰臺>, <白鶴巖>, <觀音殿>, <藏經閣>, <羅漢洞>, <居士菴>, <兩翼峯>, <神龍潭>, <百尺楸>, <五里松>, <靈泉>, <水洞>이다. 모두 실경이다. 부형이 12개의 경물을 제시하여 작시를 요청했는지 알 수 없으나, 이색이 소표제를 12개로 확장했다면 중국인에게 자신의 문학적 재능을 과시하고자 한 것으로 보인다. 그는 봉황산 내의 불교 사적과 아름다운 경관을 탈속적인 분위기로 그려내었다.

한편 고려 후기에는 전대에 창작되기 시작한 한국 팔경시가 여러 문인들에 의해 본격적으로 지어졌다. 고려 후기 문단의 첫머리에 이제현이 자리하듯이, 한국 팔경시의 유행에 그의 역할이 매우 컸다. 이 시기에 팔경시를 지은 작가들이 그의 벗이거나 제자들인 점에서 그 영향력

59) 같은 곳, <奉送傅子通亨應奉奉使東平賑濟客戶因過鳳凰山>이라는 시에 東平과 鳳凰山이 언급되고 있으며, 중국 검색 포털 사이트 www.baidu.com.에서도 확인된다. 안장리는 <봉산십이영>을 황해도 봉산군을 대상으로 지은 것으로 잘못 이해하고 분석하였다(안장리, 앞의 책, 138면).

60) 李穀, 『稼亭集』, 「稼亭雜錄」에 傅亨의 <送詩>가 수록되어 있다.

61) 李穡, 같은 곳.

을 짐작할 수가 있다.

이제현은 충선왕의 부름을 받고 元都의 만권당에 가서 머물던 중 30세 때(1316) 사천성 峨眉山으로 제사를 지내기 위하여, 33세 때 절강성 普陀山에 향을 내리기 위하여 충선왕을 모시고 두 차례 중국을 여행한 적이 있다. 37세 때(1323)는 西蕃(티베트)으로 귀양 가 있던 충선왕을 배알하러 朶思麻로 가게 되었는데, 이때 고향 송도를 그리워하며 <憶松都八詠>을 지었다.[62] 8개 소표제는 <鵠嶺春晴>, <龍山秋晚>, <紫洞尋僧>, <青郊送客>, <熊川禊飮>, <龍野尋春>, <南浦煙蓑>, <西江月艇>이다. 송도 주변의 여덟 정경을, 이전의 김극기와 이규보가 실경의 명칭을 그대로 소표제로 삼은 것과는 달리 소상팔경시의 방식으로 제목을 붙였다. 곧 소상팔경의 소표제 진술방식을 송도에 적용하여 송도의 아름다움을 찾고자 한 것이다. 그는 소상팔경의 관념적인 미의 세계와는 달리 송도팔경의 일상적인 면을 미의 세계로 승화시켰다.[63] <억송도팔영> 시는 그의 장단구 <송도팔경>과 구분하여 '前八景'으로 불린다.[64]

이제현과 40년 친구였던 安軸(1282~1348)은 <三陟西樓八詠>을 지었다.[65] 삼척 竹西樓에서 바라본 여덟 가지 경관을 읊은 것으로, 일반적으로 '三陟八景'이라 부른다. 안축은 47세 때(1328) 江陵道 存撫使로 나가 관동지방의 경치와 백성들의 삶을 시문으로 기록하여 『關東瓦注』를 남

---

62) 李齊賢, 앞의 책 卷3. 『益齋亂藁』가 지은 순서대로 편집되어 있는 바, 이 시가 <涇州>(甘肅省 涇川縣)와 <朝那>(甘肅省 平涼縣) 사이에 편차되어 있는 것에서 이때 지어졌음을 알 수가 있다.

63) 김성룡, 「이제현 문학의 중세의식 연구」, 『호서어문연구』 3, 호서대 국문과, 1995에서 자세히 분석하였다.

64) 『新增東國輿地勝覽』 卷4, 개성부 상, <제영>.

65) 安軸, 『謹齋集』 卷1.

겼는데, 이 시도 여기에 수록되어 있다. 8개 소표제는 <竹藏古寺>, <巖控淸潭>, <依山村舍>, <臥水木橋>, <牛背牧童>, <壟頭饁婦>, <臨流數魚>, <隔墻呼僧>이다. 이제현이 『관동와주』의 서문에서 "풍속의 좋고 나쁨과 백성들의 편안과 근심에 관계된 것"이라 평가하였듯이,[66] <삼척서루팔영>에는 삼척의 경치뿐만 아니라 목민관으로서의 태도가 잘 나타나 있다.[67] 이 시는 후대의 여러 사람들에 의해 거듭 차운되었다. 일부 소표제를 차운한 시로 金贇(?~?)의 <題三陟木橋>,[68] 辛蕆(?~1339)의 <臥水木橋>와 <依山村舍>[69]가 『동문선』에 전하고 있으며, 李穀(1298~1351)은 시 전체를 차운하여 <次三陟西樓八詠詩韻>을 지었고,[70] 李達衷(1309~1384)도 차운시 <三陟八景>을 남겼다.[71] 특히 이곡은 1349년(충정왕 1) 8월 14일 송도를 떠나 금강산과 동해안을 유람하고 <東遊記>를 지었는데,[72] 9월 13일 직접 삼척 죽서루에 올라 안축의 자취를 더듬으며 차운하였다.

한편 안축은 <白文寶按部上謠> 8수를 지었다.[73] 흔히 <東南八景>이라 일컫는다. 그는 1343년(충혜왕 복4)에 상주목사로 나가 있었는데, 이때 白文寶(1303~1374)가 경상도 안렴사로 오게 되자, 전례에 따라 환영하는 시를 지어 올린 것이다. 그 서문에 "李仁復이 중국의 과거에 급제하

66) 李齊賢, <關東瓦注序>(安軸, 『謹齋集』 卷頭) : "其感憤之作, 關乎風俗之得失, 生民之休戚者, 十篇而九. 讀之使人慘然."
67) 안장리, 앞의 책, 148~163면에서 자세히 분석하였다.
68) 『東文選』 卷20.
69) 같은 책, 卷21.
70) 李穀, 앞의 책 卷20.
71) 李達衷, 『霽亭集』 卷1 및 『新增東國輿地勝覽』 卷44, 삼척도호부, <제영>.
72) 李穀, 같은 책 卷5.
73) 安軸, 같은 책 卷2, 補遺.

고 돌아온 이래 사대부들이 시를 지어 전송할 때 우리나라의 異迹을 제목으로 삼은 체제를 본떠 지방 유생들이 각각 동남지역(경상도)의 8경을 읊어서 바친다."라고 소개하고,[74] 이어서 引을 붙여 백문보의 위인·학문·공덕을 기렸다. 여러 선비들이 팔경시를 짓고 詩軸으로 만들어 안축에게 보냄에 따라 안축도 이 <동남팔경>을 지은 것이다. 8개 소표제는 <商山洛東江(상주)>, <永嘉文華山(안동)>, <月城瞻星臺(경주)>, <寧海觀魚臺(영해)>, <東萊積翠軒(부산)>, <金海七點山(김해)>, <珠浦月影臺(마산)>, <晉陽矗石樓(진주)>이다. 三韓의 異迹, 즉 경상도의 산천과 누정으로 제목을 삼음으로써 이전 팔경시의 소표제와 같은 진부함 대신 구체적이고 참신함이 느껴진다. 한편 안축은 유생들이 선정한 8경에 정작 자신의 고향인 順興(영주)의 靈龜山 宿水樓가 빠져 있어 아쉬운 마음을 금할 수가 없었다. 이에 사위 鄭良生에게 절구 한 수를 짓게 하여 권말에 덧붙였다.[75] 이러한 그의 고향에 대한 애착은 훗날 경기체가 <竹溪別曲>의 창작으로 나타났다.[76]

李穡(1328~1396)은 2편의 한국 팔경시를 남겼다. 한 편은 자신을 위해서, 다른 한 편은 남을 위해서 지었는데, 다분히 자부심에서 비롯되고 또 개인적으로 향유했다는 성격이 강하다.

그는 먼저 자신의 고향을 대상으로 <韓山八詠>을 지었다. 다음은 시의 제목이자 서문이다. "한산이 비록 작은 고을이지만 우리 父子가 중국

74) 같은 곳, <白文寶按部上謠幷序> : "近者, 起居注李公, 自中朝登第而還, 士夫賦詩贈行, 各占三韓異迹爲題, 語意不類, 眞奇作也. 僕等謹效其體, 各賦東南八景一絶, 幷短引, 拜呈行軒."

75) 같은 곳, <白文寶按部上謠後序> : "諸生示余以獻按部歌謠一軸, 愛其新意, 玩讀至三. 然吾興州所有靈龜山宿水樓, 其風致不居八景之後, 而漏而不賦 余甚怪焉. 使家贅鄭生, 賦一絶, 書于卷末, 以雪吾鄕山水之恥."

76) 안장리, 앞의 책, 74~78면에서 안축의 팔경시와 경기체가의 관계를 분석하였다.

과거에 급제함으로써 천하 사람들이 다 우리나라에 한산이 있음을 알게 되었으니 좋은 경치를 시가로 전파하지 않을 수 없어서 팔영을 짓는다." 고 하였다.77) 곧 아버지 이곡과 함께 부자가 이어서 원나라 制科에 급제한 文才에 대한 자부심·자긍심에서 <한산팔영>을 지은 것이다. 8개 소표제는 <崇井巖松>, <日光石壁>, <孤石深洞>, <回寺高峯>, <圓山戍鼓>, <鎭浦歸帆>, <鴨野勸農>, <熊津觀釣>이다. 이색은 각 소표제에 대하여 [松-책려], [日光-원근에 두루 미침], [孤石-확고한 바탕 위의 우뚝함], [回寺-고을의 사적을 중히 여김], [圓山-병사를 삼감], [鎭浦-백성의 이로움], [鴨野-백성의 생활 정립], [釣-곧음]이라는 의미로 설정했다고 부연하였다.78) 곧 <한산팔영>은 자연경관을 기본으로 하면서 인문경관을 팔경의 대상으로 삼으려는 경향을 보이고 있다.79)

이색은 간신 廉興邦(?~1388)을 위해 <金沙八詠>을 지어주기도 하였다. 염흥방이 1375년(우왕 1) 北元 사신의 영접을 반대하다가 권신 李仁任의 미움을 받아 경기도 驪州 金沙面으로 유배되었는데, 그곳에서의 생활을 8개 소표제로 만들어 喜悲의 情을 붙이다가, 돌아온 뒤에도 잊지 못하여 이색에게 함께 짓기를 요청한 데 따른 것이다.80) 이색이 염흥방의 아버지 廉悌臣(1304~1382)의 신도비명을 짓고,81) 염흥방과 함께 지공거와

77) 李穡, 앞의 책 卷3, <吾家韓山雖小邑, 以予父子登科中國, 天下皆知東國之有韓山也, 則其勝覽不可不播之歌章, 故作八詠云>.

78) 같은 곳 : " 韓山八詠, 始於松, 自策礪也. 終於釣, 思其直也. 次之日光, 生於東而及於遠近也. 次之孤石, 確其質而表其介特也. 次之回寺, 重郡乘也. 次之圓山, 謹兵事也. 次之鎭浦, 示民利也. 次之鴨野, 立民命也. 由輕入重, 先末後本, 傚晉問終於唐也. 鄕之善士幸鑑焉."

79) 안장리, 앞의 책, 115면.

80) 李穡, 같은 책 卷16, <金沙八詠>. "廉東亭謫居川寧縣金沙莊, 隨事立名, 題其目凡八, 因以舒憂娛悲, 旣還不能忘也, 請予同賦云."

81) 같은 이, 『牧隱文藁』 卷15, <高麗國忠誠守義同德論道輔理功臣壁上三韓三重大匡曲城

동지공거로서 과거시험을 주관하는 등[82] 두 사람은 매우 친밀했던 것으로 보인다. 8경은 <西山採薇>, <東江釣魚>, <龍門斸藥>, <虎谷耕田>, <漢浦弄月>, <婆城望雨>, <長興拾栗>, <注邑尋梅>이다. 이 소표제는 염흥방이 정한 것으로, 승경을 선정하기보다 경내의 8개 지명에 그의 일상을 하나씩 붙인[隨事立名] 것이다. 이 중에서 <한포농월>은 『동문선』, 『청구풍아』, 『기아』, 『대동시선』에 거듭 뽑혀 명편으로 꼽힌다. 이색은 <금사팔영>에서 염흥방의 유배생활을 伯夷, 張翰, 安其生, 諸葛孔明의 은거와 한적에 비기는 한편, 그를 高人(隱士)과 龍으로까지 추켜세우며 유배지를 탈속적인 공간으로 미화하였다. 그러나 염흥방은 공민왕 때 문과에 장원급제하고 신진관료로서 개혁을 주장하였으나, 귀양갔다 온 뒤로 이인임의 심복이던 林堅味와 함께 청렴한 문신들을 몰아내고 매관매직을 자행하며 토지와 노비를 강탈하는 등 간신이 되었다.[83]

2) 한국 사경사(寫景詞)의 창작과 전개

고려시대 문인들 중에서 이제현(1287~1367)만이 유일하게 塡詞(詞調에 따라 가사를 채워 넣음)에 능한 솜씨를 보였는데,[84] 이는 그가 원나라에 가서 중국 문사들과 교유하며 詞를 접하면서 익힌 결과이다. 그는 당대 최고 학자이던 趙孟頫(1254~1322), 張養浩(1269~1329), 元明善(1269~1322)과 특히 교분이 깊었다. 30세에 충선왕을 모시고 西蜀 峨眉山으로 奉祀하러 떠날 때 장양호는 <江湖長短句> 1편을 지어 송별하였고, 이에 대해 이

府院君贈謚忠敬公廉公[悌臣]神道碑幷序>.

82) 『高麗史』 卷115, <李穡列傳>.

83) 같은 책 卷126, <廉興邦列傳>.

84) 徐居正, 앞의 책 卷상 : "吾東方語音, 與中國不同, 李相國李大諫猊山牧隱, 皆以雄文大手, 未嘗措手. 唯益齋備述衆體, 法度森嚴, 先生北學中原 師友淵源, 必有所得者."

제현은 시로써 사례하여 "<강호장단구>를 소리 내어 읽어보니, 만 리 고국 강산이 눈앞에 와 닫는 듯하네."라고 감흥을 나타내었다.[85] 그가 詞, 즉 長短句를[86] 직접 접하고 배워서 잘 지을 수 있었던 저간의 사정을 엿볼 수가 있다. 그는 15調 53闋의 장단구를 남겼는데, 팔경과 관련하여 巫山一段雲 調의 <소상팔경>과 <송도팔경>을 지었다.

이제현이 원나라에서 활동할 당시에도 소상팔경을 대상으로 한 시와 그림이 매우 유행하였다. 그와 직접 교유하였던 조맹부는 <瀟湘夜雨圖>와 <山市春嵐圖>를 그렸고, 虞集(1272~1348)은 <歐陽元公待制瀟湘八景圖>라는 제화시를 지었으며, 朱德潤(1294~1365)은 <跋馬遠瀟湘八景圖>라는 발문을 지었다. 이로 미루어, 그가 소상팔경에 관한 지식을 충분하게 얻을 수 있었음을 확인할 수 있다.[87]

이에 그는 고려에 돌아온 후, <和朴石齋尹樗軒用銀臺集瀟湘八景韻>이라는 7언절구 소상팔경시를 지었던 바, 이때 무산일단운을 사용하여 장단구 <소상팔경>을 함께 지었을 것으로 보인다. 이어서 이전에 西蕃으로 충선왕을 배알하러 갈 때 지은 한시 <憶松都八詠>을 떠올리고 그 餘興으로 무산일단운 <송도팔경>도 지었던 것이다.[88] 곧 팔경시를 무산일단운으로 새롭게 시도한 셈이다.[89] 여기에서 한국 寫景詞가 시작되

85) 李齊賢, 앞의 책 卷1, <張希孟侍郎見示江湖長短句一編以詩奉謝> : "便覺有功名教事, 誰言費力短長篇. 興來三復高聲讀, 萬里江山只眼前."

86) 詞는 다른 이름으로 長短句, 樂府, 新聲, 餘音, 別調, 詩餘 등으로 불리기도 하였다.

87) 이상남, 「조선 초기 소상팔경도 연구」, 이화여대 석사논문, 2000.

88) 『益齋亂藁』는 長短句를 卷10에 詞調별로 배열하면서 무산일단운 <소상팔경>과 <송도팔경>을 맨 뒤에 배치하였다. 그의 장단구 대부분이 서촉 아미산행과 강남 보타산행 때 지어진 점을 감안하면, 무산일단운 <소상팔경>과 <송도팔경>은 고려로 귀국한 후에 지어졌을 가능성이 더 커 보인다(홍우흠, 앞의 논문).

89) 무산일단운은 雙調 前·後段 각 4구 3平韻에 전·후단의 제3구가 7언으로 되어 있고 나머지 구는 모두 5언이다. 무산일단운이 조선 초기까지 유행한 것은 5언과 7언

었으며, 제자와 후배 문인들이 거듭 무산일단운 조로 塡詞함으로써 그 전통이 이어질 수가 있었다.[90)]

이제현은 장단구 <소상팔경>을 2벌 16결 지었으나, 마지막의 <煙寺暮鐘>은 제목만 남아있고 가사는 없어졌다. 장단구 <소상팔경>은 7언 절구 <화박석재윤저헌용은대집소상팔경운>과 소표제의 배열순서에서 차이가 난다. 두 작품 모두 사계절의 진행에 따른 시간적 순서를 고려하지 않은 것이다. 장단구 <송도팔경>도 2벌 16결로 지었는데, '後八景'이라고도 한다.[91)] 8개 소표제는 <紫洞尋僧>, <青郊送客>, <北山煙雨>, <西江風雪>, <白岳晴雲>, <黃橋晚照>, <長湍石壁>, <朴淵瀑布>이다. '前八景' <憶松都八詠>과는 <자동심승> 및 <청교송객> 2개 소표제만 일치한다. 한시 <억송도팔영>이 원나라에서 충선왕의 유배지를 찾아갔다가 고향을 그리는 애틋한 마음에서 지어졌다면, 장단구 <송도팔경>은 고려로 돌아온 뒤에 보다 편안하고 차분한 상태에서 송도의 아름다움을 돌아보며 '전팔경'을 가다듬었기에 둘 간의 차이가 있는 것으로 보인다. 이색은 이제현이 "무산일단운으로 송도팔경을 자유자재로 표현했다,"고 칭찬하였고,[92)] 權遇(1363~1419)는 "일찍이 송도팔영을 읽었는데 <황교만조>가 가장 마음에 든다."고 하였다.[93)] 또 서거정은 "이제현의 소상팔경을 읊은 시와 장단구가 精深하고 典雅하며 한가롭고 여유가 있어 앞 시대의 이인로 · 진화와 수백 년간 우열을 다투었

의 조합으로 다른 詞調에 비하여 상대적으로 짓기가 쉬운 면과 관련이 있다.

90) 차주환, 『中國詞文學論考』, 서울대 출판부, 1982, 287면.

91) 『新增東國輿地勝覽』 卷4, 개성부 상, <제영>.

92) 李穡, 『牧隱詩藁』 卷7, <讀益齋先生松都八詠> : "益老文章逈出群, 馳烟走海勢沄沄. 松都八詠牢籠盡, 只是巫山一段雲."

93) 權遇, 『梅軒集』 卷5, <黃橋> ; 『新增東國輿地勝覽』 卷4, 개성부 상, <교량> : "曾讀松都八詠詩, 黃橋晩照最關思. 今來正値黃橋晩, 一詠前詩一解頤."

다."고 평가하였다.[94]

이제현에 이어서 鄭誧(309~1345)는 무산일단운 조로 <蔚州八景>을 지었다.[95] 그는 성품이 강직하여 충혜왕의 폭정을 간하다가 미움을 받아 면직되고, 더욱이 원나라로 망명하려 한다는 誣告까지 당하여 1342년에 蔚州(울산)로 유배되었다.[96] 유배지 울주에서 <題蔚州官舍壁>, <大和樓送海峯>, <次蔚人韻> 등의 시편에 자신의 심사를 부치는 한편, 승경 8곳의 아름다움을 장단구 <울주팔경>으로 노래하였다. 팔경의 소표제는 <大和樓>, <平遠)>, <藏春塢>, <望海臺>, <碧波亭>, <白蓮巖>, <開雲浦>, <隱月峯>이다. 김극기의 <강릉팔경>이나 안축의 <동남팔경>과 같이 실경을 제목으로 삼았다.[97] 그는 유배지에서의 생활에 대하여 좌절하거나 낙심하기보다도 "유배 와서 얻은 것이 없다고 말하지 말게나, 말발굽 이르는 곳마다 좋은 강산인 것을!"[98]이라 하여 자연을 즐겼다. 곧 <울주팔경>에서는 유배당한 자신의 고통이나 울분을 드러내기보다 자연경관의 아름다움 자체를 표현하였다. 그가 무산일단운으로 장단구를 지은 것은 전적으로 이제현의 영향을 입은 것으로 보인다. 이제현이 당대 문단의 宗主였을 뿐만 아니라, 정포의 스승인 崔瀣(1287~1340)와 막역한 친구였고 장인 崔文度(?~1345)와는 묘지명을 지어줄 정도

---

94) 徐居正, 앞의 책 卷상. 홍우흠은 이를 부연하여 "그의 寫景詞는 형식미와 정감이 조화되어 이룩된 平易典雅하고 淸新孤寂한 풍격의 詞이다."라고 비평하였다(홍우흠, 앞의 논문).

95) 鄭誧, 앞의 책 卷하, 詩에 수록하였는데, 무산일단운 조의 詞임에도 불구하고 5·7언 雜體詩로 이해한 듯하다.

96) 『高麗史』 卷106, <鄭誧列傳>.

97) 이태형, 「이곡과 정포의 사에 투영된 '울주팔경' 형상 고」, 『도선문화』 9, 국제뇌교육종합대학원대학, 2010에서 팔경의 각 위치와 경관에 대해 자세히 검토하였다.

98) 鄭誧, 같은 곳, <次蔚人韻> : "莫道謫來無所得, 馬蹄到處好湖山."

로 친밀한 관계였던 점에서 그 영향관계를 짐작할 수가 있다. 이제현은 자신보다 22살 어린 정포가 37세로 죽자, 『雪谷集』의 서문을 써 주며 그의 요절을 안타까워하는 마음을 나타내었다.[99)]

李穀(1298~1351)은 정포의 무산일단운 <울주팔경>을 차운하여 <次鄭仲孚蔚州八詠>을 지었다.[100)] 그는 1349년(충정왕 1) 8월 송도를 떠나 금강산과 동해안 1,200여 리를 유람하고 <東遊記>를 지은 바 있다.[101)] 이때 삼척 죽서루에 올라 안축의 팔영시에 차운하여 <次三陟西樓八詠詩韻>을 짓고, 이어서 울주로 여행하여 정포의 장단구에 차운하여 무산일단운 <차정중부울주팔영>을 지은 것이다. 이곡의 <동유기>는 그해 8. 14~9. 21까지의 기행문인데, 그 말미에 "平海 이남 경상도는 전에 가본 곳이라 따로 적지 않는다."고 기록되어 있다.[102)] 즉 기행록은 쓰지 않지만, 평해 이남으로 계속 여행하여 울주까지 답사했음을 알 수가 있다. 정포가 울주에 유배 왔다 간 지 7년 뒤, 정포가 죽은 지 4년 뒤에 11살이나 연장자인 이곡이 정포의 자취를 찾아 차운한 것이다. 두 사람은 시로써 교유하였으며, 정포는 이곡이 원나라로 돌아갈 때 <送中父李翰林還朝>라는 송시를 써준 바 있다. 또 이곡의 『稼亭集』에는 정포와 관련한 시문이 30여 편 남아있다. 이곡은 이 紀行詞에서 여행지의 경물을 통해 자신의 삶을 회고하고 관망하는 한편 경물을 바라보고 느끼는 희로애락의 감정을 드러내었다.[103)] 이곡은 원나라 制科에 합격하고 그곳에서 벼슬한 덕분에 塡詞에 비교적 능하였던 것으로 보인다. 이 무산일단

99) 李齊賢, 앞의 책 卷7, <崔文度墓誌銘> 및 拾遺, <雪谷集序>.
100) 李穀, 앞의 책 卷20.
101) 같은 책 卷5, <東遊記>.
102) 같은 곳 : "平海以南, 則慶尙道之界, 予嘗所往還者, 玆不錄云."
103) 이태형, 앞의 논문.

운 외에 浣溪沙, 南柯子 調의 작품을 남기기도 하였다.[104]

한편 고려 말에서 조선 초에 활동한 문인 陳義貴(?~1424)는 무산일단운으로 <淸安八景>을 노래하였다.[105] 청안은 충청북도 槐山郡에 있는 面이다. 그는 공민왕 때 문과에 급제하고 간관으로 있던 1391년(공양왕 3) 3월 李成桂를 제거하려는 계획과 관련한 彛初의 獄에[106] 연루되어 지방으로 귀양을 갔다. 그 계획을 밀고한 西京千戶 尹龜澤을 判書雲觀事에 제수한 告身에 서명하지 않았다고 하여 陳義貴, 鄭習仁, 李滉, 權湛, 禹洪富, 宋愚, 孟思誠, 尹珪, 尹須를 모두 지방으로 귀양 보냈는데,[107] 이때 진의귀는 청안으로 귀양 가서 풀려난 그해 10월까지 그곳에서 지낸 것으로 보인다. <청안팔경>의 8개 소표제는 <龍門送客>, <龜石尋僧>, <薍谷牧馬>, <磻溪捕魚>, <杻城白雨>, <椒嶺晴雲>, <淸河禊飮>, <黌舍閑吟>이다. 귀양살이의 고단한 삶은 전혀 드러내지 않고, 그 지역의 8개 풍광과 어우러져 閑適한 삶을 즐기는 은자의 모습을 그렸다. 뒷날 姜希孟(1424~1483)은 一庵禪師와 함께 남쪽지방을 유람하다가 청안현에 이르러 板上의 <청안팔경> 무산일단운 8편을 보고 "시어가 매우 고상하니, 과연 평소 듣던 대로이다."라고 평가하는 한편 7언절구 8수를 지은 바 있다.[108]

104) 李穀, 앞의 책 卷20, <眞州新妓名詞 浣溪沙> 및 <次平海客舍詩韻 南柯子>.

105) 『新增東國輿地勝覽』 卷16, 청안현, <제영>.

106) 1390년(공양왕 2) 무신 尹彛와 李初가 명나라 朱元璋에게 찾아가 공양왕과 이성계가 공모해 명나라를 치려 한다고 무고한 사건이다. 이후 이성계의 측근인 정도전이 명나라에 가서 무고임을 해명하고 돌아와 이색・우현보 일파까지 엮어서 제거하였다.

107) 『高麗史』 卷46, 공양왕 3년 3월 및 卷104, <金周鼎列傳 附 金宗衍>.

108) 姜希孟, 『私淑齋集』 卷1, <與一庵南遊, 至淸安縣, 板上有府君陳義貴淸安八景巫山一段雲八篇. 詩語極高, 果愜素聞, 因題八詠, 借一庵名, 書板掛壁>.

진의귀와 비슷한 시대에 살았던 安魯生(?~?)도 무산일단운으로 <寧海十二詠>을 읊었는데,[109] 이것 역시 유배지에서 지은 것이다. 그는 1376년(우왕 2) 문과에 급제하고, 1392년(공양왕 4) 4월 兵曹摠郎으로 있을 때 鄭夢周(1337~1392)가 李芳遠에게 피살되었는데, 그 일파로 몰려 파직된 후 경상도 寧海都護府로 유배되었다. 12영은 <騰雲山>, <望日峯), <西泣嶺>, <南眠峴>, <燕脂溪>, <丑山島>, <揖仙樓>, <奉松亭>, <觀魚臺>, <梵興寺>, <含恨洞>, <貞信坊>이다. 모두 경상북도 영덕군 영해면의 산천과 누정 등 실경을 소재로 하였다. 작품 자체는 자연경관에 대한 묘사보다 정치적인 갈등에 빠진 자신의 심정을 주로 토로하였다.[110] 이색의 <봉산십이영>에 이은 두 번째 십이영 작품으로, 고려 후기에 이르러 형식이 다양해졌음을 볼 수가 있다.

4. 결언

중국 호남성 소상강과 동정호 일대의 이른바 '소상팔경'은 동아시아 한자 문화권의 지식인들 사이에서 승경의 대표로 인식되었다. 많은 시인과 화공들이 이를 대상으로 시를 짓고 그림을 그리는 등 다양한 양식의 예술작품을 남겼다. 소상팔경을 소재로 한 그림과 시는 중국 북송 때 크게 유행하였으며, 한국과 일본에 전해져서 이를 변용하여 자국의 특정지역이나 공간을 대상으로 팔경을 선정하고 향유하는 팔경문화를 이룩하였다.

---

109) 『新增東國輿地勝覽』 卷24, 영해도호부, <제영>.

110) 안장리, 앞의 책, 140~148면에서 자세히 분석하였다.

본 연구에서는 중국 소상팔경 문화의 전래 초기인 고려시대의 팔경문학의 전개양상을 통시적으로 살펴보았다. 고려 문인들이 소상팔경시를 짓고 차·화운하는 한편, 거주지 주변의 경관을 대상으로 팔경을 선정하고 문학 활동을 영위한 과정을 저작경위와 영향관계에 주목하여 고찰하였다. 특히 소상팔경시와 한국 팔경시, 八景詩와 八景詞를 구분하여 그 전개과정을 파악하고, 기존 연구의 몇 가지 문제점을 검토하였다.

고려시대에 처음으로 소상팔경시와 소상팔경도가 제작된 것은 명종이 신하들에게 지시를 하면서부터이다. 李仁老의 한시 <宋迪八景圖>가 그 당시에 지어진 것으로, 현전하는 가장 오래된 작품이다. 이것은 후대에 지어진 여러 팔경시의 전범이 되었다. 이어서 李奎報가 6편, 陳澕가 1편의 소상팔경시를 남기고 있는데, 당시 관료·문인·승려들 사이에 소상팔경시를 짓고 차운하는 것이 유행하였다. 고려 후기에는 소상팔경시가 그다지 지어지지 않았다. 李齊賢이 지은 1편이 남아있을 뿐이다. 대신 李穡은 소상팔경이 아닌 중국의 다른 승경을 대상으로 <東吳八詠>과 <鳳山十二詠>을 지었다. 곧 대상과 형식이 다양해진 것이다.

한편 고려 문인들은 소상팔경을 한국적으로 변용하여 한국 팔경시를 창작하였다. 金克己는 강릉의 8곳을 유람하며 최초의 한국 팔경시 <江陵八景>을 남겼다. 실경을 소표제로 삼고 경관과 관련 있는 역사나 전설을 원용한 점이 특징적이다. 이규보는 2편의 한국 팔경시를 지었지만, 모두 자신이 즐기기 위해서가 아니라 남을 위해 지어준 것이다. 고려 후기에는 한국 팔경시가 여러 문인들에 의해 성행하였다. 문단의 宗主였던 이제현의 역할이 매우 컸다. 그가 원나라에 머물면서 송도를 그리워하며 <憶松都八詠>을 지은 것을 시작으로, 安軸은 관동지방의 관리로 나갔다가 <三陟西樓八詠>을 지었고, 李穀과 李達衷이 그 시에 차운하였다. 또 안축은 경상도의 여덟 경치를 <東南八景詩>로 읊었다. 이색은 자신의 고향을 대상으로 <韓山八詠>을 지어 자부심을 드러내는 한편, 간신 廉興邦을 위해 <金沙八詠>을 지어주기도 하였다.

고려 후기 팔경문학의 한 특징으로 寫景詞의 창작을 들 수 있다. 이제현이 원나라 문사들과 교유하며 詞를 익혀 독보적인 솜씨를 보였는데, 巫山一段雲으로 <소상팔경사>와 <송도팔경사>를 지었다. 그의 영향 아래 鄭誧가 <蔚州八景>, 陳義貴가 <淸安八景>, 安魯生이 <寧海十二詠> 등을 차례로 지었다. 모두 귀양지에서의 閑適한 삶을 무산일단운으로 읊은 것이다. 무산일단운이 유행한 것은 이제현에 의해 새로 전해진 詞調인데다, 오언과 칠언의 조합으로 상대적으로 짓기가 쉬웠기 때문이다.

한편 고려시대 팔경문학의 올바른 이해를 위하여 기존 연구의 몇 가지 오류를 바로잡을 필요가 있다. 특히 진화의 소상팔경시 저작시기, 김극기의 문학사적 위치, 虔州八境 및 東吳八景의 소상팔경과의 관계, 봉산십이경의 대상 등에 대해서는 재고할 여지가 있다.

▪제 7 장▪

고려 후기 한문학의 기점

— 柳璥의 삶과 학술사상 —

1. 서언

우리가 문학사를 서술하는 것은 작가, 작품, 사조 등 文學事象을 통시적인 관점에서 이해하기 위해서이다. 그러나 문학사의 전체 전개과정을 한꺼번에 파악하기란 여간 어려운 일이 아니다. 따라서 文學史家들은 문학의 발전과정에서 그 이전과 이후의 획기적으로 달라지는 分岐點을 잡아 시대를 구분하여 문학사를 서술한다. 문학적 성격이 비슷한 일정 시기를 하나로 묶고, 그 성격이 크게 다른 시기와 구분하는 것이다. 다시 말하면 문학사의 전개과정을 일정 단계로 구분함으로써 文學事象의 변화양상을 단계적·계기적·체계적으로 파악할 수가 있는 것이다. 이 점이 문학사 서술에서 시대구분의 필요성이자 의의라고 할 수가 있다.

필자는 그동안 한문학을 공부해 오면서, 고려시대 한문학사를 어떻게 시대 구분하여 이해할 것인가에 대하여 관심을 가져왔다. 즉 무신란(1170,

의종 24)을 전후로 전기와 후기로 二分하는 것이 타당한가? 무신집권기를 중기로 잡고 그 이전과 이후의 전기(초기), 후기(말기)로 三分하는 것이 보다 합리적인가? 그리고 각 시기를 구획하는 분기점은 어디로 할 것인가 등등의 문제를 짚어보고자 한 것이다. 이러한 의심에서 비롯하여 고려시대의 한문학사를 다룬 기존의 저서와 논문들을 비교, 검토하는 과정에서 논저들 간의 공통점과 차이점 그리고 몇 가지 문제점이 있는 것을 확인할 수가 있었다.

이에 본고에서는 지금까지 나온 『한국한문학사』 혹은 『한국문학사』 및 개별 논저들의 고려 한문학사 시대구분에 적용한 이분법과 삼분법을 검토하는 한편, 삼분법과 관련하여 中期 설정의 필요성을 재확인하고 後期의 起點을 구체적으로 제시해 보고자 한다. 일반적으로 삼분법에서 고려 후기의 시작을 '性理學 導入'으로 범범하게 잡고 있는 기존 학계의 입장을 보완하는 동시에 보다 구체적인 계기를 지적하고자 하는 것이다. 이를 위해 柳璥(1211~1289)이라는 인물에 주목하여 그의 삶과 학술사상이 고려 후기 문학으로의 이행에 어떠한 역할과 기여를 했는지 살펴보려고 한다. 다만, 유경의 현전하는 문학작품이 적고 관련 자료가 영성하여 그의 문학세계와 문학사적 위치를 심도 있게 논의할 수 없는 한계가 있다.

2. 고려 한문학사의 시대구분 검토

위에서 언급한 바와 같이, 문학사가들은 고려시대의 한문학사를 이분 혹은 삼분하여 논의해 왔다. 여기서는 '고려시대 한문학사'라는 왕조를 중심으로 한 시대구분의 한계에 대해서는 논외로 하고, 이분법과 삼분법의 현황 및 그 특징 혹은 문제점을 저술별로 간략히 살펴보기로 한다.

일제강점기에 우리 한문학사를 처음으로 집필한 金台俊은 『朝鮮漢文學史』(조선어문학회, 1931)의 <高麗篇>에서 1. 高麗初葉의 文藝, 2. 文人受難期, 3. 麗末의 儒冠文人 등으로 章을 설정하였고, 崔海鍾도 『槿域漢文學史』(청구대, 1958)에서 1. 前半期文選盛際, 2. 文人受難傲期, 3. 國末三隱之巨蹟 등으로 나누었다. 한문학 연구의 초기에 이루어진 두 저술은 자료 나열 위주이지만, '文人受難期' 즉 무신집권기를 한 시기로 잡아 삼분법적으로 이해하고 있는 점이 주목된다.

1960년대 이후에 나온 『韓國漢文學史』와 『韓國文學史』의 대부분은 고려시대의 문학을 前·後로 二分하여 서술하고 있다. 著者, 書名 및 시대구분의 章·節을 보이면 다음과 같다. 구분의 기점을 확인하기 위해 '後期'의 第一節도 함께 제시한다.

李家源, 『韓國漢文學史』(보성문화사, 1961)

1. 儒佛思想의 交媾(其一) : 高麗 前期
2. 儒佛思想의 交媾(其二) : 亡亂 以後의 高麗
   1) 文人의 大受難期

文璇奎, 『韓國漢文學史』(정음사, 1961)

1. 高宗朝까지의 詩家---李奎報, 崔滋까지 서술
2. 그 後의 詩壇과 詩家---李藏用, 金坵, 金之岱부터 서술

趙潤濟, 『韓國文學史』(탐구당, 1963)

1. 萎縮時代(中古 前期) : 漢文學의 發展
2. 潛動時代(中古 後期) : 漢文學의 爛熟

1) 武官의 執政과 民族意識의 睡覺

조동일, 『한국문학통사』 1, 2(지식산업사, 1982, 1983)

1. 중세전기문학 제2기 : 고려 전기
2. 중세후기문학 제1기 : 고려 후기
   1) 무신란, 몽고란과 문학

李丙疇 外, 『韓國漢文學史』(반도출판사, 1991)

1. 高麗 前期의 漢文學
2. 高麗 後期의 漢文學
   1) 文人의 受難과 文壇의 形成

車溶柱, 『韓國漢文學史』(경인문화사, 1995)

1. 高麗 前期의 漢文學
2. 高麗 後期의 漢文學
   1) 武臣亂과 文人들의 受難

이혜순, 『고려 전기 한문학사』(이화여대 출판부, 2004)

- 12세기 睿 · 仁 · 毅宗 연간까지 서술

이상에서 보는 바와 같이, 고려시대의 한문학사를 다룬 대부분의 저술에서 무신란을 전기와 후기의 분기점으로 설정하고 있다. 특히 '후기' 제1절의 제목을 武臣亂 혹은 文人들의 受難과 관련지어 명명하는 한편, 무신란으로부터 고려 말까지를 단일 시기로 보아 '후기'로 잡고 있다. 다만 文璇奎 교수의 경우 무신란 후의 高宗朝(재위 1213~1259)를 분기점으로 삼아 이분하고, '전기' 부분에 李奎報와 崔滋(1188~1260)까지 서술하고 있어 시각이 남다르다. 특히 '후기' 부분에 대해서 "이규보, 최자 등과는 거의 동시나 좀 늦은, 즉 高宗 末 또는 元宗(1260~1274) 時부터 고려 종말까지에도 많은 시인들이 나왔다."라 언급하고 李藏用, 金坵, 金之岱부터 다루었다. 시대구분의 분기점으로 崔竩의 피살로 무신정권이 끝나는 시점을 염두에 둔 것으로 보인다. 그리고 이혜순 교수는 『고려 전기 한문학사』에서 '전기'를 무신란 발발(1170) 직전까지로 잡고 이후의 시기에 대한 견해, 즉 무신란 이후를 하나의 시기로 보는지, 중기(무신집권기)를 설정하는지에 대해서는 분명하게 언급하지 않았으나, 무신집권기를 별도의 시기로 인정할 수 있다는 입장인 듯하다.

여타의 저자들은 시대구분의 근거를 제시하지 않았으나, 조동일 교수는 삼국시대부터 조선 전기까지의 문학을 중세문학으로 규정하고, 이를 전기와 후기로 나누면서 문학 담당층에 주목하였다. 이에 따라 무신란 이전의 貴族 漢文學과 이후의 士大夫 漢文學으로 구분하고, 소위 '문학적 전환'과 관련하여 특유의 논지를 폈다. 특히 『韓國文學思想史試論』에서 李奎報의 문학사상을 논의하면서 "무신란 이전의 문인과 무신란 이후의 문인은 동질의 문인이 아니다."라고 전제하고, 李仁老(1152~1220)는 고려 전기 3대 가문의 하나인 인천이씨의 후예이고 李奎報(1168~1241)는 아버지가 여주에서 향리로 일하다가 관인으로 진출하였으며, 이인로는 用事를 중시하였고 이규보는 新意를 중시하였던 바, 결국 "이인로의 문학은 몰락한 貴族의 자위책이고 이규보의 문학은 新進士人의 진출을 위한 길"이라고 대척적으로 파악하였다.[1] 이어서 金時鄴 교수가 이 주장을 수용하여 무신집권기가 문학사적 전환기임을 전제하고 이를 입증하고자 관련 자료들을 찾는 일련의 노력을 전개하였으며,[2] 마침내 이러한

1) 趙東一, 「李奎報」, 『韓國文學思想史試論』, 지식산업사, 1978.
2) 金時鄴, 「武臣執權期의 文學的 轉換」, 『韓國文學研究入門』, 지식산업사, 1982 ; 「高麗

견해는 학계의 통설이 되다시피 하였다.

그러나 무신란이라는 역사적 · 정치적 사건을 기점으로 한 담당층의 문제가 문학적 전환을 가져왔다는 이러한 주장은 당초부터 논란의 소지가 있었던 바, 근년에 와서 李鍾文 교수가 이에 대해 신랄하게 비판하였다.[3] "뚜렷한 논리적 근거와 실증적 자료를 바탕으로 하여 충분하고도 진지한 논의 끝에 도출된 귀납적인 결론이 아니라 다분히 초창기 역사학계의 연구 성과를 거의 그대로 문학사에 적용한 연역적인 '규정'이나 일방적인 '선언'에 가깝다는 느낌을 지우기가 어렵다."고 통렬하게 논박하고, 후속적인 증거 보완이나 정치한 입증과정 없이 기정사실처럼 수용되게 된 과정상의 문제점을 조목조목 지적하였다.

한편 고려시대 한문학사를 삼분하여 서술하는 것은 전기(초기) · 중기 · 후기(말기)로 구분하여, 이분법에서의 후기를 다시 둘로 나누는 것이다. 즉 무신집권기와 성리학 도입기를 각각 독자적인 시기로 이해하는 것이다. 전기 · 후기의 이분법이 정치상황의 변화와 문학사 서술상의 편의성이 고려되었다면, 전기 · 중기(무신집권기) · 후기(성리학 도입기)의 삼분법은 사상이나 문학현상의 변화에 대한 문제의식이 보다 반영되었다고 할 것이다.

무신집권기는 의종 24년(1170) 鄭仲夫의 난으로부터 원종 11년(1270) 대몽항쟁을 포기하고 江華島에서 開京으로 환도하기까지 100년간이며, 고려 500년 역사의 중간에 위치한다. 무신란으로 인해 문신들이 일대 수난을 받고 또 문화사적으로도 파장이 매우 컸음은 주지의 사실이다.

後期의 士大夫文學의 性格」, 성균관대 박사논문, 1989.

3) 李鍾文, 「'武臣執權期의 文學的 轉換'에 對한 再檢討 序說」, 『麗末鮮初 漢文學의 再照明』, 태학사, 2003.

그러나 무신란이 문신에게는 수난이었지만, 문학의 입장에서 보면 더 풍성해지고 발전할 수 있었다는 역설적 설명도 가능할 것이다. 당시의 문신・문사들은 무인들의 전횡에 휘둘리며 정치적인 욕망을 일시 포기해야 했지만, 대신 그들의 역량을 문학 활동에 경주할 수 있었기에 오히려 문학이 발전할 수 있는 요소도 있었던 것이다.[4] 沈浩澤 교수는 무신집권기를 독자적인 시대로 보아 中期로 설정하고 林椿, 李仁老, 李奎報, 崔滋의 문학론을 심도 있게 논의한 바 있다.[5] 특히 심 교수는 이 시기가 역사적으로 무신집권, 대몽항쟁, 민란의 시대라는 점에서 특이할 뿐만 아니라, 문학적인 측면에서 詞章學이 유행하고 『破閑集』・『補閑集』과 같은 시화비평서, 假傳과 景幾體歌 등 새로운 문학양식이 출현한 점에 주목하였다.

한편으로 李炳赫 교수는 충렬왕 대에 程朱學이 들어온 이후 고려 말까지를 '性理學 受容期'라 명명하고 이 시대의 작가와 한시에 대한 일련의 연구를 진행하였으며,[6] 李鍾文 교수는 조동일과 김시업의 '무신집권기의 문학적 전환'을 비판하는 과정에서, 잠정적인 가설이라 전제하고 성리학 도입기를 문학사적 전환기로 제시하였다. 그는 여말・선초를 큰 전환기로 보는 역사학계의 일반적인 동향을 수용하여, 이 시기에 성리학적 문학관이 정착되는 초석이 다져지고 조선 사대부들이 향유한 時調와 歌辭 같은 새로운 장르가 출현했다는 사실을 그 이유로 들었다.

고려시대 한문학사에 대한 이러한 삼분법적 이해, 즉 중기 설정은 漢詩文學의 전개에서 보다 뚜렷이 나타난다. 시대구분은 장르에 따라 다소

---

4) 徐首生, 『高麗朝 漢文學硏究』, 형설출판사, 1971.

5) 沈浩澤, 「高麗中期 文學擔當層의 歷史的 性格」, 『韓國學論集』 12, 계명대, 1985 ; 「高麗中期 文學論 硏究」, 고려대 박사논문, 1989.

6) 李炳赫, 『高麗末 性理學 受容期의 漢詩 硏究』, 태학사, 1989.

달라질 수가 있겠으나, 전통시대에는 한시가 문학의 주류였던 바, 詩文風의 변화를 그 구분의 기준으로 적극적으로 고려할 필요가 있다. 조선 초기의 학자 金宗直(1431~1492)은 자기 당대까지의 名詩를 선발하여 『青邱風雅』를 편찬하고, 그 序文에서 고려시대 시문풍의 변화를 다음과 같이 언급하였다.

> 우리나라의 시는 이름난 시인이 수백 명일 뿐만 아니라, 그 格律이 무려 세 번이나 변하였다. 羅末麗初에는 오로지 晩唐을 답습하였고, 고려 中葉에는 오로지 東坡를 배웠으며, 그 末期에 이르러서는 益齋 등 여러분들이 점점 舊習을 변화시켜 雅正하게 재단하였는데, 本朝의 문명에 이르러서도 오히려 그 軌轍을 따랐다.[7)]

김종직은 시문풍의 변화에 주목하여 고려 초기의 晩唐風, 중기의 東坡風(宋風), 그리고 말기 충렬왕 대 이후 성리학의 전래에 따른 益齋 李齊賢 중심의 道學風으로 나누어 문학사를 파악하고 있다. 고려 문단의 변천에 대한 김종직의 평가는 과거 문집이나 시화집 등에서 인정을 받아온 전통적인 관점인 바, 이러한 삼분법적 이해는 고려시대 한문학사의 시대 구분에 시사하는 바가 크다고 하겠다.

앞서 金台俊, 崔海鍾의 초기 한문학사에서 삼분법의 예를 보았지만, 고려시대 한시사를 전문적으로 다룬 논저에서는 김종직의 견해를 원용하여 시대를 삼분하여 서술하고 있음을 확인할 수가 있다. 閔丙秀 교수는 고려시대 한시의 흐름을 1. 羅末麗初 詩의 성격과 晩唐의 영향, 2. 宋

---

7) 金宗直, <青邱風雅序> : "宗直自學詩以來 往往得吾東人詩而讀之 名家者 不啻數百 而格律無慮三變 羅季及麗初 專襲晩唐 麗之中葉 專學東坡 迨其叔世 益齋諸公 稍稍變舊習 裁以雅正 以迄于盛朝之文明 猶循其軌轍焉."

詩學의 수용과 韓國詩의 發見, 3. 性理學의 수입과 韓國詩의 定着으로 항목을 설정하였고,[8] 卞鍾鉉 교수도 1. 羅末麗初의 晩唐風, 2. 고려 중기의 唐風的 樣相과 宋風的 樣相, 3. 고려 후기의 唐風的 樣相과 宋風的 樣相으로 삼분하여 고찰한 바 있다.[9]

이상에서 살펴본 바와 같이, 한국문학 통사의 대부분이 무신란을 기준으로 이분하고 있는 반면, 고려시대 단일 장르 문학사(한시사)의 경우 삼분하고 있는 것은 주목되는 점이다. 따라서 고려 한문학사는 무신집권기를 전후로 전·중·후기로 삼분하여 이해하는 것이 보다 타당할 듯하다. 前期의 晩唐風은 신라 말의 견당유학생 崔致遠(857~?) 이래 고려 인종 연간까지 이어져 鄭知常(?~1135)의 拗體詩에서 끝나고,[10] 中期의 東坡風은 金富軾(1075~1151)의 이름에서[11] 그 시작을 엿볼 수 있고 과거 급제자를 '三十東坡'라 한 것에서[12] 風靡했음을 짐작할 수가 있다. 다만, 後期 道學風의 경우 益齋 李齊賢은 성리학의 학습과 보급을 통하여 舊習을 雅正하게 변화시킨 중심인물이지 그 시작점이라고는 할 수가 없다.

李齊賢(1287~1367)은 고려 후기, 즉 性理學 導入期의 문단을 대표하는 문인이다. 시인으로서 朝鮮三千年之第一大家, 문장가로서 古文唱導者, 『櫟

8) 閔丙秀, 「高麗時代 漢詩硏究」, 서울대 박사논문, 1983.

9) 卞鍾鉉, 『高麗朝 漢詩硏究』, 태학사, 1994. 시기별로 唐風的 樣相과 宋風的 樣相을 각각 기술하였다.

10) 拗體는 한시를 지을 때 平字를 놓을 자리에 仄字를 바꾸어 놓음으로써 語氣를 奇健拔群케 한다. 晩唐人들이 이 체를 즐겨 썼으며, 고려에서는 鄭知常이 그 妙理를 얻었다고 한다(徐居正, 『東人詩話』 卷上).

11) 金富軾, 金富轍 형제의 이름은 蘇軾, 蘇轍을 모방한 것으로, 그 推崇의 정도를 짐작할 수가 있다.

12) 李奎報, 『東國李相國集』 卷26, <答全履之論文書> : "世之學者 初習場屋科擧之文 不暇事風月 及得科第 然後方學爲詩 則尤嗜讀東坡詩 故每歲榜出之後 人人以爲今年又三十東坡出矣."

翁稗說』을 저술한 비평가, 『國史』를 편찬한 역사가로 높은 칭예를 받아 왔다.[13] 이러한 이제현의 學問淵源은 성리학 도입 초기에 큰 역할을 했던 安珦(1243~1306), 白頤正(1247~1323), 權溥(1262~1346)에 젖어 있으며, 여기서 한 단계 더 거슬러 올라가면 柳璥이라는 인물에 그 인맥과 함께 사상적 학문적 맥락이 닿아 있음을 찾을 수가 있다. 이에 다음 章에서는 고려 후기 한문학의 起點과 관련하여 유경의 삶과 역할에 대하여 살펴보고자 한다.

3. 유경의 학술과 고려 후기 한문학으로의 이행

1) 유경의 삶과 무신정권의 종식

柳璥(1211~1289)은 고려 무신집권 중후반기인 희종 · 강종 · 고종 · 원종을 거쳐 충렬왕 대까지 5대에 걸쳐 살았다. 그는 文化柳氏 집안에서 중요 인물로 추숭되고 있는데, 그가 최씨 무신정권을 무너뜨린 공로와 관련하여 그의 고향 文化縣이 관향으로 되었기 때문이다. 그러나 그의 활동과 관련하여 현전하는 자료는 영성한 편이다. 『高麗史』의 列傳과 世家의 일부 기사, 『高麗史節要』, 『補閑集』, 『湖山錄』, 『櫟翁稗說』의 단편 기록이 전부이고, 후대의 자료는 이와 중복이 된다. 이하에서는 『高麗史』의 <柳璥列傳>을 중심으로 그의 행적을 간략히 살펴보기로 한다.[14]

그는 본관이 文化이고 자를 天年 또는 藏之라 했으며, 시호는 文正이

13) 김건곤, 『이제현의 삶과 문학』, 이회, 1996에서 자세히 다루었다.
14) 『高麗史』 卷105, <柳璥列傳>. 이하 유경의 행적은 그의 열전을 참고하였기에 일일이 출전을 밝히지 않는다.

다. 始祖인 태조 때의 공신 柳車達의 9세손으로, 정당문학을 지낸 柳公權(1132~1196)의 손자이다. 조부 유공권이 시문에 능하고 초서와 예서를 잘 썼으며 또 동지공거를 역임했던 바,[15] 당대 文翰으로 명망 있는 집안에서 출생했다고 할 수가 있다. 고종 때 과거에 급제한 후 여러 직책을 역임하고 國子監大司成에 이르렀으며, 兪千遇(1209~1276)와 함께 오랫동안 政房에 있으면서 무신정권의 실권자 崔沆의 신임을 받았다. 그러나 최항이 죽고 아들 崔竩가 뒤를 이어 국정을 자기 멋대로 운영하며 행패를 부리는 데다 여러 해 흉년이 들었는데도 나라 창고를 열어 백성들을 구휼하지 않아 민심을 크게 잃게 되었다. 이에 그는 武人 金俊(?~1268), 朴松庇 등과 모의하여 1258년(고종 45) 최의를 죽이고 정권을 왕실로 되돌렸다. 당시 고종은 "그대들이 나를 위해 비상한 공을 세웠다."고 감복하며 눈물을 흘렸다고 한다. 이로써 정중부의 난(1170)으로 시작된 무신정권이 끝났던 바, 그는 그 공으로 左右衛上將軍이 되어 右副承宣을 겸하고 推誠衛社功臣號를 받았으며, 그의 고을 儒州(황해도 文化)가 監務에서 令縣으로 승격되었다. 이때가 그의 나이 47세로, 이후 30여 년간 중책을 맡아 국가의 주요 업무에 참여했으나, 권신들 간의 권력다툼 와중에서 유배와 복직을 반복하였다. 이후의 주요 벼슬과 행적을 정리하면 다음과 같다.

1259(고종 46) 高宗이 柳璥의 집에서 病死함.
1260(원종 1) 衛社功臣의 등급이 1위에서 5위로 강등됨(1위 金俊).
1262(원종 3) 守司徒 知門下省事 太子少傅. 공신당의 벽상에 肖像畵가 그려짐.
1263(원종 4) 李藏用과 함께 글을 올려 이부시랑 金坵와 경흥부서기

15) 같은 책 卷99, <柳公權列傳>.

	李承休를 추천함.
	守太傅 參知政事 太子太保, 門下侍郎 同中書門下平章事.
1267(원종 8)	同修國史로서 李藏用, 金坵, 許珙 등과 함께 신종 · 희종 · 강종의 3대 실록을 편찬함.
1269(원종 10)	林衍이 金俊을 죽이고 功臣이 된 사실을 비난한 일 때문에 黑山島에 유배되고, 집과 재산을 몰수당함. 江華로 이배됨.
1270(원종 11)	三別抄亂 때 강화에서 탈출함. 平章事 判兵部事.
1271(원종 12)	양민을 노비로 팔아넘긴 達魯花赤과의 갈등으로 파직되어 哀島로 유배됨.
1276(충렬 2)	僉議侍郎 贊成事 監修國史 判版圖司事. 장군 金方慶의 무죄를 역설하여 구원함.
1277(충렬 3)	世子傅. 監修國史로서 元傅, 金坵 등과 함께 『고종실록』을 편찬함.
1278(충렬 4)	贊成事 判典理司事에 오르고, 匡靖大夫 僉議中贊 修文殿 大學士 監修國史上將軍 判典理司事 世子師로 致仕함.
1280(충렬 6)	치사한 재상들과 왕이 주관하는 宴會에 참석함.
1289(충렬 15)	79세로 죽음. 諡號 文正.

그는 무신정권을 종식시킨 壁上功臣으로서 국가 운영의 중추적인 위치에 있었으며, 고종이 그의 집에 머물다가 薨去할 정도로 두터운 신임을 받았다. 또한 金俊과 같은 무신들도 그에게 함부로 대하지 못하였다. 그의 爲人에 대하여 <열전>에 "몸이 뚱뚱하고 키가 작았으나 사람들이 그를 대하게 되면 엄숙해질 만큼 인품이 높았다."라고 평가하고, 이어서 "현명하고 민활한 품성을 타고났고 도량이 크고 깊었으며, 능히 큰일을 처리해내고 사람들과 교제를 잘하여 말과 웃음으로 항상 상대방에게 호감을 주었다."라고 매우 긍정적으로 기술하였다. 그러나 그가 본래 부유

하였는데 일찍이 주택을 옮길 때에 수레가 열흘 동안 계속 왕래하고서야 끝이 날 정도로 재물을 많이 모았으며, 최의를 죽이고 권세가 많아지자 그 재산이 이전보다 배나 되어서 당시 사람들로부터 '三韓의 巨富'라는 비난을 받았다고 한다.

한편 인물을 알아보는 식견이 뛰어나 金坵(1211~1278), 李承休(1224~ 1300), 元傅(?~1287), 許珙(1233~1291) 등을 천거하였는데, 이들은 당대의 대표적인 문신・학자들로 모두 높은 관직에까지 올랐다. 또 그는 네 번에 걸쳐 知貢擧를 역임하여 많은 인재를 뽑았고, 史官으로서 신종・희종・강종・고종의 4대 실록을 편찬하는 데 참여하였다. 이는 그의 학자로서의 면모를 보여주는 대목이다.[16]

요컨대, 유경의 삶에 있어서 가장 중요한 일은 崔竩를 죽이고 최씨 3대의 무신정권을 종식시킨 것이다. 文臣인 柳璥이 武人 金俊 등과 결탁하여 민심을 잃은 최의를 제거함으로써 왕정을 복원하고 문신 중심의 정치로 회복하게 한 것이다. 물론 무신정권은 이후 金俊, 林衍, 林惟茂가 차례로 참살되고서야 완전히 종식되었지만, 그가 무신정권 붕괴의 단초를 만든 것은 분명하다. 곧 유경은 정치적・역사적으로 한 시대를 구획하는 중심에 서서 사회변혁의 결정적인 역할을 하였다고 할 것이다.

2) 유경의 문학과 학술사상

유경은 문학적으로 대단한 인물이라고 할 수는 없다. 文集의 편성 여부가 불확실할 뿐만 아니라, 현전하는 詩文도 眞靜國師 天頙(1206~1294)의 문집인 『湖山錄』 권3에 한시 2수가 附編되어 있을 뿐이다. 이는 『東

---

16) 유경의 학술사상과 그 문인들에 대해서는 다음 節에서 자세히 다루기로 한다.

文選』 권14에 柳璥의 이름으로 <林拾遺來示參社詩因書以呈>과 '釋 始寧'의 이름으로[17] <前用王文公起聯中生字爲韻似聞藥省諸郎皆次林拾遺詩韻依樣更呈>이 뽑혀 있다. 『湖山錄』에는 진정국사와 俗弟子들이 주고받은 蓮社詩가 차례로 실려 있다.[18] 蓮社詩(參社詩)는 白蓮結社와 관련이 있으며, 林桂一이 시작하였다. 습유 임계일이 1266년(원종 7) 8월에 평장사 李藏用(1201~1272)을 찾아뵈었다가 송나라 王禹偁(954~1001)의 <西湖蓮社詩>에 대한 이야기를 하게 되었는데, 그 첫 연에서 말한 "夢幻吾身是偶然, 勞生四十又三年"이 마침 자신의 나이인 데다 修道와 관련하여 측연한 느낌이 들었으므로 그 시에 次韻하여 자신의 회포를 달래는 한편, 진정국사에게 부쳐 도를 구한 것이다. 임계일은 자신의 蓮社詩를 中書省의 諸郎에게 보여주고 結社에 참여하기를 권하였고, 여러 사대부들도 연사시를 지어 진정국사에게 바쳤으며, 진정국사는 보내온 시에 次韻하여 答을 해 주었다. 진정국사는 당시 白蓮社의 四世主法으로 있었다. 다음은 유경이 진정국사에게 1차로 지어 바친 연사시이다.

> 柳璥, <林拾遺來示參社詩因書一首連呈> 임 습유가 와서 백련결사에 참석하여 지은 시를 보여주기에, 시 한 수를 써서 연이어 바치다.
>
> 天德當年鬢兩靑　　천덕 연간에는 둘 다 귀밑머리 까맸는데
> 肩隨處處幾論情　　그대 뒤 좇아서 가는 곳마다 정답게 어울렸지요.

---

17) 柳璥이 眞靜國師와 시를 주고받는 과정에서 이름 대신 자신의 貫鄕인 始寧(黃海道 文化縣)을 썼던 것인데, 이를 『東文選』의 편찬자가 승려의 이름으로 오인하여 柳璥의 시와 별도로 뽑음으로써 혼란을 초래하였다. 곧 '釋 始寧'이라는 인물은 없으며, 해당 한시는 유경의 작품으로 보는 것이 옳다.

18) 天頙, 『湖山錄』 卷3. 이하 蓮社詩와 관련해서는 같은 곳의 자료를 참고했기에 일일이 전거를 밝히지 않는다. 許興植, 『眞靜國師와 湖山錄』, 민족사, 1995에서 『湖山錄』을 번역하고 원전을 영인하여 수록하였다.

白蓮魂夢無虛夕	혼이 되어 백련사 꿈을 꾸며 늘 그리워하면서도
黃閣功名誤半生	황각에서 공명 찾느라 반평생을 그르쳤구려.
定罷側身松月白	참선 끝나도 소나무 위의 흰 달 쪽으로 몸을 기울이고
齋餘洗足石泉淸	재 올린 뒤에도 돌 틈의 맑은 샘에서 발을 씻겠지요.
莫敎紅葉封苔徑	붉은 낙엽으로 절문 앞 이끼 낀 길을 덮지를 마소
投劾他時倘可行	벼슬 내던지는 날에 내가 찾아갈 수 있도록.

당시 유경이 평장사 직에 있었던 바, 벼슬길에서 공명을 좇아 살았던 반평생을 뒤돌아보며 불가의 閑味를 동경하는 심사를 피력하였다.[19] 國師와 젊었을 때부터의 從遊와 국사의 修道精進에 대한 존경심을 나타내는 한편, 자신 또한 언젠가 벼슬을 내던지고 법문에 의탁할 수 있다는 생각을 내비치고 있다. 이에 대하여 진정국사는 <次韻答柳平章璥> 二首로 화답하였는데, 官服을 벗지 않고 세속에 있어도 出家의 道를 닦을 수 있으니 三昧에 정진하라고 권면하고 산중 생활을 하는 자신의 시가 도리어 맑지 못하여 부끄럽다고 겸양하였다.

위에 보인 유경의 시는 왕우칭의 <서호연사시> 첫 연에서 '生'字를 따서 韻으로 삼은 것인데, 중서성의 여러 관원들이 임계일의 詩韻을 따라 시를 지었으므로, 유경은 다시 그 운[先]으로 시를 지어 진정국사에게 바쳤다.

柳璥, <前用王文公起聯中生字爲韻似聞藥省諸郎皆次林拾遺詩韻依樣更呈>

19) 蔡尙植, 「高麗後期 天台宗의 白蓮社 結社」, 『韓國史論』 5, 서울대 국사학과, 1979에서 "관직자로서의 후회하는 태도"를 보인 것으로, "무신정권 막바지의 시대적인 苦悶狀"이 蓮社詩에 반영되었다고 해석하였다.

앞서 왕문공의 시 기련 중의 生자로 운을 삼았더니, 약성의 제랑들이 모두 임습유의 시운을 썼기에 그 운에 따라 다시 바치다.

一葉秋來起浩然	한 잎이 가을 되자 호연한 기운 일어나니
年經年復幾年年	해가 가고 다시 가서 몇몇 해이던가요?
那知陌巷搖搖柳	어찌 알리오, 길거리에 흔들리는 버들가지가
元是淤泥濯濯蓮	원래 진흙 속의 깨끗한 연이었던 것을.
白菊籬邊篁韻碎	흰 국화 울타리 옆에 댓잎소리 부서지고
紫苔庭畔樹陰圓	자줏빛 이끼 낀 뜰 가엔 나무그늘 둥그네요.
長沙隻眼雖云在	장사에 특별한 감식안 가진 이 비록 있다지만
一點靈犀露短篇	신령스런 서각처럼 통하는 맘이 시편에 나타나네요.

앞서 한 차례 유경이 연사시를 지어 바치고 또 진정국사가 그에 화답하였기에, 詩篇을 통하여 서로의 마음이 통하는 것을 확인할 수가 있었다. 함련에서 말한 '搖搖柳'가 유경이라면 '濯濯蓮'은 진정국사를 비긴 것이라고 할 수가 있다. 유경은 그것이 버들과 연꽃으로 외양은 달리 보이지만, 본시 같은 것이라고 인식하였다. 따라서 犀角이 서로 비추는 것처럼 두 사람의 통하는 마음이 시편에 나타난다고 하였다.

진정국사는 유경이 '先'자 운으로 다시 지어 보낸 시를 받고, 두 수의 次韻詩를 지어 화답하였다. 유경이 한 수를 지어 보냈지만, 진정국사는 매번 두 수를 지어 부침으로써, 상대방에 대한 신실한 情誼를 보여 주었다. 다음은 그 첫 번째 시이다.

眞靜, <奉和答柳平章蓮字詩寄呈>(一) 유 평장의 연자시에 화답하여 부치다.

黑頭黃閣坐魁然	검은 머리 때 정승 자리에 우뚝 앉으셨으니

知是生當五百年	나면서부터 안다는 5백 년 만의 어진 분이시지요.
大手四分蟾窟桂	큰 솜씨로 네 번이나 월궁의 계수나무를 나눠주시고
香根幾種鷲峯蓮	향기로운 근기로 몇 번 취봉의 연을 심으셨던가?
早曾厭飫空門味	일찍이 공문의 맛을 실컷 맛보셨는데
況復虛明古鏡圓	하물며 다시 둥근 옛 거울을 허명하게 함이리오.
更有故藏彌露處	다시금 지난 날 감춘 곳을 더욱 드러내시니
韓公鉞與謝公篇	한신의 도끼와 사안의 시편 같군요.

유경이 젊은 나이에 平章事에 오른 일, 네 차례 知貢擧를 맡은 경력, 白蓮結社에 참여한 일, 佛門과의 인연과 마음 수양, 문학적 재능 등 그의 이력과 위인에 대한 칭찬으로 일관하고 있다. 진정국사는 이어서 두 번째 시에서 자신이 늙고 노둔한데도 유경이 정성스레 결사를 후원해 주고 다시 연사시를 지어 보내준 데 대해 고마운 마음을 나타내었다.[20)]

蓮社詩를 지어 진정국사와 詩文을 교류한 사람은 林桂一과 柳璥 외에 문하시중 李藏用, 판비서성사 金坵, 중서사인 金祿延, 태자사의랑 李頴, 동문원녹사 鄭興, 기거랑 郭汝弼, 낭주태수 金惰, 진도현령 于勉 등이다. 낭주태수와 진도현령은 결사가 이뤄졌던 그 지방의 관료로 개별적으로 참여한 것으로 보이지만, 대부분이 중앙의 당직자들로서 당시 고려 사회를 이끌어간 핵심적인 지식인들이었다.[21)] 특히 李藏用(1201~1272), 金坵(1211~1278), 鄭興(鄭可臣, ?~1298)은 柳璥과 함께 당시의 문단과 학술을 주도하는 위치에 있었다. 이들이 고위직이기도 하지만, 이들의 시문이 역대 시선집에 거듭 뽑히고 있는 데서 그 문학적 재능과 문단에서의 위상을

20) 天頙, 같은 곳, <奉和答柳平章蓮字詩寄呈>(二) : "老去寒灰不復然 如愚若魯過殘年 踈慵勿事三條線 遊■唯思九品蓮 珍重顧言誠篤■ 眞他子信彌■圓 殷勤向此天台旨 再枉山中結社篇."

21) 蔡尙植, 앞의 논문.

짐작할 수가 있다.[22)]

당시 문단에서의 유경의 위상은 문인들이 그의 시에 즐겨 차운하던 문단의 분위기에서도 단적으로 확인할 수가 있다. 1263년(원종 4) 원나라 사신이 고려에 와서 羊을 내려주자 유경이 그것을 받아서 禪源寺 뒤뜰에 풀어놓고 24구의 <放羊於禪源藪>라는 古調詩를 지었는데, 당시 많은 사대부들이 이를 勝事로 여기고 차운시를 다투어 지었다.[23)] 李承休(1224-1300)는 사대부들이 했던 것처럼 이에 차운하여 <始寧柳平章 公諱璥> 二首를 지어 유경에게 벼슬을 구하였으며,[24)] 진정국사도 그 고조시에 차운하여 <次韻柳平章放羊於禪源藪古調詩>를 짓는 한편 <同吾所願欲盡成西方圖一十幀廣勸一切慶快無已又次韻寄呈>, <又寄柳平章 并序>, <用前韻言懷示同抱> 등 3수의 차운시를 연이어 지어 자신의 회포를 피력한 바 있다.[25)]

유경의 현전하는 문학작품이 적어 그의 문학세계를 제대로 파악할 수는 없지만, 그가 白蓮結社와 관련하여 진정국사를 정점으로 당대의 일류 문사들과 연사시를 지어 교유하고, 한편으로 많은 문사들이 그의 시에 차운하던 문단의 모습에서 당시 그의 위치와 역할을 가늠해 볼 수가 있겠다. 당대의 대표적인 문인 李藏用, 金坵, 鄭可臣, 李承休 등과의 교유는 주목되는 부분이라 할 것이다.

한편 유경의 학문 내지 학술사상은 科擧에 대한 입장을 통해서 간접

22) 『東文選』에 李藏用 11수, 金坵 12수, 鄭興(鄭可臣) 7수의 한시가 각각 뽑혀 있다.

23) 李承休. 『動安居士集』 卷1, 求官詩, <始寧柳平章 公諱璥 并序> : "是年春 上國遣使頒羊 公受賜而作古調一篇 放于禪源社後園中 蓋欲其聞法而化生者也 士大夫皆屬和 予亦依韻 課成二首奉呈." 유경이 지은 古調詩는 전하지 않아 알 수가 없다.

24) 李承休는 1263년(원종 4) 李藏用, 柳璥, 兪千遇, 元傅, 許珙, 朴恒 등에게 求官詩를 지어 보내고, 다음 해에 이장용과 유경의 천거를 받아 慶興府書記에 보임되었다.

25) 天頙, 같은 곳. 이 4수는 동일한 '有'자 운으로 차례로 편차되어 있다.

적으로 헤아릴 수가 있다. 당시가 무신집권기였지만 무인 독단으로 정치를 운영해 간 것은 아니었으며, 李奎報와 崔滋 등의 예에서 보는 것처럼 많은 문인들이 관계에 진출하여 무신 집권자에게 협력하였던 바, 과거제도는 문신 충원의 제도적 장치로서 이전과 다름없이 시행되고 있었다. 이 기간 동안 운영상의 파행과 폐단이 더욱 심해졌음에도 불구하고 유경은 후진들에게 과거에 응시하기를 적극적으로 권유하였다.

당시 추천에 의해 하급관리를 맡고 있던 權呾(1228~1311)에게 "그대는 문학을 하는 사람이니 행정 실무를 맡은 것은 마땅치 않다."라고 하면서 과거에 응시하라고 권하였으며,[26] 洪子藩(1237~1306)에게도 "그대는 나이 스물이 못 되어서 벌써 堂後官(7품관)이 되었는데, 왜 과거에 응시하여 여러 세대를 두고 영예로울 길을 열지 않는가?"라고 應擧할 것을 종용하였다.[27] 유경이 과거를 중시한 것은 국가고시를 거쳤다는 점에서 천거에 의한 진출보다 떳떳할 수가 있고 벼슬에 나아가서도 행정 실무보다는 학문에 종사할 수가 있으며 또 下品官에서 高位職으로 나아갈 수 있는 공식적인 길이 열리는 바, 이를 통하여 자신과 같은 부류의 문신세력을 키울 수 있다고 생각했기 때문으로 보인다.

실제 그는 4번에 걸쳐 知貢擧를 맡아 직접 과거를 운영하였다. 國子監試에서 1번, 그리고 원종 때 3번에 걸쳐 지공거와 동지공거를 역임하였다.[28] 원종 1년(1260) 참지정사 李藏用이 지공거일 때 유경이 동지추밀원사로서 동지공거가 되어 魏文卿 등 33명을 뽑았고, 원종 3년에 유경이 지공거가 되고 兪千遇가 동지공거가 되어 趙得珠 등을 뽑았으며, 원종 9

26) 『高麗史』 卷107, <權呾列傳> : "宰相柳璥謂曰 子有文學 不宜爲吏 令赴擧 果中第."

27) 같은 책 卷105, <洪子藩列傳> : "子藩敏達嗜學 爲宰相柳璥所知 璥嘗謂曰 君年未二十已爲堂後 盍應擧以濟世科之美 子藩遂應擧不中 出爲南京留守判官."

28) 같은 책 卷73, 選擧1, 科目1.

년에는 유경이 문하시랑으로 지공거가 되어 진사과 尹承琯 등 33명, 명경과 2명, 은사과 8명에게 급제를 주었다.

그런데 과거 급제자는 지공거의 학문적 태도에 따라 달리 결정될 수가 있다. 과거의 운영방향과 출제경향에 영향을 받을 수밖에 없기 때문이다. 李齊賢은 유경의 科擧 運營方向과 人材觀을 다음과 같이 기록하고 있다.

> 文正公 柳璥이 네 번이나 文衡을 맡았다. 그가 사람을 뽑을 때에는 우선 器局과 識見을 보았으며 글을 잘하고 못하는 것은 뒤로 쳤다. 그러므로 그가 뽑은 사람은 모두 名士가 되었으며, 宰相의 지위에 오른 이가 잇달아 있었다.
>
> 贊成 兪千遇가 일찍이 유 문정공 밑에서 同知貢擧가 되었는데, 그의 성질은 자기 마음대로 하기를 좋아하여 글 쓰는 법에 조그마한 흠이 있어도, 반드시 물리치고자 하였다. 그러나 공은 그와 다투지 않았더니, 나중에 榜을 보니 모두 科場에서의 글 쓰는 법만 익숙한 사람들이었다. 후에 이때 합격한 자 중에서는 대성한 자가 거의 없었다.[29]

원종 3년 柳璥이 지공거가 되고 兪千遇가 동지공거가 되었을 때의 일이다. 유경은 과거시험에서 응시자의 器局과 識見을 위주로 선발하여 뒷날 그들이 名士로 대성하였고, 반면 유천우는 글 쓰는 법만을 잘 익힌 자들을 뽑았더니 후에 대성한 이가 적었다고 한다. 당시 문단에서 과거에 급제하기 위해서는 유천우가 중시했던 부분 즉 聲律, 對句, 彫琢의 巧拙을 따지는 것이 대세였지만,[30] 유경은 유천우와 대조적으로 사람됨과

29) 李齊賢, 『櫟翁稗說』 前集2 : "柳文正璥 四掌文衡 取人先器識 而後文之工拙 所得皆知名士 位宰相者比肩 兪贊成千遇 嘗同知貢擧 性喜自用 程文有微疵 必欲擯之 公不與之較 榜出 皆老於場屋者也 其後少至達官."

30) 崔滋, 『補閑集』 卷中에 科擧의 폐단이 다음과 같은 내용으로 기술되어 있다. "지금

학식을 우선으로 삼았던 것이다. 곧 유경은 과거에서 器識者 위주로 선발함으로써 자신의 人材觀과 學問觀을 실현하고, 나아가 당시 문단의 사조 혹은 학풍이 변화될 수 있는 기반을 마련하였다고 할 것이다.

당시에 座主(지공거)와 門生(급제자)은 父子간의 禮를 행했던 바,[31] 4차례나 지공거를 역임한 유경이 당대 문단에 미친 영향력은 매우 컸을 것으로 추측된다. 유경이 급제한 지 16년 만에 사마시를 관장하고 放榜한 다음날 자신의 문생들을 이끌고 그의 좌주 任景肅에게 나아가 禮를 드렸는데, 林桂一이 다음과 같이 시를 지어 축하하였다.

兩府鈞台拜庭下	양부의 재상들이 뜰 아래에서 절하고
一時英俊集門前	한 때의 뛰어난 인재들이 문 앞에 모였네.
坐看桃李孫枝秀	빼어난 문하생과 자손들을 앉아서 바라보니
盛事希聞繼世傳	성사가 대대로 이어짐을 드물게 듣겠네.[32]

임경숙은 평장사를 지내고 4번 文柄을 잡았으며 당시 太師로 치사해 있었다. 재상과 추밀에 오른 조카들, 경대부가 된 종제와 생질들 그리고 문생들이 섬돌 앞에 늘어서 있고 악사들이 풍악을 울리는 가운데, 유경이 문생들을 거느리고 들어와 뜰 아래에서 절을 하고 임경숙은 堂上에 앉아서 예를 받은 것이다. 임계일이 이러한 광경을 시로써 읊었는데, 이전에 韓彦國이 崔惟淸에게, 趙冲이 任濡에게 예를 드린 적밖에 없었기

의 후배들은 저 때보다 못하면서 으레 독서는 일삼지 않고 빨리 과거에 급제하기만 힘쓴다. 과거의 알기 쉬운 글을 익혀 요행히 급제하면 학업은 더 힘쓰지 않고 오직 푸른 것을 내어 흰 것을 짝지우고 하나를 세워 둘로 대를 맞추며, 생소한 것은 다듬고 성긴 것은 잘라내는 것만으로 잘한 것으로 여길 뿐이다."

31) 같은 책 卷上 : "門生之於宗伯 執父子禮." 이하에 座主-門生의 내력과 함께 柳璥이 任景肅에게 예를 올린 사정이 자세히 기술되어 있다.

32) 같은 곳.

에, '드물게 듣는 일'이라고 하였다. 또 당시에 이 盛事를 지켜본 이들은 그 경사스러움을 찬탄하고 마침내 눈물까지 흘렸다고 한다. 한편 좌주인 임경숙은 검은 물소 가죽띠와 붉은 가죽 印綬를 문생인 유경에게 물려주었고, 유경은 다시 그것을 자신의 문생인 李尊庇가 좌주를 맡았을 때 전수한 바 있다.[33] 이러한 좌주-문생 간의 성대한 예와 유대관계에서 당시 문단에서의 결속력과 영향력을 짐작할 수가 있다.

유경의 학문관 내지 인재관은 후진 李齊賢에게 많은 영향을 주었던 것으로 보인다. 이제현이 유경의 과거 운용과 관련한 기사를 『櫟翁稗說』에 채록해 넣은 것도 그러하지만, 충선왕이 이제현에게 당대에 雕蟲篆刻之徒만 많고 經明行修之士가 적은 이유와 그 개선방안을 물었을 때[34] 다음과 같이 대답한 점에서 그 관점의 유사성을 찾아볼 수가 있다.

> 전하께서 진실로 學校를 넓히고 庠序를 일으키며 六禮를 높이고 五教를 밝혀 先王之道를 천명하신다면 누가 眞儒를 등지고 僧侶를 따를 것이며 實學을 버리고 章句를 익히겠습니까? 그렇게 하신다면 장차 雕蟲篆刻之徒가 모두 經明行修之士로 변하는 것을 볼 수가 있을 것입니다.[35]

당시의 학풍을 바꾸기 위해서, 이제현은 學校를 확충하여 六藝를 높이고 五教를 밝혀서 선왕의 도를 천명하게 되면 實學을 버리고 章句를 익히는 폐단이 사라질 것이라고 건의하였다. 六禮 · 五教(五倫) · 先王之道는 實學이며, 眞儒는 經明行修之士와 같은 말이다. 經明行修之士는 經典

---

33) 『高麗史』 卷105, <柳璥列傳>.

34) 李齊賢, 『櫟翁稗說』 前集1 : "又問臣曰 我國古稱文物侔於中華 今其學者 皆從釋子 以習章句 是宜雕蟲篆刻之徒寔繁 而經明行修之士絶少也 此其故何耶."

35) 같은 곳 : "今殿下誠能廣學校謹庠序 尊六藝明五教 以闡先王之道 孰有背眞儒而從釋子 捨實學而習章句者哉 將見雕蟲篆刻之徒 盡爲經明行修之士矣."

에 밝고 德行을 닦는 선비이고, 雕蟲篆刻之徒는 浮華한 章句만 익히는 자이다. 經明行修之士와 雕蟲篆刻之徒는 앞서 유경이 선발한 '器識 있는 者'와 유천우가 뽑은 '程文에 익숙한 者'에 거의 그대로 대비할 수가 있다. 이제현은 經明行修를 위한 학문을 實學, 雕蟲篆刻하는 학문을 虛學으로 보았던 바, 유경의 학문관과 그 맥락이 같다고 할 것이다.

이제현은 光宗 이후 실시한 과거제도가 文으로 風俗을 교화한 면도 있지만 詩・賦・頌만을 쓰고 時政을 策問하지 않아 부화한 문장만 숭상하는 폐단을 낳았다고 비판하고,[36] 그가 科擧를 관장하였을 때 자신의 생각을 직접 실천으로 옮겼다. 즉 1320년(충숙왕 7) 朴孝修와 함께 考試官이 되었을 때 기존에 부과하던 詩와 賦를 과목에서 제외하고 策問으로 시험하여 崔龍甲 등 33인을 뽑았다.[37] 詩와 賦의 '程文에 익숙한 者'보다 策問을 통하여 '器識 있는 者'를 선발한 것이다.

3) 그의 문인 학자들

위에서 유경의 師承과 交遊關係가 대강 드러났지만, 그의 門人들에 대해서는 보다 구체적으로 살펴볼 필요가 있다. 즉 유경이 후세대와 학술적 문학적으로 어떤 관계를 맺었으며, 또 그의 門人 學者들이 어떤 업적을 이루었는지 확인함으로써 그의 위치를 가늠해 볼 수가 있을 것이기 때문이다.

유경의 門生 중 대성한 인물로는 李尊庇(1233~1287), 安珦(1243~1306), 安戩(?~1298), 李混(1252~1312) 등이 일컬어진다.[38] 모두가 『고려사』 열전에

36) 李齊賢, 『益齋亂藁』 卷9 하, <光王贊>.

37) 『高麗史』 卷73, 選擧1 : "忠肅王七年六月 李齊賢朴孝修典擧 革詩賦用策問 …… 忠肅王七年六月 李齊賢考試官 朴孝修同考試官 取進士 九月 賜崔龍甲等三十三人及第."

입전되어 있으며, 이들 중에서 특히 安珦이 주목된다. 안향은 원나라에 의해 高麗儒學提擧로 임명되자 왕과 공주를 호종하여 원도에 들어갔다가 朱子書를 베껴 돌아와서는 주자학을 연구하였던 바, 주지하는 바와 같이 고려에 주자 성리학을 처음으로 전래한 인물로 인정받고 있다.[39] 그는 興學과 養賢을 자신의 임무로 삼아 學校와 庠序를 수리하고, 養賢庫가 탕갈되자 6품 이상 관원에게는 은 1근씩, 7품 이하 관원에게는 베를 차등 있게 내게 하여 贍學錢을 설치하였으며, 또 그 남은 돈으로 金文鼎을 중국에 보내어 孔子 및 70弟子의 像과 祭器 · 樂器 · 六經 · 諸子書 · 史記를 사오게 하는 등 고려 말 유학의 진흥에 공이 컸다. 만년에는 朱子의 초상을 걸어두고 경모하며 자신의 호를 주자의 호인 晦庵에서 본떠 晦軒이라고 하였다.[40] 다시 말하면, 고려 말 程朱 性理學의 전래는 1차로 安珦, 다음으로 白頤正, 다시 다음 세대인 그 門人들에 의해 師受된 바, 전래단계에서의 안향의 역할이 매우 컸다고 하겠다.

한편 안향의 문인으로 『晦軒先生年譜』 권6, <門人錄>에 의하면, 權溥, 禹倬, 白頤正, 李瑱, 李兆年, 辛蕆 등이 대표적인 인물로 거론된다. 이들 중 李瑱(1244~1321)은 이제현의 아버지로, 어려서부터 학문을 좋아하여 百家에 두루 능통하였으며, 특히 시를 잘 짓기로 명성이 있어서 당시의 尙書 李松縉이 한번 보고는 기이하게 여겨 大器라고 칭찬하였다고 한다. 안동부사로 나가서는 민폐를 제거하고 학교를 일으키는 것을 주된 업무로 삼았으며,[41] 안향의 천거로 經史敎授都監使를 역임하였고 檢

---

38) 같은 책 卷105, <柳璥列傳>.

39) 李炳赫, 「程朱學의 傳來와 麗末漢文學」, 『한국문학논총』 5, 부산대, 1982. 程朱學의 전래를 전래, 전수, 보급의 3단계로 구분하고, 전래단계에서 안향은 朱子學을, 백이정은 보다 본격적인 程朱性理學(書)을 각각 전해 온 것으로 논증하였다.

40) 『高麗史』 卷105, <安珦列傳>.

校政丞으로 치사하였다.[42] 白頤正(1247~1323)은 이제현의 師傅로, 일찍이 權溥, 禹倬 등과 함께 안향의 문하에서 종유하며 성리학을 연구하고 가르치는 것을 자신의 임무로 삼았으며,[43] 원나라에 10여 년간 머물면서 程朱學을 배우고 돌아오자 李齊賢과 朴忠佐가 제일 먼저 나아가서 師受하였다.[44] 權溥(1262~1346)는 이제현의 座主이자 丈人이다. 이제현은 15세에 成均館試에 장원급제한 후 다시 丙科에 급제하고 당시 지공거였던 권보의 사위가 되었다.[45] 권보는 성품이 충성스럽고 효성스러웠으며 글 읽기를 좋아하여 늙어서도 그만두지 않았고, 일찍이 주자의 『四書集註』를 간행할 것을 조정에 건의하여 실행함으로써 東方性理學이 그로부터 창시되었다는 평을 받기도 하였다.[46] 또 아들 準과 함께 역대의 효자 64인의 행적을 수집하여 『孝行錄』을 편찬하였다.[47]

이상에서 논급한 인물들의 관계를 정리하면 유경과 안향은 좌주-문생의 관계로, 안향과 이진・백이정・권보는 주자 성리학을 매개로 한 문인의 관계로, 다시 이진・백이정・권보와 이제현은 사제 및 혈연관계로 이어져 있음을 확인할 수가 있다.

그런데 유경-권보-이제현이 혼인관계에 있는 점은 이들이 학맥뿐만 아니라 인척으로 긴밀하게 결속되어 있음을 보여준다. 다음은 이제현이 쓴 장인 권보의 묘지명 일부이다.

---

41) 같은 책 卷109, <李瑱列傳> :" 少好學 博通百家 有能詩聲 人或試以强韻 援筆輒賦 若宿構然 尙書李松縉 一見奇之曰 大器也 …… 出爲安東府使 以祛民弊興學校爲務."

42) 같은 책 卷105, <安珦列傳>.

43) 白文寶, 『淡菴逸集』 卷2, <文憲公彝齋先生行狀>.

44) 『高麗史』 卷106, <白頤正列傳>.

45) 李齊賢, 『益齋亂藁』, <年譜>.

46) 『高麗史』 卷107, <權溥列傳>.

47) 李齊賢, 같은 책 拾遺, <孝行錄序>.

> 부인은 貞愼公 柳陞의 맏딸로 卞國에 봉작되었으며, 準·宗頂·皐·煦·謙 다섯 아들을 낳았는데, 준은 길창, 후는 계림, 겸은 복안에 모두 부원군으로 봉작되고, 고는 知都僉議事 文化君이며, 종정은 출가하여 兩街都摠攝이 되고 또한 광복군으로 봉작되었다. 큰딸은 代言 安惟忠에게 출가하고, 둘째는 부원군 李齊賢에게 출가했으며, 셋째는 順正大君 璹에게 출가하고, 넷째는 淮安大君 珣에게 출가하니 모두 王氏인데, 한 가문에서 九封君이 나기는 옛적에도 없었던 일이다.[48]

貞愼公 柳陞(1248~1298)은 유경의 아들이다. 그의 맏딸, 즉 유경의 큰 손녀가 권보에게 시집을 간 것이다. 따라서 권보는 유경의 손녀사위가 된다. 일찍이 유경이 권보의 아버지 權呾에게 과거에 응시할 것을 권유한 것에서,[49] 이미 두 집안이 호의적인 관계를 유지하고 있었고, 이후 사돈관계로 발전했다고 미루어볼 수가 있다. 당시 고위직에 있었던 유경은 손녀사위 권보를 여러모로 보살펴 준 것으로 보인다. 朴恒과 釋祖英 간에 親試 참여 범위를 두고 논란을 벌일 때, 왕이 유경에게 의견을 구하자 "신·구 급제자 및 고위 양반 자제들 중 9품 이하 관리들에게까지 응시 기회를 주는 것이 좋겠다."고 건의한 바 있는데, 당시 사람들은 유경이 손자 柳仁明과 손녀사위 권보(초명 權永)에게 기회를 주기 위해서 그렇게 말한 것이라고 평하였다고 한다.[50] 이는 유경이 권보의 배경 내지 후광으로 크게 작용했을 것임을 보여주는 단적인 예이다.

그런데 이제현이 권보의 둘째딸에게 장가들어 사위가 되었으니, 권보

48) 같은 책 卷7, <權溥墓誌銘> : "夫人柳貞愼公陞一女 封卞國 生五子準宗頂皐煦謙 準封吉昌 煦雞林 謙福安 皆府院君 皐知都僉議事文化君 宗頂出家 爲兩街都摠攝 亦封廣福君 長女適代言安惟忠 次適府院君李齊賢 次適順正大君璹 次適淮安大君珣 皆王氏一家九封君 古未之有焉."

49) 『高麗史』 卷107, <權呾列傳>.

50) 같은 책 卷106, <朴恒列傳>.

의 부인 즉 유경의 손녀는 이제현에게 장모가 된다. 곧 이제현의 장모의 친정 할아버지가 유경인 셈이다. 이제현은 장모 柳氏가 죽자 장인 권보의 명을 받들어 <卞韓國大夫人柳氏墓誌銘>을 지었다.[51] 그는 묘지명에서 柳車達---柳公權-柳澤-柳璥-柳陞으로 이어지는 始寧(文化)柳氏의 가계를 먼저 언급하고, 권보와 유씨의 결혼, 유씨의 삶과 婦德, 별세와 장례, 자녀와 그들의 혼사관계를 차례로 서술하였다. 특히 자녀의 혼사관계와 관련하여 자신이 유씨의 사위이자 권보의 문생임을 밝힌 대목에는 시녕유씨 집안과의 관계 내지 유경에게까지 맥이 닿는다는 심사까지 내비치기도 하였다. 이제현이 『역옹패설』에서 여러 차례 유경의 일을 언급하면서[52] 긍정적인 태도를 보인 것도 이러한 관계와 무관하지 않다고 할 것이다.

4. 결언

본고는 고려시대 한문학사를 어떻게 시대 구분하여 이해할 것인가에 대한 관심에서 시작하였다. 즉 무신란을 전후로 전기와 후기로 나눈 이분법과 전기, 중기(무신집권기), 후기로 구분한 삼분법을 검토하는 한편, 삼분법과 관련하여 후기의 기점을 제시해 보고자 하였다.

고려시대 한문학사의 시대구분은 전통시대 문학의 주류였던 한시의 문풍 변화를 그 구분의 기준으로 적극 고려할 필요가 있다. 金宗直이 시문풍의 변화에 주목하여 고려 초기의 晩唐風, 중기의 宋風(東坡風), 말기의

51) 李齊賢, 같은 곳, <卞韓國大夫人柳氏墓誌銘>.

52) 같은 이, 『櫟翁稗說』 前集1에 柳璥-崔竩, 柳璥-元傅, 柳璥-兪千遇와 관련한 기사가 보인다.

道學風으로 나눈 견해를 원용할 수가 있을 것이다. 김종직의 삼분법적 이해는 과거 문집이나 시화집 등에서 인정을 받아온 전통적인 관점인 바, 고려시대 한문학사의 시대구분에 시사하는 바가 크다. 따라서 고려 한문학사는 무신집권기를 중기로 잡고, 그 이전과 이후로 삼분하여 이해하는 것이 보다 타당할 것으로 생각된다.

기존 학계에서는 고려 한문학사를 삼분할 때 후기의 시작을 '성리학 도입'으로 범범하게 잡아왔다. 이에 본고에서는 柳璥(1211~1289)이라는 인물에 주목하여 그의 삶과 학술사상이 고려 후기 문학으로의 이행에 어떠한 역할을 했는지 살펴보았다.

柳璥은 무인 金俊과 함께 崔竩를 죽이고 무신정권을 종식시켰다. 왕정을 복원하고 문신 중심의 정치로 회복하게 한 바, 정치적 · 역사적으로 한 시대를 구획하는 중심에 서서 사회 변혁에 큰 기여를 했다고 할 수가 있다. 현전하는 문학작품이 적어 그의 문학세계를 제대로 파악할 수는 없지만, 白蓮結社와 관련하여 眞靜國師, 李藏用, 金坵 등 당대의 최고 문인 · 학자들과 蓮社詩를 지어 교류하는 등 활발한 문학활동을 하였으며, 4차례 知貢擧를 맡아 일시의 文運을 주도하였다. 특히 그가 과거에서 전래의 방식에서 탈피하여 '科文에 익숙한 자'보다 '器局과 識見을 갖춘 자'를 선발함으로써, 그의 門生 중에 대성한 이가 많이 배출되었다. 그 대표적인 문생이 고려에 성리학을 처음으로 도입한 安珦이고, 안향의 門人이 白頤正 · 權溥 등인 바, 이들은 당대 최고 文人인 李齊賢(1287~1367)의 스승이다. 곧 성리학 도입기의 문단을 대표하는 이제현의 學問淵源을 한 단계 거슬러 올라가면 유경에게 사상적 학문적 맥락이 닿아 있음을 볼 수가 있다. 그의 학문사상은 이제현에게 많은 영향을 주었던 것으로 보이는데, 이제현이 말한 '經明行修之士'가 유경이 중시한 '器局과

識見을 갖춘 자'에 해당한다는 점에서 그러하다. 한편 유경의 손녀사위가 권보이고, 권보의 문생이자 사위가 이제현인 점은 학맥뿐만 아니라 인맥으로도 매우 긴밀한 유대관계를 맺고 있었음을 보여주는 것이다. 따라서 유경은 성리학 도입기, 즉 고려 후기 한문학으로 이행되는 과정에서 그 출발점으로서 일정한 자리를 차지할 수가 있다고 할 것이다.

문학사의 시대구분은 문학사에 등장하는 작가들이 남긴 모든 작품들의 총체적인 흐름의 변화에 따라 나누는 것이 지극히 당연하다. 따라서 유경이라는 한 사람에 의존하여, 그것도 현전하는 문학작품이 적어 그의 문학사적 위치를 제대로 가늠할 수 없는 상황에서 '기점'이라 일반화하기에는 다소 미약한 점이 없지 않다.

참고문헌

1. 原典資料

『高麗史』
『高麗史節要』
『東文選』
『新增東國輿地勝覽』
『太祖實錄』·『世宗實錄』

覺訓,『海東高僧傳』
姜希孟,『私淑齋集』
高敬命,『霽峯集』
光山金氏 編,『光山金氏族譜』
權近,『陽村集』
權文海,『大東韻府群玉』
權鼈,『海東雜錄』
權遇,『梅軒集』
金克己,『池月堂遺稿』
金萬重,『西浦漫筆』
金富軾,『三國史記』
金宗直,『青丘風雅』
金澤榮『韶濩堂集』
金烋,『海東文獻總錄』
南龍翼,『箕雅』·『壺谷詩話』
南孝溫,『秋江冷話』
文化柳氏 編,『文化柳氏檢漢城公派譜』
未詳,『十妙詩』(규장각 소장)
未詳,『夾注名賢十抄詩』(남권희 소장)
閔思平,『及庵詩集』

朴容大,『增補文獻備考』
朴宜中,『貞齋逸稿』
朴興生,『菊堂遺稿』
白文寶,『淡庵逸集』
白頤正,『彝齋先生實記』
卞季良,『春亭集』
徐居正,『東人詩話』·『筆苑雜記』·『東國通鑑』
成任,『太平通載』
成俔,『慵齋叢話』
安軸,『謹齋集』
梁誠之,『訥齋集』
魚叔權,『稗官雜記』
尹根壽,『月汀漫錄』
尹祥,『別洞集』
李穀,『稼亭集』
李奎報,『東國李相國集』
李圭瑢,『海東詩選』
李達衷,『霽亭集』
李德懋,『青莊館全書』
李德泂,『竹窓閑話』
李穡,『牧隱集』
李睟光,『芝峯類說』
李安訥,『東岳集』
李堣,『松齋集』
李瀷,『星湖僿說』
李仁老,『破閑集』
李禎,『校正三國史記』
李齊賢,『益齋亂藁』·『櫟翁稗說』
李存吾,『石灘集』
李行,『騎牛集』
李滉『退溪集』
一然,『三國遺事』
任璟,『玄湖瑣談』
任廉,『暘葩談苑』
林椿,『西河集』

張維, 『谿谷漫筆』
張志淵, 『大東詩選』
田祿生, 『壄隱逸稿』
鄭道傳, 『三峯集』
鄭誧, 『雪谷集』
曺伸, 『謏聞瑣錄』
趙云仡, 『三韓詩龜鑑』
陳澕, 『梅湖遺稿』
天頙, 『湖山錄』
崔滋, 『補閑集』
崔瀣, 『拙藁千百』
崔致遠, 『桂苑筆耕』
河謙鎭, 『東詩話』
許筠, 『惺所覆瓿藁』
慧諶, 『無衣子詩集』
洪萬宗, 『詩話叢林』·『小華詩評』·『旬五志』
洪錫謨, 『東國歲時記』

『論語』·『孟子』
『唐書』·『新唐書』·『宋史』

歐陽脩, 『歐陽子集』
宮夢仁, 『讀書紀數略』(文淵閣四庫全書本)
文彦博, 『潞公文集』
白居易, 『白香山集』·『香山九老詩』(四庫全書 珍本 三集)
司馬光, 『司馬文正公傳家集』
査愼行, 『補註東坡編年詩』(文淵閣四庫全書本)
徐師曾, 『文體明辯』
蘇軾, 『東坡全集』
蕭統, 『文選』
沈括, 『夢溪筆談』
永瑢, 『四庫全書總目提要』
吳訥, 『文章辯體』
吳曾, 『能改齋漫錄』
王十朋 集註, 『東坡詩集註』(四部叢刊景宋本)

姚鼐, 『古文辭類纂』
劉勰, 『文心雕龍』
陸機, 『文賦』
張敦頤, 『六朝事迹編類』
張英, 『淵鑑類函』
張淏, 『雲谷雜記』
鄭樵, 『通志』
曹丕, 『典論』
周密, 『齊東雜語』
朱翌, 『猗覺寮雜記』
朱熹, 『朱子大全』·『資治通鑑綱目』·『三朝名臣言行錄』
陳叔方, 『呂氏雜記』
祝穆, 『事文類聚』
韓愈, 『韓昌黎集』
洪邁, 『容齋隨筆』·『容齋四筆』

2. 著書

권희경, 『高麗寫經의 研究』, 미진사, 1986.
김건곤, 『이제현의 삶과 문학』, 이회, 1996.
김건곤 편, 『金克己遺稿』, 한국정신문화연구원, 1997.
김건곤, 『新羅·高麗時代의 名詩』, 이회, 2005.
김동욱, 『국문학사』, 일신사, 1981.
김사엽, 『개고 국문학사』, 정음사, 1963.
김용선 편, 『高麗墓誌銘集成』, 한림대, 1997.
김태준, 『朝鮮漢文學史』, 조선어문학회, 1931.
김태준, 『조선소설사』, 학예사, 1939.
김현양 외, 『譯註 殊異傳 逸文』, 박이정, 1996.
문선규, 『韓國漢文學史』, 정음사, 1961.
민병수, 『韓國漢文學講解』, 일지사, 1981.
변종현, 『高麗朝 漢詩研究』, 태학사, 1994.
서수생, 『高麗朝 漢文學研究』, 형설출판사, 1971.
서울대 도서관, 『규장각 한국본 도서해제』, 1978.
송호열, 『세계지명유래사전』, 성지문화사, 2006.

안장리,『한국의 팔경문학』, 집문당, 2002.
오창익,『韓國隨筆文學研究』, 교음사, 1986.
유재영,『白雲小說研究』, 圓光大出版局, 1979.
윤병태,『한국서지연표』, 한국도서관협회, 1972.
이가원,『韓國漢文學史』, 보성문화사, 1961.
이가원,『漢文新講』, 신구문화사, 1978.
李劍國,『唐五代志怪傳奇敍錄』, 南開大學 出版社, 1993.
이검국・최환,『新羅殊異傳 考論』, 중문출판사, 2000.
이구의,『최고운의 삶과 문학』, 국학자료원, 1995.
이래종・박재연 편,『太平通載』, 학고방, 2009.
이병주 외,『韓國漢文學史』, 반도출판사, 1991.
이병혁,『高麗末 性理學 受容期의 漢詩 研究』, 태학사, 1989.
이혜순,『고려 전기 한문학사』, 이화여대 출판부, 2004.
장덕순,『한국문학사』, 동화문화사, 1978.
장덕순,『韓國隨筆文學史』, 새문사, 1985.
장백일 외,『隨筆文學論』, 개문사, 1973.
전경원,『소상팔경-동아시아의 시와 그림』, 건국대 출판부, 2007.
전형대 외,『韓國古典詩學史』, 弘盛社, 1979.
정규복,『韓國古典文學의 原典批評』, 새문사, 1990.
정범진,『당대소설연구』, 대동문화연구원, 1982.
조동일,『韓國文學思想史試論』, 지식산업사, 1978.
조동일,『한국문학통사』 1, 2, 지식산업사, 1982, 1983.
조윤제,『韓國文學史』, 탐구당, 1963.
朱沛蓮,『唐人小說』, 遠東圖書公司, 民國 63.
지영재,『서정록을 찾아서』, 푸른 역사, 2003.
차용주,『韓國漢文學史』, 경인문화사, 1995.
차주환,『中國詞文學論考』, 서울대 출판부, 1982.
천혜봉,『韓國典籍印刷史』, 범우사, 1990.
최강현,『韓國古典隨筆講讀』, 고려원, 1983.
최남선,『증보 삼국유사』, 서문문화사, 1983.
최승범,『韓國隨筆文學研究』, 정음사, 1980.
최해종,『槿域漢文學史』, 청구대, 1958.
한국중국소설학회,『중국소설연구회보』 26, 1996.
허홍식,『眞靜國師와 湖山錄』, 민족사, 1995.

3. 論文

강주진,「海東文獻總錄 解題」,『海東文獻總錄』, 학문각, 1969.
고경식,「최충의 시문과 성격」,『최충연구논총』, 경희대, 1984.
고연희,「소상팔경, 고려와 조선의 시 · 화에 나타난 수용사」,『동방학』 9, 한서대, 2003.
곽승훈,「『殊異傳』의 撰述本과 傳承 硏究」,『진단학보』 111, 2011.
今西龍,「신라수이전 및 그 일문」,『신라사연구』, 경성근택서점, 1933.
김갑기,「金克己 硏究」,『한국문학연구』 6 · 7, 동국대, 1984.
김갑복,「수이전고」,『주간성대』 195 · 196, 1960.
김건곤,「林椿의 生涯와 漢詩 硏究」, 한국학대학원 석사논문, 1982.
김건곤,「高麗 假傳文學의 成立過程」,『정신문화연구』 19, 1983.
김건곤,「三韓詩龜鑑 硏究」,『정신문화연구』 31, 1986.
김건곤,「李齊賢 文學硏究」, 한국학대학원 박사논문, 1994.
김건곤,「고려 한문학 연구의 현황과 쟁점」,『한국 인문과학의 현황과 쟁점』, 한국정신문화연구원, 1998.
김기탁,「익재의 소상팔경과 그 영향」,『중국어문학』 13, 영남중국어문학회, 1981.
김당택,「崔滋의 《補閑集》 著述動機」,『진단학보』 65, 1988.
김덕환,「隨筆文藝의 成立」,『국어국문학』 29, 1965.
김동욱,「익재문의 한 특징과 익재의 문학관」,『자하』 17, 상명여대, 1985.
김석하,「雜記文學論序說」,『동양학』 5, 단국대 동양학연구소, 1975.
김성기,「고려 전기 유학사상과 최승로 · 최충의 시문」,『울산어문논집』 2, 1985.
김성룡,「이제현 문학의 중세의식 연구」,『호서어문연구』 3, 호서대 국문과, 1995.
김성진,「고려 전기 산문의 기술방식」, 계명대 한국학연구원 제12회 학술발표회, 1998.
김시업,「武臣執權期의 文學的 轉換」,『韓國文學硏究入門』, 지식산업사, 1982.
김시업,「高麗後期의 士大夫文學의 性格」, 성균관대 박사논문, 1989.
김시황,「益齋硏究」, 계명대 박사논문, 1987.
김약슬,「敬窩集에 대하여」,『서지학』 7, 한국서지학회, 1982.
김재승,「백낙천 시 연구」, 서울대 박사논문, 1985.
김종진,「최해의 사대부의식과 시세계」,『민족문화연구』 16, 고려대, 1982.
김중렬,「최치원 문학연구」, 고려대 박사논문, 1983.
김진영,「李奎報文學硏究」, 서울대 박사학위논문, 1982.
김필동,「고려시대 契의 단체개념」,『現代資本主義와 共同體理論』, 한길사, 1987.
김현룡,「釋 息影庵의 正體와 그의 文學」,『국어국문학』 89, 1983.
김혈조,「익재의 고문창도와 그 역사적 의의」,『이우성교수 정년퇴임 기념논총』, 창작과비평사, 1990.

김혜숙, 「수이전의 작자」, 『한국문학사의 쟁점』, 집문당, 1986.
大庭脩, 「唐告身の古文書學的硏究」, 『西域文化硏究』 3, 1960.
木下禮仁, 「三國遺事金傅大王條にみえる冊尙父誥についての一考察」, 『朝鮮學報』 93, 1979.
문흥구, 「『수이전』 일문 <최치원>의 재고찰」, 『고소설연구』 6, 1998.
민병수, 「高麗時代 漢詩硏究」, 서울대 박사논문, 1983.
박용운, 「高麗의 中樞院 硏究」, 『한국사연구』 12, 1976.
박일용, 「소설 발생과 <수이전> 일문의 장르적 성격」, 『조선시대 애정소설』, 1993.
박종진, 「고려시기 해동기로회의 결성과 활동」, 『역사와 현실』 66, 한국역사연구회, 2007.
박현규, 「益齋亂藁 板本考」, 『서지학보』 13, 한국서지학회, 1994.
배현숙, 「海東文獻總錄 硏究」, 중앙대 석사논문, 1975.
변태섭, 「高麗의 文翰官」, 『金哲俊博士華甲紀念史學論叢』, 1983.
변태섭, 「高麗宰相考」, 『역사학보』 35・36, 1967.
서경보, 「李齊賢論」, 『영남대학교 논문집』 13, 1979.
서수생, 「동국문종 최고운의 문학(하)」, 『어문학』 2, 한국어문학회, 1958.
서수생, 「회고와 전망」, 『고려시대의 언어와 문학』, 형설출판사, 1975.
성범중, 「東國四詠의 淵源과 傳統」, 『한국한시연구』 4, 한국한시학회, 1996.
성숙희, 「졸옹 최해와 그의 문학세계」, 성신여대 석사논문, 1988.
소인호, 「<수이전>의 저자와 문헌 성격에 관한 반성적 고찰」, 『고소설연구』 3, 1997.
송희경, 「남송의 소상팔경도에 관한 연구」, 『미술사학연구』 205, 한국미술사학회, 1995.
신기형, 「수이전소고」, 『문경』 2, 중앙대, 1956.
신기형, 「假傳體文學 論考(上)・(下)」, 『국어국문학』 15・17, 국어국문학회, 1956.
신승운, 「高麗本 東人之文五七의 殘本(권7~9)에 대하여」, 『도서관학』 20, 1991.
신승운, 「동인지문 오칠 해제」, 『서지학보』 16, 한국서지학회, 1995,
심호택, 「高麗中期 文學擔當層의 歷史的 性格」, 『한국학논총』 12, 계명대, 1985.
심호택, 「破閑集의 歷史的 性格」, 『한문교육연구』 1, 1986.
심호택, 「高麗中期 文學論 硏究」, 고려대 박사논문, 1989.
심호택, 「고려 전기 문학사의 전환과 김황원」, 『한문학연구』 12, 계명한문학회, 1997.
안대회, 「한국 한시의 텍스트비평」, 『동방고전문학연구』 2, 동방고전문학회, 2000.
안장리, 「비해당소상팔경시첩 한시의 특징」, 『비해당소상팔경시첩』, 문화재청, 2008.
안휘준, 「고려 및 조선왕조의 문인계회와 계회도」, 『고문화』 20, 한국대학박물관, 1982.
안휘준, 「한국의 소상팔경도」, 『한국회화의 전통』, 문예출판사, 1988.
양태순, 「최해의 의식과 시세계」, 『한국한시작가연구』 1, 태학사, 1995.
여기현, 「소상팔경의 수용과 양상」, 『중국문학연구』 25, 한국중문학회, 2002.
여기현, 「소상팔경의 시적 형상화 양상」, 『반교어문연구』 15, 반교어문학회, 2003.

여운필, 「김극기 연구」, 『한국한시작가연구』 1, 한국한시학회, 1995.
여운필, 「東人之文五七의 面貌와 東文選과의 관련양상」, 『한국한시연구』 3, 태학사, 1995.
여증동, 「최졸옹과 예산은자전고」, 『진주교대논문집』 2, 1968.
오춘택, 「<쌍녀분기>와 <최치원>의 작자」, 『국어국문학』 139, 2005.
윤남한, 「해제 海東文獻總錄」, 『한국학』 2, 중앙대, 1974.
윤병태, 「최해와 그의 동인지문사륙」, 『동양문화연구』 5, 경북대, 1978.
윤오영 「韓國 隨筆文學의 定礎作業을 위하여」, 『수필문학』 32, 1974.
윤진영, 「조선시대 계회도 연구」, 한국학대학원 박사논문, 2004.
이경우, 「형성기 산문 시고」, 『장덕순선생회갑기념논총』, 1981.
이기동, 「羅末麗初 近侍機構와 文翰機構의 擴張」, 『역사학보』 77, 1978.
이동환, 「雙女墳記의 作者와 그 創作 背景」, 『민족문화연구』 37, 고려대, 2002.
이래종, 「태평통재 일고」, 『대동한문학』 6, 대동한문학회, 1994.
이병주, 「삼한시귀감 소개」, 『동악어문논집』 15, 1981.
이병혁, 「程朱學의 傳來와 麗末漢文學」, 『한국문학논총』 5, 부산대, 1982.
이상남, 「조선 초기 소상팔경도 연구」, 이화여대 석사논문, 2000.
이상아, 「조선시대 팔경도 연구」, 이화여대 석사논문, 2008.
이영휘, 「羅·麗代 騈儷文 硏究」, 충남대 석사논문, 1990.
이은주, 「조선 초기 '신도팔경'시의 제작과 성격」, 『한국한시연구』 22, 한국한시학회, 2014.
이인영, 「太平通載 殘卷 小攷-特히 新羅殊異傳 逸文에 對하야」, 『진단학보』 12, 1940.
이종문, 「高麗 前期의 文風과 金富軾의 文學」, 계명대 석사논문, 1982.
이종문, 「崔沆의 詩에 대하여」, 『어문논집』 26, 고려대 국어국문학연구회, 1986.
이종문, 「고려 전기 한문학 연구」, 고려대 박사논문, 1991.
이종문, 「'息影庵=德興君'說에 대한 再檢討」, 『한문교육연구』 19, 한국한문교육학회, 2002.
이종문, 「'武臣執權期의 文學的 轉換'에 對한 再檢討 序說」, 『麗末鮮初 漢文學의 再照明』, 태학사, 2003.
이충희, 「익재 고문의 연구」, 영남대 석사논문, 1988.
이태형, 「이곡과 정포의 詞에 투영된 울주팔경 형상 고」, 『선도문화』 9, 국제뇌교육종합대학원대학, 2010.
이헌홍, 「최치원의 전기소설적 구조」, 『수련어문집』 9, 부산여대, 1982.
이헌홍, 「최치원전의 구조와 소설사적 의의」, 『고전소설의 이해』, 문학과비평사, 1991.
임형택, 「羅末麗初의 傳奇文學」, 『한국한문학연구』 5, 한국한문학연구회, 1981.
임형택, 「李齊賢의 古文倡導에 關하여」, 『진단학보』 51, 1981.
장덕순, 「李奎報와 그의 文學」, 『수필문학』 41·42, 수필문학사, 1975.
장동익, 「惠諶의 大禪師告身에 대한 檢討」, 『한국사연구』 34, 1981.

장동익, 「金傅의 冊尙父誥에 대한 一檢討」, 『역사교육논총』 3, 경북대, 1982.
전유재, 「'소상팔경' 한시의 한국적 수용 양상 연구」, 숭실대 박사논문, 2013.
전형대, 「漢文學에서 隨筆장르의 設定問題」, 『경기대논문집』 7, 1979.
정경주, 「鄭敍의 生涯와 忠臣戀主之詞로서의 <鄭瓜亭>」, 『부산한문학연구』 8, 1994.
정규복, 「白雲小說의 撰者에 대하여」, 『韓國古典文學의 原典批評』, 새문사, 1990.
정명세, 「김휴의 海東文獻總錄 연구」, 『영남어문학』 14, 영남어문학회, 1987.
정용수, 「소상팔경의 문학적 성격」, 『사숙재 강희맹 문학연구』, 국학자료원, 1993.
정준민, 「崔致遠傳의 傳奇小說性 硏究」, 성신여대 석사학위논문, 1985.
정학성, 「傳奇小說의 문제」, 『한국문학연구입문』, 지식산업사, 1982.
조수학, 「釋 息影庵 文學硏究」, 『高麗時代의 言語와 文學』, 형설출판사, 1982.
조종업, 「韓國 古代 女流隨筆에 대하여」, 『수필문학연구』, 정음사, 1980.
周藤吉之, 「高麗初期の翰林院と誥院」, 『高麗朝官僚制の研究』, 法政大學 出版局, 1980.
지준모, 「전기소설의 효시는 신라에 있다」, 『어문학』 32, 한국어문학회, 1975.
지준모, 「신라수이전연구」, 『어문학』 35, 한국어문학회, 1976.
채상식, 「高麗後期 天台宗의 白蓮社 結社」, 『한국사론』 5, 서울대 국사학과, 1979.
채웅석, 「목은시고를 통해서 본 이색의 인간관계망」, 『역사와 현실』 62, 한국역사연구회, 2006.
천혜봉, 「여각본 동인지문사륙에 대하여」, 『대동문화연구』 14, 1981.
최강현, 「신라수이전 소고(1)」, 『국어국문학』 25, 국어국문학회, 1962.
최강현, 「신라수이전 소고(2)」, 『국어국문학』 26, 국어국문학회, 1963.
최경환, 「이인로와 진화의 '소상팔경도'시 대비」, 『한국고전연구』 1, 한국고전연구학회, 1995.
최신호, 「櫟翁稗說의 장르問題」, 『진단학보』 51, 1980.
최이자, 「金克己 詩의 硏究」, 고려대 박사논문, 1985.
최제숙, 「高麗翰林院考」, 『한국사논총』 4, 성신여대, 1981.
허홍식, 「金祉의 選粹集·周官六翼과 그 價値」, 『규장각』 4, 1981.
허홍식, 「東人之文五七의 殘卷과 高麗史의 補完」, 『서지학보』 13, 1994.
호승희, 「十抄詩 一考」, 『서지학보』 15, 1995.
호승희, 「십초시의 자료적 이해와 편찬체제」, 『한국한문학연구』 19, 1996.
홍우흠, 「익재사의 풍격에 관한 연구」, 『중국어문학』 2, 영남중국어문학회, 1981.

저자 소개

김 건 곤(金乾坤)

한국학중앙연구원 명예교수

1956년 경상북도 청도에서 태어났다. 계명대학교 한문교육학과를 졸업하고, 한국학중앙연구원 한국학대학원에서 문학석사와 문학박사 학위를 받았다. 한국학중앙연구원 국문학전공 교수로 38년 11개월 봉직하며 많은 제자들을 양성하고 2021년 2월 정년퇴임하였다.

〈주요 저술〉

『이제현의 삶과 문학』 (이회, 1996)
『김극기 유고』 (정문연, 1997)
『고려시대 역사시 연구』 (정문연, 1999)
『신라 고려시대의 명시』 (이회, 2005)
『한국 명승고적 기문사전』 (이회, 2005)
『고려시대의 문인과 승려』 (파미르, 2007)
『해동문헌총록과 고려시대의 책』 (한중연, 2013)
『동국여지승람 제영사전(군현편)』 (한중연, 2014)
『동국여지승람 제영사전(산천편)』 (한중연, 2016)
『동국여지승람 제영사전(누정편)』 (한중연, 2017)
『천자문-장서각 소장 왕실 천자문 역해』 (한중연, 2016)
『천 개의 글자, 천년의 문화』 (한중연, 2018)
『역주 해동문헌총록』 (전자출판, 한중연, 2018)
『고려시대 외교문서와 사행시문』 (한중연, 2020)
『역주 민은시』, 『역주 동시총화』 (출판 중) 등.

신라 · 고려 한문학의 비평과 재인식

초판 1쇄 인쇄 2021년 4월 12일
초판 1쇄 발행 2021년 4월 22일

지 은 이 김건곤(金乾坤)
펴 낸 이 이대현

책임편집 임애정
편　　집 이태곤 권분옥 문선희 강윤경
디 자 인 안혜진 최선주 이경진
마 케 팅 박태훈 안현진

펴 낸 곳 도서출판 역락 / 서울시 서초구 동광로46길 6-6 문창빌딩 2층(우 06589)
전　　화 02-3409-2058 FAX 02-3409-2059
이 메 일 youkrack@hanmail.net
홈페이지 www.youkrackbooks.com
등　　록 1999년 4월 19일 제303-2002-000014호

ISBN 979-11-6244-703-1 93810

* 정가는 뒤표지에 있습니다.